RUTH DRUART

Ein neuer Morgen für Samuel

Über die Autorin

Ruth Druart wuchs auf der Isle of Wight auf, die sie mit achtzehn Jahren verließ, um Psychologie zu studieren. 1993 zog sie nach Paris, in die Stadt, die sie dazu inspirierte, ihren Debütroman *Ein neuer Morgen für Samuel* zu schreiben. Dort zog sie mit ihrem französischen Ehemann drei Kinder groß und ging einem Lehrberuf in Internationaler Bildung nach. Während der Fahrt zur Schule, an der sie unterrichtete, fertigte sie viele Entwürfe ihres Romans an und versuchte, sich vorstellen, wie es wäre, unter deutscher Besatzung zu leben.

RUTH DRUART

Ein neuer Morgen für SAMUEL

Roman

Aus dem Englischen von
Ulrike Moreno

lübbe

Dieser Titel ist auch als E-Book erschienen

Die Bastei Lübbe AG verfolgt eine nachhaltige Buchproduktion. Wir verwenden Papiere aus nachhaltiger Forstwirtschaft und verzichten darauf, Bücher einzeln in Folie zu verpacken. Wir stellen unsere Bücher in Deutschland und Europa (EU) her und arbeiten mit den Druckereien kontinuierlich an einer positiven Ökobilanz.

FSC
www.fsc.org
MIX
Papier aus verantwortungsvollen Quellen
FSC® C014496

Vollständige Taschenbuchausgabe
der bei Bastei Lübbe erschienenen Hardcoverausgabe

Titel der englischen Originalausgabe: »While Paris Slept«
Published by arrangement with Headline Review, an imprint of
HEADLINE PUBLISHING GROUP

Für die deutschsprachige Ausgabe:

Textredaktion: Dorothee Cabras, Grevenbroich
Umschlaggestaltung: ZERO Werbeagentur, München unter
Verwendung von Motiven von © arcangel: Caroline FLORNOY |
Lee Avison; © shutterstock.com: David M. Schrader
Satz: two-up, Düsseldorf
Gesetzt aus der Caslon
Druck und Einband: GGP Media GmbH, Pößneck

Printed in Germany
ISBN 978-3-404-18754-6

1 3 5 4 2

Sie finden uns im Internet unter luebbe.de
Bitte beachten Sie auch: lesejury.de

Für Jeremy, Joachim und Dimitri,
die mich zu dieser Geschichte inspiriert haben

Und in Erinnerung an meine Großmutter
Diana White

»Lasst uns einen Tag opfern,
um vielleicht ein ganzes Leben zu gewinnen.«

Aus: *Les Misérables* von Victor Hugo

ERSTER TEIL

Erstes Kapitel

Santa Cruz, 24. Juni 1953

JEAN-LUC

Jean-Luc führt das Rasiermesser an seine Wange und betrachtet sich im Badezimmerspiegel. Im ersten Moment erkennt er sich selbst nicht. Mit dem Rasiermesser in der erhobenen Hand hält er inne, schaut sich in die Augen und fragt sich, was es sein mag. Irgendwie hat er jetzt etwas Amerikanisches an sich, das sich an seiner gesunden Bräune, den weißen Zähnen und etwas anderem zeigt, das er jedoch nicht genau bestimmen kann. Ist es vielleicht die selbstsichere Haltung seines Kinns? Oder sein Lächeln? Wie dem auch sei, es gefällt ihm jedenfalls. Wie ein Amerikaner auszusehen ist gut.

Nur mit einem Handtuch um die Hüften geht er ins Schlafzimmer zurück, wo ein dunkler Schatten draußen vor dem Fenster seine Neugierde erregt. Es ist ein schwarzer Chrysler, sieht er jetzt, der im Kriechtempo die Straße hinaufkommt und dann unter der Eiche vor ihrem Haus anhält. Komisch. Wer sollte um sieben Uhr morgens bei ihnen vorbeischauen? Irritiert starrt er das Auto an, bis der buttrige Duft von warmen Crêpes die Treppe hinaufsteigt und ihn zum Frühstück ruft.

Als er die Küche betritt, küsst er Charlotte auf die Wange und fährt seinem Sohn mit der Hand durchs Haar. Ein Blick aus dem Fenster verrät ihm, dass das Auto noch immer vor dem Haus steht. Aber nun sieht er auch, dass ein schlaksiger Mann an der Fahrerseite aussteigt und sich fast den Hals verrenkt, um sich umzuschauen. Wie ein Pelikan, denkt Jean-Luc. Ein zweiter, untersetzter Mann steigt auf der anderen Seite aus, und gemeinsam gehen sie auf das Haus zu.

Die Türklingel zerreißt die morgendliche Stille.

Charlotte blickt verwundert auf.

»Ich gehe schon.« Jean-Luc ist bereits auf dem Weg nach draußen, entfernt die Kette aus dem Schloss und zieht die Tür auf.

»Mr. Bow-Champ?«, fragt der Pelikan-Mann, ohne eine Miene zu verziehen.

Jean-Luc starrt ihn nur schweigend an und registriert den dunkelblauen Anzug, das weiße Hemd mit der schlichten Krawatte und den arroganten Ausdruck seiner Augen. Die falsche Aussprache seines Namens ist etwas, was er für gewöhnlich durchgehen lässt, doch irgendetwas verletzt heute Morgen seinen Stolz. Vielleicht liegt es ja daran, dass der Mann direkt vor seiner Haustür steht. »Beauchamps«, berichtigt er ihn. »Das ist ein französischer Name.«

»Das wissen wir auch, aber wir sind hier in Amerika.« Die Augen des Pelikan-Mannes verengen sich ein wenig, als er einen glänzenden schwarzen Schuh über die Schwelle setzt. Er späht über Jean-Lucs Schulter, und sein Nacken knackt, als er sich umdreht und mit schief gelegtem Kopf zu dem überdachten Carport hinüberschaut, in dem ihr neuer Nash 600 parkt. Seine Oberlippe kräuselt sich ein wenig. »Mein Name ist Jackson, und das ist Mr. Bradley, und wir würden Ihnen gern ein paar Fragen stellen, Mr. Bow-Champs.«

»Fragen wozu?«, entgegnet Jean-Luc in einem Ton, der sein Erstaunen zum Ausdruck bringen soll. Doch selbst in seinen eigenen Ohren klingt seine Stimme unaufrichtig – und definitiv eine Oktave zu hoch.

Die gedämpften Geräusche des Frühstücks sind bis zur Tür zu hören: Tellergeklapper und das helle Lachen seines Sohnes. Die vertrauten Laute hallen in Jean-Luc wider wie ein ferner

Traum. Er schließt die Augen und klammert sich an die jetzt nachlassenden Geräusche. Eine kreischende Möwe holt ihn allerdings in die Gegenwart zurück, und sein Herz schlägt jetzt so schnell und hart gegen seine Rippen wie das eines gefangenen Vogels.

Der untersetzte Mann namens Bradley beugt sich vor und sagt mit gedämpfter Stimme: »Sind Sie nach einem Autounfall vor sechs Wochen in das hiesige Krankenhaus eingeliefert worden?« Während er spricht, reckt er den Hals, als hoffe er, so einen Einblick in das Leben innerhalb des Hauses zu gewinnen.

»Ja.« Jean-Lucs Puls rast. »Ich bin von einem Auto angefahren worden, das zu schnell um eine Kurve kam.« Er hält inne und holt tief Atem. »Danach verlor ich das Bewusstsein.« Der Name des behandelnden Arztes, Dr. Wiesmann, kommt ihm in den Sinn. Er hatte ihn schon mit Fragen bombardiert, als er gerade erst wieder bei Bewusstsein, aber immer noch wie benebelt gewesen war.

»Wie lange sind Sie schon in Amerika?«, hatte der Arzt gefragt. »Und woher haben Sie diese Narbe in Ihrem Gesicht? Hatten Sie schon von Geburt an nur einen Finger und einen Daumen an der linken Hand?«

Bradley hüstelt. »Mr. Bow-Champs, wir möchten, dass Sie uns ins Rathaus begleiten.«

»Aber wieso das denn?« Jean-Lucs Stimme hört sich wie ein Krächzen an.

Mit vorgeschobener Brust und hinter dem Rücken verschränkten Händen stehen die beiden Männer da wie eine Barrikade.

»Weil wir es für besser halten, die Angelegenheit dort und nicht hier vor Ihrer Tür und Ihren Nachbarn zu besprechen.«

Die in seinen Worten implizierte Drohung verstärkt die nervöse Anspannung in Jean-Lucs Magen noch. »Aber was habe ich denn getan?«

Bradley schürzt die Lippen. »Es geht nur um eine Befragung. Wir könnten auch die Polizei hinzuziehen, doch in diesem frühen Stadium ziehen wir es vor … nun ja … möchten wir zunächst die Fakten klären. Was Sie sicherlich verstehen können.«

Nein, das kann ich nicht!, hätte Jean-Luc ihn am liebsten angeschrien. *Ich weiß ja nicht einmal, wovon Sie reden.* Stattdessen murmelt er jedoch nur zustimmend: »Geben Sie mir zehn Minuten«, und nachdem er ihnen die Tür vor der Nase geschlossen hat, geht er in die Küche zurück.

Charlotte lässt gerade einen Crêpe auf einen Teller gleiten. »War es der Postbote?«, fragt sie, ohne aufzublicken.

»Nein.«

Mit einer kleinen Falte zwischen den Brauen wendet sie sich ihm zu, und ihre braunen Augen durchbohren ihn geradezu. »Wer dann?«

»Zwei Beamte, die ich ins Rathaus begleiten soll, um ihnen ein paar Fragen zu beantworten.«

»Fragen zu deinem Unfall?«

Er schüttelt den Kopf. »Keine Ahnung. Ich weiß nicht, worum es geht. Sie wollen es mir nicht sagen.«

»Sie wollen es dir nicht sagen? Aber das müssen sie! Sie können doch nicht von dir verlangen mitzugehen, ohne dir den Grund dafür zu nennen!« Charlotte ist kreidebleich geworden.

»Mach dir keine Sorgen, Liebling. Ich denke, es ist das Beste, wenn ich tue, was sie sagen, und die Sache kläre. Es ist ja nur eine Befragung.«

Ihr Sohn blickt mit einem leichten Stirnrunzeln zu ihnen auf.

»Ich bin bestimmt bald wieder da.« Jean-Lucs Stimme klingt selbst in seinen eigenen Ohren so gekünstelt, als spräche jemand anders diese tröstenden Worte aus. »Kannst du bitte im Büro anrufen und Bescheid geben, dass ich heute später komme?« Dann wendet er sich wieder an seinen Sohn. »Und dir wünsche ich einen schönen Schultag.«

Die plötzliche Stille in der Küche ist wie die Ruhe vor einem Sturm, als Jean-Luc sich abwendet und geht. *Normal*, denkt er. Er muss sich so normal wie möglich verhalten. Das Ganze ist doch nur eine Formalität. Was könnten sie schon von ihm wollen?

Zehn Minuten Zeit hat er verlangt. Und da er nicht will, dass sie erneut klingeln, eilt er ins Schlafzimmer, öffnet eine Schublade im Kleiderschrank und lässt den Blick über die wie Schlangen zusammengerollten Krawatten darin gleiten. Schließlich entscheidet er sich für eine blaue mit winzigen grauen Punkten. Da die äußere Erscheinung wichtig ist in einer Situation wie dieser, nimmt er auch ein Jackett vom Bügel, bevor er wieder hinuntergeht.

Charlotte steht mit besorgter Miene in der Küchentür.

Er ergreift ihre Hand, küsst seine Frau auf die kalten Lippen und blickt ihr noch einmal beruhigend in die Augen, bevor er geht. »Bis später, mein Junge. Viel Spaß in der Schule«, ruft er in Richtung Küche.

»Bis dann, Daddy«, antwortet Samuel.

»Bis dann.« Jean-Lucs Stimme bricht, und nicht einmal jetzt trifft er den richtigen Ton.

Er spürt Charlottes Blick im Rücken, als er die Haustür öffnet und den Männern draußen zu ihrem schwarzen Chrysler folgt. Auf dem Weg holt er ein paarmal tief Luft und zieht sie in den Bauch, so weit er kann. Die wasserdurchtränkte Erde unter seinen Füßen erinnert ihn wieder an das Gewitter, das mitten in der Nacht begonnen hatte. Die Feuchtigkeit, die es hinterlassen hat, verdunstet jedoch schon, und bald wird es wieder schwül und heiß sein.

Niemand spricht, während sie an den Nachbarhäusern mit ihren gepflegten Vorgärten und dann an dem Zeitungs- und Papierladen und der Bäckerei und Eisdiele vorbeifahren.

Sie alle sind ein Teil des Lebens, das er zu lieben gelernt hat.

Zweites Kapitel

Santa Cruz, 24. Juni 1953

CHARLOTTE

Obwohl das schwarze Auto schon seit geraumer Zeit verschwunden ist, stehe ich noch immer am Küchenfenster und starre auf die Straße hinaus.

Die Zeit fühlt sich wie eingefroren an, und ich will auch nicht, dass sie vergeht.

»Mom, irgendwas riecht angebrannt!«

»*Merde!*« Schnell nehme ich die Pfanne vom Herd und lasse den schon halb verkohlten Crêpe in die Spüle fallen. Meine Augen beginnen zu tränen von dem beißenden Rauch, der von ihm aufsteigt. »Ich mach dir schnell einen neuen.«

»Danke, Mom, aber ich bin satt.« Sam springt auf und flitzt aus der Küche.

Als ich mich umsehe, erfüllen mich die Überreste des so jäh gestörten Frühstücks mit Panik. Doch ich muss mich zusammenreißen. Langsam steige ich die Treppe hinauf und gehe ins Bad, wo ich mir etwas kaltes Wasser ins Gesicht spritze, bevor ich in dasselbe Kleid schlüpfe, das ich auch schon gestern anhatte, und wieder hinuntergehe.

Auf dem Weg zur Schule hüpft Sam aufgeregt neben mir auf und ab. »Was glaubst du, was diese Männer von Daddy wissen wollen, Mom?«

»Ich habe keine Ahnung.«

»Aber was könnte es denn sein, Mom?«

»Ich weiß es wirklich nicht, Sam.«

»Vielleicht geht es ja um einen Einbruch?«

»Was?«

»Oder einen Mord!«

»Schluss jetzt mit dem Blödsinn, Sam. Sei still.«

Tatsächlich hört er mit der Hüpferei auf und schlurft jetzt nur noch still neben mir her.

Sofort beschleichen mich Gewissensbisse, aber heute habe ich wichtigere Sorgen.

Als wir uns der Schule nähern, befinden sich die anderen Mütter schon wieder auf dem Heimweg.

»He, Charlie! Du bist ganz schön spät dran heute. Kommst du nachher noch auf einen Kaffee vorbei?«, ruft Marge mir zu.

»Na klar«, antworte ich wider besseres Wissen.

Nachdem ich Sam zum Schultor begleitet habe, trödle ich dort noch ein bisschen herum, um den anderen Müttern einen Vorsprung zu geben. Sobald ich sehe, dass sie weit genug entfernt sind, mache auch ich mich langsam auf den Heimweg, wobei mich allerdings ein Gefühl der Einsamkeit zu überfluten droht.

Ich bin sogar schon halb versucht, mit den anderen Kaffee trinken zu gehen, doch mir ist klar, dass ich mich dann nicht bremsen könnte und alles ausplaudern würde. Es war zwar möglich, dass niemand das Auto gesehen hat, mit dem Jean-Luc am Morgen abgeholt wurde, aber falls doch, müsste ich eine logische Erklärung parat haben. Sie würden natürlich alle Einzelheiten wissen wollen, und deshalb ist es wohl das Beste, vorerst jeden Kontakt zu vermeiden.

Als ich wieder daheim bin, gehe ich von Zimmer zu Zimmer, schüttele die Sofakissen auf, spüle das Frühstücksgeschirr und ordne die Zeitschriften auf dem Couchtisch. Und die ganze Zeit über tröste ich mich mit dem Gedanken, dass es sinnlos ist, mir Sorgen zu machen, weil es ohnehin nichts nützen wird, denn schließlich ist Jean-Luc ja nur zu einer Befragung mitgenommen worden. Ich sollte also besser etwas Praktisches tun, um mich abzulenken. Wie zum Beispiel den Rasen zu mähen und Jean-Luc die Mühe zu ersparen …

Und so ziehe ich meine Gartenschuhe an und schiebe den Rasenmäher aus der Garage. Da ich gesehen habe, wie Jean-Luc an der Schnur an der Seite zieht, um ihn in Gang zu bringen, versuche ich das auch. Aber es tut sich nichts. Also ziehe ich erneut, und diesmal höre ich ein Zischen in der Maschine, das jedoch sofort wieder erstirbt. Daraufhin ziehe ich noch fester und schneller, worauf das Ding diesmal tatsächlich surrend in Bewegung kommt und mich mit sich wegzieht. Es stinkt nach Benzin, doch eigentlich mag ich den Geruch sogar.

Der Rhythmus der Maschine ist so erstaunlich beruhigend, dass ich fast enttäuscht darüber bin, wie schnell die Arbeit erledigt ist. Nachdem ich den Mäher wieder in die Garage gestellt habe, gehe ich ins Haus zurück.

Vielleicht könnte das Wohnzimmer ja eine Reinigung vertragen … Als ich den Staubsauger unter der Treppe hervorhole, fällt mir plötzlich wieder ein, dass ich erst am Vortag alles gründlich gesaugt habe. Resigniert und mit dem dicken Vakuumrohr noch in der Hand, kauere ich mich auf dem Boden nieder …

Und schon werde ich von Erinnerungen überflutet. Von Erinnerungen an die Vergangenheit, über die Jean-Luc mich niemals reden lässt. In seiner pragmatischen Art hat er mir geraten, sie hinter mir zurückzulassen, wo sie seiner Meinung nach auch hingehört. Als wäre das so einfach!

Ich habe es versucht, wirklich versucht, aber ich kann nichts dafür, wenn ich im Schlaf meine Mutter, meinen Vater und mein einstiges Zuhause sehe. Diese Träume hinterlassen in mir eine Sehnsucht nach meiner Familie, die einen langen Schatten auf mein Leben wirft. Einmal habe ich Kontakt zu ihnen aufgenommen und ihnen geschrieben, nachdem wir eine Wohnung gefunden und uns hier niedergelassen hatten.

Meine Mutter schrieb zurück – einen kurzen, schroffen Brief, in dem sie mir mitteilte, dass Papa noch nicht bereit sei, mich zu sehen, weil er mir immer noch nicht ganz verziehen habe.

Ich gehe in die Küche zurück, wo ich wieder aus dem Fenster starre und meine ganze Willenskraft darauf konzentriere, Jean-Luc zu mir zurückzuholen. Von der Vernehmung entlassen und von jeglichem Verdacht befreit. Aber das Einzige, was ich sehe, ist die leere Straße.

Dann bringt das entfernte Geräusch eines Motors meinen Puls zum Rasen. Ich beuge mich vor, bis meine Nase fast das Fenster berührt, und spähe hinaus. *Bitte, lieber Gott, lass es Jean-Luc sein!* Mein Magen macht jedoch einen Satz nach unten, als ich eine vertraute blaue Motorhaube um die Ecke biegen sehe: Es ist Marge von gegenüber.

Ich schaue zu, wie sie mit ihren Einkaufstüten kämpft, während einer ihrer Zwillinge den anderen um den Wagen herumjagt. Jetzt blickt sie zu mir herüber, und ich trete blitzschnell von den Gardinen zurück und stelle mich seitlich neben das Fenster. Geheimnisse und Lügen. Was weiß man schon wirklich über das Leben seiner Nachbarn?

Und ich will heute auch keinem von ihnen begegnen. Falls jemand das schwarze Auto gesehen hat, werden alle Mütter es inzwischen wissen. Ich kann mir lebhaft vorstellen, wie sie Vermutungen anstellen und sich echauffieren. Nein, nein, ich muss von hier verschwinden und auf Abstand gehen. Ich könnte Einkäufe machen, in einer anderen Stadt und einem dieser großen, anonymen Supermärkte, wo ich niemandem begegnen würde, der mich kennt …

Und so schnappe ich mir meine Handtasche, nehme meine Schlüssel vom Haken an der Tür und steige ins Auto, bevor mich irgendjemand sehen kann. Der Wind zerzaust mir das Haar, als ich mit offenem Fenster der Küstenstraße in Richtung Norden folge. Ich fahre gern schnell, weil es mir ein Gefühl von Freiheit und Unabhängigkeit gibt und ich so tun kann, als wäre ich, wer immer ich gern gerade wäre.

Nach einer halben Stunde sehe ich ein Schild, das eine Abzweigung zum Lucky Store anzeigt. Nach ein paar Hundert Metern biege ich links vom Highway ab und folge den Pfeilen, bis ich einen mit Kombis vollgeparkten Parkplatz sehe. Sofort entdecke ich auch einen dieser Burger-Shops und sogar ein Karussell. Sam würde es hier gefallen; vielleicht sollten wir samstags einmal mit ihm herfahren und einen Tagesausflug daraus machen.

Normalerweise meide ich diese großen Supermärkte und kaufe lieber im Ort ein, wo ich den Lebensmittelhändler nach seinen knackigsten Äpfeln oder den Metzger nach seinem magersten Fleisch fragen kann. Sie nehmen sich immer die Zeit, die besten Produkte für mich herauszusuchen, und wissen es zu schätzen, dass Qualität mir wichtig ist.

Ich fühle mich auch gar nicht wohl in diesem riesigen Supermarkt mit seinen endlosen Reihen perfekt verpackter Waren. Hausfrauen in weiten Röcken, bequemen Schuhen und mit Dauerwellen schieben bis oben hin beladene Einkaufswagen voller Gläser und Konservendosen vor sich her. Der Anblick weckt Nostalgie in mir und erfüllt mich mit einer schmerzlichen Sehnsucht nach Zuhause, nach Paris.

Hühnchen, sage ich mir. Heute Abend gibt es Hühnchen zum Abendessen. Zitronenhühnchen, weil das Jean-Lucs Lieblingsessen ist.

Ein Päckchen mit zwei Hühnerbrustfilets, ein halber Liter Milch und vier Zitronen sehen einsam und verloren auf dem Boden meines Einkaufswagens aus, als ich schließlich an der Kasse stehe. Es ist mir peinlich, aber ich kann mich einfach nicht darauf konzentrieren, was wir sonst noch für die Woche brauchen.

Die Kassiererin schaut mich befremdet an. »Brauchen Sie Hilfe beim Einpacken, Ma'am?«

Meint sie das ironisch? Ich schüttele den Kopf. »Nein, danke. Ich komme schon zurecht.«

Mein Magen knurrt, als ich die kleine braune Papiertüte in den Kofferraum lege, und erinnert mich daran, dass ich heute nicht einmal gefrühstückt habe. Vielleicht sollte ich mir einen Burger holen – aber allein bei dem Gedanken daran dreht sich mir der Magen um, und so fahre ich also hungrig heim und hoffe und bete, dass Jean-Luc schon wieder da sein wird.

Ich parke das Auto in der Einfahrt und laufe erwartungsvoll zur Haustür. Sie ist abgeschlossen. Er kann also noch nicht wieder zu Hause sein. Wie komme ich überhaupt darauf, dass er es sein könnte? Er wäre ohnehin direkt zur Arbeit weitergefahren. Ich weiß doch, wie besorgt er schon gewesen war, er könne sich verspäten.

Es ist bereits drei Uhr, und in einer halben Stunde muss ich Sam von der Schule abholen. Vielleicht wäre es besser, heute ein bisschen unpünktlich zu sein, um mich nicht an dem Geplänkel der anderen Mütter beteiligen zu müssen. Sam könnte natürlich auch allein nach Hause gehen – einige andere Kinder tun es auch –, doch ich hole ihn so gern ab, dass dies meine liebste Tageszeit ist.

Als ich noch ein kleines Mädchen war und in Paris lebte, kamen alle Mütter, um ihre Kinder abzuholen, und brachten ihnen auch immer ein mit Schokolade gefülltes Baguette mit. Deshalb ist es für mich so etwas wie eine Familientradition, Sam am Ende seines Schultags abzuholen.

Da ich heute jedoch zum ersten Mal fünf Minuten zu spät kommen werde, bleibt mir noch fast eine halbe Stunde Zeit, die ich irgendwie totschlagen muss.

Zunächst einmal lege ich die Hühnerbrustfilets in den Kühlschrank, wasche mir die Hände und schrubbe meine Fingernägel mit der alten Zahnbürste, die auf der Fensterbank liegt. Sofort ertönt die Stimme meines Vaters in meinem Kopf: »Saubere

Fingernägel sind ein Anzeichen dafür, ob ein Mensch gepflegt ist oder nicht«, sagte er immer, wenn er mich mit schmutzigen Nägeln erwischte. »Das ist wie mit Schuhen«, fügte er oft hinzu. »Man kann einen Menschen sehr gut nach seinen Fingernägeln und Schuhen beurteilen.«

»Nicht in Amerika«, würde ich jetzt erwidern, wenn ich ihn sähe. »Hier achten die Leute mehr auf dein Haar und deine Zähne.«

Als ich die Zahnbürste zurücklege, werfe ich einen Blick aus dem Fenster und versuche, mir keine Hoffnungen zu machen. Wie erwartet ist die Straße leer. Und wieder knurrt mein Magen, und mir ist sogar ein bisschen schwindlig. Vielleicht sollte ich etwas Süßes essen.

Nachdem ich die Keksdose aus dem Küchenschrank genommen habe, packe ich einen großen für Sam in Alufolie ein und breche einen anderen in zwei Hälften für mich selbst. Aus Angst, dass ich Magenkrämpfe davon bekommen könnte, knabbere ich nur daran, da ich mich danach aber besser fühle, esse ich auch noch die andere Hälfte.

Noch zwanzig Minuten. Ich gehe zu unserem Schlafzimmer hinauf und setze mich an meine Frisierkommode, nehme meine Bürste mit den Echthaarborsten aus der obersten Schublade und bearbeite mit ihr meine Haare, bis sie glänzen. Der Spiegel verrät mir, dass ich noch immer eine gut aussehende Frau bin: Ich kann weder feine Fältchen noch graue Haare oder schlaffe Haut unter meinem Kinn entdecken. Äußerlich ist also alles in Ordnung. Es ist mein Herz, das sich wie das einer Hundertjährigen anfühlt.

Schließlich stehe ich wieder auf und streiche die Patchworkdecke glatt, die aus unzähligen perfekt per Hand zusammengenähten Sechsecken besteht. Wir haben sie bei einem Besuch in Pennsylvania von den dortigen Amish gekauft. Diese Reise war unser erster Urlaub zu dritt gewesen. Sam hatte gerade erst laufen gelernt, war aber immer noch ein wenig unsicher auf den Beinen und fiel auch ab und zu noch hin. Ich erinnere mich gut, dass ich ständig vor ihm herging, um eventuelle Stürze abzufangen …

Noch zehn Minuten. Ich gehe wieder hinunter und drehe eine Runde durch die Zimmer, bevor ich endlich die Haustür öffne. Grelles Sonnenlicht schlägt mir entgegen, und ich kehre schnell wieder ins Haus zurück, um meinen Hut zu holen.

Als ich den Gartenweg entlanggehe, frage ich mich nicht zum ersten Mal, warum die Amerikaner es vorziehen, ihre Gärten offen zu lassen, statt sie mit Hecken oder Mauern zu umgeben. Denn so kann schließlich jeder einfach hineinspazieren, zum Haus hinaufgehen und durch die Fenster hineinschauen. Sie sind völlig anders als französische Gärten, die immer von hohen Mauern oder dichten Büschen umgeben sind, um ungebetene Besucher zu entmutigen.

Jean-Luc liebt diese Offenheit hier. Er sagt, was in Frankreich passiert ist, hätte hier nie geschehen können, weil alle so offen zueinander sind. Niemand hätte seine Nachbarn denunziert und sich dann hinter verschlossenen Türen versteckt, während sie weggebracht wurden. Aber ich kann nicht anders, als es als untreu Frankreich gegenüber zu empfinden, wenn Jean-Luc so redet. Jahre des Hungers, der Furcht und der Entbehrungen – all diese Dinge können einen guten Menschen durchaus zu einem schlechten machen.

»Charlie!«, ruft Marge aus dem gegenüberliegenden Garten und reißt mich aus meinen Gedanken. »Wo warst du heute? Wir waren alle zum Kaffee bei Jenny und dachten, du würdest auch kommen.«

»Das tut mir leid, Marge«, antworte ich und ertappe mich schon wieder bei einer Lüge. »Aber ich hatte sehr viel einzukaufen und bin dazu zum Lucky Store gefahren.«

»Was? Du bist den ganzen weiten Weg dorthin gefahren? Ich dachte, du hasst diese riesigen Einkaufszentren? Du hättest etwas sagen sollen, dann wäre ich mitgekommen.«

»Wie schade, dass ich den Kaffee verpasst habe!«

»Mach dir nichts daraus, Charlie. Am Freitag treffen wir uns bei Jo. Hör mal, ich muss dich um einen Gefallen bitten. Könntest du Jimmy mitbringen, wenn du Sam abholst? Ich muss mit Noah zum Arzt, weil er Fieber hat, das nicht sinken will.«

»Aber sicher«, sage ich mit einem bemühten Lächeln, bei dem ich mir wie eine Verräterin dieser Frau gegenüber vorkomme, die ich seit Jahren kenne.

»Danke, Charlie«, antwortet unsere Nachbarin mit einem aufrichtigen Lächeln.

Als ich zur Schule gehe, erinnere ich mich daran, mit welcher Herzlichkeit diese und andere Nachbarn dafür gesorgt hatten, dass wir uns vor neun Jahren vom Tag unserer Ankunft an in Santa Cruz willkommen und wohl fühlten.

Schon in der ersten Woche waren wir von ihnen eingeladen worden, und nicht nur auf einen Drink, sondern gleich zu einem richtigen Barbecue. Ich war gerührt gewesen von der Art und Weise, wie alle sich zu diesem Anlass eingefunden und mit ihren lauten, fröhlichen Stimmen verkündet hatten, wie sehr sie sich freuten, die neu hinzugezogene Familie kennenzulernen.

Jean-Luc wurde gleich ein großes Bier in die Hand gedrückt und mir ein Glas Weißwein, sowie wir auch nur einen Fuß in den Garten gesetzt hatten. Alle machten einen Riesenwirbel um Sam, und für ihn wurde ein schattiger Platz unter einem Baum gefunden, wo er inmitten von Bergen von Spielzeug auf seiner Babydecke sitzen konnte.

Bei den Amerikanern schien es keine Verhaltensregeln für derartige Anlässe zu geben, zumindest nicht, soweit ich sehen konnte. Sobald ein Steak bereit war, strömten die Gäste zu dem Grill hinüber. Ich war froh, als ein Mann mir einen schon gefüllten Teller reichte. Da es auch keine Sitzordnung gab, setzten wir uns, wohin wir wollten, oder zogen mit unseren Gartenstühlen weiter, um uns anderen kleinen Gruppen anzuschließen.

Es war alles ganz anders als in Paris. Bei den seltenen Gelegenheiten, wenn meine Eltern Gäste empfingen, machten sie Sitzpläne für das Diner. Die Gäste warteten still und geduldig, bis der Gastgeber ihnen ihre Plätze zuwies, und niemandem wurde je ein Getränk serviert, bis alle Gäste eingetroffen waren. Maman beklagte sich oft darüber, dass Monsieur und Madame Soundso sich verspäteten und sie ihretwegen alle eine Stunde auf ihren ersten Drink warten mussten. Aber na ja, der Krieg setzte diesen Diners ohnehin ein Ende.

Hier dagegen schien es keine Regeln zu geben. Frauen plauderten und lachten völlig zwanglos mit mir, Männer zogen mich auf und sagten mir, wie sexy mein Akzent doch sei. Ich war bezaubert und Jean-Luc sogar noch mehr. Er hatte sich vom ersten Tag an in Amerika verliebt. Falls er jemals Heimweh hatte, erwähnte er es nicht. Alles war wunderbar und erstaunlich für ihn: die Fülle von Essen, die Freundlichkeit der Leute, die Leichtigkeit, mit der man alles kaufen konnte.

»Das ist der amerikanische Traum«, sagte er immer wieder. »Wir müssen lernen, perfekt Englisch zu sprechen. Für Samuel wird es leicht sein, weil es seine erste Sprache ist, und er wird uns helfen können.«

Aus Samuel wurde sehr schnell Sam, aus Jean-Luc John und aus Charlotte Charlie. Wir waren amerikanisiert worden. Jean-Luc meinte, das bedeutete, dass wir akzeptiert worden waren und wir der herzlichen Begrüßung wegen, die uns zuteilgeworden war, vermeiden sollten, Französisch zu sprechen. Weil es sonst so aussehen würde, als wollten wir uns nicht in die Gemeinschaft integrieren.

Also sprachen wir nur Englisch, sogar unter uns. Natürlich konnte ich seinen Standpunkt verstehen, auch wenn es mir ein bisschen wehtat, Sam nicht mehr die Schlaflieder singen zu können, die meine Mutter mir früher vorgesungen hatte. Es entfernte mich noch weiter von meiner Familie und meiner Kultur, und es veränderte unsere Kommunikationsweise und möglicherweise sogar unsere Persönlichkeit.

Ich liebe Jean-Luc nach wie vor von ganzem Herzen, aber es fühlt sich jetzt ein bisschen anders an. Er nennt mich heute nicht mehr *mon cœur, mon ange, mon trésor*, sondern *Darling, Honey* oder, was sogar noch schlimmer ist, *Baby*.

Die Glocke schallt über den leeren Schulhof und unterbricht meine Gedanken. Scharen von Kindern schwärmen aus dem Gebäude und machen sich auf die Suche nach ihren Müttern.

Sam ist leicht zu erkennen mit seinem dunklen Haar, das aus dem Gewimmel hellerer Köpfe hervorsticht. Seine olivfarbene Haut und die feinen Gesichtszüge künden von einer anderen Herkunft. Eine Nachbarin sagte einmal, seine langen Wimpern seien die reinste Verschwendung bei einem Jungen. Als könnte Schönheit an jemanden verschwendet sein! Was für ein komischer Gedanke!

Sam schaut zu mir herüber und lächelt sein Lächeln, das ebenso schief ist wie Jean-Lucs. Mit neun Jahren ist er zu alt, um wie früher auf mich zuzulaufen, und beendet zunächst einmal das Gespräch mit seinen Freunden, bevor er betont lässig zu mir herüberkommt.

Ich küsse ihn auf beide Wangen, obwohl ich weiß, wie sehr es ihn in Verlegenheit bringt, aber ich kann einfach nicht anders. Und ein bisschen Verlegenheit hin und wieder kann durchaus charakterbildend sein.

»Geh und sag Jimmy, dass er mit uns heimgeht«, fordere ich ihn auf.

»Prima!« Er rennt los, bleibt dann jedoch plötzlich stehen, dreht sich um und kommt einen Schritt zurück. »Ist Daddy zu Hause?«

»Noch nicht.«

Wortlos geht er wieder, um Jimmy zu suchen.

Als er mit seinem Freund zurückkommt, nehme ich den

Schokokeks heraus und breche ihn in zwei Hälften. Jimmy verschlingt die seine gierig.

»Zu Hause gibt es noch mehr davon«, sage ich.

»Super!« Jimmy läuft voraus. »Komm schon, Sam!«

Aber Sam bleibt neben mir.

Jimmy rennt trotzdem weiter und verschwindet um die nächste Hausecke. Ich lege meine Hand auf Sams Schulter. »Mach dir keine Sorgen, Daddy wird bald nach Hause kommen.«

»Aber was wollten diese Männer von ihm?«

»Darüber reden wir später.«

»Buh!«, schreit Jimmy und springt hinter der Hausecke hervor.

Mein Herz schießt mir in die Kehle, und ich schreie auf.

Jimmy lacht hysterisch. »'tschuldigung«, sagt er kichernd.

Als mein Herzschlag sich wieder normalisiert, tue ich so, als müsste auch ich lachen, um die Atmosphäre zu entspannen.

Jimmy ergreift Sams Arm, und die Jungs laufen voraus.

Als wir nach Hause kommen, stelle ich die Keksdose vor den beiden auf den Küchentisch. »Nehmt euch so viele, wie ihr wollt.«

Jimmy schaut mich mit großen Augen an und grinst von einem Ohr zum anderen. »Wow! Danke.«

Es tröstet mich ein wenig zu sehen, wie die beiden zulangen und meine selbst gebackenen Kekse verputzen.

»Das sind deine besten bisher, Mom«, sagte Sam mit Krümeln in den Mundwinkeln. Jimmy nickt nur zustimmend, da sein Mund zu voll ist, um zu sprechen.

»Soll ich welche für eure ganze Klasse backen?«, schlage ich vor.

»Nein, danke, Mom. Back sie nur für uns.« Sam sieht mich mit seinen dunklen Augen an, in denen ich eine Spur von Eifersucht erkenne.

Am liebsten würde ich ihn in die Arme nehmen und ihm sagen, dass er keinen Grund zur Sorge hat. Dass meine Liebe zu ihm tiefer ist als der Ozean und sich daran niemals etwas ändern wird. Stattdessen beginne ich jedoch mit den Vorbereitungen für das Abendessen, rasple die Zitronenschalen und presse die Früchte aus, um ihren Saft den geraspelten Zitronen hinzuzufügen. Dann schneide ich die Hühnerbrustfilets in Scheiben, bevor ich sie in die Marinade lege. Ich halte mich an kein Rezept, sondern koche einfach nur so, wie auch Maman ihr Zitronenhühnchen früher für das sonntägliche Mittagessen zubereitete.

Drittes Kapitel

Santa Cruz, 24. Juni 1953

JEAN-LUC

Sie halten vor dem Rathaus an, und Jackson schaltet den Motor ab, bleibt dann aber noch eine Minute sitzen, um Jean-Luc durch den Rückspiegel anzustarren. Dann steigen die beiden Männer vorne aus und warten darauf, dass auch Jean-Luc es tut. Doch er hat es nicht eilig. Er ist sogar versucht zu warten, bis einer von ihnen ihm die Tür öffnet. Das würde den Dingen eine andere Perspektive geben. Auch solch kleine Gesten zählen.

Plötzlich klopft Bradley mit den Fingerknöcheln an das Fenster. Das Geräusch ist harsch und ruppig und verstärkt die Anspannung und Furcht in Jean-Lucs Magen noch. Aber warum hat er solche Angst? Sie ist völlig irrational, da er sich doch nichts hat zuschulden kommen lassen. Schließlich beugt er sich doch vor, zieht an der Türklinke und tritt in die Morgensonne hinaus.

Schweigend steigen sie die Stufen zum Rathaus hinauf und treten durch die mächtigen Doppeltüren ein. Es ist noch früh, was vermutlich der Grund dafür ist, dass nirgendwo jemand zu sehen ist. Die beiden Männer führen Jean-Luc nun eine Treppe hinunter, dann durch einen nur schwach beleuchteten Gang und schließlich in einen tristen, fensterlosen Raum.

Bradley drückt auf einen Schalter, und eine fluoreszierende Lichtleiste summt und flackert, bevor sie den Raum mit hellem weißen Licht erfüllt. Ein kunststoffbeschichteter Tisch und drei Stühle mit metallenen Beinen sind die einzigen Gegenstände in dem kahlen Raum.

»Das hier könnte eine Weile dauern.« Jackson zieht ein zerknittertes Zigarettenpäckchen aus der Brusttasche und klopft damit auf den Tisch. »Setzen Sie sich«, sagt er zu Jean-Luc und bietet seinem Kollegen eine Zigarette an.

Während sie ihre Zigaretten anzünden, beobachten sie Jean-Luc.

Er setzt sich und verschränkt die Arme vor der Brust, löst sie dann jedoch gleich wieder und versucht, ein Lächeln aufzusetzen. Ein Lächeln, mit dem er ihnen zu verstehen geben möchte, dass er gern bereit ist, sich zu fügen und ihnen alles zu sagen, was sie wissen wollen.

Die Männer bleiben jedoch stehen und schauen ihn mit strengen, unnachgiebigen Gesichtern an. Bradleys fettige Haut schimmert unter der Leuchtstoffröhre über ihnen, deren Licht sich auch in seinen glänzend roten Pockennarben fängt. Er nimmt einen tiefen Zug aus seiner Zigarette, füllt seine Lunge mit dem Rauch und hinterlässt beim Ausatmen einen dichten Nebel, der sekundenlang in der Mitte des Raumes hängen bleibt.

»Mr. Bow-Champs, woher haben Sie diese Narbe in Ihrem Gesicht? Sie ist sehr markant.«

Jean-Luc ermahnt sich, dass es in Situationen wie dieser besser ist, nichts und niemanden zu provozieren. Passivität ist das Beste, aber er darf auch nicht zu defensiv erscheinen. *Verärgere niemanden und bleib ruhig*, sagt er sich. Doch er spürt schon einen Schweißtropfen, der an seinen Rippen hinunterrinnt. »Die habe ich aus dem Krieg«, murmelt er.

Bradley blickt zu Jackson hinüber und zieht eine Augenbraue hoch.

»Und woher genau?«, hakt Jackson nach.

Jean-Luc zögert und fragt sich, ob er die Geschichte erzählen kann, die er bisher immer verwendet hat, dass er nämlich während einer Bombardierung von Paris von Granatsplittern getroffen wurde. Doch er weiß instinktiv, dass diese Erklärung ihm jetzt nicht helfen wird.

Bradley beugt sich vor und schaut ihm forschend in die Augen. »Was haben Sie während des Kriegs getan?«

Jean-Luc erwidert seinen Blick. »Ich war am Bahnhof Bobigny beschäftigt«.

Bradley zieht eine seiner buschigen Augenbrauen hoch. »In Drancy?«

Jean-Luc nickt.

»In dem Konzentrationslager dort?«

Wieder nickt Jean-Luc. Er hat das Gefühl, in die Enge getrieben und gezwungen zu werden, die Fakten zu bejahen. Aber die Fakten erzählten nicht die ganze Geschichte.

»Aus dem unzählige Juden nach Auschwitz in den Tod geschickt wurden?«

»Ich habe nur an den Bahngleisen gearbeitet.« Jean-Luc hält den Blickkontakt mit Bradley, weil er nicht als Erster wegsehen will.

»Um die Züge am Laufen zu halten.«

»Ich habe nur meine Arbeit getan.«

Bradleys Gesicht wird noch glänzender und röter. »Sie haben nur Ihre Arbeit getan? Immer die gleiche alte Leier. Aber Sie waren dort, nicht wahr, und haben Beihilfe geleistet.«

»Nein!«

»Drancy war doch ein Durchgangslager, nicht? Und Sie haben den Nazis geholfen, die Juden nach Auschwitz zu verlegen.«

»Nein! Ich wollte sie sogar daran hindern! Ich habe versucht, eins der Gleise zu sabotieren, und bin deswegen im Krankenhaus gelandet!«

»Ach ja?«, fragt Bradley spöttisch.

»Es ist wahr, das schwöre ich!«

Viertes Kapitel

Paris, 6. März 1944

JEAN-LUC

Nach vier Jahren war die Besatzung zur gewohnten Lebensweise geworden. Einige hatten sich besser damit arrangiert als andere, aber Jean-Luc erwachte nach wie vor jeden Tag mit einem Gefühl der Beklommenheit.

An diesem Morgen schleppte er sich aus dem Bett, um sich zum Dienst am Bahnhof Saint Lazare zu melden, doch anstatt ihm seine Werkzeugtasche zu überreichen, wie sein Chef es für gewöhnlich tat, starrte er ihn für einen Moment nur prüfend an. »Du wirst heute in Bobigny arbeiten«, sagte er dann.

»In Bobigny?«, wiederholte Jean-Luc.

»Ja.« Sein Chef schaute ihm in die Augen, denn beide wussten, was Bobigny bedeutete.

»Aber ich dachte, dieser Bahnhof sei geschlossen?«

»Für Personenzüge ja, doch für andere Zwecke wird er noch benutzt.« Sein Chef schwieg einen Moment, um seine Worte wirken zu lassen.

»Sie meinen den neben dem Durchgangslager in Drancy?« Jean-Lucs Stimme klang wie ein Krächzen, und auch sein Puls begann zu rasen, als er fieberhaft nach einem Ausweg suchte.

»Ja, die Gleise dort müssen gewartet werden. Wir haben Anweisung, sechs Männer hinzuschicken.« Jean-Lucs Chef unterbrach sich kurz. »Mach da drüben nur ja keinen Blödsinn, hörst du? Die *Boches* haben nun das Kommando dort. Und gib dir Mühe, sie deine Hand nicht sehen zu lassen.«

Jean-Luc arbeitete seit sechs Jahren bei der SNCF, seit er mit fünfzehn von der Schule abgegangen war. Aber wie alles andere gehörte jetzt auch die Nationale Eisenbahngesellschaft den Deutschen. Jean-Luc senkte den Blick und schob die missgebildete Hand in die Hosentasche. Er selbst dachte kaum je einmal daran. Die Tatsache, dass er mit nur einem Finger und einem Daumen an der linken Hand zur Welt gekommen war, hatte ihn noch nie daran gehindert oder davon abgehalten, irgendwas zu tun.

»Die *Boches* mögen so etwas nicht.« Die Augen seines Chefs nahmen einen etwas sanfteren Ausdruck an. »Du arbeitest genauso gut wie jeder andere, besser sogar noch, aber für die *Krauts* muss immer alles … Na ja, du weißt schon, was ich meine. Und du willst ja sicher nicht, dass sie dich in eines ihrer Arbeitslager schicken.«

Plötzlich verunsichert, nahm Jean-Luc die entstellte Hand aus der Tasche und verschränkte sie mit der normalen.

Sein Vater war ein guter Freund des Vorarbeiters gewesen, und durch diesen Kontakt hatte er trotz seines Handicaps seinen ersten Job bekommen. Natürlich hatte er besonders hart arbeiten müssen, um sich zu beweisen, doch es hatte nicht lange gedauert, bis seine Kollegen und Vorgesetzten erkannten, dass seine Entstellung keine Auswirkungen auf seine Geschicklichkeit hatte, da er mit einer Art Zangenbewegung alles zwischen Finger und Daumen seiner linken Hand festhalten konnte und seine gesunde Hand dazu benutzte, die Arbeit zu erledigen.

»Muss ich … muss ich wirklich dorthin?«, fragte er und steckte die Hände wieder in die Hosentaschen.

Sein Chef zog lediglich eine Augenbraue hoch, bevor er sich abwandte und ging.

Jean-Luc blieb keine andere Wahl, als ihm zu dem draußen wartenden Armeelaster zu folgen. Sie schüttelten einander fest die Hand, bevor Jean-Luc hinten in den Wagen stieg. Fünf andere Männer saßen bereits dort, denen er schweigend zunickte.

Während sie durch die menschenleeren Straßen fuhren, blickten die Männer sich mit grimmiger Miene in der Runde um und versuchten offenbar, einander einzuschätzen. Jean-Luc vermutete, dass keiner von ihnen sehr erpicht darauf war, so dicht an dem berüchtigten Lager zu arbeiten. Unzählige Juden, aber auch Kommunisten und Mitglieder der Résistance waren dorthin geschickt worden. Niemand wusste, was danach mit ihnen geschah, obwohl es natürlich Gerüchte gab … Doch Gerüchte gab es immer.

Als sie in schnellem Tempo durch die leeren Straßen von Paris und dann stadtauswärts in nordöstlicher Richtung nach Drancy fuhren, begegneten sie hin und wieder anderen Militärfahrzeugen.

Jean-Luc sah, wie ihr französischer Fahrer sie im Vorbeifahren grüßte. *Un collabo.* Das konnte er sehen. Es war ein Spiel, das er gern mit sich selbst spielte – zu erraten, wer ein Kollaborateur war und wer nicht. Auch wenn die Grenzen dazwischen oft verschwammen.

Er hatte Freunde, die Dinge auf dem Schwarzmarkt kauften. Aber wer betrieb den Schwarzmarkt? Für gewöhnlich waren es nur die *Boches* und die *collabos*, die Zugang zu bestimmten Waren hatten. Das Ganze war eine Grauzone, und er selbst zog es vor, nur Dinge anzunehmen, wenn er genau wusste, woher sie kamen – wie ein Kaninchen oder eine Taube, die von einem Freund geschossen worden waren, oder Gemüse von einem Bekannten, der einen Bauernhof besaß.

Ein Schlagloch in der Straße holte ihn in die Gegenwart zurück. Als er zu den anderen Männern aufschaute, begegnete er jedoch nur ausdruckslosen Blicken. Die Tage offener, unbeschwerter Kameradschaft waren vorbei. Ebenso vorbei wie das Geplänkel junger Männer, die auf dem Weg zu einer neuen Arbeitsstelle waren. Eine grimmige Stille war das Einzige, was geblieben war.

Stille, die so etwas wie eine Waffe war, und die einzige, die Jean-Luc zur Verfügung stand. Er weigerte sich, mit den *Boches* zu reden, auch wenn sie freundlich aussahen und ihn nur höflich nach dem Weg fragten. Er beachtete sie einfach nicht. Noch etwas, was er gern tat, war, seine Métro-Fahrscheine zu einem V zu falten, bevor er sie in einem der Tunnel auf den Boden fallen ließ. V wie Victory. Solch kleine Trotzreaktionen waren das Einzige, was ihm geblieben war, nur änderten sie leider gar nichts.

Deshalb wollte er unbedingt mehr tun.

Als die *Boches* die SNCF übernommen hatten, war er ganz offen zu seinen Eltern gewesen. »Für diese Mistkerle arbeite ich nicht. Ich werde kündigen«, hatte er ihnen schon wenige Wochen nach der Besetzung gesagt.

»Das kannst du nicht tun!« Sein Vater hatte die Hand ganz fest auf Jean-Lucs Schulter gelegt, um ihm zu verstehen zu geben, dass alles, was er sonst noch sagen wollte, außer Diskussion stand. »Sie werden einen Weg finden, um dich zu bestrafen. Sie könnten dich irgendwohin in den Kampf schicken. Jetzt bist du wenigstens noch in Paris und bei uns. Also lass uns abwarten und sehen, wie die Dinge sich entwickeln.«

Papa. Wann immer Jean-Luc an ihn dachte, empfand er eine Mischung aus Scham und Sehnsucht. Er hatte getan, was sein Vater von ihm verlangt hatte, und für die *Boches* gearbeitet, doch es passte ihm ganz und gar nicht und führte dazu, dass er es seinem Vater verübelte, ihn dazu gebracht zu haben, sich anzupassen und zu fügen.

Und tatsächlich war es genau so gewesen, wie er es sich vorgestellt hatte: Aus der anfänglichen Freundlichkeit und Professionalität der Deutschen war nach und nach Geringschätzung und Arroganz geworden. Was könnte man auch sonst erwarten? Jean-Luc war schockiert gewesen von der Ignoranz und Naivität einiger Leute, die meinten, dass die *Boches* ja vielleicht gar nicht *so* schlimm wären.

Aber dann hatten sie im Sommer 1942 etwas getan, was bei niemandem mehr Zweifel aufkommen ließ: Sie hatten begonnen, Frankreichs Männer zur Zwangsarbeit nach Deutschland zu schicken. Papa war einer der Ersten gewesen. Eine Woche, nachdem er die Papiere erhalten hatte, war er schon unterwegs gewesen.

Jean-Luc waren weder genügend Zeit noch Worte geblieben, um sich für sein unfreundliches Verhalten ihm gegenüber zu entschuldigen und ihm zu sagen, dass er ihn liebte und respektierte. Aber leider war er auch nicht mit einer Sprache aufgewachsen, mit der sich solche Dinge in Worte fassen ließen.

Als er jetzt aus dem Fenster blickte, sah er zwei nahezu turmhohe Gebäude, die jeweils mindestens fünfzehn Stockwerke hoch waren und hinter denen sich eine große, hufeisenförmige Anlage befand.

»*Voilà le camp!*« Der Fahrer schaute die Männer im Rückspiegel an. »Ganz schön hässlich, was? Das Gebäude war ursprünglich für Sozialwohnungen vorgesehen, doch da es noch nicht fertig war, als die Deutschen kamen, beschlossen sie, es in das hier zu verwandeln.« Er machte eine vielsagende Pause. »Arme Leute.«

Jean-Luc war sich nicht sicher, ob das ironisch gemeint war oder nicht, da der Ton des Mannes flapsig und sogar ein bisschen spöttisch war.

»Es gibt Tausende von Juden hier, die darauf warten, umgesiedelt zu werden«, fuhr der Fahrer fort, als er um eine Ecke bog und einen Gang herunterschaltete. »Das Lager ist schrecklich überfüllt.«

Jean-Luc schaute sich zu dem u-förmigen, vier Stockwerke hohen und von Stacheldrahtzäunen umgebenen Komplex um. Oben auf beiden Türmen standen mit Gewehren bewaffnete Wachposten. »Wo bringen sie die Leute hin?«, wagte er zu fragen.

»Nach Deutschland.«

»Nach Deutschland?«, wiederholte Jean-Luc, um einen beiläufigen Ton bemüht.

»Ja, denn sie haben jede Menge Arbeit dort. Mit dem Wiederaufbau, meine ich.«

»Dem Wiederaufbau?«, fragte Jean-Luc.

»Ja, ja. Wegen all der Kriegsschäden. Und die Engländer bombardieren Deutschland immer noch.«

»Und was ist mit den Frauen und Kindern? Nehmen sie die auch mit?«

»Na klar. Sie werden schließlich Personal für das Kochen und die Hausarbeit brauchen. Und ein paar hübsche Frauen werden die Männer bei Laune halten, meinen Sie nicht?«

»Aber was ist mit den alten Leuten?«

Der Fahrer warf Jean-Luc durch den Rückspiegel einen scharfen Blick zu. »Sie stellen zu viele Fragen, junger Mann.«

Jean-Luc sah sich zu seinen Arbeitskollegen um und fragte sich, was sie wohl dachten, doch sie alle saßen nur mit gesenktem Kopf da und starrten auf ihre Schuhe.

Ein paar Minuten lang fuhren sie in unbehaglicher Stille weiter, und dann fing der Fahrer wieder an: »Die *Boches* sind gar nicht so schlimm. Sie behandeln einen gut, solange man hart arbeitet und nicht mit den Juden sympathisiert. Sie werden sogar mit Ihnen trinken. Es gibt ein nettes kleines Café auf der anderen Straßenseite, zu dem wir oft auf ein Bier hinübergehen. Sie lieben ihr Bier, die Deutschen!«

Der Fahrer hielt kurz inne. »Als ich vor zwei Jahren auf dieser Baustelle zu arbeiten begann, gab es hier überhaupt keine Deutschen, doch wahrscheinlich dachten sie, wir wären nicht tüchtig genug, und schickten deshalb Brunner und seine Männer her.« Wieder machte er eine Pause. »So, da sind wir. Hier sind eure Unterkünfte, Männer.« Er parkte vor einem der hohen Häuser und drehte sich dann auf seinem Sitz um.

Die Männer im hinteren Teil des Lastwagens blickten sich

gegenseitig an, und ihre Angst und Sorge standen ihnen ins Gesicht geschrieben. Wie lange würden sie hier sein?

Jean-Luc wusste, dass seine Mutter annehmen würde, er sei verhaftet oder in ein Arbeitslager gebracht worden. Er musste sie benachrichtigen, weil sie bestimmt ganz krank vor Sorge war. Es gab nur noch sie beide, seit sein Vater nach Deutschland geschickt worden war. Sie waren sich seitdem sehr nahegekommen, und sie verließ sich in allem auf ihn, angefangen von finanzieller bis hin zu emotionaler Unterstützung. Es hatte seine Beschützerinstinkte ihr gegenüber geweckt und ihm geholfen, zu einem verantwortungsvollen Mann heranzuwachsen.

Der Wachposten, der sie empfing, drückte ihnen kleine Rucksäcke in die Hand, als sie aus dem Lastwagen sprangen, und führte sie dann auf einen der Wohnblöcke zu.

Ein Aufzug brachte sie zu ihren Zimmern im fünfzehnten Stock, der obersten Etage des Gebäudes. Als sie aus den Fenstern schauten, stellten sie fest, dass sie zur anderen Seite des Lagers hinausgingen und von ihren Zimmern aus nichts davon zu sehen war.

Jean-Luc blickte zu dem grauen Himmel auf und dann auf die winzig aussehenden Straßen unter ihnen und die vielen Eisenbahngleise, die in die Stadt hinein- und wieder herausführten. Nur Züge waren nirgendwo zu sehen.

Er packte gerade die kleine Tasche aus, die einen Pyjama und eine Zahnbürste enthielt, als ein *Boche* ins Zimmer kam.

»*Willkommen in Drancy*«, sagte er auf Deutsch.

Jean-Luc ließ die Tasche auf das Bett fallen und drehte sich zu ihm um. Das blasse Gesicht des Soldaten hatte einen ungesunden Glanz, und seine schmalen Lippen waren sogar völlig farblos. Er war jung, vermutlich nicht älter als zwanzig. Jean-Luc fragte sich, was die *Boches* sich dabei dachten, ein halbes Kind wie diesen Jungen nach Drancy zu schicken.

Dennoch lächelte er den Soldaten nicht an und erwiderte

auch nicht seinen Gruß, sondern folgte ihm nur schweigend aus dem Raum zu dem wartenden Aufzug.

Derselbe Fahrer wie schon zuvor erwartete sie draußen in demselben Lastwagen. »*Salut, les gars!*«, begrüßte er sie, als wären sie alte Freunde, wofür Jean-Luc ihn hasste.

Als sie diesmal an dem Lager vorbeikamen, reckte er den Hals und fragte sich, wie es wohl dort drinnen aussehen mochte, als er sich an all die Geschichten erinnerte, die er über die Verhöre und Deportationen gehört hatte.

Der Fahrer hielt vor einem kleinen Bahnhof, wo er sich umdrehte und ihnen blaue Overalls zuwarf.

»Hier – die müsst ihr tragen. Ihr wollt ja wohl nicht mit den Gefangenen verwechselt werden!«

Als sie durch den Bahnhof gingen, fragte sich Jean-Luc, warum es dort so still war und wo die Züge waren. Sein Blick glitt den Bahnsteig hinauf und hinunter. Ein brauner Gegenstand erregte seine Aufmerksamkeit, und er ging ein paar Schritte näher darauf zu. Es war ein Teddybär, der so flach gedrückt war, als hätte ein Kind ihn als Kissen benutzt.

Weiter unten auf dem Bahnsteig sah er ein offenes Buch liegen, dessen Seiten in der morgendlichen Brise wehten.

»*Schnell! Schnell!*« Eine Hand stieß Jean-Luc so hart in den Rücken, dass er zu den anderen Männern hinüberstolperte, die in das Haus des Bahnhofsvorstehers gingen. Drinnen war es ruhig; das einzige Geräusch war das Klappern der Schreibmaschinen, an denen in sehr gerader Haltung uniformierte Frauen saßen und Wort um Wort in die Maschinen tippten.

»Name?«, bellte der *Boche* am Empfang ihn an.

»Jean-Luc Beauchamps.«

Der Mann schrieb den Namen in sein Bestandsaufnahmebuch und blickte dann einen Moment zu lange zu Jean-Luc auf.

Unangenehm berührt davon, vor einem *Boche* zu stehen und sich zur Arbeit zu melden, wandte Jean-Luc den Blick ab.

»Hart arbeiten und nicht reden«, sagte der *Boche* und starrte ihn weiter prüfend an.

Jean-Luc nickte zum Zeichen, dass er verstanden hatte.

»Und jetzt gehen Sie die Gleise überprüfen. Sie sind schlecht – schlecht gemacht. Werkzeug ist in der Hütte auf dem Bahnsteig.«

Jean-Luc zuckte mit den Schultern und wandte sich wortlos ab.

Fünftes Kapitel

Paris, 24. März 1944

JEAN-LUC

Tage wurden zu Wochen, und ein gewohnheitsmäßiger Ablauf etablierte sich. Ihr Arbeitstag begann um acht Uhr morgens, um zwölf hatten sie eine halbstündige Mittagspause, und gegen sechs, wenn es dunkel wurde, war ihr Arbeitstag beendet.

Jean-Lucs Aufgabe bestand darin, die Gleise zu überprüfen und dafür zu sorgen, dass die Schwellen nicht zu abgenutzt waren, die Laschen, die die Schienen zusammenhielten, sich alle an Ort und Stelle befanden und die Bolzen gut befestigt waren. Danach nahm ein anderer Mann eine Qualitätskontrolle seiner Arbeit vor, und falls Jean-Luc etwas übersehen hatte, würde sein ohnehin schon karger Lohn gekürzt.

Sonntags hatte er jedoch frei, und so nahm er jeden Samstagabend den Zug von Bourget, dem Personenbahnhof in Drancy, nach Paris, um seine Mutter zu besuchen.

In der Woche war er abends viel zu abgekämpft und müde, um in dem Café, das dem Lager gegenüberlag, etwas trinken zu gehen, selbst wenn er es gewollt hätte. Was sowieso nicht der Fall war, denn wer wollte sich schon mit den *Boches* abgeben? Und so blieb er in seinem Zimmer und las im Schein der kleinen Tischlampe.

Auch die anderen Männer blieben die meiste Zeit für sich. Aber manchmal führte das Bedürfnis nach menschlichem Kontakt sie zusammen, und dann versammelten sie sich in einem ihrer Zimmer, wo das Gespräch jedes Mal unweigerlich auf das Thema »Bahnhof« kam.

»Wie kommt es, dass wir dort überhaupt nie Züge sehen?«, fragte Marcel und zog an seinem Zigarettenstummel.

»Weil sie noch vor Tagesanbruch losfahren.« Jean-Luc blickte sich in dem kargen Zimmer um. Blanke graue Wände starrten ihn an, und die Männer saßen mit gesenktem Kopf da und hielten den Blick auf den Zementboden gerichtet. Er konnte verstehen, dass sie nicht an dem Gespräch teilnehmen wollten. Schließlich könnte jeder hier ein Kollaborateur sein, der hergeschickt worden war, um die anderen zu bespitzeln.

»Ja, aber warum?« Marcel gab seine Zigarette schließlich auf und ließ den winzigen Stummel zwischen den Fingern hindurch auf den kahlen Boden gleiten.

»Weil sie nicht wollen, dass wir sie sehen.« Jean-Luc zog eine Gitane aus einem zerknitterten Päckchen und bot sie Marcel an. Er bemitleidete ihn schon fast für seine Versuche zu verstehen, was direkt vor seiner Nase ablief. »Sie deportieren von hier die Gefangenen«, fuhr er fort. »Hunderte, ja wahrscheinlich sogar Tausende von ihnen.«

»*Merci.*« Marcel griff nach der Zigarette und nickte dankbar.

Jean-Luc spürte, wie die Blicke der anderen Männer ihn schier durchbohrten. Niemand verschenkte wertvolle Zigaretten einfach so. Jean-Luc rauchte selbst gar nicht, hatte für Momente wie diese aber immer gern ein Päckchen bei sich. Es lockerte die Anspannung, und deshalb bot er nun auch den anderen Männern das Päckchen an.

»Aber warum machen sie so ein Geheimnis daraus?«, fuhr Marcel fort und starrte seine Zigarette an, als könnte er sein Glück kaum glauben. »Wir wissen doch alle, was sie tun.«

Jean-Luc blickte in die Gesichter der Männer in der Runde. Sie alle sahen so gelassen aus. So leichtgläubig und stumm. Mit einem tiefen Atemzug beschloss er, jede Vorsicht außer Acht zu lassen. »Warum glaubt ihr wohl, dass sie nicht von uns gesehen werden wollen?«

Das anhaltende Schweigen im Zimmer wurde noch lastender und gab ihm das deprimierende Gefühl, machtlos und unfähig zu sein. Er machte einen Schritt auf Marcel zu, legte ihm die Hand auf die Schulter und beugte sich vor, um den Mund an Marcels Ohr zu bringen. »Weil wir anfangen könnten, Fragen zu stellen. Und wenn wir wirklich *wüssten*, was hier vorgeht, wären wir furchtbar wütend.«

»Wütend?«, schrie Frédéric. »*Putain!* Wir sind auch so schon stinkwütend. Sie haben uns schließlich unser verdammtes Land genommen! ›Wütend‹ ist dafür nicht mal das richtige Wort.« Seine Blicke huschten wie wild durch das Zimmer und von einem Mann zum anderen. Aber keiner wollte seinen Blick erwidern. Sie scharrten verlegen mit den Füßen, jemand hustete, und ein anderer blies seinen Zigarettenrauch mitten in den Raum hinein. Das Schweigen dehnte sich aus und wurde sogar noch beklemmender.

»Sind wir das wirklich?« Jean-Luc sprach langsam und ruhig. »So wütend, meine ich? Was haben wir denn dann getan, um es zu zeigen?« Ihm war bewusst, dass das Gespräch gefährlich wurde, und so hielt er inne, konnte sich schließlich aber einfach nicht mehr zurückhalten. »Herrgott noch mal, wir sind sogar hier und *arbeiten* für sie!« Er unterbrach sich erneut, als er sah, dass Philippe sich mit ausdruckslosen Augen an die Wand zurückzog.

»Es ist nicht unsere Schuld. Wir hatten keine Armee, um sie zu bekämpfen«, sagte Jacques leise aus einer Ecke des Raumes. »Keine richtige jedenfalls, und jetzt haben wir überhaupt keine mehr.«

»Tja, dafür haben wir de Gaulle in London«, bemerkte Frédéric ironisch.

»'ne schöne Hilfe ist uns das.« Jacques trat einen Schritt vor.

»Aber wohin bringen sie die Leute denn?« Marcel schaute sich fragend in dem Zimmer um.

Die Männer sahen sogleich wieder zu Boden.

»Irgendwohin weit weg.« Jean-Luc hörte, dass seine Stimme einen eigenartigen Tonfall annahm, fast so, als würde er etwas Erfundenes erzählen. »Irgendwohin weit weg von jeglicher Zivilisation.«

»Genau!« Speichel flog aus Frédérics Mund. »Und dann tauschen sie den französischen Fahrer an der Grenze gegen einen *Boche* aus. Weil sie nicht wollen, dass wir erfahren, wohin sie die Leute bringen. Sie wollen nicht, dass wir es wissen, weil ...« Er zögerte.

»Weil was?« Marcel sah ihn an.

»Ich weiß es nicht.« Frédéric senkte den Blick.

»Und was denkst du?«, wandte Marcel sich wieder an Jean-Luc.

»Dass ich müde bin und zu Bett gehen werde.« Er wollte das Gespräch beenden, bevor einer von ihnen in Worte fasste, was sie alle dachten. Bereits für bloße Worte konnte man schon verhaftet werden.

»Aber diese verdammten Züge sind Viehwagen, Herrgott noch mal!«, fuhr Frédéric fort. »Und was ist mit all den persönlichen Gegenständen, die wir auf dem Bahnsteig finden, nachdem der Zug abgefahren ist? Ich wette, die *Boches* lassen sie in dem Glauben, sie könnten einige Dinge mitnehmen, um ihnen den Umzug zu erleichtern. Doch dann ...«

Ein beklemmendes Schweigen breitete sich aus, als sie sich das Schicksal der Gefangenen vorstellten.

»*Merde alors!* Sie bringen sie um!« Frédéric schlug mit der flachen Hand gegen die Wand. »Ich weiß es.«

Jean-Luc blickte zu Philippe hinüber, dessen Gesicht jedoch noch immer ausdruckslos war. Er wandte sich wieder Frédéric zu, weil ihm nur allzu gut bewusst war, dass es höchste Zeit war, das Gespräch zu beenden. Sie brachten sich alle in Gefahr, wenn sie so redeten. »Das wissen wir nicht. Wir wissen gar nichts. Jedenfalls nicht mit Sicherheit.«

Sechstes Kapitel

Paris, 25. März 1944

JEAN-LUC

Samstags konnte er dem Lager entkommen. Sobald der Arbeitstag vorüber war, fuhr er mit der Bahn von Bourget nach Paris, wo er gern an der Haltestelle Blanche ausstieg, um sich das Moulin Rouge anzuschauen, bevor er die Rue Lepic hinaufging, wo er mit seiner Mutter lebte.

Da er sich der Abwesenheit seines Vaters in der elterlichen Wohnung an diesem Abend jedoch noch nicht gewachsen fühlte, ging er vorher noch auf einen Pastis in das Café an der Ecke.

»*Salut*, Jean-Luc.« Thierry schenkte ihm ein Glas des starken Anisschnapses ein, der stets mit einem kleinen Krug Wasser serviert wurde. Jean-Luc gab ein wenig davon hinzu und beobachtete, wie sein Pastis eine gelblich-trübe Farbe annahm.

Thierry stützte sich mit beiden Ellbogen auf die Bar, legte die Hände um seinen Nacken und verdrehte ihn, als hätte er Schmerzen. »*Quoi de neuf?*«

»Ob's was Neues gibt?« Jean-Luc runzelte die Stirn. »Nicht, dass ich wüsste.«

Thierry beugte sich noch näher zu ihm vor. »Habt ihr etwas von deinem Vater gehört?«

Jean-Luc nickte. »Vor zwei Monaten haben wir einen Brief von ihm bekommen mit der Bitte, ihm warme Socken und Lebensmittel zu schicken. Er schrieb, es ginge ihm so weit gut, er sei bloß dünner und älter geworden.«

»Schlimme Sache, die Männer einfach so zu verschleppen.

Ich hatte das Glück, dass ich den Kerlen zu alt war, und du ... Na ja, du hattest das Glück, dass sie Eisenbahner brauchten. Doch ich frage mich, wie's hier weitergehen soll? Es ist kaum noch jemand da, um das Land zu bewirtschaften.«

»Als wüsste ich das nicht!« Jean-Luc hatte dieses Gespräch schon hundertmal geführt.

»›Arbeitsdienst‹ nennen sie es – dass ich nicht lache! Es ist nichts weiter als Zwangsarbeit für die verdammten *Boches*.«

»Natürlich. Aber zumindest wissen wir, dass Papa in Deutschland und nicht Gott weiß wo ist.« Jean-Luc nahm einen großen Schluck von seinem Pastis.

Er hatte sein Bestes getan, um seinen Vater zu vertreten, doch die kleine Wohnung, die er mit seiner Mutter teilte, fühlte sich so leer an, als wäre sein Vater von einem klaffenden Loch ersetzt worden, das einen bitterkalten Wind durch die Räume wehen ließ. Jeden Sonntag ging er mit seiner Mutter zur Messe im Sacré-Cœur, wo sie im Anschluss eine Kerze für Papa anzündeten.

Jean-Luc stellte sich gern vor, dass diese kleine Flamme seinem Vater Mut gab, wo immer er auch war. Jean-Luc dachte oft an ihn, aber meist verdross und deprimierte es ihn. Sein Vater war solch ein starker, selbstständiger Mann! Die Vorstellung, dass er sich den *Boches* und ihrer Brutalität unterwerfen musste, zerriss Jean-Luc beinahe das Herz. Ein solches Leben verdiente Papa nicht.

»Mach dir keine Sorgen«, sagte Thierry mit gedämpfter Stimme. »Dein Vater wird zurückkommen. Hast du das mit den Amerikanern gehört?«

»Was?«

Thierry beugte sich noch weiter vor und senkte die Stimme zu einem Flüstern, obwohl außer ihnen niemand in dem Café war. »Dass sie in Frankreich landen werden. Oh ja! Sie machen ihre Truppen schon bereit, und sehr bald werden sie hier landen und die Nazis zum Teufel jagen.«

Jean-Luc starrte Thierry an und fragte sich, wo er so etwas gehört haben mochte. »Na, dann lass uns hoffen, dass das stimmt«, sagte er und stürzte den Drink in einem Zug hinunter.

»Noch einen?« Thierry hatte schon den Deckel von der Flasche abgeschraubt. »Dann werden all diese armen Familien, die sie weggebracht haben, endlich heimkehren können – und dein Vater auch.«

»Hoffen wir es.« Jean-Luc schwenkte sein Glas und wirbelte den Pastis darin herum.

»Vielleicht kommen ja auch die Cohens bald zurück. Ihr Sohn Alexandre war zwar ein frecher kleiner Bengel, aber ich würde ihn trotzdem gern wiedersehen.«

Just in diesem Moment betraten zwei *Boches* das Café, und Jean-Luc ging, obwohl sein Glas noch halb voll war. Eine Welle der Einsamkeit erfasste ihn, als er sich auf den Heimweg machte, und plötzlich vermisste er geradezu schmerzlich seine Ex-Freundin.

Sie waren fast ein Jahr miteinander gegangen, und es war ihm so ernst mit ihr gewesen, dass er ihr sogar einen Heiratsantrag hatte machen wollen … Es gefiel ihm, dass sie ungeachtet des Krieges das Leben in vollen Zügen genießen wollte; sie liebte das Tanzen und schien auch stets über den nächsten *bal clandestin* informiert zu sein. Auch Jean-Luc liebte diese geheimen Tanzveranstaltungen, weil sie sich immer wie ein kleiner Sieg über die verhassten *Boches* anfühlten.

Seine Freundin hatte ihm geraten, sich keine Sorgen zu machen, als sein Vater abtransportiert worden war, denn schließlich käme er nur nach Deutschland, wo man ihn sicherlich auch gut behandeln würde. Schließlich brauchten sie dort die Arbeitskräfte.

Anfangs hatte Jean-Luc ihre Worte noch begierig in sich aufgenommen und sich erlaubt, daran zu glauben, doch mit der Zeit wurde er skeptisch und zweifelte daran, dass er seinen Vater je wiedersehen würde. Und dann war er deprimiert und in sich gekehrt geworden. Wie könnte er sich auch amüsieren, wenn er wusste, dass sein Vater in einem fremden Land gefangen war und höchstwahrscheinlich fror und Hunger litt? Natürlich konnte er das nicht.

Als er die Bitten seiner Freundin, mit ihr tanzen zu gehen, abzulehnen begann, ging sie mit anderen Freunden aus. Eigentlich hätte er wissen müssen, dass es nur eine Frage der Zeit sein würde, bis sie jemand anderen kennenlernte, aber er hatte sich mit dem Gedanken getröstet, dass es zurzeit kaum annehmbare junge Männer gab. Er hoffte nur, dass sie sich nicht mit einem widerlichen *collabo* oder, schlimmer noch, mit einem *Boche* eingelassen hatte. Sie wollte ihm nicht sagen, wer er war, doch so dumm wäre sie bestimmt nicht. »Horizontale Kollaboration« nannten die Leute es verächtlich, als wären sie selbst moralisch überlegen.

Was das angeht, sind wir mehr oder weniger alle schuldig, dachte Jean-Luc. Wenn er seine eigene Art von Kollaboration benennen müsste, würde er sie als »Überlebensstrategie« bezeichnen. Man hatte gewissermaßen die Pflicht zu überleben, für all die anderen, die es nicht konnten.

Von dem Pastis hatte er Appetit bekommen und freute sich nun auf das Abendessen. Seine Mutter hob immer ihre wöchentlichen Essensrationen auf, um ihm eine anständige Mahlzeit mit Gemüse zu kochen und, wenn sie Glück hatten, vielleicht sogar mit einem Täubchen.

Sonntags nach der Messe gingen sie stets zu einer Art Gemeinschaftsessen bei einem der Nachbarn oder aßen mit ihnen bei sich zu Hause. Jeder trug dazu bei, was er konnte: Gemüse aus dem Garten, selbst eingelegtes Essiggemüse aus dem Vorjahr, und manchmal kam sogar jemand in freudiger Erregung mit einer Papiertüte mit Fleisch – Kaninchen, Tauben oder was auch immer ein Freund oder er selbst gefangen hatte.

Das Auspacken des Fleischs war so etwas wie ein heiliger Moment und fand stets in erwartungsvoller Stille statt. Und es war komisch, aber geteiltes Essen schien immer besser auszureichen.

Mittlerweile waren diese Mittagessen jedoch zu einer Tortur für Jean-Luc geworden. Er merkte, dass er den anderen nichts mehr zu sagen hatte und der Klatsch und Tratsch der Nachbarn ihn mit seiner Kleinlichkeit befremdete. Sie schienen sich mehr und mehr dafür zu interessieren, wer es geschafft hatte, Butter auf dem Schwarzmarkt zu ergattern, oder wer ein Kaninchen gefangen hatte, als für die Frage, wer ermordet worden war. Ihr Geschwätz war völlig belanglos, und wenn sie tatsächlich einmal das Thema »Verhaftungen« ansprachen, führte es nirgendwohin. Jean-Luc kam sich so vor, als würde er in sich selbst verschwinden und könnte sich nicht einmal mehr erinnern, wer er war oder sein müsste.

An diesem Sonntag fand das Mittagessen bei den Franklins statt. Monsieur Franklins Bruder war irgendwo draußen auf dem Land auf der Jagd gewesen und mit zwei prächtigen Kaninchen zurückgekommen. Der Kanincheneintopf schmeckte köstlich, und das Gefühl, zur Abwechslung einmal Fleisch im Magen zu haben, belebte das Gespräch.

Seine Mutter eröffnete es. »Glaubt ihr, dass noch Wein übrig sein wird, wenn dieser verdammte Krieg zu Ende ist?«

Monsieur Franklin zögerte nicht mit der Antwort. »Du weißt doch, dass wir welchen versteckt haben, Marie-Claire.«

»Ich weiß nichts dergleichen.«

»Ha! Sehr gut. Ich dann also auch nicht. Aber wenn dieser verdammte Krieg zu Ende ist, gehen wir beide runter und holen welchen, nicht?«

»Darauf trinke ich.« Seine Mutter erhob ihr Glas mit Wasser.

»Und du, Jean-Luc? Was macht dein neuer Job?«, wollte Monsieur Franklin von ihm wissen.

Jean-Luc spürte, wie sein Puls zu rasen begann, wie er es bei jeder Erwähnung seiner Arbeit tat. »Für meinen Geschmack bin ich den *Boches* dabei etwas zu nahe.«

»*Mais oui*, du bist ja mittendrin, nicht wahr?«

»Was geht dort eigentlich *wirklich* vor?«, unterbrach Madame Franklin ihren Mann.

Jean-Luc sah sie kurz an und ließ ihre dünnen Lippen und vogelähnlich scharfen Augen auf sich wirken. Ihr war noch nie etwas entgangen, und er wusste, dass alles, was er sagte, am nächsten Tag Wort für Wort wiederholt werden würde, wenn sie in den Warteschlangen für Lebensmittel stand.

»Ich habe keine Ahnung.« Er schaute aus dem Fenster, um dem prüfenden Blick seiner Mutter auszuweichen.

»Na, komm schon, Junge. Du musst doch irgendetwas wissen. Was machen sie mit all diesen Gefangenen? Wo bringen sie sie hin?« Monsieur Franklin kniff die Augen zusammen, als er Jean-Luc prüfend ansah.

»Ich weiß es wirklich nicht. Ich sehe weder die Züge noch die Gefangenen …«

»Ich habe gehört, es seien Viehwaggons und nicht mal richtige Passagierzüge«, mischte Madame Franklin sich nun wieder ein. »Und dass die Gefangenen auf Stroh liegen müssen wie Tiere.« Sie schien immer mehr zu wissen als jeder andere.

»Ich habe etwas Ähnliches gehört«, fügte Madame Cavalier hinzu. »Und dass es auch keine Toiletten für sie gibt. Sie müssen in einen Eimer pinkeln.«

»Das ist ja widerlich! Woher weißt du das?«, mischte sich Jean-Luc zum ersten Mal in das Gespräch ein. »Das kann doch nur maßlos übertrieben sein!«

Madame Cavalier zuckte mit den Schultern. »Du hast doch selbst gesehen, wozu sie fähig sind. Und selbst das würde ich ihnen zutrauen. Sie haben schließlich Tausende verhaftet, nicht?«

»Deshalb müssten sie sie auch zu Tausenden verschicken.«

Monsieur Franklin runzelte die Stirn und wandte sich wieder an Jean-Luc. »Vielleicht könntest du ja mal herausfinden, was sie mit ihnen machen.«

Er starrte ihn an. »Was?«

»Na, du bist doch mittendrin im Geschehen. Kannst du nicht in Erfahrung bringen, was dort vorgeht?«

»Ich sagte doch schon, dass ich die Züge nie abfahren sehe, weil meine Arbeit erst später beginnt.«

»Könntest du denn nicht mal früher hingehen?«

»Nein!« Er hielt kurz inne, um sich zu beruhigen und in einem sachlicheren Ton weiterzusprechen. »Wir werden jeden Morgen um halb acht mit einem Armeelaster zu dem Bahnhof gefahren.«

»Aber dann bist du doch den ganzen Tag in der Nähe des Bahnhofs, oder nicht? Könntest du nicht mal dort hinübergehen und dich umsehen?«

Jean-Luc runzelte die Stirn. »Ich weiß nicht …« Er machte eine Pause. »Es wäre gefährlich, weil sie uns die ganze Zeit im Auge behalten.« Als er aufblickte, sah er die Enttäuschung in den Gesichtern der anderen und kam sich wie ein Feigling vor. »Hm … Vielleicht könnte ich ja, wenn ich sehr früh aufstünde und mich hinausschliche, mal einen der Züge losfahren sehen.«

Seine Mutter schnappte hörbar nach Luft und hielt sich eine Hand vor den Mund.

»Das ist eine gute Idee, mein Junge!«, sagte Monsieur Franklin und lächelte. »Und dann könntest du auch gleich ein Foto machen. Ich habe eine Kamera.«

Ein Foto? Was würde ihnen denn ein Foto nützen? Sollte er vielleicht sein Leben für ein verdammtes Foto aufs Spiel setzen? Es musste eine andere Möglichkeit geben.

Als sie wieder zu Hause waren, brühte seine Mutter ein scheußliches Getränk aus geröstetem Chicorée und Eicheln auf, das als Kaffeeersatz herhalten musste. Jean-Luc nahm die Tasse von ihr an und tat ihr zuliebe so, als würde er das widerliche Gebräu trinken. »Ich habe nachgedacht, Maman.«

»Ach, du meine Güte«, sagte sie lachend. »Nicht schon wieder.«

»Nein, im Ernst. Ich muss mehr tun, als nur ein Foto zu machen.«

»Wie meinst du das, mein Junge?«

Jean-Luc verdrehte die Augen. »Ich muss etwas unternehmen. Etwas, das etwas bewirkt.«

Sie beugte sich vor und flüsterte: »Wie wär's denn mit der Résistance?«

»Aber ich kenne niemanden aus der Widerstandsbewegung.«

»Ich auch nicht.« Sie legte eine Hand an ihre Stirn. »Offenbar bewegen wir uns in den falschen Kreisen.«

Er zog eine Augenbraue hoch. »Es ist nichts, was man jemanden so einfach fragen kann, nicht wahr? *Sind Sie in der Résistance? Ich würde mich Ihnen nämlich gern anschließen.* Ich glaube, da muss man wohl eher abwarten, bis man selbst angesprochen wird.«

»Bist du schon einmal darauf angesprochen worden?«

»Nein, Maman. Und du?«

Sie schüttelte den Kopf. »Aber weißt du, was? Ich hätte keinen Moment gezögert, wenn es so gewesen wäre. Andererseits jedoch ... Was würde eine alte Frau wie ich ihnen schon nützen?«

Sie hatte recht. Es war nicht die Aufgabe alter Frauen zu kämpfen, sondern die von jungen Männern wie ihm selbst. Und er wollte es auch tun. Eines seiner Ziele war, die Züge aufzuhalten, die die Gefangenen Gott weiß wohin verschleppten. Doch da war auch dieses Versprechen, das er seinem Vater gegeben hatte, bevor er gegangen war.

Papa hatte ihn zur Seite genommen, als Maman unterwegs gewesen war, um sich für Brot anzustellen. »Du musst mir etwas versprechen, Junge.«

»Was immer du willst.«

»Dann versprich mir, dass du dich während meiner Abwesenheit um deine Mutter kümmern wirst.«

Jean-Lucs Blick blieb fest, als er seinen Vater ansah. »Ich verspreche es, Papa.«

»Gut. Dann kann ich mit der Gewissheit gehen, dass ihr beide hier sicher sein werdet. Es wird mir helfen, wieder zu euch heimzufinden.« Sein Vater hatte ihm eine Hand um den Nacken gelegt und sein Gesicht an sein eigenes herangezogen. Jean-Luc hatte die Arme um ihn geschlungen, und einen Moment lang hatten sie sich fest gedrückt. Dann hatte sein Vater sich von ihm gelöst und sich mit dem Handrücken die Augen abgewischt.

Papa. Jean-Luc ging in sein Schlafzimmer und betrachtete die Wand mit den Bücherregalen, deren Bretter sein Vater selbst zurechtgeschnitten, mit Sandpapier abgeschmirgelt und angebracht hatte. Die Bücher darin waren zunächst nach Themen geordnet: Abenteuergeschichten in einem Abschnitt, Fantasy in einem anderen und dann von den größten zu den kleinsten, und alle Buchrücken zeigten perfekt nach oben.

Seine Bücher konnte er auf eine Art und Weise ordnen, wie er es mit seinem Leben nicht zu tun vermochte.

Siebtes Kapitel

Paris, 30. März 1944

JEAN-LUC

»Hallo, Jungs. Wie geht's heute Morgen?« Der Fahrer warf im Rückspiegel einen Blick auf die Männer hinter sich.

Jacques zuckte mit den Schultern, und Frédéric brummte irgendwas. Die anderen schwiegen und starrten auf ihre Füße herab, als der Armeelastwagen durch die düsteren und leeren Straßen in Richtung Bahnhof Bobigny raste.

»Vergesst nicht, dass wir die Glücklicheren sind«, fuhr der Fahrer fort. »Besser hier als in irgendeinem Arbeitslager in Deutschland.«

Jean-Luc starrte ihn im Rückspiegel an. Warum konnte er sie nicht einfach nur in Ruhe lassen, dieser verdammte Kollaborateur!

»Wir sind bloß müde«, murmelte Philippe und rieb sich die Augen.

»Müde? Aber der Tag hat doch noch nicht einmal begonnen!« Der Fahrer betätigte den langen Schaltknüppel und verursachte damit ein unerträglich knirschendes Geräusch von Metall auf Metall.

Jean-Luc erschauderte, als fühlte er mit dem Getriebe mit.

Der Fahrer seufzte. »Kann sein, dass ihr den heutigen Tag noch ermüdender finden werdet«, sagte er und ließ die Bemerkung in der Luft hängen. Er schien darauf zu warten, dass jemand fragte, aus welchem Grund.

Doch diese Freude wollte ihm keiner machen.

»Der Zug ist heute Morgen losgefahren.« Im Spiegel begegnete der Fahrer Jean-Lucs Blick. »Ja. Sie hatten Probleme, die Passagiere zum Einsteigen zu bringen. Einige von ihnen hatten offenbar beschlossen, doch lieber nicht mitzufahren.« Er nahm den Blick vom Rückspiegel, als er erneut den Gang wechselte und um eine Ecke bog. Diesmal war es jedoch ein sanfter Wechsel, und ein erwartungsvolles Schweigen erfüllte allmählich den Lastwagen. Die Männer wollten wissen, was passiert war, aber keiner wollte sich an dem Gespräch beteiligen.

»Und deshalb«, begann der Fahrer wieder, »ist der Bahnsteig immer noch ein wahres Chaos.« Er stellte den Wagen auf dem üblichen Parkplatz ab. »Also los, Jungs. Zeit zum Aussteigen.«

Mit hängenden Schultern stiegen die sechs Männer aus und schlurften auf die Gleise zu wie besiegte und von den Siegern abgeführte Soldaten.

Als sie den Bahnsteig betraten, trieb ein Windstoß etwas Helles die Kante entlang und Jean-Luc dann direkt ins Gesicht. Im Hintergrund hörte er Marcels jungenhaftes Lachen. Wie konnte er in einer Zeit wie dieser lachen?

Dann verstummte das Lachen jedoch jäh. Jean-Luc zog den Stoff von seinem Gesicht und hielt ihn auf Armeslänge von sich weg. Es war ein Nachthemd, sehr fein und feminin. Wie war es hier gelandet, um wie ein Gespenst den Bahnsteig hinunterzuschweben?

Sein Blick glitt von dem Nachthemd zu dem Boden unter seinen Füßen. Hier entdeckte er einen roten Stöckelschuh mit abgebrochenem Absatz und ein Stück weiter einen schicken lila Hut. Zwei schwarze, runde Herrenhüte. Einen Spazierstock. Eine zerbrochene Brille. Eine Porzellanpuppe mit gebrochenem Bein. Einen Plüschaffen, dessen rosa Füllung am Nacken hervorquoll …

Jean-Lucs Magen verkrampfte sich, und Galle stieg in seiner Kehle auf. Er warf einen Blick zu den anderen fünf Männern hinüber und versuchte, ihre Reaktionen einzuschätzen.

Philippe seufzte, bevor er in das Haus des Stationsvorstehers ging, um sich zum Dienst zu melden. Frédérics Gesicht war kreidebleich geworden, und er schloss die Augen. Die anderen blickten zu Boden und scharrten mit den Füßen. Jean-Luc wollte, dass sie etwas sagten – irgendetwas, was ihm helfen würde, das Gesehene zu verstehen. Aber nichts hier ergab einen Sinn. Es war schlicht und einfach eine verrückt gewordene Welt …

Er drehte sich noch einmal zu dem Bahnsteig um und suchte schnell die nähere Umgebung ab. Ein größerer Gegenstand am Ende des Bahnsteigs erregte seine Aufmerksamkeit, den er ganz instinktiv als das erkannte, was er war – zu groß für ein Stofftier oder eine Puppe, aber geformt wie eine. Er sagte sich, dass das nicht sein könne. Es musste ein Teddybär sein. Ein sehr großer Teddybär.

Einen Moment lang war er zu keinem vernünftigen Gedanken fähig und starrte die Szenerie an, als wäre sie ein Film, der gerissen war. Doch dann setzte die Handlung wieder ein, und nun gab es überhaupt keinen Zweifel mehr.

»Los, rein mit dir!«, rief der Wachposten.

Jean-Luc wankte in das Haus des Bahnhofsvorstehers, wo ihm jemand ein Stück Brot in die eine Hand und einen Becher Ersatzkaffee in die andere drückte. Er ließ jedoch beides fallen. Als die Tasse auf dem Boden zersplitterte und heiße Flüssigkeit herausspritzte, blickte er in die schockierten Gesichter in der Runde, die die nächste Szene erwarteten – und fürchteten.

Er spürte den Schlagstock, der hart auf seiner Schulter landete, machte aber keine Anstalten, sich davor zu schützen.

»*Achtung!* Raus!«, schrie jemand ihm ins Ohr. »Auf der Stelle raus hier! Räumen Sie den Bahnsteig frei.«

Jean-Luc stolperte nach draußen und begann, die herumliegenden Gegenstände aufzuheben: zwei zerbrochene Brillen, den roten Stöckelschuh und den violetten Hut. Langsam näherte er sich dem Ende des Bahnsteigs und konnte spüren, wie irgendetwas ihn zu dem hinzog, was er vorher gesehen hatte. Er schaute auf und suchte den Bereich mit den Blicken ab, aber den Teddybär konnte er nicht mehr sehen.

War es möglich, dass er ihn sich nur eingebildet hatte? Es konnte nur so sein. Doch dann entdeckte er eine Gruppe von Männern, die irgendetwas über den Boden zu einem wartenden Container schleiften. Er näherte sich ihnen ein paar Schritte und fragte sich, ob sie vielleicht einen Sack voller Kleider oder Müll wegschleppten.

Doch im Grunde seines Herzens wusste er, dass dem keineswegs so war. Wie erstarrt beobachtete er, wie sie das Bündel hochhoben und in den Müllcontainer warfen.

An jenem Samstagabend kehrte er wie benommen vor Verzweiflung zu seiner Mutter nach Hause zurück. Er nahm sie kaum zur Kenntnis und ging sogleich in das Schlafzimmer weiter, das seit seiner Geburt sein Zimmer gewesen war. Während er auf dem Bettrand saß, starrte er die Bücherregale an. *Die drei Musketiere* blickten verächtlich auf ihn herab. Als kleiner Junge hatte er sich vorgestellt, er würde einmal so groß und stark werden wie einer dieser Musketiere und genauso schneidig und verwegen – jemand, auf den sein Vater stolz sein könnte. Nicht wie der feige, mutlose Mann, wie der er sich jetzt fühlte …

Die Tür ging knarrend auf, und seine Mutter trat leise ein. »Was ist mit dir, mein Junge?«

Er sah sie an, betrachtete die feinen Fältchen um ihren Mund herum, die dunklen Schatten unter ihren Augen und wusste, dass er es nicht über sich bringen würde, ihr die Wahrheit zu sagen. »Ich kann dort nicht mehr arbeiten«, antwortete er deshalb nur und machte eine kleine Pause. »Ich kann nicht länger Teil dieser Maschinerie sein.«

»Ich weiß, wie schwer es ist, mein Junge. Aber dieser verdammte Krieg ist für uns alle hart.«

»Du weißt noch längst nicht alles, Maman. Du hast ja keine Ahnung!«

Sie setzte sich neben ihn auf das Bett und legte ihm die Hand auf die Schulter. »Was ist es denn, was ich nicht weiß?«

Jean-Luc schüttelte verzweifelt den Kopf.

»Ich will wissen, was dir so zu schaffen macht, Jean-Luc.«

Er schaute ihr in die Augen, die feucht geworden waren vor Besorgnis. »Nein, das willst du nicht wissen, Maman. Nicht wirklich.«

»Lass mich das selbst beurteilen. Ich bin eine starke Frau.«

»Niemand ist so stark, Maman.«

»Ach, komm.« Sie drückte ihm die Hand. »Du hast immer über alles mit mir gesprochen, also hör jetzt bitte nicht damit auf. Wir brauchen einander nun mehr als je zuvor, und ich kann doch sehen, wie du leidest.«

»Sie bringen sie um, Maman!«, entfuhr es ihm. »Ich habe Leichen auf dem Bahnsteig liegen gesehen. Sogar ein Baby. Auf dem Bahnsteig lag ein totes Baby!«

Er konnte spüren, wie seine Mutter neben ihm erstarrte. Sie zog ihre Hand von ihm zurück und verschränkte sie mit der anderen, bis die Knöchel weiß hervortraten.

»Ein Baby? Bist du sicher? Wir wissen ja, dass sie Erwachsene erschießen, wie Mitglieder der Résistance oder jüdische Einwanderer, aber …«

»Maman, ich habe das Baby mit eigenen Augen dort liegen gesehen, nachdem der Zug mit einiger Verspätung abgefahren war. Und dann war das Kind auf einmal weg.«

»Vielleicht hast du es dir ja nur eingebildet … was nicht überraschend wäre angesichts der enormen Belastung, der du durch die Arbeit für die *Boches* ausgesetzt bist. Du brauchst Ruhe, Junge.« Sie wollte ihn wieder an der Schulter berühren, doch er beugte sich vor und vergrub den Kopf in den Händen.

»Ich wusste ja, dass mir niemand glauben würde.«

»Das ist es nicht. Ich glaube dir schon, dass du denkst, du hättest dort ein Baby gesehen, aber bist du dir auch wirklich sicher? Denn warum in Herrgotts Namen sollten sie ein Baby töten?«

Jean-Luc nahm die Hände von seinem Gesicht und schaute seine Mutter an. »Was denkst du denn, warum? Was glaubst du eigentlich, was hier vorgeht? Sie verhaften jeden einzelnen Juden und bringen sie alle weg, um sie angeblich *umzusiedeln*. Aber hast du auch nur eine Ahnung, was sie wirklich mit ihnen machen?«

»Sie schicken sie in Arbeitslager.«

»Ach ja? Alte Frauen? Alte Männer? Babys?« Er hielt inne. »Sie haben doch auch Papa nur in ein Arbeitslager gebracht, nicht wahr? Aber dich haben sie nicht mitgenommen. Nicht mal mich haben sie mitgenommen. Und warum? Weil sie mich hierhaben wollten, um die Bahnstrecken zu warten, und dich wollten sie nicht, weil du nicht kräftig genug bist. Warum nehmen sie also *alle* Juden mit? Selbst die Alten und Schwachen, die ihnen überhaupt nichts nützen würden?«

Seine Mutter schüttelte den Kopf.

»Denk doch mal darüber nach, Maman.«

»Nein, mein Junge. Du gehst zu weit. Du musst aufhören, so zu denken. Das hilft doch nichts«.

Jean-Luc sprang auf, weil seine Frustration ihm die Kehle zuschnürte und ihn schier zu ersticken drohte. »Warum willst du nicht sehen, was hier vorgeht?« Wütend zerrte er die Bücher aus dem Regal hervor und schleuderte sie eines nach dem anderen zu Boden.

Es war ihm jetzt völlig einerlei, was mit ihm geschah. Er wusste nur, dass er etwas unternehmen musste.

Achtes Kapitel

Paris, 3. April 1944

JEAN-LUC

»*Salut, les gars.*« Der Fahrer nickte den Männern zu, als sie hinten auf den Lastwagen stiegen.

Wie üblich ignorierten sie ihn. Unter normalen Umständen hätte Jean-Luc jemanden, den er täglich sah, nach seinem Namen gefragt. Aber er wollte gar nichts wissen über diesen Mann. Wie immer starrte er nur schweigend aus dem Fenster.

Es war einer dieser Vorfrühlingstage, an dem die aufgehende Sonne von einem wolkenlosen Himmel herabschien – hell, doch noch zu schwach, um die Luft zu erwärmen. Seine Knie zuckten von der rastlosen Energie, die ihn beherrschte. In einem hoffnungslosen Versuch, sich zu beruhigen, legte er beide Hände um seinen Nacken und rollte den Kopf. Er musste etwas unternehmen. Er hatte sich geschworen, es zu tun. Und nun entfaltete sich plötzlich ein Gedanke in ihm. Eigentlich war es bloß eine Idee, und er wusste nicht einmal, ob sie sich in die Tat umsetzen ließ, aber er begann, sie in Gedanken durchzuspielen, als wäre es so.

Was wäre, wenn er einen Zug zum Entgleisen bringen könnte? Er müsste dazu nur die Schrauben an den Laschen lösen und dann mit einem Brecheisen die Gleise verbiegen, um den Zug aus der Spur zu bringen. Vielleicht war das ja gar nicht mal so schwer. Aber er konnte es nicht allein tun, sondern brauchte einen Komplizen, der seine Arbeit als korrekt durchgehen ließ, wenn der Kollege sie am Ende des Tages überprüfte. Frédéric?

Jean-Luc wusste, dass er Frédéric keine andere Wahl ließ, als mitzumachen, wenn er ihn vor vollendete Tatsachen stellte, und Frédéric war nicht die Art von Mann, der einen Freund denunzieren würde. Oder vielleicht doch?

Er blickte zu seinem Kollegen hinüber und dachte nach. Es war offensichtlich, dass Frédéric es genauso hasste wie er selbst, für die *Boches* zu arbeiten. Aber einen Sabotageakt begehen? Das erforderte großen Mut. Sollten sie erwischt werden, würden sie nicht nur vor ein Erschießungskommando gestellt werden, sondern auch das erst, nachdem sie verhört und gefoltert worden waren. *Gefoltert!* Jean-Luc blendete den Gedanken aus, bevor er Wurzeln schlagen konnte.

Frédéric blickte plötzlich zu ihm auf, und in einem Moment gegenseitigen Einverständnisses schlossen sie die Augen. Was zum Teufel machten sie hier?

Jean-Lucs Gedanken kehrten zu seiner Idee zurück. War sie das Risiko wert? Was er vorhatte, würde die Abfahrt des Zuges wahrscheinlich nur verzögern, doch das war immerhin schon etwas. Und es würde die *Boches* verärgern, das stand fest. Sein Puls begann zu rasen, als er sich vorstellte, wie der Zug entgleiste – und was für ein Chaos dadurch verursacht würde. Der Gedanke reizte ihn. Könnte dies seine Chance sein, endlich etwas zu unternehmen?

Bei der Vorstellung, den Plan in die Tat umzusetzen, schlug die ohnmächtige Wut, die er bisher empfunden hatte, in wilden Zorn um. Zorn auf die, die ihm seinen Vater genommen hatten, Zorn darüber, ein totes Baby auf dem Bahnsteig liegen zu sehen, als wäre es nicht mehr als ein vergessener Koffer gewesen. Dann Zorn auf sich selbst und all die anderen, die schweigend und voller Angst um ihre eigene Haut dabeigestanden hatten.

»Da sind wir wieder«, verkündete der Fahrer, als sie Bobigny erreichten.

Wie üblich gingen sie zum Haus des Bahnhofsvorstehers, um

sich zum Dienst zu melden und ihr karges Frühstück abzuholen – eine Tasse Ersatzkaffee und einen harten Kanten Brot.

Jean-Luc kippte die braune Flüssigkeit in einem Zug hinunter, warf sein Brot aber auf die Gleise, denn seine Nervosität verkrampfte ihm den Magen. Konnte er sein Vorhaben wirklich in die Tat umsetzen?

Er ging zu der Werkzeughütte hinüber und holte den Schraubenschlüssel für die Laschen und das große Brecheisen heraus. Nach einem Blick zu den anderen Männern, die immer noch an ihrem Brot kauten, ging er an den Gleisen entlang und hielt nach einer Stelle Ausschau, an der zwei Schienenstränge aufeinandertrafen.

Jean-Luc brauchte nicht lange, um eine zu finden. Hier hockte er sich nieder und sah sich die Lasche genauer an. Die Bolzen sahen ein wenig verrostet aus. Wenn er die Sache wirklich durchziehen wollte, musste er zunächst einmal ausprobieren, wie lange er zum Lösen einer Schraube brauchte, und diese Zeit dann mit vier multiplizieren. Er nahm an, dass er eine gute Viertelstunde Zeit haben würde, da die Wachen ungefähr alle dreißig Minuten vorbeizukommen schienen.

Seine Beine fühlten sich so schwach an, dass er sich auf die Knie niederließ und auf die Fersen hockte, die rostigen Bolzen anstarrte und normal zu atmen versuchte. Der Schweiß brach ihm aus, und sein Mund war mit einem Mal wie ausgetrocknet. Aber er wusste, wenn er es jetzt nicht tat, würde er es niemals tun. Und würde für den Rest seines Lebens mit seiner Feigheit leben müssen.

Wieder atmete er tief ein, um seinen rasenden Puls zu verlangsamen, ergriff den Schraubenschlüssel und legte ihn um den ersten Bolzen. Dann schob er den Ärmel hoch, um einen Blick auf die Uhr zu werfen – es war sieben Uhr einundvierzig. Er begann, den ersten Bolzen zu drehen, doch der widerstand seinen Versuchen.

Jean-Luc drückte den Schraubenschlüssel noch fester auf den Bolzen und legte sein ganzes Gewicht in die Bewegung. Sein Atem ging schnell und stoßweise, aber es gelang ihm, den Bolzen einmal und dann noch einmal zu drehen. Danach bewegte er sich schneller. Als der Bolzen sich vollständig gelockert hatte, schaute Jean-Luc wieder auf die Uhr – sieben Uhr dreiundvierzig und vierzig Sekunden. Fast drei Minuten hatte er gebraucht, was insgesamt noch neun Minuten für die anderen drei Bolzen bedeutete. Er hatte also Zeit und konnte es schaffen.

»Jean-Luc!« Frédérics Stimme durchfuhr ihn wie ein Elektroschock. »Was machst du da? Wir sollen heute doch am anderen Ende der Strecke arbeiten.«

Der Schraubenschlüssel fiel Jean-Luc aus der Hand und landete laut scheppernd auf den Schienen.

Noch immer auf den Knien, schaute er sich um und überprüfte, wer sich in Hörweite befand. Aber es war noch früh, und so standen nur ein paar Wachen in der Nähe, die rauchten und sich miteinander unterhielten. Sie schauten zu ihm herüber und begegneten seinem Blick. Jean-Luc hielt den Atem an. Aber sie schienen ihn kaum zu bemerken, da sie offensichtlich so in ihr Gespräch vertieft waren, dass sie sich sogleich wieder ab- und einander zuwandten.

Jean-Luc atmete langsam aus und drehte sich dann wieder zu Frédéric um. Bemüht, in möglichst normalem Ton zu reden, sagte er: »Diese Lasche hier ist locker.«

»Na, dann beeil dich!«, antwortete Frédéric und ging wieder.

Jean-Luc hob den Schraubenschlüssel auf, legte ihn um den zweiten Bolzen und drehte ihn, indem er mit seiner linken Hand die rechte hielt, um mehr Druck zu erzeugen. Runde um Runde ging es nun, gleichmäßig und effizient. In nur drei Minuten war der Bolzen gelockert, und Jean-Luc ging zur dritten Schraube weiter. Inzwischen schwitzte er jedoch so stark, dass seine Hand von dem Schraubenschlüssel abrutschte und sein Overall ihm am ganzen Körper klebte. Drei Minuten und vierzig Sekunden verstrichen.

Schließlich legte er den Schraubenschlüssel um den vierten und letzten Bolzen, und seine Kehle wurde wieder eng, weil dieser letzte völlig festgerostet war. Er ließ sich überhaupt nicht bewegen. Jean-Luc drückte fester und fester, bis sein Handgelenk von der Anstrengung schon schmerzte. Er warf einen Blick auf die Uhr. Eine Minute hatte er verloren und nichts erreicht. Aber er musste alle vier Bolzen lösen, oder sein Plan würde nicht aufgehen. Er hielt inne, um tief durchzuatmen, bevor er es ein zweites Mal versuchte. Diesmal klopfte er jedoch zuerst auf den Rost, um ihn zu lösen, bevor er den Schraubenschlüssel um den Bolzen legte und ihn dann mit aller Kraft zu drehen versuchte. Und tatsächlich begann er sich zu lockern! Aber dreieinhalb weitere Minuten vergingen.

Für das Brecheisen blieben ihm jetzt nur noch zwei Minuten. Er hob es auf und stieß es mit aller Kraft in die Erde unter den Schienen. Sein Herz klopfte wild, und das Atmen fiel ihm zunehmend schwerer, bis er mit weit geöffnetem Mund die Luft einsog. Er hörte gebrüllte Befehle: »*Achtung! Vorwärts, marsch!*«, wagte aber nicht aufzublicken. Noch einmal stieß er das Brecheisen mit aller Kraft unter die Schiene – und endlich bewegte sie sich! Er verdrehte sie weit genug, um sie aus ihrer Bahn zu bringen.

Dann ließ ihn ein Geräusch hinter sich zusammenfahren. Schwere Schritte näherten sich, und er drehte sich erschrocken um.

Es war der Lagerkommandant, der auf ihn zukam. *Merde!* Jean-Luc wandte sich schnell den Schienen zu. Bitte, lieber Gott, betete er. Bitte mach, dass er wieder geht!

Doch die Schritte wurden lauter und kamen näher. Jean-Lucs Hand zitterte, als er das Brecheisen herauszog und es rasch auf der anderen Seite in den Boden stieß, als versuchte er, die

Schiene zu begradigen. Erst dann blickte er sich zu Brunner um, der mit einer Wache sprach. Kehliges Gelächter folgte, und dann gingen sie wieder.

Jean-Luc wandte sich erneut den Schienen zu, obwohl seine Hände noch immer zitterten. Er *musste* es tun. Als er die Brechstange nun auf der richtigen Seite in die Erde stieß, machte er sich bereit, seine ganze Kraft in das Verbiegen des Schienenendes zu legen.

Es geschah so schnell, dass er es nicht kommen sah. Die Brechstange verrutschte ihm in der Hand und schnellte zurück. Ein scharfer Schmerz durchzuckte seine Wange, als würde sie von einem Messer aufgeschlitzt. Er ließ alles fallen und presste sich die Hand an die verletzte Haut. Blut strömte über seine Finger, und er konnte einen Moment auch nichts mehr sehen. Da brachte ihn ein Schlag gegen das Bein ins Taumeln, und er schrie laut auf.

Grobe Hände zerrten ihn von den Gleisen und schleiften ihn weg. Dann hoben ihn zwei Männer auf und warfen ihn auf einen Lastwagen.

Neuntes Kapitel

Paris, 3. April 1944

CHARLOTTE

»Du verspätest dich schon wieder«, sagte Maman und drückte mir schnell noch ein Stück trockenes Brot in die Hand, als ich zur Tür hinauslief. »Du solltest früher aufstehen.« Das Gleiche riet sie mir jeden Morgen, doch ehrlich gesagt hielt ich halb sieben Uhr morgens für mehr als früh genug.

Es war eine lange Fahrt von unserer Wohnung in der Rue Montorgueil zum Hôpital Beaujon in Clichy, aber das machte mir nichts aus, und wegen des langen Arbeitsweges kam ich mir schon sehr erwachsen vor mit meinen achtzehn Jahren.

Maman hatte die Arbeitsstelle für mich gefunden. Sie wollte mich aus der Wohnung heraushaben, in der ich »mein Leben mit Lesen vergeudete«, wie sie es nannte. Und natürlich wollte sie auch die zusätzlichen Essensrationen, die wir durch mich erlangten.

Papa war anfangs dagegen gewesen, dass ich die Stelle annahm, da das Krankenhaus von Deutschen geführt wurde, aber Maman hatte ihn umgestimmt. Es sei ja schließlich nicht so, als würde ich dort Staatsgeheimnisse verraten oder vielleicht sogar einen Nachbarn denunzieren, sagte sie. Im Übrigen sei »Verwundete zu pflegen« eine gute Beschäftigung für junge Frauen in Kriegszeiten, fügte sie noch hinzu.

Ich dagegen fragte mich im Stillen, ob es nicht eine bessere Tätigkeit für junge Männer sei, die sie zum Nachdenken bringen könnte, bevor sie einen Krieg führten. Außerdem waren die Patienten längst nicht alle Deutsche. Es waren auch ziemlich viele französische Soldaten darunter, die sich in einem der zahlreichen Rekrutierungsämter in ganz Paris zum Wehrdienst gemeldet hatten.

Und so verbrachte ich meine Tage damit, Fußböden zu schrubben, Kranke zu füttern, die ihr Augenlicht verloren hatten oder die Hände nicht mehr gebrauchen konnten, oder mich auch einfach nur zu ihnen zu setzen und den französischen Patienten, die ich verstehen konnte, zuzuhören. Die härtesten Fälle waren die Verwundeten, die einen Arm oder ein Bein verloren hatten, in denen sie aber immer noch einen unerträglichen Schmerz zu verspüren meinten – dies sei das »Phantomschmerzen-Syndrom«, hatte einer der Ärzte mir erklärt. Und es gab nichts, was diese Patienten beruhigen oder ermutigen konnte.

Was mir auffiel, war, dass in einem Krankenhausbett alle Männer gleichermaßen verwundbar und harmlos aussahen. Nur ihre jeweilige Sprache verriet, woher sie kamen. Das Krankenhaus wurde nach strengen Regeln geführt, doch die Patienten zu trösten und zu ermutigen wurde gefördert, was mir sehr gefiel, auch wenn ich nach wie vor wünschte, es sei kein deutsches Krankenhaus. Die Ironie des Ganzen blieb mir keineswegs verborgen, denn während ich hier war und dem Feind half zu genesen, riskierten andere, patriotischer denkende Franzosen ihr Leben, um das genaue Gegenteil zu tun.

Als ich an jenem Morgen das Krankenhaus endlich erreichte, ging ich zu meinem Schließfach, nahm meine Dienstkleidung heraus und zog sie vor dem Spiegel an, um mich zu vergewissern, dass sie glatt und sauber war. Ich hatte mich schon fast verspätet, aber eben noch nicht ganz, und so blieb ich noch einen Moment und drehte mich vor dem Spiegel, um einen Blick auf meine Figur zu werfen.

»Flachbrüstig« war das einzig zutreffende Wort dafür, da ich weder Rundungen noch Kurven besaß, die darauf hinwiesen, dass ich langsam zur Frau wurde. Die vier Jahre unter deutscher Besatzung hatten ein tief sitzendes Gefühl der Leere in mir hervorgerufen. Es war nicht nur der ständige körperliche Hunger, der mich quälte, sondern auch ein emotionaler, weil ich förmlich darauf brannte, das wahre Leben kennenzulernen. Schließlich wusste ich, dass es noch eine Welt dort draußen gab, in der die Menschen miteinander lachten, tanzten, tranken, sich küssten und sich liebten, und ich all das verpasste.

Als ich mit den Händen über meine Brust strich, klangen mir die Worte meiner Mutter in den Ohren: »Es bringt nichts, dir einen BH zu kaufen.« Ich erinnerte mich, wie aufregend es gewesen war, als ich meine erste Periode hatte, und wie enttäuscht ich war, als sie nach nur drei Monaten schon wieder ausblieb, als sähe sie keinen vernünftigen Grund dafür, bei mir überhaupt erst eingesetzt zu haben.

»Du hast ja keine Ahnung, was für ein Glück du hast«, war Mamans Kommentar dazu. »Sie ist nichts weiter als ein Fluch.« Aber *ich* wollte, dass mein Körper sich veränderte, und sehnte mich danach, an Stellen berührt zu werden, die ich nicht mal zu benennen wagte …

Ich drehte mich wieder, um mein Gesicht zu betrachten, und versuchte zu lächeln. Ja, das war auf jeden Fall schon besser. Aber mir war hier nicht nach Lächeln zumute, nicht einmal dann, wenn die Patienten mit mir zu flirten versuchten. Die meisten von ihnen waren ohnehin nicht lustig, sondern verursachten mir höchstens eine Gänsehaut mit ihren dummen Bemerkungen wie »Kalte Hände, warmes Herz« oder »Ich *liebe* Ihre Tracht, Schwester«. Ich bevorzugte die Stillen und bedauerte diejenigen, die Schmerzen litten und doch ein tapferes Gesicht machten und mit den Tränen kämpften, wenn ich ihnen half, sich aufzurichten.

Als ich mein Haar glatt strich, wünschte ich, ich hätte es waschen können. Es war fettig, aber es gab so wenig Seife, dass Maman mir nur einmal in der Woche eine Haarwäsche erlaubte.

Ich durfte mich auch nicht schminken, was mir jedoch nicht so wichtig war, da ich ziemlich lange, dunkle Wimpern hatte und mir nur in die Wangen zu kneifen brauchte, damit es so aussah, als hätte ich Rouge benutzt.

»*Allez! Allez!*« Ausgerechnet jetzt kam die Oberschwester in den Umkleideraum gestürmt. Sie schaute mich im Spiegel an, und froh über die willkommene Distanz, die er zwischen uns schuf, erwiderte ich ihren Blick. »Dies ist nicht der richtige Moment, um sich selbst zu bewundern«, kommentierte sie kalt. »Dazu gibt's zu viel zu tun.«

»Entschuldigung«, murmelte ich und nahm ihr Mopp und Eimer aus den Händen.

Zehntes Kapitel

Paris, 3. April 1944

JEAN-LUC

»*Stillhalten!*« Ein Stück Leder wurde Jean-Luc in den Mund geschoben, auf das er biss. Gleichzeitig unterdrückte er einen Aufschrei. Oh Gott, was machten sie mit ihm? Es fühlte sich so an, als würden sie sein Gesicht aufschlitzen!

Sein Herz begann zu rasen, als er sich schlagartig wieder an alles erinnerte: Brunners Schritte hinter ihm. Die Brechstange. Das Aufblitzen von Metall vor seinen Augen, bevor die Stange sein Gesicht traf, und dann der Hieb gegen sein Bein. Hatte ihn jemand geschlagen? Hatten sie mitbekommen, was er tat? Aber wie? Sie würden bestimmt nicht auf die Idee kommen, dass er versucht hatte, die Bahngleise zu sabotieren. Oder doch? Oh Gott … Und wenn sie es nun doch gemerkt hatten?

Etwas silbern schimmerndes Metallisches fiel ihm ins Auge, als er zu der Leuchtstoffröhre aufblickte. Es bewegte sich auf sein Gesicht zu, und erschrocken spuckte er das Leder aus und schrie.

»*Stillhalten!*«, brüllte wieder jemand. »*Haltet ihn fest!*«

Ihm wurde schwindelig. Verschwommene Gesichter erschienen in seinem Blickfeld und verschwanden wieder aus dem grellen weißen Licht. Der Geruch von Bleiche und Desinfektionsmitteln kratzte ihn im Hals und brachte ihn beinahe zum Erbrechen. Deutsche Wörter prallten gegen seinen schmerzenden Schädel. »Bitte«, flehte er. »Bitte hören Sie auf. Ich werde Ihnen alles sagen …«

»Es ist schon vorbei. *Fini.*«

Vorbei? Sie waren mit ihm fertig? Jean-Luc fragte sich, was er ihnen gesagt haben mochte. Er wusste, dass er vor sich hin gemurmelt, geweint und auch gebettelt hatte. Seine Augen waren nass, sein Mund war trocken. Der Schmerz an seiner verletzten Gesichtshälfte attackierte ihn wie ein gezacktes Messer, und das quälende Pochen in seinem Bein erschütterte seinen ganzen Körper. Außerdem war ihm plötzlich so kalt, dass ein heftiges Zittern von ihm Besitz ergriff. Wenn ihm doch nur jemand eine Wolldecke überwerfen würde!

Eine Decke bekam er nicht, aber irgendjemand packte ihn an den Schultern und zerrte ihn vorwärts, als wollte er ihn in eine sitzende Position bringen. Jean-Luc versuchte, den Kopf zu heben, wurde jedoch von Krämpfen geschüttelt und hatte keine Kontrolle mehr über seine Bewegungen.

Da spürte er eine Berührung im Nacken und ein Glas Wasser an den Lippen. Er trank einen Schluck und bemerkte erst dann die drei Tabletten, die ihm jemand in die Hand gedrückt hatte. Er blickte auf sie herab, doch sie verschwammen vor seinen Augen. Sie waren weiß, das konnte er sehen, aber er hatte keine Ahnung, was das für Tabletten waren.

»Schmerzmittel«, sagte eine Stimme mit einem deutschen Akzent.

Er nahm alle drei zusammen mit einem weiteren Schluck Wasser, schloss dann schwer atmend die Augen und hoffte, dass ihre Wirkung möglichst bald einsetzen würde.

Sein Bein! Was war mit seinem Bein passiert? Er versuchte, sich aufzusetzen, um zu sehen, was es war.

»*Nein! Non!*« Eine Hand drückte ihn wieder zurück.

Er lag auf irgendeiner Vorrichtung mit Rädern und konnte spüren, wie er damit weggerollt wurde. Erschöpft legte er den Kopf zurück, starrte zu der weißen Decke auf und versuchte, den Schmerz aus seinem Bewusstsein zu verbannen. Er konnte eine Mischung aus Stöhnen, Gerede und Geschrei und hin und wieder sogar ein Lachen hören. Manchmal fing er einen ganzen Satz in Französisch auf, dann wurde wieder Deutsch gesprochen, und er verstand rein gar nichts. Wo zum Teufel war er?

Während er weitergeschoben wurde, wandte er den Kopf zur Seite und blickte sich mit trüben Augen um. Was er sah, waren Reihen weißer Betten rechts und links von ihm. Gott sei Dank, dachte er, als er erkannte, dass er sich offenbar in einem Krankenhaus befand.

Er war also weder verhört noch malträtiert, sondern behandelt worden!

Auch der Schmerz ließ allmählich nach. Ihm wurde zwar seltsam schwummerig im Kopf, aber da er sich danach sehnte, sich im Trost des Schlafes zu verlieren, ließ er sich widerstandslos davon übermannen.

Als Jean-Luc erwachte, fühlte er sich ausgelaugt und kraftlos, und der pochende Schmerz in seiner Wange und in seinem Bein war wieder da. Langsam hob er eine Hand an sein Gesicht und stellte zu seiner Überraschung fest, dass es fast vollständig verbunden war. Oh Gott, was hatte er bloß mit sich angestellt? Sein Magen knurrte lautstark, und etwas geistesabwesend fragte er sich, wann er das letzte Mal etwas gegessen hatte.

Mühsam richtete er sich ein wenig auf und blickte sich um. Weiß gekleidete Krankenschwestern eilten den Mittelgang hinauf und hinunter, die meisten mit einem Thermometer in der Hand, und blieben manchmal an einem der Betten stehen, um nach einem Patienten zu sehen.

»Willkommen«, sagte eine deutsche Stimme in dem Bett zu seiner Linken.

Jean-Luc wandte sich dem Mann, der ihn angesprochen hatte, zu. »*Bonjour.*«

»Ah, Sie sind Franzose. Wie heißen Sie?«

»Beauchamps.«

»Was ist Ihnen passiert?«

»Ein Eisenbahnunglück.«

»Nun, da werden Sie Ihren Kindern aber eine schöne Narbe zeigen können.«

»Ich habe keine Kinder.«

Der *Boche* lachte. »Ihren zukünftigen Kindern, meinte ich. Ich bin übrigens Schütze Kleinhart und freue mich, Sie kennenzulernen. Ich liege hier wegen einer Schusswunde im Bein, die ich zwei wild herumballernden Terroristen zu verdanken habe.«

»Das tut mir leid.« Was sonst hätte er sagen können?

»Keine Bange. Sie haben sie geschnappt und kümmern sich um sie.«

Jean-Luc schloss die Augen und versuchte, die Bilder der gefolterten Männer auszublenden, die seinen Kopf fluteten, weil er nicht noch mehr Schmerz ertragen konnte.

Schließlich öffnete er die Augen wieder. Kleinhart starrte ihn an und schien auf eine Antwort zu warten. Und da dies nicht der richtige Moment war, um den Helden zu spielen, murmelte Jean-Luc: »Ja, denen muss man eine Lektion erteilen.«

»Allerdings.« Schütze Kleinhart ließ sich in sein Kissen zurücksinken. »Angst wirkt immer. Es ist erstaunlich, wie schnell die Menschen kapieren, wenn man sie das Fürchten lehrt.«

Schon das Wort allein bewirkte, dass sich Jean-Lucs Innerstes verkrampfte. Er versuchte, sich nicht auszumalen, was sie *ihm* antun könnten, und blickte unwillkürlich auf seine Fingernägel herab, um sicherzugehen, dass noch alle da waren.

Eine Krankenschwester erschien mit einem Thermometer in der Hand.

»Guten Morgen, Schwester«, begrüßte der *Boche* sie lächelnd.

Sie nickte und wandte sich dann Jean-Luc zu. »*Bonjour, Monsieur*«, sagte sie zu ihm und schaute ihn aus warmen, schokoladenbraunen Augen an. »Würden Sie bitte den Mund öffnen, Monsieur?«

Gehorsam tat er wie verlangt und starrte sie an, als sie das Thermometer unter seine Zunge schob. Jetzt spürte er wieder die genähte Wunde an seiner Wange, die sich anfühlte, als könnte sie jeden Moment aufreißen. Trotzdem schloss er die Lippen um das Glasröhrchen und zwang sich, ruhiger zu atmen, während er die Krankenschwester musterte.

Sie sah noch sehr jung aus, und ihre helle Haut war so glatt und makellos, dass sie ihn an eine leere Leinwand denken ließ. Die Krankenschwester fing seinen Blick auf, als sie das Thermometer aus seinem Mund nahm, und wandte ihren eigenen schnell wieder ab.

»Wo bin ich?« Jean-Luc versuchte, den Blickkontakt zu ihr wiederherzustellen, doch ihre ganze Aufmerksamkeit galt jetzt dem Thermometer.

Plötzlich hob sie den Kopf und schaute ihn mit ihren glänzenden dunklen Augen direkt an. »Im Hôpital Beaujon.« Ihre Stimme fühlte sich so intim an wie ein Flüstern, das nur für ihn bestimmt war.

»Im Hôpital Beaujon?«, erwiderte er mit einem fragenden Blick in ihre Augen.

»Es ist ein deutsches Krankenhaus.«

Jean-Lucs Herz schlug schneller und dröhnte ihm in den Ohren. Aber natürlich!

Deshalb sprachen hier alle Deutsch. Doch warum hatten sie ihn in ein deutsches Krankenhaus gebracht? Nachdenklich schaute er sich genauer um und nahm die geschäftige Betriebsamkeit der *Boches*, die gestärkten weißen Kittel und die makellose Sauberkeit der Station in sich auf. Er befand sich anscheinend in guten Händen. Aber warum hatten sie ihm dann kein Betäubungsmittel gegeben, bevor sie seine Wunde genäht hatten? Weil er Franzose war? Oder vielleicht sogar unter Verdacht stand?

Doch wenn sie auch nur geahnt hätten, dass er versucht hatte, die Eisenbahnschienen zu sabotieren, wäre er in ein gewöhnliches französisches Krankenhaus oder sogar auf direktem Weg zum Verhör gebracht worden. Sie konnten also keinen Verdacht geschöpft haben. Wie denn auch? Aber was war mit seinem Bein passiert?

Die Krankenschwester war damit beschäftigt, sein Bettzeug in Ordnung zu bringen, und Jean-Luc wartete, bis sie damit fertig war. Als sie sich ihm wieder zuwandte, fragte er: »Wissen Sie, was mit meinem Bein los ist?«

Schweigend griff sie nach seinem Krankenblatt, das am Ende des Bettes hing, überflog es rasch und runzelte dann die Stirn. »Tut mir leid, aber das kann ich Ihnen nicht sagen. Es ist alles auf Deutsch …«

»Zeigen Sie mal her«, unterbrach sie der *Boche* in dem Bett nebenan.

Ohne ihn anzuschauen, übergab sie ihm die Tafel mit dem Krankenblatt.

»Sie haben einen Oberschenkelbruch.« Der *Boche* hielt einen Moment inne. »Sind Sie unter einen Zug geraten?«

»Nein.« Jean-Luc wurde schon wieder schwindlig. »Ein Stück der Gleise hat sich gelöst und mich am Bein getroffen.«

»Sie arbeiten an den Gleisen?«

»Ja, Monsieur.«

»Na, dann seien Sie beim nächsten Mal besser vorsichtiger.«

Jean-Luc nickte nur und drehte sich zu der Krankenschwester um. Er konnte sehen, dass sie im Begriff war, wieder zu gehen, doch ihre Anwesenheit beruhigte ihn. Zumindest war sie Französin und keine Deutsche.

»Wie lange werde ich hier sein, Schwester?«, wollte er wissen und versuchte, ein Lächeln aufzusetzen, aber es tat zu weh.

»Das weiß ich nicht. Da müssen Sie den Arzt fragen.« Und schon war sie weg und ließ ihn mit dem *Boche* allein.

Elftes Kapitel

Paris, 4. April 1944

CHARLOTTE

Als wäre die von den Deutschen verhängte Ausgangssperre nicht schon schlimm genug, erlegten mir nun auch noch meine Eltern eine auf. Von nun an musste ich pünktlich um acht zu Hause sein, obwohl ich mit meinen achtzehn Jahren natürlich darauf brannte, abends auszugehen – in ein Café oder zum Tanzen auf einem der *bals clandestins*, von denen die Leute nur heimlich und in gedämpftem, aufgeregtem Ton sprachen.

Meine einzige Unterhaltung waren die Freitagabende, an denen ich ein paar Freundinnen zu Besuch haben durfte. Maman ließ uns dazu sogar die Bibliothek benutzen, die mit ihren weichen, abgenutzten Ledermöbeln aus unserem Landhaus viel gemütlicher war als der Salon mit seinen steifen Louis-XVI-Polstermöbeln. Wir flegelten uns gern darin herum und taten so, als rauchten wir und wären schrecklich dekadent, obwohl wir eigentlich nur auf harten Lakritzstangen herumkauten und den Tee tranken, den Maman vor dem Krieg aus England hatte kommen lassen.

»Wisst ihr schon, dass Marc weg ist?« Agnès lutschte an ihrer Lakritzstange und sah mich aus dem Augenwinkel an.

»Aber er ist doch katholisch.« Mein Herz schlug schneller. Die Deutschen konnten ihn nicht mitgenommen haben.

»Nein, du Dummchen. Er hat sich aus dem Staub gemacht, um sich den Maquis anzuschließen.«

»Nein!«

»Ist er denn nicht vorbeigekommen, um dir Adieu zu sagen?«

Ich mochte Marc, und Agnès wusste das. Ich schüttelte nur den Kopf, und beide Mädchen sahen mich mitleidig an.

»Mach dir keinen Kopf«, sagte Mathilde. »Er hat sich von niemandem verabschiedet. Wir wissen es nur, weil seine Mutter es meiner erzählt hat, als sie wieder mal für Lebensmittel anstanden. Sie ist natürlich sehr erbost darüber. Die *Boches* werden sie alle umbringen, wenn sie die Maquis finden.«

Ich fragte mich, wie sie so beiläufig über solche Dinge sprechen konnte. »Na ja, zumindest unternimmt er was«, erwiderte ich und hielt kurz inne, um mich zu sammeln. »Würdet ihr nicht auch gern etwas tun?« Ich schaute von der einen zur anderen, erntete jedoch nur ausdruckslose Blicke.

»Es ist zu gefährlich«, sagte Agnès schließlich. »Ich werde bestimmt nicht in die Berge gehen, um mich diesen Widerstandskämpfern anzuschließen. Sie leben nicht nur draußen in der Wildnis, sie schlafen sogar im Freien. Könnt ihr euch das vorstellen?«

»Aber zumindest versuchen die Maquis, etwas zu unternehmen, und sie tun, was sie können«, entgegnete ich, um sie zu verteidigen.

»Ich finde sie sehr mutig«, bemerkte nun auch Mathilde. »Ich könnte das nicht. Außerdem würde ich ihnen sowieso nichts nützen, weil ich sofort all ihre Geheimnisse verraten würde, wenn ich verhaftet würde.« Sie erschauderte. »Die *Boches* tun ihnen furchtbare Dinge an, wenn sie sie erwischen.«

»Stellt euch nur mal vor, eine geheime Botschaft überbringen zu müssen. Ich zumindest wäre ein totales Nervenbündel«, sagte Agnès leise.

Ich holte tief Luft. »Ich auch. Doch wenn mich jemand darum bäte, würde ich es wenigstens versuchen wollen, glaube ich.«

»Habt ihr was von Jacques gehört?«, wechselte Agnès abrupt das Thema.

Jacques war vor etwa einem Monat eines Nachts verschwunden. Seiner jüdischen Herkunft wegen war er bereits von der Sorbonne ausgeschlossen worden, und Mathilde hatte ihm regelmäßig Notizen und Aufzeichnungen anderer Studenten gebracht, doch bei ihrem letzten verabredeten Treffen war er nicht mehr aufgetaucht. Später erfuhren wir, dass er gefasst worden und nach Drancy gebracht worden war.

»Ich wünschte, ich hätte ihm angeboten, mit zu uns zu kommen und zu bleiben«, sagte Mathilde leise.

»Das wäre zu gefährlich gewesen.« Agnès streckte eine Hand aus, um Mathilde am Ellbogen zu berühren. »Wenn sie ihn bei euch zu Hause gefunden hätten, wärst auch du und deine ganze Familie verhaftet worden.«

»Ich hoffe, dass wir trotzdem noch Freunde sein können, wenn er zurückkommt.« Mathildes Stimme brach, und ich konnte ihre Verzweiflung nur allzu gut verstehen.

Wie oft hatten wir untätig dabeigestanden, wenn unsere Nachbarn und Freunde Gott weiß wohin verschleppt worden waren? Wir alle fühlten uns in gewisser Weise mitschuldig, auch wenn wir es nie aussprachen. Denn was konnten wir schon tun?

»Habt ihr von dem Mann gehört, der im *Printemps* einen Nazi erschossen hat?«, begann Agnès wieder ein neues Thema. Sie war es, die immer schon vor allen anderen von gewissen Dingen zu erfahren schien. Die Arbeit in der Bäckerei war ihr dabei vermutlich eine große Hilfe, da die Leute natürlich redeten, wenn sie stundenlang für Brot anstehen mussten.

Wir schauten sie an und warteten gespannt auf mehr.

»Er hat's am helllichten Tag getan, gleich unten im Erdgeschoss, wo die Handtaschen verkauft werden.« Sie schwieg einen Moment, um ihre Worte auf uns wirken zu lassen. »Der Mann wusste, dass er dafür verhaftet und hingerichtet werden würde, und trotzdem hat er es gemacht.« Wieder legte sie eine Pause ein. »War das nicht mutig?«

»Aber dann wurden zur Vergeltung französische Gefangene erschossen«, gab Mathilde zu bedenken. »Findet ihr, dass es das wert war?« Sie erhob sich aus ihrem Sessel. »Da bin ich mir nicht so sicher.«

Ich dachte einen Moment lang nach. »Ich glaube, es macht die *Boches* nur so wütend, dass sie sich uns anderen gegenüber nur noch schlimmer verhalten.«

»Da stimme ich dir zu.« Mathilde sah mich an. »Nicht durch das wahllose Töten irgendwelcher *Boches* werden wir den Krieg gewinnen«, sagte sie und ließ sich wieder in ihren Sessel fallen.

»Ich habe gehört, dass de Gaulle versucht, in England eine Armee zusammenzubekommen«, flüsterte Agnès. »Eines Tages werden sie herüberkommen, um die *Boches* mit uns gemeinsam zu bekämpfen.«

»Und wir sollten bereit für sie sein, wenn sie kommen«, warf ich ein und wünschte, es gäbe etwas, was ich tun könnte.

»Bereit?«, wiederholte Agnès lachend. »Und *wie* bereit ich für sie sein werde! Mehr als nur bereit. Wenn sie hierherkommen, werde ich sie küssen!«

»Ich auch!«, stimmte Mathilde ihr zu. »Ich hätte überhaupt nichts gegen einen gut aussehenden Engländer«, sagte sie, und alle kicherten.

Agnès wechselte schon wieder das Thema. »Und ich hätte gern eine dieser Handtaschen in Form einer Gasmaske.«

Mathilde lächelte. »Ja, die sind gerade genau das Richtige, aber leider auch sehr teuer.«

»Und ich würde mein Haar gern unter einem Turban tragen.« Agnès strich sich über die welligen offenen Haare. »Ich finde es sehr chic, aber meine Mutter erlaubt es mir nicht. Sie meint, es sähe derb und bäurisch aus.«

»Ach was, du musst den Turban nur richtig hinkriegen und ihn dann mit einem hübschen Paar Ohrringe betonen.« Mathilde schien die Richtung zu gefallen, die das Gespräch einschlug, doch ich fragte mich, wie wir in einer Zeit wie dieser über Haare und Mode sprechen konnten. All das kam mir so trivial und sinnlos vor. Waren wir Mädchen wirklich derart kleingeistig? Der Gedanke deprimierte mich.

»Wusstet ihr, dass Madame Clermont aus der Apotheke mit einem Nazi liiert ist?«, fragte Agnès.

Ich nickte nur, da ich die Gerüchte schon gehört hatte.

»Und er ist auch noch bei der SS«, fügte sie in verschwörerischem Ton hinzu.

»Pfui Teufel, das ist ja ekelhaft!« Mathilde spie die Worte förmlich aus, und ihre Augen blitzten auf vor Wut. »Diese Frau verdient den Tod.«

Agnès stand auf und ging zum Klavier hinüber, klappte es auf und schlug eine Taste an. Dann begann sie, *Mon légionnaire* zu spielen. Mathilde folgte ihr und lehnte sich an das Klavier, um mitzusingen, doch mir war an diesem Abend nicht nach Singen zumute.

Plötzlich hörte Agnès auf zu spielen und drehte sich zu mir um. »Charlotte«, sagte sie, »es stört dich hoffentlich nicht, dass ich frage, aber warum arbeitest du eigentlich in einem Krankenhaus der *Boches?*«

Ich konnte spüren, wie meine Wangen zu brennen begannen. »Nur damit du Bescheid weißt – nicht alle Patienten dort sind *Boches.* Tatsächlich sind sogar nicht wenige von ihnen Franzosen.«

»Ja, aber die sind Kollaborateure, sodass es also eigentlich das Gleiche ist.«

»Für mich sogar noch schlimmer«, erklärte Mathilde. »Sie mussten sich ja nicht den *Boches* anschließen, sondern haben es freiwillig getan.«

»Maman hat mir die Stelle besorgt, weil sie wollte, dass ich arbeite«, antwortete ich, ohne auf Mathildes letzte Bemerkung einzugehen. Sie sah sowieso immer nur alles in Schwarz oder Weiß.

»Deine Mutter? Aber ich dachte, sie hasst die *Boches?*«

»Natürlich hasst sie sie. Doch sie findet, Krankenpflege sei in Kriegszeiten eine gute Beschäftigung für junge Frauen«, erwiderte ich und imitierte dabei Mamans herrische Stimme.

Die anderen lachten.

»Aber du solltest es nicht tun!«, erklärte Mathilde dann und bedachte mich mit einem kühlen Blick. »Du bist eine erwachsene Frau und brauchst nicht alles zu tun, was sie dir vorschreiben will.«

Ich sah ihr ruhig ins Gesicht, dachte jedoch, dass sie damit nicht ganz unrecht hatte und ich besser anfangen sollte, meine eigenen Entscheidungen zu treffen.

»Wolltest du nicht an die Sorbonne gehen und Literatur studieren? Schließlich hast du ein wirklich ausgezeichnetes Abitur gemacht.« Agnès klappte das Klavier mit einem dumpfen Aufprall zu, der mich erschaudern ließ, weil Maman mich gelehrt hatte, es immer sanft und geräuschlos zu schließen.

»Ja, ich vermisse das Lernen sehr.«

»Na ja, lesen kannst du ja auch allein. Dafür brauchst du nicht zur Universität zu gehen, nicht?«

»Das ist nicht dasselbe. In einem Buch steckt sehr viel mehr als nur die Wörter auf den Seiten.«

Agnès zuckte mit den Schultern. »Jedenfalls scheint es im Moment nicht sehr viel Sinn zu machen.«

»Ich weiß, was du meinst«, stimmte ihr Mathilde zu. »Es kommt einem sinnlos vor zu studieren, wenn überall Menschen verhaftet und getötet werden.« Sie unterbrach sich kurz. »Vielleicht hat deine Mutter ja recht.«

»Ja. Maman sagte, sie sehe keinen Grund, dass ich angesichts dieser so ungewissen Zukunft meine Ausbildung fortsetze, und die zusätzlichen Verpflegungsscheine, die ich bekomme, seien ohnehin viel nützlicher.« Ich machte eine kurze Pause. »Bildung ist ein Luxus, den wir uns nicht mehr leisten können.«

»Hat deine Mutter das gesagt?«, fragte Mathilde stirnrunzelnd.

»Nein, das habe ich selbst gesagt.«

»Aber das ist doch komisch. Schließlich habt ihr doch genug Geld, nicht?«

»Moralisch gesehen, meinte ich.«

Mathildes Stirnrunzeln vertiefte sich. »Moralisch?«

»Na ja, im Moment haben wir eben andere Prioritäten, nicht wahr?« Ich hoffte nur, dass ich sie nicht beleidigt hatte.

»Ja, doch was können wir schon tun?«

Agnès stand auf und seufzte, als langweilte die Unterhaltung sie. »Ich weiß nicht, wie es euch geht, aber ich bin immer hungrig.« Sie klopfte sich auf den flachen Bauch. »Doch das Hungern hält uns zumindest schlank, nicht wahr?«

»Zu schlank.« Mein Magen knurrte, als stimmte er mir zu.

»Letzten Sonntag hatten wir Lamm!« Agnès senkte die Stimme. »Maman hatte ihre Perlenkette versetzt und auf dem Schwarzmarkt das Lamm bekommen. Immerhin war es Papas Geburtstag.«

Ich konnte spüren, wie sich eine Falte zwischen meinen Augenbrauen bildete. »Meine Mutter mag nichts auf dem Schwarzmarkt kaufen.«

»Aber es macht ihr nichts aus, dass du in einem deutschen Krankenhaus arbeitest? Meine Eltern würden mir das nie erlauben.« Agnès' Augen verengten sich. »Pass nur ja auf, dass du dich nicht in Schwierigkeiten bringst.«

Ich erwiderte ihren Blick und fragte mich, wovon sie sprach.

»Du weißt ja, wie Soldaten sind. Sie würden alles tun, um …«

»Um was?«, hakte Mathilde nach.

»Ihr wisst schon.« Agnès legte einen Finger an ihre Nase und sah mich mit einem wissenden Lächeln an.

Im selben Moment kam Maman mit einer Kanne voll frischem Tee herein. »*Bonsoir, les filles.*«

Sofort gaben wir unsere entspannte Haltung auf und setzten uns gerade hin.

»*Bonsoir, Madame de la Ville*«, antworteten Agnès und Mathilde im Chor.

Maman goss den Tee durch ein kleines Sieb in die Porzellantassen. »*Earl Grey pour les filles.*«

»*Merci, Madame de la Ville.*«

Ich seufzte im Stillen und wartete darauf, dass sie hinausging, damit wir unser Gespräch fortsetzen konnten. Aber sie sah nicht so aus, als wollte sie gehen, während sie in ihrem maßgeschneiderten Kostüm mit Abnähern an der Taille dastand und uns betrachtete. Ich wünschte, ich besäße auch so ein schickes Kostüm anstelle der weiten Kleider, die sie für mich nähte. Wahrscheinlich dachte sie, ich sei immer noch ein Kind …

»Wie geht es deiner Mutter?«, wandte sie sich nun mit einem besorgten Stirnrunzeln an Agnès.

»Danke, gut.« Ich konnte spüren, wie meine Freundin sich verkrampfte. Ihre Mutter war früher mit meiner befreundet gewesen, doch dann war etwas passiert. Irgendetwas, das mit dem Krieg und dem Schwarzmarkt zu tun hatte. »Ich helfe noch immer in der Bäckerei aus – oder zumindest, wenn es überhaupt Brot gibt.«

»Ja, die Warteschlangen scheinen immer länger zu werden, nicht?« Hier wandte sie sich von Agnès ab. »Und was macht dein Studium, Mathilde?«

»Alles bestens, danke. Auch wenn ich zugeben muss, dass es im Moment nicht immer leicht ist, da einige der Kurse gestrichen worden sind.«

Maman nickte. »Zumindest hast du deine Bücher, aber das ist nicht das Gleiche, nicht?«

»Vor allem nicht in Naturwissenschaften.«

»Oh nein, natürlich nicht.« Es schien ganz so, als hätte Maman vergessen, was Mathilde studierte. »Gut, dann störe ich euch nicht länger. Allerdings werde ich um acht Uhr wiederkommen, damit euch Zeit genug bleibt heimzugehen.«

»Aber, Maman, das ist ja schon in einer Stunde! So weit entfernt wohnen die beiden doch gar nicht.«

»Es hat keinen Sinn, noch mehr Risiken einzugehen.« Und damit drehte sie sich auf dem Absatz um, verließ das Zimmer und zog leise die Tür hinter sich zu.

»Mach dir keine Gedanken, Charlotte«, meinte Mathilde verständnisvoll. »Meine Mutter möchte mich auch möglichst lange vor der Ausgangssperre daheim haben.«

»Hör zu, Charlotte«, bemerkte Agnès mit einem besorgten Blick zu mir. »Du solltest wirklich sehr vorsichtig sein, wenn du in einem deutschen Krankenhaus arbeitest. Es überrascht mich, dass deine Eltern es dir gestatten, denn manche Leute könnten dadurch einen falschen Eindruck gewinnen.«

»Was willst du damit sagen?« Mein Herz schlug schneller.

»Na, du weißt schon. Sie könnten auf die Idee kommen, ihr kollaboriertet mit dem Feind.«

»Aber nein!«

»Du weißt doch, wie die Leute sind.«

»Hör auf damit, Agnès! Jeder weiß, dass Charlotte nicht so ist.« Mathilde warf ihr finstere Blicke zu.

»Natürlich nicht! Wir werden für dich eintreten und dich verteidigen.« Agnès erhob sich, strich sich den Rock glatt und betrachtete das Gemälde an der Wand. »Ist das ein Picasso?«

»Ja. Maman hat ihn letzte Woche bekommen.«

Agnès trat einen Schritt näher an das Bild heran. »Es ist sehr avantgardistisch. Er darf seine Werke nicht einmal mehr ausstellen, wisst ihr? Die Nazis sagen, sie seien entartet.«

»Entartet?«, wiederholte Mathilde lachend. »Wer ist denn hier entartet?«

»Das Bild muss ein Vermögen gekostet haben.« Agnès hörte nicht auf, es anzustarren.

»Es war ein Geschenk.«

»Ein Geschenk?«, echote Agnès mit hochgezogener Augenbraue. »Dann muss deine Mutter ja ein paar interessante Leute kennen.«

Ich erwiderte ihren Blick mit großen Augen und fragte mich, was sie wohl wirklich damit sagen wollte.

Zwölftes Kapitel

Paris, 5. April 1944

JEAN-LUC

Zwei Tage später ließ Jean-Luc sich gerade sein Frühstück aus Toast und Butter schmecken – es gab sogar Butter hier! –, als plötzlich der Bahnhofsvorsteher an seinem Bett erschien. »Na, so was! Was haben Sie denn mit sich angestellt?«

Wie von selbst glitt Jean-Lucs Hand zu dem Verband an seinem Gesicht.

Der Bahnhofsvorsteher stand ein wenig unbeholfen da und blickte zu dem leeren Bett hinüber, das Kleinhart soeben erst verlassen hatte. Wahrscheinlich war er ins Bad gegangen.

Jean-Luc, dessen Appetit plötzlich verflogen war, schob das Tablett beiseite.

»Nein, nein, essen Sie ruhig weiter. Ich bin nur gekommen, um zu sehen, wie es Ihnen geht, und um Ihnen ein paar Fragen zu stellen. Erlauben Sie …?« Der Bahnhofsvorsteher gab Jean-Luc mit einer Handbewegung zu verstehen, dass er sich gern auf den Bettrand setzen würde.

»Natürlich. Bitte nehmen Sie Platz.«

Merde!, dachte Jean-Luc. Er hätte sich auf einen solchen Besuch einstellen sollen. Wie sollte er dem Mann erklären, was geschehen war?

Erster Schritt: Er durfte nicht nervös erscheinen.

Langsam zog er das Tablett mit dem Toast wieder an sich heran und zwang sich, ein Stückchen abzubeißen, aber das Brot war inzwischen kalt und trocken, als er es mühsam kaute.

»Wie es scheint, kümmert man sich hier sehr gut um Sie.«

»Ja.«

»Was ist mit Ihrem Bein?«

»Ich hatte eine Oberschenkelfraktur, die jedoch bald verheilen müsste.«

»Das freut mich zu hören. Was für ein bedauerlicher … Unglücksfall.«

Jean-Luc runzelte die Stirn, weil es für ihn wie eine ganz bewusste Untertreibung klang. »Ich … ich bin mir nicht sicher, wie es dazu gekommen ist.«

»Natürlich nicht. Es passierte ja auch erst, nachdem Sie ins Gesicht geschlagen worden waren. Einer der *Bo*… der deutschen Soldaten, meine ich … Er glaubte wohl, er müsse Sie bestrafen.«

»Mich bestrafen?« Jean-Luc schlug das Herz schmerzhaft hart gegen die Rippen.

»Er dachte, Sie hätten einen Fehler gemacht.« Der Bahnhofsvorsteher hielt kurz inne. »Nun ja, in gewisser Weise hatte er ja auch recht, nicht wahr? Dieser Schienenstrang war vollkommen gerade. Ich hatte ihn nämlich am Tag zuvor selbst überprüft. Und was haben Sie mit dem Brecheisen gemacht?«

Jean-Luc suchte verzweifelt nach den richtigen Worten.

Zweiter Schritt: die richtigen Antworten parat zu haben.

»Es war so, dass die Schienen nicht ganz gerade waren. Ich musste eine von ihnen wieder in die Spur zurückbringen.«

»In die Spur zurückbringen? Aber Sie hatten das Brecheisen auf der anderen Seite der Schiene in die Erde gestoßen.«

Zum Glück erschien gerade jetzt die junge Krankenschwester. »Sie haben Besuch? Wie schön für Sie!«, sagte sie und lächelte die beiden Männer an. »Ich muss auch nur schnell Ihre Temperatur messen, und dann lasse ich Sie wieder in Ruhe.«

Aber Jean-Luc wollte nicht, dass sie ging und ihn mit dem Bahnhofsvorsteher allein ließ. Er öffnete den Mund und hob ein wenig die Zunge an, um das Thermometer aufzunehmen. Er war froh und erleichtert, dass er das Gespräch nicht fortsetzen konnte, solange er das Glasröhrchen im Mund hatte.

Wieder auf seinem Kissen liegend, sah er der Krankenschwester zu, wie sie sich mit dem Bahnhofsvorsteher unterhielt. Dabei war er sich vage bewusst, dass sie über Rationierungen sprachen, und fragte sich, wie sie darauf gekommen waren.

Doch anstatt ihnen weiter zuzuhören, versuchte er, sich auf die Antwort auf die Frage des Bahnhofsvorstehers nach dem Brecheisen zu konzentrieren.

Dritter Schritt: Bleib konzentriert und konsequent mit deinen Antworten.

Die junge Schwester nahm ihm das Thermometer aus dem Mund.

»Siebenunddreißig fünf«, verkündete sie stolz, als wäre seine Temperatur allein auf ihre Bemühungen zurückzuführen. »In ein paar Minuten komme ich wieder und hole Ihr Frühstückstablett ab.«

»Sie ist hübsch.« Der Bahnhofsvorsteher zwinkerte Jean-Luc zu, als sie gegangen war. »Sie sind hier besser dran als in Drancy«, bemerkte er und machte eine kleine Pause. »Und? War es das wert?«

»Was?« Ein Stückchen trockener Toast schien sich in Jean-Lucs Kehle festgesetzt zu haben, denn plötzlich musste er so stark husten, dass der Bahnhofsvorsteher ihm kräftig auf den Rücken klopfte. »Wie meinen Sie das?«, fragte er, als er wieder Luft bekam.

»Wie ich das meine?«, wiederholte der Bahnhofsvorsteher. »Tja«, sagte er gedehnt und beugte sich so weit vor, dass nur noch Jean-Luc ihn hören konnte, »was glauben Sie denn, wie ich das meine?«

Jean-Luc starrte ihn an, und seine Augen weiteten sich vor Furcht.

Der Bahnhofsvorsteher beugte sich sogar noch weiter zu ihm

vor, bis er ihm so nahe war, dass er einen Hauch von dem Kaffee riechen konnte, den der Mann vorher getrunken haben musste. »Hören Sie, bald wird ein deutscher Inspektor zu Ihnen kommen und Ihnen die gleiche Frage stellen: Was haben Sie mit diesem verdammten Brecheisen gemacht? Und was werden Sie ihm darauf antworten?«

Er gab ihm eine Chance! Der Mann war auf seiner Seite und half ihm, einen Ausweg zu finden. Eine Welle der Erleichterung durchflutete Jean-Luc. Der Bahnhofsvorsteher war ein Freund.

»Hören Sie auf mich und sagen Sie ihm das Gleiche, was Sie mir gerade erzählt haben – dass das Gleis begradigt werden musste, um es an das angrenzende anzugleichen. Aber werden Sie nicht nervös oder unsicher. Zum Glück für Sie hat es später an jenem Tag geregnet, und das Loch, das Sie gegraben hatten, füllte sich mit Schlamm und war fast nicht mehr zu erkennen. Als er es sich am Tag darauf ansah, war nicht mehr festzustellen, wo Sie zu graben begonnen hatten. Es könnte klappen. Immerhin haben Sie bisher noch eine weiße Weste.« Der Bahnhofsvorsteher unterbrach sich kurz. »Und was immer er auch sagen mag, bleiben Sie bei Ihrer Geschichte.«

Ausgerechnet jetzt kehrte Kleinhart ins Zimmer zurück und warf ihnen einen neugierigen Blick zu. »Was ist das denn? Die Letzte Ölung?«

»Nein, ich schaue nur nach unserem Arbeiter hier. Aber er wird es überleben, denke ich.«

»Hoffen wir's. Schließlich muss er diese Krankenschwester noch mal sehen«, meinte Kleinhart lachend.

Wie sehr Jean-Luc ihn um seine Sorglosigkeit und Privilegien beneidete! Zu *ihm* würde niemand kommen, um ihn zu verhören …

Nach dem Besuch des Bahnhofsvorstehers blieb Jean-Luc mit einem konstanten Gefühl der Beklommenheit und Furcht zurück, und eine immer größer werdende Panik verkrampfte ihm den Magen. Aber die Tage vergingen, ohne dass der Inspektor im Krankenhaus erschien. Kleinhart versuchte manchmal, Konversation zu betreiben, allerdings immer nur nach der unausgesprochenen Regel, dass es zu seinen Bedingungen geschah, und auch nur, wenn er in der Stimmung dazu war.

»Ich mag Frankreich«, erklärte er eines Morgens, als ihnen Brot und Schinken zum Frühstück serviert wurden.

Jean-Luc, der gelernt hatte abzuwarten, bis ihm eine Frage gestellt wurde, bevor er sprach, nickte dazu nur.

»Wissen Sie, warum?«

Da Jean-Luc dies für eine rein rhetorische Frage hielt, wartete er weiter ab.

»Weil hier alles so verdammt gut ist. Köstliche Weine in Hülle und Fülle, hinreißende Frauen und wundervolle Kunstwerke. All das gibt's bei uns in Deutschland nicht. Nur Arbeit, Arbeit, Arbeit. Das Leben dort ist sehr mühsam. Wir hatten nie Zeit, auch mal die Hände in den Schoß zu legen und uns zu amüsieren, wie Sie es hier können. Oder einfach nur mal nachzudenken oder unseren Träumen nachzuhängen. Ich habe Frankreich immer schon geliebt.« Seine blauen Augen bohrten sich in Jean-Lucs, als hoffte er, etwas darin aufzudecken.

Jean-Luc konzentrierte sich darauf, eine ausdruckslose Miene zu bewahren.

»Haben Sie eine Freundin?«

»Nein.«

»Und wieso nicht? Bei all den männerlosen Mädchen da draußen dürfte es für einen gut aussehenden Burschen wie Sie doch kein Problem sein, jemanden zu finden.«

»Mag sein, aber ich bin die ganze Woche draußen in Drancy.«

»Und das ist nicht gerade der beste Ort, um Mädchen kennenzulernen, was? Doch was ist mit hier? Einige der Krankenschwestern sind sehr hübsch.«

Jean-Luc konnte spüren, wie er errötete.

»Ha! Ich wusste es! Sie mögen sie, nicht wahr? Ich habe es bei ihr versucht, aber sie redet nicht mit mir, obwohl ich Französisch spreche.«

»Nein, nein.« Jean-Luc glaubte, sie verteidigen zu müssen. »Sie spricht auch nicht mit mir.«

»Blödsinn! Ich hab doch selbst gesehen, wie sie Sie anschaut.«

Vier Tage später wurde Jean-Luc auf eine andere Station verlegt. Diesmal stand sogar ein Stuhl neben seinem Bett, auf dem er sich dankbar niederließ. Das Humpeln von einer Station zur nächsten war anstrengend gewesen, obwohl die Krankenschwester seinen Arm genommen hatte – oder vielleicht auch gerade deshalb. Ihre Nähe und das gelegentliche Streifen ihrer Körper hatte sein Herz so wild zum Pochen gebracht, als wäre er ein Rennen gelaufen.

Sie sah ihn an. »Ich werde Ihnen jetzt die Verbände aus dem Gesicht entfernen.«

Er betrachtete ihre schlanken Hände und stellte sie sich auf seiner Haut vor. »Wie heißen Sie?«

»Charlotte.«

»Charlotte«, konnte er nicht umhin zu wiederholen. »Ich bin Jean-Luc.«

»Ich weiß«, erwiderte sie schmunzelnd, was kleine Grübchen an ihren Wangen zum Vorschein brachte.

Er erwiderte ihr Lächeln, obwohl sich die Haut an seiner Wunde dadurch schmerzhaft spannte. Einen Moment lang blickten sie einander breit lächelnd an.

»Ich werde versuchen, so behutsam wie möglich zu sein.«

»*Merci*, Charlotte.« Er hätte gern noch hinzugefügt, dass er sich bei ihr auch gar nichts anderes vorstellen konnte, aber er wusste, dass er damit zu weit gehen würde.

Sie hockte sich vor ihn hin und streckte die Hand aus. Ihre

Nägel waren kurz und sauber, und sie trug keinen Schmuck. Ihr Haar schaute unter dem Häubchen auf ihrem Kopf hervor. Es war dunkel, glatt und zu einer Art Bubikopf geschnitten, dessen Enden zum Kinn hin etwas länger wurden.

Jean-Luc schloss die Augen und spürte, wie sie mit den Fingernägeln auf die Ränder des Pflasters klopfte, um es dann vorsichtig von seiner Haut zu lösen. Als er dabei tief Luft holte, nahm er einen schwachen Duft nach Zitrusfrüchten wahr und tat schnell einen weiteren tiefen Atemzug, um den angenehm frischen Duft auf sich wirken zu lassen.

»Ich werde jetzt die Wunde desinfizieren. Das könnte ein bisschen brennen«, sagte Charlotte.

Er hatte nicht einmal gemerkt, dass sie den Verband schon abgenommen hatte. Nun beobachtete er, wie sie eine Flasche nahm und etwas daraus auf einen Wattebausch träufelte – und zuckte instinktiv zurück, als die Hand mit dem Tupfer sich ihm näherte.

Ein leises Lachen entrang sich ihren Lippen. »Es wird nicht lange wehtun«, versicherte sie ihm.

Der Schmerz durchfuhr ihn wie ein frischer Schnitt in seiner Wange, und unwillkürlich hob er die Hand, um sein Gesicht zu betasten. Aber Charlotte war schneller als er und ergriff sein Handgelenk, bevor er seine Haut berühren konnte.

»Sie dürfen die Wunde nicht anfassen, sonst könnten Sie sie infizieren!« Sie ließ seine Hand nicht gleich los, und spontan drehte Jean-Luc sie und ergriff ihre Hand.

Dreizehntes Kapitel

Paris, 12. April 1944

JEAN-LUC

Charlotte hatte etwas an sich, das Jean-Luc sehr anziehend fand. Während er in seinem Bett lag und zusah, wie sie im Mittelgang der Station den Boden wischte, fragte er sich, was genau es war. Vielleicht ihre sanfte, freundliche Art und ihr so natürliches und bescheidenes Wesen? Ihr schien ja nicht einmal bewusst zu sein, wie attraktiv sie war. Sie war einfach vollkommen natürlich und ganz ohne Allüren. Nicht einmal ein kokettes Wimpernklimpern oder falsches Lächeln hatte er je bei ihr gesehen.

Plötzlich schaute sie von ihrem Wischmopp auf, und als er ihren Blick auffing, lächelte sie ihn offen und aufrichtig an. Natürlich erwiderte er das Lächeln und lud sie mit einer leichten Kopfbewegung ein, zu ihm herüberzukommen und mit ihm zu plaudern.

Er sah, wie sie sich umschaute, wohl um sich zu vergewissern, dass die Oberschwester sich nicht in Sichtweite befand. Doch die Luft war rein, und auch Jean-Lucs Bettnachbar lag mit dem Rücken zu ihm unter seinen Decken, und seine etwas mühsamen, aber regelmäßigen Atemzüge ließen erkennen, dass er schlief.

»Alles in Ordnung?«, fragte Charlotte, noch immer mit ihrem netten Lächeln auf den Lippen.

»Danke, ja. Ich brauche nur ein bisschen Gesellschaft, glaube ich.«

»Ich kann mich gern erkundigen, ob jemand mit Ihnen Karten spielen möchte.«

»Nein, nein. Ich meinte *Ihre* Gesellschaft.« Er sah, wie ihr das Blut in die Wangen schoss, und erkannte plötzlich, was für eine behütete Erziehung sie genossen haben musste. »Sind Sie schon immer Krankenschwester gewesen?«, fragte er, um das Gespräch auf ein ihr angenehmeres Thema zu lenken.

»Ich bin eigentlich gar keine Krankenschwester.«

»Ach? Sie sehen aber aus wie eine.«

»Das ist nur so wegen des Kriegs. Ursprünglich wollte ich zur Universität gehen und Literatur studieren.«

»Und warum haben Sie es nicht getan?«

Sie zuckte mit den Schultern. »Meine Eltern wollten, dass ich arbeite.«

Jean-Luc zog neugierig eine Augenbraue hoch.

»Auch des Krieges wegen.« Sie unterbrach sich kurz. »Was die Zukunft bringen wird, weiß keiner, doch jetzt sind wir zunächst mal alle hungrig. Und durch meine Arbeit hier erhalten wir zusätzliche Lebensmittelrationen.«

»Ja, das verstehe ich. Und wenn Sie Literatur studieren möchten, lesen Sie bestimmt sehr gern?«

»Liebend gern.«

»Und was ist Ihr Lieblingsbuch?«

»Der Graf von Monte Christo.«

Jean-Luc lächelte. »Von Alexandre Dumas?«

Charlotte nickte. »Haben Sie es gelesen?«

»Ja. Schon als ich ein Kind war, hat mein Vater es mir vorgelesen. Er liebte … liebt Romane. Er hat früher sogar Bücherregale für mich gebaut und mir zu jedem meiner Geburtstage und zu Weihnachten ein Buch geschenkt.« In Erinnerung an seinen Vater und dessen Liebe zum Lesen schwieg er für einen Moment. »Es ist eine großartige Geschichte, nicht? Die über den Grafen, der niemals aufgibt, meine ich.« Aber heute konnte er spüren, wie sich die Kluft zwischen ihm und den Helden seiner Kindheit immer mehr verbreiterte.

»Ja.« Charlotte machte eine kleine Pause. »Aber ist diese Geschichte denn auch realistisch? Dass er nach all den schrecklichen Dingen, die ihm zustoßen, jedes Mal zurückkehrt, meine ich?«

»Keine Ahnung. Sie bringt uns aber zum Träumen, nicht?«

»Zu träumen, bessere Menschen zu sein, als wir es sind?«

Als er ihr in die Augen schaute, erkannte er in ihnen ihren Wunsch, besser und tapferer zu sein, so deutlich, als sähe er ihn schwarz auf weiß geschrieben vor sich. »Ja, denn trotz all der Grausamkeit, die der Graf erfahren musste, blieb er stark und standhaft. Als Junge liebte ich auch *Die drei Musketiere* und wollte sein wie d'Artagnan, wenn ich erwachsen bin.« Er lachte spöttisch. »Und schauen Sie her, wo ich jetzt bin – in einem deutschen Krankenhaus!«

»Haben Sie schon immer bei der Bahn gearbeitet?«

»Ja. Mit fünfzehn hatte ich genug von der Schule und war froh, sie hinter mir zu lassen und einen Beruf erlernen zu können.«

»Und Ihre Eltern? Waren sie nicht dagegen?«

Er lächelte. »Nein. Mein Vater hat schon immer im Straßenbau gearbeitet, und meine Mutter war Hausfrau und sorgte für uns beide. Sie waren froh, dass ich eine Stelle bei der SNCF gefunden hatte.«

»Aber jetzt wird sie von den Deutschen geleitet.«

»Ja.« Er sah, wie sie den Blick abwandte, und wusste, dass sie sich Sorgen machte, die Oberschwester könne wiederkommen. Doch er wollte nicht, dass sie schon ging. »Ja, jetzt haben die *Boches* das Sagen«, flüsterte er. »Und ich hätte nicht dort bleiben sollen.«

»Und ich dürfte eigentlich auch nicht hier sein.«

Er hatte ihr kein schlechtes Gewissen machen wollen. »Ich finde es sehr mutig von Ihnen.«

»Was?«

»Nun, jeden Tag hierherzukommen und all diesen Schmerz

und dieses Leid mitanzusehen, erfordert Mut. Schauen Sie sich doch um«, sagte er. »Die meisten Ihrer Patienten sind junge Männer, genau wie ich. *Sie* sind nicht der wahre Feind. Der wahre Feind sind die Männer an der Spitze – diejenigen, die die Befehle erteilen. Und Sie können jede Wette darauf eingehen, dass diese Männer nicht im Krankenhaus landen werden.«

Charlotte drehte sich wieder zu ihm um. »Aber die anderen gehorchen ihnen, nicht?«

»Wissen Sie, wie viel Mut es erfordert, sich gegen ein System zu stellen?« Er hielt inne und beantwortete sich dann selbst die Frage. »Mehr, als die meisten haben, und zu diesen rechne ich auch mich.«

»Und ich mich. Ich sollte wirklich aufhören, hier zu arbeiten.«

»Nein, tun Sie das nicht – oder zumindest nicht, bis sie mich entlassen. Sie sind der einzige Lichtblick hier. Ein leuchtendes Beispiel für …«

»Pst!«, unterbrach sie ihn, denn soeben drehte sich sein Nachbar um und hustete im Schlaf.

Charlotte machte einen Schritt zurück und entfernte sich nach einem letzten Blick auf Jean-Luc schnell.

Vierzehntes Kapitel

Paris, 14. April 1944

CHARLOTTE

»Charlotte!«

Ich schaute über den Tisch zu Mathilde hinüber und versuchte, mich auf ihre Worte zu konzentrieren, aber sie waren mir vollkommen entgangen. Anstatt ihr zuzuhören, hatte ich an Jean-Luc gedacht.

»Was meinst du? Soll ich mit ihm reden?«

Ich zwang mich, meine Aufmerksamkeit wieder Mathilde zuzuwenden. *Mit wem?*, hätte ich jetzt gern gefragt, doch dazu fehlte mir der Mut.

»Du hast mir gar nicht zugehört, nicht wahr?«

Ich sah mich in dem heruntergekommenen Café um und ließ den Blick über die alten Plakate von Édith Piaf und Yves Montand gleiten, die an den Wänden mit der schon abblätternden Farbe hingen. »Entschuldige, aber ich war mit meinen Gedanken ganz woanders.«

»Offensichtlich! Was ist los? Von wem hast du geträumt?«

Ich errötete vor Verlegenheit. »Von niemandem.«

»Und wer ist dieser Niemand?«, hakte sie lächelnd nach.

Ich konnte gar nicht anders, als ihr Lächeln zu erwidern. »Nur jemand, den ich aus dem Krankenhaus kenne.«

»Was? Aus dem Hôpital Beaujon? Ist er Arzt?«

»Nein.«

»Erzähl mir bloß nicht, dass du dich in einen *Boche* verliebt hast!«, sagte sie mit gedämpfter Stimme.

»Natürlich nicht! Er ist Franzose.«

»Ein *Collabo* also?«

»Aber nein!« Ich trank einen Schluck Wasser aus meinem Glas, um Zeit zu gewinnen. Jean-Luc war ganz bestimmt kein Kollaborateur; es war schließlich nicht seine Schuld, dass er bei der Bahngesellschaft arbeitete, über die die *Boches* jetzt die Kontrolle hatten.

»Und was macht er dann in einem deutschen Krankenhaus?«

»Das Gleiche könntest du mich auch fragen«, murmelte ich und starrte auf die Wein- und Kaffeeflecken auf dem alten Holztisch zwischen uns herab.

»Das könnte ich, doch dich kenne ich, und ihn kenne ich nicht.«

Ich blickte zu ihr auf und sah die aufrichtige Besorgnis in ihren Augen. »Er ist bei der Eisenbahn beschäftigt und hatte einen Arbeitsunfall«, sagte ich schnell. »Ich weiß nicht genau, wie es passiert ist, aber er wurde von einer Schiene im Gesicht verletzt.«

»Er ist ein Bahnarbeiter?« Mathildes Ton verriet ihre Enttäuschung.

»Ja«, antwortete ich und schwieg einen Moment. »Ich bin mir allerdings nicht sicher, ob er mich auch wirklich mag.«

»Darüber würde ich mir an deiner Stelle nicht den Kopf zerbrechen, Charlotte. Ich kann mir nämlich wirklich keine langfristige Beziehung zwischen dir und einem Eisenbahner vorstellen.«

»Sei nicht so ein Snob!«, fuhr ich sie an und versetzte ihr einen kleinen Tritt unter dem Tisch.

»Schon gut, reg dich nicht gleich auf. Wie sieht er denn aus?«

»Wie oberflächlich du bist!«, erwiderte ich lächelnd. »Er hat dichtes dunkles, auf der linken Seite gescheiteltes Haar.«

»Auf der linken Seite? Dir entgeht ja nicht einmal die kleinste Einzelheit!«

»Und er hat braune Augen«, fuhr ich fort. »Aber sie sind nicht einfach nur braun wie meine, sondern gelb und grün gesprenkelt, was man aus der Entfernung allerdings nicht sehen kann.«

»Dann musst du ihm ja ziemlich nahe gekommen sein!«

»Na ja, ich muss eben jeden Tag seine Temperatur messen.«

»Und, steigt sie, wenn du in seiner Nähe bist?«, wollte Mathilde kichernd wissen.

»Sei nicht albern. Ich wünschte nur, ich wüsste, ob er mich mag. Wahrscheinlich langweilt es ihn bloß, den ganzen Tag im Bett zu liegen, und deshalb unterhält er sich mit mir.«

»Warum sollte er dich nicht mögen, Charlotte? Du bist hübsch, intelligent …«

»Nein, das bin ich nicht. Ich bin dünn und unscheinbar und …«

»Herrgott noch mal, Charlotte!«, fiel Mathilde mir ins Wort. »Du brauchst nichts weiter als ein bisschen Schminke, und vielleicht solltest du dir auch mal öfter die Haare waschen.«

»Ich weiß. Sie sehen schlaff und fettig aus. Aber Maman erlaubt mir nur sonntagabends eine Haarwäsche, weil es nicht genügend Seife gibt.«

»Ich verstehe deine Mutter nicht. Ihr habt einen Picasso in eurer Wohnung hängen, doch keine Seife zum Haarewaschen?«

»Picassos sind nicht rationiert. Seife dagegen schon.«

»Deine Mutter will nichts auf dem Schwarzmarkt kaufen, hat aber ein Gemälde eines verbotenen Künstlers an der Wand hängen.« Mathilde beugte sich ein wenig vor. »Wo bleibt denn da die Logik?«

»Das weiß ich auch nicht. Doch sie hat nun mal Prinzipien.« Ich machte eine kleine Pause. »Wie beispielsweise Solidarität. Sie meint, wir müssten alle zusammenhalten, und wenn Rationierungen angeordnet werden, sollten sie für die Reichen genauso gelten wie für die Armen.«

Für einen Moment schwiegen wir beide. Meine Mutter konnte hart sein, aber sie war nicht härter zu mir als zu sich selbst.

»Ich kann euch Seife besorgen, wenn ihr wollt«, sagte Mathilde leise.

»Nein, nein, bemüh dich bitte nicht.«

»Wie du meinst.« Sie lehnte sich zurück und streckte unter dem Tisch die Beine aus. »Ich bin mir ohnehin nicht sicher, ob er es wert ist. Für mich klingt er nicht wie der richtige Mann für dich.«

»Er ist aber wirklich interessant und stellt mir auch viele Fragen über mich.«

»Er versucht nur, dir zu schmeicheln. Spricht er auch mit den anderen Krankenschwestern?«

»Ja.« Mein Enthusiasmus schwand, denn er redete tatsächlich auch mit all den anderen Krankenschwestern. Ich hatte es selbst gesehen.

Mathilde zog eine Augenbraue hoch. »Na also. Da hast du's.«

»Ja, wahrscheinlich hast du recht. Ich sollte nicht zu viel darauf geben.«

»Das kommt bloß daher, dass es momentan so wenige Männer gibt, Charlotte. Das ist kein Normalzustand, und wenn einer dieser wenigen uns ein bisschen Aufmerksamkeit schenkt, saugen wir sie förmlich auf wie ein paar warme Sonnenstrahlen.«

»Ja, da hast du recht. Es ist wahrscheinlich besser, ihn zu vergessen.«

»Genau.« Mathilde beugte sich über den Tisch und flüsterte: »Der Krieg wird bald vorbei sein. Das kann ich spüren. Und dann wirst du jemand Besseren kennenlernen.«

»Noch ein Tässchen Muckefuck, Mädchen?«, fragte die Kellnerin, die an unserem Tisch stehen blieb.

»*Non, merci*, nur noch etwas Wasser bitte.«

Mathilde blickte zu dem Plakat an meiner Seite auf. »Du erinnerst dich doch hoffentlich, dass Édith Piaf an diesem Wochenende auftritt? Und dass wir zusammen hingehen wollten?«

»Ich weiß, doch ich habe meine Eltern noch nicht gefragt, weil Maman die ganze Woche über schlecht gelaunt war.«

»Wir können ja auch in die Nachmittagsvorstellung gehen. Und frag erst gar nicht, sondern sag deinen Eltern einfach nur, dass du hingehst.«

»Ja, ja, das werde ich tun.«

»Und vergiss deinen Eisenbahner, ja?«

Sie hatte nicht verstanden, dass ich ihn weder vergessen noch jemand anderen kennenlernen wollte. Ich hatte ihr nicht begreiflich machen können, wie leicht es war, mit ihm zu reden, oder wie er wirklich war und dass ich bei ihm das Gefühl hatte, mehr ich selbst werden zu können. Es war nicht einmal so, dass er es gesagt hatte, aber er hatte Lücken im Gespräch gelassen, die ich ausfüllen konnte oder nicht. Und wenn ich sprach, hatte er mich so aufmerksam beobachtet, als interessierte ihn jede noch so kleine Einzelheit an mir.

Ich liebte seine Fragen, weil sie mir das Gefühl gaben, durch meine Antworten ebenso viel über mich selbst herauszufinden wie über ihn. Niemand hatte sich je wirklich bemüht, etwas über meine Ansichten zu irgendwelchen Dingen herauszufinden, und deshalb kamen meine Gedanken nur bruchstückhaft und unausgereift hervor, aber Jean-Luc führte mich geduldig und nahm jedes meiner Worte mit unübersehbarem Interesse in sich auf.

Es war mir gleichgültig, dass er nur ein Eisenbahnarbeiter war und keine Hochschulbildung vorzuweisen hatte. Außerdem wäre ich jede Wette eingegangen, dass er einen solchen Abschluss hätte haben können, wenn er gewollt hätte, doch er zog es nun mal vor, etwas Praktischeres und Nützlicheres zu tun.

Über die deutsche Besatzung dachte er wie ich. Auch er wollte nicht für die *Boches* arbeiten. Wir waren beide in einem System gefangen, aus dem wir einen Ausweg finden mussten. Ich brannte darauf, mehr für mein Land zu leisten, und wusste, dass es ihm genauso ging. Ich versuchte, mir Dinge auszudenken, die ich auf meine Weise tun könnte, und die kleine Anzeichen des Widerstandes wären. Und dann könnte ich sie ausbauen, Schritt für Schritt, bis ich den Mut fand, etwas Gewagteres, Gefährlicheres zu tun.

Ich könnte damit beginnen, meinen Métro-Fahrschein zu einem V zu falten und ihn auf den Boden fallen zu lassen, wie ich es bei manchen Leuten immer wieder beobachtet hatte. Bisher hatte ich jedoch nicht einmal das riskiert, nachdem ich miterlebt hatte, wie einer Frau, die es getan hatte, deswegen ein brutaler Schlag auf den Kopf versetzt worden war. Überdies hatte man sie gezwungen, auf allen vieren das Ticket wieder aufzuheben und es glatt zu streichen. Sie dermaßen gedemütigt zu sehen hatte mich erschaudern lassen, doch heute wünschte ich, ich hätte meiner Empörung Luft gemacht und ihr gesagt, wie sehr ich sie für ihren Mut bewunderte.

Fünfzehntes Kapitel

Paris, 17. April 1944

CHARLOTTE

Während des gesamten Édith-Piaf-Konzertes dachte ich an Jean-Luc, besonders als sie *On danse sur ma chanson* sang. Wir tanzen zu meinem Lied … *Er* war es, der mein Herz zum Tanzen brachte, und der bloße Gedanke an ihn hielt mich das ganze Wochenende über in Schwung.

Als ich am Montagmorgen im Krankenhaus ankam, holte ich sofort Mopp und Eimer, um den Boden auf seiner Station zu putzen, wie ich es jeden Morgen tat.

Ich schaute mich um, als ich mich seinem Bett näherte, und hoffte, dass die Oberschwester mich nicht zufällig beobachtete. Ich wusste, dass Jean-Lucs Bettnachbarn irgendwann im Laufe des Morgens zur Physiotherapie gebracht werden würden, und fragte mich, ob ich mir dann nicht ein paar Minütchen mit ihm gönnen könnte.

Während ich im Mittelgang den Boden wischte, sah ich das Physiotherapie-Team auf mich zukommen und hielt den Atem an, als sie wichtigtuerisch an mir vorbeistolzierten. *Ja!* Sie holten ihre Patienten ab, und zum Glück gehörte Jean-Luc nicht zu ihnen.

Den Blick auf den Mopp in meiner Hand gerichtet, zwang ich mich, nicht zu ihm hinüberzuschauen. Als die Luft rein war, begann ich, mich vom Mittelgang zu entfernen und den Mopp in Jean-Lucs Richtung zu bewegen.

Er saß auf dem Stuhl neben seinem Bett und las eine Broschüre. Als er aufblickte und mich entdeckte, leuchteten seine Augen auf. »Setzen Sie sich doch für eine Minute zu mir, ja?«, bat er.

»Nein! Das kann ich nicht. Ich muss Ihr Bett machen.« Ich stellte den Mopp ab und ging zum Ende seines Bettes, wo ich mich sehr ausgiebig damit beschäftigte, seine Laken zu glätten, indem ich immer wieder mit den Händen vor- und zurückfuhr.

»Char-lotte.«

Bei der Art, wie er meinen Namen sagte – langsam, bedächtig und mit einer winzigen Pause vor dem ›lotte‹, als ließe er es sich auf der Zunge zergehen –, schlug mein Herz gleich schneller.

»Ja?«, fragte ich, um einen möglichst ungezwungenen Ton bemüht.

»Es gibt etwas, was ich Ihnen sagen möchte.«

Meine Hand hielt in der Bewegung inne, und ich drehte mich zu ihm um und begegnete seinem geradezu schmerzhaft intensiven Blick.

»Bitte setzen Sie sich, Charlotte. Nur für eine Minute, denn im Augenblick ist niemand in der Nähe.«

Ich trat schnell neben sein Bett und setzte mich auf die Kante, um aufspringen zu können, sobald jemand zu uns herüberschaute.

»Ich wollte Ihnen kein schlechtes Gewissen einreden«, versicherte er leise. »Als Sie neulich sagten, Sie dürften gar nicht hier sein. In einem deutschen Krankenhaus, meine ich.« Jetzt dämpfte er die Stimme noch mehr, sodass ich mich vorbeugen musste, um ihn zu verstehen. »Sie haben überhaupt nichts falsch gemacht, Charlotte, sondern nur getan, was Sie tun mussten.«

»Aber es ist doch wahr, dass ich eigentlich gar nicht hier sein dürfte!«

Seine Augen verdunkelten sich und verloren ihre hellen kleinen Fleckchen. »Ich wollte auch nicht für die Besatzer arbeiten und bin enttäuscht von mir selbst, weil ich es tue.«

Ich nickte und blickte mich schnell um, um sicherzugehen,

dass wirklich niemand in der Nähe war. Doch es bestand keine Gefahr, da die Oberschwester und die anderen Krankenschwestern anscheinend bei der Physiotherapie halfen.

»Ich hatte meinem Vater etwas versprochen«, fuhr Jean-Luc fort und schaute an mir vorbei, als wäre sein Blick auf irgendeinen weit entfernten Punkt gerichtet. »Als er abgeholt wurde, um deportiert zu werden …«

»Nach Deutschland?«

Er sah mir wieder in die Augen, als er in einem schon fast monotonen Tonfall weitersprach. »Ja. Sie haben ihn vor fast zwei Jahren dorthin gebracht. Beim Abschied musste ich ihm versprechen, mich um meine Mutter zu kümmern.«

Ich nickte nur verstehend.

»Es kann sein, dass ich ihm nicht einmal richtig zugehört habe, aber ich fühlte mich sehr schlecht damals.«

»Warum?«

»Weil ich mich kurz vor seiner Abreise mit ihm gestritten hatte.« Jean-Luc hielt kurz inne. »Es war schrecklich.«

Ich schwieg und wartete darauf, dass er fortfuhr.

»Ich sagte ihm, wir dürften nicht untätig bleiben und alles kampflos von den *Boches* hinnehmen.« Wieder unterbrach er sich und wischte sich über die Stirn. »Entschuldigen Sie, Charlotte. Ich sollte Sie mit all dem nicht behelligen …«

»Nein, nein, erzählen Sie weiter.« Ich ließ meinen Blick erneut durch die Station gleiten, doch noch war alles ruhig um uns herum.

»Papa wollte nur seine Familie beschützen. Das war seine oberste Priorität.«

»Man muss seine Versprechen halten. Ihr Vater wäre stolz auf Sie.« Ich berührte Jean-Lucs Schulter. »Sie haben nur getan, was Sie für richtig hielten.«

Er schüttelte den Kopf. »Aber was früher einmal richtig war, hat sich geändert, nicht? Mein Vater konnte ja nicht ahnen, wie schlimm es werden würde, und ich glaube, heute sähe er mich lieber aktiv etwas unternehmen, als nur passiv zuzuschauen. Ich möchte, dass er stolz auf mich ist, wenn er heimkehrt.«

Ich nickte. »Das verstehe ich, weil auch ich von mir selbst enttäuscht bin.«

»Keiner von uns beiden sollte hier sein.« Er erhob sich mühsam von seinem Stuhl, indem er nur sein gesundes Bein belastete.

Auch ich stand auf, und plötzlich war mein Gesicht so dicht an seinem, dass ich an meiner Wange seinen warmen Atem spüren konnte, der meine Haut zum Kribbeln brachte.

»Charlotte«, flüsterte er eindringlich. »Wir sind besser als das. Ich weiß, dass wir es sind.«

Mir blieb beinahe das Herz stehen. Seine Gegenwart war wie eine physische Kraft, die mich zu ihm hinzog, und ich konnte spüren, wie ich mich ihm unwillkürlich zuneigte. Für eine Sekunde schloss ich die Augen, und für diesen kurzen Moment fühlte ich seine Lippen auf meiner Stirn. Jeder zufällige Zuschauer hätte es für eine Art väterlichen Kuss gehalten. Nur ich wusste, dass es viel mehr war als das. In Wirklichkeit war es der Kuss eines Geliebten.

Sechzehntes Kapitel

Paris, 18. April 1944

CHARLOTTE

»Was ist denn mit dir, dass du heute so fröhlich bist?«, fragte Maman mich schroff.

Erst jetzt wurde mir bewusst, dass ich vor mich hin gesummt hatte, und hörte augenblicklich damit auf.

»Du solltest dich besser beeilen, Charlotte, sonst kommst du noch zu spät zur Arbeit. Es ist bereits halb sieben.«

Jetzt hatte ich einen Grund, um morgens aufzustehen. Vor lauter Eifer, ins Krankenhaus zu gelangen, sprang ich am Morgen förmlich aus dem Bett. Und ich war auch nicht mehr hungrig wie sonst immer um diese Zeit; tatsächlich hatte ich sogar vollkommen den Appetit verloren, als füllte mein vor Freude schier zerberstendes Herz meinen leeren Magen.

Natürlich befahl ich mir, mich zu beruhigen, versuchte, mir meine Aufregung nicht anmerken zu lassen, und sagte mir, dass Jean-Luc wahrscheinlich mit allen Mädchen, denen er begegnete, so sprach. Doch das änderte nichts. Bei ihm hatte ich das Gefühl, aus meiner eigenen Haut heraus- und in die einer erwachseneren und schöneren Frau hineinzuschlüpfen. In die der Frau, die ich gern wäre. Und nicht nur das – er gab mir zudem das Gefühl, kühner und mutiger zu sein, als ich es je zuvor gewesen war.

Selbst mein Herz schien stärker geworden zu sein – es schlug schneller, und ich fühlte mich lebendiger. Mit Jean-Luc an meiner Seite glaubte ich, bereit zu sein, das Unrecht zu bekämpfen und Gefahren ins Auge zu sehen, denen ich mich nicht einmal in meinen kühnsten Träumen allein hätte stellen können. Für ihn jedoch wollte ich mutiger und ein besserer Mensch sein.

Während die Métro durch die Tunnel auf das Krankenhaus zuhielt, nahm meine freudige Erwartung spürbar zu. Ich blickte mich unter den müden, stumpfsinnig vor sich hin starrenden Passagieren um und sagte mir im Stillen: *Ich habe ein Geheimnis, das ihr nie erfahren werdet!* Obwohl meinen leuchtenden Augen eigentlich anzusehen sein müsste, dass ich bis über beide Ohren verliebt war.

Jean-Luc sollte heute aus dem Krankenhaus entlassen werden! Freudige Erregung durchflutete mich bei dem Gedanken. Ich konnte es kaum noch erwarten, ihn draußen und im wahren Leben zu sehen. Endlich würden wir zusammen durch Paris spazieren gehen können, durch die Tuilerien vielleicht sogar, und immer Hand in Hand. Der Gedanke begeisterte mich.

Als ich zu ihm ging, um mich von ihm zu verabschieden, saß er auf dem Bett und trug noch immer einen Schlafanzug. Er hatte mich noch nicht bemerkt, aber ich konnte sehen, dass irgendetwas nicht in Ordnung war. Er war kreidebleich, und ein *Boche* thronte auf dem Stuhl an seinem Bett. Worüber sie wohl sprachen? Oder vielmehr war es der *Boche*, der sprach, während Jean-Luc nur zuhörte. Ich lauschte angestrengt, um mitzubekommen, was er sagte.

»… Sabotage … Verhör …«

Merde! Was ging hier vor? Dieser *Boche* sah ausgesprochen ernst aus.

Plötzlich drehte er sich um und schaute mich an. »Wollten Sie etwas, Schwester?«

»Ich muss die Temperatur des Patienten messen.« Mit zitternder Hand zog ich das Thermometer aus meiner oberen Kitteltasche und hielt es ihm hin wie den Beweis für meine Worte.

Jean-Luc blickte auf, und seine Augen wurden groß vor

Überraschung. Ohne Guten Morgen zu sagen, wie er es gewöhnlich tat, öffnete er den Mund für das Fieberthermometer. Ich wünschte, ich hätte ihn überraschen und ihn küssen können, doch stattdessen trat ich näher und schob das Thermometer unter Jean-Lucs Zunge. Der *Boche* schaute zu und seufzte, als langweilte ihn die ganze Krankenhausroutine.

»Ich dachte, Ihr Patient würde heute entlassen«, bemerkte er zu mir.

»So ist es.«

»Warum messen Sie dann noch seine Temperatur?«

Ich hasste die *Boches*, die Französisch sprachen, sogar noch mehr als die, die unsere Sprache nicht beherrschten.

»Weil es ein Bestandteil unserer Vorgehensweise ist«, behauptete ich, um einen ruhigen, neutralen Ton bemüht. »Wir wollen nur sichergehen, dass er keine Entzündung hat, bevor wir ihn gehen lassen.«

»Sie sehen müde aus«, sagte ich dann leise zu Jean-Luc. »Fühlen Sie sich auch wirklich gut genug für Ihre heutige Entlassung?«

Der *Boche* blickte zu mir auf. »Ihm passiert schon nichts. Er braucht nur zu seiner Funktion zurückzukehren.«

Zu seiner Funktion? Manchmal hätte ich über die Ausdrucksweise der *Boches* am liebsten laut gelacht. Doch stattdessen wandte ich mich von ihm ab und schaute Jean-Luc an, dessen Blicke durch den Raum huschten, ohne irgendwo zu verweilen. Ich sprach leise und zwang mich, mutiger zu sein, als ich es in Gegenwart eines Deutschen wirklich war.

»Ihr Bein hat gerade erst zu verheilen begonnen«, sagte ich zu Jean-Luc. »Sie sollten noch vorsichtig sein.«

Diesmal schaute er mich an und nickte, doch ich konnte ihm ansehen, dass er einfach nur hier rauswollte, ob es ihm besser ging oder nicht.

Der *Boche* beugte sich vor und starrte Jean-Luc an. »Ja, das sollten Sie allerdings. Vorsichtig sein, meine ich. Denn noch mehr solcher Unfälle können wir uns nicht leisten. Wir hatten gute Arbeiter verlangt und keine Männer, die nicht mal eine Brechstange richtig halten können. Womöglich ist es ja Ihre Behinderung – ihre verkrüppelte Hand –, die nicht stark genug ist, um mit solch schwerem Werkzeug umzugehen. Vielleicht täten wir ja besser daran, Sie in eins der Lager in Deutschland zu schicken, wo die Arbeit weniger Geschick erfordert.«

Jean-Luc hustete, und das Thermometer in seinem Mund verrutschte. Ich nahm es heraus, schüttelte es und schob es ihm erneut unter die Zunge. Als ich meine Hand zurückzog, ließ ich die Finger über die raue, schartige Haut an seiner Wange gleiten, aus der eine nicht zu übersehende Narbe entstehen würde.

Der *Boche* wandte seine Aufmerksamkeit wieder mir zu und schaute mich aus schmalen Augen an. »Kümmern Sie sich um alle Ihre Patienten so gut, Schwester?«

Leider konnte ich nicht verhindern, dass mir eine heiße Röte in die Wangen stieg.

Der Mann lachte. »Ha, jetzt hab ich das arme Mädchen in Verlegenheit gebracht.«

Ohne Jean-Luc anzusehen, nahm ich ihm das Thermometer aus dem Mund. Meine Hände zitterten, als ich einen Blick auf die Anzeige warf.

»Und?« Der *Boche* lehnte sich auf dem Stuhl zurück. »Kann er entlassen werden?«

»Sechsunddreißig vier. Das ist ein bisschen kühl, aber ansonsten geht's ihm gut«, sagte ich, um einen resoluten Ton bemüht.

»Er ist ein bisschen kühl, meinen Sie?« Der Boche lachte laut. »Ich bin mir sicher, dass Sie das in Ordnung bringen könnten, Schwester.«

Er amüsierte sich, dieser verdammte Mistkerl! Ich musste die Situation unter Kontrolle bringen. Diesmal schaute ich Jean-Luc in die Augen, als ich mich ihm zuwandte und ruhig und deutlich sagte: »Sobald Sie angezogen sind, werde ich Ihnen die Entlassungspapiere zum Unterschreiben bringen.« Dann warf ich dem *Boche* einen flüchtigen Blick zu. »Leben Sie wohl, Monsieur.«

»Laufen Sie nicht meinetwegen weg. Ich gehe jetzt ohnehin.« An Jean-Luc gewandt, fügte er hinzu: »Noch mehr solcher Unfälle, und wir müssten uns vielleicht Gedanken über Ihre Fähigkeiten machen.« Er hielt kurz inne. »Was Sie bestimmt nicht wollen würden, junger Mann.« Damit erhob er sich abrupt und hob den rechten Arm zum Hitlergruß.

Da wir uns in einem deutschen Krankenhaus befanden, mussten wir den Gruß erwidern. Dann schauten wir ihm nach, als er mit seinen genagelten Stiefeln, die sogar noch draußen auf dem Gang zu hören waren, davonmarschierte.

Sobald er außer Sicht war, ließ Jean-Luc sich aufatmend auf sein Kissen zurücksinken. »Gut, dass er weg ist! Der Kerl wollte alles über meinen Unfall in Erfahrung bringen.« Dann machte er eine kurze Pause und sah mich an, als wollte er sich noch ausführlicher dazu äußern. »Ich glaube, Sie haben mich gerettet, Charlotte«, sagte er jedoch nur noch.

Siebzehntes Kapitel

Paris, 22. April 1944

CHARLOTTE

Wir verabredeten, uns am kommenden Samstag um sechs Uhr abends zu treffen. In der Nacht zuvor fand ich vor lauter Aufregung und nervöser Unruhe, die durch meine Adern rauschte, keinen Schlaf, sondern warf und wälzte mich nur stundenlang im Bett herum. Und am Samstagmorgen hatte ich ein solch flaues Gefühl im Magen, dass ich fast nichts essen konnte.

Papa schob meine Appetitlosigkeit auf »Frauenleiden«, wie er es nannte, obwohl ich nichts dergleichen hatte, und leerte eifrig und nur allzu gern auch meinen Teller.

Darüber hinaus wusste ich auch nicht, was ich anziehen sollte. Ich brauchte etwas, worin ich nicht wie ein übergroßes Schulmädchen aussah, und deshalb machte ich mich auf die Suche in Mamans Kleiderschrank, als sie am Samstagmorgen das Haus verließ, um Lebensmittel zu besorgen.

Ich fand einen Tweed-Rock und ein altes Paar schwarzer Lederschuhe, deren Sohlen inzwischen hauchdünn und die Absätze auf einer Seite völlig abgelaufen waren. Die Schuhe legte ich mit Pappkartonstückchen aus und hoffte, nicht dennoch jedes Steinchen durch die Ledersohlen zu spüren. Dann befestigte ich mit Hammer und Stecknadeln noch mehr Pappkarton an den schiefen Absätzen und bemalte sie mit schwarzer Farbe. Das Ergebnis war nicht gerade sehr bequem, aber von oben her betrachtet sahen die Schuhe gar nicht mal so schlecht aus.

Später am Nachmittag befasste ich mich mit mir selbst. Mit

einem extra aufgesparten Stückchen Seife wusch ich mir das Haar und gab einen Teelöffel Essig für besonderen Glanz in den Eimer mit dem kalten Wasser, bevor ich die Haare ausspülte. Dann benutzte ich das Rot aus meinem alten Schul-Malkasten, um meine Lippen zu färben, und fixierte alles mit einem Tupfer Entenfett, das ich ganz hinten im Kühlschrank fand.

Um zehn vor sechs war ich aufbruchbereit. Zum Glück war Papa nicht zu Hause. Nur Maman war da und raspelte irgendwas auf eine Zeitung auf dem Küchentisch.

»Maman? Ich gehe jetzt zu Mathilde.«

Sie drehte sich um und sah mich an. Ich merkte, wie ich unter ihrem Blick errötete, weil ich wusste, dass ihr nicht entgangen war, wie viel Mühe ich mir mit meinem Äußeren gegeben hatte.

»Du weißt, dass ich es nicht mag, wenn du abends noch draußen bist. Ich denke, es wäre besser, wenn ich dich zu ihr hinüberbrächte.«

»Nein!« Ich holte tief Luft. »Ich bin achtzehn Jahre alt, und Mathilde wohnt nur zwei Straßen entfernt von hier. Diesen kurzen Weg kann ich ja wohl auch allein gehen.«

»Ist das nicht mein Rock, den du da trägst?«

Wieder spürte ich, wie ich vor Verlegenheit errötete. »Aber Maman, meine Röcke sind inzwischen viel zu kurz für mich! Sie reichen mir ja nicht mal mehr bis zu den Knien. Das ist mir unangenehm bei all den Soldaten, die hier herumspazieren.«

»Hm, ich hatte eigentlich vor, diesen Rock zu ändern, weil viel zu viel Material darin steckt. So, wie er ist, sieht er nicht nur zu extravagant, sondern auch viel zu unmodern aus.« Sie gab einen missbilligenden Laut von sich, der mich stutzig machte und zu der Frage brachte, was wohl schlimmer war – unmodern oder extravagant zu sein. »Und was hast du da auf den Lippen? Du hast sie dir angemalt! Und ich weiß nur allzu gut, wie diese Soldaten darüber denken werden. Also geh und wasch das Zeug ab, was immer es auch sein mag.«

Ich spürte, dass ich vor Verlegenheit noch heftiger errötete, konnte aber dennoch nicht den Impuls beherrschen, ihr zu widersprechen. »Ich wollte nur zur Abwechslung mal hübsch aussehen.«

»Bist du sicher, dass du bloß zu Mathilde willst? Oder wird dort sonst noch jemand sein?«

»Niemand außer Mathilde und Agnès«, antwortete ich schnell und lief aus der Küche, um meinen Mantel zu holen, bevor sie noch mehr Fragen stellen konnte.

Das ist ja lächerlich, sagte ich mir, als ich die Wohnung verließ. Ich hätte nicht so viel Zeit und Mühe auf mein Aussehen verwenden sollen, denn damit hatte ich nur unerwünschte Aufmerksamkeit auf mich gezogen.

Aber ich fühlte mich taumeln und fallen wie Alice im Wunderland, zu neugierig und entzückt, um die Hände auszustrecken und mich festzuhalten. Alle meine Gedanken galten ihm, und alles andere verblasste im Vergleich dazu – die Lebensmittelknappheit, die Soldaten überall, all das spielte keine Rolle mehr für mich. Solange ich Jean-Luc hatte, war alles andere belanglos. Mit ihm würde ich all meine Ängste und Befürchtungen bezwingen. Selbst gegen meine Eltern würde ich mich durchsetzen und ihnen klarmachen, dass ich nicht länger in einem Krankenhaus für die *Boches* arbeiten konnte. Mit Jean-Luc an meiner Seite würden wir Kraft und Stärke ineinander finden.

Ich konnte es kaum noch erwarten, ihn wiederzusehen. Jedes Wort, das er im Krankenhaus geäußert hatte, war mir so tief ins Gedächtnis eingeprägt, als hätte er Schienen in meinem Kopf gelegt, die ich nie wieder daraus würde entfernen können.

Als ich die Rue Montorgueil hinunterging, dachte ich wehmütig daran, wie es dort früher ausgesehen hatte, bevor die *Boches* gekommen waren. Bunte Lebensmittelmärkte hatten hier früher die Straße gesäumt, und der Geruch von warmem Brot und Brathähnchen hatte in der Luft gelegen. Vor den Cafés hatten

Zigarren rauchende Männer mit Baskenmützen gesessen, die über Politik diskutierten, während ihre Frauen sich um die besten Fleischstücke und das frischeste Obst und Gemüse stritten.

Doch statt des köstlichen Dufts von frisch gebackenem Brot war es heutzutage der säuerliche Geruch von schalem Schweiß, der überall in der Luft hing und nichts anderes war als der Gestank der Angst. Auch die Geräusche hatten sich verändert. Die mit Nägeln beschlagenen Stiefelsohlen der *Boches* markierten das Verstreichen der Zeit, und zwischen ihren lautstarken Schritten waren nur hin und wieder furchtsam gedämpfte Stimmen zu vernehmen.

Ich hatte schon immer gern vor der Patisserie Stohrer gestanden und tat jetzt so, als befände ich mich wieder in einer Zeit, in der die Schaufenster noch randvoll gewesen waren mit Reihe um Reihe frisch gebackener Schokobrötchen, karamellisierten Rosinenbroten und fluffig-leichten Croissants. Oft atmete ich sogar tief ein und glaubte, den imaginären Duft von warmer und frischer Schokolade wahrzunehmen. »Schaufensterbummeln« nannte Maman es. Aber wenn Schaufensterbummeln das Vortäuschen von Einkaufen war, was war denn dann das Vortäuschen eines Schaufensterbummels?

So zu tun als ob. Wie wir alle es machten. Niemand wusste, wem er wirklich vertrauen konnte. Ich blickte in das Fenster der Konditorei und versuchte, ruhiger zu atmen. Mein Magen knurrte laut, doch ich verspürte keinen Hunger, sondern nur die freudige Erregung über das Wiedersehen mit Jean-Luc.

Und dann war er auch schon da und sagte meinen Namen. »Charlotte?« Er sah sehr gut aus in dem langen Wollmantel und den auf Hochglanz polierten Schuhen.

»*Bonjour.*« Meine Stimme hörte sich seltsam steif und emotionslos an, und zu meiner Bestürzung musste ich feststellen, dass ich nicht einmal seinen Namen über die Lippen brachte.

Er dagegen küsste mich auf beide Wangen, und es waren

keine dieser typischen Luftküsse, die nichts weiter als eine Formsache für die meisten Menschen waren. Bei Jean-Luc dagegen spürte ich seine warmen Lippen auf der Haut, was mich regelrecht elektrisierte.

»Sollen wir einen Spaziergang machen?«, fragte er mich mit einem schiefen Lächeln.

Ich spürte, wie meine Lippen sich verzogen, als hätten sie einen eigenen Willen, bis ein breites Lächeln auf meinem Gesicht erschien. Aber ich sagte nichts und nickte nur, weil mir die Worte im Hals stecken blieben.

Ich schlenderte neben ihm her, da er auf seinen Stock gestützt nur langsam gehen konnte – obwohl er für jemanden, der sich erst vor drei Wochen das Bein gebrochen hatte, schon sehr gut vorankam.

Er streckte die linke Hand nach meiner aus, und da seine kleine, deformierte Hand meine sehr groß und ungeschickt erscheinen ließ, schloss ich die Finger um seine und bewunderte ihn dafür, dass er sich so natürlich verhielt, als empfände er es als vollkommen normal. Seine nicht vorhandene Befangenheit schien ihm Kraft zu verleihen.

»Sollen wir zum Pont Neuf hinuntergehen?«

Ich nickte. »Ja.«

»Und wie ist es Ihnen in der Zwischenzeit ergangen?«

»Sie haben mir gefehlt«, entschlüpfte es mir.

»Sie mir auch. Ich konnte nicht aufhören, an Sie zu denken.«

Mein Herz schlug schneller, und ich drückte seine Hand fester.

Urplötzlich kamen jedoch zwei Soldaten von der anderen Seite der Straße zu uns herüber, und sofort konnte ich spüren, wie ich mich innerlich verkrampfte.

»Papiere!«, fuhr der Größere uns an.

Mit einer Hand auf den Stock gestützt, zog Jean-Luc mit der anderen den langen Mantel hoch und griff in seine Brusttasche, um seine Papiere hervorzuholen. Der Soldat riss sie ihm buchstäblich aus der Hand.

»*Jean-Luc Beauchamps*, SNCF.« Sein Tonfall war sarkastisch. Dann streckte er die Hand nach meinen Papieren aus.

Ich hielt sie schon bereit und übergab sie ihm, ohne ihn dabei anzusehen.

»*Charlotte de la Ville. Achtzehn Jahre alt*. Wissen Ihre Eltern, dass Sie hier draußen sind?«

»Ja«, log ich.

»Mit Monsieur Beauchamps?«

Den Blick zu Boden gerichtet, nickte ich.

»Wie romantisch, solch geheime Rendezvous.« Er schaute den anderen Soldaten an, und beide lachten. Dann gab er uns die Papiere zurück. »Viel Spaß noch heute Abend.«

Wir gingen weiter die Rue Montorgueil hinunter, doch keiner von uns sprach, bis wir die Kirche Saint-Eustache am Ende der Straße erreichten.

Erst hier brach Jean-Luc das Schweigen. »Wissen Sie, was? Ein *Boche* hat mich einmal hier angehalten und gefragt, ob das Notre-Dame ist.«

»Nein! Und was haben Sie geantwortet?«

»Ich habe natürlich Ja gesagt«, erwiderte er lachend.

Ich stimmte in sein Lachen ein, und sofort wurde mir wieder leichter ums Herz.

»Lassen Sie uns hineingehen, Charlotte«, sagte er, wieder ernst geworden.

»Warum nicht?« Ich hatte eigentlich keine Lust, eine Kirche zu betreten, aber wie hätte ich mich weigern können?

Drinnen spazierten wir am Rand entlang und sahen uns die Nischen und die winzigen brennenden Kerzen an. Jean-Luc warf eine Münze in das dafür bestimmte Kästchen, nahm eine Kerze und gab sie mir. »Lassen Sie uns dafür beten, dass dieser Krieg bald endet.«

Ich machte das Kreuzzeichen und sprach im Geiste ein Gebet.

Als wir die Kirche verließen, gingen wir über den Platz auf die Rue Rivoli zu und überquerten die Straße vor dem großen Kaufhaus *La Samaritaine*. Die nähere Umgebung des Pont Neuf war nahezu menschenleer, und so setzten wir uns auf eine der runden Steinbänke mit Ausblick auf die Seine. Ich starrte in das dunkle Wasser und dachte an die Zeiten, in denen auf dem Fluss noch reger Verkehr geherrscht hatte. Jetzt war er vollständig verlassen, nur weiß schäumende Wellen tanzten auf dem dunklen Wasser und krachten ineinander.

»Möchten Sie etwas trinken?« Ich sah zu, wie er in seine Hosentasche griff und eine silberne Taschenflasche herausnahm.

»Was ist das?«

»Probieren Sie es.«

Ich nahm einen kleinen Schluck, der mir sehr gut schmeckte und mich an vergangene Familienessen erinnerte. »Wein! Er ist köstlich. Woher haben Sie ihn?«

»Machen Sie sich darüber keine Gedanken. Genießen Sie ihn einfach nur.«

Ich trank einen weiteren Schluck und konnte spüren, wie meine Nervosität nachließ. Es würde alles gut werden. Jean-Luc beobachtete mich aus dem Augenwinkel. Ich nahm noch einen Schluck – einen erheblich größeren diesmal –, bevor ich ihm den silbernen Flachmann zurückgab.

»Ich habe auch etwas zu essen mitgebracht.« Er zog ein in Papier gewickeltes Bündel aus der Tasche und gab es mir.

Als Erstes hielt ich es an die Nase und schnupperte daran. »Käse.«

»Ja. Comté.«

Er roch so gut, und mein Magen fühlte sich plötzlich so leer an, dass ich das Papier schnell entfernte und mit einem Finger über die herrlich glatte Oberfläche des Käses strich.

»Na los! Essen Sie ihn«, forderte er mich lächelnd auf und legte den Arm um meine Schulter.

Ich biss hinein, und mir war, als probierte ich zum ersten Mal in meinem Leben Käse. Er war einfach köstlich. Ich biss ein weiteres Stückchen ab und wollte ihn dann Jean-Luc zurückgeben.

Doch er schüttelte den Kopf.

»Was ist? Mögen Sie ihn nicht?«

»Doch, aber ich genieße es viel mehr, Ihnen dabei zuzusehen, wie Sie ihn essen.« Er streichelte meine Wange. »Und was machen wir jetzt?«

»Jetzt gleich, meinen Sie? Ich finde es schön, einfach nur mit Ihnen hier zu sitzen«, antwortete ich, während ich mich an ihn lehnte und den Kopf auf seine Schulter legte.

»Kommen Sie, lassen Sie uns tanzen.« Er sprang auf und zog mich mit sich hoch.

Ich ließ den Käse auf die Bank fallen. »Was?«, fragte ich lachend. »Hier?«

»Ja. Hier.« Er legte eine Hand um meine Taille und ergriff mit der anderen meine Rechte und küsste sie. »Würden Sie mir die Freude machen, Mademoiselle?«

»Aber die Freude ist ganz meinerseits, Monsieur«, erwiderte ich schmunzelnd.

Und schon wirbelte er mich herum, wobei er sich auf sein gesundes Bein stützte und eine Melodie summte, die ich nicht erkannte. Nach und nach wurden wir langsamer, und ich legte den Kopf an seine Brust.

»Char-lotte«, flüsterte er mir ins Ohr und löste damit ein heißes Kribbeln in meinem Nacken aus.

»Mmh«, murmelte ich.

»Sie sind so kostbar für mich, diese Momente …«

Ich streichelte seinen Rücken und schmiegte mich noch fester in seine Arme.

»Wenn ich niedergeschlagen bin und mich frage, wann dieser

verdammte Krieg zu Ende sein wird, brauche ich nur an dich zu denken, und schon empfinde ich … Es gibt mir Hoffnung und muntert mich wieder auf.« Er küsste mich aufs Haar, und dann legte er die Hand um meinen Nacken und zog mich an sich. Seine Lippen fanden die meinen, mit der Zungenspitze erkundete er ihre Konturen, und ich gab seinem sanften Drängen nach. Ich spürte, dass er schneller atmete, als unsere Körper zu einer noch innigeren Umarmung zusammenfanden.

Ein Tippen auf meine Schulter ließ mich zusammenzucken, und ich drehte mich schnell um.

»Papiere!« Ein Gendarm starrte mich unfreundlich an.

Während ich in meiner Handtasche nach den Ausweispapieren suchte, zog ein zweiter Polizist Jean-Luc zur Seite.

»Nun machen Sie schon!« Der Gendarm neben mir klopfte sich ungeduldig mit einem Schlagstock auf die Hand.

Mit zitternden Fingern hielt ich ihm meine Papiere hin.

Er entriss sie mir buchstäblich und überflog sie kurz. Dann erhob er den Blick zu mir, und seine Augen glitzerten im Dunkeln. »Sie sollten sich nicht hier draußen herumtreiben und sich wie ein Flittchen aufführen!«

Mir schwirrte der Kopf, und ich konnte keine Worte finden.

»Ich könnte Sie verhaften und zum Verhör mitnehmen. Was sollte mich daran hindern?«

Ich wusste nicht, wie ich mich verteidigen sollte, und blickte hilflos zu Jean-Luc hinüber, der jedoch in ein Gespräch mit dem anderen Gendarmen vertieft war.

»Was sollte mich schon daran hindern?«, fragte der Gendarm erneut, nur diesmal noch viel lauter.

»Es ist … Die Ausgangssperre hat noch nicht begonnen.«

»Ha!«, sagte er lachend. »Noch nicht. Also machen Sie, dass Sie nach Hause kommen, Aschenputtel. Und beeilen Sie sich.« Er gab mir meine Papiere wieder.

Ich suchte Jean-Lucs Blick, den ich im Dunkeln jedoch nicht

finden konnte, und er sprach auch noch immer mit dem anderen Gendarmen, was mich zögern ließ.

»Gehen Sie nach Hause, Cinderella, und warten Sie nicht auf Ihren Prinzen.« Das gemeine Lächeln des Mannes machte mir Angst.

»Na los. Ab nach Hause, sagte ich. Und zwar sofort!«

Das Blut pochte wie wild in meinen Adern, als ich ging. Ich wagte nicht einmal, mich umzuschauen. Was würden sie mit Jean-Luc machen? Es sind nur Gendarmen, nicht die Gestapo, beruhigte ich mich. Was konnten sie also schon tun, wenn Jean-Luc sich nichts zuschulden hatte kommen lassen? Sie konnten ihn ja wohl kaum wegen eines Kusses festnehmen. Ich versuchte, mir einzureden, dass ihm nichts geschehen würde und er bald zu mir zurückkehren würde. Nur gab es heutzutage leider keine Garantien mehr …

Auf dem Heimweg ging ich wieder in die Kirche, zündete eine Kerze an und betete, dass sie Jean-Luc ziehen ließen und ich ihn wiedersehen würde.

Achtzehntes Kapitel

Paris, 22. April 1944

JEAN-LUC

Gebt einem schwachen Mann ein bisschen Macht, und er wird sie missbrauchen. Ein typisches Beispiel dafür waren die Gendarmen. Jean-Luc war erleichtert, Charlotte gehen zu sehen, aber jetzt musste er sich mit den beiden Polizisten auseinandersetzen. Obwohl sie keinen Anlass hatten, ihn festzunehmen, wusste er, dass sie das bisschen Autorität, das sie besaßen, gegen ihn verwenden würden.

»Was für eine sittenwidrige Zurschaustellung!« Der Gendarm, der ihn aufgehalten hatte, lachte. »Wenn wir sie fünf Minuten länger hätten weitermachen lassen, hätten wir sie dafür einbuchten können!«, bemerkte er zu seinem Kollegen.

Jean-Luc zog ein Päckchen Gitanes aus der Hosentasche und bot dem Mann, der zuletzt gesprochen hatte, eine Zigarette an. »Na ja, wenn ich Glück gehabt hätte bei ihr«, entgegnete er grinsend, »hättet ihr mich vielleicht dafür drankriegen können. Aber kommt schon, Männer, schließlich sind wir hier in Frankreich, wo es unsere Pflicht ist, unsere Frauen zu verehren!«

Sofort veränderte sich die Atmosphäre. Der Gendarm lachte und nahm sich eine Zigarette, woraufhin Jean-Luc auch dem anderen das Päckchen anbot und dann beiden mit dem silbernen Feuerzeug, das er von seinem Vater geerbt hatte, Feuer gab. Um die unausgesprochene Verbrüderung zu besiegeln, zündete er sich auch selbst eine Zigarette an. »Ihr werdet einen Mann doch wohl nicht für ein bisschen Spaß verhaften?« Er hielt kurz inne. »Ich bin soeben erst aus dem Krankenhaus entlassen worden, wo ich wegen einer Bein- und Gesichtsverletzung behandelt wurde.« Er berührte seine Narbe an der Wange. »Die junge Dame war meine Krankenschwester.«

»Wie schön.« Der Gendarm blies eine kleine Rauchwolke zu Jean-Luc hinüber. »Ich wette, sie hat sich gut um Sie gekümmert.«

»Das kann man wohl sagen!« Jean-Luc lachte.

Die beiden anderen Männer lachten mit ihm, und nach ein bisschen mehr Geplänkel über Frauen ließen sie ihn gehen.

Er blickte auf seine Uhr – jetzt waren es nur noch dreißig Minuten bis zur Ausgangssperre. Gerade genug Zeit, um zu Fuß nach Hause zu gelangen. An diesem Abend hatte er keine Lust, die Métro zu nehmen, weil er nachdenken musste. Na ja, eigentlich war es nur Charlotte, über die er sich Gedanken machen wollte.

Char-lotte, Char-lotte, dachte er voller Zärtlichkeit und fragte sich, was es sein mochte, was ihn an ihr so faszinierte. Vielleicht waren es die Widersprüche, die er in ihr sah: ihr Selbstvertrauen, in dem aber immer wieder Unsicherheit aufblitzte, oder ihre mit Furchtlosigkeit gepaarte Naivität. Auf jeden Fall konnte er eine Courage in ihr spüren, die allerdings erst noch zutage treten musste. Er nahm an, dass sie durch eine strenge Erziehung unterdrückt worden war, durch die Charlotte kaum die Möglichkeit gehabt hatte, ihren eigenen Gedanken Ausdruck zu verleihen.

Sie war wie ein Schmetterling, der noch nicht aus seinem Kokon geschlüpft war und seine schönen Flügel noch nicht entfaltet hatte. Sie war noch voller Hoffnung und Lebensfreude, die er selbst bereits verloren zu haben glaubte. Er konnte es ihrer Stimme anhören, wenn sie mit ihm sprach. Und beides wollte sie ihm wiedergeben, wollte es in seine unwürdigen Hände legen und darauf hoffen, dass er es annahm und verinnerlichte.

Und es war auch etwas an ihrem Auftreten, etwas Anrührendes an der Art, wie sie ihr Kinn anhob, wenn sie mit ihm sprach und bestimmter auszusehen versuchte, als sie es, soweit er wusste, wirklich war. Er liebte es auch, sie von der Seite zu betrachten. Sie hatte ein makelloses Profil: eine intelligente Stirn, die weder zu schmal noch zu hoch war, lange, seidige Wimpern über wunderschönen braunen Augen, die nur ein bisschen heller waren als die großen Pupillen, die sie umgaben. Ihre Nase war zierlich, wenn auch vielleicht ein bisschen zu lang, um perfekt zu sein, was sie in seinen Augen jedoch nur noch wunderbarer machte.

Er bog nach links auf die Uferstraße ab und ließ den Blick über die geschlossenen Cafés und Bars dort gleiten. Die Straße war inzwischen leer, es fehlten nur noch zwanzig Minuten bis zur Sperrstunde; er hatte zu wenig Zeit für den Heimweg eingeplant. Um das Schicksal herauszufordern? Weil er hatte verhaftet werden wollen? Oder was auch immer, um nicht mehr in Bobigny arbeiten zu müssen? Doch nun hatte er seine Chancen, dort herauszukommen, sogar noch verringert. Er hatte Verdacht erregt und würde deshalb für lange Zeit nichts unternehmen können.

Er würde sich wieder einmal zusammenreißen und an die Arbeit machen müssen. Aber war das überhaupt möglich? Würde er sich wirklich damit abfinden können? Vielleicht sollte er einfach verschwinden, was immer noch besser wäre, als für die *Boches* zu arbeiten. Er könnte aus der Stadt aufs Land fliehen und versuchen, die Maquis zu finden, die sich dort in den Bergen versteckten. Mit seinem Wissen über Eisenbahnschienen und dergleichen könnte er ihnen helfen, Züge entgleisen zu lassen. Aber wer würde sich dann um seine Mutter kümmern und sie finanziell ein wenig unterstützen?

Schon bald erreichte er Notre-Dame auf der Île de la Cité. Die Kathedrale schimmerte im Dunkeln, in ihrer Zeitlosigkeit völlig gleichgültig dem Krieg gegenüber. Jean-Luc dachte kurz daran, hineinzugehen und eine Kerze anzuzünden, aber die Sperrstunde rückte immer näher, und im Übrigen mochte er die gequält aussehenden Wasserspeier nicht, die an den Wänden hingen und einen beim Eintreten beobachteten. Und beurteilten. Deshalb ging er weiter. An diesem Abend wollte er allein sein in der Dunkelheit und in dieser Stadt, die einmal die seine gewesen war.

Neunzehntes Kapitel

Paris, 28. April 1944

CHARLOTTE

Ich seufzte, als ich unser Hausmädchen Clothilde eine große Steckrübe auf dem Küchentisch zerkleinern sah.

»Hör auf zu jammern, Charlotte.« Maman bückte sich und zog ein in Zeitungspapier eingeschlagenes Päckchen unter dem Spülbecken hervor. »Heute Abend gibt es Täubchen. Pierre hatte heute Nachmittag zwei geschlachtet, und ich habe eines davon gegen unser letztes bisschen Zucker eingetauscht.« Sie unterbrach sich, um mich anzusehen. »Ein Täubchen ist genau das, was du brauchst. Sieh dich doch nur an! Du bist sogar noch blasser als gewöhnlich.«

Ich nahm ihr das Päckchen aus der Hand und warf einen Blick hinein. Und tatsächlich enthielt es eine tote Taube samt Kopf und Füßen. Schnell faltete ich das Zeitungspapier wieder und legte das Päckchen vor Clothilde auf den Küchentisch, denn schon allein bei dem Anblick war mir schlecht geworden.

Und offenbar hatte ich auch schon wieder einen Seufzer ausgestoßen, denn Maman betrachtete mich stirnrunzelnd. »Was hast du, Charlotte?«

»Nichts.«

»Natürlich hast du was. Du warst die ganze Woche schon so komisch.«

»Das ist nur wegen des Krieges. Ich hab die Nase voll davon.«

»Glaubst du, das ginge uns nicht allen so? Aber du weißt doch wohl auch, dass er nicht ewig dauern kann.«

»Natürlich nicht. Aber was ist mit all den Menschen, die wie vom Erdboden verschwunden sind? Werden sie eines Tages zurückkehren? All die Juden, die von den *Boches* gefangen genommen und verschleppt worden sind?«

Clothilde blickte von ihrer Arbeit auf und sah mich prüfend an.

Mamans Stirnrunzeln vertiefte sich. »Das hoffe ich.«

»Du *hoffst* es? Das hört sich nicht so an, als glaubtest du daran.«

»Es gibt ja auch nicht viel, was wir dagegen tun könnten, Charlotte.«

»Wie meinst du das?«

»Dass es nicht in unserer Hand liegt und es deshalb besser ist, sich nicht den Kopf darüber zu zerbrechen.«

»Aber es ist verdammt schwer, sich nicht den Kopf darüber zu zerbrechen!«

»Mit zunehmendem Alter, Charlotte, wirst du verstehen, dass es Dinge gibt, die man nicht ändern kann, und es daher besser ist, sich erst gar nicht damit zu befassen.«

»Aber was ist, wenn diese Dinge falsch sind?«

»Das ändert nichts, wenn man nichts dagegen tun kann.«

»Dann weißt du also, was sie mit den Juden tun?«

»Nein, das weiß ich nicht! Sei einfach nur froh und dankbar, dass du keine Jüdin bist.«

»Und was ist mit den Levis, die wir früher kannten? Willst du nicht wissen, was dieser Familie zugestoßen ist? Oder ob wir sie je wiedersehen werden? Ihr wart Freundinnen, du und Madame Levi!«

»Ja, das waren wir, und es macht mich traurig, dass sie weggegangen sind – und vielleicht sogar weit weg von hier.«

»Aber wohin, Maman? Wo sind sie hin?«

»Hör auf damit, Charlotte! Lass es gut sein, ja? Ich weiß nicht, wo sie hingezogen sind!«

Clothilde hörte nicht auf, mich anzustarren, als wollte sie etwas sagen, es in ihrer Stellung aber nicht für angebracht halte.

An jenem Abend aßen wir die Täubchensuppe in solch absoluter Stille, dass nur unsere leisen Kau- und Schluckgeräusche zu hören waren. Meine Eltern wischten ihre Suppentassen mit den Fingern aus, da kein Brot mehr übrig war, während ich auf meine eigene Tasse voller grauer Brühe mit kleinen Knöchelchen darin herabschaute und sie dann angewidert wegschob.

Papa verdrehte die Augen, als er es sah, zog meine Schale zu sich herüber und schlürfte sie geräuschvoll aus.

Bevor ich an jenem Abend zu Bett ging, schlug ich das Wort »Kollaboration« in meinem alten Schulwörterbuch nach. Darunter fand ich *Aktive Unterstützung einer feindlichen Besatzungsmacht oder Zusammenarbeit an einem gemeinsamen Projekt.* Das bedeutete, dass die französische Polizei mit den *Boches* kollaborierte, doch das wusste ich ja schon. Aber wo hörte es auf? Soweit ich sehen konnte, kooperierte jeder mit dem Feind – vielleicht nicht gern oder freiwillig, aber trotzdem: indem sie den *Boches* in den Restaurants Fleisch servierten, während sie selbst Hunger litten, ihnen Hinweise gaben und höflich vom Bürgersteig hinuntertraten, um sie vorbeizulassen.

Manchmal kollaborierten die Leute auch nur allzu gern, wie diejenigen, die dich freundlich grüßten, während sie unterwegs waren, um dich zu denunzieren, auch wenn die meisten Denunziationen per Post erfolgten, weil Briefe sicherer waren. Oft zirkulierten Gerüchte darüber, wer wen denunziert hatte und welche Gefälligkeiten er als Gegenleistung dafür erhalten hatte.

Eines Nachmittags hatte ich mit einer Freundin mit angesehen, wie ein uns flüchtig bekannter Nachbar in den Rücken geschossen wurde, als er vor einer Ausweiskontrolle davonlief. Alle anwesenden Franzosen zogen die Köpfe ein, stellten ihre Mantelkragen hoch und eilten heim. War das nicht auch Kollaboration? Einfach so zu tun, als wäre nichts geschehen?

Und dann waren da noch die Frauen – aber ich wette, dass sie weder Staatsgeheimnisse verrieten noch jemanden denunzierten. Sie versuchten wahrscheinlich nur, ein paar Extrarationen für ihre Familien zu ergattern, und vielleicht verliebten sich einige von ihnen sogar in einen Deutschen.

Ich würde es nicht wagen, es irgendjemandem zu verraten, nicht einmal meinen Freundinnen, doch ich fand, dass einige der Soldaten eigentlich sogar ganz normal und nett aussahen. Einer hatte mich einmal angelächelt und mein Herz gleich schneller schlagen lassen, als ich weitergeeilt war. Bis heute war ich mir nicht sicher, ob es Furcht gewesen war oder die freudige Erregung darüber, dass ein gut aussehender Mann mich angelächelt hatte.

Auf jeden Fall war uns von unserer Regierung befohlen worden, mit den Deutschen zu kollaborieren, um gemeinsam mit ihnen ein stärkeres, einheitlicheres Europa aufzubauen.

Als die deutschen Soldaten die Champs-Élysées hinuntermarschiert waren, war Papa mit mir dorthin gegangen, um zuzusehen. »Es ist ein historischer Moment, den wir mit eigenen Augen sehen müssen«, hatte er gesagt. Einige Leute schwenkten Flaggen, um die großen Soldaten in ihren schicken dunklen Uniformen willkommen zu heißen, während andere nur still dabeistanden und die Lippen schürzten. Papa hatte keine Flagge, und sein Gesicht war umwölkt. »Wir werden sehr vorsichtig sein müssen«, hatte er mir ins Ohr geflüstert.

Ich hatte die Panzer, Lastwagen und Männer angestarrt und mich gefragt, was ich jetzt empfinden und womit ich vorsichtig sein müsste. Aber das war vor vier Jahren gewesen, als ich gerade mal vierzehn gewesen war, und seither war viel geschehen.

Zwanzigstes Kapitel

Paris, 29. April 1944

JEAN-LUC

Jean-Luc, der Charlotte am nächsten Samstagabend unbedingt sehen wollte, hatte sich ein wenig Zeit verschafft, indem er eine weitere Woche in Bobigny geblieben war. Ihm war klar, dass sie sich wahrscheinlich große Sorgen um ihn machte und ihn daher auf jeden Fall am Samstagabend um sechs vor der Konditorei Stohrer erwarten würde. Und diesmal würde er ihr von seinem Vorhaben erzählen, sich den Maquis anzuschließen. Vielleicht würde sie ja sogar mitkommen.

Dass sie ihre Arbeit in dem deutschen Krankenhaus aufgeben und sich aktiver engagieren wollte, wusste er bereits. Und er wusste auch, dass sie den nötigen Mut und Elan dazu besaß; ihr war nur noch nicht bewusst, wie viel. Es war also möglich. Alles war möglich – man musste nur daran glauben. Und Charlotte hatte ihm geholfen, seinen Glauben wiederzuerlangen, indem sie ihm eine Zeit in Erinnerung gebracht hatte, in der er voller Lebensfreude gewesen war und noch zu hoffen gewagt hatte.

Als er an jenem Abend im Zug nach Paris saß, lehnte er den Kopf gegen das harte, kalte Fenster und blickte in die Nacht hinaus. Öde, unbestellte Felder, die höchstens noch den Vögeln Futter boten, erstreckten sich vor ihm im Dunkeln. Die Rinder, die dort einmal gegrast hatten, waren allesamt verschwunden – und in den Mägen der *Boches* gelandet, die ihr Steak gern halb gar aßen.

Warum haben wir unser Land nicht besser beschützt?, fragte

sich Jean-Luc. Nun war es geteilt, und Brüder kämpften gegen Brüder. Wenn dieser Krieg zu Ende war, würde es Rechnungen zu begleichen geben, und Familien würden auseinandergerissen werden …

Charlotte stand genauso da, wie er es erwartet hatte, und blickte in das leere Schaufenster der Patisserie, als gäbe es dort noch irgendwas zu sehen. Jean-Luc blieb stehen und zog den Hut tiefer ins Gesicht, während er sie beobachtete.

Ihre Hände steckten tief in den Manteltaschen und zogen ihn so fest um sie herum, dass er ihre schmale Taille noch mehr betonte. Trotz des kühlen Wetters trug sie keine Strümpfe, und wieder einmal bedauerte Jean-Luc die Mädchen, die keine mehr besaßen. Im Gegensatz zu ihnen konnten die Männer zumindest Hosen anziehen. Jetzt strich sie sich eine lose Haarsträhne hinters Ohr, und er wünschte, er könnte es für sie tun. Dann zog sie die andere Hand aus der Manteltasche und legte sie sich über den Magen.

Jean-Luc wusste, wie hungrig sie immer war, und eine Welle des Mitgefühls erfasste ihn. Wenn er sie doch nur in ein Restaurant ausführen und ihr ein richtiges Essen bieten könnte! Auch er war hungrig, aber heute hatte er nichts Vernünftiges mitgehen lassen können.

Leise trat er einen Schritt zurück, nahm die Brieftasche heraus und zählte die abgegriffenen dünnen Geldscheine darin. Wenn er seiner Mutter an diesem Sonntag einmal kein Geld gäbe, könnte er sich gerade noch ein Abendessen für zwei in einem kleinen Gasthaus leisten. Der Gedanke begeisterte ihn. Nur dieses eine Mal, sagte er sich. Die Gendarmen würden sie in einer Brasserie nicht stören, und er würde endlich einmal in aller Ruhe mit Charlotte reden können.

Nachdem er die Brieftasche wieder eingesteckt hatte, ging er zu ihr hinüber, worauf sie sich umdrehte und ihn direkt anschaute. Jean-Luc legte einen Arm um sie, zog sie an sich und küsste sie auf den Mund. Das schien sie so sehr zu überraschen, dass er spüren konnte, wie sie sich versteifte.

Sofort trat er einen Schritt zurück. »Heute Abend möchte ich dich zum Essen ausführen, Charlotte.«

»Was?«

Er strich ihr übers Haar und flüsterte ihr ins Ohr: »Ich lade dich zum Essen ein.« Dann nahm er ihren Arm und zog sie mit sich.

»Und was war mit den Gendarmen neulich?«

»Nichts. Nachdem ich jedem eine Gitane gegeben hatte, ließen sie mich gehen.«

»Gott sei Dank! Ich habe mir solche Sorgen um dich gemacht«, sagte sie und küsste ihn auf die Wange.

Als sie die mit Kopfsteinpflaster versehene Rue Montorgueil hinuntergingen, hielten sie Ausschau nach einer Brasserie. Bald entdeckten sie eine an einer Straßenecke, und Jean-Luc ging langsamer.

»Wie wäre es mit dieser hier? Gefällt sie Mademoiselle?«

»Ich ... ich weiß nicht.« Sie beugte sich vor und flüsterte ihm zu: »Ich meine mich zu erinnern, dass Papa gesagt hat, hier äßen *Collabos*.«

»Kollaborateure? Mag sein, aber das wäre vielleicht sogar noch besser.«

»Wie meinst du das denn?«

»Manchmal ist es das Beste, mitten im Hornissennest zu sein.«

»Doch was ist, wenn uns jemand hineingehen sieht?«

Er blickte sich um. »Es ist niemand hier. Schnell!« Er stieg die Stufe zur Tür hinauf, öffnete sie und ließ Charlotte vorangehen.

Als sie das Lokal betraten, drehten sich zwei alte Männer mit flachen Tellermützen, die an der Bar vor ihren Gläsern Rotwein hockten, nach ihnen um. Der Kleinere hob sein Glas und zwinkerte ihnen zu.

»Bonsoir, Messieurs.« Jean-Luc brachte ein falsches Lächeln zustande und spürte, wie Charlotte sich neben ihm versteifte.

Eine Minute verstrich, doch niemand kam, um ihnen einen Sitzplatz zuzuweisen, und Jean-Luc fragte sich schon, ob es nicht ein bisschen zu gewagt von ihm gewesen war, ausgerechnet diese Brasserie zu wählen. Sein Blick fiel auf einen reich verzierten, mit Goldrahmen versehenen Spiegel hinter dem Tresen, in dessen fleckigem Glas sie sich beide widerspiegelten.

Charlotte sah klein und ängstlich aus, wie sie dort neben ihm stand, und so legte er schnell einen Arm um sie, und als ihre Blicke sich in dem Spiegel begegneten, zwinkerte er ihr zu. Er spürte, wie ihre Beklommenheit sich legte, als sie sein Lächeln erwiderte.

Die Bedienung eilte mit einem Krug Wein und zwei Gläsern an ihnen vorbei. »Nehmen Sie Platz, ich komme sofort«, sagte sie auf Französisch zu ihnen.

Jean-Luc schaute sich in dem schmalen Lokal um. Die große verzinkte Theke nahm bis auf zwei Tische, die ihr gegenüberstanden, fast den ganzen Raum in Anspruch. Mehrere andere kleine, runde Tische erweiterten ihn zu seinem hinteren, etwas dunkleren Teil hin. Dort würden sie ungestörter sein. Jean-Luc ergriff Charlottes Hand und führte sie zu einem dieser Tische, aber so weit wie möglich von dem einzigen anderen Paar entfernt. Höflich zog er einen Stuhl für sie heraus und nahm ihr den Mantel ab, bevor er seinen eigenen ablegte und sie Platz nahmen.

»Was möchtest du essen, Charlotte?«

»Keine Ahnung. Ich war schon ewig nicht mehr in einem Restaurant. Was haben sie?«

Jean-Luc lächelte. »Es ist nur eine Brasserie, Charlotte. Möchtest du Fleisch?«

»Ja, warum nicht?«

»Mademoiselle, s'il vous plaît?«, rief er der Bedienung zu und klang dabei viel selbstsicherer, als er es war.

»Monsieur?«

»Zwei Steaks und einen kleinen Krug Rotwein Ihrer Hausmarke.«

»Es gibt heute kein Steak.«

»Was haben Sie dann?«

»Croque Monsieur, Quiche, Salade d'endives.«

»Dann nehmen wir zweimal den Croque Monsieur, Mademoiselle, und einen halben Krug Rotwein Ihrer Hausmarke.«

Die Kellnerin ließ durch nichts erkennen, dass sie ihn gehört hatte, als sie ging.

Hoffentlich spuckt sie nicht auch noch in unser Essen, dachte er. Selbst er hätte es vielleicht getan, wenn er Kollaborateure zu bedienen glaubte.

Ein paar Minuten später kehrte sie zurück und stellte die kleine Karaffe und zwei Gläser auf den Tisch. Den Wein schenkte sie nicht ein, doch sie hatte immerhin ein Tellerchen Oliven mitgebracht. Jean-Luc bot sie Charlotte an und sah zu, wie sie in das glänzende Fruchtfleisch biss, es mit behutsamen kleinen Bissen von dem Kern entfernte und diesen schließlich an den Rand des Tellerchens neben seinen legte, den er gerade aus dem Mund genommen hatte. Es fühlte sich irgendwie sehr vertraut an, die beiden Kerne, die sie und er eben noch im Mund gehabt hatten, so dicht nebeneinanderliegen zu sehen.

Unwillkürlich beobachtete er Charlotte und fragte sich, ob sie vielleicht das Gleiche denken mochte.

»Ich habe keine Oliven mehr gegessen, seit … Ich muss vierzehn oder fünfzehn gewesen sein. Damals haben wir den August noch immer in der Provence verbracht.«

»Wie schön. Ich selbst war nie wirklich woanders als hier in Paris. Wie ist es in der Provence?«, fragte Jean-Luc, während er ihnen beiden ein Glas Wein einschenkte.

»Oh, sie ist … sonnenüberflutet, und wenn man im Juni hinfährt, kann man unzählige lavendelblaue Felder sehen. Sie pflanzen dort alles Mögliche an: Sonnenblumen, die der aufgehenden Sonne zugewandt sind, und Felder voller Olivenbäume, deren Blätter an der Rückseite wie Silber schimmern.«

»Wirst du irgendwann einmal mit mir dort hinfahren?« Er hielt sein Glas Wein ins Licht und schnupperte daran, bevor sie einander zuprosteten und sich in die Augen sahen. »Auf uns in der Provence!«, flüsterte er.

Charlotte schwenkte ihren Wein im Glas, als wäre sie nicht ganz sicher, ob es eine gute Idee war, ihn zu trinken.

»Probier ihn.« Jean Luc nahm einen Schluck. »Für einen Hauswein ist er gar nicht schlecht.«

Er sah zu, wie sie das Glas an die Lippen hob und zögerlich daran nippte.

»Er ist köstlich«, sagte sie dann.

Die Bedienung erschien wieder und stellte wortlos ihre Teller vor sie hin. Jean-Lucs Magen knurrte beim Anblick des geschmolzenen, auf allen Seiten des Toastbrots hervorquellenden Käses.

Charlotte machte große Augen. »Das sieht verlockend aus.«

»Bon appétit.«

Er sah zu, wie sie ihr Besteck nahm und ein Eckchen abschnitt. Bevor sie es jedoch in den Mund nahm, hielt sie inne und schaute ihn an. »Vielen Dank, Jean-Luc.«

»Aber gern. Es ist mir ein Vergnügen. Ich wünschte nur, ich könnte mehr für dich tun. Wenn dieser Krieg vorüber ist, werde ich dich zu etwas ganz Besonderem einladen.«

»Das hier *ist* etwas Besonderes.« Sie aß einen weiteren Bissen. »Es ist wunderbar, einmal etwas Richtiges essen zu können.«

Er freute sich über den Appetit, mit dem sie ihren Croque Monsieur vertilgte. Und sie trank auch noch ein weiteres Schlückchen Wein und sah ihn dabei aus dem Augenwinkel an. »Bist du denn gar nicht hungrig?«

Jean-Luc lächelte und blickte auf sein noch unberührtes Essen herab. »Im Moment habe ich ganz andere Dinge im Kopf.« Er beugte sich zu ihr vor. »Du hast mir gefehlt, Charlotte.«

Ihre Mundwinkel verzogen sich zu einem Lächeln, und ihre Augen funkelten. »Wie sehr?«

»So sehr.« Er breitete die Arme über dem Tisch aus, hob dann eine Hand und legte sie an ihre Wange. »Wie ist es dir ergangen?«

»Nun ja, ich hätte dein Lächeln auch gern jeden Tag gesehen.«

»Und ich das deine. Mehr, als du dir vorstellen kannst.« Dann machte er eine kleine Pause. »Und nun lass uns essen, bevor es kalt wird.«

Sie taten es in kameradschaftlichem Schweigen und genossen den Geschmack von wahrem Essen.

»Wie läuft es im Krankenhaus?« Er hatte das Gespräch nicht auf dieses Thema bringen wollen, aber die Worte waren ihm ganz unbewusst herausgerutscht.

Und schon sah er, wie das Lächeln ihr Gesicht verließ.

»Ich muss dort weg. Es ist nicht richtig, dort zu arbeiten.« Sie hielt kurz inne. »Ich muss nur noch den Mut aufbringen, es meinen Eltern zu gestehen.« Besorgt blickte sie sich um, als könnte jemand ihre Worte mitbekommen haben.

»Keine Bange; niemand hört uns zu. Aber lass nicht zu, dass deine Arbeit dich dermaßen belastet. Auf die eine oder andere Weise sind wir alle mitschuldig.«

»Wie meinst du das?«, entgegnete sie stirnrunzelnd.

»Nun, wir haben den Deutschen unser Essen, unseren Wein, unser Land und unsere Häuser überlassen. Es ist schwer für Zivilisten wie uns, ja sogar unmöglich, uns gegen eine Besatzungsmacht wie die ihre zur Wehr zu setzen, denn leider gibt's nicht viel, was wir allein tun könnten.« Er schenkte Charlotte Wein nach, obwohl sie erst zwei Schlückchen davon getrunken hatte.

»Ja, aber sollten wir nicht wenigstens versuchen, etwas zu tun?«

Jean-Luc nickte. »Du weißt ja, wo ich arbeite, nicht?«

»Bei der Eisenbahn.«

»Ja, doch weißt du, wo?«

»Nicht genau. Ich glaube, das hast du mir noch nicht gesagt.«

Er rieb sich die Augen und blickte sich dann in der Brasserie um. Nach ihnen war niemand mehr hereingekommen, und die beiden alten Männer waren gegangen, sodass sich nur noch das andere Pärchen im Lokal aufhielt … Aber sie schienen ohnehin mehr aneinander als an irgendetwas anderem interessiert zu sein.

Jean-Luc beugte sich vor und sagte mit gedämpfter Stimme: »Ich arbeite in Bobigny, der speziellen Eisenbahnstation für Drancy – das Lager, aus dem sie die Juden verschicken.« Er trank einen weiteren kräftigen Schluck Wein, und erst nachdem er sich mit dem Handrücken über den Mund gefahren war, fuhr er fort. »Sie deportieren sie zu Tausenden von dort, Charlotte, und wir haben keine Ahnung, wohin sie sie bringen.«

»Werden sie denn nicht zu Arbeitslagern in Deutschland geschickt?«

Jean-Luc schüttelte den Kopf. »Ich glaube, sie bringen sie an einen weit entfernten Ort, um sie dann dort zu … beseitigen.«

»Was? Was meinst du damit?«

»Entschuldige bitte, Charlotte. Ich hatte nicht vor, darüber zu reden«, murmelte er und legte den Kopf in die Hände.

Sie streckte die Hand aus und berührte seine. »Sag mir bitte, was du damit meinst.«

Er fragte sich, ob er weiterreden sollte oder nicht. Vielleicht sollte er besser zu belangloseren Themen übergehen; er hätte über dies und jenes reden und Charlotte Komplimente machen können, wie er es im Krankenhaus getan hatte. Es hatte Spaß gemacht, doch nun hatte er wirklich dringendere Dinge im Kopf.

Die Zeit war zu knapp für solche Nichtigkeiten. Er blickte in Charlottes dunkelbraune Augen und wünschte, sie könnten über etwas anderes sprechen.

»Sie treiben die Juden in Viehwaggons – so viele, wie sie nur hineinzwängen können. Und dann bringen sie sie weg. Ohne Wasser und ohne etwas zu essen. Jemand hat mir gesagt, er hätte gehört, wie einer der *Boches* damit prahlte, dass sie es bei dem letzten Zug geschafft hätten, mehr als tausend Menschen hineinzuzwängen.«

Er sah, wie alle Farbe aus Charlottes Gesicht wich.

»Ich ertrage das einfach nicht mehr.«

Sie bewegte den Kopf, als versuchte sie, dieses neue Wissen daraus zu vertreiben. »Aber das ist doch nicht möglich! Warum sollten sie das tun?«

»Pst.«

Die Bedienung ging vorbei. »*Tout va bien?*«

»Danke, ja. Könnten wir bitte noch einen Krug mit Wasser haben?«

»Natürlich.« Sie drehte sich auf dem Absatz um und ging.

»Keine Bange, sie hat nichts gehört.« Er hielt inne und beugte sich noch weiter zu Charlotte vor, bevor er leise sagte: »Warum?«, wiederholte er und lachte zynisch. »Weil dies ein Krieg ist und die jüdischen Immigranten ihre Feinde sind.«

»Aber sie bringen jetzt auch in Frankreich geborene Juden fort, nicht wahr?« Sie stützte das Kinn auf die Hand, und ihre Augen verdüsterten sich. »Ich wünschte, ich könnte etwas unternehmen.«

Die Bedienung kam mit dem Wasser und warf einen vielsagenden Blick auf ihre halb geleerten Teller.

»*Merci, Madame.* Könnten wir bitte noch etwas mehr Wein haben?«, fragte Jean-Luc und hielt ihr die leere Karaffe hin.

Sie riss sie ihm fast aus den Händen. »*Bien sûr, Monsieur.*«

Er schaute ihr nach, bis sie hinter der Bar verschwand, und

erst dann wandte er sich wieder Charlotte zu. »Wir sollten aufessen.«

»Ich habe den Appetit verloren.«

»Wir wollen aber keine Aufmerksamkeit erregen.«

Diesmal schlich sich die Bedienung regelrecht an sie heran und stellte die Karaffe wortlos auf den Tisch. Jean-Luc schenkte sich ein wenig Wein ein. Charlottes Glas war noch immer voll, doch plötzlich griff sie abrupt danach und stürzte den Wein hinunter, als wäre er Wasser, stellte dann ihr leeres Glas zurück und widmete sich ihrem inzwischen sicher schon kalten Croque Monsieur. Mit erzwungener Ruhe schnitt sie ihn in kleine Stücke, doch ihre Finger hielten ihr Besteck so fest umklammert, dass die Knöchel weiß hervortraten.

»Charlotte«, flüsterte Jean-Luc.

Sie antwortete jedoch nicht, sondern zerschnitt ihren Toast immer mehr.

Jean-Luc griff nach ihrer blassen Hand, aber sie zog sie zurück, als drohte er sie zu verbrennen. Dann hörte er einen erstickten kleinen Laut und sah, wie ihre Schultern sich nach vorne beugten. Nachdem sie nach der Serviette auf dem Tisch gegriffen hatte, vergrub sie ihr Gesicht darin.

Jean-Luc stand auf, trat zu ihr und nahm sie in die Arme. »Lass uns gehen.«

Einundzwanzigstes Kapitel

Paris, 29. April 1944

CHARLOTTE

Kaum hatten wir die Brasserie verlassen, begann ich mich besser zu fühlen. Es musste der Wein gewesen sein, der mich so überempfindlich gemacht hatte. Ich musste mich beruhigen, aber mir schwirrte der Kopf und brachte meine Gedanken durcheinander.

Jean-Luc hielt mich fest im Arm und stützte sich mit dem anderen auf seinen Gehstock. Es half mir, mich sicherer zu fühlen. Doch niemand war mehr sicher. Niemand. Eine Zeit lang gingen wir schweigend weiter, und meine Tränen versiegten nach und nach.

Kurz darauf erreichten wir die Rue Saint-Denis. »Komm, lass uns hier hineingehen«, sagte Jean-Luc und zog mich an der Hand in eine Bar.

Ich wollte nichts mehr trinken, meine Sinne waren auch so schon außer Kontrolle. Eine Mischung aus Verlustgefühlen, Schuldbewusstsein und Sehnsucht hatte Besitz von mir ergriffen. Ich wusste nicht einmal, was ich vielleicht als Nächstes tun würde.

Aber Jean-Luc bestellte Wein für uns beide.

Und ich trank ihn.

Wir setzten uns auf Barhocker, weil die Getränke dort billiger waren – und die drei Tische hinter uns ohnehin von *Boches* mit ihren Frauen besetzt waren.

Ich starrte sie einen Moment lang an, betrachtete die dunklen Uniformen der Männer und die nackten Beine der Frauen, die sie in dem traurigen Versuch, den Anschein zu erwecken, sie trügen Strümpfe, hinten mit dünnen schwarzen Linien versehen hatten. Aber mal ehrlich, wen glaubten sie damit täuschen zu können? Und warum machten sie sich überhaupt die Mühe?

Weil sie vermutlich annahmen, es sähe eleganter aus. Elegant! Ich wette, auch die *Boches* dachten, sie wirkten elegant in ihren schicken Uniformen. Wie verlogen und pathetisch dies doch alles war! Mir taten die Frauen leid, die versuchten, den *Boches* etwas vorzumachen. Ich hoffte nur, dass es ihnen gelingen würde, zum Ausgleich für nichts weiter als ein oberflächliches Lächeln oder Lachen den einen oder anderen Gefallen von diesen Kerlen zu erlangen.

Mir war schwindlig, als ich mich wieder Jean-Luc zuwandte und ihm in die warmen braunen Augen blickte, die gar nicht richtig braun waren, und etwas regte sich in mir, das wie eine magnetische Kraft war, die mich unweigerlich zu ihm hinzog.

An Jean-Luc war nichts Unehrliches oder Falsches. Er war ein guter, anständiger Mann. Ich spürte, wie ich auf meinem Hocker in seine Richtung kippte und meine Finger auf seinen Knien landeten ... Sofort setzte ich mich wieder gerade hin, zog die Hände zurück und schaute ihm in die Augen. Doch davon wurde mir nur noch schwindliger.

»Charlotte?«

Ich schloss die Augen und lauschte dem Klang meines Namens auf seinen Lippen.

»Ich glaube, du hast ein bisschen zu viel getrunken. Aber das ist meine Schuld, und es tut mir leid. Ich sollte dich nach Hause bringen.«

»Nein!« Ich lachte und wunderte mich über die plötzliche Entschlossenheit in meiner Stimme. »Mir gefällt's hier. Lass uns noch ein bisschen mehr Wein trinken.« Diesmal fiel ich von meinem Barhocker direkt in seine Arme. Als ich das Gesicht zur

Seite neigte, sah ich sein etwas schiefes Lächeln. Und das genügte, dieses Lächeln.

Ich rappelte mich auf, schlang die Arme um seine Schultern und küsste ihn. Es war jedoch kein sanfter Kuss, wie seiner es gewesen war, sondern ein ungestümer, fast schon verzweifelter Kuss, der mich der Wirklichkeit entrücken und in eine andere Welt versetzen sollte. Weit, weit weg von hier.

Pfiffe und Gelächter unterbrachen uns, und ich spürte, wie Jean-Luc zurückwich. Die *Boches* klatschten, und einer von ihnen rief: »Na, das ist ja mal ein richtiger *französischer* Kuss!«

Jean-Luc warf ein paar Geldstücke auf die Theke und nahm meine Hand. »Lass uns gehen.« Er war offenbar wütend, weil ich ihn in Verlegenheit gebracht hatte.

Draußen zog er mich jedoch um die Hausecke, wo er meine Hand freigab und seinen Gehstock fallen ließ. Dann schlang er die Arme um mich und drückte mich an sich. Seine Lippen fanden meine, und seine Atemzüge kamen jetzt schnell und hart. Er schmeckte salzig wie das Meer. Wie die Freiheit.

Ich weiß nicht, wie lange wir dort mit wild pochenden Herzen standen und den Atem des anderen in uns einsogen, als befürchteten wir zu ertrinken. Als seine Lippen meine schließlich wieder freigaben, wollte ich nur noch ganz und gar in ihm versinken und alles andere vergessen.

»Charlotte«, flüsterte er mir ins Ohr. »Lass uns zusammen durchbrennen.«

Das war alles, was ich in diesem Moment wollte.

Zweiundzwanzigstes Kapitel

Paris, 30. April 1944

CHARLOTTE

»Ich würde ihn euch gern vorstellen.« Ich wusste, dass es eine verrückte Idee war, aber wenn ich wirklich mit ihm die Flucht ergreifen würde, sollten sie zumindest wissen, dass ein guter, anständiger Mann an meiner Seite war.

Maman fixierte mich mit einem strengen Blick. »Dies ist nicht die richtige Zeit dafür, Charlotte.«

»Ich kann die Zeit nicht ändern! Ich habe diesen Krieg nicht angefangen!«

»Das reicht, Charlotte. Wir können ihn nicht zum Mittagessen einladen. Du weißt, dass wir kaum genug zu essen für uns drei haben, geschweige denn für eine weitere Person.«

»Das ist kein Problem, Maman. Er kann ja auch nach dem Essen auf einen *Ersatzkaffee* vorbeikommen, und wir tun einfach so, als käme er zu einem richtigen Nachmittagskaffee.«

Papa drehte sich in seinem Sessel um. »Vielleicht würde er ja sogar etwas mitbringen. Ein junger Mann wie er, der in Drancy beschäftigt ist, hat sicherlich Beziehungen. Er weiß bestimmt, wie man an alles Mögliche herankommt.«

Das Wort »*Collabo*« blieb unerwähnt, aber es hing in der Luft zwischen uns.

Da ich gewusst hatte, dass sie Jean-Luc nicht zum Mittagessen einladen würden, hatte ich ihn in weiser Voraussicht für vier Uhr nachmittags zu uns gebeten. Niemand hatte irgendwas zu tun um diese Zeit, und nicht einmal Clothilde arbeitete sonntags.

Meine Einladung hatte Jean-Luc überrascht, und nachdem er sie angenommen hatte, überraschte sie auch mich. Es war eine spontane Idee gewesen, und ich muss gestehen, dass auch ich meine Beweggründe zu hinterfragen begann. Versuchte ich etwa, meinen Eltern etwas zu beweisen? Wollte ich ihnen zeigen, dass ich nicht mehr ihr kleines Mädchen war? Oder vielleicht wollte ich sie auch nur ärgern, indem ich einen simplen Bahnarbeiter mit nach Hause brachte, obwohl ich ganz genau wusste, welchen Wert sie Bildung und Gesellschaftsschicht beimaßen.

»Es wäre nur höflich, etwas mitzubringen«, unterbrach Papa meine Überlegungen. »Und er wird ja sicher auch einen guten Eindruck machen wollen.«

Essen. Essen. Essen. Das war das Einzige, woran sie ständig dachten. Aber standen derzeit nicht viel wichtigere Dinge auf dem Spiel? Ich kehrte beiden den Rücken zu und ging zur Spüle hinüber, um aus dem Fenster daneben auf den Hof hinauszublicken.

»Warum ist er eigentlich in ein deutsches Krankenhaus gebracht worden?«, fragte Maman hinter mir.

»Was weiß ich?«, erwiderte ich und wandte mich ihnen wieder zu. »Wahrscheinlich, weil er in Drancy arbeitet.«

Papa schürzte die Lippen.

»Und ich arbeite in einem deutschen Krankenhaus, nicht wahr? Wo ist denn da der Unterschied?«

Maman sah mich aus zusammengekniffenen Augen an. »Nicht in diesem Ton, Charlotte!«

Jean-Luc kam pünktlich um vier, und mein Herz und Magen machten beide einen Satz, als ich die Klingel hörte. Papa öffnete die Tür und begrüßte Jean-Luc höflich mit Handschlag. Maman dagegen stand mit vor der Brust verschränkten Armen da, und als Jean-Luc ihr die Hand reichte, hielt ich den Atem an.

Zum Glück ließ sie dann aber doch die Arme sinken und

gab ihm die Hand. Danach erst wandte er sich mir zu, und bevor er mich auf die Wange küssen konnte, ergriff auch ich schnell seine Hand. Es kam mir geradezu lachhaft förmlich vor, aber ich wollte unbedingt verhindern, dass er mich vor meinen Eltern küsste. Dann sah ich sein Lächeln und spürte, wie das Blut mir in die Wangen stieg, als ich es erwiderte.

Für ein paar Sekunden standen wir dort, als wären wir uns nicht sicher, was wir als Nächstes tun sollten.

Schließlich öffnete Jean-Luc seine Tasche. »Ich habe eine Kleinigkeit mitgebracht«, sagte er, während er in der Tasche herumkramte und schließlich ein in Zeitungspapier eingewickeltes Päckchen hervorzog. »Saucisson.«

Sofort hellte sich die Stimmung auf. Die Hartwurst sah für mich zwar nicht besonders appetitlich aus mit ihrer rosa-grauen Farbe und verschrumpelt, wie sie war, aber Mamans Augen leuchteten auf, als sie sie ihm abnahm und für später weglegte.

»Möchten Sie Kaffee?«, fragte sie Jean-Luc.

Papa lachte laut. »Kaffee! Es ist bloß Ersatzkaffee aus gemahlenen Eicheln, den wir heutzutage alle trinken«, sagte er zu Jean-Luc. »Aber kommen Sie, wir setzen uns ins Wohnzimmer. Bring uns den *Kaffee* hinüber, Beatrice.«

Ich folgte ihnen ins Wohnzimmer und überließ es Maman, den Ersatzkaffee zuzubereiten. Papa ließ sich in seinem Sessel nieder, und Jean-Luc und ich machten es uns auf der Couch bequem. Ich unterdrückte das Bedürfnis, seine Hand zu ergreifen, und schaute stattdessen Papa an, gespannt, wie er das Gespräch eröffnen würde. Aber er lehnte sich im Sessel zurück, als ginge er auf Distanz.

»Charlotte hat sich im Krankenhaus sehr gut um mich gekümmert«, sagte Jean-Luc.

Papa brauchte einen Moment zum Antworten. »Ja. Sie hat mir erzählt, dass Sie einen Unfall hatten.« Dann legte er eine kleine Pause ein. »In Drancy«, schloss er.

»Kaffee.« Maman kam mit einem Tablett mit Tassen und einem Tellerchen mit Keksen herein, von denen ich nicht einmal gewusst hatte, dass wir sie hatten.

Ich fragte mich, warum sie Jean-Luc imponieren wollte, beschloss dann aber, es als gutes Zeichen zu betrachten.

»*Merci, Madame.*« Jean-Luc nahm seine Tasse mit Untertasse und einen dünnen Keks dazu. »Ja«, fuhr er an meinen Vater gewandt fort. »Seit zwei Monaten arbeite ich in Drancy … seit zwei Monaten nun schon.« Er senkte den Blick auf seine Füße und balancierte seine Tasse auf dem Knie. Dann nahm er langsam einen Schluck daraus und schaute mich dabei über den Rand der Kaffeetasse hinweg an.

»Dann sind Sie also Eisenbahnarbeiter?« Papas Worte klangen mehr wie ein Vorwurf als wie eine Frage.

»Ja, und ich bin Pflegehelferin in einem deutschen Krankenhaus«, platzte ich heraus, ohne nachzudenken, doch ich hasste den Gedanken, dass sie ihm ein Gefühl der Minderwertigkeit geben wollten.

»Das wissen wir, Charlotte.« Mamans Stimme war so sanft und leise, als spräche sie mit einem Kind. »In Kriegszeiten muss man nun mal tun, was man kann.« Dann wandte sie sich wieder an Jean-Luc. »Wie ist es zu dem Unfall gekommen?«

»Ich arbeitete gerade an einer der Schienen, als ein Brecheisen plötzlich in die Höhe schoss und mich im Gesicht traf. Und als ich daraufhin zu Fall kam, brach ich mir das Bein.« Er hielt kurz inne. »Es war ein wirklich dummer Unfall.«

Papa zog eine Augenbraue hoch, als wäre er der gleichen Meinung.

»Ja.« Maman schaute Jean-Luc genauer an. »Und es ist eine nicht unbeträchtliche Narbe, die Sie dabei davongetragen haben.«

Jean-Lucs Hand glitt zu der Verletzung und strich über die noch nicht ganz verheilten Ränder – während ich ihn dabei beobachtete und mir die raue Hautoberfläche unter meinen Fingerspitzen vorstellte.

»Wie lange arbeiten Sie schon bei der Eisenbahn?« Papa hob die Tasse an die Lippen, und ich konnte nur hoffen, dass er nicht allzu unfreundlich auf die Antwort reagieren würde.

»Seit ich fünfzehn war.«

»Dann sind Sie also schon mit fünfzehn von der Schule abgegangen?«

»*Oui, Monsieur.*«

»Noch vor dem Abitur?«

»Ja«, antwortete Jean-Luc mit abgewandtem Blick.

Ich war peinlich berührt von Papas Andeutung, dass ein Schulabbruch vor dem Abitur unweigerlich bedeutete, dass man dadurch zu einem Leben körperlicher Arbeit oder sogar Hilfsarbeit verdammt war. Ein betretenes Schweigen erfüllte nun plötzlich den Raum.

»So, so.« Papa stellte seine Tasse wieder ab. »Und was genau machen Sie in Drancy?«

Ich erschauderte innerlich und blickte zu Jean-Luc hinüber, dem die Röte ins Gesicht gestiegen war.

»Ich halte die Gleise instand.«

Papa hüstelte, und Maman blickte in ihre Tasse. Wieder breitete sich Schweigen aus, und ich überlegte verzweifelt, wie ich es brechen könnte.

»Jean-Luc hat mir erzählt, dass von Drancy aus viele Züge abfahren.« Ich warf Papa einen Blick zu, während ich es sagte, und er zog eine Augenbraue hoch. »Von dort aus deportieren sie die Gefangenen«, fuhr ich fort.

Papa saß wie versteinert da und starrte mich an. Auch Mamans Gesichtsausdruck gefror, während sie ihre Kaffeetasse zum Mund erhob, und Jean-Luc rutschte auf der Couch noch näher an mich heran. Die Stille wurde immer beklemmender, die Atmosphäre zunehmend angespannter.

»Charlotte hat recht«, brach Jean-Luc schließlich das Schweigen. »Viele Züge fahren heutzutage von dort ab, manchmal sogar mit tausend Gefangenen darin.«

»Tausend?« Papa machte eine überraschte Pause. »In einem Zug?«

»*Oui, Monsieur.*«

»Wie sollten sie denn tausend Menschen in einen Zug hineinbekommen?«

Jean-Luc zuckte mit den Schultern. »Indem sie sie hineinquetschen wie Vieh, nehme ich an.«

Maman starrte weiter in ihren Ersatzkaffee. Ich wusste nur allzu gut, wie sehr sie derartige Gespräche hasste.

»Und wo bringen sie sie hin?«

»Irgendwo in den Osten, glaube ich.«

Papa blinzelte. »Nun ja, immerhin haben sie Tausende verhaftet und müssen sie schließlich irgendwo hinbringen. In den Osten würde Sinn ergeben. Nach Polen wahrscheinlich, denke ich.«

»Ja, das halte auch ich für sehr wahrscheinlich.« Jean-Luc schaute mich an. »Aber was geschieht dann dort mit ihnen?«

»Was mit ihnen geschieht?«, wiederholte Papa skeptisch.

»Ja. Ich weiß, dass sie in Viehwaggons gepfercht werden, bis sie nur noch Platz zum Stehen haben.« Jean-Lucs Stimme nahm einen nachdrücklicheren Tonfall an, und ich begann, mir Sorgen zu machen über die Richtung, die das Gespräch einschlug. »Außerdem habe ich den Bahnsteig nach Abfahrt dieser Züge gesehen. Sie sind … Es ist das reinste Chaos, das dort herrscht.«

»Was meinen Sie damit?«

»Dass der Bahnsteig buchstäblich übersät ist mit Dingen, die einmal diesen Menschen gehört haben, wie Bücher, Hüte, Kinderspielzeug und so weiter. Deshalb glaube ich, dass sie sie gewaltsam in diese Züge hineinzwingen müssen …«

»Kinderspielzeug?«, fiel Papa ihm ins Wort.

Maman schaute ihn stirnrunzelnd an. »Du weißt doch, dass sie auch die Kinder mitnehmen.« Sie unterbrach sich kurz und wandte sich mir zu. »Erinnert ihr euch nicht mehr an diese große Razzia vor fast zwei Jahren, bei der sie ganze Familien in das Radrenn-Stadion brachten?«

Papa stellte seine Tasse auf das Tablett und lehnte sich wieder zurück in seinem Sessel. Ich versuchte, Blickkontakt mit Jean-Luc aufzunehmen, doch er hielt den Kopf gesenkt.

»*Bien*«, begann Maman. »Ich hoffe nur, dass dieser Winter bald vorbei sein wird.«

Jean-Luc blickte mit halb erhobener Tasse auf. »Es ist eine grauenvolle Arbeit dort«, bemerkte er. »Ich weiß nicht, ob ich damit weitermachen kann.«

Mein Herz begann, wie wild zu pochen – denn dass er so ehrlich und direkt zu ihnen war, hatte ich wirklich nicht gewollt.

Papa runzelte die Stirn. »Was wollen Sie damit sagen?«

»Nun ja, schließlich unterstütze ich die *Boches* bei ihrem Tun, nicht wahr? Ich helfe ihnen, Menschen weiß Gott wohin zu deportieren, nur weil sie Juden sind.«

»Warum eigentlich? Ich meine, warum haben die *Boches* es zu einem Verbrechen erklärt, jüdischer Herkunft zu sein?«, platzte ich heraus, um die Anspannung zu lösen.

Papa schaute mich an, als sähe er mich zum ersten Mal. »Sie haben französischen Bürgern die Arbeit weggenommen und versucht, die Kontrolle über unsere Wirtschaft zu übernehmen, so wie sie es auch in Deutschland getan haben.«

»Und das ist nicht mal wahr!« Jean-Luc stellte seine Tasse so hart auf den Tisch, dass die braune Flüssigkeit beinahe herausschwappte. »Das ist alles nur Propaganda und weiter nichts.«

»Und wie können wir das wissen? Sind Sie vielleicht Politiker? Oder verstehen etwas von Wirtschaft?« Papa hielt inne und maß Jean-Luc mit einem kalten Blick. »Sie sind doch nichts als ein einfacher Arbeiter.«

»Der aber Unrecht zu erkennen weiß, wenn er es sieht«, gab Jean-Luc zurück und starrte ihn ebenso verächtlich an.

»Ach ja? Und was gedenken Sie dann dagegen zu tun, junger Mann?«

»Ein paar Ideen hab ich schon.«

Papa setzte sich wieder aufrecht hin. »Jetzt hören Sie mal gut zu, mein Junge«, sagte er in scharfem Ton. »Sie werden sich einfach nur zusammenreißen und mit Ihrer Arbeit weitermachen müssen. Sie haben gar keine andere Wahl. Keiner von uns hat eine.«

Maman streckte die Hand aus und berührte Papa am Ellbogen, damit er sich beruhigte.

»Ach ja?«, versetzte Jean-Luc und warf mir einen Blick zu. »Ich denke, wir haben immer eine Wahl. Es ist nur so, dass es manchmal eben keine leichte ist.«

»Kommen Sie mir bloß nicht damit! Im Moment haben wir absolut keine andere Wahl. Wir sind praktisch Gefangene. Aber dieser Krieg wird nicht ewig dauern, weil er derzeit nicht gut für Deutschland läuft. Also machen Sie einfach nur weiter, was man Ihnen befiehlt.«

»Sie meinen, das ist es, was ich tun sollte?« Jean-Luc stand auf. »Sie denken, ich sollte einfach Augen und Ohren verschließen und durchhalten, während sie Tausende unserer Landsleute deportieren und höchstwahrscheinlich auch ermorden?« Seine Stimme wurde lauter. »Ist es das, was ich Ihrer Meinung nach tun sollte?«

Auch Papa erhob sich und errötete vor Zorn. »Das genügt! Mir gefällt Ihr Ton nicht, junger Mann.«

Mein Herzschlag stockte. Jetzt hatte Jean-Luc es sich mit ihnen total verscherzt.

»Tja, und mir gefällt nicht, was hier vor sich geht. Und ich will nicht einfach nur die Hände in den Schoß legen und froh und dankbar sein, dass ich kein Jude bin.« Er hielt inne und senkte die Stimme wieder. »Es tut mir leid, dass Sie nicht einer Meinung sind mit mir.«

Papa wandte sich ihm zu und straffte die Schultern. »Ich denke, Sie gehen jetzt besser, junger Mann.«

Mein Herz pochte, als wäre es das einzige noch funktionierende Organ in meinem Körper. Mir graute es davor, dass dies das Ende sein könnte und ich Jean-Luc nie wiedersehen würde – und deshalb stand ich mit zitternden Knien auf und schlang ihm die Arme um den Hals, aus Angst zusammenzubrechen, falls ich ihn losließ.

»Charlotte!«, fuhr Maman mich an.

»Geh nirgendwohin ohne mich«, flüsterte ich Jean-Luc schnell ins Ohr.

Aber schon legte Papas Hand sich auf meine Schulter und zog mich von ihm weg.

Schweigend sah ich zu, wie Jean-Luc ging, ohne mir geantwortet zu haben.

Dreiundzwanzigstes Kapitel

Paris, 30. April 1944

CHARLOTTE

»Du wirst ihn nicht mehr sehen! Nie wieder, hörst du?«

Den Blick auf das Parkett gerichtet, ließ ich Papas Worte an mir abperlen wie Wasser, doch ich konnte Mamas scharfen, durchdringenden Blick spüren, der mich dazu zu bringen versuchte, wieder die brave Tochter zu sein und mich zu entschuldigen. Meine Zunge lag jedoch noch immer wie festgefroren in meinem Mund.

»Schau mich an, wenn ich mit dir rede!« Papa trat einen Schritt näher, und der Geruch von kaltem Eichelkaffee in seinem Atem widerte mich an. Ich musste unwillkürlich zurückgewichen sein, denn er kam noch einen weiteren Schritt näher. »Du bist ein unwissendes junges Ding!« Seine Augen funkelten mich böse an. »Er kann nicht einfach so daherreden, wie er es tut! Und schon gar nicht erst bei Fremden. Für wen zum Teufel hält er sich?« Papa unterbrach sich, um Luft zu holen, und hob die Hände. »Und das auch noch hier in unserem Zuhause!«

Dann wandte er sich Maman zu. »Ich habe dir schon oft genug gesagt, dass du zu nachgiebig mit ihr bist.« Sein Blick kehrte zu mir zurück. »Sie hat ja keine Ahnung, was für Konsequenzen ein derartiges Gerede haben kann.«

»Aber es ist doch wahr!«, widersprach ich mit wild klopfendem Herzen. »Er denkt sich diese Dinge nicht aus. Was er gesagt hat, stimmt genau.«

»Ich pfeife darauf, ob es stimmt oder nicht!« Papas Stimme

schallte so laut durch das Wohnzimmer, dass ich mich beherrschen musste, um mir nicht die Ohren zuzuhalten. »Das ist nicht der springende Punkt. Man kann es sich heutzutage einfach nicht erlauben, so zu reden.« Er griff wieder nach meiner Schulter. »Verstehst du das denn nicht?«

Ich schüttelte seine Hand ab, stürmte aus dem Raum und in mein Schlafzimmer und knallte die Tür hinter mir zu.

Natürlich würde ich Jean-Luc wiedersehen. Auf jeden Fall. Und niemand würde mich daran hindern können.

Ich konnte hören, wie die Haustür zufiel. Gott sei Dank, dachte ich; Papa war weggegangen. Aber leider war es schon zu spät, um Jean-Luc noch hinterherzulaufen. Panik verkrampfte mir den Magen, als ich mir vorstellte, dass er ohne mich die Flucht ergriffen haben könnte, um sich den Maquis anzuschließen. Wie sollte ich ihn denn dann noch finden?

Himmel, wie ich Papa hasste! Warum hatte er Jean-Luc nicht zuhören und ihn wie einen Gleichgestellten behandeln können? Warum musste er sich ständig allen anderen gegenüber als überlegen aufspielen? Wie Jean-Luc als »einfachen Arbeiter« zu bezeichnen! Jean-Luc wusste mehr über den Krieg als Papa; schließlich war er direkt in Drancy, also mitten im »Hornissennest«, wie er es gern nannte. Er hätte an keinem besseren Ort sein können, um zu wissen, was wirklich vorging, doch keiner hatte ihm zuhören wollen. Und Maman stand sowieso immer auf Papas Seite, egal, was er auch sagte. Eigentlich wusste nicht einmal ich, wie sie im tiefsten Innern über irgendetwas dachte.

Ich ließ mich auf mein Bett fallen und griff nach meinem alten, schon ein bisschen platt gedrückten Teddy. Meine Großmutter hatte ihn für mich gemacht, als ich noch ein Baby gewesen war, und wann immer ich mich einsam oder missverständen fühlte, fand ich selbst heute noch Trost in seiner vertrauten Gestalt. Im Laufe der Jahre hatte er viele Tränen in sich aufgesogen, aber nun schaute schon die Füllung aus seinem Nacken hervor, an der ich gern zupfte und mich fragte, woher meine Großmutter all die bunten Stückchen Stoff gehabt hatte, die ich herauszog.

Es war so viel geschehen in den letzten Monaten. Die Dinge veränderten sich – und auch ich veränderte mich. Es war an der Zeit, meine eigenen Entscheidungen zu treffen und meine Kindheit hinter mir zu lassen. Entschlossen rollte ich den Bären zu einem Ball zusammen und versteckte ihn unter meinem Bett.

Dann wurde die Tür geöffnet, und Maman stand vor mir. Sie sah so blass und überfordert aus, dass sie mir beinahe leidtat. »Hast du dich inzwischen beruhigt, Charlotte?«

Ich wandte mich ihr zu. »Was?« Ich betrachtete die Sorgenfalten um ihren Mund. »Nicht ich bin es, die sich beruhigen muss.«

»Charlotte! Wie kannst du es wagen, so zu reden!«

»Aber es ist doch wahr, oder etwa nicht? Es war Papa, der die Beherrschung verloren hat, nicht ich.« Und damit wandte ich mich wieder von ihr ab. Was nützte es auch schon, mit ihr zu reden?

Sie wich jedoch nicht von meiner Seite, und ich wusste, dass sie nach Worten suchte, um Papas Verhalten zu entschuldigen, obwohl sie vermutlich wusste, dass ich sie gar nicht hören wollte. Schließlich setzte sie sich zu mir aufs Bett.

»Warum ist es in dieser Familie unmöglich, ehrlich zu sein?«, fragte ich.

»Was soll das denn heißen, Kind?«

»Dass niemand darüber sprechen will, was hier in diesem Land vorgeht.« Ich wandte mich ab und senkte die Stimme. »Aber das *wollt* ihr ja gar nicht wissen, nicht?«

»Das ist nicht wahr, Charlotte!«

»Oh doch, und ob es wahr ist! Ihr steckt euren Kopf lieber in den Sand.« Als ich mich ihr wieder zuwandte, sah ich, wie sie schluckte und sich auf die Lippe biss, und dennoch sprach ich unbarmherzig weiter. »Wir sollten alle tatkräftiger sein und nicht einfach nur schweigend hinnehmen, was sich direkt vor unseren Augen abspielt.«

Sie starrte mich an, und ihre Augen waren wie große, schwarze Seen. Es war das erste Mal in meinem Leben, dass ich ihr ganz offen meine Meinung gesagt hatte.

»Du verstehst das nicht, Charlotte.« Sie hob die Hand, als wollte sie mich berühren, aber ich erschrak, und sie zog sie schnell wieder zurück. »Du bist noch so jung und kannst die Situation noch gar nicht richtig einschätzen.«

Ich seufzte laut. Da waren wir wieder und redeten wie immer um den heißen Brei herum.

»Bitte, Charlotte. Du musst deinem Vater und mir gegenüber auch mal Zugeständnisse machen. Er hat mehr durchgemacht, als du dir vorstellen kannst. Vielleicht hätten wir mit dir darüber sprechen sollen ... Doch das wollte er nicht.«

Sie schwieg einen Moment. »Er war gerade mal achtzehn Jahre alt, als er während des letzten Krieges nach Verdun geschickt wurde. Er hat Dinge gesehen, die niemand jemals zu Gesicht bekommen sollte. Ich weiß das auch nur wegen seiner Albträume«, fügte sie leise hinzu und griff nach meiner Hand. »Weißt du, warum er keine Metzgerei betreten kann? Hast du dich darüber noch nie gewundert?«

Ich schüttelte den Kopf, obwohl ich die Antwort schon erriet.

»Wegen des Geruchs nach Blut.« Maman zog den Arm zurück und rieb sich mit dem Handrücken die Stirn. »Und wie so viele von uns hielt auch er Pétain für einen Kriegshelden und fand es sehr klug von ihm, eine Art Waffenstillstand mit Hitler auszuhandeln.« Sie hielt kurz inne. »Pétain wusste, was ein Krieg war, und tat nur, was er tun musste, um uns vor einem weiteren zu bewahren.«

»Aber Maman, das hat er doch gar nicht getan, oder? Er hat uns vor keinem weiteren Krieg bewahrt. Schließlich befinden wir uns mitten in einem weiteren.«

Ich sah, wie ihr Stirnrunzeln sich vertiefte, und begriff, dass wir uns in ihren Augen nicht mitten in einem Krieg befanden, sondern den jetzigen nur aussaßen und hofften, dass er sich von allein erledigte.

»Es war sehr schwer für deinen Vater«, fuhr sie fort. »Wir konnten uns nicht vorstellen, dass es so weit kommen würde. Wir glaubten beide, es sei besser, uns mit den Deutschen zu verbünden, als sie zu bekämpfen.«

»Zu verbünden?«

»Wir hatten keine Armee, um uns der ihren entgegenzustellen.«

»Aber … macht uns das nicht zu Kollaborateuren?«

»Nein, Charlotte. Nein!« Wieder nahm sie meine Hand, und diesmal drückte sie sie fest. »Wir sind nur Zivilisten. Und wir tun unser Bestes, um zu überleben – kümmern uns so gut wie möglich um unsere Familien und machen weiter, weil … weil wir es müssen. Das ist es, was wir tun. Wir sind keine Soldaten, Charlotte.«

Ich fragte mich, ob dies jetzt der Moment war, in dem ich sie in die Arme nehmen müsste. Doch die Heftigkeit von Papas Wutausbruch hallte noch immer in mir nach, und ich war mir nicht sicher, wie ich mich meinen Eltern gegenüber verhalten oder was ich von ihnen denken sollte. Mir war, als würde ich – von einem völlig anderen Strudel erfasst – von ihnen weggetrieben.

Ich wollte nur noch zu Jean-Luc.

ZWEITER TEIL

Vierundzwanzigstes Kapitel

Santa Cruz, 24. Juni 1953

JEAN-LUC

»Sie waren also in Drancy. Dann erzählen Sie uns doch mal, was Sie dort gemacht haben.« Jackson zieht sich einen Stuhl heran, lässt sich darauf fallen und streckt die langen Beine aus. Jean-Luc sieht ihm prüfend ins Gesicht. Seine vorspringende Stirn und die schmale Nase geben ihm etwas Raubtierhaftes – und jetzt sieht es ganz so aus, als hätte er seine Beute ausgemacht.

»Ich war Eisenbahnarbeiter und schon seit meinem fünfzehnten Lebensjahr bei der SNCF beschäftigt.«

»Für die Französische Staatsbahn?«

»Ja.«

»Die dann von den Nazis übernommen wurde.«

»Ja.«

»Also haben Sie in Drancy für die Nazis gearbeitet.«

»Nicht freiwillig.« Jean-Luc hält inne und kratzt sich nachdenklich am Kopf. Ist es das, was sie von ihm wollen – ein Geständnis, dass auch er sich von den Nazis hatte vereinnahmen lassen? »Ich hatte keine andere Wahl«, fährt er dann fort. »Wie alle anderen wurde auch ich dorthin geschickt. Keiner von uns wollte dort sein.«

»Das kann ich mir vorstellen!« Jackson beugt sich vor und schaut ihm in die Augen. »Und ich wette, vor allem die Juden wollten nicht dort sein. Haben Sie gewusst, dass die Nazis sie von Drancy aus in Vernichtungslager brachten?«

»Nein.«

Brad stößt einen Seufzer aus. »Hatten Sie das Wort ›Vernichtungslager‹ überhaupt schon mal gehört?«

»Nein! Niemals!« Jean-Luc holt tief Luft und nimmt sich eine Minute Zeit, um sich seine Antwort gut zu überlegen. »Obwohl ich annahm, dass viele der Gefangenen entweder schon in dem Zug oder nach Erreichen ihres Zielorts sterben würden.«

»Aber Sie sagen, Sie hätten *nicht* gewusst, dass die Gefangenen in ein Vernichtungslager gebracht wurden?«

Ohne sich zu rühren oder mit der Wimper zu zucken, sitzt er da und versucht, sich über den Unterschied zwischen »annehmen« und »wissen« klar zu werden. Um das Hämmern in seinem Kopf erträglicher zu machen, legt er die Finger zwischen die Augenbrauen.

»Wussten Sie, dass Auschwitz ein Vernichtungslager war?«, beharrt Jackson. Seine Stimme wird immer lauter.

»Nein! Das wusste ich nicht!«

Alle fixieren ihn mit kalten Blicken, und Jean-Luc kann ihnen ansehen, dass sie ihm nicht glauben. Sie hassen ihn, ohne ihn auch nur zu kennen.

Dann steht Jackson plötzlich auf. »Gibt es noch etwas, was Sie uns sagen möchten, Mr. Bow-Champs?«

Jean-Lucs Puls beginnt zu rasen. Was wissen sie? Jackson hält seinen raubvogelartigen Blick auf ihn gerichtet, aber Jean-Luc konzentriert sich darauf, eine ausdruckslose Miene zu bewahren.

»Dann haben Sie uns also nichts mehr zu sagen.« Jackson dreht sich zu Bradley um und nickt ihm zu. »Da unsere Ermittlungen allerdings noch nicht abgeschlossen sind, müssen wir Sie auffordern, im Bundesstaat Kalifornien zu bleiben, falls wir Sie für weitere Verhöre vorladen müssen. Für den Augenblick sind Sie jedoch frei und können gehen.«

Jean-Lucs Herz schlägt hart und schnell, während sie ihn den Gang hinunter, die Treppe hinauf und schließlich aus der doppelflügeligen Eingangstür begleiten. Als sie ihn draußen gehen lassen, atmet er tief durch, um den Geschmack der Freiheit zu genießen. Nun wird alles wieder gut, denkt er.

Er wünscht jetzt nur, er hätte gefragt, ob er Charlotte anrufen kann, damit sie ihn hier abholt, aber er war nicht in der richtigen Verfassung gewesen, um an solch praktische Dinge zu denken. Vielleicht würde ja bald ein Bus vorbeikommen. Doch dann ergreift ihn plötzlich eine kaum noch zu bezähmende Ungeduld, die ihm sagt, dass er lange genug gewartet hat. Und so beschließt er, nicht an das Geld zu denken, und nimmt ein Taxi, um direkt zu seiner Arbeitsstelle zu fahren. Er hat auch so schon einen halben Tag versäumt.

Am frühen Abend ruft er Charlotte von der Arbeit an. Sie meldet sich sofort, und ihre ganze Angst und Unruhe verraten sich in ihrer überstürzten Redeweise. »Gott sei Dank, dass du es bist! Was ist passiert? Was wollten sie von dir?«

»Mach dir keine Sorgen, ich bin jetzt bei der Arbeit, aber ich muss heute länger bleiben, um die verlorene Zeit aufzuholen. Lass uns reden, wenn ich wieder daheim bin.«

»Und wann wird das sein?«

»Nicht vor acht.«

»Gut. Dann werde ich dir dein Abendessen warm halten.«

Als das Taxi ihn um halb neun vor seinem Haus absetzt, unterdrückt er den Impuls, den kurzen Weg zur Tür hinaufzurennen, weil ihn ja jemand dabei sehen könnte. Sowie die Haustür hinter ihm zufällt, seufzt er vor Erleichterung. Für einen Moment bleibt er in der Diele stehen und genießt den Duft von Zitronen und Rosmarin im Haus. Er ist wieder zu Hause.

Aus dem Wohnzimmer kommt Charlotte. »Was war los? Was wollten sie von dir?« Die Worte sprudeln nur so aus ihrem Mund, und sie vergisst sogar, auch nur Hallo zu sagen.

»Ich weiß es nicht.«

»Du weißt es nicht?«

Seine Augen brennen vor Ermüdung, als er sie ansieht.

»Aber was haben sie denn gesagt?«, fährt sie fort.

»Eigentlich gar nichts. Sie haben mir nur Fragen zu meiner früheren Arbeit in Bobigny gestellt.«

»Nichts über …«

»Nein. Überhaupt nichts.«

»Aber was wird passieren, wenn sie es herausfinden?«

»Das werden sie nicht, weil es so gut wie unmöglich ist.«

»So gut wie!« Sie greift sich an den Kopf, zerknüllt ihr Haar zwischen den Fingern und schließt die Augen. Doch dann reißt sie sie plötzlich wieder auf, und ihre Pupillen sind so groß, dass sie an schwarze Seen erinnern. »›So gut wie unmöglich‹ bedeutet, *dass* es möglich ist. Möglich, hörst du?« Ihr bisher noch gedämpftes Geschrei wird lauter.

Jean-Luc geht einen Schritt auf sie zu und streckt die Hände nach ihr aus, um sie zu beruhigen. »Sei leise, Charlotte. Schläft Sam schon?«

Mit einem Blick zur Treppe nickt sie.

»Komm mit ins Wohnzimmer.« Jean-Luc reicht ihr den Arm.

Sie ignoriert die Geste, folgt ihm aber immerhin ins Wohnzimmer.

Dort sieht er sofort das Whiskyglas, das auf dem Schrank steht. »Hast du etwas getrunken?«, fragt er. Es hört sich wie ein Vorwurf an, und sofort wünscht er, er hätte nichts gesagt. »Ich glaube, ich kann jetzt auch einen vertragen«, fügt er schnell hinzu, um die Anspannung zu lindern. »Möchtest du noch einen?«

»Nein!«

Er greift in den Schrank und nimmt die Flasche Southern Comfort heraus. Als er sie aufschraubt, tritt Charlotte hinter ihn.

»Wir hätten es ihnen sagen sollen. Am besten gleich nach unserer Ankunft hier. Das ist alles nur meine Schuld.«

»Charlotte, bitte!«

»Aber es ist doch wahr! In all diesen Jahren mussten wir mit einer Lüge leben, und jetzt wird jemand sie ans Licht bringen. Glaub mir, ich weiß, dass es so sein wird.«

»Ach was. Sie werden es ganz bestimmt nicht herausfinden. Wer sollte auch nach all der Zeit noch interessiert daran sein? Neun Jahre später?«

Das Letzte, was er jetzt braucht, ist eine Auseinandersetzung; dazu liegen seine Nerven noch zu blank. Seufzend nimmt er einen großen Schluck von seinem Drink. Als er wieder aufblickt, bemerkt er, dass Sam im Pyjama in der Tür steht. Er sieht sehr klein und verletzlich aus.

»Sam.« Jean-Luc streckt die Hand nach ihm aus.

Der Junge reibt sich die Augen. »Was ist los? Wo warst du, Daddy?«

»Es ist alles okay. Ich musste nur bei einer Ermittlung helfen. Komm her«, sagt er und breitet die Arme aus.

Aber Sam bleibt, wo er ist.

Schließlich geht Jean-Luc zu ihm hinüber, hockt sich vor ihn hin, bis sie auf einer Höhe sind, und wiederholt mit sanfter, ruhiger Stimme: »Es ist alles okay, Sam. Die Männer, die heute Morgen gekommen sind, wollten mir nur ein paar Fragen stellen. Und das war auch schon alles.«

»Aber worüber denn?«

»Nur über ein paar Sachen, die vor langer Zeit passiert sind.«

»Was für Sachen?« Sam sieht nicht so aus, als wäre er schon bereit, das Thema fallen zu lassen.

»Über Dinge, die sich noch vor deiner Geburt und während des Krieges ereigneten.«

Sam runzelt die Stirn. »Und was waren das für Dinge?«

Da war sie, die Frage. Aus dem Mund seines eigenen Kindes.

»Das brauchst du nicht zu wissen, Sam.« Jean-Luc macht eine kleine Pause. *»On ne voit bien qu'avec le cœur.«*

»Was, Daddy?«

»Man sieht nur mit dem Herzen gut«, übersetzt Jean-Luc.

»Das ist aus dem Buch *Der kleine Prinz.* Du erinnerst dich doch sicher noch daran, dass wir dir dieses Buch letztes Jahr zum Geburtstag geschenkt haben?«

»Kannst du mir etwas daraus vorlesen? Du hast mir heute Abend noch gar nichts vorgelesen.«

Jean-Luc nickt und blinzelt, um die Tränen zurückzuhalten, die ihm in die Augen steigen.

Fünfundzwanzigstes Kapitel

Santa Cruz, 3. Juli 1953

JEAN-LUC

Jean-Luc schaut zu, wie ausgelassen Sam im Sand herumrennt. Seine olivfarbene Haut nimmt unter der kalifornischen Sonne ganz allmählich einen etwas dunkleren Ton an. »Wie wär's denn, wenn du deine hundert Meter üben würdest?«

»Es sind keine Meter, sondern Yards, Dad!« Sam springt auf und wippt vor Aufregung auf den Zehen, während sein Vater eine Linie in den Sand zieht.

Dann hebt Jean-Luc den Arm. »Auf die Plätze, fertig – los!«, ruft er und lässt beim letzten Wort den Arm herunterfallen.

Mit vor Entschlossenheit gefurchter Stirn prescht Sam auf seinen spindeldürren Beinen los und rennt, so schnell er kann. Die neue gelbe Badeshorts flattert um seine mageren Knie, und dann streckt er ein letztes Mal die Beine, um die Ziellinie zu überqueren. Schwer atmend beugt er sich vor und lässt den Kopf zwischen den Knien hängen wie die Miniversion eines echten Leichtathleten.

»Fünfundzwanzig Sekunden. Das hast du gut gemacht, mein Sohn.«

»Wow! Yep! Das war schnell, Dad, was?«

»Und ob! Es könnte sogar ein Rekord gewesen sein!« Jean-Luc kann gar nicht anders, als die Arme um Sam zu schlingen und seine Wärme in sich aufzunehmen. Aber dann reißt der Junge sich los und läuft zum Meer hinunter. Auf halbem Wege hält er jedoch noch einmal an, dreht sich um und stemmt die

Hände in die Hüften, um darauf zu warten, dass sein Vater zu ihm aufschließt.

Jean-Luc läuft auf ihn zu, so schnell sein unverletztes Bein ihn trägt. Während er in der Brandung steht, atmet er tief den sich vermischenden Geruch von Salz und Zuckerwatte ein, der von der Strandpromenade herüberweht. Dann blickt er auf die weite, türkisfarbene Wasserfläche hinaus, die sich bis zum Horizont erstreckt und aus Millionen glitzernder Diamanten zu bestehen scheint.

Es ist alles so wunderbar und strahlend schön mit den klaren Silhouetten. Das ist Amerika mit seinen reinen, ungetrübten Farben wie Himmelblau und Gold. Wenn er dagegen an Paris zurückdenkt, erinnert er sich nur an stumpfe, ineinander verlaufende Farben, an Streifen aus Grau und Schwarz, die sich zwar miteinander vermischen, aber nie ein Ganzes, sondern immer nur vage, konturlose Linien bilden. Jean-Luc liebt seine Wahlheimat.

Und seinen Sohn. Jede Minute, die er mit Sam verbringt, löscht eine weitere Minute seines früheren Lebens aus. Wieder öffnet er den Mund und atmet tief ein, um den Geschmack des Glücks noch einmal in sich aufzunehmen. Dann hält er den Atem an, stürzt sich in den Ozean und taucht in die türkisfarbenen Wellen ein.

Sam planscht hinter ihm her, wird aber von der Flut wieder zurückgedrängt. Sofort hört Jean-Luc auf zu schwimmen und streckt eine Hand nach ihm aus.

Als ihre Finger sich berühren, zieht er Sam ins tiefere Wasser und hält ihn mit einer Hand unter dem Bauch über Wasser, damit der Junge das Brustschwimmen üben kann.

»Lass uns Haifisch spielen, Daddy!«

»Und wie geht das?«

»Du schließt die Augen und zählst bis fünfzig, und ich muss schnell wegschwimmen, bevor du hinterherkommst und versuchst, mich einzufangen.«

Wie von seinem Jungen angewiesen schließt Jean-Luc die Augen und beginnt zu zählen, als Sam seinen Händen entgleitet.

Bei fünfzig öffnet Jean-Luc die Augen. *Merde!* Sam ist schon viel zu weit draußen, dort, wo er keinen Boden mehr unter den Füßen hat! Er schwenkt wild die Arme, und Jean-Luc kämpft sich durch die Wellen auf ihn zu, so schnell er kann. Als er ihn erreicht, hält er Wasser tretend inne und drückt ihn an seine Brust, so fest er kann.

»Ich hatte richtig Angst, Daddy. Es ist echt tief, das Wasser!«

»Weil du zu weit draußen bist, mein Junge. Lass uns zurückschwimmen.«

»Aber jetzt, wo du mich gefangen hast, musst du mich auch fressen.«

»Ich fresse keine kleinen Jungen. Lass uns an Land zurückkehren und etwas Richtiges zu Mittag essen.«

»Ich habe gar keinen Hunger, Dad. Können wir nicht noch etwas länger bleiben?«

»Nein. Es ist Zeit fürs Mittagessen.«

»Bitte, bitte, Dad!«

»Hör auf zu betteln, Sam.«

Als sie den Strand hinauf zu Charlotte zurückkehren, hält sie schon ein Handtuch für Sam bereit, das sie ihm um die Schultern legt, bevor sie ihn auf den Schoß zieht und auf das nasse Haar küsst. »War das Wasser kalt?«

»Nein, Mom, es ist richtig warm. Kommst du mit hinein?«, fragt Sam mit einem bittenden Blick zu ihr.

»Nach dem Mittagessen.« Charlotte nimmt eine Flasche aus ihrem Picknickkorb und füllt Becher mit selbst gemachter Limonade, in der Wölkchen von Fruchtfleisch an der Oberfläche schweben. Dann reicht sie Jean-Luc sein Lieblingssandwich mit Schinken und Tomate und Sam das seine mit Erdnussbutter und Marmelade.

»Können wir nächstes Wochenende zelten gehen?«, will Sam mit vor Eifer strahlendem Gesicht wissen.

»Das ist eine gute Idee. Und hast du dir auch schon überlegt, wohin du willst?«

»Nach Frankreich.«

Jean-Luc verschluckt sich fast an seiner Limonade. »Nach Frankreich? Aber das liegt am anderen Ende der Welt, mein Junge.«

Charlotte runzelt die Stirn. »Wie kommst du so plötzlich darauf?«

»Mrs. Armstrong hat gesagt, wir sollen mit unseren Großeltern reden und sie fragen, wie es für sie war, als sie noch klein waren, und dann müssen wir darüber einen Aufsatz schreiben. Und meine Großeltern sind doch in Frankreich, nicht?«

Jean-Luc beißt in sein Sandwich und schaut auf das Meer hinaus.

»Ja«, antwortet Charlotte. »Aber das ist sehr weit weg. Ich könnte dir jedoch erzählen, wie es für deine Großeltern war, in Frankreich aufzuwachsen.« Sie legt ihre Hand auf Sams Knie, und Jean-Luc weiß, dass sie versucht, den Jungen zu beschwichtigen.

»Kann ich ihnen nicht schreiben und sie selber fragen?«

»Nein, Sam, dazu sind sie zu alt.« Sie zieht die Hand zurück und kratzt sich an der rechten Schulter.

Jean-Luc kennt die Geste. Charlotte macht sie immer, wenn sie sich unbehaglich fühlt oder Zeit gewinnen will.

»Zu alt zum Schreiben?«, beharrt Sam.

»Ja.« Sie wendet sich ab und beginnt, in der Kühlbox herumzukramen.

»Aber warum kommen sie nie zu Besuch zu uns? Alle meine Freunde haben Großeltern, nur ich hab keine.«

»Sam«, sagt Jean-Luc, »erinnerst du dich noch daran, dass wir dir erzählt haben, wie schlimm und hart der Krieg in Frankreich für alle war? Uns ist die Flucht mit dir gelungen, doch die Leute, die geblieben sind wie deine Großeltern, blicken nicht gern zurück, sondern wollen nur vergessen.«

»Was denn? Uns, Dad?«

Jean-Luc wechselt einen Blick mit seiner Frau. »Nein, nicht uns, mein Junge, aber sie waren damals sehr traurig und konnten nicht verstehen, dass wir fortgingen.« Er hält inne. »Vielleicht sehen wir sie ja eines Tages wieder. Doch Flugreisen sind leider sehr teuer, weißt du?«

»Okay«, sagt Sam nur und fängt an, die Kruste von seinem Sandwich abzuknabbern.

Jean-Luc wendet sich Charlotte zu, um sie anzuschauen. Doch sie sitzt noch immer so über die Kühlbox gebeugt, dass er nichts außer ihrem seidigen dunklen Haar sieht, das sie mit einem purpurfarbenen Seidenschal zusammengebunden hat. »Was hast du sonst noch dabei, Liebling?«, fragt er sie.

Noch immer ohne ihn anzuschauen, zieht sie eine braune Papiertüte heraus und reicht sie ihm. Eine knisternde, angespannte Atmosphäre hängt zwischen ihnen in der Luft. So viel ist unausgesprochen geblieben …

Dann bricht Sam das Schweigen. »Sind das Kekse, Mom?«

Jean-Luc öffnet die Tüte. »Es sind sogar deine Lieblingskekse mit Schokoladensplittern.«

»Super!« Sam streckt die Hand aus, um sich einen zu nehmen. Dem Himmel sei Dank, dass es Schokokekse gibt, denkt Jean-Luc ironisch.

Später, als Sam losgezogen ist, um Löcher in den Sand zu buddeln, strecken Charlotte und Jean-Luc sich auf der Picknickdecke aus. Jean-Luc dreht sich auf die Seite, stützt sich auf den Ellbogen und blickt zu seiner Frau herab.

Doch Schweigen breitet sich zwischen ihnen aus, und er fragt sich, ob sie das Thema wohl als Erste zur Sprache bringen wird. Er betrachtet ihr locker zusammengebundenes Haar, das nun zur

Seite fällt. Es gefällt ihm, dass sie immer Schals mitnimmt. Sie trägt sie entweder um den Hals, fasst ihr Haar damit zusammen oder bindet sie manchmal auch um ihre Taille.

Charlotte besitzt Stil und Originalität. Das war es, was er von Anfang an so attraktiv an ihr gefunden hat. Sie ist keine Frau, die jemals mit dem Hintergrund verschmelzen würde, egal, wie sehr sie es vielleicht auch versuchen mochte.

»Jean-Luc?«

»Ja?« Er kann es kommen spüren.

»Sam stellt wieder Fragen. Alle seine Freunde haben Verwandte – Großeltern, Onkel, Tanten und so weiter. Nur er hat gar keine.«

»Er hat uns.« Jean-Luc streicht mit dem Finger über Charlottes Wange und zeichnet ihre Biegung nach. »Wir müssen nur dafür sorgen, dass wir ihm genügen.« Wieder einmal wünscht er, sie hätten Sam Geschwister schenken können. Eine große, glückliche Familie hätte Charlotte geholfen, mit ihrem Heimweh zurechtzukommen, doch leider wurde sie nie schwanger. Sie sind deswegen sogar zum Arzt gegangen, der meinte, es müssten die Entbehrungen sein, die sie während der Besatzungszeit ertragen hatte, die zum Ausbleiben ihrer Periode geführt hatten, aber auch er konnte ihr nicht sagen, warum sie nie mehr wiederkam. Er wollte ein paar Untersuchungen und Tests durchführen, doch das lehnte Charlotte ab und meinte, sie müssten eben einfach nur das Beste aus dem machen, was sie hatten. Und Jean-Luc wollte nicht darauf bestehen, weil es ein solch heikles, mit Spannungen behaftetes Thema war, dass er es lieber fallen ließ.

Als sie die Hitze am Strand nicht mehr ertragen und auch zu müde zum Schwimmen sind, packen sie ihre Sachen ein und gehen. Unterwegs kommen sie an einem Straßenfeger in einem blauen Overall vorbei, der sich auf einen großen Besen stützt, mit dem er die »Hinterlassenschaften« der Strandbesucher zusammenfegt – Eiscreme-Verpackungen, Zigarettenstummel, zerdrückte Pappkartons und dergleichen mehr. Er scheint es jedoch nicht eilig zu haben, mit seiner Arbeit fortzufahren.

»Das Wetter schlägt bald um«, bemerkt er und zeigt auf die heraufziehenden Wolken am Himmel. »Vielleicht müssen wir uns sogar auf ein Gewitter gefasst machen.«

Charlotte und Jean-Luc blicken in die Richtung, in die er zeigt, und sehen, dass die Wolken sich immer schneller zusammenballen. Nach einem kurzen »Danke für die Warnung« eilen sie zu ihrem Auto. Die markante Motorhaube und die eleganten Linien des dunkelblauen Nash 600 erfüllen Jean-Luc immer noch mit Stolz. Niemals hätte er sich auch nur vorstellen können, ein so schönes Auto zu besitzen, doch hier in Amerika ist alles möglich.

Er steckt den Schlüssel ins Zündschloss, und sofort erklingt Musik.

»How much is that doggie in the window?«

Alle drei stimmen mit ein und singen fröhlich mit, als sie losfahren.

An jenem Abend klebt die feuchtwarme Luft ihnen buchstäblich am Körper. Eine bleierne Stille liegt über den Bäumen, deren Blätter sich nicht mal mehr bewegen, und sogar die Katze liegt ermattet mit dem Bauch nach oben im Schatten der Trauerweide.

Jean-Luc und Sam sitzen auf der vorderen Veranda auf der Gartenschaukel und bewegen sie träge hin und her, um wenigstens einen kleinen Luftzug zu erzeugen. Charlotte holt ihnen kalte Limonade in hohen Gläsern mit klirrenden Eiswürfeln. Jean-Luc nimmt einen davon aus dem Glas und drückt ihn an seinen Nacken. Aber er verwandelt sich sehr schnell in Wasser, das ihm den Rücken hinunterrinnt und ihm auch nur eine kurze Atempause von der kalifornischen Sommerhitze verschafft.

Aus den offenen Fenstern des Nachbarhauses schallen die Geräusche der *Ed Sullivan Show* herüber.

Jean-Luc blickt zum Himmel auf. »Ich wünschte, dieses verdammte Gewitter würde sich endlich entladen!«

Sechsundzwanzigstes Kapitel

Santa Cruz, 4. Juli 1953

CHARLOTTE

Ich schrecke zu früh aus dem Schlaf auf, weil Besorgnis an meinem Unterbewusstsein nagt und die uns an diesem Tag bevorstehenden Verpflichtungen meinen Kopf buchstäblich überschwemmen.

Die Caleys veranstalten heute zur Feier des amerikanischen Unabhängigkeitstages ein Barbecue. Aber ich hatte noch nie viel für diesen Tag übrig, weil er mich nur daran erinnert, dass dieses Land nicht wirklich meine Heimat und daher auch die amerikanische Geschichte nicht die meine ist. Wahrscheinlich habe ich jedoch nur mal wieder Heimweh, das mich hin und wieder quält.

Manchmal glaube ich, dass ich aus meinem Zuhause gerissen wurde, bevor ich alt genug war, um richtig zu verstehen, was das bedeutete. Was jedoch nicht heißt, dass ich hier nicht glücklich bin. Wie könnte ich es auch nicht sein? Die Menschen hier sind freundlich, man kann alles kaufen, was man möchte oder braucht, und die Lebensqualität ist gut. Es ist nur so, dass manchmal Sehnsucht in meinem Herzen erwacht, Sehnsucht nach meiner Heimat, meiner Familie und meinem Land.

Außerdem hat dieses *institutionalisierte* Bedürfnis zu feiern etwas an sich, das mich stört. Vielleicht ist es der Druck, so verdammt glücklich sein zu müssen. Strahlendes Lächeln überall, Burger und Eiscreme, Coca-Cola und Bier in Hülle und Fülle von mittags an bis nach Einbruch der Dunkelheit. Es ist anstrengend, aber niemand darf vor dem großen Finale mit dem prächtigen Feuerwerk nach Hause gehen, weil das nicht patriotisch wäre.

Vermutlich erinnert mich das alles an den französischen Nationalfeiertag am 14. Juli. Oder auch daran, wie weit entfernt ich von meiner wahren Heimat bin. Und natürlich drängt sich mir die Frage auf, wie Maman und Papa den 14. Juli feiern werden. Vielleicht gehen sie zum Champs-de-Mars und schauen sich das Feuerwerk an, das den Eiffelturm so wundervoll erleuchtet, oder vielleicht machen sie auch nur einen Spaziergang am Ufer der Seine entlang.

Wie gern würde ich nach Frankreich zurückkehren und sie besuchen! Aber Jean-Luc ist nicht gerade angetan von der Idee. »Amerika ist jetzt unser Zuhause, Charlotte, und hier leben wir«, sagt er immer. »Wir haben doch alles. Also vergiss endlich die Vergangenheit.«

Manchmal würde ich ihm gern klarmachen, dass mein »Alles« nicht das Gleiche ist wie das seine, aber ich weiß, dass es ja doch nur in einem sinnlosen Streit enden würde, und ich hasse Auseinandersetzungen. Die Vergangenheit ist nicht so leicht zu vergessen, wie er glaubt; man kann sie nicht einfach in eine Ecke schieben und so tun, als gäbe es sie nicht. Sie ist immer da, ein Schatten, wohin ich auch gehe, und erinnert mich an das, was wir getan haben.

Ich blicke zu dem leeren Platz im Bett neben mir hinüber. Jean-Luc ist heute sogar noch früher erwacht als ich. Als ich in die Küche hinuntergehe, sitzt er mit einer großen Tasse Kaffee in der Hand am Tisch und liest die Zeitung. Ich weiß, dass es Milchkaffee ist, eine Art »Kinderversion« von echtem Kaffee, in einer größeren Tasse und milchiger und fader. Aus irgendeinem Grund erbost mich das. Warum kann er nicht richtigen schwarzen Kaffee trinken wie ein Erwachsener?

»Jean-Luc? Ich will nicht zu dem Barbecue der Caleys gehen.«

Er hebt den Kopf, und seine Augen weiten sich vor Erstaunen. »Aber warum denn nicht?«

»Weil ich keine Lust dazu habe.«

»Wir gehen doch immer hin. Und denk daran, wie viel Spaß Sam jedes Mal dabei hat.«

»Dann geh du doch mit ihm hin! Ich werde es jedenfalls nicht tun. Außerdem bin ich mir nicht mal sicher, ob ich die Caleys mag.«

»Wie meinst du das denn?« Seine Stimme wird schärfer. »Sie waren bisher immer nur sehr nett zu uns.«

»Josh ist mir nicht ganz geheuer.«

»Was?«

»Nichts.«

»Komm schon, Charlotte. Wir sollten wirklich hingehen.«

Ich werfe einen Blick aus dem Fenster. »Ich bin zu müde.«

Jean-Luc stößt einen ärgerlichen Seufzer aus. »Na schön, dann nehme ich Sam eben mit. Aber was soll ich den Caleys sagen?«

»Dass ich den 4. Juli mit all seinen Fress- und Trinkgelagen hasse. Warum feiern wir eigentlich nie den französischen Nationalfeiertag?«

»Warum sollten wir? Wir sind hier schließlich nicht in Frankreich.«

»Genau!«

»Wie meinst du das, Charlotte?«

Vielleicht brauche ich ja einen Kaffee. Ich greife nach der Kanne, stelle sie dann aber sofort wieder weg. Kaffee würde mich nur noch mehr aufregen. Im Grunde weiß ich gar nicht, was ich will. Vielleicht wird ein Glas Wasser mich beruhigen. Ich drehe den Wasserhahn auf, schließe ihn jedoch nicht, als das Glas voll ist, sondern lasse das Wasser über meine Hand fließen. Wie hypnotisiert starre ich es an, während ich seine angenehme Kühle in mir aufnehme.

Plötzlich steht Jean-Luc neben mir, greift nach dem Wasserhahn, um ihn zuzudrehen, und nimmt mir das Glas aus der Hand. »Sag mir doch bitte, was du hast, Charlotte?«

»Ach, ich glaube, ich habe nur mal wieder Heimweh.«

Ich höre, wie er tief ausatmet, und wünsche, ich hätte nichts gesagt. Er wird es nie verstehen.

Ich wende mich von ihm ab und gehe zur Veranda hinaus, wo ich mich auf die Schaukel fallen lasse. Natürlich könnte auch ich ein bisschen konstruktiver sein. Da wären zum Beispiel die Prospekte für verschiedene Übersetzungskurse, die ich mir schon so lange ansehen will. Wenn ich eine Ausbildung und einen Job hätte, könnte ich mich sicher besser einleben, so wie Jean-Luc mit seinem Job am Bahnhof.

Ihm war es so leichtgefallen, sich der amerikanischen Lebensweise anzupassen: mit den Jungs Bier trinken, Baseball mit den Kindern spielen, Burger mit Ketchup essen … und das alles auch noch mit so verdammt viel Spaß daran!

Ich dagegen hätte zu gern mein Studium an einer der Universitäten fortgesetzt. Ich weiß, dass sie hier Studiengänge in Französischer Literatur anbieten, aber die Unis sind teuer, und es stimmt schon, dass ich mich auch allein mit Literatur befassen kann.

Jean-Luc ist zu mir hinausgekommen, doch ich wünsche, er würde mich einfach nur in Ruhe lassen.

»Charlotte«, beginnt er, und mir sinkt sogar noch mehr das Herz. Es nervt mich, dass er so unerträglich vernünftig ist, und ich will seine Meinung auch gar nicht hören. Schließlich kenne ich sie schon zur Genüge. »Du weißt, dass auch ich gern wieder mal in Frankreich wäre«, fährt er fort. »Eines Tages, wenn wir genug Geld gespart haben und der Krieg noch weiter hinter uns liegt, könnten wir in Frankreich Urlaub machen. Und natürlich auch deine und meine Eltern besuchen.«

Meine Finger zupfen nervös am Rand des Kissens herum,

auf dem ich sitze. Ich will dieses Gespräch nicht führen, weil es sowieso jedes Mal ohne Ergebnis endet. Doch dann werde ich plötzlich von einer Welle des Mitleids überschwemmt. Jean-Luc kann eben nicht anders. Er ist einfach nur praktisch – vernünftig und praktisch, wie er es schon immer war.

»Macht es dir eigentlich nichts aus?« Ich halte wieder inne und frage mich, warum ich heute Morgen gar nicht anders kann, als ihn zu ärgern. Ich muss wirklich schlecht geschlafen haben. »Stört es dich nicht, dass Sam nicht dieselbe Kultur wie wir beide hat?«

»Was soll das denn heißen?«

»Nun ja, wir sind schließlich beide Franzosen, wohingegen er Frankreich noch nie gesehen hat. Und unsere Muttersprache spricht er auch nicht. Machst du dir nicht manchmal Sorgen, dass dies hier sein Zuhause ist?«

»Nein, ganz sicher nicht. Sein Zuhause ist bei uns, und nur das zählt, Charlotte.«

Ich versuche, ihm zu glauben, doch ich werde das Gefühl nicht los, dass etwas fehlt und wir etwas Entscheidendes versäumt haben.

»Ich wünschte, wir hätten Französisch mit ihm gesprochen, als wir herkamen. Zumindest hätten wir ihn dann eines Tages mit zurücknehmen können, und er hätte sich heimischer gefühlt. Außerdem will ich, dass er die französischen Klassiker in *Französisch* liest!«

»Das haben wir doch alles schon besprochen, Charlotte. Wir mussten uns hier integrieren, und dazu mussten wir selbstverständlich auch die Sprache lernen. Wenn wir weiterhin Französisch gesprochen hätten, wären wir in den Augen der Menschen hier die kleine französische Familie geworden, die dem Krieg entkommen ist. Wir mussten all das hinter uns lassen und einen neuen Anfang machen. Du weißt doch, wie die Leute sind. Sie hätten uns für stolz und hochnäsig gehalten.«

»Glaubst du, das weiß ich nicht? Es erscheint mir nur wie ein hoher Preis, seine eigene Kultur zu verlieren. Manchmal macht es mich ganz krank vor Heimweh.«

Jean-Luc zupft an seinem Ohrläppchen. »Vielleicht war es für mich ja auch leichter. Ich glaube nämlich nicht, dass ich genauso sehr an Frankreich gehangen habe wie du. Eigentlich war ich sogar froh, meine Kultur und Nationalität ablegen zu können. Es hat sich sehr befreiend angefühlt.«

»Aber was ist mit deiner Familie? Mit deinen Eltern?«

»Sie freuen sich für mich.« Er hält kurz inne. »Außerdem bist du jetzt meine Familie, Charlotte.« Er streckt den Arm aus, um ihn mir um den Nacken zu legen. »Du bist alles, was ich habe.«

Siebenundzwanzigstes Kapitel

Santa Cruz, 10. Juli 1953

JEAN-LUC

Möwen kreischen, und die starke kalifornische Sonne durchdringt die Vorhänge. Jean-Luc kann spüren, dass die reale Welt ihn ruft, während er sich mühsam durch die letzten Schlafphasen hindurchkämpft. Gefangen in jenem Raum zwischen Träumen und Wachen, würde er nur allzu gern in seinen Traum zurückschlüpfen. Es ist der gleiche, der ihn in letzter Zeit so häufig heimsucht und nach dem er sich innerlich immer so seltsam hohl und hilflos fühlt, als befände er sich am falschen Ort, lebte das Leben eines anderen und wollte wissen, wie es enden wird. Ein Baby weint in diesem Traum, und eine Frau streckt die Arme aus und wartet.

Dann erkennt er, dass es seine eigene Mutter ist, seine Mutter mit ihrem schönen dunklen Haar, das ihr bis über die Schultern fällt, und ihrem warmen Lächeln. Sie sieht sehr schön aus. Dann dreht sie sich um, um mit ihm zu sprechen, und das ist dann jedes Mal der Moment, in dem er erwacht. Und immer wünscht er, er könnte in dem Traum verweilen, um zu hören, was seine Mutter ihm zu sagen hat.

Die frühe Morgensonne wirft schräge Lichtstrahlen in das Zimmer. Er hätte lieber Jalousien an den Fenstern, weil er überzeugt ist, dass die grelle Sonne hier keine Hilfe bei seinen Schlafstörungen ist. Er wacht immer zu früh auf, kann seinen versäumten Schlaf aber nie aufholen und sich von seiner Müdigkeit erholen. Doch es bringt auch nichts, hier im Bett herumzuliegen und sich zu sorgen. Dann kann er genauso gut aufstehen.

Es ist erst sechs Uhr, aber er setzt schon einmal den Kaffee auf und macht sich dann daran, das Geschirr vom Vorabend zu spülen. Als er das Wasser aufdreht, hört er ein Auto die Straße heraufkommen.

Neugierig beugt er sich vor, bis seine Stirn das noch kühle Fensterglas berührt, während er den Wagen beobachtet. Der kommt näher und verlangsamt die Geschwindigkeit. Jetzt kann Jean-Luc das Auto deutlich sehen. Es ist blau-weiß.

Mit einem tiefen Atemzug tritt er vom Fenster zurück und versucht, sich zu beruhigen. Ein Streifenwagen? Um sechs Uhr morgens? Es ist ein Anblick, der Jean-Luc einen kalten Schauder über den Rücken jagt. Er hört, wie der Wagen anhält, und ist sich ziemlich sicher, dass er auch heute wieder unter der alten Eiche parken wird. Schnell tritt er neben das Fenster und späht vorsichtig hinaus, um zu sehen, wer in dem Streifenwagen sitzt.

Zwei Polizisten steigen vorne aus, und dann erkennt er Bradleys untersetzte Gestalt, als er sich hinten aus dem Wagen stemmt.

Charlotte und Sam schlafen noch, und da Jean-Luc es schrecklich fände, wenn sie so geweckt würden, eilt er aus der Küche in die Diele, öffnet einen Spaltbreit die Haustür und wartet ab.

Die beiden Polizisten schauen auf die Uhr. Einer von ihnen zuckt mit den Schultern, und dann treten sie beiseite, um Bradley den Platz in der Mitte zu überlassen, als sie auf das Haus zugehen.

Das Herz klopft Jean-Luc bis zum Hals, als er die Tür ganz öffnet, um ihnen zu zeigen, dass er da ist, bevor sie klingeln können.

Die drei Männer scheinen überrascht zu sein, ihm so plötzlich gegenüberzustehen.

»Guten Morgen, Mr. Bow-Champs«, sagt Bradley und schaut ihn unter seinen buschigen Augenbrauen an.

»Hallo.« Jean-Luc hält den Atem an.

»Wir möchten, dass Sie uns zu einer weiteren Befragung auf das Kommissariat begleiten.«

Jean-Luc greift nach der Tür, um sich daran festzuhalten. Der Atem, den er unwillkürlich angehalten hat, dröhnt ihm in den Ohren. »Warum?«

Plötzlich stehen sie in der Diele, und der kleinere der Polizisten zieht die Tür hinter ihnen zu. Jean-Luc tritt zurück. Jetzt sind sie auch noch in seinem Haus! Wie konnte er das nur geschehen lassen?

»Mr. Bow-Champs, dies ist nicht der richtige Ort zum Reden. Sie werden also zum Kommissariat mitkommen müssen.«

Jean-Luc wendet sich von ihnen ab, wirft einen Blick zur Treppe und denkt an Charlotte und Sam, die dort oben schlafen. Dann dreht er sich wieder den Männern zu. »Würde es Ihnen etwas ausmachen, draußen zu warten? Ich möchte nicht, dass meine Familie aus dem Schlaf gerissen wird.«

Der größere Polizist öffnet die Haustür, und alle drei gehen hinaus. »Sie haben zehn Minuten Zeit.«

Jean-Luc eilt zur Treppe, auf der er sich jedoch am Geländer festhalten und eine Stufe nach der anderen hinaufziehen muss. Was wissen sie?, fragt er sich, und sein Herz klopft schneller, als er sich vorzustellen versucht, was sie herausgefunden haben könnten.

Er betritt das Schlafzimmer, sieht, dass Charlotte noch fest schläft, und hört das leise Geräusch ihres gleichmäßigen Atems. Er will sie nicht wecken, weil immer noch die Chance besteht, dass er die Sache regeln kann. Er überlegt, ob er ihr eine Nachricht hinterlassen soll, weiß jedoch nicht, was er ihr sagen könnte. Und so verzichtet er darauf und schlüpft stattdessen in Hose und Hemd vom Vortag. Mit einer Krawatte hält er sich gar nicht erst auf.

Ohne ein Wort zu den Polizisten folgt er ihnen zu ihrem

Wagen. Dabei sieht er, dass sich die Gardinen an Marges Küchenfenster bewegen, und fragt sich, ob sie das Ganze beobachtet haben mag.

Fünfzehn Minuten später halten sie vor der Polizeidienststelle. Im Gebäude gehen sie die Treppe und dann einen langen Gang hinunter, an leeren Zellen vorbei, hinter denen sie schließlich zu einem kargen kleinen Raum gelangen, der nichts anderes als einen grauen Tisch und vier Stühle enthält.

»Setzen Sie sich.« Der kleinere Polizist zieht ein Päckchen Zigaretten aus der Brusttasche, nimmt eine heraus und wirft das Päckchen seinem Partner zu. Beide zünden sie die Zigaretten an, und der Größere setzt sich und zieht einen Aluminium-Aschenbecher zu sich hinüber, während der andere seine Asche achtlos auf den Boden schnippt.

»Was soll das, Jack? Denk an die Putzfrau.«

»Ich sorge bloß dafür, dass sie ihren Job behält, Mann.«

Jean-Luc sieht zu, wie entspannt sie rauchen und dabei Wolken von Rauch ausstoßen. Sie nehmen sich Zeit, als würden sie es genießen, ihn im Ungewissen zu lassen. »Warum bin ich hier?« Er hat sein Bestes getan, um sich in Geduld zu üben und Ruhe zu bewahren, aber jetzt muss er es einfach wissen.

Endlich nimmt auch Bradley Platz. Die Hände auf die Knie gestützt, beugt er sich vor, um Jean-Luc prüfend anzusehen. »Wussten Sie, dass jemand Sie in den letzten neun Jahren unermüdlich gesucht hat?«

Jean-Luc schüttelt den Kopf. Seine Kehle ist plötzlich so eng, dass er kein Wort herausbekommt, ja nicht einmal mehr schlucken kann.

»Der Name der Frau, die Sie gesucht hat, ist Sarah Laffitte, und sie ist Sams Mutter.«

DRITTER TEIL

Achtundzwanzigstes Kapitel

Paris, 2. Mai 1944

SARAH

Sarah geht in die Hocke und lehnt sich mit dem Rücken an das Bett. »Atme!«, befiehlt sie sich mit einer fast unmerklichen Bewegung ihrer Lippen, doch statt eines beruhigenden Atemzugs erhebt sich nur ein krampfhaftes Stöhnen aus ihrem Bauch. Ihr ist speiübel, aber sie hat nicht einmal die Kraft, sich zu erbrechen. Schweiß rinnt ihr über die Stirn und brennt ihr in den Augen. Sie wischt ihn ab und legt die Hand schnell wieder auf ihren harten Unterleib, in der sinnlosen Hoffnung, auf diese Weise ihren Schmerz zu lindern.

David streicht ihr über das nass geschwitzte Haar. »Du solltest dich hinlegen, Sarah. Bitte!«

»Ich … ich kann mich nicht bewegen.«

»Lass uns versuchen, dich auf das Bett hinaufzubekommen«, entgegnet er entschieden, während er die Hände unter ihre Arme legt und sie zu sich hinaufzieht.

Sarah beißt sich auf die Unterlippe, um den Aufschrei zu ersticken, der in ihrer Kehle aufsteigt. Als sie endlich auf dem Bett liegt, rollt sie sich auf die Seite, zieht die Knie an und stöhnt. »Ist die Hebamme schon unterwegs?«, stößt sie mit ihrem nächsten schweren Atemzug hervor.

»Niemand würde herkommen, Sarah.«

»Nein, David! Bitte mach, dass jemand kommt!«

»Beruhige dich. Es wird schon gehen. Wir schaffen es auch allein. Ich weiß, was zu tun ist, und ich habe alles vorbereitet.«

Drei kurze, scharfe Klopfzeichen an der Haustür, gefolgt von einer Pause und einem vierten Klopfen bewirken, dass sie ihren nächsten Widerspruch herunterschluckt. Sie sieht die aufblitzende Angst in Davids Augen. Nur ein Mensch klopfte auf diese Weise an – ihr verlässlicher, vertrauenswürdiger Freund Jacques.

Ohne ein weiteres Wort verlässt David das Schlafzimmer.

Sarah dreht sich mühsam auf den Rücken, starrt zur Zimmerdecke und versucht trotz der Qual, die sie innerlich zerreißt, zu atmen. *Nicht jetzt*, fleht sie im Stillen. *Bitte nicht jetzt* …

Dann hört sie die Wohnungstür aufgehen und Jacques' leise, eindringliche Stimme. »Ihr müsst noch heute Nacht hier weg!«

»Heute Nacht? Das ist unmöglich! Sarah liegt in den Wehen!« Die Panik, die sie in Davids Stimme hört, löst die nächste Wehe aus. Sie ist so stark, dass sie sie vom Bett hochfahren lässt wie eine fürchterliche Kraft, die mit aller Macht darum kämpft, sich zu befreien.

»Eure Namen stehen auf der Liste. Sie werden euch abholen. Heute Nacht noch.«

Sarah hört Davids verzweifeltes Aufstöhnen. Der Schmerz ist noch da, aber jetzt ist er schon beinahe zweitrangig angesichts dessen, was nun geschehen wird.

David kehrt ins Schlafzimmer zurück, zieht die Tür hinter sich zu und lehnt sich dagegen. »Hast du alles mitbekommen?«

Sarah nickt nur wortlos, als die nächste Wehe sie innerlich zerreißt und sie mit ihrer Macht zum Schweigen bringt. Tränen vermischen sich mit dem Schweiß, der ihr über das Gesicht rinnt. Dann ist David bei ihr auf dem Bett, und sie spürt die angenehme Kühle des nassen Handtuchs, das er ihr auf die Stirn legt. Sie greift nach seiner Hand und umklammert sie, während sie auf die nächste Welle des Schmerzes wartet.

»Es wird alles gut gehen, Sarah, das verspreche ich dir. Ich werde mich um dich kümmern.« Davids Gesicht verzieht sich, als sie mit aller ihr noch verbliebenen Kraft seine Hand drückt.

Da sie spürt, dass die Geburt jetzt schon ganz nahe ist, blickt sie wieder zur Zimmerdecke auf und betet: »Bitte mach, dass es schnell geht, *Adonai!*«, und lässt Davids Hand los, damit er überprüfen kann, wie weit sie ist. Ihr Atem kommt mittlerweile so schnell und flach, dass sie ihr eigenes Keuchen hören kann.

»Ich kann das Köpfchen sehen!«, ruft David. »Du musst jetzt pressen, Sarah!«

Sie beißt die Zähne zusammen und presst mit aller Kraft. Wieder und wieder. Sie ist erschöpft, aber sie kann nun spüren, dass das Baby kommt, und mit einer letzten heftigen Anstrengung bringt sie es zur Welt.

»Ist es gesund, David?«, fragt sie voller Sorge, dass die Albträume von einem missgebildeten Baby, die sie gequält hatten, wahr geworden sein könnten.

»Er ist perfekt, der Kleine.« Sie hört die Ergriffenheit in Davids Stimme, und Erleichterung durchflutet sie.

»Dem Ewigen sei Dank«, flüstert sie.

Dann vernimmt sie das Schnippen einer Schere, und ihr wird klar, dass David die Nabelschnur durchtrennt hat. Als sie sich zu ihm umdreht, sieht sie, wie behutsam er das winzige neue Leben in seinen großen Händen hält, und all ihre Schmerzen sind verflogen.

»Nimm du ihn. Ich muss mich um die Nachgeburt kümmern.« David beugt sich vor und legt Sarah den noch nassen Säugling auf die Brust.

Sie berührt sein Köpfchen, streichelt das spärliche Haar darauf und schaut auf sein noch ganz zerknautschtes kleines Gesicht herab. Dunkle Augen, die noch gar nicht richtig sehen können, es aber versuchen, huschen durch den Raum. Für eine Sekunde begegnen sie den ihren, und sie verspürt ein Ziehen in ihrem Leib, wo sich eine Art unsichtbares Band zwischen ihnen zu formen scheint.

Mit den Fingerspitzen streichelt sie überall seinen kleinen

Körper und staunt über seine weiche, makellose Haut. Mehr als alles andere auf der Welt will sie, dass dieses Kind am Leben bleibt, und so drückt sie den Kleinen an ihre Brust und beginnt wieder zu beten.

Neunundzwanzigstes Kapitel

Paris, 2. Mai 1944

SARAH

David reicht Sarah ein Glas Wasser und setzt sich zu ihr auf das Bett. Beide blicken auf das Kind herab, das mit seinen winzigen Lippen nach ihrer Brustwarze sucht.

Sarah spürt, wie der Kleine sie sekundenlang findet, aber dann wieder verliert. Da sie jedoch weiß, dass es ohnehin ein oder zwei Tage dauern wird, bis die Milch einschießt, versucht sie, sich darüber keine Sorgen zu machen.

David rückt näher an sie heran. »Was für ein kostbarer Moment, wir drei zusammen hier in unserem Zuhause! Ganz gleich, was auch geschieht, wir müssen ihn immer in Erinnerung behalten.« Er schließt die Augen, lehnt den Kopf an die Wand und holt tief Luft – für Sarah ein eindeutiges Zeichen, dass die Geburt auch für ihn sehr anstrengend gewesen ist. All die Verantwortung, die auf seinen Schultern lastet, und das, obwohl er eine Entbindung bisher höchstens aus einem Sachbuch kannte.

Sie lehnt sich an ihn und nimmt schweigend seinen Geruch, der etwas moschusartig und ein wenig verschwitzt ist, in sich auf.

David küsst sie auf die Stirn. »Wir müssen aufbrechen, wenn es dunkel wird. So gegen sechs Uhr, denke ich.«

»Und wie spät ist es jetzt?« Sarah hat jegliches Zeitgefühl verloren und keine Ahnung, ob es noch Morgen oder schon Nachmittag ist.

»Kurz vor zwölf. Jacques sagte, er würde gegen vier Uhr wiederkommen.«

»Vier Uhr. Ich bin furchtbar müde, David, und brauche ein bisschen Schlaf, bevor wir aufbrechen.«

»Natürlich. Ich werde uns etwas zu essen machen und ein paar Sachen einpacken.«

Die Augen des Babys sind jetzt geschlossen, und sein kleiner Mund ist leicht geöffnet. David nimmt ihn behutsam von Sarahs Brust und drückt ihn an seine eigene, wobei er mit der anderen den winzig kleinen Rücken stützt.

Sarah versteht sein Bedürfnis, seinem Kind nahe zu sein. Bevor sie sich dem Schlaf überlässt, blickt sie sich noch einmal in ihrem Schlafzimmer um, weil sie weiß, dass es das letzte Mal sein könnte, dass sie es sieht. Und trotz der Gefahr, in der sie sich befinden, erfasst sie ein Gefühl des Friedens, als sie die große Kommode aus Eichenholz betrachtet, die einst ihren Eltern gehört hat, oder das Gemälde darüber von dem Kliff von Étretat in der Normandie, dessen spitzer Fels weit aus dem Meer hervorragt.

Dort haben sie ihre Flitterwochen verbracht, und das Bild hat David von einem ortsansässigen Maler erworben. Es war ein wundervoller Tag; sie sind im Meer geschwommen und dann die Klippen zu der Kirche hinaufgestiegen, wo sie eng aneinandergeschmiegt im Gras gesessen haben.

»Ich möchte dir etwas schenken, das dich an diesen Tag erinnert«, flüsterte David ihr ins Ohr.

Später, nachdem sie in das kleine Dörfchen zurückgekehrt waren, entdeckten sie rein zufällig das Studio eines einheimischen Künstlers. Das Bild kostete mehr, als sie sich leisten konnten, aber es gelang ihnen, den Preis ein wenig herunterzuhandeln. Immerhin waren sie in den Flitterwochen.

Sarah wehrt sich nicht, als ihre Lider schwer werden und sie über den glücklichen Erinnerungen einschläft. *Es wird alles gut. Der Ewige wird uns beschützen*, sind ihre letzten Gedanken.

Sie erwacht erst wieder, als David zärtlich ihre Wange streichelt.

»Ich habe dir etwas zu essen gemacht.« In dem einen Arm das schlafende Baby, das jetzt mit einem sauberen weißen Strampelhöschen bekleidet ist, reicht er ihr mit der anderen Hand einen Teller mit Bratkartoffeln, Karottenpüree und einem ganzen, im eigenen Fett gebratenen und eingemachten Entenschenkel.

Sie macht große Augen. »*Confit de canard!* Wo hast du den denn her?«

Er lächelt und tippt sich an die Nase. »Zerbrich dir nicht den Kopf darüber. Ich habe die Dose für heute aufgehoben. Schließlich musst du deine Kraft zurückgewinnen.«

Sie küsst ihn auf die Wange und hebt den Teller hoch. Als ihr das Aroma des heißen Essens in die Nase steigt, merkt sie plötzlich, dass sie einen Riesenhunger hat, und macht sich mit Messer und Gabel über die Ente her.

Aber dann legt sie ihr Besteck wieder zurück. »Und du? Wo ist dein Essen?« Wie kann ihr entgangen sein, dass David gar nichts isst?

»Ich habe vorhin in der Küche was gegessen.«

Sarah weiß jedoch, dass er lügt, und nach ein paar weiteren Bissen legt sie wieder die Gabel hin. »Mehr bekomme ich nicht hinunter«, behauptet sie. »Ich bin es nicht gewohnt, so viel zu essen. Willst du mir nicht dabei helfen?«

Mit ihrer Gabel spießt sie ein Stückchen Ente auf und beginnt, David zu füttern, während das Baby ruhig in seinen Armen schläft. Als sie den Teller geleert haben, nimmt er ihn ihr ab und bückt sich, um ihn auf den Boden zu stellen. Wieder küsst sie ihn. »Danke, David, das war köstlich.«

»Ja, und deine Milch wird jetzt nach Ente schmecken.«

»Besser als nach Kohlrüben, Mehl und Eicheln.«

Das Baby zuckt im Schlaf und streckt die Händchen aus wie Seesterne.

Sarah nimmt eins, legt es auf ihre und sieht sich die winzigen Finger an. »Sollen wir ihn nach meinem Vater benennen?«

»Samuel? Natürlich.« David beugt sich vor und küsst das Baby auf den Kopf. »Er hat lange Finger. Vielleicht wird er einmal Violinist werden wie seine Mutter.« Er kratzt sich den Bart, als dächte er über etwas nach. »Ich erinnere mich noch sehr gut an das erste Mal, als ich dich sah. Damals spieltest du in einem Orchester Geige. Es war dein absolut in die Musik vertiefter Gesichtsausdruck, der mich so faszinierte.« Er hält einen Moment lang inne. »Ich wollte auch so von dir angesehen werden«, gesteht er dann und lächelt. »Und eines Tages hast du es ja auch getan, obwohl es ganz schön lange gedauert hat, bis es so weit war.«

»Ja«, stimmt Sarah ihm zu. »All diese Sonntagskonzerte, zu denen du gehen musstest!«

»Ich liebte sie.«

»Und ich liebte es, dich dort im Zuschauerraum zu sehen und zu wissen, *warum* du dort warst.«

David lacht. »Weißt du noch, wie du mich endlich zu dir nach Hause eingeladen hast und dein Vater mich über Violinkonzerte ausgefragt hat?«

»Ja. Und du absolut keine Ahnung davon hattest.«

»Weißt du noch, was er darauf sagte? ›Sie scheinen ja mehr an der Violinistin als an der Violine interessiert zu sein.‹«

»Das war seine Art von Humor«, erwiderte sie mit Tränen in den Augen.

»Ich weiß, wie sehr du ihn vermisst.«

Sarah blickt auf ihren neugeborenen Sohn herab und blinzelt, um ihre Tränen zurückzudrängen. »Findest du, dass Samuel ihm ähnlich sieht?«

»Deinem Vater?« David streichelt dem Baby den Kopf. »Er hat definitiv seine hohe Stirn, aber ich glaube, was seine Augen angeht, so haben sie die gleiche Form wie deine und die deiner Mutter.« Er überlegt einen Moment. »Er hat allerdings das Kinn meines Vaters, denn schau nur, wie es hervorsteht. Er wird ein kleiner Dickkopf werden.«

»Wären sie nicht entzückt, wenn sie ihn jetzt sehen könnten? Sie wären so stolz.« Sarah schweigt einen Moment. »Glaubst du, eines Tages können sie es? Und dass wir jemals all die Menschen wiederfinden, die wir verloren haben?« Geistesabwesend streicht sie mit einem Finger über Samuels kleine Stirn. »Wo mögen sie geblieben sein?«

»Ich weiß es nicht, Sarah. Aber wir dürfen die Hoffnung nicht aufgeben und müssen weiter für sie beten.«

»Und wenn sie uns jetzt bei der Flucht erwischen, David? Sie würden uns Samuel wegnehmen, da bin ich mir ganz sicher. Und uns würden sie in ein Arbeitslager schicken und ihn in ein Waisenhaus stecken.« Bei dem Gedanken kommen ihr die Tränen.

»Sie werden uns nicht erwischen. Schließlich sind wir Überlebenskünstler.«

Sarah schaut ihn an und fragt sich, wie er darauf kommt, dass er mehr von einem Überlebenskünstler hat als all die anderen Juden.

Polternde Schritte draußen auf der Treppe erschrecken sie, und sie greift nach Davids Hand. »Was ist, wenn sie uns jetzt schon abholen?«, flüstert sie.

Er drückt ihre Finger. »Jacques passt auf. Außerdem wird jetzt niemand kommen. Du weißt doch, das passiert immer nur nachts oder am frühen Morgen.«

»Nicht immer.« Sie sind niemals sicher. Und diese ständige Angst ist etwas, woran sie sich nie gewöhnen wird. Das ungute Gefühl in ihrem Magen ist zu etwas Bleibendem geworden, doch zumindest hat es mitgeholfen, ihr den Appetit zu nehmen.

»Erinnerst du dich noch an unser erstes gemeinsames Essen?«, fragt David und drückt wieder ihre Hand.

Sarah weiß, dass er versucht, sie auf andere Gedanken zu bringen, und damit genau das Richtige tut, weil ihre Grübeleien niemandem etwas nützen werden.

Sie schließt die Augen, konzentriert sich auf ihre Erinnerungen und tut ihr Bestes, um jeglichen Gedanken an die Gegenwart auszuschließen. »Damals habe ich den ganzen Tag damit verbracht, mich hübsch zu machen.«

»Tatsächlich?«

»Ja.« Sie öffnet die Augen und sucht seinen Blick. Das Poltern auf der Treppe hat aufgehört. »Aber dann habe ich es mir anders überlegt, und bevor ich das Haus verließ, um mich mit dir zu treffen, zog ich die Stöckelschuhe aus, die Maman mir geliehen hatte, entfernte das Rouge von meinen Wangen und wischte sogar meinen Lippenstift ab.«

»Aber warum das denn?« David sieht aufrichtig verwirrt aus.

»Weil ich mich mit all dem nicht wie ich selbst fühlte.«

Er nimmt ihre Hand und haucht einen Kuss darauf. »Ich liebe es, wie du dich kleidest. Du siehst immer so herrlich entspannt in deinen Sachen aus. Ich meine …«

Ihr leises Lachen unterbricht ihn. »Entspannt? Das klingt aber nicht sehr …«

»Sexy?«, beendet er ihren Satz für sie.

Sarah errötet, denn normalerweise benutzt er solche Wörter nicht.

»Es gibt nichts Reizvolleres als Menschen, die sich wohlfühlen in ihrer Haut – und mit sich selbst im Reinen sind. Und genau das ist es, was ich bei dir immer gespürt habe.«

Sie drückt wieder seine Hand und küsst seine Finger. »Ich hatte bei dir auch nie das Gefühl, etwas beweisen zu müssen. Du hast mich nie kritisiert oder gefragt, warum ich dies oder das und nichts anderes tue oder getan habe. Es war immer so, als akzeptiertest du mich genau so, wie ich bin.«

»Ich wollte dich auch gar nicht anders haben.«

Das Baby zappelt in Davids Armen und rümpft das Näschen. Sarah streckt die Hand aus und streichelt ihm die Wange, worauf sein Gesicht gleich wieder glatt und ruhig wird.

»Er wollte nur sichergehen, dass du noch da bist«, sagt David lächelnd.

»Ich werde immer für ihn da sein und ihn nie, niemals verlassen.« Wieder steigen ihr Tränen in die Augen, als ihr bewusst wird, dass sie ein solches Versprechen vielleicht gar nicht halten kann. Nicht in diesen Zeiten.

Als könnte er ihre Gedanken lesen, streicht David ihr über das Haar und beugt sich vor, um ihr ins Ohr zu flüstern: »Wir werden ihn beschützen.«

Sarah nickt nur stumm, während ihr die Tränen heiß über die Wangen rollen.

Jacques erscheint um Punkt vier Uhr. Sarah hört ihn reden, sowie die Wohnungstür hinter ihm ins Schloss gefallen ist. »Wir haben für ein, zwei Nächte eine kleine Pension für euch gefunden, und danach beschaffen wir euch etwas Besseres. Die Pension ist drüben in Le Marais, an der Rue du Temple.«

»Tausend Dank, Jacques! Ich weiß nicht, wie wir dir das alles je vergelten könnten. Hast du Zeit, hereinzukommen und unseren Sohn zu sehen?« Sarah hört den Stolz in Davids Stimme, der sogar ihr ein Lächeln auf die Lippen zaubert. Er wird ein wundervoller Vater sein, denkt sie.

»Na klar! Und wie geht es der jungen Mutter?«

David kommt mit Jacques ins Schlafzimmer. Als Erstes bückt er sich, um Sarah auf die Wange zu küssen, und dann hebt er Sams kleine wollene Decke an.

Sie sieht, wie Jacques' Augen feucht werden, als er sie anschaut und danach einen Schritt zurücktritt. »Keine Sorge. Ich werde nicht zulassen, dass diese Bastarde ihn kriegen.«

Sarah lächelt traurig. »Das weiß ich, Jacques.«

»Es tut mir nur leid, dass ich nicht länger bleiben kann.«

»Natürlich nicht. Wir wissen, dass du gleich wieder gehen musst«, sagt David und begleitet ihn hinunter.

Zu Fuß nach Le Marais zu gehen ist ein weiter Weg für Sarah, und deshalb beschließen sie, in Passy die Métro zu nehmen und sie an der Station Étoile zu wechseln.

David hat darauf bestanden, ihre Amati-Violine mitzunehmen. »Einige Dinge sind zu kostbar, um sie zurückzulassen. Vor dir hat diese Violine deinem Vater und vor ihm seinem eigenen Vater gehört. Dieses Instrument ist nicht nur eine Violine, sondern auch ein Teil deiner Geschichte.« Und so nimmt Sarah den kleinen Samuel auf den Arm, während David eine Aktentasche und die Violine trägt, als wären sie nur irgendwohin unterwegs, um Musik zu machen – als liefen sie nicht um ihr Leben.

Nachdem sie ihre Wohnung in letzter Zeit kaum noch verlassen hatten, ist es ein eigenartiges Gefühl, nun wieder draußen zu sein. Die Straßen sind menschenleer, bis auf ein paar Soldaten, die mit ihrem Gewehr über der Schulter auf und ab stolzieren. David und Sarah halten sich dicht an den Gebäuden und in deren Schatten, und sobald sie einen Soldaten entdecken, wechseln sie die Richtung.

Aber Sarah ist erschöpft. Ihre Lunge schmerzt bei jedem ihrer rasselnden Atemzüge, und sie scheint einfach nicht genug Luft zu bekommen. Außerdem zieht sich bei jedem Schritt ihr Leib qualvoll zusammen.

Als sie endlich die Métro-Station erreichen, sind zu ihrer großen Erleichterung keine Soldaten an den Toren zu sehen. Sie steigen in den letzten, den Juden vorbehaltenen Waggon, der bis auf einen alten Mann, einen Rabbi, leer ist.

Sein Kopf fährt hoch wie der einer Schildkröte aus ihrem Panzer, als Sarah und David sich setzen. *»Bonsoir, Madame, Monsieur«*, begrüßt er sie mit einem zahnlosen Lächeln.

»Bonsoir, Monsieur.«

Der alte Mann beugt sich zu ihnen vor und flüstert: »Seien Sie vorsichtig. Die *Boches* sind heute Abend an der Place de L'Étoile wie ein Schwarm von Heuschrecken.«

David nickt. »Danke.«

»Ist das ein Baby?«, fragt der alte Mann und beugt sich nun zu Sarah vor.

David lächelt. »Ja, das ist Samuel, unser Sohn.«

Der Rabbi nickt feierlich. »Er ist noch sehr klein. Wie alt ist er?«

»Ungefähr sechs Stunden.«

Der Mann hustet, und Tränen steigen ihm in die Augen. »Sechs Stunden! Sie mussten fliehen, nicht?« Mit zitternden Beinen steht er auf und legt eine seiner runzligen Hände auf den Kopf des Babys und die andere vor seine Augen. Auf Hebräisch murmelt er ein Gebet, nach dem er sich wieder hinsetzt und die Augen schließt. Als er sie erneut öffnet, glänzen sie feucht unter den faltigen Lidern. »Der Ewige wird Ihr Kind beschützen. Machen Sie sich keine Sorgen. Aber steigen Sie nicht an der Étoile aus. Sie ist verseucht von *Boches*.«

Sie befolgen seinen Rat und steigen am Trocadéro, der nächsten Haltestelle, um und dann wieder in Marbeuf, um die Métro am Hôtel de Ville schließlich ganz zu verlassen. Sarah schwindelt es vor Furcht, angehalten zu werden, als sie aussteigen. Ihr Atem geht schnell und flach, und sie spürt die Feuchtigkeit zwischen ihren Beinen, die sie befürchten lässt, dass sie noch immer blutet, doch sie verliert kein Wort darüber.

Schließlich erreichen sie die Adresse, die Jacques ihnen gegeben hat; sie gehört zu einem hohen Gebäude neben einem kleineren, das früher einmal eine Bäckerei gewesen ist. David lehnt sich gegen die schwere Holztür, stößt sie auf und hält sie fest, um Sarah vorangehen zu lassen.

Sowie sie den Innenhof betreten, ist deutlich zu erkennen, dass die *Boches* schon da gewesen sind. Der Boden ist übersät mit abgerissenen Fensterläden und umgeworfenen Blumentöpfen, deren nackte Wurzeln daraus in die Höhe ragen. Kleidungsstücke flattern in der abendlichen Brise herum – ein einzelner beigefarbener Damenstrumpf, ein Babyleibchen und ein zerrissenes Herrenhemd. Eine scharfe Windböe ergreift den Strumpf und treibt ihn auf eine auf der Seite liegende Pflanze.

Sarah bückt sich, entfernt den Strumpf und richtet den Blumentopf mit der Pflanze wieder auf. Es war, als wäre dieser Ort buchstäblich vergewaltigt worden. »Hier können wir nicht bleiben, David!«

»Wir haben keine andere Wahl. Die *Boches* waren schon vor uns hier und haben alles ausgeplündert. Es ist nichts mehr da, was sie noch interessieren könnte, und deshalb werden wir hier sicher sein.« Er schaut sich um, und sie folgt seinem Blick und fragt sich, ob sie wohl von jemandem beobachtet werden. Es ist so unheimlich still hier …

»Beeil dich«, sagt David und geht auf eine Tür auf der linken Seite des Hofes zu. »Wir müssen in den dritten Stock.«

Sarah will sich nur noch hinlegen. Beim Hinaufsteigen der Treppe spürt sie ein Rinnsal an der linken Innenseite ihres Schenkels hinablaufen, und das Schwindelgefühl wird bei jedem Schritt stärker. Sie umklammert das alte Holzgeländer und zieht sich mühsam hinauf, aber dann schießt ein Schmerz durch ihren Unterleib, der so heftig ist, dass sie sich krümmt.

David legt die Violine hin und versucht, Sarah mit seiner freien Hand hochzuziehen, doch sie hat einfach nicht die Kraft, sich zu bewegen.

»Sarah, ich bringe Samuel schnell in die Wohnung und komme dann zurück, um dich zu holen.«

»Nein! Wir dürfen ihn nicht allein lassen.« Sie schaut sich um und hat schon wieder das Gefühl, beobachtet zu werden.

Warum sollte der ganze Wohnblock evakuiert worden sein? Hier hatten doch bestimmt nicht nur Juden gelebt. Die leeren Wände starren sie schweigend an. Dann bemerkt sie Kugeleinschläge im Putz. Die Bewohner müssen sich zur Wehr gesetzt haben. Das könnte der Grund dafür sein, dass das ganze Gebäude evakuiert worden ist; vielleicht waren auch Widerstandskämpfer unter den Bewohnern. Sie erschaudert bei dem Gedanken, wo sie jetzt wohl sind …

David nimmt ihr Samuel ab und hilft ihr die Treppe hinauf. Die Violine und die Aktenmappe lässt er auf den Stufen liegen, als er Sarah langsam zu der noch zwei Etagen höher liegenden Wohnung führt.

»Kann ich etwas Wasser haben?« Sie blickt sich nach der Küche um, doch die Schränke sind in tausend Stücke zerschlagen worden, und die Ofentür hängt nur noch an einem einzigen Scharnier. Überall liegen leere Schubladen und ihr einstiger Inhalt auf dem Boden, und die Wände sind blutbespritzt. Sarah wendet den Blick ab und schluckt die in ihrer Kehle aufsteigende Galle hinunter. »Egal«, sagt sie.

David führt sie in ein kleines Schlafzimmer. Hier zieht er einen Schlüssel aus der Tasche und steckt ihn in ein winziges Schloss in der Wand, das Sarah nicht einmal gesehen hat. Er stößt die gut getarnte Tür auf und schaut sich im Licht einer kleinen Taschenlampe um.

Sarah hält den Atem an und rechnet schon halb damit, andere Flüchtlinge in dem Versteck kauern zu sehen, aber es ist leer. Im Licht der Taschenlampe betreten sie den winzigen Raum – der eigentlich kaum mehr als ein Schrank ist und gerade genug Platz bietet, um sich hinzulegen. Doch zumindest ist das Versteck leer und riecht nach nichts anderem als Staub.

»Ich werde eine Matratze holen«, sagt David und gibt ihr Samuel zurück. »Warte hier.«

Zu erschöpft, um zu antworten, bricht Sarah mit dem Baby in den Armen auf dem Boden zusammen.

Dreißigstes Kapitel

Paris, 3. Mai 1944

SARAH

Samuel weint leise im Schlaf. Sarah würde sich am liebsten umdrehen und gleich wieder in einen tiefen Schlummer fallen, weil die heilende Kraft des Schlafes ihre Schmerzen gelindert zu haben scheint. Aber sie vermutet, dass ihr Baby langsam hungrig wird, und will es füttern, bevor sein Weinen lauter wird. Sie weiß, wie wichtig es ist, absolute Stille zu bewahren, doch es ist nicht nur das. Sie kann auch den Gedanken nicht ertragen, dass der Kleine weint. Und dass er leidet. Das ist es, was sie am meisten ängstigt. Sie versucht zwar, nicht daran zu denken, aber sie hat schon mit eigenen Augen gesehen, wie Babys und Kinder ihren Müttern entrissen wurden …

In der Finsternis des kleinen Zimmers nimmt sie Samuel in die Arme und setzt sich mit ihm hin. Es ist so warm, dass sie nackt geschlafen hat, was es ihr jetzt erleichtert, ihn an die Brust zu legen. Dann spreizt sie mit einem Finger vorsichtig seine Lippen und hilft ihm, ihre Brustwarze zu finden.

Er beginnt jedoch nicht gleich zu trinken, sondern fängt nur kurz an, hört gleich wieder auf und zappelt in ihren Armen, als wäre er enttäuscht. Und sie macht sich noch immer Sorgen, dass sie nicht genug Milch für den Kleinen hat.

Aber wie glücklich sie sich schätzen kann, eine solch unkomplizierte Geburt gehabt zu haben; nur der Schmerz war ein Schock für sie. *Doch wie lange wird unser Glück noch anhalten?* Eigentlich hätten sie sicher sein müssen in ihrer Wohnung im wohlhabenden 16. Arrondissement. Niemand wusste dort überhaupt, dass sie Juden sind, bis sie diesen verdammten gelben Stern tragen mussten, der wie eine klaffende Wunde oder auch wie ein Zielobjekt ist. Im Nachhinein wünscht sie, sie hätte sich nicht gefügt und ihn nicht an ihre Kleidung genäht, aber auf eine etwas perverse Art und Weise hätte es sich für sie wie Feigheit angefühlt, ihn *nicht* zu tragen. Schließlich schämt sie sich nicht dafür, Jüdin zu sein; es ist ihre Herkunft – ihr geistiges und kulturelles Erbe. Niemand wird sie jemals dazu bringen können, sich dafür zu schämen. Und so nähte sie den Judenstern wie befohlen an und ging hocherhobenen Hauptes damit hinaus.

Aber wie naiv sie doch war! Dieser verdammte Stern veränderte augenblicklich, wer sie war. Jetzt schauten die Leute zuerst ihn an und dann erst sie.

Als sie zum ersten Mal mit der Métro fuhr, nachdem der Stern obligatorisch geworden war, herrschte der Schaffner sie in barschem Tonfall an: »Sie nehmen den letzten Waggon, Mademoiselle.« Und so stieg sie an der nächsten Haltestelle aus, ging zurück zum letzten Wagen und schluckte den harten Kloß des Selbstmitleids in ihrem Hals hinunter.

Eine Woche später wurde ihr Vater verhaftet, weil er seinen Stern nur angeheftet hatte, anstatt ihn anzunähen. Er dachte, es sei so einfacher, ihn auf andere Kleidung zu übertragen. Aber er wurde von einem deutschen Soldaten erwischt und auf der Stelle nach Drancy geschickt – ohne Verhör, Gerichtsverfahren oder eine Chance auf Berufung. In den nächsten sechs Monaten erhielten sie Briefe von ihm und schickten Päckchen mit Lebensmitteln und liebevollen, aufmunternden Worten an ihn. Dann kamen keine Briefe mehr, und es gab auch keine Spur von ihm – fast so, als hätte er niemals existiert.

Sarah blinzelt, um die Tränen zurückzuhalten, die ihr jedes Mal in die Augen schießen, wenn sie an ihn denkt.

David, der neben ihr liegt, rührt sich nicht. Er muss total erschöpft sein, denkt sie. Aber sie ist sehr durstig und auch hungrig. Vielleicht ist das ja der Grund, warum ich nicht genug Milch für mein Baby habe, überlegt sie und flüstert: »David? Bist du wach, David?«

»Nein. Warum?«

»Kannst du mir bitte etwas Wasser holen?«

»Wie geht es Samuel?«, murmelt er.

»Er ist hungrig, doch ich glaube nicht, dass ich genug Milch für ihn habe.«

»Mach dir keine Sorgen. Bald wirst du sie haben.« Sie spürt, wie er sich aufrichtet. »Ich werde dir Wasser holen.«

»Danke. Ich bin schrecklich durstig.«

David nimmt die Fackel und verlässt ihr kleines Zimmer.

Sarah hätte weinen können, als das Baby sich in ihren Armen windet und stöhnt, in der einen Minute ihre Brustwarze findet und sie in der nächsten wieder loslässt. Was soll aus ihm werden, wenn sie ihn nicht richtig füttern kann?

Einen Moment später kommt David zurück und reicht ihr im Schein der Fackel ein Glas Wasser. »Es ist drei Uhr morgens«, sagt er. »Unser Kleiner hat also fünf Stunden geschlafen, was ziemlich gut ist für ein Neugeborenes. Die andere gute Nachricht ist, dass die Nazis nicht alle Gläser zerbrochen haben. Trink das, während ich mich auf eine kleine Erkundungstour begebe.«

Dankbar trinkt Sarah das Wasser. Sie ist so durstig. Das muss es gewesen sein, was nicht mit ihr gestimmt hat. Bestimmt wird die Milch jetzt endlich einschießen.

Während Davids Abwesenheit versucht sie, sich zu entspannen, und sagt sich, dass sie hier sicher sein werden und dieser Wahnsinn bald vorbei sein und das Leben zur Normalität zurückkehren wird. Sie müssen nur noch ein bisschen länger durchhalten.

Als David kurz darauf zurückkommt, hört sie gleich die Aufregung in seiner Stimme. »Rate mal, was ich gefunden habe!«

»Was?«

»Die Leute, die hier gelebt haben, hatten Essen im Toilettentank versteckt.«

»Und du glaubst, wir können es gefahrlos essen?«

»Aber ja. Es sind alles nur Konserven. Schwarze Johannisbeermarmelade, Thunfisch, Oliven und eingelegte Paprikaschoten.« Er hält inne, um dann wie ein Zauberer einen gefüllten Teller ins Licht zu halten.

Im Schein der Fackel teilen sie sich die etwas seltsame Zusammenstellung.

»Ich liebe Thunfisch mit schwarzer Johannisbeermarmelade«, sagt Sarah und drückt Davids Hand. »Vielen Dank. Ich weiß nicht, warum wir das noch nie ausprobiert haben.«

Während sie sich das Essen schmecken lässt, hält sie das Baby mit einer Hand an ihrer Brustwarze, hört aber auf, sich darum zu sorgen, ob sie ihn füttern kann.

Nach einer Weile merkt sie, dass er aufgehört hat zu zappeln, und kann hören, dass er schluckt. Er trinkt. Erleichtert lehnt sie sich an die Wand und genießt dieses neue Gefühl, als sie spürt, wie ihre Milch einströmt. Alles wird gut werden, denkt sie.

Später döst sie ein, ganz und gar zufrieden und zur Abwechslung einmal mit vollem Magen.

Sie muss in einen tiefen Schlaf gefallen sein, denn sie träumt, dass jemand ans Fenster klopft und darum bittet, hereingelassen zu werden. Sie will das Fenster gerade öffnen, als sie erwacht.

Da ist tatsächlich ein Klopfen, ja. Aber nicht am Fenster.

Ihr Puls beginnt zu rasen. Das Geräusch kommt von der Schrankwand.

»David!«, flüstert sie eindringlich und rüttelt ihn wach.

»Was ist?«

»Pst. Hör mal. Da draußen ist jemand.«

David sagt nichts, doch Sarah glaubt fast sehen zu können, wie er die Ohren spitzt.

Sie drückt fest seinen Arm. Da ist es wieder, das leise Klopfen. Drei kurze Klopfzeichen, gefolgt von einem längeren.

»Das ist Jacques.« David streckt die Hand aus, um die Tür zu öffnen, während Sarah den Atem entweichen lässt, den sie unwillkürlich angehalten hat.

»Alles klar«, flüstert Jacques. »Die Luft ist rein. Ihr könnt rauskommen.«

Er hat ihnen Vorräte mitgebracht; hauptsächlich Nahrungsmittel und ein paar Strampelhöschen und Windeln für das Baby. »Meine Frau wollte mir noch mehr mitgeben, aber das war zu gefährlich, falls ich angehalten worden wäre.« Er hält inne. »Außerdem müsst ihr morgen wieder umziehen.«

»Wieso das denn?«, fragt David stirnrunzelnd. »Es würde Sarah guttun, wenn sie sich hier ein paar Tage ausruhen könnte.«

»Das weiß ich, doch es ist zu riskant. Ich fürchte nämlich, dass wir einen Verräter in unserer Gruppe haben. Die *Boches* finden unsere sicheren Unterkünfte viel zu schnell und viel zu leicht. Und das kann ich mir nur so erklären, dass ihnen jemand Tipps gibt. Nur ich und zwei andere Leute, denen ich vertraue, wissen, dass ihr hier seid, also müsstet ihr in diesem Versteck eigentlich sicher sein. Aber ich fürchte, so ist es nicht, und deshalb ist es besser für euch umzuziehen.«

Jacques lächelt. »Und diesmal habe ich ein Haus auf dem Land für euch. Es liegt draußen in Saint-Germain-en-Laye. Nicht sehr weit von hier also, doch dieses Mal müsst ihr mit dem Auto hinfahren. Ich organisiere alles, und ihr müsst nur morgen Nachmittag aufbruchbereit sein.«

David legt eine Hand auf Jacques' Schulter. »Danke. Wir werden nie vergessen, was du für uns getan hast.«

Jacques sagt nichts und bedeckt nur Davids Hand mit seiner.

Einunddreißigstes Kapitel

Paris, 4. Mai 1944

SARAH

Irgendetwas weckt Sarah, und trotz der Finsternis in dem Schrank weiß sie, dass es früher Morgen ist. Ihr erster Gedanke gilt ihrem Baby. Dieses Kind ist für sie wie ein Geschenk – das schönste, aufregendste Geschenk, das sie je erhalten hat –, und beim Erwachen will sie es sehen, es anfassen und sich davon überzeugen, dass der Kleine real und alles nicht nur ein Traum gewesen ist.

In dem dunklen Schrank kann sie ihn nicht sehen, aber sie spürt, dass er neben ihr liegt, und hört seinen leichten, regelmäßigen Atem.

Instinktiv weiß sie, dass er im Augenblick fest schläft. Doch dann lässt ein knarrendes Geräusch sie aufschrecken.

Es klingt, als wäre jemand draußen auf der Treppe.

»David«, flüstert sie. »Hast du auch etwas gehört?«

»Nein.« Er dreht sich im Halbschlaf um und streckt eine Hand nach Sarah aus.

Sie ergreift sie, verschränkt die Finger mit seinen und redet sich ein, dass sie sich das Knarren nur eingebildet hat und einfach weiterschlafen sollte, solange auch das Baby schläft. Sie muss ihre Kräfte schonen für das, was vor ihr liegt. Sie werden jetzt bald aufs Land umziehen. Aber sie fühlt sich deswegen nicht sicherer, weil sie weiß, dass *sie* dort draußen sind und nach ihnen suchen.

Ein dumpfer Aufprall erschüttert urplötzlich die Wand. Erschrocken lässt sie Davids Hand los und richtet sich zu einer sitzenden Haltung auf, wobei sich Schweißtropfen auf ihrer Stirn bilden. Schnell hebt sie das Baby auf und drückt es an ihre Brust.

Auch David hat sich aufgesetzt. Sie kann ihn zwar nicht sehen, aber sie spürt die Starrheit seines Körpers neben sich. Er hockt regungslos wie eine Statue neben ihr, und beide wünschen sich in diesem Augenblick, sie könnten sich alle drei in Stein verwandeln.

Sie hört, wie Türen sich öffnen und zugeschlagen werden, das Poltern schwerer Stiefel auf der Treppe und ihr unverständliche Befehle in deutscher Sprache. *»Schnell!«*

»Bewegt euch!«

Sie will David etwas zuflüstern, etwas über die versteckte Schranktür und den Schlüssel, mit dem er sie geöffnet hat. Hat er sie danach von innen wieder verschlossen? Sind sie jetzt hier eingeschlossen? Oder werden sie jeden Moment entdeckt werden? Aber sie wagt ja kaum zu atmen, geschweige denn zu flüstern.

Sie wünschte, sie könnte ihn sehen. Wenn sie ihn auch nur sehen könnte, würde sie sich sicherer fühlen.

Eine Tür knallt laut zu – lauter als die anderen. Es hört sich so an, als wäre es die Eingangstür zu dieser Wohnung. Sie hört Davids scharfes Einatmen und beginnt stumm zu beten: *Bitte,* Adonai, *beschütze unseren Sohn! Ich werde auch nie wieder etwas anderes verlangen …*

Wieder sind da laute deutsche Stimmen, diesmal direkt vor der Schranktür.

David greift in der Dunkelheit nach ihr und legt seinen Arm um sie. Er hält sie fest, und sie drückt ihr Baby sogar noch fester an sich, während sie zitternd dasitzen.

»Hier drin!«, ruft eine deutsche Stimme.

Sarah versteht nicht, was die Worte bedeuten, doch sie weiß, dass der *Boche* jetzt direkt vor der Schranktür steht. Verzweifelt umklammert sie Samuel und betet im Stillen wieder: *Bitte,* Adonai, *beschütze ihn!*

Der Kleine schläft noch tief und fest, und sie wundert sich, dass er bei dem ganzen Lärm nicht aufgewacht ist. Einmal seufzt er leise. Sarah erstarrt, und alle ihre Muskeln sind zum Zerreißen angespannt, als sie die Finger über seine Lippen legt und verzweifelt versucht, ihm zu vermitteln, dass er still sein soll. Krampfhaft drückt sie ihn an ihre Brust, aber er dreht den Kopf weg und schläft wieder ein.

Als sie nun dem lauten Gespräch der Deutschen auf der anderen Seite der dünnen Wand lauscht, wünscht sie sich zum ersten Mal, sie könnte diese Sprache verstehen. Davids Finger graben sich schmerzhaft in ihre Schulter, aber Sarah zuckt nicht zurück. Tatsächlich begrüßt sie sogar den Schmerz, weil er ihr als Ablenkung von dem in ihr aufsteigenden Schrecken dient.

Samuel windet sich in ihren Armen und wimmert leise. Vielleicht hält sie ihn ja zu fest, wie David sie? Sie lockert den Griff und lässt langsam den unwillkürlich angehaltenen Atem entweichen. Der Kleine darf ihre Anspannung nicht spüren. Es könnte ihn zum Weinen bringen.

Doch sein Wimmern wird sogar noch lauter, und das Blut gefriert ihr in den Adern. Sie drückt ihn an die Brust und versucht, ihn zum Stillen anzulegen, damit er ruhig ist. Aber er zieht das Köpfchen zurück und stößt einen Schrei aus. Einen lauten, grellen Schrei.

Ein gewaltiges Krachen erschüttert die Schranktür. Dann ein zweites und drittes, und schwere schwarze Stiefel durchbrechen die Tür ihres Verstecks.

Zweiunddreißigstes Kapitel

Paris, 29. Mai 1944

SARAH

Die Mäuse huschen hin und her, bei Tag und Nacht, obwohl der Ewige allein weiß, was sie zu fressen finden. Vielleicht ist es der Gestank menschlichen Schmutzes, der sie anlockt und sie hierbehält. Sarah hat ihn sofort wahrgenommen, als sie zum ersten Mal den Frauentrakt betreten hat. Dieser feuchte Geruch nach Schweiß und Fäulnis erinnerte sie an die Ställe des Gestüts, auf dem sie als Kind oft reiten ging.

Aus Angst, dass Samuel eine leichte Beute für Aasfresser wie Ratten und dergleichen sein könnte, lässt sie ihn nicht einmal für eine Minute aus den Armen. Außerdem sind ihr seine Nähe und die Verbundenheit mit ihm ein Trost und erinnern sie immer wieder an die Worte des Rabbis in der Métro: »Der Ewige wird Ihr Kind beschützen.« An diesen dünnen Hoffnungsfaden klammert sie sich und sagt sich, dass seine Worte eine Prophezeiung waren. Das hilft ihr, ihre Angst ein wenig zu verringern.

Vierzig Frauen sind in einem rechteckigen kleinen Raum zusammengepfercht und in Etagenbetten gezwängt, deren Härte nur durch Stroh gedämpft wird, aber alle sind freundlich zu ihr, als sie sehen, dass sie ein neugeborenes Baby hat. Sie sorgen dafür, dass sie immer genug Wasser zu trinken hat, und einige von ihnen teilen sogar ihre Esspakete mit ihr.

Sarah dagegen hat nichts außer einem kleinen Lächeln, was sie ihnen im Ausgleich dafür geben kann. Sie merkt, dass sie nicht einmal mit ihnen reden kann, weil Reden sie müde macht und sie all ihre Energie aufsparen muss, um Samuel zu füttern. Ihren kleinen Sohn am Leben zu erhalten ist jetzt das Einzige, was zählt.

Es gibt nur zwei Toiletten für die Tausenden von Gefangenen in Drancy – eine für Frauen und eine für Männer –, die auch bloß zu bestimmten Zeiten benutzt werden dürfen. Jedes Mal, wenn Sarah hingeht, lässt sie ihren Blick über die lange Schlange der Männer gleiten, in der Hoffnung, David zu sehen, aber sein Gesicht entdeckt sie nie. Und jeden Tag schaut sie sich die Liste für den nächsten Transport an und befürchtet, dass sie dort eines Tages auch ihre Namen lesen wird. Wenn wir doch bloß durchhalten können!, denkt sie. Dieser Krieg kann ja nicht ewig dauern …

Doch am 29. Mai stehen ihre Namen auf der Liste für die Deportation schon früh am nächsten Morgen: *David Laffitte, Sarah Laffitte* und *Baby Laffitte*. Sie haben nicht einmal nach Samuels Vornamen gefragt. Als würden sie nicht denken, dass er einen brauchen könnte.

Dreiunddreißigstes Kapitel

Paris, 30. Mai 1944

JEAN-LUC

Jean-Luc schläft noch tief und fest, als er das Gebrüll vernimmt. »*Raus! Raus!* Zeit zum Aufstehen!« Zuerst hält er es nur für einen Traum, doch als er nach und nach aus dem bleiernen Schlaf erwacht, bemerkt er, dass die Stimmen von direkt vor seinem Zimmer kommen.

»Philippe! Wach auf, Philippe!«, sagt er und betastet die Wand, um den Lichtschalter zu suchen.

Plötzlich wird ihre Tür aufgetreten, und Licht fällt von dem Gang draußen in ihr Zimmer. »*Achtung!* Aufstehen.«

Jean-Luc streift blitzschnell den Schlafanzug ab und schlüpft in den einteiligen Arbeitsanzug. Ohne hinzusehen, weiß er, dass Philippe genau das Gleiche tut. Der Wachposten steht wartend dabei und drängt sie dann zum Aufzug hinaus. Die anderen vier Männer stehen bereits dicht an dicht in der kleinen Kabine beisammen.

»Problem mit Zug«, erklärt der Wachposten, als auch er sich noch hinter ihnen hineinzwängt. »Kommt nicht weiter.«

Als sie ins Freie treten, ist es noch stockfinster und kalt, und von der aufgehenden Sonne ist bislang keine Spur zu sehen. Die sechs Arbeiter sitzen schweigend da, während der Lastwagen mit Vollgas durch die dunklen Straßen rast. Jetzt werden wir endlich einen dieser berüchtigten Züge sehen, denkt Jean-Luc, und wissen, ob er tatsächlich nur aus Viehwaggons besteht. Er nimmt an, dass sie den Zug beladen hatten, bevor sie bemerkten, dass er sich nicht von der Stelle rührte, und so würde er die Gefangenen diesmal vielleicht mit eigenen Augen sehen.

Sein Magen knurrt so laut, dass Frédéric zu ihm herüberblickt. »Glaubst du, dass wir etwas zum Frühstück kriegen werden?«

»Das bezweifle ich«, erwidert Xavier kopfschüttelnd. »Sie werden den Zug so schnell wie möglich in Bewegung setzen wollen.«

»Ja, bevor es hell wird.« Frédéric schaut auf seine Armbanduhr. »Es ist erst fünf Uhr in der Früh.«

»Merde!« Marcel blickt auf. »Dann wundert's mich nicht, dass ich noch so müde bin.«

Der Lastwagen hält abrupt. *»Achtung!«* Der Wachposten springt hinaus, und die Männer folgen ihm.

Als sie den Bahnsteig erreichen, halten sie jedoch so plötzlich inne, dass Frédéric gegen Jean-Lucs Rücken prallt. »Oh mein Gott!«

»Was zum Teufel …?« Marcel legt die Hand auf Jean-Lucs Schulter, wie um sich gerade noch zu fangen.

Sie hören Geschrei, Gejammer und Wehklagen aus den Viehwaggons, die mit geschlossenen Türen hinter der Lokomotive auf den Schienen stehen.

»Weiter! Weiter!« Der Wachposten hinter ihnen treibt sie mit seinem Schlagstock voran.

Jean-Luc spürt, wie der Stock ihm in den Rücken gestoßen wird, aber er widersteht dem Drang, sich umzudrehen, um ihn dem Posten zu entreißen und ihn ihm in sein verdammtes Gesicht zu schmettern. Stattdessen geht er weiter und steigt dabei über alle möglichen Kleidungsstücke, die auf dem Bahnsteig herumliegen: Mäntel, Hüte, Handtaschen …

Als er stehen bleibt und den Zug anstarrt, sieht er eine lange, dünne Hand, die jemand aus dem schmalen Schlitz unter dem Dach des Waggons herausstreckt, und dann eine zweite und eine dritte, die alle Papierfetzen umklammern. Dann öffnen sich die Hände und lassen die Zettel fallen, die jedoch größtenteils vom Wind davongetrieben werden.

Jean-Luc bückt sich, um einen aufzuheben, kann die Nachricht im Halbdunkel aber nicht entziffern. Das einzige Licht kommt von einem riesigen Scheinwerfer, der auf den Zug gerichtet ist. Er steckt den Zettel ein, weil es vermutlich ein Brief für jemanden ist. Für einen geliebten Menschen. Er hegt jetzt keinen Zweifel mehr daran, dass diese Leute sich auf dem Weg in den Tod befinden.

Eine Hand stößt ihn voran. *»Ansehen! Gucken!«* Ein Wärter tritt hinter ihn und richtet den Strahl einer Taschenlampe auf die Schienen.

Jean-Luc folgt dem Lichtkegel und sieht das Problem sofort: Eines der Eisenbahnräder ist in die Lücke zwischen zwei Schienen gefallen. Die Lasche, die sie normalerweise zusammenhält, liegt offen da. Und er hat keine Ahnung, wie sie das Rad wieder auf die Schienen heben sollen. Er blickt sich zu den anderen hinter ihm um. Frédérics Gesicht leuchtet im Halbdunkel, und Jean-Luc sieht den Anflug eines Lächelns um die Lippen seines Kollegen. War das hier Frédérics Werk? Jean-Luc hofft, dass es so ist. Doch was können sie jetzt schon tun?

Er blickt sich zu den Soldaten und Wärtern auf dem Bahnsteig um; es sind viele, vielleicht sogar an die vierzig oder mehr. Und alle sind bewaffnet. Auch Hunde sind dabei, die knurrend die Zähne fletschen und an ihren Leinen zerren. Es ist aussichtslos, denkt er.

Diesmal boxt die Hand des Wärters Jean-Luc in den Rücken. »Sehen Problem?« Aber er steht wie angewurzelt da, und wieder versetzt die Hand ihm einen Stoß. »Guck!«

Jetzt dreht er sich zu dem aufgebrachten Wärter um. »Was soll ich denn tun?«

»Reparieren. Zug wieder auf Gleise bringen.«

»Das kann ich nicht. Die Lasche ist gebrochen. Wir werden den Zug entladen und ihn von den Schienen herunterholen müssen, um sie wieder zu verbinden.«

»Was?« Das Stirnrunzeln des Wärters vertieft sich noch.

Ein weiterer Posten kommt zu ihnen und sagt etwas auf Deutsch, das sich wie eine Übersetzung von Jean-Lucs Worten anhört.

Doch der andere schüttelt den Kopf. »Nicht Zug entladen.«

»So ist es unmöglich! Der Zug ist viel zu schwer!« Jean-Luc wirft die Hände in die Luft, um die Aussichtslosigkeit dieser Idee zu verdeutlichen.

»Okay, okay.« Der erste Posten verschwindet und kommt kurz darauf mit einer Gruppe ungesund aussehender Männer zurück, die nur noch aus Haut und Knochen zu bestehen scheinen.

»Nein!« Jean-Luc schaut sich die kleine Gruppe spindeldürrer Männer an. So wird es nicht gehen; jeder Narr kann das sehen. Eine größere Gruppe Männer nähert sich, und die sechs Arbeiter treten zurück und überlassen es ihnen, sich lautstark auf Deutsch zu streiten.

»*Ja*, entladet den Zug!«, schreit schließlich jemand im Kommandoton, und augenblicklich werden Riegel aufgestoßen und Waggontüren auf Gleitschienen zurückgeschoben, aus denen Gefangene auf den Bahnsteig hinaustaumeln. Sie weinen und schreien Namen, als sie die Arme nacheinander ausstrecken.

Dann fällt ein Schuss. »Ruhe!«

Der Lärm lässt nach, das Weinen und Schreien wird zu Gewimmer und Gestöhn. Aber die Babys unter den Gefangenen gehorchen den deutschen Befehlen nicht, und da ihre Mütter auch nicht versuchen, sie zum Schweigen zu bringen, setzt sich das Hintergrundgeräusch aus Geheul und Wimmern fort.

Wieder zerreißt ein Schuss die Luft, und das Kläffen der Hunde ist bis weit in die Nacht hinein zu hören. »Ruhe, sagte ich!«

Ein Mensch bricht tot zusammen. Noch mehr Geschrei entsteht, worauf ein weiterer Schuss ertönt. Dann wird es fast unheimlich still, und zu hören sind nur noch das aufgeregte Gebell der Hunde und ab und zu das Weinen eines Babys. Die Soldaten gehen den Bahnsteig hinauf und hinunter, schwenken ihre Gewehre und brüllen Befehle auf Deutsch, während sogar noch mehr Menschen aus dem Waggon hinaustaumeln.

»Mein Gott, wie viele von den Leuten sind da drin?«, fragt Frédéric entsetzt und berührt Jean-Lucs Ellbogen.

»Allein schon in diesem Waggon müssen es um die hundert sein!« Jean-Luc ist immer noch zu keiner Bewegung fähig.

Die Menge der Gefangenen drängt sich an ihm vorbei, um den harten Schlagstockhieben der Soldaten auszuweichen. Jemand drückt Jean-Luc ein Stück Papier in die Hand. Noch mehr dieser Zettel folgen, und er rührt sich immer noch nicht. In seinem ganzen Leben ist er sich noch nie so hilflos vorgekommen. Er will schreien: *Aufhören!*, und will die Waffen der Soldaten auf sie selbst richten. Aber er ist wie gelähmt und schaut nur ungläubig den Vorgängen zu.

Er sieht sie einen weiteren Waggon öffnen, und wieder kommen Hunderte von weiteren Gefangenen herausgestolpert. Der Lärmpegel steigt wieder, als sie einander in die Arme fallen, sich aneinanderklammern und weinen und schreien.

Dann spürt er, dass eine Hand an dem Kragen seines Arbeitsoveralls zieht, und als er den Kopf senkt, sieht er eine junge Frau mit strahlend grünen Augen.

In fieberhafter Eile zieht sie seinen Kopf an ihren Mund. »Wer sind Sie? Sie sind kein Gefangener.«

Er schlingt einen Arm um ihre Taille, damit sie nicht von der Menge mitgerissen wird, und flüstert ihr ins Ohr: »Ich bin ein Eisenbahnarbeiter. Soll ich jemandem eine Nachricht von Ihnen überbringen?«

»Nein.« Sie weint, die Tränen strömen ihr nur so über das Gesicht.

Jean-Luc möchte sie festhalten und nicht gehen lassen. Er dreht sich zur Seite, um sie vor der wachsenden Menschenmenge zu beschützen. Es wird wieder lauter, als mehr und mehr Gefangene aus dem Waggon herausströmen. Es wird nicht lange dauern, bis der nächste Schuss ertönt.

Die Frau legt den Arm um seinen Nacken und drückt ihre Lippen an sein Ohr. Er möchte ihre Tränen trocknen, doch er weiß, dass sie ihm etwas mitzuteilen versucht.

»Bitte«, sagt sie, und plötzlich spürt er, dass etwas an seine Brust gedrückt wird. Etwas Warmes, Weiches, auf das er erstaunt herabblickt.

Ein Näschen ragt aus mehreren Wolldecken, und weit geöffnete dunkle Augen schauen ihn direkt an. Die Hintergrundgeräusche scheinen zu verblassen, als der Säugling ihn mit ernster Miene anblickt.

»Bitte nehmen Sie mein Baby mit!«

Vierunddreißigstes Kapitel

Paris, 30. Mai 1944

JEAN-LUC

»Sein Name ist Samuel.« Tränen strömen weiter über das Gesicht der Frau. »Nehmen Sie ihn mit!«

Jean-Luc versucht zurückzutreten, aber die Menge ist auch hinter ihm sehr dicht. »Nein! Das kann ich nicht«, sagt er kopfschüttelnd.

Doch die Frau drückt ihm das Bündel nur noch fester an die Brust, und ein harter, entschlossener Zug erscheint um ihren Mund. Als ein großer Mann sie im Vorübergehen anrempelt und von ihm wegschiebt, spürt Jean-Luc, wie der Abstand zwischen ihnen sich vergrößert … und sie ihr Baby loslässt! Wenn er es jetzt nicht festhält, wird es hinfallen und von der Menge zertrampelt werden. Mit einer Hand drückt er den Säugling schnell an seine Brust und will mit der anderen nach der Frau greifen, aber die Menge hat sie schon verschluckt. In dem Getümmel um ihn herum blickt er sich nach ihren strahlend grünen Augen um, kann sie jedoch nirgendwo mehr sehen.

Die Leute drängen an ihm vorbei, während er wie erstarrt vor Schreck und mit dem Baby in den Armen reglos dasteht. Aber nun lichtet sich die Menge, und die Soldaten am Rande kommen näher. Er muss das Kind vor ihnen verbergen! Mit seiner linken Hand drückt er das kleine Bündel an sich und streicht mit der rechten über seine Brust, um die obersten Knöpfe seines Overalls zu öffnen. Dann schiebt er das Baby schnell hinein und schließt die Knöpfe wieder.

Erst jetzt merkt er, dass es keinen Ton von sich gegeben hat, er aber die von ihm ausgehende Wärme an seinem Oberkörper spüren kann. Unentschlossenheit erfasst ihn, und Panik macht sich in ihm breit. Was zum Teufel soll er denn jetzt tun?

Er schaut sich um. Die Flut von Gefangenen hat sich mittlerweile fast gänzlich von dem Zug entfernt. Sehr bald schon wird er ungeschützt sein. Er bewegt sich auf sie zu, drängt sich in das Gewühl und versucht, sich in der Menschenmenge zu verlieren.

Das Haus des Bahnhofsvorstehers! Dorthin sollte er gehen. Er muss einen alten Mann aus dem Weg schieben, als er sich in das Getümmel stürzt und versucht, sich darin zu verlieren. Zwei sich aneinanderklammernde Frauen versperren ihm kurz den Weg, doch er umgeht sie und eilt zurück zum Bahnsteig.

Ein weiterer Schuss ertönt, und für einen Moment scheint die Menschenmenge innezuhalten. Dann drängt sie wieder weiter, und mit gesenktem Kopf geht auch Jean-Luc vorwärts.

Das Haus des Bahnhofsvorstehers ist leer, sieht er, als er es erreicht und die Tür aufstößt. *Was nun? Denk nach! Zeit ist alles.* Er stürmt die Treppe hinauf, so schnell es sein verletztes Bein erlaubt, obwohl er weder weiß, was er tun soll, noch wohin er gehen soll.

Im ersten Stock befinden sich die Toiletten. Er geht hinein und schließt leise die Tür hinter sich. Hier könnte er sich verstecken, während er überlegt, wie zum Teufel er wieder herauskommen soll. Es gibt eine Hintertür zum Bahnhof auf der Rückseite dieses Hauses. Normalerweise ist sie bewacht, doch bei all dem Chaos heute ist sie es ausnahmsweise vielleicht gerade nicht. Er schaut aus dem Fenster, das nach hinten hinausgeht, und kann nichts anderes sehen als Dunkelheit.

Jean-Luc will gerade gehen, als er Schritte die Treppe heraufkommen hört. Erschrocken wirft er einen Blick auf die Kabinen und fragt sich, ob er sich in einer von ihnen verstecken soll. Aber dafür ist es schon zu spät. Die Tür schwingt auf, und ein Soldat tritt ein.

»*Was machst du denn hier?*«, fragt der *Boche* ihn stirnrunzelnd. »Diese Toilette ist nur für Deutsche. *Also raus hier!*«

Das Baby stößt einen Schrei aus.

»Und was ist das?« Das Stirnrunzeln des Soldaten vertieft sich.

Doch Jean-Luc ist schnell. Er nimmt die rechte Hand von dem Baby, stürzt nach vorne und schnappt sich die Pistole aus dem offenen Holster des Mannes. Sie ist leichter, als er angenommen hat. Er schüttelt sie, um sie besser in den Griff zu bekommen. Es ist das erste Mal, dass er eine Schusswaffe in der Hand hält, und deshalb muss er kurz den Blick senken, um zu sehen, wo der Abzug ist. Sowie er ihn hat, legt er vorsichtig den Zeigefinger darum, um nicht abzudrücken. Noch nicht. Er richtet die Waffe aber auf den Deutschen, während er mit der linken Hand das Baby an seiner Brust festhält.

Der *Boche* wird kreidebleich. »Dafür kannst du erschossen werden! Dafür *werden* sie dich erschießen, Mann!«

Doch Jean-Luc bleibt ungerührt. »Ziehen Sie sich aus.«

»Was?«

Jetzt drückt er dem Mann die Pistole an die Stirn. »Ziehen Sie die Uniform aus! *Aber schnell!*«

Während der Soldat gehorcht, wird das Weinen des Babys immer lauter. Jean-Luc darf sich jedoch nicht davon ablenken lassen, denn die nächsten paar Minuten sind lebenswichtig. Die Pistole auf seinen Gefangenen gerichtet, geht er zum Waschbereich hinüber, zieht das Baby aus dem Overall und legt es in ein Waschbecken. Die Schreie des Säuglings werden verzweifelter, weil er jetzt den menschlichen Kontakt verloren hat. Jean-Luc muss Samuels Weinen aus seinem Bewusstsein ausblenden, als er die Pistole in beide Hände nimmt. Es ist an der Zeit, eine Entscheidung zu treffen. Weitere Schüsse ertönen von draußen. Die Soldaten werden jetzt schon nach ihm suchen. Er muss sich beeilen. Sein Finger am Abzug zittert, und sein Herz schlägt schneller vor Nervosität. Aber es ist besser, keine Zeugen zu hinterlassen. Vorher braucht er jedoch diese Uniform, und er will kein Blut daran.

Bald liegt sie zu Füßen des Soldaten, der zitternd in seiner Unterwäsche vor ihm steht. »Töten Sie mich nicht. Ich gebe Ihnen Zeit zu fliehen.«

Jean-Luc starrt ihn an und registriert seine schwächliche blasse Brust und die mageren Arme. Er ist nicht älter als er selbst, wahrscheinlich sogar jünger. Eigentlich noch ein Junge.

Weitere Schüsse ertönen draußen. Das schrille Weinen des Babys zerreißt Jean-Luc schon fast das Trommelfell, und seine Nerven liegen blank. Er kann keine Entscheidung treffen bei all dem Lärm.

»Das Baby ist hungrig«, flüstert der Soldat. »Ich könnte Ihnen Milch holen.«

»Halt die Klappe! Wie komme ich hier raus?« Jean-Luc drückt dem *Boche* wieder die Pistole an die Stirn.

»Durch die Hintertür zum Bahnhof. Sie ist unbewacht. Und falls doch, zeigen Sie meine Papiere.«

Die Waffe noch immer auf seinen Gefangenen gerichtet, schlüpft Jean-Luc aus dem Overall. Es wird schwieriger sein, sich anzuziehen, während er die Waffe auf den *Boche* gerichtet hält. Oder er könnte ihn auch jetzt gleich erschießen, um beide Hände frei zu haben. Das wäre einfacher. Aber jemand könnte den Schuss hören … Er zieht mit der linken Hand die Uniformhose und dann die Jacke und die Mütze an und ignoriert dabei das Schreien des Babys. Schließlich schlüpft er mit den Füßen in die Stiefel. Er ist fast fertig; die Jacke muss er eben später zuknöpfen. Zuerst muss er sich um den *Boche* kümmern und zielt mit der Waffe auf seinen Kopf.

Plötzlich liegt der Mann auf den Knien und fleht ihn an: »Nicht schießen! Bitte nicht! Ich habe Familie.«

»Das ist mir scheißegal! Denkst du, diese Leute hier hätten keine Familie?«

»Es tut mir leid! Es tut mir schrecklich leid. Ich wollte nicht …«

»*Ferme ta gueule!* Halt die Klappe! Oder ich erschieße dich jetzt gleich.«

Der Soldat verstummt. Aber das Baby schreit noch immer. Und irgendetwas an seinem Weinen hält Jean-Luc davon ab zu schießen. Stattdessen hebt er das Kind mit der linken Hand aus dem Waschbecken und benutzt die andere, um auf den Mann zu zielen.

»Nein! Bitte nicht!« Der Soldat ist in Tränen aufgelöst. »Ich bleibe hier! Ich lasse Sie gehen!«

Jean-Luc zählt bis drei, dann drückt er ab.

Fünfunddreißigstes Kapitel

Paris, 30. Mai 1944

CHARLOTTE

»Wer klingelt denn da wie ein Verrückter?«, fragt Maman und sieht zu mir herüber.

»Ich gehe schon.« Ich wende mich vom Spülbecken ab und trockne mir die Hände an einem Küchentuch.

Als die Klingel erneut ertönt, beeile ich mich, zur Haustür zu gelangen. Das Weinen eines Babys dringt an meine Ohren, und ich halte verblüfft eine Sekunde inne, bevor ich dann die Tür aufreiße.

Es ist Jean-Luc, der in einer deutschen Uniform vor mir steht und ein Baby in den Armen hält. Meine Hand rutscht von der Türklinke, und ich spüre, wie das Blut aus meinen Wangen weicht, während mein Magen sich vor Enttäuschung verkrampft.

Ein Baby! Es muss seines sein.

Er drängt sich an mir vorbei und zieht die Tür hinter sich zu. »Du musst mir helfen, Charlotte!«

Ich stehe jedoch nur da, schaue ihn mit großen Augen an und weiß nicht, wie ich ihm all die Fragen stellen soll, die mir durch den Kopf schießen. Wessen Kind ist das?

»Das Baby muss gefüttert werden!« Seine Augen weichen mir aus.

Meine Zunge fühlt sich seltsam dick und schwer in meinem Mund an. Ich zwinge sie, sich zu bewegen, aber es bilden sich keine Worte. Dann spüre ich hinter mir Maman.

»Was ist denn hier los?«, fragt sie und starrt Jean-Luc an. »Was machen Sie denn hier?«

Er geht einen Schritt weiter in unsere Wohnung, und das Baby weint sogar noch lauter. »Eine Frau in Drancy hat mich gezwungen, ihr Kind mitzunehmen – und ich weiß nicht, was ich damit machen soll.«

»Sie hätten nicht herkommen sollen«, sagt Maman mit unfreundlich erhobener Stimme.

»Bitte, Madame! Es muss gefüttert werden. Ich konnte nirgendwo anders mit ihm hin.«

Maman dreht sich zu mir um, und jetzt ist ihr Tonfall brüsk und sachlich. »Charlotte, lauf nach oben zu Madame Deschamps im fünften Stock. Sie hat gerade wieder ein Baby bekommen. Frag sie, ob sie auch dieses stillen kann.« Sie packt mich am Arm, bevor ich gehen kann. »Erzähl ihr aber nichts von Drancy, hörst du? Sag ihr nur, dass wir es auf den Eingangsstufen der alten Boulangerie gefunden haben.«

Als ich gehe, sehe ich, wie sie Jean-Luc das Baby aus den Armen nimmt.

»Verstecken Sie sich im Schlafzimmer. Madame Deschamps darf Sie nicht sehen.«

Ich eile zur Tür hinaus, und mir schwirrt nur ein Gedanke durch den Kopf.

Er hat ein Baby gestohlen!

Atemlos läute ich bei Madame Deschamps. Ihr kleiner Sohn öffnet die Tür.

»Ist deine Mutter zu Hause?«

Er dreht sich um und schreit: »Maman!«

»*Oui*«, höre ich aus dem Wohnzimmer. »Wer ist denn da?«

Er sieht mich mit einem tiefen Stirnrunzeln an.

»Sag ihr einfach, dass es Charlotte aus dem dritten Stock ist.« Ich warte jedoch nicht darauf, sondern laufe gleich ins Wohnzimmer. »Madame …«

»Hallo, Charlotte.« Sie lächelt mir zu aus dem bequemen Sessel, in dem sie mit einem schlafenden Säugling an ihrer Brust sitzt. »Ich habe dich lange nicht mehr gesehen, seit du in dem Krankenhaus arbeitest. Wie geht es dir?«

»Ich … Wir brauchen Ihre Hilfe bei einem Baby, das schrecklich hungrig ist. Könnten Sie es stillen? Bitte?«

»Was? Was für ein Baby?«

»Jemand hatte es vor der alten Boulangerie ausgesetzt.«

»Ich weiß nicht … Es ist schon schwer genug, mein eigenes Baby zu ernähren.«

»Wir könnten Ihnen unsere Rationen geben«, schlage ich leichtsinnigerweise vor. »Bitte, bitte, Madame Deschamps.«

»Na schön. Gib mir fünf Minuten Zeit.«

Ich schaue zu, wie sie ihr eigenes schlafendes Baby sanft von ihrer Brustwarze löst und es auf die Couch legt.

»Laurent«, sagt sie zu ihrem kleinen Sohn. »Pass du auf deine Schwester auf, ja?«

Der Junge nickt feierlich und setzt sich neben das Baby.

Ich warte, während Madame Deschamps ihre Bluse zuknöpft.

Als wir die Treppe hinuntereilen, hören wir das Baby in unserer Wohnung weinen.

»Das klingt ja wirklich sehr hungrig! Ich hoffe nur, ich habe genügend Milch.« Sie fasst sich an die Brüste.

Sie sehen für mich nicht allzu groß aus, und ich frage mich, ob sie das schaffen wird, zwei Säuglinge zu stillen.

Maman kommt aus dem Wohnzimmer, das schreiende Baby im Arm. »Danke, dass du hergekommen bist, Micheline. Glaubst du, du kannst mir helfen?«

»Ich bin mir nicht sicher. Ich weiß nicht, ob ich genug Milch habe. Ich habe gerade meine Kleine gefüttert und heute selbst noch nichts gegessen.«

»Charlotte, geh und hol etwas Brot und die Saucisson. Und bring auch Wasser mit.«

Als ich mit den Lebensmitteln zurückkomme, sitzt Madame Deschamps in Papas Sessel und knöpft sich die Bluse auf. Maman reicht ihr das Baby, und ich schaue zu, wie Madame Deschamps den Kopf des Säuglings in ihre halb geöffnete Bluse schiebt. Aber das Weinen hört nicht auf, und der Kleine windet sich und zappelt. Schließlich nimmt Madame Deschamps das Baby von der Brust und betrachtet sein hochrotes und wutverzerrtes Gesichtchen. Dann hebt sie ihre Brust an und schiebt ihre Brustwarze in seinen Mund. Aber das Baby weicht zurück und schreit noch lauter.

Madame Deschamps seufzt und sieht Maman mit hochgezogener Augenbraue an. »Ein ganz schön stures Kerlchen hast du da«, sagt sie.

»Bitte versuch es noch einmal«, erwidert Maman mit vor Furcht zitternder Stimme.

Auch ich bekomme Angst. Was ist, wenn wir es nicht füttern können? Wird das Kind dann sterben?

Madame Deschamps wiegt das Baby in den Armen, und ich denke, dass sie aufgeben wird. Aber dann summt sie leise und versucht es noch einmal. Und tatsächlich verstummt das Weinen und weicht leisen, schmatzenden Geräuschen. Erleichterung durchflutet mich, und ich drehe mich um, um Maman anzulächeln, doch ihre Augen sind auf das Kind gerichtet und ihre Lippen fest zusammengepresst. Ich kann sehen, dass sie zu entscheiden versucht, was sie als Nächstes tun soll.

»Maman«, flüstere ich ihr zu. »Ich habe versprochen, ihr unsere Lebensmittelkarten zu geben.«

Seufzend geht sie zum Schreibtisch und holt den Umschlag heraus, den wir in der obersten Schublade aufbewahren. Kommentarlos nimmt sie unsere Lebensmittelkarten heraus und überreicht sie Madame Deschamps.

»Das arme kleine Ding. Ich schätze, seine Eltern wurden wohl verhaftet.« Madame Deschamps sieht Maman fragend an.

»Das weiß ich nicht. Wir haben das Baby draußen vor der alten Boulangerie gefunden.«

Madame Deschamps schnalzt missbilligend mit der Zunge. »Was die Leute heutzutage gezwungen sind zu tun! Ist das nicht schrecklich?«

Maman nickt und blickt Madame Deschamps beschwörend in die Augen. »Könntest du ihn … oder sie nehmen? Ich weiß nicht einmal, was es ist, ein Junge oder ein Mädchen. Kannst du den Säugling nicht nehmen?«

»Nein!«, erwidert Madame Deschamps barsch. »Das kann ich nicht riskieren, nicht mit vier eigenen Kindern zu Hause.« Ihre Stimme wird weicher. »Und was ist, wenn sie nach ihm suchen?«

»Nach einem Baby?« Maman sieht sie stirnrunzelnd an. »Warum sollten sie sich die Mühe machen?«

Madame Deschamps senkt die Stimme. »Und wenn es ein jüdisches Kind ist?« Dann tätschelt sie ihm den Po. »Ich glaube nicht, dass es in jüngster Zeit gewickelt wurde. Es ist völlig durchnässt. Und das arme Ding hat auch schon aufgehört zu trinken. Es schläft, aber ich denke nicht, dass es sehr viel getrunken hat.«

Maman wirft mir einen Blick zu. »Hol ein Geschirrtuch, Charlotte. Ich werde die Windel wechseln.«

»Mit einem Geschirrtuch?«

»Ja, das müsste gehen.«

Als ich mit dem Küchenhandtuch zurückkomme, sehe ich Maman leicht vorgebeugt auf der Couch sitzen und leise mit Madame Deschamps reden. Dann nimmt sie ihr das Kind vorsichtig ab und legt es auf den Boden. Sie entfernt die Wolltücher, in die es eingewickelt ist, und knöpft das graue Leibchen auf, das es darunter trägt. Die Haut, die nun zum Vorschein kommt, ist beinahe durchsichtig – und jede Rippe zeichnet sich darunter ab.

»Gott, ist er schmutzig! Wir werden ihn baden müssen.« Sie hält inne und wischt die eklige gelbe Masse um sein Geschlechtsteil ab. »Er ist nicht beschnitten.« Sie wendet sich wieder Madame Deschamps zu. »Willst du ihn nicht nehmen? Bitte! Wir könnten dir auch unter die Arme greifen.«

»Nein. Ich sagte doch, ich kann es nicht.« Sie hält inne. »Warum nimmst du ihn nicht? Charlotte kann dir dabei helfen.«

»Weil wir es nicht *können!*«, erwidert Maman schroff.

»Aber natürlich könnten wir es, Maman!«

»Nein, Charlotte, das kommt nicht infrage.«

»Ich könnte etwas Milch abpumpen.« Jetzt klingt Madame Deschamps schon fast bedauernd.

»Und wie wäre es mit einem Waisenhaus?« Ich zögere, als ich die Blicke bemerke, die Maman und Madame Deschamps austauschen. »Könnten wir ihn nicht vor einem Waisenhaus ablegen?«

»Er wäre innerhalb von einer Woche tot«, sagt Madame Deschamps mit ausdrucksloser Stimme.

Maman nickt. »Waisenhäuser sind gefährliche Orte im Moment. Er ist jetzt schon unterernährt und ziemlich schwach.« Sie wendet sich mir wieder zu. »Geh und füll das Spülbecken in der Küche mit handwarmem Wasser.«

Ich tue, was mir befohlen wurde. Das Becken ist erst halb voll, als Maman mit dem Baby in die Küche kommt.

»Ich habe Micheline zurückgeschickt, damit sie ein wenig Milch abpumpt. Das ist einfacher, als Kuhmilch zu besorgen, und wahrscheinlich auch besser für ihn.«

»Bitte.« Ich versuche, den flehentlichen Ton aus meiner Stimme herauszuhalten. »Können wir ihn nicht behalten? Ich werde dir auch helfen. Du kannst mir zeigen, was zu tun ist.«

»Das können wir nicht, Charlotte.« Ihre Augen glitzern feucht, und ich höre das Bedauern in ihrer Stimme. »Ist dir nicht klar, dass sie auf direktem Weg hierherkommen werden, sobald sie eine Verbindung zwischen dir und Jean-Luc herstellen? Sie könnten sogar die Gestapo herschicken.«

»Die Gestapo? Nein!«

»Doch. Sie werden mit den Nachbarn reden. Ich hoffe, dass Micheline nichts sagen wird, aber wer weiß schon, was die Leute tun. wenn sie unter Druck gesetzt werden?« Sie seufzt. »Wir sind jetzt nicht mehr sicher.« Sie macht eine kleine Pause. »Dank Jean-Luc.«

Ein Schauder läuft mir den Nacken hinunter. Er hat unsere Familie in Gefahr gebracht.

»Das tut mir leid, Maman. Und wenn sie nun wirklich die Gestapo schicken? Oder uns verhaften?«

»Sag ihm, er soll jetzt rauskommen. Er muss lernen, sich um das Baby zu kümmern. Und er kann damit beginnen, es zu baden.«

»Jean-Luc«, flüstere ich, als ich die Schlafzimmertür öffne. »Wir sind wieder allein.«

Mit gesenktem Blick kommt er heraus. »Es tut mir so leid, Charlotte. Aber ich wusste nicht, wohin ich sonst gehen sollte.«

Ich versuche zu lächeln, doch in meinem Magen sitzt ein harter Knoten, und mein Kopf ist erfüllt von Gedanken an die Gestapo, die unsere Treppe heraufstürmt.

»Sein Name ist Samuel.« Jean-Luc sieht mich an.

Ich nicke. »Ja, wir haben gerade gemerkt, dass es ein Junge ist.

Als wir in die Küche gehen, wendet Maman sich an Jean-Luc. »Der Kleine muss gebadet werden«, sagt sie in frostigem Ton. »Ich zeige dir, wie es gemacht wird.«

Sie hilft uns, Samuel zu baden, und dann lässt sie Jean-Luc eine kühlende Creme auf die gerötete Haut an seinen Beinchen auftragen. Ich beobachte, wie behutsam er die Creme auftupft, als hätte er Angst, ihn zu berühren. Ich weiß, warum Maman das tut – sie will ihn Verantwortungsbewusstsein lehren. Ich bemerke, wie sie ihn beobachtet, und kann sehen, dass sie wütend auf ihn ist, obwohl sie versucht, ruhig zu bleiben. Männer wissen nicht, wie man sich um Babys kümmert. Was wird er also tun?

Als der Kleine sauber ist und zwischen Kissen in einem Sessel liegt, wendet sie sich an Jean-Luc. »Warum tragen Sie eine Nazi-Uniform?«

»Weil das die einzige Möglichkeit war, aus dem Bahnhof herauszukommen.«

»Und woher haben Sie die Uniform?« Mamans Ton ist scharf und kalt.

»Ich habe einem *Boche* die Pistole abgenommen und ihn gezwungen, mir die Uniform zu geben. Das war die einzige Möglichkeit.«

»Haben Sie ihn erschossen?«

»Nein. Ich habe ihn nur ins Bein geschossen.«

»Sie hätten ihn töten sollen. Jetzt haben Sie einen Zeugen hinterlassen. Sie werden bald schon hinter Ihnen her sein.« Maman geht im Zimmer auf und ab und schaut dabei auf ihn herab. »Mein Mann wird heute Nachmittag zurück sein. Er darf nichts davon erfahren.«

Jean-Luc nickt. »Wenn sie nach mir suchen, werden sie zuerst zu mir nach Hause gehen. Sie können nicht wissen, dass ich hier bin.«

»Und wie können Sie sicher sein, dass Sie nicht verfolgt wurden?«, fragt Maman ihn stirnrunzelnd.

»Ich habe darauf geachtet. Es war niemand in meiner Nähe.«

»Aber die Deutschen wissen, dass Sie Charlotte im Krankenhaus kennengelernt haben. Es wird nicht lange dauern, bis sie die Verbindung zu uns herstellen. Sie könnten schon bald hier sein.« Sie runzelt die Stirn. »Sie müssen gehen. Und das Baby müssen Sie auch mitnehmen. Die *Boches* werden inzwischen wissen, dass Sie ihn mitgenommen haben, und nach Ihnen suchen. Das können wir nicht riskieren. Wir haben schon Micheline mit hineingezogen.«

Sie geht unruhig im Wohnzimmer auf und ab. »Sie ist das sprichwörtliche lose Ende, das uns zum Verhängnis werden könnte. Ich werde mir eine Geschichte ausdenken müssen, doch ihr wisst ja, wie die Leute sind. Sie wird plaudern«, sagt sie seufzend. »Ich hätte sie nicht fragen sollen. Aber ich habe nicht richtig nachgedacht.«

»Maman, wir mussten den Kleinen doch füttern! Er hat geschrien vor Hunger. Es ist nicht deine Schuld.«

»Verstehst du denn nicht, Charlotte, wie sehr wir uns selbst geschadet haben?«

»Es tut mir leid, Madame. Ich hätte nicht herkommen dürfen.« Jean-Luc fährt sich mit der Hand durchs Haar.

Maman tut seine Entschuldigung mit einem Schulterzucken ab. »Ich weiß nicht, wie wir unsere Spuren jetzt noch verwischen sollen.« Sie beugt sich über den Sessel und schaut das Baby an. »Was werden Sie tun?«, fragt sie plötzlich Jean-Luc. »Sie haben doch sicher einen Plan?«

Ich weiß, dass sie ihm auf ihre Art und Weise damit sagen will, dass ihr bewusst ist, dass er keinen hat.

»Maman, bitte, wir müssen ihm helfen. Überleg dir doch etwas!«

Ich sehe, wie ihre Augenbrauen sich zusammenziehen, und blicke zu dem Baby hinüber, das so ruhig schläft, als wäre die Welt ein friedlicher Ort.

»Richtig«, sagt Maman entschieden und schaut Jean-Luc an. »Vielleicht kann ich ja helfen. Aber ihr dürft nie verraten, was ich euch jetzt erzählen werde.«

Sechsunddreißigstes Kapitel

Paris, 30. Mai 1944

CHARLOTTE

»Ich dürfte eigentlich nicht mit euch darüber sprechen«, sagt Maman mit einem eindringlichen Blick zu Jean-Luc, der neben mir auf dem Sofa sitzt. »Wenn es herauskommt, könnten viele Menschenleben in Gefahr geraten.«

»Ich verstehe.« Jean-Luc schluckt.

Maman schaut ihn aus schmalen Augen an. »Ja, aber werden Sie stark genug sein, um den Mund zu halten, falls Sie verhaftet werden?«

Er beugt sich zu ihr vor. »Ich würde eher sterben, als jemand anderen in Gefahr zu bringen«, erwidert er entschieden.

»Das sind schöne, tapfere Worte.« Sie hält kurz inne. »Aber niemand weiß, wie er sich verhalten wird, bis es passiert.« Nun richtet sie den Blick auf mich. »Ich werde es riskieren müssen, da ich keinen anderen Weg sehe.«

Jean-Luc nickt.

»Ich habe einen Onkel namens Albert, der in Ciboure, einem Dorf in der Nähe von Saint-Jean-de-Luz, lebt.« Sie schweigt einen Moment und reibt sich den Nacken. »Er ist dort unten als Fluchthelfer aktiv. Er hat Flüchtlingen geholfen, über die Pyrenäen zu entkommen, oder britischen Piloten und Juden die Flucht nach England ermöglicht.«

Hatte auch Maman Menschen bei der Flucht geholfen? Ich starre sie verwundert an und frage mich, wer sie eigentlich wirklich ist. Meine Augen füllen sich mit Tränen der Scham, aber ich blinzele, um sie zurückzuhalten, und betrachte Maman in einem gänzlich neuen Licht.

»Albert könnte Ihnen helfen«, fährt sie fort. »Ich werde Ihnen seine Adresse nennen, und Sie werden sie sich merken müssen. Schreiben Sie sie nie irgendwo auf!« Sie maß Jean-Luc mit einem durchdringenden Blick. »Sind Sie bereit?«

Er nickt.

Maman hebt das Baby aus dem Sessel auf und zögert einen Moment, als wüsste sie nicht so recht, was sie mit ihm tun soll. Dann seufzt sie schwer, setzt sich und nimmt das Kind auf den Schoß. »Avenue de l'Océan 24 …«

»Maman«, unterbreche ich sie. »Hast du schon einmal Leuten geholfen? Und ihnen diese Adresse gegeben?«

Sie schaut mich sekundenlang an, bevor sie antwortet. »Ja, Charlotte.«

»Aber … aber … Warum hast du mir das nie erzählt?«

»Also wirklich, Charlotte!«, weist sie mich scharf zurecht. »Du müsstest eigentlich wissen, dass das keine Dinge sind, über die man sprechen kann!«

Ich bin also wieder mal das unwissende Kind, das im Dunkeln gelassen wird. Ich schwanke zwischen Wut auf sie und widerstrebender Bewunderung. Ich wünschte nur, ich hätte es gewusst, weil das alles geändert hätte.

»Weiß Papa es?«

»Dies ist nicht der richtige Moment für eine Diskussion darüber, Charlotte. Jetzt müssen wir handeln, und zwar schnell.«

Aha. Nun bin ich das egoistische Kind, das so sehr mit seiner eigenen Welt beschäftigt ist, dass es keinen Einblick in die anderer gewinnen kann.

Maman wendet sich wieder Jean-Luc zu. »Es wird gefährlich sein. Sehr gefährlich. Sie sprechen kein Deutsch, nehme ich an?«

»Nein.«

»Dann müssen Sie aus dieser Uniform heraus. Ich kann Ihnen

einen gefälschten Ausweis geben, und wir können Ihnen das Haar und die Augenbrauen zurechtschneiden, damit Ihr Aussehen zu dem Foto passt. Das habe ich schon des Öfteren getan. Und ich kann Ihnen Geld geben.« Sie macht eine kleine Pause. »Sie werden das Baby mitnehmen müssen. Niemand wird es bei sich aufnehmen, und mit ihm unterzutauchen wäre zu riskant.« Sie blickt auf den Säugling hinunter, der friedlich auf ihrem Schoß liegt. »Ich bin mir nicht mal sicher, ob der Kleine überleben wird.«

Ich weiß, was sie denkt, aber ich sage nichts.

»Sie werden den Zug nach Bayonne nehmen und von dort aus zu Fuß nach Ciboure gehen müssen«, fährt sie fort. »Es sind etwa vierzig Kilometer. Die Zugfahrt wird das Schwierigste sein, doch solange Sie mit niemandem sprechen …«

»Aber werden die Leute es nicht seltsam finden, dass ein Mann allein mit einem Baby reist?«, unterbreche ich sie wieder. »Man wird ihm Fragen stellen, und woher soll er Milch bekommen?« Mir schießt der schreckliche Gedanke durch den Kopf, dass sie Jean-Luc nur loswerden will. Ich erkenne sie nicht mehr und weiß daher auch nicht, wozu sie fähig sein könnte.

»Wir können ihm genug abgepumpte Milch für zwei Tage mitgeben, und bis dahin müsste er in dem sicheren Haus sein.« Sie blickt wieder zu Jean-Luc hinüber. »Sie werden natürlich nur minimalen Kontakt zu anderen haben dürfen.«

»Aber Maman!« Ich starre sie an. »Das ist verrückt! Irgendjemand wird ihn anhalten und kontrollieren. Du weißt so gut wie ich, dass sie das tun.«

»Charlotte«, entgegnet Jean-Luc sanft und drückt mir beruhigend die Hand. »Es wird alles gut gehen. Vergiss nicht, dass ich einen gefälschten Ausweis haben werde.«

»Nein!« Ich springe auf, als mir wieder ein Gedanke durch den Kopf schießt. Ich gehe zu Maman, nehme ihr das Baby vom Schoß und drücke es an meine Schulter. Er ist so klein, so leicht, der Arme. Über seinen Kopf hinweg schaue ich Maman an und spreche ruhig und leise, um ihn nicht zu wecken. »Ein Paar mit einem Baby wird viel weniger Verdacht erregen als ein Mann allein mit einem Säugling.«

Ein Licht blitzt auf in ihren Augen, das mir verrät, dass sie weiß, ich habe recht.

»Nein, Charlotte! Auf keinen Fall!« Das Licht verwandelt sich in jähe Wut.

Auch Jean-Luc steht auf. »Du bist so tapfer«, flüstert er mir ins Ohr und legt den Arm um meine Schultern. Dann wendet er sich an Maman. »Ich werde alles in meiner Macht Stehende tun, um sie zu beschützen.«

»Beschützen?«, zischt sie. »Sind Sie verrückt? Sie können ja nicht einmal sich selbst beschützen!«

Sanft nimmt er mir das Baby ab und schaut dann Maman an. Seine Stimme ist so ruhig und besonnen, als versuchte er, ein wildes Tier zu beschwichtigen. »Ich weiß, dass Sie Ihre Tochter nicht verlieren wollen. Und natürlich wird es gefährlich sein. Doch ich schwöre Ihnen, dass ich sie und dieses Kind mit meinem Leben beschützen werde.«

»Sie wird nirgendwohin gehen!« Mamans Augen huschen von ihm zu mir.

Ich trete einen Schritt näher an sie heran. »Bitte, Maman. Denk doch mal darüber nach. Wir könnten so tun, als wären wir ein Liebespaar, das miteinander durchbrennt, um zu heiraten, weil wir dieses uneheliche Kind haben, von dem niemand weiß …«

»Nein!« Sie streckt die Hand aus und umklammert meine Schulter. »Es könnte alles Mögliche passieren. Und vielleicht würden wir dich nie wiedersehen!« Sie schluckt. »Du kannst nicht mitgehen!«

Ich starre sie an, als mir plötzlich klar wird, dass sie mich tatsächlich liebt. Die Einsicht erfüllt mein Herz mit Scham und Reue. Warum habe ich es vorher nie erkannt?

Aber ich kann trotzdem nicht bleiben. Ein brennendes Bedürfnis drängt mich jetzt zu handeln, etwas zu tun. »Du musst es mir erlauben, Maman. Ich flehe dich an!«

»Du bist dir der Gefahren nicht bewusst. Du hast ja keine Ahnung …« Ihre Stimme zittert und verklingt, als wüsste sie, dass sie mich schon verloren hat.

»Mir ist klar, wie riskant es ist. Und ich will es trotzdem tun. Ich *muss* es tun, Maman.«

Siebenunddreißigstes Kapitel

Paris, 30. Mai 1944

CHARLOTTE

Das blanke Chaos herrscht am Bahnhof Montparnasse. Überall wimmelt es nur so von Soldaten und Gendarmen, die Leute aufhalten, Papiere überprüfen und Befehle schreien. Erwachsene blicken sehnsüchtig zu den Bahnsteigen hinüber, von denen Züge abfahren, während blasse, müde Kinder, die über das Weinen längst hinaus sind, wie benommen neben ihnen stehen. Und die ganze Zeit über werden Leute von den Zügen weggeschickt.

»Die Polizei ist überall, Charlotte!«

Das ist auch mir nur allzu gut bewusst, als ich das Baby fest an meine Brust drücke und mich umsehe.

»Schau nicht hin! Verhalte dich einfach ganz natürlich.«

Jean-Luc ist so unruhig und nervös, dass es mir Angst macht. Wenn er sich nicht beruhigt, wird er noch unerwünschte Aufmerksamkeit auf uns lenken. Ich bleibe kurz stehen und schaue ihm in die aufgewühlten Augen. Auch mir pocht das Herz fast schmerzhaft hart gegen die Rippen, und meine Hände sind verschwitzt, aber ich rufe mir in Erinnerung, wer wir angeblich sind – Liebende, die mit ihrem unehelichen Kind durchbrennen. Was würde ein solches Paar an unserer Stelle tun?

Ich stelle mich auf die Zehenspitzen und lege einen Arm um Jean-Lucs Nacken. Das Baby ist jetzt zwischen uns, und ich ziehe Jean-Lucs Kopf zu mir heran und erhebe mein Gesicht zu ihm. »Küss mich«, flüstere ich ihm ins Ohr.

Zuerst fühlen sich seine Lippen steif und kalt an, doch je länger die meinen auf ihnen verweilen, desto weicher und nachgiebiger werden sie. Der Lärm um uns herum verblasst und tritt in den Hintergrund. Aus der Ferne höre ich Trillerpfeifen, weinende Kinder und schreiende Männer, während wir dort stehen und uns küssen, als wären wir ganz allein auf dieser Welt. Bei dem Gedanken wird mir leichter ums Herz, und plötzlich weiß ich, dass alles gut gehen wird.

Dann löst Jean-Luc den Mund von meinem. »Komm. Wir müssen zum Bahnsteig vierzehn.«

Er nimmt meinen Arm und zieht mich mit sich. Zusammen gehen wir auf den Soldaten zu, der Fahrscheine und Papiere überprüft, bevor er jemanden auf den Bahnsteig lässt. Nach einem flüchtigen Blick auf Jean-Lucs falsche Papiere deutet er mit einer Kopfbewegung auf sein Bein. »Woher haben Sie die Verletzung?«, fragt er mit deutschem Akzent.

»Es war ein Arbeitsunfall«, antwortet Jean-Luc mit ausdrucksloser Miene und in gleichmütigem Ton.

Hinter uns drängen sich schon die Leute, aber der Soldat scheint es nicht eilig zu haben. Er schaut sich Jean-Lucs Papiere an, erhebt wieder den Blick zu ihm und senkt ihn dann erneut auf den gefälschten Ausweis. Sieht er irgendetwas auf dem Foto, das nicht passt? Maman hatte leider nur wenig Zeit, um Jean-Lucs Haar mehr oder weniger zu der gleichen Frisur wie auf der Fotografie zu schneiden.

»Michel Cevanne?«

»Ja.« Jean-Luc schafft es, einen ruhigen Tonfall zu bewahren.

»Geburtsdatum?«

»Der 5. Juli 1922.«

Der Soldat wendet sich an mich. »Welcher Art ist Ihre Beziehung zu diesem Mann?«

»Ich bin … Wir sind … befreundet.«

»Befreundet? Zeigen Sie mir Ihre Papiere, Mademoiselle.«

Ich reiche sie ihm.

»Ist das ein Baby?« Er überprüft nicht meine Papiere, sondern starrt das Kind in meinen Armen an.

»Ja.«

Er streckt eine Hand aus und hebt mit langen, schlanken Fingern Samuels Decke ein wenig an. »Haben Sie eine Geburtsurkunde?«

»Ich … Wir hatten noch keine Zeit, eine zu beantragen.«

»Alle Geburten müssen innerhalb von drei Tagen gemeldet werden.«

Meine Nerven sind plötzlich zum Zerreißen gespannt, denn ich weiß nicht, was ich antworten soll.

Dann erscheint ein Polizist und flüstert dem Soldaten etwas zu, das zu einer dringlich klingenden, gedämpften Unterhaltung zwischen ihnen führt. Jean-Luc wirft mir einen Blick zu, und ich weiß genau, was er gerade denkt. Dies ist unser Moment.

Er ergreift meine Hand, und wir gehen weiter den Bahnsteig hinunter, ohne uns noch einmal umzusehen. An der ersten Tür des Zuges springen wir auf und finden uns in einem leeren Abteil für acht Personen wieder. Jean-Luc schließt die Tür hinter uns. »Setz dich hin und verhalte dich ganz natürlich.«

Ich wähle einen Platz am Fenster aus und nehme das Baby auf den Schoß. Jean-Luc setzt sich neben mich. Ich atme sehr schnell, aber meine Lunge scheint sich nicht mit Sauerstoff zu füllen. In meinem Kopf beginnt sich alles zu drehen.

Plötzlich wird die Tür zu dem Abteil aufgestoßen, und ein Wachposten wirft einen Blick herein. »Hier drinnen!«, schreit er jemandem hinter sich zu.

Ich ergreife Jean-Lucs Hand. Vor Schreck bekomme ich keine Luft und sehe furchtsam zu, wie der Wachposten die Tür aufhält.

Gefolgt von einer Frau und drei kleinen Jungen zwängt sich ein Mann mit einem großen Koffer in das Abteil. Jean-Luc entzieht mir seine Hand, und ich atme auf. Nachdem der Mann sich grüßend an den Hut getippt hat, setzt er sich mit seiner Frau uns gegenüber. Ihre Kinder balgen sich um die beiden letzten Plätze neben ihren Eltern und lassen das kleinste Kind verlegen auf dem Gang stehen.

»Sei nicht albern, Henri, und setz dich hin«, tadelt der Vater den Jungen.

Der Kleine setzt sich wortlos neben Jean-Luc und seiner Familie gegenüber. Schmollend kratzt er an dem Schorf an seinem Knie herum.

Niemand spricht. Jeder hat Geheimnisse. Als der Zug abfährt, beginnen die beiden älteren Jungen, auf ihrem Platz herumzurutschen und einander zu stoßen und zu schubsen.

»Pst! Seid still und versucht zu schlafen.« Ihre Mutter wirft ihnen einen ärgerlichen Blick zu, aber die Jungen hören nicht auf, sich gegenseitig in die Knie zu kneifen. »Sag du es ihnen, Georges.«

»Seid still, Jungs, und versucht, euch auszuruhen.« Ihr Vater blickt auf, ohne jedoch wirklich auf sie zu achten.

»Papa, ich habe Hunger. Wir haben heute nicht gefrühstückt.«

»Sei still!«

Der Junge starrt aus dem Fenster. Ich folge seinem Blick zu den grauen Gebäuden vor dem blauen Himmel. *Bitte, lieber Gott*, bete ich im Stillen. *Bitte mach, dass wir es nach Bayonne schaffen!*

Plötzlich geht die Abteiltür auf, und ein müde wirkender Gendarm tritt ein. »Papiere«, verlangt er von der anderen Familie und von uns, worauf mein Herz gleich wieder schneller schlägt.

Jean-Luc greift unter den Mantel und in die Innentasche seiner Jacke und zieht seinen Ausweis hervor. Seine Hände bleiben ruhig, und er bewahrt auch den gelassenen, aber durchaus freundschaftlichen Gesichtsausdruck. Ich dagegen reiche dem Gendarmen meine Papiere mit zitternden Fingern und winde mich innerlich, obwohl ich ihm zum Ausgleich mein charmantestes Lächeln schenke.

»Monsieur Cevanne und Mademoiselle de la Ville, die mit einem Baby reisen.« Der Gendarm zieht eine Augenbraue hoch.

»Wir fahren nach Biarritz, um zu heiraten«, sagt Jean-Luc blitzschnell.

Mein falsches Lächeln wird noch breiter, glaube ich.

Der Gendarm blickt von mir zu Jean-Luc und wieder zurück, und sein Stirnrunzeln vertieft sich. »Wissen Sie nicht, dass Krieg herrscht?«

»Wir tun es dem Kind zuliebe«, erkläre ich. »Mein Vater hätte mich umgebracht, wenn ich geblieben wäre. Und das Baby auch.« Jetzt breche ich in Tränen aus, obwohl ich mir der schockierten Gesichter der Familie bewusst bin. Mein Geständnis hat ihrer Reise eine andere Dimension gegeben.

Stille erfüllt das Abteil.

»Sie sind also durchgebrannt?« Der Gendarm stößt ein schmutziges, lautes Lachen aus. »Ich denke, Sie steigen besser aus, Monsieur. Wir müssen miteinander reden.«

Jean-Luc tätschelt meine Hand, als er nach seiner Aktentasche greift. »Natürlich, Monsieur.«

Ich beobachte, wie er das Abteil verlässt, und blicke dann zu dem uns gegenübersitzenden Familienvater hinüber. Er wendet sich ab und schaut aus dem Fenster.

Bitte, lieber Gott, bitte, bitte! Ich beiße mir auf die Lippe, als Sekunden zu Minuten werden.

Nach einer gefühlten Ewigkeit kommt Jean-Luc zurück und setzt sich hin. Erleichterung durchflutet mich wie eine willkommene Welle, und ich atme wieder.

Jean-Luc beugt sich zu mir vor und flüstert mir ins Ohr: »Er wollte Geld. Er denkt, er kennt unser Geheimnis, und wollte Schweigegeld von mir. Ein Geheimnis, um ein anderes zu verbergen.« Er berührt mein Knie und schaut mir in die Augen. »Eine Lüge, die die halbe Wahrheit ist, ist die beste Lüge.«

Achtunddreißigstes Kapitel

Im Süden, 30. Mai 1944

CHARLOTTE

Endlich erreicht der Zug Bayonne, und als er anhält, treten wir hinaus in Stille und Dunkelheit. Hohe Wohnblöcke stehen dem Bahnhof gegenüber, deren Fensterläden jedoch geschlossen sind, als wären die Bewohner ausgezogen, obwohl sie sich wahrscheinlich nur in den Wohnungen gegen die Umwelt abgekapselt haben.

»Lass uns auf den Fluss zugehen. Das Stadtzentrum muss auf der anderen Seite der Brücke liegen.« Jean-Luc nimmt meine Hand. Als wir um die Ecke biegen, kommen uns zwei Gendarmen entgegen. Erschrocken bleibe ich stehen, doch Jean-Luc stupst mich mit dem Ellbogen an. »Geh einfach weiter«, sagt er.

Als wir die kurvenreiche Straße zu der Kathedrale hinaufgehen, wird die Stadt ein bisschen belebter, und einige Leute, die draußen vor einem Café sitzen, drehen sich um und starren uns mit ausdruckslosen Mienen an. Wir setzen unseren Weg fort, und als wir an der Kathedrale vorbeigehen, gelangen wir zu einem kleinen Hotel gleich hinter der nächsten Ecke.

»Lass es uns hier versuchen.« Jean-Luc drückt die Tür auf, die mit ihrem lauten Knarren eine alte Frau aus ihrem frühabendlichen Schläfchen hinter der Rezeption weckt.

Aus wässrigen Augen blickt sie zu uns auf.

»Wir hätten gern ein Zimmer für die Nacht.« Jean-Lucs Stimme ist eine Oktave zu hoch, und er hustet schnell, um es zu überspielen.

»Papiere«, verlangt sie und streckt wartend die knochigen Finger danach aus.

Ich hole meine schnell heraus, und sie entreißt sie mir wie eine hungrige Katze, zieht eine winzig kleine Brille aus der Brusttasche ihrer Bluse und überprüft sie sehr genau. Sie gibt sie mir kommentarlos zurück und streckt dann die Hand nach Jean-Lucs Ausweis aus. Sie rümpft die Nase, während sie ihn prüft, und blickt dann abrupt mit einem raffinierten Lächeln um die verkniffenen Lippen auf. »Unverheiratet!«, stellt sie mit schriller Stimme fest.

»Wir sind unterwegs, um zu heiraten«, sagte Jean-Luc mit seinem charmantesten Lächeln.

»Dann wollen Sie doch sicher getrennte Zimmer, nicht?«

»Wenn es Ihnen lieber ist.« Jean-Luc seufzt unüberhörbar, während ich verlegen den Blick abwende.

»So ist es. Wie lange werden Sie bleiben?«

»Nur über Nacht.«

»Also zwei Zimmer für eine Nacht – das macht dann fünf Francs fünfzig, einschließlich Frühstück und Abendessen.«

Jean-Luc greift in seine Tasche und holt ein paar Geldstücke heraus. Die Augen der Frau leuchten auf, als er sie abzählt.

»Können wir etwas Milch bei Ihnen kaufen?«, frage ich.

»Milch?« Die Frau runzelt die Stirn.

»Für das Baby.«

»Welches Baby?«

Ich klopfe auf das warm eingepackte Kind in meinen Armen. Die alte Schachtel scheint wirklich blind zu sein wie eine Fledermaus.

»Ein Baby! Nicht verheiratet und ein Baby!« Ich rechne schon damit, dass sie den Preis erhöht, doch stattdessen will sie wissen: »Warum stillen Sie es nicht selbst? Sie wissen doch, wie schwer Milch zu bekommen ist.«

»Ich bin krank gewesen und kann ihn nicht stillen.«

»Krank?«

Ich kann spüren, wie meine Wangen glühen. »Ja. Sehr krank. Ich hatte eine schlimme Infektion.«

Sie lehnt sich zurück. »Aber doch keine Tuberkulose?«

»Nein, es war nichts dergleichen.«

Ein betretenes Schweigen folgt.

»Milch ist sehr teuer«, durchbricht ihre krächzende Stimme dann die Stille.

»Das wissen wir.« Jean-Luc lächelt sie wieder an. »Aber sie ist für das Baby, und wir können sie bezahlen.«

»Ich werde sehen, ob ich welche für Sie besorgen kann. Geben Sie mir noch einen Franc, und ich werde meinen Neffen fragen, der Bauer ist.«

»Vielen Dank. Wir wissen Ihre Hilfe sehr zu schätzen.« Jean-Luc fischt das Geldstück aus der Tasche.

»Wie heißt das Kind?« Die Alte nimmt die Brille ab und steckt sie in die Brusttasche zurück.

»S–«, beginne ich, doch Jean-Luc unterbricht mich schnell.

»Serge«, sagt er.

Ich presse die Lippen zusammen und behalte den Namen Samuel für mich. Ich muss lernen, schneller zu denken, denn sein jüdischer Name hätte ihn natürlich verraten.

»Serge«, wiederholt die Frau langsam, als müsste sie gründlich über den Namen nachdenken. »Das ist ein schöner Vorname«, stellt sie schließlich fest.

Dann schlurft sie hinter der Rezeption hervor, und wir folgen ihr die Treppe hinauf. Am Ende eines dunklen Korridors im ersten Stock bleibt sie stehen und löst einen Schlüssel von einem Bund an ihrer Taille. »Für Monsieur«, erklärt sie und öffnet eine Tür, hinter der ein kleines, direkt unter dem Fenster stehendes Bett zum Vorschein kommt.

»Vielen Dank, Madame«. Jean-Luc zwängt sich an ihr vorbei in das Zimmer.

Sofort schließt sie die Tür hinter ihm und wendet sich mir zu, um mich anzuschauen, bevor sie weiter den Gang hinuntergeht, bis wir zu einer anderen Tür gelangen. »Und für *Madame.*« Ihr »Madame« trieft nur so vor Sarkasmus, doch ich schere mich nicht darum und blicke mich erhobenen Hauptes um. Ein schmales Einzelbett beherrscht den Raum. »Für Sie und das Baby«, sagt sie und starrt mich dabei prüfend an.

Ein Schauder läuft mir über den Rücken, als ich den Raum betrete und sie ohne ein weiteres Wort die Tür hinter mir schließt. Plötzlich fühle ich mich sehr allein. Ich blicke auf das Bett herab, das mit einer fadenscheinigen, tristen braunen Decke bedeckt ist, und lasse mich dann mit dem Baby in den Armen darauf nieder. Beim Quietschen der Metallfedern fahre ich zusammen, und ich stehe schnell wieder auf. Ein leises Klopfen an der Tür lässt mich erneut zusammenzucken.

Es ist Jean-Luc, der hereinkommt. »Ist er aufgewacht?«

»Nein.« Ich nehme das Bündel mit dem kleinen Samuel von meiner Brust und blicke auf das schwarze Haar herab, das seinen Kopf bedeckt. »Wie lange schlafen Babys normalerweise?«

»Ich bin mir nicht ganz sicher, aber er schläft jetzt schon seit zwölf Stunden.« Jean-Luc breitet die Arme aus, und ich lege das Kind hinein. Was mag Maman ihm gegeben haben, damit er derart lange schläft? Ich hoffe nur, sie wusste, was sie tat.

Ich beobachte, wie er den kleinen Samuel auf das Bett legt und ihn aus seinen Decken und dem Strampelhöschen schält, bis er nur noch das graue Wollleibchen trägt. Ich schaue mir seine stämmigen Beinchen an – sie sind wie Marmor, mit einem Netzwerk dünner Adern unter der nahezu durchsichtigen Haut. Seine winzigen Füße stecken in gestrickten Babyschuhen; seine Arme, die rechts und links neben seinem Köpfchen liegen, geben ihm etwas Unbekümmertes. Vorsichtig lege ich einen Finger auf sein Bein. Er ist sehr warm, aber auch viel zu still. Ich beuge mich über ihn und blase sanft auf seine Augenlider.

Er rührt sich nicht.

Besorgt drehe ich mich zu Jean-Luc um. »Es geht ihm doch gut, oder?«

»Er atmet. Ich wünschte nur, er würde wach werden. Über zwölf Stunden sind eine lange Zeit.« Er hebt den kleinen Körper auf und drückt ihn an seine Schulter, um dem Baby auf den Rücken zu klopfen. Als nichts geschieht, beginnt er, mit dem Säugling durch den Raum zu gehen, und massiert dabei seinen Rücken. »Wach auf, Samuel. Wach bitte auf …«

Ich halte den Atem an.

Sanft nimmt er ihn von der Schulter und hält ihn auf Armeslänge von sich weg. »Gib mir ein nasses Handtuch«, sagt er zu mir.

Ich schnappe mir eins der Küchentücher, die Maman uns mitgegeben hat, und laufe zu der Toilette auf dem Gang hinaus. Während ich das Tuch in kaltes Wasser tauche, bete ich im Stillen: *Bitte, lieber Gott, ich werde dich nie wieder um etwas bitten, aber mach, dass Samuel aufwacht! Bitte, bitte, lieber Gott!*

Als ich in das Zimmer zurückkomme, sitzt Jean-Luc auf dem Bett, leichenblass im Gesicht und mit dem Baby auf den Knien. Er nimmt mir das Tuch ab und befeuchtet damit Samuels Gesicht, wobei er es ein bisschen länger auf den Augenlidern liegen lässt. Das Einzige, was ich hören kann, ist Jean-Lucs tiefes, schweres Atmen.

Die Nase des Babys zuckt … und dann wird aus der fast unmerklichen Bewegung eine deutlichere, als Samuel das Näschen rümpft und die winzige Stirn runzelt. Und auf einmal zerreißt ein markerschütterndes Weinen die Stille.

Jean-Luc strahlt vor Erleichterung. »Es könnte sein, dass er nun ein bisschen grantig ist nach diesem langen Schlaf. Wir sollten ihn jetzt schnellstens füttern.«

Ich lasse den angehaltenen Atem entweichen und danke Gott für seine Hilfe.

Dann bereite ich das Fläschchen mit dem Rest der mitgebrachten Milch vor, gebe es Jean-Luc und schaue ihm zu, als er sich auf das Bett setzt und den Sauger in den offenen Mund des Babys schiebt. »Pst, mein Kleiner. Hier kommt dein Abendessen schon.«

Samuels Weinen geht in das normalere Geräusch von leisem Schlucken über. Sofort bin ich ein wenig beruhigt und setze mich auf das Bett, wo ich mich unwillkürlich frage, warum ich Jean-Luc die Flasche gegeben habe, obwohl ich Samuel doch selbst hätte füttern können. Aber vielleicht fühle ich mich noch nicht wirklich dazu imstande.

Als das Fläschchen leer ist, lehnt Jean-Luc sich auf dem Bett zurück, bis sein Oberkörper an dem Kopfteil ruht, und zieht das Baby an sich, bis es mit der Wange auf Jean-Lucs Brust liegt. Noch unkoordinierte Händchen strecken sich in die Höhe, als Samuel versucht, seine beiden Fäuste gleichzeitig in den Mund zu stecken.

Ein Klopfen an der Tür lässt mich zusammenzucken.

»Ich habe ein Kinderbett für Sie«, verkündet eine schrille Stimme hinter der geschlossenen Tür.

Nur ungern löse ich den Blick von dem Baby und stehe auf, um die alte Frau hereinzulassen.

Sie öffnet die Tür jedoch schon, bevor ich sie erreiche, und zeigt mir ein kleines hölzernes Kinderbett. »Und das Abendessen ist auch fertig.«

»Vielen Dank. Das ist sehr nett von Ihnen, Madame.« Ich nehme ihr das Kinderbettchen ab und schließe die Tür, bevor sie Gelegenheit bekommt, richtig einzutreten und zu fragen, was Jean-Luc in meinem Zimmer macht.

»Sie kontrolliert uns nur«, sagt er, als er sich vom Bett erhebt. »Wir lassen den Kleinen hier, wenn wir zum Essen hinuntergehen. Hier wird er schlafen, und wir werden sowieso nicht lange wegbleiben.«

»Du willst ihn hierlassen? Können wir ihn denn nicht mitnehmen? Ich bin immer noch besorgt um ihn.«

»Wir wollen doch keine Aufmerksamkeit erregen.«

»Darf ich ihn noch ein Weilchen halten?«

»Später. Wir sollten zuerst zum Essen hinuntergehen.«

Jean-Luc legt den kleinen Samuel in das Bettchen, doch das Baby sieht kein bisschen müde aus, sondern versucht noch immer, sich alle Finger in den Mund zu stopfen.

»Er ist anscheinend noch immer hungrig.« Ich sehe Jean-Luc bittend an. »Ich finde es nicht richtig, ihn hier oben allein zu lassen. Bitte lass ihn uns mit hinunternehmen.«

»Ich glaube nicht, dass wir das tun sollten, Charlotte. Die Leute werden sich eher an uns erinnern, wenn sie uns mit einem Baby sehen.«

»Samuel … Serge«, flüstere ich, als ich mich über das Bettchen beuge und die Namen ausprobiere. Der Kleine hält für einen Moment inne, und seine Bewegungen sind nicht mehr so hektisch, als er mich ansieht. Ich massiere ihm sanft den Bauch, und er greift nach meinen Fingern, als er zu mir aufschaut. »Lass mich ihn auf den Arm nehmen.«

»Später. Wir sollten jetzt gehen, denn sonst werden wir nichts mehr zu essen bekommen. Dieser alte Drachen wird uns nur allzu gern unser Essen vorenthalten. Also komm schon. Wir werden auch nicht lange weg sein.«

Das Abendessen besteht aus einem undefinierbaren Stück grauer Paté zur Vorspeise. Aus Hund oder Katze? Wenn wir Glück haben, könnte es auch Kaninchen sein. Der nächste Gang ist ein wunderbar heißer Gemüseeintopf, und es ist reichlich davon da. An Gemüse ist hier offensichtlich leichter heranzukommen als in Paris. Drei alte Damen haben an einem runden Tisch in einer Ecke Platz genommen, und zwei ältere Paare sitzen mitten im Raum und beugen sich über ihre Teller.

Ich esse schnell, ja schlinge das Essen buchstäblich herunter, um so schnell wie möglich zu Samuel zurückzukehren. Manchmal sterben Babys auch im Schlaf, und der Gedanke daran jagt mir plötzlich große Angst ein.

»Hör auf, dir Sorgen zu machen, Charlotte. Ich werde hinaufgehen und nach ihm sehen.«

Doch bevor Jean-Luc aufstehen kann, kommt ein *Boche* herein. *»Bonsoir, Mesdames, Messieurs.«*

Die Antwort darauf ist ein leises Gemurmel, und ich bin mir vage bewusst, dass er sich die Serviette unters Kinn steckt, als er sich hinsetzt. Die anderen Gäste essen weiter, sind aber sogar noch stiller als zuvor.

Die alte Frau, die ebenso als Bedienung wie auch als Rezeptionistin zu dienen scheint, schlurft herein. Als sie den *Boche* erblickt, tritt sie einen Schritt zurück, und alle Farbe weicht aus ihrem Gesicht.

Dann sehe ich, wie sie sich wieder fasst.

»*Bonsoir*, Herr Schmidt.« Mit ausgestreckter Hand geht sie auf ihn zu, und das falsche Lächeln auf ihren Lippen verzerrt ihr faltiges Gesicht.

»*Bonsoir, Madame.* Und wo ist Ihre reizende Tochter heute Abend?«

»Sie ist krank. Sie hat eine Magen-Darm-Grippe, befürchte ich.«

Ich konzentriere mich angestrengt darauf, nicht hinüberzuschauen, und erschaudere innerlich.

»Das ist aber schade.« Ohne hinzusehen, spüre ich, wie der *Boche* sich auf seinem Stuhl zurücklehnt und die großen Hände auf den Tisch legt. »Richten Sie ihr meine besten Wünsche für eine schnelle Genesung aus, und sagen Sie ihr, dass ich hoffe, sie zu sehen, bevor ich abreise.« Die letzten, sehr entschieden gesprochenen Worte machten deutlich, dass sie mehr ein Befehl als eine Bitte sind.

»Sie ist blass wie eine Wand. Sie würden sich doch gewiss nicht anstecken wollen.«

»Ach, das Risiko gehe ich ein. Es ist viel wahrscheinlicher, dass ich von dieser ranzigen Pastete krank werde, die Sie hier servieren.«

»Lass uns gehen«, flüstere ich Jean-Luc zu.

»Und was ist mit der Milch? Wir werden sie bald benötigen. Geh du zurück ins Zimmer, und ich frage in der Küche nach.«

Der *Boche* räuspert sich laut, bevor er in seinen knusprigen Toast beißt. Ohne hinter mich zu blicken, verlasse ich den Speisesaal und eile die Treppe hinauf, froh, in den Frieden unseres kleinen Schlafzimmers zurückzukehren.

Samuel liegt in seinem Bettchen und gibt leise Babylaute von sich. Ich nehme ihn heraus, wiege ihn sanft in den Armen und summe ein Schlaflied, das meine Mutter mir früher vorgesungen hat.

»*Dodo, l'enfant do*
L'enfant dormira bien vite
Dodo, l'enfant do
L'enfant dormira bientôt.«

Ein schmerzliches Heimweh erfasst mich plötzlich. Ich vermisse Maman schon jetzt: ihre ständige Sorge, wo wir unser nächstes Stück Fleisch herbekommen sollen, ihr andauerndes Stirnrunzeln, ihre unterschätzte, aber tiefe Liebe zu ihrer Familie.

Ein paar Minuten später kommt Jean-Luc herein. »Es ist alles gut, Charlotte, ich habe die Milch.«

»Und was ist mit dem *Boche?* Hat er mit dir gesprochen?«

»Nein. Er interessiert sich nicht für uns. Es ist das Mädchen, hinter dem er her ist.«

»Das arme Ding.« Ich kann mir nicht einmal vorstellen, wie es wäre, mit jemandem schlafen zu müssen, den man hasst, ihn berühren und ihn küssen zu müssen. Ein kalter Schauder läuft mir über den Rücken, aber meine wahre Sorge liegt woanders. »Ich glaube, Samuel ist wieder hungrig.«

»Das kann nicht sein. Er hat vor einer Stunde erst sein Fläschchen bekommen. Versuch mal, ihm einen Finger in den Mund zu stecken, damit er daran nuckeln kann.«

Vorsichtig tue ich wie geheißen und bin verblüfft darüber, wie fest er daran saugt. Ich setze mich mit ihm aufs Bett und nehme ihn auf den Schoß. Mein Magen verkrampft sich von dem starken Beschützerinstinkt, der mich ergreift. »Es wird doch alles gut, Jean-Luc, nicht wahr?«

»Ja. Es ist das Beste, was ich je getan habe.« Er beugt sich über das Baby und drückt ihm einen Kuss auf das seidige schwarze Haar. Dann blickt er zu mir auf. »Danke für alles, Charlotte«, sagt er und küsst mich zärtlich auf die Lippen.

»Aber was ist mit Samuels Eltern? Was glaubst du, was mit ihnen geschehen wird?« Es gibt mir ein ungutes Gefühl, selbst so glücklich zu sein, während Samuels wahre Eltern Gott weiß wohin verschleppt werden …

»Es wird schrecklich für sie sein, doch wenigstens brauchen sie ihr Kind nicht die gleichen Gräuel durchmachen zu sehen, die sie erwarten mögen. Es ist jetzt unsere Aufgabe, für den Kleinen zu sorgen.«

Sanft nimmt er mir das Baby ab und legt es in sein Bettchen, bevor er zu mir zurückkommt und sich neben mich setzt. Er schaut mich an und schenkt mir eines seiner immer etwas schiefen Lächeln.

Ein Gefühl der Wärme und des Friedens durchflutet mich, als ich es erwidere. Es ist, als wären wir eine Familie. Natürlich weiß ich, dass wir keine richtige Familie sind und Samuel nicht unser Kind ist, aber dennoch erlaube ich mir die Vorstellung, weil sie sich so gut anfühlt. Ich möchte mich um sie beide kümmern, sie beschützen und ihnen Wärme und Liebe schenken. Unwillkürlich blicke ich zu dem Kinderbettchen in der Ecke hinüber, aus dem wieder leise Geräusche kommen.

»Ich meine es ernst, Charlotte.« Jean-Luc wickelt sich eine meiner Haarsträhnen um den Finger. »Dies ist das Beste, was ich je gemacht habe.« Er hält kurz inne. »Und ich hätte es nicht tun können ohne dich. Na ja, vielleicht könnte ich es, aber es wäre nicht dasselbe.« Er küsst mich auf die Wange. »Ich wusste, dass du es in dir hattest. Ich konnte es in deinen Augen sehen.«

Ich lege meine Hand auf sein Bein und bin überrascht, wie natürlich es sich anfühlt. Meine Hand auf einem Männerbein! Vor ein paar Wochen noch hätte ich mir so etwas nicht einmal vorstellen können. »Dass ich *was* in mir hatte?«

»Das. Diese kühne, wilde Seite.«

Ich bin mir nicht sicher, ob ich eine wilde Seite habe, und sorge mich für einen Moment, dass er mich vielleicht für kühner hält, als ich bin. *Wie wird es jetzt weitergehen?*, frage ich mich. Eine freudige Erregung, die jedoch nicht ganz frei von Beklommenheit ist, pocht in meinen Adern und lässt meinen Atem in meinen Ohren dröhnen. Ich möchte etwas sagen, doch die Worte bleiben mir in der Kehle stecken.

»Ich finde, wir sollten jetzt schlafen«, erklärt Jean-Luc und küsst mich auf die Stirn. »Wir haben morgen einen langen Tag vor uns. Ich nehme den Kleinen mit zu mir, weil er heute Nacht vielleicht noch etwas trinken muss.«

Ich schaue zu, als er das Fläschchen in die Tasche steckt und mit einer Hand das Baby und mit der anderen das Bettchen aufhebt.

Neununddreißigstes Kapitel

Im Süden, 31. Mai 1944

CHARLOTTE

Das Frühstück, das am nächsten Morgen im Speisesaal serviert wird, besteht aus einem Körbchen altbackenem Brot und einer Schale brauner Flüssigkeit, um es darin einzutunken. Marmelade und Kaffee sind hier anscheinend ebenso wenig erhältlich wie in Paris.

Wir essen schnell und machen uns dann auf den Weg nach Saint-Jean-de-Luz. Als Erstes müssen wir zu dem nur acht Kilometer entfernten Biarritz. Von dort aus hätten wir die Küstenstraße nehmen können, aber die Deutschen hatten dem ein Ende gemacht, als sie den Atlantikwall errichteten. Jetzt werden wir uns einen Weg durch die Felder und das Farmland hinter der Küste bahnen müssen.

Während wir offenes Land überqueren, halten wir Ausschau nach Nazi-Lastwagen und dergleichen, doch der einzige Mensch, den wir sehen, ist eine alte Frau, die Feuerholz sammelt. Tau hängt in dicken Tropfen an den hohen Grashalmen und befeuchtet unsere Schuhe, wenn wir unbebaute Felder überqueren. Wir verhalten uns still, die einzigen Geräusche sind unsere Schritte, unsere Atemzüge und hin und wieder Vogelgesang. Jean-Luc trägt Samuel in einem Tragetuch, das er aus einem langen Kopfkissenbezug angefertigt hat.

Nach nur einigen Stunden erreichen wir die Biarritzer Küste, und ich blicke auf den Ozean hinaus, der sich bis zum Horizont erstreckt, und betrachte dann die Bergkette zu unserer Linken.

»Schau mal.« Jean-Luc zeigt auf den größten Berg. »Das ist Spanien.«

»Spanien? Das sieht ja gar nicht so weit aus!«

Tief hängende Wolken über einigen der Gipfel erschweren es, ihre wahre Höhe zu erkennen, und strahlend weiße Sonnenstrahlen, die durch die Wolken fallen, erhellen grüne Stellen und verleihen ihnen die Farbe von Limetten.

Plötzlich höre ich einen Wagen, der beschleunigt und sich schnell nähert.

»Runter!«, sagt Jean-Luc und kauert sich in das hohe Gras.

Mein Puls droht sich zu überschlagen, als ich ausgestreckt daliege.

»Alles klar, er ist weg.«

Das Motorengeräusch verklingt.

»Etwas weiter vorne stehen ein paar Bäume; es wird sicherer sein, wenn wir dort weitergehen.«

Mein Herz dröhnt in meinen Ohren, als ich mich aufraffe. Wir müssen noch etwa fünfzehn Kilometer zurücklegen, bevor es dunkel wird, aber meine Schuhe reiben sich schmerzhaft an meinen Fersen. Im Stillen verwünsche ich mich dafür, fast noch nie getragene Schuhe mitgenommen zu haben. Es sind hässliche flache Dinger, deren Sohlen jedoch solide wirkten, und alle meine anderen Schuhe waren zu abgetragen und für lange Entfernungen nicht geeignet. Ich würde gern anhalten und sie ausziehen, doch ich habe Angst vor dem, was ich entdecken könnte. Meine Fersen fühlen sich jedenfalls schon ganz feucht an …

Jean-Luc geht mir voran, bis wir außer Sicht der Straße sind, und dann nimmt er meine Hand. Ich versuche zu lächeln, doch stattdessen zucke ich zusammen. Ich zwinge mich weiterzugehen, aber nach etwa dreißig Minuten wird der Schmerz so unerträglich, dass ich ihn nicht mehr aushalten kann, und ich bleibe stehen. »Könnten wir eine kurze Pause machen?«

Jean-Luc dreht sich stirnrunzelnd zu mir um. »Wir haben

noch eine weite Strecke vor uns. Kannst du noch eine Stunde warten?«

Ich widerstehe der Welle des Selbstmitleids, die mich zu überkommen droht. »Nein«, flüstere ich. »Ich glaube, ich habe eine Blase am Fuß.«

»Na gut, dann lass uns kurz rasten. Ich werde Samuel dann gleich noch einmal füttern, solange er wach ist.« Er nimmt den Rucksack ab, öffnet den Knoten in dem Tragetuch und lässt sich mit dem Rücken an einem Baum nieder, an den er sich anlehnt. Er nimmt das Baby auf den Schoß.

»Ist er das oder nur die Landluft?«, frage ich naserümpfend.

Jean-Luc beugt sich über ihn und schnuppert, worauf Samuel nach dem Haar an seinem Hinterkopf greift. Ich beobachte noch, wie Jean-Luc sich aus dem Griff der kleinen Faust befreit, dann die Stoffwindel entfernt und sie benutzt, um Samuels schmutzigen kleinen Po gründlich zu säubern, bevor er sie wegwirft. Während er eine saubere aus dem Rucksack holt, halte ich den Atem an und öffne langsam meine Schnürsenkel. Schon bei dem ersten Fuß, den ich aus dem Schuh ziehe, sehe ich, dass das Leder an der Ferse blutbefleckt ist.

Jean-Luc blickt zu mir herüber. »Ach du liebe Güte, Charlotte! Hast du noch ein anderes Paar Schuhe dabei?«

Ich schüttle den Kopf und spüre, wie mir die Tränen kommen. *Was für ein Dummkopf ich doch bin!*

»Hier.« Er reicht mir ein Taschentuch. »Leg das um deine Ferse. Und gib mir deine Schuhe.«

Vorsichtig ziehe ich die erste Socke aus und sehe mir meine Ferse an. Die Haut hat sich abgescheuert und eine große blutige Stelle hinterlassen. Doch nun, nachdem das Folterinstrument entfernt ist, verspüre ich keinen Schmerz mehr und frage mich, ob ich nicht besser barfuß weitergehen soll.

Mit dem Baby auf dem Schoß knetet Jean-Luc das harte Leder mit Daumen und Zeigefinger. »Wir machen ein Polster aus dem Taschentuch. Du hättest etwas sagen sollen, dann hätten wir früher angehalten.« Er gibt mir die Schuhe zurück, aber ich beschließe, sie nicht eher anzuziehen, bis wir weitergehen müssen. Was trotz des Polsters schmerzhaft sein wird, wie ich sehr wohl weiß.

»Ich werde Samuel füttern«, erklärt Jean-Luc und holt die Flasche Milch aus dem Rucksack, um das Babyfläschchen zu füllen.

»Darf ich es diesmal tun?«

»Natürlich. Entschuldige, ich wollte dich nicht übergehen. Es ist nur so, dass ich mich verantwortlich fühle.« Er legt mir das Kind in die Arme und reicht mir das Fläschchen.

Ich bringe es in die richtige Position, und ein paar Tropfen fallen auf Samuels Wange, der sich jetzt dreht und windet, was es schwierig macht, ihm den Sauger in den Mund zu schieben. Noch mehr Tropfen landen auf seinem Gesicht. »Wir haben jetzt nur noch Kuhmilch, nicht?«

»Ja, von der anderen Milch ist nichts mehr übrig.«

»Maman meinte, es könnte schwerer sein, ihn dazu zu bringen, sie zu trinken. Sollen wir warten, bis wir wieder eine Pause machen?«

»Ich bin mir nicht sicher, ob es eine gute Idee wäre abzuwarten, bis er richtig hungrig ist. Und seine letzte Milch hat er vor drei Stunden bekommen. Versuch, ihn aufrechter zu halten; ich glaube, das könnte ihm das Schlucken leichter machen.«

Ich befolge seinen Rat und verändere meine Haltung, bevor ich den Nuckel sanft in Samuels Mündchen schiebe. Er saugt ein bisschen, aber dann wendet er den Kopf ab, als schmeckte die Milch ihm nicht.

»Ich glaube, er wird sie besser annehmen, wenn er hungriger ist.« Ich streichle seine weiche Wange und lasse ihn an meinem Finger saugen. Sein kleiner Mund umschließt ihn fest. »Wir könnten ja bald eine weitere Pause machen.«

»Ja. Bei der nächsten essen wir alle etwas zu Mittag.«

Jean-Luc legt das Baby behutsam wieder in das Tragetuch. Diesmal ist Samuel nicht ganz so fügsam, sondern zappelt und jammert, während Jean-Luc sich das Tuch zuknotet. »Komm schon, Kleiner. Wir haben noch einen langen Weg vor uns.«

Vorsichtig schiebe ich die Füße wieder in die steifen Lederschuhe, während Jean-Luc die schmutzige Windel hinter einem Felsbrocken verbirgt.

Als wir zwischen den Bäumen weitergehen, verwandelt Samuels Gejammer sich in Weinen. Auch mir ist nach Weinen zumute, da jeder meiner Schritte mich vor Schmerz zusammenzucken lässt. Panik wallt in mir auf, als ich über die Ungeheuerlichkeit meines Unternehmens nachdenke. »Impulsiv« ist das Wort, das Papa oft benutzt hat, um mich zu beschreiben, und er hatte recht damit. Aber ich bin auch mutig, und in meinem Herzen weiß ich, dass ich das Richtige getan habe. Zusammen werden Jean-Luc und ich dieses Baby retten, und das ist das Allerwichtigste.

Wenn ich nur nicht diese verdammten Schuhe angezogen hätte! »Lass uns noch einmal kurz anhalten, Jean-Luc. Bitte.«

Seine Augen weiten sich vor Überraschung, als er mich ansieht. »Aber wir haben doch erst vor ein paar Minuten eine Pause gemacht. Samuel wird sich schon beruhigen, wenn wir wieder unseren Rhythmus finden.«

Ich nicke, schlucke die Tränen hinunter, die sich in meiner Kehle bilden, und bleibe stehen, um mich zu bücken und meine Schuhe auszuziehen.

»Was tust du denn da, Charlotte?« Jean-Luc verhält abrupt den Schritt, worauf das Baby noch lauter weint.

»Ich werde in meinen Socken weitergehen. Geh ruhig schon vor.«

Die Erde unter meinen Füßen ist weich und nachgiebig, und es ist eine enorme Erleichterung, dass mir die Schuhe nicht mehr in die Fersen schneiden. Nur hin und wieder trete ich auf einen Stock oder einen Stein, was aber nicht einmal halb so schlimm ist wie die reibenden Schuhe. Auch Samuels Weinen verklingt allmählich, als der Kleine einschläft.

Eine Zeit lang gehen wir in kameradschaftlichem Schweigen weiter, und meine Stimmung hebt sich langsam wieder. Es wird schon alles klappen, denke ich, auch wenn es noch immer ein paar Dinge gibt, deren ich mir nicht sicher bin.

»Was meinst du, Jean-Luc – sollen wir ihn Samuel oder Serge nennen?«

»Was?«

»Samuel klingt wirklich jüdisch.«

Allein schon, das Wort »jüdisch« auszusprechen, fühlt sich wie ein Verbrechen an, und ich erhebe schuldbewusst den Blick.

Jean-Luc verhält den Schritt und schaut mich an. »Aber es ist der Name, den seine Mutter ihm gegeben hat. Wir können ihn im Augenblick zwar nicht so nennen, doch sobald wir aus Frankreich heraus sind, können wir es.«

»Mir gefällt er eigentlich sehr gut.«

»Mir auch. Es ist ein guter, anständiger Name. Wie geht es deinen Füßen?«

»Viel besser ohne die Schuhe.«

»Wir werden dir andere besorgen, bevor wir die Pyrenäen überqueren.« Er ergreift meine Hand und führt sie an die Lippen, um sie sanft zu küssen. »Ich bin so froh, dass du mit mir gekommen bist, Charlotte. Ich werde diese Tage mit dir nie vergessen. Du bist so tapfer und weißt es nicht einmal.«

»Na ja, das ist dann aber nicht wirklich Tapferkeit, oder? Ich bin nur einfach nicht gut darin, Gefahren einzuschätzen.« Ich lächle ihn an, als scherzte ich, obwohl ich mich tief im Innern frage, ob das nicht wahr sein könnte.

»Ja, ein bisschen nervös bist du schon, nicht wahr? Ich kann es sehen, wann immer ein Baum ein bisschen ächzt. Dann zuckst du jedes Mal zusammen.«

»Das stimmt nicht!«

»Oh doch, das stimmt«, sagt er lachend. »Und genau das macht dich tapfer. Du fürchtest dich, aber du tust es trotzdem.«

Ich lächle und lasse ihn denken, was er will.

Zwei Stunden später finden wir ein geschütztes Fleckchen unter einer großen Eiche. Samuel jammert leise, weil er jetzt offensichtlich hungrig ist. Ich nehme ihn auf den Schoß und halte ihm sanft den Milchsauger seines Fläschchens vor den Mund. Er nuckelt ein wenig daran, fährt aber sofort wieder zurück und fängt mit dem Mund voller Milch an, laut zu schreien.

»Er mag die Kuhmilch nicht.«

»Lass mich es mal versuchen.« Jean-Luc streckt die Arme aus, und widerstrebend übergebe ich ihm das Baby. Samuel schreit noch lauter, aber bevor Jean-Luc ihm das Fläschchen anbietet, wiegt er ihn in den Armen und küsst sein Gesichtchen. Das scheint den Kleinen zu beruhigen. Fasziniert beobachte ich, wie Jean-Luc ein paar Tropfen Milch auf seinen Finger gibt, bevor er Samuel daran saugen lässt. Das wiederholt er noch ein paarmal. Erst dann gibt er ihm die Flasche, indem er den Sauger sanft in den kleinen wartenden Mund einführt. Woher weiß er, was getan werden muss?

»Hast du Brüder und Schwestern? Es sieht ganz so aus, als wüsstest du, wie man ein Baby füttert.«

»Nein«, antwortet er lächelnd. »Es muss Instinkt sein.«

Ein bisschen Eifersucht und Unbehagen ergreifen mich. Ich habe noch nie zuvor ein Kind im Arm gehalten. Nicht, weil es mich nie interessiert hat, aber ich kenne einfach niemanden, der einen Säugling hat. Oder höchstens Micheline Deschamps aus der Etage über uns, doch ihre Babys habe ich eigentlich immer nur von Weitem gesehen.

Nachdem Samuel das ganze Fläschchen geleert hat, legt Jean-Luc ihn an seine Schulter und massiert ihm sanft den Rücken. Plötzlich lässt ein lautes Rülpsen mich zusammenzucken, und wir beide lachen.

»Woher weißt du das denn beispielsweise?«, frage ich. »Ich wüsste nicht, dass man das tun muss.«

»Meine Mutter hat sich sehr oft um das Baby unserer Nachbarn gekümmert, und ich erinnere mich noch, wie geduldig sie immer auf das Bäuerchen nach dem Füttern gewartet hat. Aber normalerweise dauerte es länger als jetzt bei ihm.«

Er legt Samuel auf ein Tuch in das weiche Gras und lässt ihn mit seinen kleinen Beinchen spielen. Dann holt er das Brot, das wir am Morgen gekauft haben, und die trockene Saucisson heraus, die wir den ganzen Weg aus Paris mitgebracht haben, und schneidet sie mit seinem Taschenmesser auf. Die Wurst ist hart und schwer zu kauen, aber ich verschlinge sie hungrig, und dazu gibt es ein großes Stück cremigen Brie, der beim Hinunterschlucken hilft.

Ein bisschen schläfrig nach dem Essen, lege ich mich ins Gras und schließe die Augen. Jean-Luc bettet sanft den Kopf auf meinen Bauch. »Wie wunderbar«, flüstert er. »Als würde für einen Moment die Zeit still stehen. Wir laufen um unser Leben, aber hier liegen wir im Gras, als machten wir ein Picknick.«

Ich weiß, was er meint. Ich fühle mich so sicher hier mit ihm und Samuel, als hätte die Welt mit all ihren Sorgen und Problemen beschlossen, uns in Ruhe zu lassen. Es ist natürlich ein trügerisches Gefühl der Sicherheit, sage ich mir, und wir sollten hier nicht lange bleiben, höchstens noch ein paar Minuten. Während ich mit den Fingern durch Jean-Lucs Haar fahre, frage ich mich, wie so viel Glück möglich geworden ist.

Ich bin entzückt und erstaunt darüber, dass man erlangen kann, was man sich wünscht; man muss es nur mehr als alles andere wollen – und bereit sein, alles andere dafür zu opfern. Und das habe ich getan, wird mir jetzt klar. Ich habe meine Familie und Freunde hinter mir gelassen. Mein Vater wird wahrscheinlich nie wieder mit mir reden, und meine Mutter … Bei ihr ist das schwer zu sagen.

Sie wusste, dass sie nichts tun konnte, um mich aufzuhalten, und deshalb hat sie mir geholfen, doch ich weiß auch, dass sie es mir sehr verübelt hat, sie in eine solch schwierige Situation gebracht zu haben. Es hatte keine Abschiedsküsse gegeben, nur praktische Ratschläge und Hilfe, aber so war es ja eigentlich immer schon bei ihr gewesen.

»Charlotte«, sagt Jean-Luc leise und reißt mich aus meinen Gedanken, als er mir das Gesicht zuwendet. »Es gibt keine Regeln, nicht?«

Mit dem Zeigefinger fahre ich langsam die Konturen seines Gesichts nach. »Was meinst du damit?«

»Dass wir unsere eigenen Regeln machen und nicht dem Weg folgen, der für uns vorgesehen war. Und dass wir unsere Zukunft selbst entschieden haben.«

»Unsere eigenen Regeln? Ja, doch ich finde, dass wir trotzdem noch die Prinzipien brauchen, mit denen wir aufgewachsen sind.«

»Prinzipien? Was sind sie schon? Mein einziges Prinzip ist, meine Lebensweise nicht von Prinzipien bestimmen zu lassen.«

Ich lasse den Finger auf seiner Stirn verweilen, weil ich mir nicht ganz sicher bin, dass ich weiß, worauf er hinauswill. »Aber wir brauchen dennoch etwas, das stärker ist als wir selbst – wie Werte, die von Generation zu Generation weitergegeben werden. Meinst du nicht?«

Er nimmt meinen Finger, bringt ihn an seinen Mund und küsst ihn. »Sprichst du über Religion?« Er hält einen Moment inne. »Glaubst du wirklich an Gott? Nach … nach allem, was geschehen ist und geschieht?«

»Jetzt ja.« Ein kleines Lachen entringt sich meinen Lippen. »Jetzt tue ich es.« Ich ziehe den Finger von seinem Mund zurück. »Ich habe einmal um etwas gebetet, und Gott hat mich erhört.«

»Er hat dein Gebet erhört?«

»Ja.«

»Und worum hattest du ihn gebeten?«

»Das kann ich dir nicht sagen, weil es etwas zwischen mir und Gott ist.«

»Jetzt machst du mich eifersüchtig.«

»Sag das nicht. Es klingt gotteslästerlich.«

»Entschuldige. Ich frage mich nur, worum du gebeten hast. Um einen gut aussehenden Mann, der dich entführt?«

Ich kneife ihn sanft in die Wange. »Tja, dann würde ich noch darauf warten, wenn es das wäre, nicht?«

Er antwortet mit einem leisen, amüsierten Lachen, das tief, tief in mein Herz eindringt.

»Ich wünschte, wir könnten für immer so verweilen«, sage ich und küsse ihn auf die Wange.

Vierzigstes Kapitel

Im Süden, 31. Mai 1944

JEAN-LUC

Als sie Saint-Jean-de-Luz erreichen, geht die Sonne schon langsam in einem rosigen Schimmer zwischen Streifen tief hängender Wolken unter, während die Wellen in ihrem zeitlosen Rhythmus an die Küste rollen. Hohe, verschnörkelte Häuser stehen an der dem Strand gegenüberliegenden Straße und sind über kleine Brücken, die über die Straße führen, mit der Strandpromenade verbunden.

Es sieht alles so malerisch aus, dass Jean-Lucs Gedanken abschweifen und er sich einen Strandurlaub vorzustellen beginnt: im Sand spielen, in Frieden und Sicherheit Sonne tanken … Er schüttelt den Kopf und schließt ganz fest die Augen, als er sich fragt, ob diese Art von Traum eines Tages wieder zur Normalität gehören wird.

Sie müssen zu dem kleinen Dorf Ciboure am anderen Flussufer hinüber. Die Brücke ist leicht zu finden, aber Ciboure selbst ist ein Labyrinth aus schmalen, gewundenen Straßen. Es kommt ihnen vor, als liefen sie im Kreis, als sie darin umherirren. Doch es ist kein Soldat zu sehen und so unheimlich still, dass Jean-Luc sich unwillkürlich fragt, ob sie nicht vielleicht durch Ritze in den Mauern beobachtet werden.

»Bald beginnt die Ausgangssperre«, bemerkt Charlotte mit etwas zu schriller Stimme. Sie zieht die Schuhe wieder an, und Jean-Luc entgeht nicht, wie sehr sie sie bei jedem ihrer Schritte quälen, aber er sagt nichts.

Als sie um die nächste Ecke biegen, sieht er sogleich den Straßennamen – Avenue de l'Océan. Samuel quengelt und zappelt an seiner Brust. Jean-Luc pocht leise an die Tür mit der Nummer 24, aber auf der anderen Seite rührt sich nichts. Er versucht es noch einmal, doch diesmal klopft er lauter mit den Fingerknöcheln an das Holz und beugt sich lauschend vor, um sich keine Bewegung entgehen zu lassen.

»*Oui?*« Die Tür wird einen Spalt geöffnet, aber nicht die Kette an dem Schloss.

Jean-Luc tritt zurück und lässt Charlotte durch den schmalen Spalt sprechen. »Wir sind wegen der Hennen gekommen. Eine von ihnen ist krank«, flüstert sie den geheimen Code, den ihre Mutter ihr gegeben hat.

Jean-Luc hält den Atem an, als er hört, wie die Kette gelöst wird und die Tür sich öffnet. Schnell treten sie ein, während die Frau sich vorbeugt und die Straße hinauf- und hinunterblickt, bevor sie die Haustür hinter ihnen schließt.

Der Geruch von gekochtem Kohl erfüllt den langen, dunklen Gang. Samuel windet sich leise wimmernd an Jean-Lucs Brust.

Aus einer Tür erscheint ein groß gewachsener Mann. »Wer sind diese Leute, Frau?«, ruft er, während er zu Jean-Luc und Charlotte herüberschlurft.

Die Frau mustert sie von oben bis unten, tritt dann schulterzuckend zurück und lässt sie durch.

»Wen haben wir denn hier?« Der Mann starrt sie aus dunkelblauen Augen an. Sein Gesicht ist kantig und faltenreich.

»Ich bin Charlotte de la Ville, und Sie müssen mein Großonkel Albert sein.« Sie beugt sich vor, um ihn auf die Wange zu küssen, doch er weicht zurück.

»Was?« Er ist im Begriff, noch etwas anderes zu sagen, aber seine Worte gehen in einem Hustenanfall unter. Die Frau klopft ihn kräftig auf den Rücken. »Das reicht!«, brummt er und schiebt ihre Hand weg.

Als er sich wieder gefangen hat, geht sein Blick von Charlotte zu Jean-Luc und wieder zurück, doch er schweigt, und eine angespannte Atmosphäre liegt jetzt in der Luft. »Und?«, fragt er schließlich.

»Meine Großmutter ist Ihre Schwester. Und meine Mutter hat uns hierhergeschickt.«

Plötzlich greift er mit Daumen und Zeigefinger nach Charlottes Kinn und dreht es hin und her. Jean-Luc sieht, wie sie sich verkrampft, und sein Herz schlägt schneller vor Besorgnis, den falschen Mann und die falsche Adresse erwischt zu haben.

Dann lässt der Alte Charlotte abrupt los. »Ja, diese Augen würde ich überall erkennen. Du siehst ihr sehr ähnlich. Hast du etwas Persönliches von ihr?«

»Von wem?«

»Von deiner Großmutter, meiner Schwester.«

»Nein«, erwidert Charlotte stirnrunzelnd.

Für einen Moment stehen sie wartend da, und der Kohlgeruch wird stärker. Dann räuspert Charlotte sich. »Sie hat mir eine Brosche zu meinem achtzehnten Geburtstag geschenkt.«

»Zeig sie mir.« Er kratzt sich am Bart, und seine Augen verengen sich, als er sie prüfend mustert.

Mit zitternden Fingern knöpft sie den Mantel auf und löst die Brosche, die an ihrer Bluse steckt.

Albert nimmt sie in seine groben, schwieligen Hände und streicht über den glatten grünen Edelstein. »An die erinnere ich mich. Von wem hatte sie sie?«

»Sie war ein Geschenk ihres Vaters zu ihrem einundzwanzigsten Geburtstag.«

Einen Moment lang stehen sie schweigend da, während Albert die Brosche von allen Seiten betrachtet. Dann beugt er sich ein wenig vor, legt sie in Charlottes ausgestreckte Hand und schließt sanft ihre Finger darum. »Pass gut darauf auf und verlier sie nicht«, sagt er. Für einen Moment erscheint fast so etwas wie ein Lächeln um seinen Mund, bevor er sie ganz unversehens an den Schultern packt, sie an sich zieht und ihr zweimal einen schallenden Kuss auf jede Wange gibt. Als er sie wieder loslässt, wendet er sich Jean-Luc zu. »Und wer ist das?«

Jean-Luc streckt ihm die Hand hin. »Ich bin Jean-Luc Beauchamps und freue mich sehr, Sie kennenzulernen, Monsieur.«

Alberts Augen werden wieder schmal, als er ihn von oben bis unten mustert. »Ich will wissen, mit wem ich es zu tun habe, bevor ich einem Mann die Hand schüttle«, erklärt er schroff.

Jean-Luc lässt die Hände sinken. Als spürte er die Zurückweisung, wird aus Samuels leisem Gewimmer nun wieder ein Weinen. Sofort greift Jean-Luc zwischen die Falten der Trageschlinge, nimmt das Baby heraus und hält es hoch. »Und das ist Samuel.«

»Euer Sohn?«

»Nein«, antwortet Charlotte schnell.

Alberts ganzes Gesicht verändert sich, als seine misstrauischen Augen sich erwärmen. »Wir sollten uns besser setzen, denke ich.«

Charlotte und Jean-Luc folgen ihm über den dunklen Flur zur Küche, wo Albert sich am Kopf des langen Esstischs niederlässt wie ein Hof haltender König. Jean-Luc bemerkt die versengten Flecken von heißen Tellern und vergessenen Zigaretten auf dem Tisch, als er Charlotte das Baby übergibt. In seinem Rucksack sucht er nach der Feldflasche mit der Milch. Als er sie dann jedoch schüttelt, scheint das Geräusch der winzigen Menge von Flüssigkeit durch den ganzen Raum zu schallen.

»Haben Sie Milch?«

»Wir können welche besorgen.« Albert wendet sich an seine Frau. »Geh zu Pierre, Marie, und hol ihnen welche.«

Sie dreht sich wortlos um und schlurft hinaus.

Jean-Luc füllt das Babyfläschchen mit der restlichen Milch und gibt es Charlotte. Etwa eine Minute lang bemüht sie sich,

Samuel dazu zu bringen, die Flasche anzunehmen, und Jean-Luc ertappt sich dabei, wie er den Atem anhält, während er darauf wartet, dass der Kleine zu trinken beginnt.

»Wie alt ist er?«, erkundigt sich Albert stirnrunzelnd. »Er sieht noch sehr klein aus.«

Jean-Luc zuckt mit den Schultern. »Wir sind uns nicht ganz sicher, aber wahrscheinlich erst ein paar Wochen.«

»Ihr seid mit einem so kleinen Baby, das nicht einmal das eure ist, aus Paris hierhergereist?«

Etwa eine Minute lang sagt niemand etwas, dann jedoch erhebt Charlotte den Blick. »Er ist ein sehr braves Kind. Und wir hatten das Glück, dass wir nicht aufgehalten wurden«, erklärt sie, und Jean-Luc kann den Stolz in ihrer Stimme hören.

»So?« Albert zieht eine seiner buschigen Augenbrauen hoch. »Und warum seid ihr hierhergekommen? Was wollt ihr von mir?«

»Wir hoffen, dass du uns helfen kannst.« Charlotte erwidert ruhig seinen Blick. »Maman sagte, du hättest auch schon anderen Leuten geholfen, nach Spanien zu fliehen.«

Albert kratzt sich am Kopf und blickt von Charlotte zu Jean-Luc und wieder zurück. »Aber warum müsst ihr fliehen? Was habt ihr getan? Oder ist Jean-Luc ein Jude?«

»Nein«, antwortet Charlotte.

Nun ergreift Jean-Luc das Wort. »Ich bin Bahnarbeiter und war in Bobigny – besser gesagt, in Drancy – am Bahnhof beschäftigt.«

»Verstehe.« Alberts dichte Augenbrauen ziehen sich zusammen und erzeugen damit tiefe Linien auf seiner Stirn.

»Ich wusste, dass ich dort wegmusste, und habe nur auf die richtige Gelegenheit gewartet. Mein erster Sabotageversuch bestand darin, die Schienen zu beschädigen, was mich jedoch leider nur ins Krankenhaus brachte. Und als ich danach wieder arbeiten konnte und gerade ein Zug abfuhr, flehte eine dieser armen Frauen mich an, ihr Baby zu nehmen, um es zu retten.«

»Dieses Baby?«

»Ja.«

»Dann stimmt es also, dass sie die Juden aus Drancy abtransportieren?«

»Ja. Zu Tausenden.«

»Das ist es, was ich hörte. Aber wo bringen sie sie hin?«

»Das weiß ich nicht genau, doch ich denke, dass es irgendwo weit weg im Osten sein muss. Nur die *Boches* wissen, wohin all diese Menschen wirklich gebracht werden.«

Die Falten auf Alberts Stirn vertiefen sich. »Nur die *Boches*, die Dreckskerle!«

Charlotte steht auf, um Samuel zu beruhigen, der inzwischen lautstark weint. Alle blicken auf, als Marie mit einer Milchkanne zurückkommt. »Zwei Päckchen Gitanes hat sie mich gekostet.«

»Keine Sorge, wir haben Zigaretten.« Jean-Luc greift in seine Brusttasche und zieht zwei zerdrückte Päckchen heraus, die er über den Tisch schiebt.

»So.« Albert zündet sich eine Zigarette an. »Diese Frau hat Sie also gebeten, ihr Baby an sich zu nehmen?«, fragt er und bietet auch Jean-Luc das Päckchen an.

Der schüttelt den Kopf und lehnt die angebotene Zigarette ab. »Sie hat mich regelrecht angefleht, weil sie wohl wusste, was geschehen würde, wenn sie ihn in diesem Zug mitnimmt.«

»Warum habt ihr ihn dann nicht jemand anderem zur Verwahrung gegeben?«

»Weil es niemanden gab, der dazu bereit gewesen wäre. Und wir … na ja, wir hatten es auch sehr eilig, aus Paris herauszukommen. Ich hatte mir eine deutsche Uniform besorgen müssen, um das Bahnhofsgelände verlassen zu können. Ich denke, Sie verstehen, was ich meine.«

Albert nickt mit dem Anflug eines Lächelns um die Lippen.

»Ich musste einen *Boche* ins Bein schießen, um an eine heranzukommen. Danach war mir natürlich klar, dass sie hinter mir her sein würden, und ich hatte keinen sicheren Ort, wo ich das Baby hätte unterbringen können.« Er hielt einen Moment inne. »Deshalb ging ich zu Charlotte. Ich wusste nicht, wohin ich mich sonst wenden könnte, und ihre Mutter half uns. Sie erzählte uns von Ihnen und gab uns Geld.«

»Ach, tatsächlich?« Albert hustet, und es klingt, als löste sich der Schleim von Jahren.

Marie steht auf und klopft ihm auf den Rücken. »Wie oft habe ich dir schon gesagt, dass es höchste Zeit ist, mit dem Rauchen aufzuhören?«

»Du würdest mir all meine Freuden nehmen, wenn du könntest, Frau, nicht wahr?«

Sie schnalzt missfallend mit der Zunge, hört aber nicht auf, ihm den Rücken zu massieren.

»Es wundert mich, dass deine Mutter ihre einzige Tochter überhaupt hat gehen lassen. Sie weiß doch, wie gefährlich es ist.«

»Sie konnte mich nicht aufhalten«, erwidert Charlotte hoch erhobenen Hauptes.

»Gut, dass ich keine Töchter habe«, bemerkt Albert mit einem kehligen Lachen. »Ich habe schon immer gesagt, dass sie nichts als Ärger machen. Aber habt ihr schon darüber nachgedacht, wohin ihr wollt, wenn ihr erst mal in Spanien seid?«

»Nach Amerika.« Jean-Luc schaut Charlotte an. »In das Land der freien Menschen und unbegrenzten Möglichkeiten.«

»Das ist keine schlechte Idee. Frankreich wird noch ein paar Jahre mehr die Hölle sein. Sobald dieser verdammte Krieg vorüber ist, werden wir uns den Folgen stellen müssen. Ich kann mir nur vorstellen, wie hässlich das werden wird.« Albert sieht das junge Paar nachdenklich an. »Es wird schwierig sein mit einem Kind«, sagt er schließlich. »Die Fluchthelfer nehmen nicht gern Babys mit.«

Charlotte wirft Jean-Luc einen Blick zu.

»Babys sind unberechenbar. Sie weinen, und das kann Leben

kosten.« Albert schnippt Asche in einen metallenen Aschenbecher. »Der Kleine ist ein Risiko. Wenn er weint, könntet ihr entdeckt werden. Und die Fluchthelfer wollen kein Baby töten müssen.« Er macht eine Pause. »Manchmal ist es jedoch die einzige Möglichkeit, ein Leben zu opfern, um die anderen zu retten.« Er starrt Charlotte aus wässrigen Augen an. »Niemand will ein Baby töten.«

»Außer den Nazis«, wirft Marie in angewidertem Ton ein.

»Aber … wir können ihn doch nicht einfach zurücklassen.« Charlotte schluckt, und ihr Blick huscht von Marie zurück zu Albert.

»Es muss irgendwie gehen«, sagt Jean-Luc. »Wir könnten ihm etwas zum Schlafen geben. Das hat im Zug auch funktioniert.«

»Vielleicht.« Albert kratzt sich wieder den Bart. »Kann sein. Aber allein habt ihr eine bessere Chance, die Pyrenäen zu überqueren. Vielleicht könnten wir eine Familie finden, die den Kleinen aufnimmt …«

»Ist er beschnitten?«, unterbricht Marie ihn.

»Nein«, antwortet Jean-Luc schnell.

Albert nickt. »Das wird es einfacher machen.«

»Wir lassen ihn nicht zurück«, erklärt Charlotte laut und deutlich.

Ihre Bestimmtheit erstaunt Jean-Luc, doch er wartet noch und wägt all ihre Möglichkeiten ab.

»Nun denn.« Albert nimmt einen tiefen Zug von der Gitane und stößt den Rauch langsam und genussvoll aus. »Ich habe euch gewarnt. Und es wird schwer sein, einen Fluchthelfer zu finden. Nur Florentino würde es vielleicht tun.«

»Samuel ist ein braves Baby. Er weint fast nie und schläft die meiste Zeit«, versichert Charlotte schnell.

Jean-Luc sucht Alberts Blick. »Haben Sie jemanden im Auge, der uns führen könnte?«

»Im Moment noch nicht. Wir werden sehen müssen. Aber eins kann ich euch sagen: Diese Mistkerle von Deutschen sind verdammt beharrlich. Ich habe schon gesehen, wie sie Kinder ohne ihre Eltern weggebracht haben, Kinder, die verzweifelt schrien und weinten. Sie machen Jagd auf die allerletzten Juden in Frankreich, ganz egal, wie alt sie sind.«

»Nein!«

Alle drehen sich zu Charlotte um.

»Ich sagte Nein«, wiederholt sie entschieden. »Wir werden Samuel nicht zurücklassen.«

Die Falten auf Alberts Stirn vertiefen sich. »Es ist ein schwieriger Aufstieg über die Pyrenäen, den nicht jeder schafft. Schon gar nicht mit einem Baby.«

»Wir werden den Kleinen nicht zurücklassen!«, sagt Charlotte mit erhobener Stimme.

Jean-Luc sieht die Tränen, die ihr in die Augen steigen, und wie sie schluckt, um den Kloß aus ihrer Kehle zu vertreiben. Er versteht, wie sie sich fühlt, und hat gesehen, wie das Baby ihr mit jedem Tag noch mehr ans Herz gewachsen ist, doch er ist pragmatischer als sie. Er wird die Risiken sorgfältig abwägen, bevor er eine Entscheidung trifft.

Oder nicht? Schließlich hat er das Baby auch ohne jede bewusste Entscheidung an sich genommen. Einen Moment lang fragt er sich, ob die besten Entscheidungen nicht die sind, die mit dem Herzen getroffen werden. Und in seinem Herzen verspürt er ein Aufwallen von Liebe für den kleinen Samuel und das Bedürfnis, ihn zu beschützen und die Flucht mit ihm zusammen durchzustehen, ganz gleich, wie gefährlich es ist.

»Wir nehmen ihn mit«, erklärt er entschieden. »Und wir werden es schaffen. Ich weiß, dass wir es schaffen werden.« Mit wild pochendem Herzen starrt er Charlotte an.

Einundvierzigstes Kapitel

Im Süden, 31. Mai 1944

CHARLOTTE

»Ich habe Sie hier oben untergebracht«, erklärt Marie, als sie uns und den schlafenden Samuel, den ich noch immer in den Armen halte, in den ersten Stock hinaufführt.

Oben schaue ich mich neugierig in dem Zimmer um, das sie uns gegeben hat, betrachte das Doppelbett mit der klumpigen Matratze und frage mich, ob es wohl für Samuel und mich oder für Jean-Luc und mich oder für uns alle drei gedacht ist.

»Wir haben nur dieses eine Zimmer zur Verfügung«, erklärt Marie, als könnte sie meine Gedanken lesen. »Sie werden sich hier also zu dritt einrichten müssen.«

Jean-Luc lächelt sie an. »Das ist kein Problem. Vielen Dank. Samuel kann zwischen uns schlafen.«

»Wie Sie meinen«, brummt sie, und ich frage mich, was sie wohl sonst von uns erwarten mag. »Also gut«, fährt sie fort, »dann lasse ich Sie jetzt allein, damit Sie es sich bequem machen können. Gute Nacht.«

»Gute Nacht. Und vielen Dank für alles. Sie waren sehr freundlich, Madame.«

Ohne ein weiteres Wort lässt sie uns im Zimmer stehen, und da meine Arme bereits unter Samuels Gewicht zu schmerzen beginnen, lege ich ihn auf das Bett. Zum Glück schläft er sogleich wieder ein und gibt keinen Ton mehr von sich.

Jean-Luc nimmt ein Kissen vom Bett und legt es auf den Boden. »Vielleicht sollte er besser hier schlafen. Ich möchte mich nicht in der Nacht umdrehen und ihn versehentlich erdrücken.« Behutsam hebt er den Kleinen auf und legt ihn auf das Kissen, deckt ihn mit seinem Mantel zu und steckt Samuels Ärmchen darunter. Ich beobachte, wie liebevoll er ihn auf die Stirn küsst. Dann wendet er sich wieder mir zu und flüstert: »Wir sollten versuchen, auch ein bisschen zu schlafen, weil er in ein paar Stunden bestimmt wieder wach wird.«

Ich nicke zustimmend, setze mich auf das Bett und frage mich, was jetzt wohl geschehen wird. Mein Herz schlägt schneller, aber ob vor Aufregung oder Angst, könnte ich selbst nicht sagen.

Mit dem Rücken zu mir stehend, öffnet Jean-Luc seinen Gürtel und lässt seine Hose fallen, bevor er sich bückt und sie zusammen mit den Socken auszieht. Sein Hemd hängt jetzt lose herunter, und ich schaue zu, wie er es aufknöpft und abstreift. Seine Schultern sind breit und eckig, und sein Rücken bildet ein perfektes Dreieck, das an einem Punkt endet, wo es in der Unterhose verschwindet. Ich unterdrücke das Bedürfnis, aufzustehen und meine Finger an seiner Wirbelsäule hinuntergleiten zu lassen.

Dann dreht er sich auf einmal um. »Soll ich das Licht ausmachen?«

»Wenn du willst.«

Er legt den Schalter an der Wand um, und plötzlich ist es dunkel. Jean-Luc schlüpft ins Bett, und auch ich beginne, mich auszuziehen, lasse meine Unterwäsche aber an, wie auch er es getan hat. Als ich merke, dass ich unwillkürlich den Atem angehalten habe, versuche ich, ihn leise entweichen zu lassen, doch das Geräusch erscheint mir schrecklich laut in dem so stillen Raum.

»Alles in Ordnung?«, fragt Jean-Luc.

»Ja, ja, bestens.« Ich hoffe nur, dass er das Zittern meiner Stimme nicht hören kann.

Plötzlich wendet er sich mir zu und küsst mich auf die Stirn.

Zuerst denke ich, dass es daran liegt, dass er im Dunkeln nicht richtig sehen kann und eigentlich meinen Mund gesucht hat, doch dann sagt er: »Gute Nacht, Charlotte. Morgen könnte uns ein langer Tag bevorstehen.«

Morgen! Wie viele Morgen bleiben uns überhaupt noch? Was ist, wenn wir erwischt werden? Man wird uns in eines dieser Lager schicken, aus denen niemand je wieder zurückkehrt. Ich schließe die Augen und versuche, die Möglichkeit auszublenden und mich zu beruhigen, doch meine Gedanken schweifen nur wieder ab. Ich bin verwirrt. Warum hat Jean-Luc mich nicht richtig geküsst?

»Jean-Luc«, murmele ich in der Dunkelheit.

Aber mein Flüstern stößt auf Schweigen. Ist er schon eingeschlafen? So schnell?

Ich drehe mich auf die Seite, wende mich ihm zu und frage mich, wie er wohl liegen mag. Zögernd lasse ich die Hand zu ihm hinübergleiten und ertaste die Biegung einer Schulter. Er liegt mit von mir abgewandtem Kopf auf der Seite. Vorsichtig berühre ich seine Haut, bis ich seine Wirbelsäule ertaste und meine Finger auf jedem seiner Wirbel einen Moment lang innehalten lasse, bevor ich die Hand behutsam tiefer gleiten lasse. Als ich den Ansatz seines Rückens erreiche, lasse ich die Finger in der kleinen Vertiefung ruhen, wo ich den Rhythmus seines Atmens spüren und die Wärme seiner Haut in mir aufnehmen kann. Aber dann wage ich mich sogar noch weiter hinunter und frage mich, wie es wohl wäre, ihn *richtig* zu berühren.

Kurz entschlossen schiebe ich ganz vorsichtig die Hand unter den Gummizug seiner Unterhose, weil mir plötzlich der Gedanke kommt, dass ich nicht sterben will, ohne ihn wirklich ganz zu kennen.

Er murmelt etwas, und meine Hand erstarrt.

»Charlotte«, flüstert er, während er sich umdreht und die Hand ausstreckt, um im Dunkeln mein Gesicht zu suchen. »Ich will, dass es ein absolut vollkommener Moment wird. Aber vorher möchte ich dich vor Gottes Augen und mit ihm als Zeugen in einer Kirche heiraten. Danach möchte ich dir Champagner bringen, während du auf einem Bett aus Rosenblüten liegst …«

Ich lächle in der Dunkelheit. »So muss es gar nicht sein, Jean-Luc. Mir persönlich macht es nämlich absolut nichts aus, wenn wir nicht in einer Kirche heiraten. Ehrlich gesagt ist es mir sogar egal, wenn wir überhaupt nicht heiraten.«

»Aber ich dachte …«

»Ich glaube nicht, dass Gott nur in Kirchen lebt, und außerdem bin ich mir ziemlich sicher, dass wir trotzdem seinen Segen hätten.«

Jean-Luc streichelt mein Gesicht. »Das klingt, als wärst du dir dessen wirklich völlig sicher.«

»Das bin ich mir auch. Ich habe viel darüber nachgedacht.«

»Das freut mich zu hören.« Und dann küsst er mich sehr zärtlich auf den Mund und hört nicht auf, bis er mein Ohr erreicht. »Und was ist mit den Rosenblüten und dem Champagner?« Sein Atem ist heiß.

»Hm«, murmele ich. »Das heben wir uns für ein andermal auf. Jetzt will ich nur dich, Jean-Luc.«

Zweiundvierzigstes Kapitel

Im Süden, 1. Juni 1944

CHARLOTTE

Am nächsten Abend, als wir uns zum Essen hinsetzen, ertönt ein schnelles, dreimaliges Klopfen an der Tür, das die Luft zerreißt wie ein Pistolenschuss. Erschrocken ziehe ich Samuel näher an mich heran, und Jean-Luc springt auf.

»Keine Bange, das ist nur unser Signal«, sagt Albert, als er den Raum verlässt. Kurz darauf kehrt er mit einem großen Mann zurück, den er als Florentino, ihren Fluchthelfer, vorstellt.

Ich beobachte, wie dieser Bär von einem Mann seine flache Baskenmütze abnimmt. Als ich aufstehe, um ihn zu begrüßen, kann ich den Blick nicht von den tiefen Falten in seinem Gesicht abwenden. Seine Augen sind im Gegensatz dazu so hell und so strahlend wie die eines jüngeren Mannes. Während ich Samuel mit einer Hand an die Brust drücke, reiche ich dem Mann die andere. Er nimmt sie in einen festen Griff, und seine riesigen Finger umschließen sie fast vollständig. Neben ihm komme ich mir klein und zerbrechlich, ja fast unbedeutend vor.

Ich ziehe die Hand zurück, und Marie reicht ihm ein Glas Rotwein. Er nickt dankend, bevor er den Wein hinunterstürzt, als wäre er Wasser, und sich dann Albert zuwendet. »Kein Baby.«

Ich drücke Samuel noch fester an mich.

»Das weiß ich auch.« Albert schüttelt den Kopf. »Aber diesmal ist es nötig. Und sie können auch mehr bezahlen.«

»Kein Baby, sagte ich!« Florentino streckt sein Glas aus, um sich nachschenken zu lassen.

Ich blicke fragend zu Jean-Luc hinüber. Was sollen wir jetzt tun? Er schaut mich an und zieht ein Bündel Geldscheine, das er schon vorbereitet zu haben scheint, aus der Gesäßtasche. Während er die Scheine durchblättert, schaut er den Fluchthelfer an. »Wie viel mehr?«

»Nichts da! Kein Baby, sagte ich!« Florentino stellt sein leeres Glas mit einem dumpfen Klirren auf den Tisch.

Albert legt dem Fluchthelfer die Hand auf die Schulter und beugt sich vor, um ihm etwas ins Ohr zu flüstern.

Ich kann sehen, wie sich die Falten auf Florentinos Stirn vertiefen. Dann dreht er sich abrupt wieder zu mir um und streckt die Arme aus. »Das Baby.«

»Was?« Instinktiv ziehe ich Samuel zurück.

»Er will ihn sich nur ansehen, Charlotte.« Jean-Luc berührt mich sanft am Ellbogen.

Voller Beklommenheit lege ich den schlafenden Säugling in die riesigen Hände des Mannes. Er wirft einen Blick auf Samuel und hebt ihn dann mit einer Hand an die Schulter.

Bitte wach jetzt bloß nicht auf, flehe ich den Kleinen im Stillen an.

Mit einer jähen Bewegung wechselt Florentino ihn an seine andere Schulter. Samuel windet sich im Schlaf, beginnt jedoch nicht zu weinen, und ich kann nicht anders, als einen Anflug von Stolz zu empfinden. Dann grunzt Florentino und fixiert Albert mit seinen tiefblauen Augen. »Du weißt, was passiert, wenn das Baby weint.«

Mein Großonkel nickt und schaut mich an. Ich muss mich von der verstörenden Intensität seines Blickes abwenden. *Es wird nicht passieren. Es darf nicht passieren*, sage ich mir.

Jean-Luc hustet. »Wir werden ihn nicht weinen lassen.« Er geht einen Schritt auf mich zu und legt den Arm um meine Schulter. »Wir wissen, wie man den Kleinen zum Schweigen bringt.«

Florentino starrt ihn an und zieht eine seiner dichten Augenbrauen hoch, als fragte er sich, wie Jean-Luc wissen kann, wie man ein Baby ruhig hält. Dann reicht er Samuel abrupt an ihn weiter und greift nach seinem inzwischen nachgefüllten Glas.

Nach ein paar kräftigen Schlucken bellt er eine Liste von Anweisungen für uns: »Morgen um zweiundzwanzig Uhr im Bauernhaus Urrugne. Es ist schwere Arbeit. Also tausendfünfhundert Peseten jetzt und tausendfünfhundert beim nächsten Mal.«

Jean-Luc zählt die Summe in Francs ab, die meine Mutter uns gegeben hat. »Ich danke Ihnen.«

Florentino grunzt nur und wendet sich wieder Albert zu. »Gib mir Cognac für das Baby.«

Albert nickt, und mir dreht sich der Magen um, aber ich beherrsche mich und schweige. Wir müssen Samuel nur irgendwie aus Frankreich herausbringen …

Florentino setzt sich, und Marie bringt ihm einen Teller mit Paté und eingelegtem Gemüse. Ich schaue zu, wie er sich Stücke von schleimigen roten Paprika in den Mund schaufelt. Wir legen unser Leben in die Hände dieses Mannes, doch er scheint uns nicht einmal sonderlich zu mögen. Die mit dem Überqueren der Pyrenäen verbundene Gefahr ist jetzt schon zu nahe. Ich schließe die Augen und blende meine Ängste aus. Sei zuversichtlich, flüstere ich mir im Stillen zu. Es wird alles gut …

Dreiundvierzigstes Kapitel

Im Süden, 2. Juni 1944

CHARLOTTE

Am nächsten Abend machen Jean-Luc und ich uns im Schutz der Dunkelheit mit Samuel auf den Weg. Marie hat jedem von uns ein Paar *Espadrilles* geschenkt. Diese relativ leichten Leinenschuhe mit Sohlen aus geknüpften Pflanzenfasern oder Kordeln sind angeblich die besten, um Gebirge wie die Pyrenäen zu überqueren. Ich bin nur froh, dass es keine großen, harten Lederstiefel sind und der Stoff sich an den Fersen sogar herunterdrücken lässt, weil meine Haut dort immer noch sehr empfindlich ist.

Jean-Luc trägt eine kleine Tasche mit Wäsche zum Wechseln, Milch, Cognac und Wasser, während ich in einem langen Kissenbezug, den ich mir umgebunden habe, den kleinen Samuel trage und ihn fest an meine Brust gedrückt halte.

Schweigend folgen wir dem Weg, der uns beschrieben wurde, aber bei unserem flotten Tempo wird mir bald zu warm, und ich fange an zu schwitzen. Ich halte Samuel ein wenig von mir ab, um etwas kühle Luft zwischen uns zirkulieren zu lassen, doch die Bewegung weckt ihn auf, und ich spüre, wie er die Fingerchen ausstreckt und sich an meinem leichten Mantel festklammert.

»Pst«, flüstere ich beruhigend, während ich ihn wieder näher an mich heranziehe und seinen Kopf mit der Hand bedecke. Er schmiegt sich wieder an mich, und ich sage mir, dass ich die wenige zusätzliche Wärme, die sein kleiner Körper abgibt, schon irgendwie ertragen werde. Wenn alles gut geht, werden wir in ein paar Tagen in Sicherheit und bereit sein, unser neues Leben zu beginnen.

Unwillkürlich greife ich nach Jean-Lucs Hand und verhalte für einen Moment den Schritt.

»Hab keine Angst, Charlotte. Wir werden es schon schaffen.«

»Ich weiß.« Ich drücke seine Hand, aber dann wechseln wir kein Wort mehr, und die einzigen Geräusche sind das leise Auftreten unserer Füße auf dem rauen Untergrund und die gelegentlichen Eulenschreie.

Wir sind noch nicht lange gegangen, als Florentino lautlos aus der Dunkelheit hervortritt. Ohne ein Wort zu sagen, folgen wir ihm durch einen kleinen Kiefernwald, in dem die zahlreichen Bäume und der mit kleinen weichen Zweigen bedeckte Boden jedes unserer Geräusche schlucken.

Ich fühle mich hier und in Florentinos Begleitung sicherer als auf dem anderen Weg, doch er bewegt sich so schnell zwischen den hohen, schlanken Bäumen hin und her, dass ich nach Luft schnappe und sich ein Ring aus Schweiß um meinen Haaransatz bildet. Schnell wische ich ihn ab und blase mir Luft ins erhitzte Gesicht. Ich mache mir auch Sorgen um Jean-Luc, der sich noch immer auf seinen Gehstock stützt, aber seine Schritte nicht ein einziges Mal verlangsamt.

Nach ein paar Stunden kommen wir zu einem Bauernhaus. Florentino drückt kräftig gegen die schwere Holztür und lässt uns eintreten. Bis auf das schwache Licht von ein paar Kerzen ist es drinnen völlig dunkel.

Trotzdem stoße ich einen Seufzer der Erleichterung aus und kann es kaum erwarten, mich hinzusetzen und Samuel loszubinden. Mein Nacken schmerzt von seinem Gewicht, und ich kann spüren, dass mir der Schweiß die Brust hinunterrinnt.

Eine alte Frau kommt, um uns zu begrüßen, und ich bin ihr dankbar, als sie mir aus dem leichten Mantel hilft und den Knoten des Kissenbezugs löst, in dem ich Samuel getragen habe. Ich hebe ihn heraus und sehe, wie er die Augen verdreht, weil er vermutlich die Veränderung der Umgebung spürt. An seinem roten Gesicht erkenne ich, dass er genauso überhitzt gewesen sein muss wie ich. Er drückt eine seiner winzigen Fäuste an seinen Mund und stößt einen ungehaltenen Schrei aus.

Es dauert nicht lange, bis Jean-Luc mit einem Fläschchen bei mir ist, mir Samuel abnimmt und ihn mit beruhigenden kleinen Lauten in den Armen wiegt. Ich werfe einen Blick auf die zerlumpte Couch und lasse mich dankbar darauf nieder, während ich Florentino und die alte Frau beobachte, die miteinander flüstern, während sie irgendetwas auf dem Herd erhitzt. Es riecht nach Muskatnuss und Knoblauch, und mein Magen beginnt zu knurren.

Die Frau dreht sich um und reicht mir eine Schale mit der Brühe. Sie ist köstlich, und ich schlürfe sie gierig, wobei ich aus den Augenwinkeln Jean-Luc beobachte, der Samuel etwas zuraunt, während er ihn füttert. Ich weiß, dass der Kleine jetzt mit seinen unschuldigen Augen zu ihm aufschaut, und Jean-Luc dabei ist, sich in dieses Baby zu verlieben. Und ich bin drauf und dran, mich in Jean-Luc zu verlieben. Ich habe noch nie eine solche Zärtlichkeit bei einem Mann gesehen, aber was mich am meisten überrascht, sind seine Gelassenheit und absolute Unbefangenheit. Es scheint ihn nicht zu kümmern, was andere von ihm denken. Wie erfrischend!

Erschöpft, aber glücklich schließe ich die Augen.

Mir ist, als wäre ich gerade erst eingenickt, als Florentino mich wachrüttelt und mir eine Schale mit heißer Milch und ein Stück Baguette anreicht. Jemand muss mir gestern Abend die *Espadrilles* ausgezogen und mich mit einer Decke zugedeckt haben.

Ich setze mich auf, nippe an der Milch und bemerke, dass Jean-Luc mit seiner Portion ein Fläschchen für Samuel vorbereitet. Florentino steht derweil am Herd, und seine Verärgerung verrät sich in seinen tiefen, kontrollierten Atemzügen, die den Eindruck machen, als zählte er sie ab, während er wartet.

Sobald das Baby gefüttert ist, reicht er uns die gleiche alte blaue Arbeitskleidung wie die, die er selbst trägt. Wir ziehen sie schnell an, und dann hilft Jean-Luc mir, den langen Kissenbezug um meinen Rücken zu binden, damit ich Samuel tragen kann.

Als wir schließlich draußen vor der Hütte stehen, reicht Florentino mir einen dicken Stock, auf den ich mich beim Gehen stützen kann. Dann schaut er sich Jean-Lucs Gehstock an. »Gut, du hast schon einen, aber wenn du zu langsam bist …«

»Ich kann sogar rennen mit diesem Stock«, sagt Jean-Luc mit einem nervösen Lachen.

Florentino ignoriert ihn, zeigt mit dem Finger nach vorn und geht mit langen, leisen Schritten voraus.

Ich stütze Samuel mit einer Hand unter seinem Po, um meinen Nacken und Rücken zu entlasten. Das Einzige, was ich vor mir sehen kann, ist Florentinos dunkle Gestalt. Die Erde riecht nach Tannengrün, was Erinnerungen an vergangene Weihnachtsfeste in mir wachruft, und die Frage, wie meine Weihnachtsfeste wohl von jetzt an sein werden. Werden wir drei eine glückliche Familie sein? Und werden wir eines Tages auch eigene Kinder haben? Aber diese Gedanken an die Zukunft scheinen im Augenblick so surreal zu sein wie Hirngespinste. Das einzig Wichtige im Moment ist, Samuel in Sicherheit zu bringen. Alles andere wird sich später zeigen.

Hier im Wald hat man das Gefühl, als schliefe die ganze Welt noch, mit Ausnahme der Vögel, die schon munter in den Bäumen zwitschern. Ein jähes, knackendes Geräusch lässt mich zusammenzucken. Mein linkes Knie noch in der Luft, erstarre ich buchstäblich. Ich kann gerade noch Florentino ausmachen, der mit schnellen Schritten von uns wegmarschiert.

»Los!«, flüstert Jean-Luc mir zu.

Wir rennen, um ihn wieder einzuholen. Florentino dreht

sich um, als wir dicht hinter ihm sind. »Es ist nur ein Ast abgebrochen«, brummt er. »Ich werde es euch schon sagen, wenn ihr Angst haben müsst.« Sein Ton ist trocken und humorlos.

Es bleibt uns keine Zeit, die Schönheit des anbrechenden neuen Tages zu bewundern, weil unsere Augen unentwegt auf unsere Füße gerichtet sein müssen, um nach krummen Wurzeln, losen Steinen oder schlammigen Stellen Ausschau zu halten.

Bald schon wird das Gelände steiler, und ich keuche und ringe nach Luft, als ich versuche, mit den Männern mitzuhalten. Dann geht der weiche Boden plötzlich in glattes Schiefergestein über, und ich rutsche aus. Instinktiv drücke ich mit einer Hand Samuel an meine Brust, während ich die andere ausstrecke, um meinen Sturz zu bremsen. Der Kleine stößt einen erschrockenen Schrei aus, und ich beuge mich schnell über ihn und flüstere ihm zu: »Nicht weinen, Samuel. Es wird alles wieder gut.« Im Grunde spreche ich mehr zu mir selbst als zu ihm, aber meine Worte scheinen ihn zu beruhigen, denn er wird wieder still.

Florentino wirft mir einen Blick zu, und selbst im Halbdunkel kann ich ein ärgerliches Glitzern in seinen Augen sehen. Er traut uns wirklich nicht zu, dass wir diese Reise schaffen werden, und ich bin mir ziemlich sicher, dass er sich sogar berechtigt fühlen würde, uns im Stich zu lassen, wenn er es für nötig hielte. Ich werde es ihm zeigen, schwöre ich mir im Stillen.

Dann bleibt er plötzlich stehen und zeigt auf eine Gruppe dicht beieinanderstehender Bäume. Bevor wir jedoch sehen können, welche Richtung er einschlägt, ist er auch schon aus unserer Sicht verschwunden. Das Herz schlägt mir bis zum Hals, als ich Jean-Luc zu den Bäumen folge und wir zu erraten versuchen, wohin Florentino gegangen ist. Zum Glück sehen wir allerdings schon bald darauf wieder seine massige Gestalt und folgen ihm durch das Kiefernwäldchen zu einer Lichtung, an der wir uns plötzlich einer steil aufragenden Felswand gegenübersehen. Einer Felswand mit einem schmalen, senkrecht abfallenden Spalt von etwa der Länge und Breite eines großen menschlichen Körpers. Und unten steht schon Florentino mit über der Kluft gespreizten Beinen und rechts und links gegen den Fels gestützten Händen.

Uns bleibt keine Zeit mehr zum Nachdenken oder um unseren Ängsten nachzugeben.

Jean-Luc schiebt mich vor sich. »Los!«

Schnell ziehe ich die *Espadrilles* an meinen Fersen hoch, um nicht rücklings aus ihnen herauszurutschen. Unter Einsatz aller Kraft in meinen Beinen schiebe ich mich in den Spalt und strecke eine Hand aus, um nach dem ersten Felsvorsprung zu tasten, während ich mit der anderen noch immer Samuel umklammere.

»Du musst dich auch mit der anderen Hand festhalten«, ruft Jean-Luc zu mir herauf und versetzt mir einen kleinen Schubs gegen den Po, um mich anzuspornen.

Aber ich bin zu ängstlich, um das Baby loszulassen. Denn was ist, wenn der Kissenbezug nicht stark genug ist, um ihn zu halten? Was, wenn das Kind hinunterfällt?

Vorsichtig löse ich die Hand von Samuel und strecke sie nach der nächsten Kante aus. Aber dann ziehe ich sie sofort wieder zurück. Ich kann das Baby nicht loslassen und werde daher die andere Hand ausstrecken müssen, um mich an dem Vorsprung festzuhalten. Aber der ist zu weit weg. Ich stecke fest. Wie erstarrt vor Unentschlossenheit mache ich den fatalen Fehler hinaufzuschauen. Das werde ich nie im Leben schaffen …

Florentinos gerötetes Gesicht erscheint, und ich spüre seine Wut – die mich jedoch nur noch mehr im Fels erstarren lässt. Seine großen Füße gleiten wieder den Spalt in der Klippe hinab, und bald ist er schon direkt über mir.

»Gib mir das Baby«, zischt er und streckt fordernd eine Hand aus. Aber da ich außerstande bin, auch nur einen Muskel zu bewegen, greift er in den Kopfkissenbezug und zieht Samuel heraus. Und dann steigt er wie ein flinker Bär mit nur einer Hand den Spalt wieder hinauf.

Nur nicht nach oben oder unten schauen, flüstere ich mir lautlos zu. Während ich mich immer nur auf den nächsten Felsvorsprung über mir konzentriere, gelange ich langsam höher durch den Spalt und gewinne mit jedem Schritt an Selbstvertrauen. Jetzt kann ich auch Jean-Lucs schweres Atmen hören, als er hinter mir aufsteigt. Für einen Moment frage ich mich, wie er es schafft, diese *Tour de Force* mit seiner Beinverletzung durchzuhalten, verwerfe den Gedanken aber schnell wieder. Das einzig Wichtige ist nur, *dass* er es schafft.

»*Allez*«, flüstert Florentino eindringlich von oben.

Ich blicke auf und sehe ihn über die Klippe gebeugt am Boden liegen und eine Hand nach mir ausstrecken. Und erst jetzt wird mir bewusst, wie weit hinauf wir geklettert sind. Und wie tief ich hinunterfallen könnte.

»*Allez*«, raunt er mir zu, diesmal schon ein bisschen lauter.

Ich schließe die Augen und strecke ihm die Hand entgegen. Seine starken Finger umklammern meine weitaus schwächeren und ziehen mich hinauf. Ich stoße mich mit den Beinen an der Felswand ab und strecke mich ihm entgegen. Dann rolle ich mich zur Seite und lande neben ihm. *Gott sei Dank!* Ich wage allerdings nicht hinabzuschauen, als er auch Jean-Luc heraufhilft. Vorher drückt er mir jedoch so beiläufig den kleinen Samuel in den Arm, dass ich mir wie eine schlechte Mutter vorkomme. Aber ich bin ja gar nicht seine wahre Mutter! Wie konnte es dann sein, dass die Angst um ihn mich lähmte?

Ich hatte mir eigentlich ein bisschen Ruhe nach den Strapazen dieser Kletterpartie erhofft, doch offenbar vergeblich, denn Florentino ist schon wieder auf den Beinen. Und Samuel ist jetzt auch unruhig geworden und stöhnt und windet sich in seiner Trageschlinge. Vielleicht kann er meine Angst und Müdigkeit ja spüren. Aber als ich gerade denke, dass ich nicht mehr weiterkomme, gibt Florentino uns ein Zeichen anzuhalten. Erschöpft lassen wir uns unter einen großen Baum fallen, wo meine Beine schon unter mir nachgeben, bevor sie den Boden berühren. Und Samuel beginnt zu weinen.

»Pst«, murmele ich und streichle ihm das Köpfchen.

»Ich werde ihn füttern«, flüstert Jean-Luc mir ins Ohr.

Ich frage mich, ob er den Cognac zu der Milch hinzugeben wird, wie es uns befohlen wurde, aber er tut es nicht, und Florentino scheint es nicht zu merken. Anstatt darauf zu achten, schließt er die Augen und lehnt sich an einen Baum. Da meine Muskeln bleischwer sind und schmerzen, tue ich es ihm nach. Während mir die Augen zufallen, ist mir noch schwach bewusst, dass Jean-Luc ein sauberes Tuch aus der Tasche nimmt und eine frische Windel daraus faltet.

Als ich mich gerade dem Schlaf hingeben will, stößt Florentino mich an. »*Allez.*«

»*Non!* Könnten wir uns nicht ein bisschen ausruhen?«

»Ausruhen könnt ihr euch, wenn ihr tot seid«, antwortet er, streckt aber die Hände aus, um mir aufzuhelfen.

Ich werde es schon schaffen, sage ich mir im Stillen und zwinge mich, mit zentnerschweren Beinen aufzustehen.

»Geht's dir gut genug, um Samuel zu nehmen?«, fragt Jean-Luc mich mit einem besorgten Blick.

Ich nicke nur.

Und schon stapfen wir weiter, jetzt nicht mehr im Schutz der Bäume, und dann geht es hinauf, immer höher und höher, und lose Schieferplatten rutschen uns unter den Füßen weg. Ich strecke die Hand aus und greife nach harten, stacheligen Grasbüscheln, um das Gleichgewicht zu halten.

Es kommt mir so vor, als wären wir schon seit Stunden so geklettert, als Florentino anhält und hinter ein paar Felsen verschwindet. Er taucht jedoch schnell wieder auf und hält eine Flasche mit einer klaren Flüssigkeit hoch.

Nachdem er einen großen Schluck daraus getrunken hat, reicht er sie an Jean-Luc weiter, der zunächst daran riecht.

»Schnaps«, sagt er dann, bevor er einen Schluck nimmt, der ihm die Tränen in die Augen treibt. Er hustet, trinkt ein zweites Mal und reicht die Flasche dann an mich weiter.

Der Alkohol verbrennt mir die Kehle, beruhigt aber meine Nerven. Als ich aufblicke, sehe ich, wie Florentino mich angrinst, während ich einen Hustenanfall unterdrücke. Dann streckt er die Hände aus und tut so, als würden sie heftig zittern.

»Besser, was?«

»Ja«, gebe ich zu. Natürlich bin ich noch immer wie gelähmt vor Angst, doch wir leben noch, und der Alkohol hat meiner Angst die Schärfe genommen.

Nun kramt Florentino in seinen Taschen und bringt eine kleine Papiertüte zum Vorschein, die er an mich weitergibt. Sie enthält getrocknete Aprikosen. Dankbar stopfe ich mir ein paar in den Mund und reiche die Tüte an Jean-Luc weiter.

Florentino tippt auf sein Handgelenk und hält fünf Finger hoch, um uns anzuzeigen, wie viele Minuten uns noch bleiben. »*Allez! Allez!*«, drängt er.

Es ist bestimmt schon Mittagszeit, und ich bin immer noch hungrig und sehr durstig. Wir sind schon seit Stunden unterwegs, und ich brauche neue Energie. Meine Kraftreserven sind aufgebraucht.

Unwillkürlich denke ich an Maman und all ihre inständigen Bitten und erfolglosen Versuche, mich von diesem gefährlichen Unternehmen abzuhalten. Jetzt verstehe ich, dass ich hier oben in den Bergen sterben könnte, aber damals habe ich keinen zweiten Gedanken an die Gefahr verschwendet. War das Tapferkeit oder Idiotie?

Ich bin verschwitzt von dem Bündel mit dem kleinen Samuel, und der Kissenbezug zerrt mit seinem Gewicht an meinem ohnehin schon steifen Nacken. Florentino sieht mir zu, als ich ihn zurechtziehe, um es mir ein bisschen bequemer zu machen. Er hält mir hilfsbereit seine große Hand hin, aber ich schüttle den Kopf. Zum Teil aus Stolz, aber auch, weil ich das Gefühl mag, den kleinen Körper des Babys an meinem Herzen zu spüren.

Nach einem ganzen Tag auf dem Marsch mit nur gelegentlichen kurzen Pausen bricht die Dunkelheit herein, und Florentino sucht uns endlich einen geschützten Platz hinter einem großen Felsen, wo wir uns ermattet auf den Boden fallen lassen. Jean-Luc und ich kuscheln uns aneinander, um uns gegenseitig zu wärmen, weil ein Lagerfeuer, an dem wir unsere steifen, müden Gelenke aufwärmen könnten, natürlich nicht infrage kommt.

Florentino reicht uns etwas gedörrten Schinken und eine Handvoll Rosinen. Wie durch ein Wunder fördert er dann auch noch einen ganzen Camembert zutage, den er in drei Teile zerreißt, aus denen das dicke, cremige Innere herausquillt. Er verteilt den Käse schnell, bevor er ihm über die Finger läuft.

Ich beiße direkt in die Mitte meines Stücks und erfreue mich an dem köstlichen Geschmack und der exquisiten Weichheit eines schon fast vergessenen Genusses. Florentino leckt sich den klebrigen Käse laut schmatzend von den Fingern, viel zu laut eigentlich für einen Mann, der bisher auf absoluter Stille bestanden hat. Dann reicht er den Schnaps wieder herum, den wir direkt aus der Flasche hinunterkippen wie Gewohnheitstrinker.

Erschöpft und mit einem Redeverbot belegt, schlafen wir schnell ein.

Vierundvierzigstes Kapitel

Im Süden, 3. Juni 1944

CHARLOTTE

Als ich irgendwann wieder erwache, kann ich im Dunkeln nur noch ein paar Zentimeter weit sehen, spüre aber, dass irgendetwas nicht in Ordnung ist. Leise beuge ich mich über Samuel und berühre seine Wange, die sich erstaunlich warm anfühlt.

Beunruhigt neige ich mich Jean-Luc zu; sein Mund ist leicht geöffnet, und er atmet schwer. Dann drehe ich mich um, um Florentino anzuschauen, und mein Herz beginnt wie wild zu pochen. Die Stelle, an der er gelegen hatte, ist leer.

Ein jäher Knall wie von einem Schuss zerreißt die Stille. Ich unterdrücke einen Aufschrei, als ein zweiter folgt, dann Schreie laut werden und noch mehr Schüsse fallen.

Jean-Luc springt auf und schnappt sich Samuel. Dicht aneinandergedrängt kauern wir hinter dem Felsen. Ein kleiner Protestlaut entweicht dem Baby, und Jean-Luc beugt sich blitzschnell über ihn, um das Geräusch zu ersticken.

Dann sehen wir Florentino, der keuchend auf uns zugelaufen kommt. »*Allez, allez!* Schnell!«

Wir schnappen uns unsere Taschen und rennen los, wobei wir über Steine stolpern und auf Schiefer ausrutschen. Glücklicherweise hat Florentino uns befohlen, unsere Schuhe zum Schlafen anzubehalten. Im Dunkeln spüre ich Jean-Luc an meiner Seite und kann sein schweres Atmen hören. Mir ist so schwindlig, dass sich der Boden unter mir zu drehen scheint und es mich all meine Kraft kostet weiterzugehen.

»Stopp!«, flüstert Florentino und weist auf einen dicken Baum. Dann bückt er sich und zeigt auf seinen Rücken. Er will anscheinend, dass wir auf ihn steigen, um den Baum hinaufzuklettern.

Ich nehme Jean-Luc das Baby ab und schlinge meine Arme fest um das kleine Bündel. »Du zuerst. Ich reiche dir Samuel dann an.« *Nur nicht nachdenken*, sage ich mir. *Tu es einfach nur.*

Jean-Luc steigt auf Florentinos breiten Rücken und zieht sich auf einen niedrigen Ast des Baumes. Ich tue es ihm nach, und Florentino richtet sich halb mit mir auf, damit ich Jean-Luc das Baby nach oben reichen kann. Dann ergreife ich denselben Ast und ziehe mich hoch. Im Nu ist Florentino neben uns. Ich weiß nicht, wie er das mit seiner massigen Gestalt so schnell geschafft hat.

Samuel beginnt, leise zu wimmern, und Jean-Luc gibt ihm sofort seinen Finger, damit er daran saugen kann. Der Kleine nimmt ihn an und verstummt gleich wieder, denn ich bezweifle nicht einmal eine Minute, was Florentino womöglich tun würde, wenn es sein müsste.

In der Ferne kann ich auf dem Boden knirschende Schritte hören. Mit angehaltenem Atem erstarre ich förmlich in dem Baum und stelle mir vor, ich wäre ein Teil von ihm. Die Schritte werden leiser. Dürfen wir zu hoffen wagen, dass sie sich zurückziehen?

Wir warten etwa weitere dreißig Minuten ab, und meine Gelenke sind schon steif und taub, aber ich werde mich nicht eher bewegen, bis Florentino den Befehl gibt.

»Runter! *Allez!*«, flüstert er uns über die Äste zu. »Sie sind hinter einer anderen Gruppe her.«

Mühsam klettere ich den Baum hinunter. Mein Knöchel bleibt jedoch an einem Aststumpf hängen, und ich falle. Der Atem stockt mir, als ich mit dem Rücken auf der harten Erde aufschlage, und ich rolle mich herum und übergebe mich. Der

Boden dreht sich vor meinen Augen. Während ich mit dem Gesicht nach unten im Schmutz liege, wünsche ich mir nur noch Vergessen.

Dann spüre ich Jean-Lucs Arme um mich, die mich hochziehen wollen, aber meine Beine sind wie Gummi und versagen mir den Dienst, sodass ich nur gegen ihn rutsche.

»Charlotte.« Ich höre ihn meinen Namen flüstern, doch seine Stimme klingt, als wäre sie kilometerweit entfernt. »Du musst aufstehen, Charlotte.«

»Geht nur weiter«, antworte ich, als meine Knie erneut unter mir nachgeben. »Nimm Samuel und lass mich hier zurück.«

Aber seine Arme halten mich fest umfangen. »Ich lasse dich nirgendwo zurück«, sagt er und vergräbt den Kopf in meinem Haar. »Ich gehe nicht ohne dich.«

Seine Worte bringen mich fast zum Weinen. Mein erschöpfter Körper will einfach nur noch aufgeben, doch ich muss weitermachen. Es *muss* sein. Ich darf nicht aufgeben. Auf zitternden Beinen zwinge ich mich in die Höhe, und mit Jean-Lucs Arm um mich stolpern wir wieder durch die Dunkelheit. Schon bald fällt mir auf, dass keiner von uns beiden Samuel trägt. Florentino, der etwa fünf Schritte vor uns geht, hat ihn.

Der Fluchthelfer gehört zu diesen Bergen und kennt sich mit ihnen aus. Sie sind hart, unnachgiebig und ausdauernd, wie er selbst es ist. Aber *uns* kennen diese Berge nicht. *Wir* sind Eindringlinge.

Schließlich kommen wir an einen Bach, an dem wir ein paar Minuten innehalten, um zu trinken. Die Sonne geht gerade hinter den Bäumen auf. Samuel, der vielleicht spürt, dass ein neuer Tag anbricht, stößt einen Schrei aus. Ja, er hat recht: Es ist Frühstückszeit.

»Können wir ihn hier füttern?«, frage ich Florentino.

Er nickt. »Vergesst den Cognac nicht.«

Ich beobachte, wie Jean-Luc einen Schluck Cognac in die

Milch gibt, bevor er Samuel Florentino wieder abnimmt. Ich hätte selbst gern einen Schluck Cognac, weil meine Nerven noch immer blank liegen.

Als wir weitergehen und Florentino den Kleinen wieder trägt, höre ich den Fluss, bevor ich ihn sehe. Ein Stückchen weiter schimmern blaue Wellen durch die Bäume. Es ist ein Fluss mit starker Strömung, sehe ich jetzt, doch ich schlucke die Angst hinunter, die mir die Kehle zuzuschnüren droht. Vielleicht können wir ihn ja über die Brücke überqueren, aber uns wurde gesagt, dass sie normalerweise bewacht wird und man sie nur als letzten Ausweg bei starkem Hochwasser benutzen sollte.

Und so kraxeln wir am Flussufer entlang und suchen eine gute Stelle, um ans andere Ufer zu gelangen, wobei meine Füße auf der feuchten Erde mal wieder ausrutschen, als ich versuche, mit den Männern Schritt zu halten.

Nach etwa zwanzig Minuten bleibt Florentino stehen. »Nein«, flüstert er.

Verwirrt schauen wir ihn an.

»Es ist zu gefährlich. Kein Überqueren heute.«

»Was?« Das Wort entfährt mir wie eine Beschuldigung.

»Zu gefährlich«, wiederholt er.

Und was sollen wir jetzt tun? Zurückgehen? Wir haben ihn als Fluchthelfer angeheuert, weil er mit den Gefahren umgehen kann, und jetzt ist er auf einmal ängstlich! Wir *müssen* weitergehen. Der Gedanke umzukehren macht mir mehr Angst als der Fluss.

»Bitte.« Ich lege die Hand auf seinen Arm und flehe ihn mit Blicken an.

»Nicht jetzt«, sagt er und hält kurz inne. »Heute Nacht, wenn es dunkel ist. Wir werden bis zur Nacht warten.«

Vielleicht hat Florentino ja doch recht, und es ist besser, bis zur Dunkelheit zu warten, bevor wir den Fluss überqueren. Es ist der gefährlichste Teil unserer ohnehin schon strapaziösen Reise, und so haben wir zumindest Zeit, uns ein wenig zu erholen, bevor wir ihn in Angriff nehmen.

Wir gehen noch etwa eine Stunde weiter, und dann zeigt Florentino auf einen großen Felsbrocken, der etwas weiter entfernt vom Ufer liegt, und wir lassen uns dahinter nieder. Ich seufze vor Erleichterung, mich endlich ein wenig ausruhen zu können, obwohl einer von uns natürlich immer wach sein muss, um achtzugeben. Ich habe Angst, dass ich einschlafen werde, wenn ich mit der Wache an der Reihe bin, da ich so erschöpft bin, dass ich schon im Gehen beinahe umfalle. Deshalb werde ich dafür sorgen, dass es Zeit ist, Samuel zu füttern, wenn ich die Wache übernehmen muss.

Inzwischen habe ich den Dreh raus und Freude daran, ihm zuzusehen, wie er sein Fläschchen leert und seine Augen schläfrig werden, während seine kleinen Finger sich öffnen und schließen, als suchten sie etwas, das sie ergreifen könnten. Ich gebe ihm dann meinen Zeigefinger, und er schnappt ihn sich sogleich und umklammert ihn, als hätte er Angst, ich könnte verschwinden. Sein Bedürfnis nach meiner Zuwendung geht mir zu Herzen und drängt mich, es zu erfüllen.

»Hab keine Angst«, flüsterte ich ihm zu, »ich werde dich nicht im Stich lassen.«

Seine kleinen Beine bewegen sich auf und nieder, während er trinkt, und ich ergreife eines seiner Füßchen und drücke einen Kuss darauf.

Am Nachmittag gehen wir weiter den Fluss hinunter und halten dabei Ausschau nach patrouillierenden Soldaten. Ich wage nicht, das an uns vorbeirauschende Wasser zu beobachten, weil es mich mit Angst erfüllt und mein Herz und meinen Puls zum Rasen bringt. Wir können nicht einmal mehr miteinander flüstern, weil der Fluss jedes andere Geräusch erstickt.

Nach einem kleinen Imbiss aus Nüssen und Käse warten wir

auf die Abenddämmerung. Als es so weit ist, ziehen wir unsere *Espadrilles* aus und stecken sie in Jean-Lucs Rucksack. Ich hebe Samuel auf, der wieder wach ist und mit schläfrigen Augen aus der Halteschlinge hervorschaut, als spürte er die Gefahr.

»Haltet euch gut fest. Die Strömung ist stark«, warnt Florentino und starrt mich dabei zweifelnd an.

Ich wende mich an Jean-Luc. »Kannst du noch einmal nachsehen, ob Samuels Trageschlinge hinten richtig zugebunden ist?«

Zum dritten Mal überprüft Jean-Luc, ob der lange Kissenbezug auch fest genug um mich gewickelt ist und Samuel an meiner Brust festhält. »Hab keine Angst, der Kleine kann nicht herausfallen.«

Florentino bückt sich, um seine Hosenbeine hochzukrempeln, und steigt ins Wasser. Als er einen guten Halt gefunden hat, streckt er eine Hand nach mir aus, die ich in dem schwindenden Licht jedoch kaum noch sehen kann. Nach einem tiefen Atemzug setze ich einen Fuß ins Wasser, drücke Samuel mit einer Hand an die Brust und greife mit der anderen nach Florentinos.

Das eisige Wasser verschlägt mir den Atem, während die Strömung brutal an meinen Beinen zerrt. Ich halte Samuel noch fester, und mein Bauch krampft sich vor Schreck zusammen, weil ich nun befürchte, dass der Knoten an dem Kissenbezug sich jetzt lösen wird. Aber mein Arm ist nicht lang genug, um Florentino zu erreichen.

»*Allez!*«

Nachdem ich einen Fuß hinter einem kleinen Felsen verkeilt habe, ziehe ich auch den anderen in das kalte Wasser. Meine Beine zittern von der Anstrengung, doch ich strecke den Arm noch weiter aus. Aber Florentino ist immer noch zu weit von mir entfernt.

»Gib mir Samuel.« Plötzlich steht Jean-Luc neben mir und legt mir eine Hand auf die Schulter.

Wir hatten uns Jean-Lucs Bein wegen darauf geeinigt, dass

ich Samuel tragen würde. Außerdem wollte ich sowieso nicht riskieren, ihn ihm zu übergeben, während wir in diesem reißenden Gewässer stehen.

»Ich schaffe es schon!«

Ich greife nach Florentino, doch er ist schon zu weit weg. Es ist hoffnungslos. Ich stecke hier fest. Wenn ich meinen Fuß hebe, um näher an ihn heranzukommen, wird mich die Kraft der Strömung unter Wasser ziehen. Und dennoch habe ich keine andere Wahl. Vorsichtig hebe ich einen Fuß – und schlagartig werde ich nach vorn gerissen und gerate völlig aus dem Gleichgewicht. Verzweifelt packe ich nach dem nächstgelegenen Stein, und Samuel stößt einen schrillen Schrei aus. Und dann noch einen.

»Aufstehen!«, höre ich Florentino brüllen.

Während ich eine Hand fest an Samuel presse und seine Schreie ignoriere, richte ich mich auf und grabe die Füße in das Flussbett, wobei meine Beine wieder unkontrollierbar zittern.

Erneut strecke ich die Hand nach Florentino aus, und dieses Mal berühre ich seine Finger. Sofort ergreift er mein Handgelenk und zieht mich zu sich heran. »Bring das Kind zum Schweigen! Und nimm Jean-Lucs Hand.«

Samuel schreit lauter und lauter, aber der Fluss trägt seine Schreie fort.

Die Erkenntnis, was ich tun muss, trifft mich wie ein Faustschlag in den Magen – ich muss meine Hand von Samuel lösen, um Jean-Luc zu mir herüberziehen zu können. Ich weiß, dass der Kissenbezug fest verknotet war, doch wenn er sich nun durch die Anstrengung dieses einen Schrittes löst? Warum nur hat Florentino mich mit dem Baby in die Mitte gebracht? Er hätte Samuel selbst nehmen sollen. Hass auf unseren Führer ergreift mich.

Ich schließe die Augen.

»Jetzt! Tu es jetzt!«, schreit Florentino mir über das Tosen des reißenden Flusses zu.

»Charlotte!«, ruft Jean-Luc. »Samuel passiert nichts! Gib mir deine Hand!«

Aber als hätte sie ein Eigenleben, weigert meine Hand sich, das Baby loszulassen.

Jean-Luc stößt seinen Stock in das Flussbett und kämpft sich zu mir herüber. Hilflos sehe ich zu, wie seine Arme und Beine von der Anstrengung zittern. Dann macht er einen großen Schritt und streckt seine Hand aus, um meine zu erreichen. Für eine Sekunde lasse ich Samuel los, als ich Jean-Lucs Hand ergreife und sie fest umklammere.

Heftig und ohne Vorwarnung reißt Florentino an meinem anderen Arm, was mich auf den rutschigen Steinen ins Stolpern bringt und mich wieder nach vorne stürzen lässt.

Samuel schießt nach oben, und ich schreie auf.

»Gib mir das Balg!«, brüllt Florentino. »Jetzt sofort!«

Aber das kann ich nicht, weil seine Wut mir Angst einjagt. Er hört sich an, als wollte er Samuel in den Fluss werfen.

Doch seine riesige Pranke greift bereits nach ihm. »Lass los!«

Während ich noch an dem Kopfkissenbezug nestle, entreißt Florentino mir das Baby, als zöge er ein Kaninchen an den Ohren.

Ich schreie auf. Aber dann schlucke ich meine Tränen hinunter und gehe weiter seitlich durch den Fluss, während Florentino mich auf der einen Seite mitzieht und ich Jean-Luc auf der anderen. Als wir endlich das andere Ufer erreichen, breche ich schlotternd vor Kälte und unkontrollierbar zitternd auf dem Boden zusammen.

Florentino drückt mir das weinende Baby in die Arme. »Wir haben großes Glück gehabt. Ich hatte euch doch gesagt, kein Baby.«

Ich drücke den Kopf an Samuels und versuche, sein lautes Weinen zu ersticken. Er ist vollkommen durchnässt und schreit vor Entsetzen. Ich halte ihn fest und schaukle ihn auf meinen

Knien. Bestimmt werden wir alle sterben durch diesen verdammten Fluss! Dann spüre ich eine Hand auf meiner Schulter.

»Wir sind in Spanien, Charlotte!« Ich höre, wie Jean-Lucs Stimme bricht und er zu weinen beginnt. »Wir sind in Spanien!«, wiederholt er und lässt sich neben mich fallen, um seine Arme ganz fest um Samuel und mich zu schlingen. So fest umschlungen, dass wir kaum noch atmen können, sitzen wir dort und schluchzen. Und dann lachen wir – ein hysterisches, fast schon verrückt klingendes Lachen.

Ich spüre, wie Florentino plötzlich an mir zieht, um mich auf die Beine zu bringen. Er nimmt mir Samuel ab, aber nicht grob wie vorher, sondern behutsam, indem er ihm die Hände um den kleinen Körper legt und ihn mir sanft entzieht. Während ich ihn beobachte, nehme ich vage wahr, wie Jean-Luc in seinem Rucksack nach trockener Kleidung sucht.

Florentino zieht dem Baby indessen schon die nassen Sachen aus, und als er auch seine eigene Jacke öffnet, kann ich im Licht des Mondes seine breite haarige Brust sehen, an die er Samuel legt, bevor er die Jackenknöpfe wieder schließt. Samuels Weinen ist jetzt gedämpft zu hören, aber ich bemerke, dass das Geräusch schon schwächer wird.

»Mach ihm ein Fläschchen!«, sage ich zu Jean-Luc.

Als ich mich zu ihm umdrehe, sehe ich, dass er schon ein wenig Cognac in die Milch gibt.

Florentino nimmt ihm die Flasche ab und schiebt sie unter seine Jacke und in Samuels Mund. Dann sind wir auch schon wieder auf den Beinen und laufen zwischen den Bäumen hindurch. Florentino, der Samuel noch immer hält, zieht mich durch die Dunkelheit, und ich ziehe Jean-Luc mit.

Allmählich verliere ich das Zeitgefühl, während wir uns blindlings durch die Nacht bewegen. Jedes Knacken eines Astes, jedes dahinhuschende Tier lässt mir das Herz bis zum Halse schlagen. Dann geht es bergab, was leichter ist.

Irgendwann bleibt Florentino stehen. »Wir sind da. Seht ihr das Licht?«

Ich starre in die Finsternis hinaus und sehe zunächst nichts. Doch dann entdecke ich einen Lichtschimmer, der immer heller zu werden scheint.

Ein Lachen sprudelt aus mir heraus, das ich nicht unterdrücken kann.

»Pst, Charlotte!« Jean-Luc drückt meine Hand, aber ich lache noch immer, als wir halb laufend, halb humpelnd auf das Haus zueilen.

Ich falle der Frau, die uns die Tür des Bauernhauses öffnet, in die Arme. Und dann nehme ich plötzlich alles nur noch ganz verschwommen wahr. Nur sehr vage ist mir noch bewusst, dass eine Decke über mich gebreitet wird. Und dann nichts mehr. Nur noch ein beseligendes Nichts.

VIERTER TEIL

Fünfundvierzigstes Kapitel

Santa Cruz, 10. Juli 1953

JEAN-LUC

»Wir haben Grund zu der Annahme, Mr. Bow-Champs, dass Samuel nicht Ihr Sohn ist.«

Jean-Luc ist plötzlich wie gelähmt und kann kaum noch atmen. »Seine Mutter lebt noch?«, flüstert er, mehr zu sich selbst als zu jemand anderem.

Aber das kann nicht wahr sein, denkt er. Niemand hat die Lager überlebt.

Die Beamten starren ihn an. Bradley nickt, doch keiner spricht.

»Wie konnte sie ... Wie ist das möglich? Sind Sie sicher, dass sie es ist?«

»Sie geben also zu, dass Samuel nicht Ihr Sohn ist?«

»Was? Ja. Nein.«

»Sie sind verhaftet wegen Entführung. Alles, was Sie ...«

Jean-Luc schwirrt der Kopf. Ich muss mich verhört haben, denkt er.

»Entführung?«

»Ja.« Der größere Polizist schaut ihn aus mitleidlosen Augen an. »Sie haben das Recht zu schweigen. Alles, was Sie dennoch sagen, kann vor Gericht gegen Sie verwendet werden.«

»Entführung?«, fragt er erneut und umklammert unwillkürlich beide Seiten seines Stuhls.

Keiner der Beamten antwortet; sie starren ihn nur schweigend an.

»Aber ich habe den Jungen nicht entführt! Sie müssen da etwas völlig falsch verstanden haben. Er wäre heute tot, wenn ich ihn damals nicht mitgenommen hätte.«

Entführung? Das Wort will ihm nicht mehr aus dem Kopf gehen. Er muss ihnen begreiflich machen, dass es so nicht war.

»Ich will einen Anwalt!«, stößt er aufgebracht hervor.

»So?« Der Beamte grinst. »Was haben Sie denn sonst noch vor uns zu verbergen, Mr. Bow-Champs?«

»Nichts!«, entgegnet er in der jähen Erkenntnis, dass das zum ersten Mal die Wahrheit ist.

Er hat absolut nichts mehr zu verbergen. Einen Moment lang fühlt sich das sehr wohltuend und befreiend an.

»Ich habe nichts zu verbergen«, wiederholt er und setzt sich etwas gerader hin. »Ich habe lediglich versucht, Sam zu beschützen.«

»Ach ja?« Der Beamte hat schon wieder diesen ironischen Ausdruck in den Augen, und Wolken von Zigarettenrauch steigen von ihm zur Decke auf. »Sie wollten den Jungen vor seiner eigenen Mutter beschützen? Die einzigen Anhaltspunkte, die sie für die Suche nach Ihnen hatte, waren die Narbe in Ihrem Gesicht und Ihre deformierte Hand. Aber sie hat nie aufgegeben, sondern in den ganzen letzten neun Jahren nach ihrem Kind gesucht.«

Wie war das möglich? Als Jean-Luc die entsetzlichen Bilder von den Vernichtungslagern sah, hatte er jeden Gedanken, dass sie überlebt haben könnte, sofort verworfen. Von den Unzähligen, die in diese Lager geschickt worden waren, hatten es nur ganz wenige zurückgeschafft. Nein, denkt er, es ist schlicht unmöglich, dass diese Frau noch lebt. Auschwitz war ein Vernichtungslager gewesen, in dem niemand länger als ein paar Monate überlebte. Wenn die Menschen nicht schon bei ihrer Ankunft ermordet wurden, ließ man sie sich schinden und hungern, bis sie zusammenbrachen. Wie hätte diese zerbrechliche junge Frau, die ihm ihr Baby in die Arme gedrückt hatte, dort also überlebt haben können?

»Haben Sie nach dem Krieg nach Samuels Mutter gesucht?«, fragt Bradley und stößt eine Wolke von Zigarettenrauch aus.

Fast unmerklich schüttelt Jean-Luc den Kopf und starrt die grauen Wände an, weil das Licht der Leuchtstoffröhre ihm in den Augen brennt.

»Das dachte ich mir. Aber wieso eigentlich nicht?«

»Weil ich nie geglaubt hätte, dass sie noch am Leben sein könnte.« Jean-Lucs Stimme ist flach, als wäre alle Luft aus seiner Lunge gepresst worden.

»Trotzdem hätten Sie sie suchen können. Nach allem, was diese Frau durchgemacht hatte, hätten Sie es wenigstens versuchen sollen.«

Jean-Luc wendet den Blick ab, weil er sich noch immer nicht erklären kann, wie sie überlebt haben könnte.

Als erriete Bradley, was er denkt, fährt er fort: »Sie waren in einem der letzten Züge nach Auschwitz, die im Mai noch fuhren, nur eine Woche vor der D-Day-Landung der Alliierten in der Normandie.«

Einen Moment lang herrscht eine bedrückende Stille zwischen ihnen. Jean-Luc weiß, dass alles, was er noch sagen kann, jetzt furchtbar oberflächlich klingen wird.

»Sie haben überlebt. Seine beiden Eltern haben sieben Monate der Hölle in Auschwitz überlebt, und dann mussten sie achtzehn Tage lang durch Eis und Schnee laufen, bis sie halbwegs sicher waren. Achtzehn Tage ohne etwas zu essen außer Schnee. Natürlich sind viele gestorben, aber nicht Mr. und Mrs. Laffitte. Wissen Sie, was sie am Leben erhalten hat?«

Jean-Luc schaut ihn mit großen Augen an. Natürlich weiß er es.

»Ja, der Gedanke, wieder mit ihrem Sohn vereint zu sein.« Bradley drückt seine Zigarette in dem Aschenbecher aus.

»Sie haben mit ihnen gesprochen?«

»Selbstverständlich habe ich mit ihnen gesprochen.«

Jean-Luc hätte ihn gern gefragt, in welcher Sprache. Wie kann er sich so sicher sein, dass sie es wirklich sind?, denkt er.

Und wieder fährt Bradley fort, als könnte er Gedanken lesen: »Ich habe mit Mrs. Laffitte telefoniert. Und mich auf Französisch mit ihr verständigt«, fügt er hinzu, als er Jean-Lucs ungläubige Miene sieht.

»Sie sind nicht der Einzige, der die französische Sprache beherrscht, Mr. Bow-Champs. Ich bin ein französischer Jude vonseiten meiner Mutter. Wir haben '39 das Land verlassen und hier ein neues Leben angefangen.«

Die Beamten, die hinter Bradley stehen, schauen sich an.

»Wie geht es ihnen?«, fragt Jean-Luc. Es klingt trivial, doch das ist es nicht. Er will es wirklich wissen.

»Sie meinen Samuels Eltern? Schon sehr viel besser.« Bradley klopft mit dem Stift gegen den Schreibtisch. Dann zieht er eine weitere Zigarette aus seiner Brusttasche, zündet sie an und atmet tief den Rauch ein.

Zu Jean-Lucs Überraschung hält er ihm dann die offene Schachtel hin. Aber Jean-Luc schüttelt den Kopf und fragt sich misstrauisch, warum dieser Mann ihm gerade jetzt eine Zigarette anbietet. Es verunsichert ihn irgendwie.

»Ja«, fährt Bradley fort. »Mrs. Laffitte weinte vor Freude, als ich ihr die guten Nachrichten erzählte. Sie sagte, sie habe immer gewusst, dass ihr Kind noch lebte, denn sie hätte es in ihrem Blut gespürt.«

Jean-Luc wünscht sich jetzt, er hätte die Zigarette angenommen. Normalerweise raucht er nicht, doch so hätte er zumindest seine Hände beschäftigen können. Er atmet schnell und kann den Schweiß fühlen, der sich unter seinem Haaransatz sammelt. Er weiß, was als Nächstes kommt. Er fühlt es körperlich.

»Sie sagte, sie hätte immer gewusst, dass sie eines Tages wieder mit ihrem Kind vereint sein würde. Ich schätze, ihr war nur nicht klar, wie lange es dauern würde.« Bradley bläst eine Rauchfahne zur Decke und folgt ihr mit dem Blick. »Doch nun ist dieser Tag gekommen.«

Bitte nicht! Die Angst in Jean-Lucs Magengrube wächst.

»Und die Laffittes wollen ihren Sohn zurück.«

Jean-Luc schluckt die in seiner Kehle aufsteigende Galle hinunter. Er muss jetzt Herr der Lage bleiben. Er kann nicht zulassen, dass Sam ihnen weggenommen wird. »Aber … Sam lebt jetzt hier. Dies ist sein Zuhause.«

»Und Sie sind illegal nach Amerika eingereist mit einem Baby, das Sie seinen Eltern in Frankreich weggenommen hatten.«

»So war das doch gar nicht! Ich habe es der Frau nicht weggenommen. Sie hat es mir selbst gegeben.«

»Es Ihnen geschenkt, meinen Sie?«, fragt Bradley mit erhobener Augenbraue. »Oder hatte sie es Ihnen nur zur sicheren Verwahrung anvertraut, bis der Krieg zu Ende war?«

»Was wird jetzt mit Sam geschehen?«, fragt Jean-Luc, weil das für ihn das Einzige ist, was zählt.

»Die Franzosen verlangen von uns Ihre Auslieferung. Und dann werden sie entscheiden, was mit Ihnen und dem Jungen geschehen soll. Gegen unseren Rat hat Mrs. Laffitte jedoch darum gebeten, dass Samuel bei Ihrer Frau bleiben darf, bis über den Ausgang des Verfahrens entschieden worden ist. Sie will nicht, dass er noch mehr als nötig traumatisiert wird. Sie berät sich schon mit einem Psychologen oder Psychiater und hat wirklich nur sein Bestes im Sinn.«

Sechsundvierzigstes Kapitel

Santa Cruz, 10. Juli 1953

CHARLOTTE

Die Türklingel reißt mich aus meinem Traum, und die Bilder meiner Eltern verflüchtigen sich, als mir wieder klar wird, dass ich in Amerika bin. Es ist seltsam, wie meine Träume mich neuerdings in meine Kindheit zurückversetzen und mich beim Erwachen so desorientiert zurücklassen, dass ich eine Weile brauche, um mich wieder an die Realität zu gewöhnen. Als ich mit einer Hand zur Bettseite neben mir taste, merke ich, dass Jean-Luc nicht da ist. Er muss schon wieder sehr früh aufgestanden sein.

»Mom?«, schreit Sam. »Es hat geklingelt.«

»Kannst du hinuntergehen? Ich bin noch nicht angezogen.« Vielleicht ist es ja später, als ich dachte. Als ich mich umdrehe, um auf die Uhr zu schauen, sehe ich jedoch, dass es erst halb acht ist. Vielleicht ist es ja der Postbote.

Aber es ist Marges Stimme, die plötzlich durch das Haus schallt. »Hi, Sam. Ist deine Mom da?«

Was mag sie um diese Zeit schon von mir wollen? Ich schlage schnell das Bettzeug zurück, schlüpfe in den Morgenmantel und gehe hinunter.

»Hallo, Marge«, begrüße ich sie von der letzten Treppenstufe.

Ihr Gesicht ist gerötet, als wäre sie gerannt. Sie trägt ihr orangefarbenes Sommerkleid, dessen grelle Farbe sich mit ihren roten Wangen beißt. Ich kann ihr ansehen, dass sie darauf wartet, dass Sam wieder nach oben geht.

»Charlie«, sagt sie dann und klingt besorgt. »Ist alles in Ordnung? Wir haben den Streifenwagen gesehen.«

»Was?« Mein Herz gerät ins Stocken.

»Na, das Polizeiauto heute Morgen.«

Ich klammere mich an das Treppengeländer, weil mir so ist, als würde ich aus großer Höhe fallen. Aber ich reiße mich zusammen, ziehe den Gürtel meines Morgenmantels fest und zwinge mich, eine aufrechte Haltung zu bewahren.

»Geht es dir nicht gut, Charlie?«, fragt sie dennoch und macht einen Schritt auf mich zu.

»Ach was. Ich bin nur zu schnell aufgestanden.« Ich hebe abwehrend die Hand. *Komm nur ja nicht näher, Marge*, denke ich, weil meine Beine sich so anfühlen, als würden sie jeden Augenblick zu Staub zerfallen. Und Sekunden später breche ich auf der Treppe zusammen.

Marges Gesicht ragt vor mir auf, und dann setzt sie sich neben mich. Aber die Treppe ist schmal, und durch den Morgenmantel kann ich ihren erhitzten Körper spüren. Außerdem steigt mir ihr süßliches Parfum in die Nase, von dem mir jetzt auch noch schlecht wird.

»Was ist eigentlich los, Charlie?«

Ich kann keine Wörter bilden. Es ist, als hätte ich einen Damm im Kopf, der kurz davor ist einzustürzen. »Ich … ich weiß nicht, warum der Streifenwagen dort war, Marge. Ich habe keine Ahnung. Und jetzt sollte ich mich besser anziehen.«

Aber Marge rührt sich nicht. »Du weißt, dass du immer mit mir reden kannst. Schließlich sind wir Freundinnen.«

»Es ist alles okay«, flüstere ich mit zusammengebissenen Zähnen. »Ich ruf dich nachher an.«

»Ich kann doch sehen, dass dich etwas bedrückt, so reserviert, wie du in den letzten Wochen warst.«

Ich schüttele den Kopf. »Es ist alles in Ordnung«, wiederhole ich, um einen leichteren Ton bemüht.

»Ach, komm. Ich kann doch sehen, dass das nicht stimmt. Und ein geteiltes Problem ist nur noch ein halbes Problem, wie du sehr wohl weißt.«

Ich muss sie loswerden, um in Ruhe nachdenken zu können. Deshalb stehe ich auf, gehe zur Haustür und öffne sie.

Sie schaut mich aus großen, ungläubigen Augen an. »Na schön. Du weißt ja, wo ich bin, falls du mich brauchst.« Marge wirft mir einen letzten bedeutungsvollen Blick zu, bevor sie endlich geht.

Durch das Rauchglas beobachte ich, wie ihre verzerrte Gestalt sich langsam entfernt. Dann gehe ich zur Treppe zurück und stütze mich auf das Geländer. Die Polizei hat Jean-Luc mitgenommen. Sie wissen Bescheid.

Das Klingeln des Telefons explodiert in meinen Ohren. *O Gott, bitte mach, dass es Jean-Luc ist, der mir sagt, dass er auf dem Weg nach Hause ist und alles nur ein Irrtum war!* »Hallo?«

»Charlotte.«

»Jean-Luc. Wo bist du?«

Ich kann hören, wie er murmelnd Worte zu bilden versucht.

»Jean-Luc?«

»Sams Eltern leben noch.«

»Was? Was sagst du da?« Ich drücke den Hörer noch fester ans Ohr, weil ich mir keinen Reim auf das Gehörte machen kann.

»Sie haben beide überlebt, Charlotte.«

»Was? Aber … aber wie denn? Das kann doch gar nicht sein.« Jetzt lasse ich den Hörer fallen, weil meine Hände zittern und mein ganzer Körper von diesem heftigen Zittern ergriffen wird. Ich höre Jean-Lucs Stimme am anderen Ende der Leitung, doch ich kann den Telefonhörer nicht mehr aufheben.

Siebenundvierzigstes Kapitel

Paris, 30. Mai 1944

SARAH

»Bitte nicht! Bitte, bitte, mach, dass ich das nicht getan habe!« Sarah hielt sich die Ohren zu und kniff die Augen zusammen, schüttelte den Kopf und schrie die Worte laut heraus.

Was hatte sie getan? Das war doch gar nicht möglich! Was für eine Art von Mutter würde denn so etwas tun? Hatte sie den Verstand verloren? Sie hatte tatsächlich nicht richtig darüber nachgedacht, sondern nur gesehen, wie entsetzt der Mann sie angeblickt hatte, und sofort begriffen, dass er nicht *dazugehörte*.

Aber er war auch kein Gefangener, sondern ein einfacher Eisenbahnarbeiter. Ein anständiger Mann, das hatte sie ihm ansehen können, denn sonst hätte sie ihm ihr Baby niemals gegeben. Nie im Leben hätte sie den Kleinen einfach nur irgendjemandem anvertraut. Doch diesem Mann hatte sie in die Augen geschaut und gewusst, dass er ein guter Mensch war. David würde es verstehen, dass ihr keine andere Wahl geblieben war.

Jetzt musste sie David suchen. In Drancy waren sie getrennt worden, und sie hatte ihn nicht mehr finden können, als sie in die Busse gedrängt worden waren, und auch nicht auf dem Bahnsteig. Sie musste es ihm erklären, und er würde froh sein, dass sein Sohn sich nicht in diesem Viehwaggon befand.

Der Zug fuhr an und bewegte sich langsam vorwärts. Jemand stieß Sarah mit dem Ellbogen in die Rippen, und das Geschrei wurde noch lauter.

»*Fermez vos gueules!* Haltet die Klappe!«, schrie jemand. »Jetzt ist es zu spät!«

Es war zu spät, oh ja. Sie hatte es getan. Ihr Baby war fort. Mit den leeren Armen war sie nichts weiter als ein hohler Körper. Ein gefühlloser, wie erstarrter Körper. Aber diese Gefühllosigkeit würde sie sich zunutze machen, denn sie und ihre innere Erstarrung würden sie beschützen. Die äußere Hülle ihres Körpers befand sich in dem Viehwaggon, aber ihr Herz und ihre Seele würden stets bei Samuel sein. Und sie würde den Weg zu ihm zurückfinden, das schwor sie sich.

»Bist du es, Sarah?« Eine Hand zog an ihrem Ärmel.

Als Sarah sich zögernd umdrehte, sah sie ein bekanntes Gesicht, das sie jedoch im ersten Moment nicht recht einordnen konnte.

»Ich bin's, Madeleine. Aus der Schule.«

»Madeleine Goldman.« Als sie den Namen der Frau aussprach, wurde sie aus ihrer Benommenheit in die Gegenwart zurückgerissen.

Mit Tränen in den Augen ergriff Madeleine ihre Hand. »Wohin bringen sie uns?«

»Das weiß ich nicht.«

»Sie haben schon meinen Mann mitgenommen.« Madeleine griff auch nach Sarahs anderer Hand und drückte sie. »Ich hoffe nur, dass sie uns an denselben Ort bringen.« Dann schaute sie Sarah in die Augen. »Dem Himmel sei Dank, dass wir keine Kinder haben!«

Sarahs Herzschlag setzte für einen Moment aus, und ungesagte Worte bildeten einen harten Kloß in ihrem Hals. Wie konnte Madeleine so etwas sagen? Woher sollte sie das wissen?

Sie entzog Madeleine ihre Hände, und ihr Herz verkrampfte sich, sodass sie kaum noch atmen konnte. Ihre Kehle war wie zugeschnürt. Dann kam ihr Atem jedoch schlagartig zurück, und ein Schluchzen entrang sich ihr, und gleich noch ein zweites, die beide so schmerzhaft waren, als würden sie ihr geradewegs aus dem Schoß gerissen. Madeleine schlang die Arme um sie und hielt sie fest.

Stundenlang standen sie so aneinandergeklammert da, während der Zug über die Schienen ratterte. Und Madeleine redete unaufhörlich weiter, über den Krieg, über das Verschwinden von Familie und Freunden und die Frage, wohin sie unterwegs sein mochten. Doch alles, woran Sarah denken konnte, war Samuel.

Wo mochte er jetzt sein? Ob er wohl schon gefüttert worden war? Oder nach ihr schrie? Ihre eigene Angst, der Hunger und der brennende Durst bedeuteten ihr nichts. Das konnte und würde sie ertragen. Aber Samuel … Er war doch noch so klein, so unschuldig. Der Gedanke, dass er leiden könnte, zerriss ihr fast das Herz.

Eine Frau in ihrer Nähe stöhnte leise, während ihr kleiner Sohn sich an ihrem Rock festklammerte. Ein Mann betete, einige weinten, und andere waren sehr still. Die Leute hatten begonnen, sich in dem Eimer in der Ecke des Wagens zu erleichtern, und sein Inhalt schwappte bereits über und wurde kaum von dem Stroh auf dem Boden aufgesaugt. Der Geruch nach Urin, Kot und altem Schweiß blieb Sarah in der Kehle haften und verursachte ihr Brechreiz. Sie drückte den Kopf an Madeleines Schulter, weil auch sie selbst ganz dringend auf die Toilette musste, es aber nicht über sich brachte, es vor den Augen aller anderen zu tun.

»Wann werden sie uns herauslassen?«, flüsterte Madeleine ihr ins Ohr.

Es gab nur für einige wenige Leute Platz zum Sitzen, und nach den vielen langen Stunden auf den Beinen wurde Sarah schwindlig, und ihre Knie fühlten sich an, als würden sie sich jeden Moment verkrampfen. Dann stupste jemand sie an. »Du bist an der Reihe, dich hinzusetzen.« Und als sie erkannte, dass es einen Turnus gab und zehn Leute gleichzeitig sitzen konnten, ließ sie sich langsam auf dem Boden nieder und winkelte vorsichtig die steifen Beine an.

Ihre Brüste waren hart und schmerzten, und sie nutzte die Gelegenheit, um sie zu massieren, bis Milch herauskam. Die für Samuel bestimmte Milch. Aber sie kniff die Augen zusammen, weigerte sich, den Tränen freien Lauf zu lassen, und flehte im Stillen zu Gott, dass jemand anderes ihren Sohn jetzt füttern möge.

Als sie die Augen wieder öffnete, bemerkte sie, dass Madeleine auf die feuchten Flecken auf ihrer Leinenbluse starrte. Sie waren gerade noch sichtbar im schwachen Licht des fensterlosen Viehtransporters.

»Was ich vorhin gesagt habe, tut mir leid.« Madeleines Stimme zitterte. »Du hast ein Baby?«

Sarah war froh, dass sie im Präsens gesprochen hatte, weil es ihr Hoffnung gab. Als sie antwortete, redete sie langsam und bedächtig, da jedes Wort sehr schmerzhaft war. »Ja. Er heißt Samuel und ist erst knapp einen Monat alt.«

Madeleine drückte ihre Hand.

»Ich habe ihn jemandem gegeben, um ihn zu beschützen.«

»Da hast du das Richtige getan. Kannst du dir vorstellen, wie es wäre, hier ein Baby zu stillen? Wir sind ja selber dehydriert.«

»Ich muss David, meinen Mann, benachrichtigen. Er ist irgendwo hier im Zug.«

»Dann werden wir ihm eine Nachricht schreiben und sie einem der Männer zustecken, damit er sie weitergibt.« Madeleine unterbrach sich. »Sie werden doch gewiss nicht zulassen, dass Männer und Frauen zusammenkommen, nicht?«

Sarah schüttelte den Kopf, weil sie wusste, dass sie getrennt werden würden.

»Sie werden den Männern andere Arbeit geben«, fuhr Madeleine fort. »Es wird härter für sie sein.« Sie hielt kurz inne. »Wir Frauen werden wohl in den Küchen eingesetzt werden. Ich nehme an, dass es ein riesiges Arbeitslager sein wird, wohin sie uns bringen, vielleicht ein Bergwerk oder so etwas.«

Sarah nickte.

Madeleine holte aus ihrer Brusttasche einen Block Papier und einen Stift heraus. »Schreib so klein, dass sich die Nachricht leicht verstecken lässt. Man kann ja nie wissen.«

Aber natürlich wussten sie, was sie erwartete. Ihnen war klar, dass sie zu einem schrecklichen Ort unterwegs waren, wo sie grausam behandelt werden würden und vielleicht sogar ihr Leben lassen würden. Sie wussten es, doch sie klammerten sich noch immer an diesen schwachen Hoffnungsschimmer, dass sie »nur« in ein ganz normales Arbeitslager gebracht wurden.

Sarah schrieb in winzigen, vorsichtigen Buchstaben:

Unser Sohn ist in Sicherheit. Ich habe ihn einem französischen Bahnarbeiter gegeben, bei dem er sicher sein wird. Bleib am Leben, damit wir ihn wiederfinden können. Deine Dich liebende Frau

Keine Namen. Alles andere wäre zu gefährlich. Nachdem sie das Blatt zu einem kleinen Viereck zusammengefaltet hatte, steckte es in ihre Hosentasche, bis sie überlegt hatte, welchem Mann sie es anvertrauen konnte.

Im Waggon war es still geworden, das Stöhnen, Weinen und die unbeantworteten Fragen waren verstummt. Mit ihren trockenen Mündern und leeren Mägen hatten die Gefangenen sich in sich selbst zurückgezogen.

Madeleine und Sarah hielten sich noch immer dicht nebeneinander. Als ein junges Mädchen zähneklappernd näher an sie herantrat, streckte Madeleine wortlos einen Arm aus und zog sie in ihre Mitte. »Wie heißt du?«

»Cecile«, flüsterte das Mädchen.

»Und wo ist deine Mutter?«

»Sie wurde letztes Jahr abtransportiert.«

Sarahs Herz schlug schneller, als sie dieses mutterlose Kind sah, und sie drückte Ceciles Hand. »Wir werden uns um dich kümmern.«

Wann immer der Zug anhielt, schrien sie laut und bettelten um Wasser, aber sie bekamen keins. Erst am zweiten Tag gab man ihnen ein wenig lauwarmes Wasser zu trinken, und sie hörten polnische Stimmen draußen vor dem Zug. Als er wieder abfuhr, sahen sie durch die Löcher in den Holzplanken eine flache, trostlose Landschaft, die an ihnen vorüberzog.

Am dritten Abend blieb der Zug stehen und fuhr nicht wieder weiter. Die Gefangenen warteten schweigend, verängstigt, hungrig und erschöpft. Und irgendwann wurden die Schiebetüren aufgerissen.

»*Los, los!* Raus mit euch, ihr Dreckschweine!«

Die Gefangenen kletterten aus dem Waggon, so gut sie konnten, und krallten sich aneinander, um sich gegenseitig zu unterstützen.

Flutlichter flammten auf und blendeten sie. Hunde knurrten, fletschten Zähne, die wie Dolche waren, und zerrten an ihren Leinen, um an die Gefangenen heranzukommen. Die SS war mit Knüppeln und Peitschen ausgerüstet, und unter ihnen waren sogar einige Frauen in langen schwarzen Umhängen mit Kapuzen und hohen schwarzen Lederstiefeln.

»Männer nach links! Frauen nach rechts!«

Sarah hielt ihre Nachricht nun fest umklammert und sah sich unaufhörlich nach jemandem um, an den sie sie weitergeben konnte. Sie wählte den nächstbesten Mann und drückte sie ihm in die Hand. »Bitte geben Sie das David Laffitte!«

»In Fünferreihen! Sofort!«

Ein Knüppel landete auf dem Kopf einer Frau neben Sarah, die instinktiv nach ihr griff und sie stützte, bevor sie zu Boden fallen konnte.

Erschöpft, starr vor Angst und mit steifen Gliedern nach drei Tagen des Transports in viel zu engen Viehwaggons, stellten sie sich einer hinter dem anderen in Fünferreihen auf.

Auf der Suche nach David ließ Sarah den Blick über die Gruppen von Männern gleiten, aber sie konnte ihn nirgendwo entdecken.

»Los! Los!« Ein Schuss und der Aufprall eines auf dem Boden aufschlagenden Körpers hallten Sarah in den Ohren. Sie konnte nicht hinsehen und klammerte sich an Madeleine und Cecile, die anderen beiden Frauen, die wie sie durch diesen Wahnsinn jetzt so eng miteinander verbunden waren.

»He, wie alt bist du?« Der Mann, der mit einem Stock auf Cecile zeigte, war einer der Häftlinge, die gestreifte Hosen und Jacken trugen.

»Dreizehn«, antwortete sie.

»Nein, bist du nicht! Du bist achtzehn.«

»Aber nein, ich bin erst dreizehn!«

»Du wirst sterben, wenn du erst dreizehn bist.« Leiser fügte er hinzu: »Sag einfach, du wärst achtzehn.« Dann ging er weiter an der Reihe entlang.

Ein anderer Häftling nahm seinen Platz ein und schrie sie an: »Habt ihr es nicht gewusst? Im Jahr 1944 wusstet ihr es nicht! Warum seid ihr hierhergekommen? Ihr hättet euch lieber umbringen sollen, als hierherzukommen!« Dann zeigte er auf schwarze Rauchwolken vor einem Himmel, der höchstens eine Nuance heller war. »Denn dort werdet ihr enden. Im Krematorium.«

Madeleine drehte sich um und erbrach sich, und Sarah begriff plötzlich, woher der schreckliche Geruch kam. Jetzt hegte sie keinen Zweifel mehr: Sie hatte genau das Richtige getan, als sie ihren Sohn fortgegeben hatte.

Denn sie waren in der Hölle selbst gelandet.

Achtundvierzigstes Kapitel

Auschwitz, November 1944

SARAH

Nur die Hoffnung, ihren Sohn wiederzufinden, erhielt Sarah in Auschwitz am Leben, obwohl es ohne ihre enge Gruppe von Freundinnen wahrscheinlich unmöglich gewesen wäre, dort zu überleben.

In ihrer dritten Woche dort, als sie in der Schlange für die wässrige Mittagssuppe angestanden hatte, hatte eine ihr unbekannte Frau sie angerempelt. »Hier«, flüsterte sie und drückte Sarah ein Stück hartes Brot in die Hand. »Da ist was drin.«

Aus Angst, erwischt zu werden, schlüpfte Sarah aus der Warteschlange und schaute sich um, um sicherzugehen, dass sie nicht beobachtet wurde. Nur Madeleine, die ein paar Plätze hinter ihr in der Schlange stand, hatte es bemerkt, und Sarah konnte den durchdringenden Blick ihrer Freundin im Nacken spüren, als sie sich davonschlich. Aber Geheimnisse bewahrte man hier besser tief im Herzen. Die Nazis hatten Mittel und Wege, Informationen aus einem herauszupressen, wie die furchtbaren Schreie bewiesen, die oft die dunklen, leeren Nächte durchdrangen.

Ein Schauder lief Sarah über den Rücken, als sie sich über das Stück Brot beugte. Der Rand eines Zettels, der darinsteckte, war gerade noch zu erkennen. Um kein wertvolles Essen zu verschwenden, knabberte sie vorsichtig das altbackene Brot ab, bis sie das Papier herausziehen konnte. Sie blinzelte, als sie die Schrift sah.

Liebe meines Lebens, Du hast das Richtige getan. Du bist mutig und treu. Bleib am Leben. Wir werden unseren Sohn wiederfinden.

Sarahs Tränen fielen auf den Zettel und ließen die Worte verlaufen. Während sie sich fragte, was David für einen so gefährlichen Gefallen hatte tun müssen, schob sie das feuchte Papier in das restliche Brot zurück und aß es langsam auf. Jetzt war David bei ihr. Sie würde ihn in sich tragen, und er würde sie besser nähren, als Essen es je könnte. Ich werde überleben. Ich werde das hier durchstehen, schwor sie sich im Stillen.

Plötzlich stand Madeleine neben ihr. »Was machst du?«, fragte sie stirnrunzelnd. »Willst du die Suppe nicht?« Sie hob ihren Löffel und ließ die blasse, wässrige Kohlsuppe in die Schüssel zurücktropfen. »Es ist wieder *Crème de Chou*«, sagte sie mit einem ironischen Lächeln, das ihre Augen nicht erreichte. »Du hast doch wohl deinen Löffel nicht verloren?«

»Nein.« Sarah hob ihr Oberteil an und zeigte Madeleine den Löffel, der an einem Stück alter Schnur befestigt war. Sie hatte zwei Tage lang ihr Brot aufheben müssen, um das abgenutzte Metallteil zu bekommen, doch das war es wert gewesen. Ohne Löffel konnte man die Suppe nicht essen.

»Bist du krank?« Madeleine streckte eine Hand aus und legte sie an Sarahs Stirn.

»Nein. Ich werde mir jetzt ein bisschen Suppe holen.« Sarah entfernte sich schnell, bevor sie in Versuchung kam, ihrer Freundin von der Nachricht zu erzählen.

Es war nicht so, dass sie ihr nicht vertraute, denn das tat sie. Aber sie wusste auch, dass einem hier Dinge angetan werden konnten, die jeden dazu brachten, sogar die zu verraten, die ihm am nächsten standen.

Die Sonne schien heiß und hell während der langen Sommertage, als wollte sie die Häftlinge in ihrem Elend auch noch verhöhnen. Sarahs Durst war unerträglich. Ihre Kiefer fühlten sich wie eingerastet an, und die Zähne schienen an ihren Wangen festzukleben. Durst konnte einen in den Wahnsinn treiben, und für sie war Wasser schon fast zu einer Sucht geworden. Sie träumte davon, sehnte sich Tag und Nacht danach und hätte jeden Preis dafür bezahlt.

An einem besonders heißen Tag gelang es ihr, ein wenig aufgespartes Brot gegen einen kleinen Eimer Wasser einzutauschen. Kaum hatte sie ihn, steckte sie den Kopf hinein und trank ihn fast vollständig aus. Danach fühlte sie sich besser, und die Sucht ließ nach.

Es war nicht möglich, allein zu überleben, nicht wenn etwas so Banales wie der Verlust von Schuhen den direkten Weg in die Gaskammer bedeutete. Frauen waren hier ja leichter zu ersetzen als Schuhe.

Sarah hatte eine kleine Gruppe guter Freundinnen wie Madeleine, Simone – die Madeleine aus ihrer Nachbarschaft kannte – und Cecile, das junge Mädchen aus dem Zug. Sie unterstützten sich gegenseitig, wo sie konnten, und die älteren Frauen kümmerten sich um Cecile, besonders während der schier endlosen Appelle. Oft wurden sie um drei Uhr morgens geweckt und mussten draußen aufmarschieren, wurden aber nie gezählt, bevor der Tag anbrach.

Wenn eine von ihnen zu geschwächt war, um sich so lange auf den Beinen zu halten, scharten die anderen Frauen sich dicht um sie herum, um ihr Halt zu geben. Denn wenn sie endlich in Marsch gesetzt wurden, lagen immer wieder völlig entkräftete Frauen auf dem Boden, die gnadenlos erschossen wurden, wenn sie nicht ohnehin schon tot waren. Sarah kniff die Augen zusammen, sobald sie die Schüsse hörte, und blickte sich nie zu den gefallenen Frauen um.

Nach dem Appell wurden sie zwei Stunden lang durch sumpfige Felder getrieben und erhielten dann Schaufeln und Schütten, die wie Schubkarren ohne Räder waren und beladen werden, zu einem Graben getragen und dort entleert werden mussten. Den ganzen Tag lang, bis auf eine kleine Pause für die wässrige Mittagssuppe, gruben, hoben und schleppten die Frauen. Es war Schwerstarbeit, doch wenn sie auch nur eine Minute innehielten, hetzten die Wachen die Hunde auf sie, die nach ihren Beinen schnappten oder sie in die Fersen bissen, oder sie kamen selbst und trieben sie mit Schlägen an.

Während der Arbeit mussten sie sich Angstgeschrei und Schmerzensschreie anhören, während die Wachen in Grüppchen herumstanden und miteinander plauderten und sogar lachten. Am Ende des Tages hatten viele der Frauen Fieber und einige sogar einen Zusammenbruch erlitten, von dem sie sich nie wieder erholen würden. Aber Sarah und ihre Freundinnen versuchten immer, einander zu finden, um sich gegenseitig zu unterstützen, wenn sie den langen Rückmarsch antraten, auf dem die Stärksten *La Marseillaise* sangen und die anderen einstimmten, wenn sie konnten. An manchen Tagen sangen sie jedoch überhaupt nicht.

Eines Abends, als die männlichen Gefangenen auf dem Rückweg vor ihnen vorbeigingen, suchte Sarah die Reihen verzweifelt nach David ab. Doch er war nicht dabei. Eine tief sitzende Furcht verkrampfte ihr den Magen. Was, wenn er tot war? Wie sollte sie dann diese Hölle überleben?

Als einer der Gefangenen an ihr vorüberging, ließ er ein Paar Wollsocken vor ihre Füße fallen. Blitzschnell hob sie sie auf und schob sie unter ihr gestreiftes Kleid. Erst als sie wieder in ihrer Baracke waren, zog sie sie hervor, und ein Zettel fiel heraus. Nur drei Worte standen darauf:

Gib nicht auf.

Die Schrift sah aus wie Davids, aber sicher konnte Sarah sich nicht sein. *Bitte,* Adonai, betete sie, *lass David am Leben!*

Es war von vornherein klar, dass viele der Frauen sterben würden. Das Leben hier – falls man es überhaupt so nennen konnte – war zu entwürdigend und schockierend für viele von ihnen, um es zu ertragen. Selbst beim Gang zur Latrine riskierte man sein Leben, da man dazu zunächst durch Exkremente waten und sich dann über einen langen, offenen Abwasserkanal kauern musste, in den man jeden Moment hineinfallen konnte.

Manche verfügten weder über die Kraft noch den Willen, sich dieser Hölle anzupassen, aber Sarah hatte beides. Obwohl ihr Körper schrumpfte, als ernährte er sich von sich selbst, und ihre Brüste buchstäblich verschwunden waren, verlieh ihre Entschlossenheit, Samuel zu finden, ihr die Kraft zum Weiterleben, wenn andere sich schon aufgaben.

Während sie sich tagtäglich abmühten und um ihr Leben kämpften, hielt der Winter Einzug. Wenn sie jetzt beim Appell hinfielen, bedeutete es immer noch den Tod für sie, selbst wenn ihnen wieder aufgeholfen wurde, weil es keine Möglichkeit gab, die nassen, verschlammten und an ihnen festgefrorenen Kleider zu wechseln. Das Schicksal einer jeden von ihnen hing von ihren Mitgefangenen ab, die sie umgaben, und jeglicher Individualismus ging verloren. Aber genau das war es, was sie am Leben erhielt. Am Rande des nackten Überlebens wuchsen sie über sich hinaus und taten Dinge, die sie sich selbst nie zugetraut hätten. In diesem traurigen Dasein ging es weniger um Freundschaft als vielmehr um Solidarität.

Doch auch Sarah wurde zunehmend schwächer. Inzwischen hatte sie offene Wunden am Rücken, die sich entzündet hatten. Zum Glück war Simone als Zahnärztin für die Wachen tätig und konnte daher zusätzliche Kleidungsstücke und sogar Medizin von dem Ort mitbringen, den sie »Kanada« nannten, weil sie sich Kanada als ein Land von unvorstellbarem Reichtum vorstellten.

Simone behandelte Sarahs Wunden mit Desinfektionsmitteln, wenn sie welche hinausschmuggeln konnte, aber sie heilten dennoch nicht. Dann kam sie eines Tages mit guten Nachrichten zurück: Es war ihr gelungen, Sarah Arbeit auf der Krankenstation zu beschaffen, die hauptsächlich darin bestand, die Ratten aus der Nähe der Lebenden zu verscheuchen und die Toten hinauszutragen.

Ratten gediehen so hervorragend in Auschwitz, dass einige die Größe von Katzen erreicht hatten. Sie wagten es sogar, die Zähne zu fletschen, wenn Sarah einen Spaten hob, um sie zu verjagen. Anfangs konnte sie es nicht ertragen, die Tiere anzusehen, und fuchtelte nur wild mit dem Spaten herum, um sie zu vertreiben. Aber bald schon wurde sie mutiger, und nach zwei Wochen tötete sie sogar eine, indem sie ihr mit dem Spaten auf den Kopf schlug, als das Tier sich auf die Hinterbeine stellte und sie herausfordernd anstarrte.

Dies geschafft zu haben erfüllte Sarah mit Stolz und gab ihr ein gewisses Gefühl der Macht in dieser Welt, in der sie in Wahrheit nicht mehr Wert besaß als die Ratten selbst. Die Ratte oder sie, hatte es geheißen, und sie, Sarah, hatte gewonnen.

Wenn sie dagegen die Toten hinaustrug, hielt sie den Atem an und schloss die Augen, und dennoch brachte es sie zum Würgen. Sie in Laken oder etwas anderes einwickeln zu können wäre schon eine Erleichterung gewesen, doch ihre ausgezehrten Körper waren splitterfasernackt, wenn sie sie zum Müllcontainer schleppte. Wie konnte sie nur so etwas tun? Hätte sie sich nicht weigern sollen? Sich lieber in die Gaskammern schicken lassen sollen, anstatt die Toten mit einer derartigen Respektlosigkeit zu behandeln?

Ohne die ständigen Gedanken an Samuel und David hätte sie es vielleicht getan, aber so, wie die Dinge lagen, war es ihre Pflicht zu überleben.

Die scheußliche Aufgabe ersparte ihr jedoch die Arbeit im Freien während der rauen Wintermonate und gab ihr zudem die Möglichkeit, medizinische Versorgungsmittel zu stehlen.

Natürlich würde es ihren sofortigen Tod bedeuten, wenn sie erwischt würde, doch als Cecile erkrankte, blieb Sarah keine andere Wahl. Das Fieber entkräftete die arme Kleine so sehr, dass sie sich beim Appell schon nicht mehr auf den Beinen halten konnte. Ihre Freundinnen mussten sich dicht um sie scharen und sie stützen, damit es nicht auffiel. Höchstwahrscheinlich hatte sie sich mit Typhus angesteckt, und nur Antibiotika konnten sie vielleicht noch retten.

Sarah wusste, dass sie sich in der Glasvitrine in dem Raum befanden, in dem die Operationen durchgeführt wurden. Zur Mittagszeit war er normalerweise verlassen; sie musste sich nur hineinschleichen und ein paar Tabletten stehlen. Aber ausgerechnet an dem Tag, an dem sie es vorhatte, verließen die Wachen den Raum nicht. Es war immer jemand da.

Als sie an diesem Abend zu den Baracken zurückkehrte, lag Cecile im Fieberwahn und bildete sich ein, sie wäre daheim bei ihrer Familie. »Maman!«, rief sie und klammerte sich an Simone fest. »Ich dachte, du hättest mich im Stich gelassen.«

Simone sah Sarah über den Kopf des Mädchens hinweg beschwörend an. »Du musst die Tabletten morgen holen!«

Entschlossen, einen Weg zu finden, nickte Sarah, doch der nächste Tag kam und ging, und noch immer war der Raum ständig bewacht. Sie konnte die Medikamente nicht besorgen. Wie denn auch?

Verzweifelt kehrte sie am Abend in ihre Baracke zurück. Simone sah sie kommen und streckte die Arme nach ihr aus. »Es ist zu spät«, flüsterte sie. »Sie ist schon von uns gegangen.«

Ceciles Tod berührte die Freundinnen zutiefst. Sie hatten es nicht geschafft, die Kleine zu beschützen. Die Schuldgefühle, sie überlebt zu haben, fraßen sich tief in sie hinein. Sie hörten auf zu singen, und anstatt sich Geschichten zu erzählen, wie sie es sonst immer abends taten, drückten sie sich als ewige Außenseiter bei anderen Gruppen herum.

So konnten sie nicht weitermachen. Sarah war klar, dass sie nicht der Apathie erliegen durften.

All das war ein Teil des Plans der Nazis, ihnen ihre Menschlichkeit zu nehmen. Sarah fragte sich, ob es ihnen helfen mochte, ihre Gefangenen nicht mehr als Menschen anzusehen. Wie hätten sie sie sonst so behandeln können, wie sie es taten? Und in diesem Ausmaß? Sie zu schlagen, zu foltern und sie zu ermorden. Wie hatte es überhaupt so weit kommen können? All diese Fragen gingen ihr im Kopf herum. Niemand in der normalen Welt würde sich auch nur vorstellen können, wie tief Menschen sinken konnten. Sie fragte sich, ob man ihnen wohl je Glauben schenken würde, wenn sie wie durch ein Wunder lebendig hier herauskämen.

Neunundvierzigstes Kapitel

Auschwitz, Januar 1945

SARAH

Sarah war seit siebeneinhalb Monaten in Auschwitz und fühlte sich, als wäre sie um siebzig Jahre gealtert. Sie war nicht mehr derselbe Mensch wie früher. Sie ging wie jemand, der seit langer Zeit ein Gefangener war, mit nach vorn gebeugtem Kopf und Schultern, die das Gewicht ihres ausgezehrten Körpers voranschleppten. Ihre Beine waren unförmig und geschwollen, die Lippen aufgesprungen und rot von ihrem ständig blutenden Zahnfleisch. Sie hatten keine Spiegel, aber Sarah wusste dennoch, dass sie so aussah – sie musste sich ja nur die anderen Frauen anschauen.

Es schneite schon seit Wochen, ja seit Monaten vielleicht sogar. Ihr kam es jedenfalls wie eine Ewigkeit vor, und sie hatte Angst, dass David sich eine Lungenentzündung holen könnte und in die Gaskammern geschickt würde. Aber er schien gute Kontakte zu haben, denn er schaffte es, ihr alle paar Wochen Nachrichten zukommen zu lassen, und sie schickte auch ihm welche, wenn sie etwas aus »Kanada« ergattern konnte, um den Boten zu bezahlen.

Den ganzen Winter über kursierten Gerüchte – die Alliierten kamen, das Rote Kreuz verhandelte über ihre Freilassung, die Russen waren unterwegs – doch es tat sich nie etwas. Dann hörten sie eines Nachts im Januar plötzlich Artilleriefeuer in der Ferne.

Sarah und ihre Freundinnen richteten sich in ihren Schlafstätten auf und umarmten einander freudig. Durften sie es wagen, sich Hoffnungen zu machen? Für den Rest jener Nacht taten sie kein Auge mehr zu, weil freudige Erregung heiß und schnell durch ihre müden Adern rann.

Am nächsten Tag ging Sarah wie üblich zur Krankenstation hinüber. Der Arzt sprach gerade mit den Patienten dort, als sie eintraf.

»Morgen Abend wird das Lager evakuiert. Die Kranken bleiben allerdings hier.«

Sarahs Hoffnung sank; man würde sie also woanders hinbringen, bevor sie befreit werden konnten! Sie beobachtete, wie einige der Kranken aus ihren Betten aufzustehen versuchten, um nur ja nicht zurückgelassen und von den Nazis erschossen zu werden. Andere, die zu krank oder zu apathisch waren, um sich zu sorgen, rührten sich nicht und sprachen auch nicht.

Sarah sammelte so viele Decken ein, wie sie konnte, und eilte zu ihrer Baracke zurück, um die anderen Frauen zu warnen.

»Sie werden alle erschießen, die sie zurücklassen!« Madeleine umklammerte Sarahs Schultern. »Sie werden ja keine Zeugen wollen. Doch wohin sie uns wohl bringen werden? Weißt du das?«

»Nein. Aber ich habe Decken mitgebracht. Und wir brauchen auch noch mehr Kleidung, sonst werden wir erfrieren. Und Schuhe! Wir müssen ordentliche Schuhe haben!«

Die Wachen verbrannten den ganzen Tag über Dokumente, und danach ließen sie die Häftlinge die Baracken ausräumen. »Sie sollen ja nicht denken, ihr hättet wie die Schweine gelebt«, schrien sie.

In aller Frühe am nächsten Morgen, noch lange vor Sonnenaufgang, wurden Tausende von ihnen zu den Toren hinübergetrieben. Kaum mehr als Skelette, hatten die Gefangenen sich in mehrere Lagen von Kleidung oder Decken gehüllt und sackten unter dem Gewicht zusammen wie erschöpfte alte Esel. Die

Suchscheinwerfer sprangen an, und sie konnten Hunderte von SS-Wachen und deren Hunde sehen, die sie umringten. Und zu allem Übel schneite es auch noch unerbittlich weiter.

»*Los, los!* In Reih und Glied aufstellen! Und zwar schnell!«

Die Lagertore wurden geöffnet, und Baracke um Baracke marschierten sie hinaus. Sarahs Gruppe musste warten, bis die etwa vierzig Blocks vor ihnen das Lager verlassen hatten, bevor sie sich in Bewegung setzen konnten.

Nervös befingerte sie das Brot in ihrer Tasche. *Nein. Heb es lieber auf*, sagte sie sich. *Du wirst es später brauchen.* Denn natürlich war ihr klar, dass es unterwegs weder Nahrung noch Wasser für sie alle geben würde. Was interessierte es die Wachen, wenn sie verhungerten oder im Schnee umkamen? Es würde ihnen höchstens die Arbeit ersparen, sie selbst zu töten.

»Schneller! Schneller, ihr dreckigen, verlausten Hunde.«

Alle rannten los. Das Blut rauschte durch Sarahs Adern, wärmte sie auf und verlieh ihren müden Organen wieder Energie. Ihr Herz pochte wie wild. Sie lebte noch! Sie verließen Auschwitz, und sie hatte diese Hölle überlebt!

Wie eine Maschine marschierten sie weiter und weiter. Sie mussten mithalten, wenn sie nicht getötet werden wollten. Viele Schüsse ertönten auf dem langen Marsch. Wer versuchte, in den Wald zu fliehen, wurde sofort erschossen, ebenso diejenigen, die zurückblieben oder stürzten, obwohl Letztere gewöhnlich ohnehin in der wilden Flucht zertrampelt wurden.

Einen Fuß vor den anderen zu setzen ist alles, was ich tun muss, dachte Sarah. Nur immer weitergehen. Aber sie war so durstig, so hungrig und so müde. Ein Mädchen neben ihr nahm sich eine Handvoll Schnee vom Mantel der Frau, die vor ihr ging, und schob ihn in den Mund, ohne im Gehen innezuhalten. Sarah machte es ihr nach und behielt den Schnee im Mund, bis er geschmolzen war. Erst dann schluckte sie ihn hinunter und befingerte wieder das Brot in ihrer Tasche. Aber das würde sie später brauchen oder vielleicht sogar am nächsten Tag erst. Schließlich hatten sie keine Ahnung, wie lange sie ohne Essen auskommen mussten.

Immer mehr Menschen brachen im Schnee zusammen und überließen sich der Erlösung durch den Tod. Der Rest marschierte über sie hinweg oder um sie herum. Sie hatten keine andere Wahl – Schnelligkeit war jetzt eine Frage des Überlebens.

Sarah fragte sich, was für ein Mensch sie sein würde, falls sie überlebte. »Denk nicht nach. Geh einfach weiter«, flüsterte sie ins Dunkel. »Du musst leben.« Aber der Gedanke an den Tod verließ sie nicht. Nicht mehr existieren. Einfach aufhören zu sein. Keinen Schmerz, keine Kälte und keine Erschöpfung mehr verspüren. Gar nichts …

Sie war kurz davor aufzugeben, doch sie wusste auch, dass David irgendwo da draußen war. Sie konnte in ihrem Kopf sogar seine Stimme hören, die ihr zuzuflüstern schien: *Sarah, Sarah, Liebe meines Lebens. Komm und such mich …*

Ohne nachzudenken, versuchte sie, aus der Reihe zu treten, um weiterzulaufen. Sie musste David finden.

Ein Schlag gegen den Kopf brachte sie ins Taumeln, und sie schloss die Augen, als sie stürzte und zusammenbrach. Der pulvrig weiße Schnee fühlte sich wie eine wunderbar weiche Decke an, die sie willkommen hieß. Endlich konnte sie schlafen! Sarah drückte das Gesicht in den Schnee und wusste, dass sie David in ihren Träumen wiederfinden würde.

Dann rissen Hände sie hoch. »Sarah! Steh auf!«, hörte sie jemanden sagen, und Simones Gesicht erschien vor ihr.

»Lass mich schlafen.« Ihr Kopf war zu schwer für ihren Körper. Sie wollte nur noch ins Vergessen hinübergleiten. Aber wo war David? Hatte sie ihn gefunden? »David … Wo ist David?«

»Er muss hier irgendwo sein. Also steh schon auf! Du musst ihn finden.«

Sarah fühlte, wie ein weiteres Paar Hände ihr unter die Arme griff und sie hochzog. Ein Schuss ertönte, dann ein weiterer. Das Geräusch hallte in ihrem zitternden Körper wider. Sie war nicht gestorben. Sie musste in dieser Welt bleiben. Was immer auch geschehen mochte, sie musste weitergehen – musste ihren geschwächten Körper vergessen und sich von ihrem Kampfgeist tragen lassen.

Der Ewige gebe mir die Kraft, es durchzustehen!, betete sie. Mit Hilfe ihrer Freundinnen rechts und links von ihr nahm sie ihre letzte Kraft zusammen, ignorierte den pochenden Kopfschmerz und erhob sich aus dem Schnee. Dann küsste sie ihre Freundinnen auf die kalten Lippen und flüsterte ihnen dabei zu: »Ihr werdet überleben. Versprecht mir, dass ihr das hier überstehen werdet!«

Ihre Antwort darauf war, dass sie sie weiterzogen. Zusammen stolperten sie durch die Dunkelheit, so schnell sie konnten. Irgendwann ging die Sonne auf, aber sie brachte keine Wärme mit. Stattdessen pfiff ein eisiger Wind durch die Lagen von Kleidungsstücken, die sie übereinander trugen, und drang durch ihre Haut in ihre schwachen, müden Knochen. Noch viele andere Frauen brachen nun im Schnee zusammen.

»Ihr habt zwanzig Kilometer geschafft!«, schrie der Kommandant, als sie ein verlassenes Dorf erreichten, in dem keine Menschenseele zu sehen war. »Zeit für eine Pause.«

Erleichtert drängten sie sich in ein großes Gebäude mit eingestürztem Dach. Auch drinnen war der Boden mit einer dichten Schneeschicht bedeckt, doch zumindest waren sie hier vor dem eisigen Wind geschützt. Die meisten Gefangenen ließen sich einfach fallen, wo sie standen, und waren schon eingeschlafen, bevor sie auf dem Boden aufkamen. Aber Sarah konnte nicht innehalten, weil sie David finden musste, und wenn sie jetzt hier einschlief, würde sie sterben.

Deshalb verließ sie ihre Gruppe, kletterte über Berge von Menschen und kämpfte sich durch Räume mit eingestürzten

Mauern. »David! David!«, rief sie immer wieder. Wenn sie ihn jetzt nicht fand, würde sie ihre Suche nicht fortsetzen können, weil sie am Ende ihrer Kräfte war. »David!« Sogar ihre Stimme wurde schwächer, als sie ihn in dem Gewühl bleicher Gesichter suchte.

»Sarah!«

Er war es! Das Blut begann nun wieder, ihre Adern zu durchfluten. Sie hatte ihn gefunden! Die Stimme kam aus einer Unmenge von Männern, die an einer Wand hockten, und Sarah rannte auf sie zu.

Es waren Davids Augen, die sie als Erstes sah. Seine schönen dunkelbraunen Augen, die sie aus einer weißen Schneedecke heraus anstrahlten. Sie stürzte auf ihn zu, warf sich auf ihn und streckte die Hände nach seinem Gesicht aus. Als sie es zwischen ihren knochigen Fingern hielt, schaute sie ihm staunend in die Augen. »Bist du es, David? Bist du es wirklich?«

»Ja. Du hast mich gefunden, Sarah.«

Fünfzigstes Kapitel

Santa Cruz, 10. Juli 1953

JEAN-LUC

Nachdem sie ihm erlaubt haben, mit Charlotte zu telefonieren, haben Bradley und die beiden Polizisten den Befragungsraum verlassen und ihn hinter sich abgeschlossen.

Jean-Luc hat das Gefühl, dort schon stundenlang zu sitzen, aber als er auf die Uhr schaut, sieht er, dass seither nur fünfzig Minuten vergangen sind. Trotzdem will er auf schnellstem Weg zu Charlotte, weil er es jetzt bereut, ihr die Nachricht am Telefon mitgeteilt zu haben. Das hätte er niemals tun dürfen! Was hatte er sich bloß dabei gedacht? Wahrscheinlich waren es der Schock und seine Schuldgefühle gewesen, die ihn dazu veranlasst hatten.

Ein Beamter, den er bisher noch nie gesehen hat, betritt den Raum. »Ihr Flug geht morgen früh. Sie können jetzt nach Hause fahren und eine Tasche packen, doch dann müssen Sie unverzüglich wieder hierherkommen.«

»Aber ich habe noch keinen Anwalt gesehen. Ich will einen Anwalt sprechen.«

»Ein Anwalt kann Ihnen nicht helfen. Sie werden an Frankreich ausgeliefert, und dort können Sie sich dann einen nehmen.«

»Aber … aber was ist mit meinen Rechten?«

Ein Lächeln huscht über das Gesicht des Mannes. »Mr. Bow-Champs, ich glaube, Sie begreifen nicht, wie schwerwiegend Ihr Verbrechen ist. Eine Entführung ist ein ebenso gewichtiger Grund zur Auslieferung wie Mord. Und wir haben weder einen Anlass noch den Wunsch, dem Gesuch der Franzosen nicht nachzukommen. Es wird jetzt ihre Sache sein, darüber zu entscheiden, ob es Entführung oder … etwas anderes war. Die Angelegenheit liegt nicht mehr in unseren Händen. Wir fahren Sie nun nach Hause, wo Sie zehn Minuten haben werden, um zu packen.«

»Zehn Minuten! Aber ich muss mit meiner Frau und dem Jungen reden. Ich kann nicht einfach so verschwinden.«

»Ich sagte, zehn Minuten. Und jetzt hören Sie auf zu jammern, oder es werden nur noch fünf Minuten sein.«

»Bitte …«

Der Beamte verschränkt die Arme vor der Brust und wirft einen vielsagenden Blick auf seine Armbanduhr.

Ohne ein weiteres Wort steht Jean-Luc auf und folgt dem Mann zu dem wartenden Wagen hinaus. Zum Glück legt man ihm wenigstens keine Handschellen an. Er steigt mit dem Beamten hinten ein, und der Fahrer bringt sie zu Jean-Lucs Haus.

»Wir werden hier warten«, erklärt der Beamte, als sie wieder hinter der Eiche parken.

Jean-Luc steigt aus, wobei er sich vage einer Bewegung von Marges Küchengardinen bewusst wird. Er geht den Gartenweg zum Haus hinauf und schließt die Haustür auf. Dann bleibt er leise atmend in der Diele stehen und fragt sich, wo Charlotte und Sam sein mögen. Eine unheimliche Stille geht von den Wänden aus.

Dann hört er Geräusche aus der Küche, und das Blut beginnt, heiß und schnell durch seine Adern zu rauschen, als er hineingeht.

Mit einem kleinen Koffer in der Hand steht Charlotte mitten in dem Raum. Ihr Mund klappt auf, als sie ihn sieht, und sie wird kreidebleich.

Er weiß, was sie vorhat, und das Herz wird ihm schwer von ihrem Schmerz. »Charlotte«, sagt er und breitet die Arme aus.

»Wir müssen los. Jetzt sofort!«, schreit sie ihn an.

Er berührt sie an der Schulter und zieht sie sanft an sich. Nun kann er spüren, wie sich all ihre ungestüme Energie verflüchtigt.

Kraftlos lässt sie sich in seine Arme fallen.

»Beruhige dich … *mon ange*«, murmelt er beschwichtigend und spürt, wie ihr Körper ihm entgleitet und sie zu Boden sinkt, als zerbräche sie unter seinen Fingern. Ohne sie jedoch loszulassen, hockt er sich neben sie, streichelt sie und murmelt: »Charlotte, Charlotte.«

Jemand hustet. Als Jean-Luc aufblickt, sieht er Sam in der Tür stehen. Sein kleines Gesicht ist aschfahl.

Mit Charlotte noch immer in dem einen Arm, streckt Jean-Luc nun auch den anderen aus, und ohne etwas zu sagen, schmiegt sich Sam an ihn, schlingt ihm die kleinen Arme um den Nacken und flüstert ihm ins Ohr: »Bitte geh nicht wieder weg, Daddy. Ich hab Angst.«

Einundfünfzigstes Kapitel

Santa Cruz, 13. Juli 1953

CHARLOTTE

»Warum können wir nicht mit Daddy nach Frankreich fahren?« Sam kommt ins Schlafzimmer gerannt und springt neben mir aufs Bett.

Ich möchte ihn in die Arme schließen und für immer meine schützende Hand über ihn halten. Aber ich habe das Gefühl, als griffe die Welt in all ihrer Hässlichkeit wieder in unser Leben ein und als könnte ich ihn diesmal nicht davor beschützen.

»Sam, dein Vater muss verreisen, um bei einer polizeilichen Ermittlung zu helfen.« Ich streichle sein seidiges Haar. »Es ist kein Urlaub, Schatz.«

Er schiebt schmollend die Unterlippe vor. »Ich wollte doch in Frankreich zelten gehen.«

»Ich weiß. Ein andermal vielleicht.«

Sam steht auf und zieht die Vorhänge zurück, um aus dem Fenster zu schauen. »Mom, warum ist da dieser Polizist?«

»Um uns zu beschützen.«

»Warum?« Sam dreht sich um und kraust die kleine Stirn. »Warum müssen wir beschützt werden?«

Ein Schauder läuft mir über den Rücken. Was soll ich darauf antworten?

»Nur zur Sicherheit.«

»Zur Sicherheit wovor?«

»Für den Fall, dass der schwarze Mann kommt. Und nun ab mit dir, es ist Zeit fürs Bett.«

»Aber wer ist der schwarze Mann?«

»Den gibt's gar nicht. Es ist bloß eine Redensart.«

»Warum hast du es denn dann gesagt?«

»Nun komm schon, Sam. Es ist Schlafenszeit. Schwarzer Mann oder nicht.«

Er sieht mich mit großen Augen alarmiert an. »Ich kann nicht schlafen gehen.«

Ich beuge mich über ihn und küsse ihn auf die Stirn. »Natürlich kannst du.«

»Kann ich nicht, weil ich Angst habe, Mom. Darf ich in deinem Bett schlafen? Daddy ist ja nicht hier.«

Es ist ein verlockender Gedanke, ihn bei mir zu haben, da auch ich verängstigt bin. »Na gut, aber nur ausnahmsweise, Sam.«

Nachdem ich ihn in unserem Bett schlafen gelegt habe, gehe ich in die Küche hinunter, ziehe die Gardinen zurück und starre erbost das Polizeiauto an. Sie denken offenbar, ich könnte versuchen, mit Sam zu fliehen! Nicht, dass sie so etwas gesagt hätten, doch man merkt es an der Art, wie sie mich ansehen – mit Misstrauen, in dem aber noch etwas anderes liegt, das schon fast an Mitleid grenzt. Ich weiß nicht, was ich mit mir anfangen soll. Die Zeit verrinnt, während andere Menschen entscheiden, was aus unserem Leben werden soll.

Marge ist nicht wieder herübergekommen. Genau genommen hat auch sonst niemand hier angerufen. Ich kann mir jedoch vorstellen, dass es nicht lange gedauert hat, bis die Nachricht sich verbreitet hat. Sie wird meinen lieben Nachbarinnen ein interessantes Gesprächsthema für ihre Kaffeekränzchen geben.

Ohne wirklich die Absicht zu haben, gehe ich ins Wohnzimmer hinüber und schenke mir ein Glas Southern Comfort ein. Ich leere es schnell und kann spüren, wie der Alkohol meine angespannten Nerven ein bisschen beruhigt. Aber ich bin müde und verwirrt. Vielleicht sollte ich heute früh zu Bett gehen; womöglich sehe ich die Dinge dann am Morgen klarer.

Leise kehre ich nach oben zurück und bin froh, dass Sam in meinem Bett liegt. Ich brauche ihn jetzt in meiner Nähe.

Ohne Licht zu machen, ziehe ich mich aus und streife mein Nachthemd über. Als ich ins Bett schlüpfe, kann ich Sams leises, aber regelmäßiges Atmen hören. Er muss schon eingeschlafen sein. Ich lege mich auf den Rücken und konzentriere mich darauf, in den Bauch zu atmen, um mich zu entspannen.

Sam stößt einen langen, tiefen Atemzug aus und dreht sich um. Doch Sekunden später rollt er sich erneut herum, sodass er mir nun das Gesicht zugewandt hat. Ich selbst liege starr wie ein Stück Metall da, um ihn nicht zu wecken. Doch dann spüre ich, wie er noch näher an mich heranrutscht und sein seidiges Haar meinen Arm berührt, und so drehe ich mich nun doch auf die Seite und streichle ihm über den Kopf.

»Mom«, flüstert er. »Bei was für einer Ermittlung hilft Daddy der Polizei?«

»Das ist kompliziert, Sam.«

Oder vielleicht ist es leichter, es im Dunkeln zu erklären. Bisher hatte ich den Moment hinausgezögert, weil mir bewusst ist, dass sich alles ändern wird, wenn er es weiß.

»Sam …«

»Ja?«

»Es gibt etwas, was ich dir sagen sollte.«

»Was denn, Mom?«

»Etwas über dich. Deine Geschichte, Sam.«

»Was für eine Geschichte?«

Im Dunkeln küsse ich ihn auf den Oberkopf. »Erinnerst du dich noch, wie wir dir von dem Krieg erzählt haben, der in Europa tobte zu der Zeit, als du in Paris geboren wurdest? Und wie wir mit dir über die Berge und den Ozean geflohen sind, um nach Amerika zu kommen?«

»Klar.«

»Wir mussten damals weg. Es gab so viele Gefechte, und so

viele Bomben fielen, dass wir Angst hatten, die Nazis würden Paris in die Luft jagen.«

»Ja, das weiß ich.«

»Als du zur Welt kamst, war alles so völlig anders als heute, dass man es sich kaum noch vorstellen kann, Sam. Jeden Tag wurden Menschen verhaftet und getötet …« Ich höre nicht auf, seinen Kopf zu streicheln. »Was ich dir jetzt erzählen werde, ist schwer zu verstehen, also hör bitte gut zu und lass es mich zu Ende bringen, ja?« Ich greife nach seiner Hand.

»Okay, Mom.«

»Du wurdest in den Krieg hineingeboren, und obwohl du noch ein winziges Baby warst, kamst du in Gefangenschaft, um in ein schreckliches Arbeitslager gebracht zu werden.«

»Warum sollte jemand ein kleines Baby in ein Arbeitslager stecken?«

»Weil du am falschen Ort geboren wurdest, Sam. Damals wurden alle Juden in Paris verhaftet und in ein geradezu teuflisches Gefangenenlager gebracht. Viele von ihnen starben. Aber du wurdest von jemandem gerettet.«

»Was ist ein Jude, Mom?«

Ich frage mich, wie ich ihm das erklären soll. Schließlich bin ich mir selbst nicht ganz sicher, ob die Bezeichnung »Jude« sich auf die Zugehörigkeit zu einem bestimmten Volk oder eine Religion bezieht.

»Nun ja, ein Jude ist jemand, dessen Eltern und andere Vorfahren Juden waren. Das Judentum wird von einer Generation zur nächsten weitervererbt.«

»Wie? Wie Farbenblindheit? Die wird ja auch vererbt, so wie die Augenfarbe, nicht?«

»Ja, so ungefähr, aber trotzdem ist es etwas völlig anderes. Es hat mehr mit deiner persönlichen Geschichte zu tun – mit deiner Herkunft, aber auch mit deiner Religion.«

»Sind wir Juden?«

»Nein.«

Wir hatten nie viel über Religion gesprochen, obwohl Sam viele der biblischen Geschichten kennt. Nach unserer Ankunft in Amerika hatten wir in einer katholischen Kirche geheiratet, doch Jean-Luc und ich fühlen uns beide ein bisschen unwohl mit der Beeinflussung durch die Kirche und mit den Glaubensregeln. Vielleicht liegt es ja daran, dass wir schon so viele dieser Regeln missachtet haben.

»Warum waren wir dann verhaftet?«

Ich bin mir nicht sicher, wie ich jetzt weitermachen soll. Wie soll ich ihm beibringen, dass er nicht unser Sohn ist? Ich glaube nicht, dass ich das kann.

Trotzdem hole ich tief Luft, lege beide Arme um ihn und ziehe ihn an mich. Dann atme ich seinen Duft ein – eine Mischung aus Zitronenshampoo und einem leichten Moschusgeruch. Der Kloß in meinem Hals verhärtet sich. Wieder küsse ich ihn aufs Haar und streichle seine weiche Wange. Dann kneife ich ihn sanft in die Nase, wie früher immer, als er noch klein war. Er liegt da, warm und weich, und ich spüre, wie er all meine Liebe zu ihm förmlich in sich aufsaugt. Für eine Minute bleiben wir einfach nur so liegen. Sicher, geborgen und zusammen. Dann beginnt er, unruhig zu werden, und ich kann es nicht länger hinausschieben, ihm die Wahrheit zu sagen. Ich muss es tun.

»Sam, du warst unter den Gefangenen, weil du Jude bist.«

»Aber du hast doch gesagt, wir wären keine Juden?«

»Wir sind auch keine, du jedoch schon«, erwidere ich sanft und lege die Hände an seine Wangen. »Und nun hör mir gut zu, und lass mich zu Ende erzählen, ja?«

»Okay.«

»Der Mensch, der dich gerettet hat, war dein Vater.«

»Daddy?«

»Ja. Er hat dich hinausgeschmuggelt, als niemand hinsah. Du warst noch winzig – höchstens einen Monat alt.«

»Und wo warst du?«

»Ich war nicht dort. Hör einfach zu, Sam. Dein Vater arbeitete damals als Eisenbahner in diesem Gefängnis.«

»Ja?«

»Als er dich mitnahm, musste er dich verstecken, doch du warst so klein, dass es nicht schwer war. Er hat dich unter seiner Jacke versteckt.«

Ich halte inne, um meine Gedanken zu sammeln, weil ich weiß, was für eine schreckliche Wirkung sie haben werden, sobald sie ausgesprochen sind.

»Er konnte deine Mutter und deinen Vater nicht auch mitnehmen, weil er sie nicht verstecken konnte, wie er dich versteckt hat.«

»Was … Das verstehe ich nicht. Meinst du dich?«

»Nein, mein Schatz. Deine richtigen Eltern sind Juden. Auch sie waren Gefangene, aber Daddy konnte sie nicht retten. Er konnte nur dich befreien.«

»Das verstehe ich nicht. *Ihr* seid doch meine Eltern!« Er setzt sich kerzengerade auf, greift hinter sich und legt den Schalter an der Wand um.

Licht durchflutet nun den Raum. Ich kneife geblendet die Augen zusammen. Aber da ich Sam unbedingt sehen will, öffne ich sie wieder.

»Warum sagst du das?« Er presst sich die Fäuste auf die Ohren, als könnte er so die Wahrheit ausblenden.

Ich greife nach ihm und lege meine Hände über seine. »Sam, *mon cœur*. Es tut mir schrecklich leid, mein Liebling, aber … wir sind nicht deine leiblichen Eltern. Deine richtigen Eltern wurden während des Kriegs verschleppt.«

»Nein!« Er schießt in die Höhe und springt vom Bett. »Nein!«

»Hör mir doch bitte zu, Sam.«

»Nein!« Und damit rennt er aus dem Zimmer.

Seine Schlafzimmertür schlägt zu. Ich muss zu ihm gehen. Er

darf jetzt nicht allein gelassen werden, um diesen Albtraum zu verarbeiten. Deshalb ziehe ich meinen Morgenmantel über und gebe ihm noch ein paar Minuten, um sich zu beruhigen. Als ich dann seine Tür öffne, liegt er auf seinem Bett und hat den Kopf im Kissen vergraben.

»Sam«, flüstere ich.

Er tut so, als hörte er mich nicht.

Ich gehe weiter in das Zimmer und setze mich auf das Bett. »Sam, wir lieben dich so sehr!«

»Warum hast du dann all das erzählt?« Seine Stimme klingt gedämpft, weil sein Gesicht noch immer in dem Kissen steckt. Dann dreht er sich um und starrt mich mit wuterfüllten Augen an.

Seine Empörung zerrt an meinem Herzen. Er will ebenso sehr wie wir, dass wir seine richtigen Eltern sind.

»Sam, ich weiß, wie schwer das für dich ist.« Ich ziehe seine Hand aus dem Pyjamaärmel, in dem er sie versteckt hat, und halte sie ganz fest.

»Ihr wollt mich nicht mehr, nicht? Ihr habt mich nicht mehr lieb.«

»Aber nein! Was redest du denn da? Das ist nicht wahr, Sam!«

Wie konnte er so etwas denken?

»Wir lieben dich über alles. Wir haben dich hierhergebracht, weil wir dich bei uns haben wollten, und wir werden niemals aufhören, dich zu lieben.«

Ich muss ihm begreiflich machen, dass meine Liebe zu ihm rein und bedingungslos ist und dass ihn niemand mehr lieben könnte als ich.

Ich sehe, wie ihm Tränen in die Augen schießen und über seine Wangen rinnen und wie er die Zunge herausstreckt, um sie aufzufangen. Ich stelle mir ihren salzigen Geschmack vor – tröstlich, wie das Meer.

Sam starrt an die Decke, und seine großen braunen Augen

schwimmen immer noch in Tränen. »Da ist ein Spinnennetz«, verkündet er plötzlich.

Überrascht über seinen Themawechsel, folge ich seinem Blick zur Zimmerdecke.

»Ich hasse Spinnen!«, erklärt er und wischt sich mit dem Ärmel über das Gesicht. »Sie krabbeln einem in die Nase und durch den Mund wieder hinaus, während man schläft. Das wissen nicht viele Leute. Ich habe es gelesen, und dann wusste ich es, und es war zu spät, um es wieder zu vergessen. Ich hasse es, dass lauter solche Dinge passieren, ohne dass man's auch nur weiß.«

»Sam, es tut mir schrecklich leid. Wir wollten es dir nicht so sagen müssen wie jetzt gerade. Du bist noch so jung. Es ist schwer für einen Jungen ...«

Er springt vom Bett auf und schaut sich mit wilden Blicken im Zimmer um, bis sie schließlich auf die Festung fallen, die Jean-Luc für ihn gebaut hat. Ich weiß, was er jetzt tun wird. Ich kann es spüren, als befände ich mich in seinem Kopf. Sam hebt die Festung auf, hält sie vor sich in die Höhe und schleudert sie zu Boden. Sie spaltet sich an den Seiten und bricht auf. Nun beugt er das Knie, lässt den Fuß dann krachend auf die Überreste fallen und zerschmettert sie in tausend Stücke.

Ich schnappe entsetzt nach Luft, als ich daran denke, wie liebevoll Jean-Luc die Festung aus alten Eisstielen erbaut und die Teile an all den richtigen Stellen zusammengesetzt hat. An all die Zeit und Liebe, die er darin investiert hat ...

Sam bricht auf dem Boden zusammen, bleibt vor der zerstörten Festung liegen und zieht die Beine an die Brust, als heftige Schluchzer ihn durchzucken.

Ich lege mich neben ihn, aber ich berühre ihn nicht, weil der Moment zu heikel ist. »Sam, dein Daddy und ich haben dich sehr, sehr lieb. Und wir haben dich nach Amerika gebracht, weil wir dich retten wollten. In unseren Herzen sind wir deine wahren Eltern und werden es auch immer sein.«

Zweiundfünfzigstes Kapitel

Santa Cruz, 15. Juli 1953

CHARLOTTE

Sie beobachten mich die ganze Zeit. Sie nennen es »Überwachung«, aber für mich fühlt es sich mehr wie ein Hausarrest an. Und sie sind nicht die Einzigen. Manchmal sehe ich auch Marge an ihrem Küchenfenster hinter den leicht geöffneten Gardinen.

Ein junger Polizist sitzt in seinem blau-weißen Streifenwagen vor dem Haus, deutlich sichtbar für die gesamte Nachbarschaft. Kein Wunder, dass niemand mehr bei uns vorbeikommt. Er ist ein paar Jahre jünger als ich, frisch verheiratet, wie ich weiß, und Vater eines Neugeborenen, das wahrscheinlich der Grund für die Ringe unter seinen Augen ist. Höflich und unaufdringlich, bewahrt er einen respektvollen Abstand zwischen uns, als wäre es ihm peinlich, mich so kontrollieren zu müssen. Dabei macht er ja nur seine Arbeit.

Ich beschließe, ihn auf einen Kaffee hereinzubitten, um ihm zu zeigen, dass ich nur eine ganz normale Mutter und nicht bloß irgendein anonymes Gesicht bin. Außerdem könnte ich von ihm vielleicht etwas über den Prozess erfahren. Und so gehe ich aufrecht und in selbstbewusster Haltung zu seinem Wagen hinaus.

Er steigt aus, als er mich kommen sieht, streicht sich glättend über die Hose und zieht die Dienstmütze zurecht. »Guten Morgen, Ma'am.«

»Guten Morgen …«

»John«, ergänzt er für mich.

»Guten Morgen, John. Ich wollte Sie fragen, ob Sie vielleicht gern auf einen Kaffee hereinkommen würden.«

»Ich weiß nicht, ob das angebracht wäre.«

»Verstehe.« Ich schaue ihn an und bemerke das leichte Zittern seiner Hände, als er die Mütze wieder zurechtrückt. »Was glauben Sie denn, was ich tun könnte? Sie in meinem Haus einschließen und die Flucht ergreifen?«

Er lacht. Es ist ein etwas schrilles, nervöses Lachen, das er mit einem Husten überspielt. Dann hält er sich auf sehr männliche Weise die geballte Faust vor den Mund.

»Ich habe auch selbst gebackene Plätzchen«, sage ich, bevor ich mich abwende, um zum Haus zurückzugehen.

Wie ich mir schon gedacht hatte, folgt er mir, weil er nicht unhöflich erscheinen will. Als er die Diele betritt, nimmt er die Mütze ab und lässt sie an ihrem Rand durch die Finger gleiten, wieder und wieder, was ein weiteres Anzeichen für seine Unsicherheit und Nervosität ist.

»Kommen Sie mit in die Küche.«

Er schaut zu, als ich die Kaffeebohnen in die Mühle gebe und die Handkurbel drehe.

»Wow«, bemerkt er lächelnd. »Richtiger Kaffee!«

»Ja, wir lieben unsere Art Kaffee.«

Eine Minute Schweigen folgt, dann hüstelt er wieder.

»Machen Sie sich nichts daraus, Sie müssen mich ja überwachen«, sage ich, um ihm die Befangenheit zu nehmen. »Sie tun nur Ihre Arbeit.«

»Ja, aber das hier ist nicht gerade das Interessanteste daran. Ich bin viel lieber unterwegs.« Er tätschelt seinen Bauch, als hätte er bereits zugenommen in den wenigen Tagen, in denen er draußen im Wagen gesessen hat.

»Gibt es schon Neuigkeiten über den Prozess?«, frage ich, um einen möglichst beiläufigen Ton bemüht.

»Nein, aber machen Sie sich keine Sorgen. Es wird nicht lange dauern, da es um das Wohlergehen eines Minderjährigen geht.«

»Eines Minderjährigen?«, wiederhole ich stirnrunzelnd.

Sam ist doch die Hauptperson in diesem Verfahren?

»Ja, da es um das Wohl eines Kindes geht, wird man dem Prozess die höchste Priorität einräumen.«

»Aber sobald sie begreifen, dass Jean-Luc den Jungen nicht entführt, sondern gerettet hat, werden sie den Prozess doch sicherlich beenden, nicht? Dann können sie ihn doch wohl nicht mehr der Kindesentführung bezichtigen?«

»Ich darf Ihnen nichts dazu sagen, Mrs. Beauchamps. Und ich weiß auch nichts darüber.«

Jetzt habe ich ihn in Verlegenheit gebracht. Er nippt an seinem Kaffee, obwohl er noch viel zu heiß zum Trinken ist. Wahrscheinlich kann er es kaum noch erwarten, zu seinem Wagen zurückzukehren.

»Entschuldigen Sie bitte meine Fragen, denn natürlich können Sie nichts dazu sagen.« Ich hole tief Luft. »Wie geht es Ihrem Baby?«, wechsle ich das Thema.

»Prima. Er ist ein wunderbares Kerlchen. Nur das Schlafen scheint ihm noch recht schwerzufallen.«

»Oje! Damit hatten wir nie Probleme bei Sam; er hat immer gut geschlafen.«

»Dann haben Sie aber Glück gehabt.«

»Ja«, fahre ich fort. »Er liebte seinen Schlaf und auch sein Essen. Im Grunde war er das, was wir in Frankreich einen ›*Bonvivant*‹ nennen. Ein sehr braves, zufriedenes Baby. Wir hatten wirklich Glück mit ihm.«

»Vielen Dank für den Kaffee, Mrs. Beauchamps.« Und damit stellt er entschieden die Tasse auf den Tisch zurück und erhebt sich.

Als ich ihn zu seinem Wagen zurückbegleite, sehe ich den Postboten davonradeln und bete im Stillen darum, eine Nachricht von Jean-Luc im Briefkasten zu finden. Das Warten bringt mich um. Ich kann nicht mehr schlafen und nicht mehr essen. Ich funktioniere gerade noch. Unwillkürlich blicke ich über die Straße zu Marges Haus hinüber.

Ich hatte darüber nachgedacht, ob ich zu ihr gehen und ihr die Wahrheit sagen sollte, aber irgendwie glaube ich nicht, dass sie im Moment bereit wäre, mir zuzuhören. Es ist schon komisch, wie all die freundlichen Gesichter in unserer Nachbarschaft von der Bildfläche verschwunden sind. Ich hatte gehofft, dass eine meiner sogenannten »Freundinnen« herüberkommen würde, um sich nach meiner Seite der Geschichte zu erkundigen. Die Chance, sie ihnen zu erzählen, selbst wenn sie sie nicht verstehen, hätte mir geholfen. Doch die Gardinen an ihren Küchenfenstern sind geschlossen, und auch in den Gärten hält sich derzeit niemand auf.

Als ich unseren Postkasten öffne, finde ich einen dünnen Brief darin. Schnell ziehe ich ihn heraus und richte den Blick als Erstes auf den Poststempel. *Frankreich*, sehe ich und reiße den Briefumschlag auf.

Liebster Sam und geliebte Charlotte,
ihr beide seid alles für mich – mein Zuhause, meine Liebe und mein Leben. Jeden Tag danke ich den Sternen dort oben, dass ihr in mein Leben getreten seid. Die vergangenen neun Jahre waren mehr, als ich je zu hoffen gewagt hätte, und sie haben mir mehr Glück gebracht, als ich es jemals verdient hätte.
Sam, durch Deine Augen habe ich die Welt in ihren hellsten und schönsten Farben gesehen. Du hast mich so viel gelehrt: dass wir als gute Menschen geboren werden, dass das Leben lebenswert ist und es sich lohnt, dafür zu kämpfen. Und dass wir immer eine Wahl haben. Die beste Wahl, die ich je traf, warst Du. Dich mitzunehmen war das Beste, was ich jemals getan habe.
Deine Mutter wird Dir Deine Geschichte inzwischen erzählt

haben. Es ist die ganz besondere Geschichte eines ganz besonderen Jungen. Du bist tapfer und mutig, und obwohl schwierige Zeiten vor uns liegen, habe ich vollstes Vertrauen in Dich. Du bist stärker, als Dir selbst bewusst ist, Sam.

Als wir damals nach Amerika geflohen waren, haben Deine Mutter und ich uns in Dich verliebt und nicht nach Deinen wahren Eltern gesucht. Bitte vergib uns das.

Und Du, Charlotte, hast mir Selbstvertrauen gegeben, und durch Dich bin ich ein besserer Mensch geworden. Nun musst Du Dir klarmachen, dass all das mein Werk und meine Schuld ist. Du hattest nichts damit zu tun. Erinnere Dich daran, dass ich Dich nie darüber reden oder überhaupt über unsere Vergangenheit habe sprechen lassen. Ich sagte Dir immer, all das läge hinter uns, und ich würde uns ein neues Leben hier in Amerika aufbauen.

Du wolltest die Wahrheit über unsere Geschichte erzählen, aber ich habe es Dir nicht erlaubt. Denk immer daran, dass Du an all dem völlig schuldlos bist.

Pass Sam zuliebe sehr gut auf Dich auf.

Mit all meiner Liebe für immer,

Jean-Luc

Was für ein Idiot! Er will die ganze Schuld auf sich nehmen, obwohl es mein Fehler war. Obwohl ich es war, die nicht zu den Behörden gehen wollte. Ich hatte mich in den kleinen Sam verliebt und befürchtete, dass eine dieser jüdischen Organisationen ihn uns wegnehmen würde, um ihn zu »repatriieren«. Beängstigende Zukunftsvisionen von ihm, wie er von einer jüdischen Familie in Israel adoptiert wurde, verfolgten mich. Ich wusste, dass es mit Kindern geschehen war, die während des Krieges versteckt und deren Eltern ermordet worden waren. Deshalb überzeugte ich Jean-Luc, dass wir das nicht riskieren konnten – dass Sam bei uns besser aufgehoben war, solange er glaubte, er gehörte zu uns, weil ich ohne ihn nicht hätte leben können.

Dreiundfünfzigstes Kapitel

Santa Cruz, 16. Juli 1953

SAM

Ich vermisse meine Freunde. Alles ist unheimlich still geworden. Keiner kommt mehr vorbei, und ich habe Jimmy schon lange nicht mehr draußen in seinem Garten gesehen. Aber ich verstehe es jetzt – es ist wegen meiner Geschichte. Ich will nur noch, dass Daddy heimkommt und alles wieder ganz normal wird.

Mom hat mir aufgetragen, im Haus zu bleiben und mich für eine Weile von allen abzuschotten. Aber das ist schrecklich langweilig. Todlangweilig. Ich könnte natürlich zu Jimmy gehen; sie würde es nie erfahren, wenn ich flink bin, falls der Polizist es ihr nicht sagt. Doch ich habe ihn oft genug im Wagen schlafen gesehen und könnte mich daran vorbeischleichen …

Entschlossen springe ich auf und laufe zur Vordertür hinaus in den Vorgarten, schlüpfe hinter dem Polizeiauto vorbei und überquere schnell die Straße. Und schon klingele ich Sturm bei Jimmy. Aber niemand öffnet. Ich klingele noch einmal und lasse den Finger diesmal sogar noch länger auf dem Klingelknopf liegen. Die Gardinen am Küchenfenster bewegen sich, und ich sehe, dass Marge zu mir herausschaut. Ich winke ihr zu und komme mir sehr dumm vor, als sie nicht zurückwinkt. Mir wird sogar ganz schwer ums Herz. Sie entfernt sich von dem Fenster, und höflich trete ich von der Tür zurück und warte darauf, dass sie mich hereinlässt.

Langsam öffnet sich die Tür ein wenig. »Oh, du bist es, Sam. Hallo.«

Ich weiß nicht, warum sie so tut, als wäre sie überrascht, dass ich es bin.

»Hi«, sage ich. »Darf Jimmy spielen kommen?«

Bevor sie antworten kann, höre ich schnelle Schritte die Treppe herunterkommen und sehe, dass Jimmy da ist. Gleich fühle ich mich besser.

Aber dann bleibt er auf der untersten Treppenstufe stehen. »Hey, Sam.«

»Hey, Jimmy.«

»Du solltest mal hören, was alle über dich erzählen!«

»Pst, Jimmy«, zischt Marge.

»Darf er mit raufkommen, Mom?«

Jimmy musste bisher noch nie um Erlaubnis bitten, mit mir zu spielen.

»Komm, Sam.«

Zumindest wartet er nicht auf ihre Antwort, sondern rennt sofort wieder hinauf. Ohne Marge anzusehen, laufe ich ihm hinterher.

»Du musst den Tisch bald decken, Jimmy«, ruft Marge uns nach. »Sam kann also nicht lange bleiben.«

Wir beide ignorieren sie und schaffen in seinem Zimmer zwischen den Legosteinen Platz, um uns dort hinzuhocken.

»Was baust du gerade?«, frage ich ihn.

Er schaut mich an. »Nichts Besonderes.«

Ein Schweigen entsteht, das mir ein ungutes Gefühl einflößt.

»Alle sagen, dass dein Dad ein Nazi ist«, sagt Jimmy und schaut mich aus schmalen Augen an.

»Was?«

»Ja. Und dann hat er dich gekidnappt. Weil du noch ein Baby warst.«

»Was ist ein Nazi?«

Ich erinnere mich an Daddys Brief und versuche, tapfer zu sein.

»Na ja, das ist was richtig Schlimmes. Die Nazis waren Deutsche, die im Krieg Leute gefoltert und ermordet haben. Sie alle trugen lange schwarze Mäntel und hohe schwarze Stiefel, und sie marschierten durch Städte und Dörfer und brachten alle um.« Er holt Luft. »War dein Dad wirklich ein Nazi?«

»Nein!« Ich kann nicht verhindern, dass mir Tränen in die Augen schießen. Ich wische sie mit dem Handrücken ab und schlucke den Rest hinunter. Dann schaue ich Jimmy lange und durchdringend an. »Er war nie ein Nazi. Er hat sie sogar heimlich bekämpft, und er hat mich auch vor ihnen gerettet. Sie wollten mich in ein Lager stecken und töten, deshalb hat er mich gerettet und in Sicherheit gebracht. Er hat mich nicht entführt, und er ist meinetwegen sogar mit meiner Mom nach Amerika geflohen.«

»Wow! Das ist ja echt schlimm.« Jimmy starrt mich an, und ich kann ihm ansehen, dass er überlegt, ob er mir glauben soll. »Ist deine Mom denn deine richtige Mom?«

Ich schüttle den Kopf und erinnere mich daran, wie wir früher immer miteinander gelacht haben, bis wir Seitenstiche bekamen, und uns danach nicht mehr erinnern konnten, worüber wir gelacht hatten, was wieder einen neuen Lachanfall zur Folge gehabt hatte ... Jimmy ist immer mein bester Freund gewesen.

»Aber warum wollten die Nazis dich töten?«

»Weil ich am falschen Ort geboren war und sie im Krieg Kindern und sogar Babys schlimme Sachen antaten.«

»Ja.« Jimmy senkt den Blick, und ich kann sehen, wie er darüber nachdenkt. Dann schaut er wieder auf, und seine Augen sind wärmer als vorher. »Wer sind denn dann deine richtigen Eltern?«

»Keine Ahnung. Sie waren auch Gefangene und sind beinahe gestorben. Aber sie hatten Glück und haben überlebt.«

»Wirst du sie kennenlernen?«

»Ich weiß nicht. Vielleicht.«

»Warum steht jeden Tag ein Polizeiauto vor eurem Haus? Und wo ist dein Dad?«

»Er ist in Frankreich und hilft bei den Ermittlungen. Dafür werden wir jetzt von der Polizei beschützt.«

»Wow!«

Jimmy runzelt die Stirn, und ich kann sehen, dass er sich nicht sicher ist, ob er die ganze Geschichte glauben soll. Das kann ich verstehen. Ich bin mir da ja genauso wenig sicher. Jedenfalls begreife ich nicht, wozu wir den Polizisten vor dem Haus brauchen. Auch andere Kinder haben keine Väter und bekommen keine Polizeiwache zu ihrem Schutz vor das Haus gestellt.

Jimmy stupst mich in die Rippen. »Willst du mir jetzt helfen, ein Auto zu bauen?«

Vierundfünfzigstes Kapitel

Santa Cruz, 16. Juli 1953

CHARLOTTE

Der Fernseher läuft nicht, und es ist ganz still im Haus.

»Sam!«, rufe ich.

Er muss oben in seinem Schlafzimmer sein. Ich will gerade hinaufgehen, um nach ihm zu sehen, als es an der Tür klingelt.

Es ist John, der junge Polizist. Er nimmt die Mütze ab und putzt sich die Schuhe an der Fußmatte ab, bevor er eintritt. »Guten Tag, Mrs. Beauchamps. Ich habe Neuigkeiten für Sie.« Dann hält er inne und senkt den Blick auf seine Füße.

Sein leiser Ton, der bei seinen letzten Worten schon fast in ein Murmeln übergeht, beängstigt mich. Es können keine guten Nachrichten sein, das weiß ich bereits jetzt.

»Kommen Sie herein«, sage ich und trete beiseite.

»Danke, Ma'am.« Er umklammert mit beiden Händen die Mütze, als er mir ins Haus folgt.

»Darf ich Ihnen etwas zu trinken anbieten?«, frage ich mit meiner freundlichsten Gastgeberinnenstimme und tue der Form Genüge, um den Moment, den ich fürchte, hinauszuschieben.

»Ja, bitte. Danke.« Bitte und Danke im selben Atemzug. Er muss sich sehr unbehaglich fühlen.

»Kaffee? Saft?«

Er folgt mir in die Küche. »Saft wäre wunderbar, danke.«

Er schaut zu, wie ich Orangensaft in ein Glas gieße.

»Weiß Sam über seine Eltern und alles andere Bescheid?«, fragt er plötzlich.

»Ja.«

»Wie geht es ihm?«

»Es ist verwirrend für ihn. Er vermisst seinen Vater sehr. Er fehlt uns beiden schrecklich.«

John nickt, als verstünde er, und wir setzen uns an den Küchentisch. Ich betrachte ihn genauer, als er seinen Saft trinkt. Er hat ein offenes Gesicht und strahlend blaue Augen. Sein Haar ist dunkelblond und zu einer Seite gebürstet, die Nase klein, fast zierlich, und er hat ein rundes Kinn. Er sieht so jung aus. Während ich ihn prüfend mustere, trinke ich einen Schluck Wasser aus meinem Glas. Leider bin ich so zerstreut, dass ich meinen Mund nicht treffe und das Wasser daran vorbeiläuft und auf den Tisch tropft. Bevor ich jedoch ein Tuch holen kann, ist John schon auf den Beinen und zieht das Küchenhandtuch von der Metallstange an der Ofentür. Ich lasse ihn das Wasser aufwischen.

»Haben Sie das Tuch genäht?« Er hält es hoch und betrachtet das gestickte Bild vom Pont Neuf. »Es ist sehr hübsch.«

»Das war meine Großmutter.«

»Und Sie haben es mitgenommen, als Sie geflohen sind? Den ganzen Weg?«

»Ja, ich habe sogar drei davon. Auf der Flucht schlief Sam in ihnen eingewickelt.«

Mir ist, als entglitten mir die letzten Jahre und als drehten sich die Uhren rückwärts. Es ist, als wäre ich wieder dort auf den steilen, rutschigen Abhängen, die wir bei unserer verzweifelten Flucht zu überqueren hatten.

»Standen Sie in Verbindung mit Ihrer Familie in Frankreich, seit Sie herkamen?«

»Nicht wirklich. Meinen Eltern fiel und fällt es schwer, mir zu verzeihen, was ich ihnen zugemutet habe.« Ich halte inne und denke an den Egoismus meiner Entscheidung zurück. »Ich bin einfach durchgebrannt, ohne einen Gedanken an sie zu verschwenden.«

Er nickt, als versuchte er zu verstehen.

»Natürlich war ich damals noch sehr jung.«

»Ja, wir alle machen Fehler, wenn wir jung sind.«

»Fehler? Ist es das, was Sie glauben, was es war? Ein dummer Fehler?«

Er errötet. Der arme Kerl. Es ist nicht seine Schuld.

»Welche Neuigkeiten haben Sie denn nun für mich?«, frage ich, weil ich jetzt bereit bin, sie zu hören. »Haben sie etwas mit dem Prozess zu tun?«

»Ja, es ging alles sehr schnell für ein Gerichtsverfahren. Sie sprachen vorhin auf der Wache darüber, bevor ich zu meiner Schicht aufgebrochen bin. Sie werden noch jemanden schicken, der es Ihnen ganz offiziell mitteilen wird.«

Ich starre ihn an. Dann mussten es schlechte Neuigkeiten sein.

»Sie sind jetzt schon einmal hier, John. Sagen Sie es mir bitte.«

Ich werde es aus ihm herausschütteln, wenn es sein muss.

Ich sehe, wie er schluckt. Wahrscheinlich wünscht er jetzt, er wäre draußen geblieben.

»Die Jury hat einstimmig entschieden, Mrs. Beauchamps.«

»Einstimmig?«

»Ja. Es tut mir leid. Ich weiß nicht, wie ich es Ihnen sagen soll.«

Mein Herz macht einen Satz. Ich nehme ihm das Geschirrtuch aus der Hand, um mir die Augen abzuwischen, und bete im Stillen: *Bitte, lieber Gott, lass es nicht zu schlimm sein!*

»Erzählen Sie es mir einfach. Bitte.«

»Sie befanden Ihren Ehemann für schuldig, was die Anklage wegen Entführung angeht, doch aufgrund von mildernden Umständen ist er bloß zu zwei Jahren Haft verurteilt worden. Was eigentlich nur ein symbolisches Urteil ist.«

»Aber er ist kein Entführer! Ganz und gar nicht!« In meiner

Erregung springe ich auf und stoße dabei mein Glas um, weil alles vor meinen Augen verschwimmt und unscharf wird.

»Sie mussten ihn zu irgendwas verurteilen, Mrs. Beauchamps, weil die Leute sonst womöglich einen Aufstand gemacht hätten.«

»Die Leute? Welche Leute? Er ist kein Entführer. Er hat Sam *gerettet!*«

»Setzen Sie sich bitte wieder, Mrs. Beauchamps. Das war noch nicht alles.«

Ein scharfer Schmerz durchzuckt meine Brust. Ich ringe nach Atem und bringe kein Wort heraus. Der Raum beginnt sich um mich zu drehen, immer mehr und immer schneller. Ich bekomme keine Luft mehr … und dann wird mir schwarz vor Augen.

Der junge Polizist hält meinen Kopf hoch und stützt ihn mit seinem gebeugten Knie. Wasser rinnt an meinem Gesicht herab, und meine nasse Bluse klebt an mir.

»Entschuldigen Sie bitte«, sagt er. »Ich habe Ihnen etwas Wasser aufs Gesicht gegossen, als Sie nicht mehr zu sich kamen.«

Nun legt er die Hände unter meine Arme und versucht, mich hochzuheben, aber ich habe keine Kraft mehr in den Muskeln und plumpse wieder auf den Boden.

Der junge Mann steht dort und blickt zu mir herab. »Es tut mir leid, dass Sie jetzt so nass sind. Möchten Sie ein bisschen Wasser?«

Ich schaue ihn an und lache. Noch mehr Wasser? Ein furchtbar hysterisches Lachen entringt sich mir. Und ich kann nicht damit aufhören. Wann immer ich ein Wort herauszubringen versuche, wird es wieder von diesem hysterischen, schrillen Lachen übertönt.

»Bitte, Mrs. Beauchamps. Lassen Sie mich Ihnen aufhelfen.«

Er versucht es wieder, und diesmal gelingt es mir, das Lachen zu unterdrücken, und ich schaffe es aufzustehen. Ohne Widerspruch lasse ich mich von ihm auf den Stuhl zurücksetzen.

»Vielleicht sollten Sie etwas Süßes essen. Sie sind sehr blass.« Er nimmt die Keksdose von der Ablage, öffnet sie und hält sie mir hin. Doch allein von dem Geruch wird mir schon übel. Ich schüttele abwehrend den Kopf.

Er schließt die Dose wieder und blickt dann zu mir auf. Seine strahlend blauen Augen starren in meine. »Wissen Sie, mein Vater starb in Frankreich«, sagt er leise.

Das will ich gar nicht wissen. Ich will nur, dass er geht. Zwei Jahre! Wie ist das möglich?

»Er war in der Marine, und am D-Day war er dort. Er war ein Offizier. Nach dem Krieg flogen wir zu einer Messe in der Normandie. Der Friedhof, auf dem sie begraben wurden, ist heute amerikanisches Gebiet.«

Ich frage mich, warum er mir das erzählt. Es interessiert mich im Augenblick nicht.

»Zwei Jahre hat mein Mann bekommen? Sind Sie sicher?«

»Ja. Normalerweise ist die Strafe für Kidnapping viel höher.«

»Aber wie können sie ihn des Kidnappings beschuldigen? Er ist doch kein Entführer, oder?«

Der junge Polizist zögert. »Es tut mir leid, Mrs. Beauchamps, doch es steht mir nicht zu, das zu beurteilen.«

»Aber Sie haben doch alles falsch verstanden, oder nicht?«

»Das kann ich nicht sagen. Es wäre unprofessionell von mir.«

»Unprofessionell?«

»Ja. Und es hängt ja ohnehin nicht von mir ab, nicht wahr?«

»Was denken Sie denn? Sie müssen doch eine Meinung haben.«

»Sie hätten den Jungen nach dem Krieg zurückgeben sollen.« Er hält meinem Blick stand.

Ich sehe Mitgefühl in seinen Augen, aber auch eine gewisse Härte und Unnachgiebigkeit.

»Was gibt es sonst noch? Sie sagten, da sei noch mehr … Wo ist Sam?«

Wieder fällt mir auf, wie still es im Haus ist. Furcht erfüllt mich.

»Er ist zu seinem Freund im Haus gegenüber gegangen.«

»Was? Er hat nicht gefragt, ob er es darf.«

»Machen Sie sich keine Sorgen, er ist noch dort.« Er berührt mich an der Schulter. »Wenn Sie mich fragen, Mrs. Beauchamps, sind Sie eine großartige Mutter für Sam gewesen. Ich kann sehen, dass er glücklich ist und geliebt wird. Ich verstehe auch, dass Sie ihn behalten und den Krieg vergessen wollten, doch wissen Sie, letztendlich ist er nun mal nicht Ihr Kind, nicht? Sie werden jetzt noch etwas Zeit haben, mit ihm zu sprechen und ihm dies alles begreiflich zu machen.«

Entsetzt und voller Angst vor seinen nächsten Worten starre ich ihn an.

»Sie haben einen Entschluss gefasst. Was Sam betrifft, meine ich.«

Ich kneife ganz fest die Augen zu, als könnte ich seine nächsten Worte damit ausblenden. Ich will gar nicht wissen, was er mir zu sagen hat.

»Sam muss seinen leiblichen Eltern in Frankreich zurückgegeben werden.«

»Nein! Nein!«

Das Zimmer beginnt sich wieder zu drehen. Ich spüre seine Hände auf meinen Schultern und breche, von erstickten Schluchzern geschüttelt, an seiner Brust zusammen.

»Mrs. Beauchamps, bitte. Sie müssen sich zusammennehmen. Sam zuliebe.«

Mich beruhigen … Ich muss mich beruhigen. Die Kontrolle über mich bewahren. Ich schließe die Augen, hole tief Atem und halte ihn an, bis er jeden meiner Muskeln erreicht hat. Der junge Mann hat recht. Das einzig Wichtige ist jetzt Sam. Ich muss stark sein, damit ich ihn retten kann.

Ich öffne die Augen, trete zurück und stehe auf. »Danke,

dass Sie es mir gesagt haben, John. Ich weiß das wirklich sehr zu schätzen.« Ich wische mir das Gesicht ab und schaue ihn an. Ich muss jetzt in Ruhe nachdenken. »Ich muss für einen Moment ins Bad«, stoße ich hervor. »Würden Sie hier warten? Bitte? Ich möchte jetzt nicht allein sein.«

Er legt besorgt die Stirn in Falten. »Selbstverständlich. Ich werde hier in der Küche bleiben.«

Leise gehe ich nach oben in Sams Zimmer, nehme seinen Rucksack, der auf dem Boden liegt, halte ihn mit der Öffnung nach unten und lasse seine Schulbücher herausfallen. Schnell werfe ich seinen Pyjama, einen Pullover, eine Hose, etwas saubere Unterwäsche und seinen Kuschel-Pinguin hinein. Ich gehe praktisch, ja sogar besonnen vor. Meine ganze Energie konzentriert sich darauf, Sam zu retten. Das ist jetzt das einzig Wichtige.

Dann schleiche ich über den Korridor zum Bad, betätige die Toilettenspülung und packe unsere Zahnbürsten ein. Den Wasserhahn im Waschbecken lasse ich laufen, als ich zu meinem eigenen Zimmer gehe und ein paar Sachen in eine kleine Reisetasche werfe. Ich erinnere mich sogar, das Wasser im Bad abzustellen, bevor ich hinuntergehe und unsere kleinen Taschen neben der Garderobe verberge.

»Danke, dass Sie hier sind, John«, sage ich, als ich in die Küche zurückkehre.

»Ach, das ist doch nicht der Rede wert. Fühlen Sie sich schon ein wenig besser?«

»Ich versuche, mich Sam zuliebe zusammenzureißen.«

Er nickt, aber seine Besorgnis ist noch immer an der steilen Falte zwischen seinen Brauen zu erkennen. Ich muss ihn aus der Küche, von der aus er die Straße sehen kann, herauslocken.

»Würde es Ihnen etwas ausmachen, John, wenn wir uns für ein paar Minuten ins Wohnzimmer setzen, während ich mir überlege, was ich Sam sagen soll? Ich weiß nicht, wie ich es ihm beibringen soll.«

John wirft einen Blick auf seine Uhr. »Klar. Meine Schicht endet erst in ein paar Stunden.«

Ich starre ihn an. »Heißt das, dass danach jemand anderes hier sein wird?«

»Ja.«

»Was werden sie tun?«

Oh mein Gott, sie werden Sam wegbringen wollen! Ich weiß einfach, dass sie es tun werden.

»Ich habe keine Ahnung, Mrs. Beauchamps. Tut mir leid. Ich weiß nicht, ob sie Sam sofort fortbringen oder warten werden.«

Sie könnten ihn mir also schon in zwei Stunden wegnehmen! Bis dahin muss ich ihn von hier fortgebracht haben. Am besten sofort, weil ich in zwei Stunden schon weit genug entfernt sein muss. Eine Welle der Panik steigt aus meinem Magen auf, und mir wird so übel, dass ich mich erbrechen könnte. Doch stattdessen gehe ich zur Spüle und fülle ein Glas mit Wasser, während ich mich zwinge, tief in den Bauch zu atmen. Ich muss mich zusammennehmen. Sam zuliebe.

Ich blicke zu Marges Haus hinüber. Von den Jungs ist nichts zu sehen. Sie müssen drinnen sein. Unser Wagen steht in der Einfahrt. Glücklicherweise habe ich ihn heute Morgen nicht in die Garage gebracht, als ich vom Einkaufen zurückkam.

Ich drehe mich zu John um und setze wieder meine honigsüße Gastgeberinnenstimme ein. »Sollen wir dann ins Wohnzimmer durchgehen?« Er folgt mir hinein, und ich setze mich mit untergeschlagenen Beinen auf die Couch, während er in einem Sessel Platz nimmt. Dann beginne ich zu weinen. »Es tut mir schrecklich leid, John, dass ich es Ihnen so schwer mache.«

»Das macht nichts.« Er hustet wieder in die geballte Faust hinein.

»Ich werde mir das Gesicht waschen«, erkläre ich mit bemüht tapferer Stimme. »Geben Sie mir zehn Minuten, um mich zusammenzunehmen. Glauben Sie, Sie könnten mir dann helfen zu überlegen, was ich Sam sagen soll?«

»Ja, natürlich.«

Es schmeichelt ihm, dass ich ihn um seine Hilfe bitte. Ich kann es daran erkennen, wie er die Lippen schürzt, als dächte er schon darüber nach.

»Ich danke Ihnen, John. Ich bin so froh, dass man gerade Sie hierhergeschickt hat, um uns zu bewachen.«

Jetzt kann er sich ein Lächeln nicht mehr verkneifen. Es gibt mir das Gefühl, manipulativ und heuchlerisch zu sein. Aber ich würde wirklich alles für Sam tun – egal, was –, um ihn zu beschützen und in Sicherheit zu bringen.

Ich verlasse den Raum und ziehe die Tür hinter mir zu. Schnell ergreife ich die beiden Taschen neben der Garderobe, öffne lautlos die Eingangstür und verschließe sie dann hinter mir.

Fünfundfünfzigstes Kapitel

Santa Cruz, 16. Juli 1953

SAM

»Sam? Sa-am!«, höre ich Mom rufen.

Jimmy schaut mich an. »Das hört sich an, als suchte deine Mom dich.«

»Ja, ja.«

Ich versuche, so zu tun, als wäre das kein Problem, doch im Stillen frage ich mich, ob ich jetzt Ärger kriegen werde. Oder vielleicht ist Daddy wieder da? Das wäre toll. Ich renne die Treppe runter und nehme dabei immer zwei Stufen auf einmal.

Und unten steht Mom an der Haustür.

»Du kannst nicht hereinkommen«, höre ich Marge sagen. »Für Sam ist es okay, aber du kannst nicht hereinkommen.«

Mom antwortet ihr nicht einmal; sie ergreift nur meine Hand und zieht mich weg.

»Ich bin bloß zu Jimmy rübergegangen, Mom. Tut mir leid, dass ich dir nicht Bescheid gesagt habe.«

Sie bleibt stehen und schaut mir in die Augen. »Wir müssen weg hier, Sam. Jetzt sofort. Zum Packen bleibt uns keine Zeit mehr. Steig ins Auto, Schatz.«

»Wieso das denn? Und wohin fahren wir?«

»Das erzähle ich dir unterwegs. Steig jetzt einfach nur schnell ein.«

Ich gehorche, weil ich ihr ansehe, dass es wichtig ist.

Wir fahren rückwärts aus der Einfahrt und halten mit kreischenden Bremsen, bevor wir auf die Straße abbiegen. Ich blicke mich um und erwische Marge dabei, wie sie uns mit offenem Mund nachstarrt. Mom fährt wie bei einer Verfolgungsjagd. Das macht mir Angst, weil sie sich auch sonst ziemlich verrückt verhält.

»Wo ist der Cop, Mom? Und was ist eigentlich los? Wo fahren wir hin?«

Sie schaut mich nicht an. »Später, Sam«, antwortet sie. »Ich muss mich jetzt aufs Fahren konzentrieren.«

Mir kommen die Tränen, und ich wische sie am Ärmel ab und versuche, tapfer zu sein, während ich schweigend aus dem Fenster starre.

Als wir den Highway erreichen, legt Mom mir eine Hand aufs Knie. »Es wird alles gut, Sam.«

»Aber wohin fahren wir, Mom?«

»Wir müssen fliehen.«

»Was?«

»Du erinnerst dich doch sicher, was ich dir über Mr. und Mrs. Laffitte, deine leiblichen Eltern, erzählt habe?«

»Ja.«

»Tja, jetzt ist etwas passiert.«

»Daddy kommt zurück, nicht wahr?«

»Es geht im Augenblick nicht um Daddy, sondern um dich, Sam. Mr. und Mrs. Laffitte wollen dich zurückhaben. Sie wollen, dass du nach Frankreich gehst und bei ihnen lebst.«

»Aber das kann ich nicht!«

»Das weiß ich, Sam. Sie wollen dich trotzdem bei sich haben, weil du bei ihnen Französisch lernen und ihr Sohn sein sollst.«

»Keine Bange, Mom. Ich gehe nicht weg. Ich denke ja nicht mal dran!«

»Ich will auch nicht, dass du weggehst, Schatz, aber sie können dich dazu zwingen.«

»Das können sie nicht, weil ich es einfach nicht tun werde!«

»Ich fürchte, dass sie es doch können, Sam. Deshalb müssen wir hier weg, damit sie uns nicht finden.«

»Sag ihnen doch einfach, dass ich nicht von hier wegwill.«

»Sie werden nicht auf mich hören, Sam. Deine wahren Eltern sind noch immer sehr empört darüber, dass wir nach dem Krieg nicht versucht haben, sie ausfindig zu machen, während sie dich die ganze Zeit gesucht haben.«

»Aber ich will hierbleiben. Und ich will, dass Daddy wiederkommt.«

Plötzlich wechselt Mom die Spur und überholt drei Autos. Einer der Fahrer hupt.

»Halt die Klappe!«, schreit sie.

Ich zucke zusammen, und mein Herz beginnt, wie wild zu pochen, weil ich nicht sicher bin, ob sie den hupenden Fahrer oder mich gemeint hat. Besorgt werfe ich einen Blick auf den Tacho. Wir fahren jetzt so schnell, dass die Nadel schon über die Höchstgeschwindigkeit hinausgegangen ist.

»Mom«, sage ich. »Du fährst schneller, als der Tacho anzeigen kann.«

»Ich weiß.«

Dann lacht sie, aber in einem verrückten, viel zu hohen Ton, der mir nicht gefällt.

»Was ist mit Daddy?«

Ich wünschte, er wäre hier.

»Er wird nachkommen, wenn wir uns erst einmal eingelebt haben.«

Ich lehne mich auf meinem Sitz zurück und versuche, nicht zu weinen. Ich will nicht von zu Hause weg.

»Aber wohin fahren wir denn? Wo werden wir leben?«

»In Mexiko, Sam. Wir fahren nach Mexiko.«

»Nach Mexiko? Das liegt ja nicht mal in Amerika!«

»Keine Angst, es ist nicht weit. Warum machst du nicht ein bisschen Musik an?«

Ich schalte das Radio an und erkenne sofort das Lied, das gerade gespielt wird.

Oh, mein Papa, für mich war er so wunderbar …

»Es ist Eddie Fisher«, sagt Mom.

Der Text des Liedes bringt mich zum Weinen. Daddy würde wissen, was jetzt zu tun ist. Er würde ihnen klarmachen können, dass ich nicht nach Frankreich gehen und dort leben kann. Wenn er doch nur hier wäre!

»Wann kommt Daddy?«

»Ich bin mir noch nicht sicher. Wir werden abwarten müssen. Aber ich weiß, dass er in jeder Minute seiner Tage an dich denkt.«

Darauf fühle ich mich gleich ein bisschen besser. Ich schließe die Augen. Sie fühlen sich trocken und wund an, und meine Augenlider sind schwer geworden. Mein Kopf rutscht zur Seite, und ich lehne mich ans Fenster.

Als ich erwache, ist es dunkel, und wir fahren immer noch. Und jetzt muss ich noch ganz dringend zur Toilette.

»Können wir kurz anhalten, Mom? Ich muss mal kurz wohin.«

»Gut, aber du wirst dich beeilen müssen.«

Sie biegt zu einer Tankstelle ab und gibt mir dort einen Vierteldollar, um ein paar Snacks zu kaufen, während sie tankt. Das Schild für die Toilette führt mich zur Rückseite des Ladens, doch dort ist nirgendwo Licht, und es ist sehr dunkel draußen. Um Tapferkeit bemüht, taste ich mich mit den Händen an der Mauer entlang und hoffe, eine Tür zu finden. Das Kreischen eines Vogels lässt mich jäh zusammenzucken.

»Mom!«, schreie ich.

Aber es kommt keine Antwort.

»Mom!«, schreie ich noch lauter. »Mom!«

»Du solltest das Licht anschalten«, sagt eine Frauenstimme aus dem Dunkel.

Und plötzlich werde ich überschwemmt von grellem Licht, in dem ich blinzeln muss.

»Ich glaube, deine Ma tankt gerade.«

»Okay«, sage ich, während ich endlich die Waschraumtür vor mir öffne. Dann schließe ich mich in der Kabine ein und komme mir vor wie ein Dummkopf. Das Geräusch meines Pipis, das auf das Wasser unten in der Toilette trifft, schallt durch den leeren Raum, und ich frage mich, ob die Frau draußen es hören kann.

Als ich hinausgehe, ist sie weg. Aber ich sehe Mom in den Laden gehen und folge ihr, als wäre nichts geschehen.

Dann höre ich, wie die Frau ihr erzählt: »Er hatte Angst, dahinten ganz allein zu sein. Es ist ziemlich finster dort, wenn man das Licht nicht anmacht«, schließt sie lachend.

»Hol dir etwas zu essen, Sam«, sagt Mom, »aber beeil dich jetzt.«

Ich nehme mir einen Schokoriegel vom nächsten Aufsteller und reiche der Frau meinen Vierteldollar.

»Es ist ganz schön spät, um noch unterwegs zu sein.« Sie nimmt das Geld und lächelt mich dabei freundlich an.

Ich erwidere das Lächeln.

»Ja, aber wir haben noch einen weiten Weg vor uns«, antwortet Mom.

»Wir fahren nach Mexiko«, füge ich hinzu.

Mom wirft mir einen bösen Blick zu, worauf ich wünschte, ich hätte einfach nur den Mund gehalten.

»Mexiko?«, wiederholt die Frau. »Warum nach Mexiko?«

»Wir haben dort Verwandte«, antwortet Mom.

Und ich weiß, dass sie schon wieder lügt.

Die Frau gibt den Preis des Schokoriegels in die Kasse ein und zählt mir das Wechselgeld in die ausgestreckte Hand. »Fünf Cent, fünfzehn Cent, zwanzig und fünfundzwanzig Cent.« Ich schaue jedoch sie an, nicht das Geld. Ihre Stirn ist gekraust, und ihre Augenbrauen sind zusammengezogen. »Alles in Ordnung, mein Lieber?«

Ich nicke und wende mich ab, um durch die Tür, die Mom für mich aufhält, nach draußen zu gehen.

Als wir wieder im Auto sitzen, fahren wir schnell los und rasen aus dem Tankstellenbereich auf die Straße zurück. Ich packe meinen Schokoriegel aus und wünschte, ich hätte mir etwas Größeres gekauft, weil ich plötzlich furchtbar hungrig bin.

Sechsundfünfzigstes Kapitel

Kalifornien, 16. Juli 1953

CHARLOTTE

Es ist fast schon Mitternacht, als wir die Grenze erreichen. Sam hat den größten Teil der Fahrt geschlafen, aber mit dem Kopf in einer solch unbequem aussehenden Haltung, dass ich mehrmals versucht habe, ihn in eine bessere Position zu bringen. Wann immer ich es tat, hörte ich ihn im Schlaf murmeln. Er sieht so hübsch aus, dass ich auch das kleinste Detail in mir aufnehme: seine seidigen schwarzen, nach oben gebogenen Wimpern, sein glattes dunkles Haar, die makellose olivfarbene Haut. Seine Augen sind genauso mandelförmig wie meine. Wie oft höre ich von Leuten, wie ähnlich er mir sieht! Manchmal kommt es mir so vor, als wäre er mir im Laufe der Jahre äußerlich immer ähnlicher geworden, als beobachtete sein noch im Wachstum begriffener Körper den meinen und hätte ihn sich zum Vorbild genommen. Zu Jean-Luc dagegen besteht keine zufällige Ähnlichkeit, aber das Lachen und das schiefe Lächeln hat Sam von ihm übernommen.

Er ist so leicht zu lieben, unser Sam. Während unserer Flucht durch die Pyrenäen ist er mir ans Herz gewachsen, als wäre er mein eigener Sohn. Wie gut erinnere ich mich noch an seinen warmen kleinen Körper, den ich in einer Schlinge um den Körper trug, und an seine dunklen Augen, die er gelegentlich zu mir erhob, um mich anzusehen und zu betrachten. Und wie ich es geliebt habe, wenn er die kleinen Finger ausstreckte, um sich noch fester an mich zu klammern! Er brauchte mich, und ich reagierte völlig mühelos und ganz natürlich auf dieses Bedürfnis.

Warum konnten sie uns nicht in Ruhe lassen? Wie können sie erwarten, eine friedliche Zukunft aufzubauen, wenn sie immer wieder die Vergangenheit heraufbeschwören? Mir wird die Kehle ganz eng bei dem Gedanken, dass Sam leidet. Wie viel schmerzhafter es doch ist, sein Kind leiden zu sehen, als selbst zu leiden! Deshalb werde ich alles tun, um ihn zu beschützen. Was auch immer nötig ist.

Vor uns hat sich eine Autoschlange gebildet. Als wir näher kommen, sehe ich Polizisten Pässe überprüfen und muss mich sehr beherrschen, um nicht zu wenden und zurückzufahren. *Bitte, lieber Gott*, flehe ich im Stillen. *Lass alles gut gehen!*

Ein hartes Klopfen am Fenster lässt mich zusammenfahren. Dort steht bereits ein Polizist. Mit zitternder Hand drehe ich das Fenster herunter.

»Pässe bitte, Ma'am.« Er wirft einen Blick zu Sam hinüber, der gerade erst die Augen öffnet.

Ich reiche dem Mann unsere Ausweispapiere.

»Warten Sie hier, Ma'am.«

Mein Puls dröhnt mir in den Ohren. *Bitte, bitte, lieber Gott!*

Der Polizist kommt mit einem weiteren zurück. »Steigen Sie bitte aus, Ma'am.«

Nein! Das können sie nicht tun! Aber sie öffnen schon meine Tür und ziehen mich am Ellbogen heraus.

»Drehen Sie sich um.« Ein Polizeibeamter stößt mich in den Rücken.

Nun stehe ich dicht an dem Wagen, und er lässt die Hände über meinen Körper gleiten. Ich beiße mir auf die Unterlippe und zwinge mich, Sam zuliebe ruhig zu bleiben.

Dann spüre ich das kalte Metall von Handschellen an meinen Handgelenken und höre, wie das Schloss einschnappt. Ich unterdrücke einen Aufschrei und blicke zu Sam hinüber. Ein Polizist hat einen Arm um ihn gelegt und flüstert ihm etwas ins Ohr. Doch Sam verdreht nervös den Kopf, um mich zu suchen.

»Tut mir leid«, forme ich mit den Lippen und beiße mir dann noch fester auf die Unterlippe, um den animalischen Schrei, der in meinem Bauch aufzusteigen beginnt, zu unterdrücken.

Siebenundfünfzigstes Kapitel

Kalifornien, 17. Juli 1953

CHARLOTTE

Der Schmerz in mir wächst wie ein Ballon, der immer weiter aufgeblasen wird, bis er kurz vor dem Platzen ist. Ich versuche, ihn niederzuringen, als er mich innerlich zu erdrücken scheint und sich fest gegen mein Herz presst. Aber all das ist zu viel für mich, um es auszublenden, und als der Streifenwagen an der Wache anhält und sie mir befehlen auszusteigen, kann ich mich kaum noch bewegen. Gekrümmt vor Schmerzen und in Handschellen steige ich die Eingangsstufen hinauf.

Auf dem Gang, den wir dann betreten, werde ich von hellem Neonlicht geblendet. Vor einer Zelle bleiben wir schließlich stehen. Trotz meines lähmenden Schmerzes hebe ich den Kopf und sehe, dass in dem vergitterten Raum schon jemand ist – eine Frau mit Rinnsalen verschmierter Wimperntusche, die von ihren Augen bis zu ihrem Mund verlaufen, und langen nackten Beinen, die unter einem kurzen Jeansrock hervorschauen.

Der Beamte öffnet meine Handschellen. Sofort schlinge ich beide Arme um mich und versuche, den Schmerz zu beherrschen. Das metallische Klirren des Schlüssels in dem Schloss klingelt mir in den Ohren. Als die Tür offen ist, stolpere ich in die Zelle und lasse mich auf die harte Betonbank fallen. Es ist jetzt nirgendwo mehr Platz für meinen Schmerz, und der Ball explodiert förmlich in mir. Mein Körper wird von Krämpfen geschüttelt, die tiefe, verzweifelte Schluchzer aus meinem tiefsten Inneren hervorbringen.

»Halt verdammt noch mal die Klappe, ja?«, schreit die Frau mich an.

Aber der Schmerz, der mich innerlich zerreißt, ist schon nicht mehr aufzuhalten, und meine Schluchzer nehmen sogar noch an Lautstärke zu. Ich hoffe, dass die Frau mich schlagen wird. Körperlicher Schmerz wäre immer noch besser als dieser hier. Dann spüre ich sie neben mir. Sie bringt den Kopf so dicht an meinen, dass ich den Whiskey in ihrem Atem riechen kann. Resigniert warte ich darauf, ihre Faust in meinem Gesicht zu spüren.

»Sie werden dich noch in die beschissene Klapsmühle bringen, wenn du so weitermachst«, flüstert sie mir ins Ohr. »Und dann kommst du nie wieder raus.«

Ich wünschte, sie hätte mich stattdessen geschlagen, denn ihre Worte machen mir Angst. Ich hole tief Luft und zwinge sie tief in meinen Bauch hinein. Während ich sie dort festhalte, bringe ich mich dazu, mich zu beruhigen.

Als die Frau an ihren Platz mir gegenüber zurückkehrt, ziehe ich die Beine auf die Bank und unter mich, bleibe in dieser Embryonalstellung liegen und versuche, meinen Kopf zu leeren. Gedanken würden mich nur wieder verrückt machen.

»Was ist denn nun so schlimm? Was haben Sie getan? Ihren Ehemann umgebracht?« Die Frau kichert, als hätte sie etwas Lustiges gesagt.

Ich finde jedoch keine Worte, um ihr zu erklären, was ich getan habe.

»Wollen Sie wissen, warum ich hier bin?«

Ich rolle mich noch fester zusammen, ohne auch nur einen Laut von mir zu geben.

»Weil ich was verkauft habe, was mir gehört. Wie total bescheuert ist das denn? Ich wette, Sie haben was viel Schlimmeres getan. Gott hat mir nicht viel Verstand gegeben, aber dafür Titten, Beine und einen hübschen Arsch. Und man sollte nutzen, was man hat, nicht wahr? Was soll ich denn sonst tun, wo ich doch niemanden habe, der für mich sorgt? Mich hinlegen und sterben?«

Ich höre, wie sie aufsteht und wieder zu mir herüberkommt. Dann spüre ich ihre Hand auf meinem Kopf.

»Dir geht es aber richtig schlecht, was?«

Alles in und an mir fühlt sich so schwer an, als wäre eine bleierne Decke über mich gelegt worden. Ich schließe die Augen und versuche, mich dem Vergessen anheimzugeben.

Das Nächste, was ich merke, ist, dass jemand den Schlüssel im Schloss umdreht. Es ist der Polizeibeamte, der mit einer Frau in einem weißen Laborkittel hereinkommt.

»Stehen Sie auf, Mrs. Bow-Champs«, sagt der Polizist mit barscher Stimme.

Ich schaue die Frau an und dann wieder ihn. Beide haben völlig ausdruckslose Mienen. Entsetzen ergreift mich. Werden sie mich in die Nervenheilanstalt bringen?

Ich weiß nur, dass ich jetzt völlig ruhig bleiben und zurechnungsfähig erscheinen muss. Langsam ziehe ich die Beine unter mir hervor und stelle die Füße auf den Boden. Da ich taumele, als ich aufzustehen versuche, erhebe ich mich nur nach und nach von der Bank. Die Prostituierte ist inzwischen im Sitzen eingeschlafen. Ihr Kopf ist in einem sicherlich sehr unbequemen Winkel vorgebeugt. Normalerweise würde ich sie wohl bewegen, um ihre Haltung zu verbessern, aber ich wage nicht, sie anzufassen, und mir fehlt dazu auch jede Kraft. Stattdessen folge ich dem Polizisten und der Frau nur wortlos aus der Zelle.

Wir gehen den Gang hinunter und bleiben an seinem Ende vor einem kleinen Büro auf der linken Seite stehen.

»Wo ist Sam?« Eigentlich hatte ich mir geschworen, mit der Frage noch ein wenig zu warten und alles zu tun, um ruhig und beherrscht zu wirken, doch ich muss es einfach wissen.

»Wir werden Ihnen im Verhörzimmer alles erklären, Mrs. Bow-Champs.«

Als wir den Raum betreten, setzen sie sich an eine Seite des Tischs und bedeuten mir, ihnen gegenüber Platz zu nehmen. Ich rutsche auf dem Stuhl herum, weil ich plötzlich dringend zur Toilette muss. Aber ich erlaube mir nicht, irgendwas zu sagen, weil mir klar ist, dass meine Verzweiflung sie nur noch grausamer machen wird.

»So, Mrs. Bow-Champs«, beginnt der Polizist.

Ich starre ihn nur an und warte.

»Was Sie getan haben, war höchst unverantwortlich und dumm …«

»Wo ist Sam? Und wie geht es ihm?«

Er nickt. »Ihm geht's gut. Und er wird schon bald in einem Flieger nach Paris sitzen.«

»Was?« Meine Stimme kommt wie ein Krächzen aus meiner eng gewordenen Kehle.

»Ja. Heute noch.«

Ein messerscharfer Schmerz durchzuckt meinen Magen. Ich schlinge die Arme um meinen Oberkörper in dem Versuch, ihn zu lindern. »Bitte, bitte schicken Sie ihn nicht einfach so weg! Bitte lassen Sie mich ihn noch einmal sehen!«

Die Frau reicht mir einen Becher mit Wasser. Am liebsten hätte ich ihre Hand weggestoßen, doch stattdessen trinke ich einen kleinen Schluck.

»Wie ich bereits sagte«, fährt der Beamte fort, ohne auf meine Bitten einzugehen, »könnte Ihre Aktion gestern Sie in eine Menge Schwierigkeiten bringen.«

Ich schaue ihm in die Augen. »Es tut mir leid … aber ich war verzweifelt und habe nicht vernünftig nachgedacht.«

Die Worte der Prostituierten über die »Klapsmühle« gehen mir wieder durch den Kopf.

»Genau.« Er holt ein Päckchen Zigaretten heraus und bietet es der Frau in dem weißen Kittel an. Sie schüttelt jedoch den Kopf. »Ich werde Sie jetzt mit den Fragen fortfahren lassen«, sagt er zu ihr und lehnt sich genüsslich rauchend auf seinem Stuhl zurück, von dem er uns betrachtet, als hätte er eine verdammte Fernsehshow vor sich.

»Mrs. Bow-Champs.« Die Frau zieht die Augenbrauen hoch. »Warum haben Sie versucht, mit Sam die Grenze zu überqueren? Man hatte Ihnen doch gesagt, Sie dürften das Haus nicht verlassen – oder höchstens, wenn Sie den Polizeibeamten draußen informieren würden.«

»Es tut mir leid. Als ich erfuhr, dass Sams Eltern ihn zurückhaben wollen, bin ich in Panik geraten. Ich will ihn nicht verlieren.«

Meine Kehle wird wieder schmerzhaft eng, und ich verbiete mir, an ihn zu denken, und versuche stattdessen, nur tief durchzuatmen. Einen Atemzug nach dem anderen, sage ich mir.

»Wir sind besorgt um Ihre geistige Verfassung, Mrs. Bow-Champs. Wir wissen, dass Ihr Ehemann einen unzumutbaren Druck auf Sie ausgeübt und Sie daran gehindert hat, sich Samuels wegen an die Behörden zu wenden, als Sie es hätten tun sollen. Eine lange Zeit unter einer solchen Art von Druck zu leben kann sehr schädlich für die psychische Verfassung eines Menschen sein. Wir möchten also nur sichergehen, dass Sie stabil genug sind, um heimzukehren.«

»Heim?« Plötzlich bin ich verwirrt. »Sie meinen, nach Paris?«

Der Gedanke, in Paris und in Sams und Jean-Lucs Nähe sein zu können, lässt mein Herz gleich schneller schlagen.

»Nein.« Die Frau hüstelt ein bisschen und sieht dann den Polizeibeamten an. »Ich meinte nicht Paris, Mrs. Bow-Champs, sondern Ihr Zuhause hier.«

Meine Hoffnung sinkt.

Der Polizist schnippt die Asche seiner Zigarette in einen metallenen Aschenbecher und blickt unter den buschigen Augenbrauen zu mir auf. »Sie müssen im Staat Kalifornien bleiben und sich zu wöchentlichen Sitzungen bei einem Psychiater bereit erklären.«

»Sie meinen, ich darf dieses Land nicht verlassen …«

»*Dieses* Land«, unterbricht er mich und beugt sich mit einem giftigen Blick zu mir vor, »das Sie so freundlich aufgenommen hat und in den letzten neun Jahren Ihr Zuhause war? Nein, das dürfen Sie nicht, Mrs. Bow-Champs.«

»Vielleicht werden Sie eines Tages ja nach Frankreich zurückkehren können«, sagt die Frau entgegenkommender als er. »Dieses Reiseverbot ist kein permanentes. Es gilt nur so lange, bis wir belegen können, dass Sie die Tatsache, dass Samuel nicht Ihr Sohn ist, akzeptiert haben.«

Achtundfünfzigstes Kapitel

Kalifornien, 17. Juli 1953

SAM

Die dicke Frau mit den vielen Haaren auf den Armen sagt mit ihrer nervigen Stimme zu mir: »Du solltest etwas essen, Samuel. Du kannst mit uns in die Kantine kommen und dir aussuchen, was du magst.«

Am liebsten hätte ich ihr ins wabbelige Gesicht gehauen. »Wann darf ich endlich meine Mom sehen?«, frage ich erneut.

Sie atmet schnaufend aus. »Wir haben dir bereits gesagt, dass es das Beste ist, sie nicht mehr zu sehen, bevor du gehst.«

Unter dem Tisch balle ich meine Hände zu Fäusten. Ich will auf keinen Fall losweinen. »Ich gehe nirgendwohin. Ich will meine Mom sehen!«

»Sei bitte vernünftig, Samuel.«

Ich kann meine Wut nicht länger unterdrücken. Ich springe auf, meine Faust schießt auf die Frau zu und landet mitten auf ihrem schlaffen Mund. Ich merke, dass ich so schnell atme, als wäre ich gerade im Sportunterricht ein Rennen gelaufen. Ich habe eine Polizeibeamtin geschlagen. Für so was muss man doch bestimmt ins Gefängnis, oder? Ich stehe da und warte.

Der männliche Beamte tritt vor und ergreift meinen Arm. Und ich habe zu viel Angst, um ihn zurückzuziehen. Dann marschiert er mit mir den Gang hinunter. Mein Herz klopft wie verrückt. Was werden sie jetzt mit mir machen?

Er bringt mich in einen kleinen Raum mit einem weißen Tisch und zwei grauen Stühlen.

»Hier kannst du warten, bis du dich beruhigt hast.« Dann löst er den festen Griff um meinen Arm und zieht beim Hinausgehen die Tür hinter sich zu, und ich höre, wie sich der Schlüssel im Schloss dreht.

Ohne die Stühle zu beachten, hocke ich mich in einer Ecke auf den Boden und ziehe die Knie bis unters Kinn. Ich werde jetzt nicht weinen. Tu ich nicht. Nie wieder. Ich habe geweint und geschrien, als sie Mom weggebracht haben. Ich habe sie alle angeschrien: »Aber sie hat doch nichts verbrochen!« Darauf haben sie gesagt, später würde ich es verstehen, aber das werde ich nie. Niemals!

Mein Magen fängt an zu knurren. Das Letzte, was ich zu essen hatte, war der Schokoriegel gestern Nacht. Den Teller Cornflakes, den sie mir heute Morgen gegeben haben, wollte ich nicht. Aber ich hatte Durst. Deshalb habe ich das Glas Milch getrunken. Hätten wir es doch nur nach Mexiko geschafft! Ich bin jetzt so müde, und vom Hunger ist mir schon ganz schwindlig. Deshalb schließe ich die Augen, lege das Gesicht auf meine Knie und spüre meine Wimpern an der Haut flattern wie kleine Vögel. Das Gefühl gefällt mir, und so öffne und schließe ich die Augen immer wieder.

Ein Geräusch weckt mich. Es ist der Schlüssel, der sich im Türschloss dreht. Die beiden Beamten kommen herein. Der Mann wirkt noch sauer, aber die Frau sieht traurig aus.

»Samuel, wir verstehen, wie wütend du sein musst.« Ihre Stimme ist ekelhaft freundlich. »Ich verzeihe dir, dass du mich geschlagen hast. Ich weiß, dass es nur deine aufgestaute Wut und Verwirrung waren …«

»Trotzdem!«, fällt ihr der Mann ins Wort. »Wenn du noch mal so was tust, wird es Konsequenzen haben.«

»Lass uns etwas essen gehen«, sagt die Frau wieder in so einem fiesen schleimigen Ton.

»Nun komm schon, Junge«, fügt der Mann hinzu, als ich mich nicht rühre.

»Wann kann ich meine Mom sehen?«, frage ich wieder.

Sie sehen sich an, und der Mann zieht eine Augenbraue hoch. Dann bückt er sich und zieht mich am Ellbogen hoch.

Sie bringen mich in eine Kantine, wo die Leute Schlange stehen, um ihr Essen auszusuchen. »Nimm dir, was du willst«, sagt die Frau.

Als ich zur Kasse komme, ist mein Tablett noch immer leer. Ich werde nichts essen, auch wenn mein Magen sich anfühlt wie ein Loch im Bauch. Sie finden einen freien Tisch, und wir setzen uns. Ich kann spüren, wie die Leute uns anstarren. Als ich mich nach ihnen umschaue, gucken sie weg.

»Kinder hüten!«, flüstert der Mann der Frau zu. »Und ich arbeite gerade an einem Fall. Ich habe keine Zeit für diesen Mist.«

»Pst.« Die Frau schaut mich aus dem Augenwinkel an.

Aber ich wette, dass ich das hören sollte. Der Mann hasst mich, das kann ich fühlen.

Die Frau stellt einen Teller Pommes frites vor mich und öffnet eine Dose Cola, in die sie einen Strohhalm steckt, bevor sie sie mir herüberschiebt. Ich nehme mir eine Pommes, doch als die Frau lächelt, lege ich sie zurück. Ich mag sie nicht mehr. Die Coladose fasse ich nicht mal an. Die Frau nimmt ihren Hotdog auf und beißt hinein, wobei Ketchup aus den Seiten quillt.

»Lass uns noch einmal von vorn anfangen, Samuel«, sagt sie mit vollem Mund. Sie schluckt und sieht mich an, bevor sie weiterspricht. »Wir haben auf dem falschen Fuß angefangen. Ich weiß, wie schwer dies alles für dich ist. Wir können die Psychologin anrufen, die schon einmal mit dir gesprochen hat, und sie fragen, ob sie noch einmal mit dir reden könnte. Fändest du das gut?« Sie lächelt mich an, als hätte sie mir gerade ein Riesengeschenk gemacht.

Ich frage mich, wie sie so dumm sein kann.

Aber sie hält nicht ihre große Klappe. »Deine Mom und auch dein Dad haben sicherlich das Richtige getan, als sie dich nach

Amerika gebracht haben. Aber bei ihrer Ankunft hätten sie die Behörden informieren müssen. Dann hätten wir deine wahren Eltern ermitteln können und allen sehr viel Schmerz erspart.«

»Das ist mir ganz egal! Ich bin froh, dass sie das nicht getan haben. Ich will bei meiner Mom sein!« Ich fahre mir mit den Händen durch das Haar, weil ich Angst habe, dass ich sie sonst vielleicht wieder benutzen würde, um sie zu schlagen. »Ich will nach Hause.«

»Samuel, du musst endlich begreifen, dass dein Zuhause nicht das ist, von dem du glaubtest, es wäre es.«

Ich lege die Hände über meine Ohren, weil ich nichts mehr hören will. Gar nichts.

Was allerdings unmöglich ist. Der Mann spricht einfach viel zu laut und viel zu streng. »Samuel, deine wahren Eltern haben ein Recht, dich zu sehen. Du bist ihr Sohn, und deine Mutter hat dich nur abgegeben, weil sie es tun musste. Willst du sie denn gar nicht kennenlernen?«

»Nein! Sie ist nicht meine wahre Mom. Ich hasse sie!« Bei diesen letzten Worten blicke ich auf und gucke ihn ganz böse an.

»Sa-mu-el.« Die Augen der Frau weiten sich. »Das darfst du nicht sagen! Sie hat so viel gelitten, diese arme Frau.«

»Ich hasse sie trotzdem. Ich wünsche, sie wäre tot!« Ich kann spüren, wie die Leute sich umdrehen, um uns anzusehen.

»Du weißt nicht, was du sagst.« Die fetten Wangen der Frau sind knallrot geworden. »Du bist nur aufgebracht.«

Ich kann nichts dagegen tun. Tränen laufen mir über die Wangen, und meine Brust tut weh, als ich versuche, sie zurückzuhalten. Ich kriege keine Luft mehr.

»Wir sollten gehen.« Der Mann steht auf und legt mir einen Arm um die Schulter.

Ich komme mir vor wie eine Ratte in der Falle. Ich kann ihm nicht entkommen, und meine Brust bewegt sich so schnell rauf und runter, als würde ich ertrinken.

Neunundfünfzigstes Kapitel

Paris, 17. Juli 1953

SARAH

Tief im Inneren hat sie immer gewusst, dass ihr Kind noch irgendwo am Leben ist. Eine Mutter kann so etwas spüren.

Der Moment, in dem sie dem Bahnarbeiter ihr Baby in die Arme gedrückt hatte, war ihr für immer ins Gedächtnis eingebrannt geblieben. In ihrer Fantasie hatte sie die Szene wieder und wieder nachgespielt und sich die genaue Form der Narbe, die der Mann an der Wange hatte, für immer eingeprägt. Und als er damals die Arme um Samuel schlang, war ihr aufgefallen, dass er nur einen einzigen Finger und einen Daumen an der linken Hand hatte.

Schon damals hatte sie gewusst, dass er sich um Samuel kümmern würde, wie der Rabbi in der Métro gesagt hatte, weil der Ewige ihr Kind beschützen würde. Sie hatte auch nie daran gezweifelt, dass sie den Bahnarbeiter einmal wiederfinden würde; ihr war nur nicht bewusst gewesen, wie lange es dauern würde.

Auf der Suche nach einer bequemeren Lage wälzt sie sich im Bett herum, obwohl sie weiß, dass sie eigentlich viel zu aufgeregt zum Schlafen ist. Denn morgen ist der große Tag, von dem sie kaum noch zu hoffen gewagt hat, dass er jemals kommen würde. Ein immenses Glücksgefühl, das sie kaum noch wiederzuerkennen vermag, durchflutet sie und bringt ihr zu Bewusstsein, wie innerlich erstarrt sie in den letzten neun Jahren gewesen ist. Zum ersten Mal, seit sie Samuel damals aufgegeben hat, fühlt sie sich wieder lebendig. Und dankbar, noch zu leben.

»Danke, *Adonai!*«, flüstert sie ins Kissen.

Natürlich ist Samuel kein Baby mehr, sondern schon fast neun Jahre alt und ein hübscher Junge, nach den Fotos zu urteilen, die ihr gezeigt worden sind. Sie hat sie sich lange angesehen, ihm tief in die Augen geschaut und ihre Familie darin erkannt. Der Blick ihres Vaters strahlt aus Samuels dunklen, klugen Augen, die vor Neugierde funkeln, und er hat die fein geschnittene Nase ihrer Mutter. Auch David ist in ihm präsent, sowohl in Samuels Haltung als auch in dem stolz vorgeschobenen Kinn. Die einzige Ähnlichkeit, die Sarah auf den Aufnahmen nicht finden konnte, ist irgendeine mit ihr selbst.

Aber ihr ist durchaus bewusst, dass es nicht leicht sein wird. Er spricht kein Französisch, und sie werden eine Möglichkeit finden müssen, sich einander mitzuteilen, doch ihre Verbindung wird tiefer sein als irgendeine Sprache. Der Gedanke bringt sie wieder einmal zu der Frage nach der Bindung zwischen den Beauchamps und ihrem Sohn. Sie befasst sich nicht gern mit diesem Gedanken, da es sie mit einer gewissen Unruhe erfüllt, über die Beziehung nachzudenken, die ihr Kind zu den Menschen aufgebaut hat, die es all die Jahre für seine Eltern gehalten hat. Das Allerschlimmste ist der Gedanke, dass Samuel eine andere Frau wie seine Mutter liebt, denn die Stärke dieser Bindung macht ihr Angst.

Sarah stellt sich lieber vor, dass er dem Mann näher steht als der Frau. Was für sie auch durchaus Sinn ergibt, da schließlich er es war, der Samuel gerettet hat. Vielleicht wollte die Frau ja auch gar kein fremdes Kind annehmen, was die Erklärung dafür sein könnte, dass sie nie in Französisch, ihrer eigenen Muttersprache, mit Samuel gesprochen hat. Und warum sie ihm niemals die Kinderlieder beigebracht hat, die sie selbst in den Armen ihrer eigenen Mutter lernte?

Schluss damit. Sie muss aufhören, die Vergangenheit aufzuwühlen, die jetzt vorbei ist, und Pläne für das nächste Stadium machen. Die Psychologin hat ihnen gesagt, dass Samuel in etwa sechs Monaten fließend Französisch sprechen müsste, solange sie sich an die Immersionsmethode halten, die bedeutet, dass ausschließlich Französisch mit ihm gesprochen werden darf, ohne Übersetzungen aus seiner eigentlichen Muttersprache – ein Wort, das Sarah noch immer nicht über die Lippen bringt. Sie dürfen also nie ins Englische überwechseln – was sie, selbst wenn sie es wollten, ohnehin nicht könnten –, und er darf keinen Kontakt zu den Eltern unterhalten, die ihn aufgezogen haben, nicht einmal per Brief.

Sie hat sich den ganzen Tag damit befasst, sein Schlafzimmer bereit zu machen und Essen einzukaufen, von dem sie annehmen, dass es neunjährigen Jungen schmeckt. Zuerst hat sie ihr eigenes Challah- oder Sabbatbrot gebacken, eine Art Hefezopf, und zur Feier des Tages Rosinen hinzugefügt. Dann hat sie eine große Tüte Kartoffeln gekauft, weil eine Freundin ihr gesagt hat, in Amerika würden andauernd und zu allem Kartoffeln gegessen, sogar zum Frühstück. Das muss man sich mal vorstellen!

Als Vorspeise könnte sie Latkes beziehungsweise Kartoffelpuffer zubereiten und ein Gratin Dauphinois zu dem Lamm-Kibbeh danach … Oder wäre das zu übertrieben? Zum Dessert würde es Apfelkuchen mit Honig geben. Normalerweise backt sie den nur zu Neujahr, aber sie wird es jetzt tun, um einen Neuanfang zu kennzeichnen, mit dem Reue und Vergebung einhergehen. Sie kann es kaum erwarten, mit David und Samuel als Mutter, Vater und Sohn zusammen beim Essen zu sitzen und das Brot miteinander zu brechen. Es ist ihr größter Wunsch, und der bloße Gedanke daran lässt ihr Herz vor Vorfreude schneller schlagen.

David dreht sich im Schlaf von ihr weg, doch sie legt die Arme um ihn und drückt den Kopf an seinen Nacken.

»Bist du wach?«, flüstert sie.

»Nein«, murmelt er.

Ruhelos liegt sie da, bis David sich umdreht und unter der Decke ihre Hand ergreift.

»Jetzt wird alles gut, nicht wahr?«

»Unser Sohn kehrt heim, Sarah. Wir werden endlich wieder leben können.«

»Ich wünschte ... Ich wünschte einfach nur, Beauchamps hätte keine zweijährige Gefängnisstrafe bekommen. Die ist meiner Meinung nach zu hart. Schließlich hat er Samuel das Leben gerettet.«

»Ich weiß. Aber die Entscheidung lag nicht in unserer Hand, Sarah. Und wir dürfen auch nicht vergessen, dass er den Jungen in all diesen Jahren vor uns verborgen gehalten hat.«

Sarah drückt seine Hand. »Ja, ich weiß. Erinnerst du dich noch an Samuels Geburt?«

»Wie könnte ich sie je vergessen?«

»Du warst so tapfer und hast ihn ganz allein zur Welt gebracht.«

»Ich denke, die Tapfere warst du.«

Sie lächelt in der Dunkelheit. »Ich habe dir vertraut, und ich wusste, dass du alles richtig machen würdest.«

»Ja, auch ein Biologieforscher kann nützlich sein.«

»Ich war froh, dass ich ihn daheim bekommen hatte, aber es war schwer, so kurz nach der Geburt schon aus dem Haus zu müssen.« Sie kuschelt sich an David und denkt daran, wie sie zu dem sicheren Haus hatten fliehen müssen.

Hier verstummen sie, weil keiner von beiden über die darauffolgende Nacht reden kann, obwohl sie beide daran denken. Sarah weiß, dass David sich die Schuld an dem gibt, was damals geschah, weil er sie und ihren Sohn nicht hatte beschützen können, wie er es versprochen hatte. Er konnte sie nur ebenso fest umfangen wie sie ihr Baby, als der Armeelastwagen, in den sie gestoßen worden waren, durch die leeren, stillen Straßen von Paris jagte.

»Es tut mir leid, Sarah. Schrecklich leid.« Er hatte ihr seine Jacke umgelegt, und sie wusste, dass er ihr alles geben wollte. Er hätte ihr sogar das Hemd gegeben, das er trug, und nackt in dem Wagen gesessen, wenn er geglaubt hätte, es könnte ihr helfen.

Als sie Drancy erreicht hatten und die Männer von den Frauen getrennt wurden, klammerte er sich an sie, was ihm Schläge von den Wachen eintrug. Am Ende musste sie ihn anflehen, sie loszulassen. »Lebe!«, sagte sie zu ihm. »Bleib für Samuel und mich am Leben.«

Und sie hatte gewusst, dass er es tun würde.

Sechzigstes Kapitel

Kalifornien, 17. Juli 1953

SAM

»Ich kann nicht nach Frankreich gehen. Ich bin Amerikaner und spreche und verstehe kein Französisch«, sage ich wieder zu der Frau, als wir nach dem Essen in den kleinen Raum zurückkehren.

»Ein schlauer Junge wie du wird es schnell lernen. Zumindest ist das Alphabet dasselbe.«

Ich starre sie nur an.

»Chinesisch wäre viel schwerer«, fügt sie hinzu. »Setz dich hin, dann hole ich dir ein paar Comics zum Lesen.«

Ich gehorche, ohne zu widersprechen, weil der Mann mich beobachtet. Es macht mir Angst, mit ihm allein gelassen zu werden, und deshalb starre ich auf den Tisch herab, als sie geht, um seine kalten Augen nicht sehen zu müssen. Aber dann höre ich ihn auf mich zukommen, vergrabe das Gesicht schnell in den Händen und hoffe, dass die Frau bald wiederkommt.

»Jetzt pass mal auf, Junge«, sagt er und legt eine Hand auf meine Schulter. »Du wirst ein bisschen robuster werden müssen. Also Schluss mit dem Gejammer. Wir haben hier zu arbeiten, und du erschwerst es uns.«

Er drückt mir so fest die Schulter, dass es wehtut. Aber ich halte den Atem an, um nur ja keinen Mucks von mir zu geben.

Dann öffnet sich die Tür. Ich lasse den angehaltenen Atem entweichen und blicke auf. Es tut schon fast gut, die Frau wiederzusehen, die einen Stapel Comics in den Armen hält und mich anlächelt. Dann breitet sie eine Sammlung von *Captain America* und *Batman & Robin* vor mir aus. Ich würde mich gern bei ihr bedanken, bekomme aber dummerweise kein Wort heraus.

»Ich werde bei ihm bleiben«, sagt sie zu dem Mann. »Du kannst mit deiner Arbeit weitermachen.«

Ich tue so, als würde ich *Captain America* lesen, während ich darauf warte, dass er geht.

»Vergiss nicht, was ich dir gesagt habe, Junge«, sagt er noch, bevor er die Tür hinter sich schließt.

Die Frau setzt sich neben mich und nimmt einige Papiere heraus. »Was hat er dir denn gesagt?«, fragt sie, ohne aufzublicken.

»Weiß nicht.« Ich gucke wieder scheinbar ganz vertieft in meinen Comic.

»Ich bin keine Psychologin, Samuel, aber du kannst ruhig darüber reden. Das könnte helfen.«

Doch ich schüttle nur den Kopf und sehe zu, wie eine dicke Träne auf den Comic fällt und einen Fleck darauf hinterlässt.

»Ich will nur meine Mom sehen.«

»Samuel.« Sie stößt einen tiefen Seufzer aus. »Es wird alles gut, mein Junge. Du hast jetzt deine richtige Mom und deinen richtigen Dad wieder. Du musst doch schon ganz aufgeregt sein, dass du sie bald schon treffen wirst.«

»Ich will sie nicht treffen. Ich will nur meine Mom sehen. Kommt sie bald zurück?«

»Hör bitte auf, nach ihr zu fragen, Samuel.«

»Mein Name ist nicht Samuel! Ich heiße *Sam!*«

»Hier in Amerika ja, aber ich glaube, du wirst schon bald merken, dass sie dich in Frankreich Samuel nennen werden.«

Ich starre sie an. Wie meint sie das?

»Samuel ist dein richtiger Name, und in Frankreich werden Namen nicht abgekürzt. Das hat die Psychologin mir erzählt. Sie hat sich informiert. Und wie es scheint, gibt es dort einige Unterschiede, an die du dich gewöhnen musst.«

»Aber ich gehe nicht nach Frankreich! Ich habe Ihnen doch schon gesagt, dass ich nicht dorthin gehe.«

»Okay, okay«, antwortet sie, und ich frage mich, ob sie es endlich begriffen hat. Aber dann fängt sie wieder damit an. »Es gibt großartige Schulen in Frankreich, und du wirst schon sehr bald Freunde finden.«

»Ich will keine neuen Freunde, ich will meine alten!«

Sie legt mir eine Hand auf die Schulter. »Samuel, du wirst heute Nacht hierbleiben, und morgen wird Mr. Jackson dich nach Frankreich bringen.«

»Nein! Bitte nicht! Und ich will auch ganz brav sein, versprochen.« Ich springe auf. »Bitte schicken Sie mich nicht weg. Bitte nicht!«

»Pst«, murmelt sie beschwichtigend und steht auf, um die Arme um mich zu legen.

Ich kann gar nicht mehr anders, als mich an ihre große, weiche Brust zu lehnen und mein Gesicht daran zu verbergen. Und schon schießen mir die Tränen in die Augen. Diesmal versuche ich nicht mal, sie zurückzuhalten. Dafür tut es in mir drinnen viel zu weh. Und ich kann sogar den Schnodder spüren, der aus meiner Nase auf ihre Kleider läuft.

»Weine nur, mein Junge«, flüstert sie mit einer Hand auf meinem Kopf. »Lass es raus. Das ist besser, als es in dir wegzusperren.«

Ich höre, wie die Tür erneut aufgeht, und dann Schritte, die den Raum betreten.

Diese Person berührt leicht meinen Arm und drückt ihn dann zusammen. »Keine Angst, es wird nicht wehtun. Es ist nur ein kleiner Stich.«

Einundsechzigstes Kapitel

Paris, 18. Juli 1953

SAM

Den Start des Flugzeugs habe ich verpasst, und an die Landung kann ich mich auch nicht erinnern. Ein Arzt hat mir eine Spritze gegeben oder vielleicht auch zwei. Eine in dem Zimmer, in dem ich mit der Frau saß, und eine, bevor ich in die Maschine gestiegen bin, glaube ich. Ich kann mich nicht an die Nacht zwischen den beiden Tagen erinnern, aber ich weiß, dass eine Nacht dazwischengelegen haben muss, weil es jetzt schon wieder Morgen ist.

Mein Kopf lehnt an einem weichen Kissen, und ich merke, dass ich in einem blauen Zimmer in einem großen weißen Sessel sitze. Ich fühle mich ganz schummrig. Als ich mich umschaue, sehe ich einen Mann mit braunem Haar und einem pinkfarbenen Hemd. Er starrt mich an. Ich will wieder in eine andere Welt hinüberdämmern und lasse meine Augen zufallen.

Ich höre ihn von weit entfernt reden, als träumte ich nur. Er hat einen komischen Akzent, der mich ein bisschen an Moms erinnert. Manchmal gehen die Worte in die Höhe, obwohl sie eigentlich runtergehen müssten.

»Wir wissen, dass dies alles sehr schwer für dich ist, Samuel. Samuel?«

Ich öffne die Augen, und der Mann gibt mir ein Glas Orangensaft.

»Trink das.«

Zuerst nippe ich nur daran, aber weil ich solchen Durst habe, trinke ich schließlich das ganze Glas. Dann gibt der Mann mir ein Stück Gebäck, und hungrig beiße ich hinein. Es schmeckt nach Butter und ist so köstlich, dass ich plötzlich merke, wie hungrig ich bin.

»Möchtest du noch eins?«, fragt er.

Ich nicke, und er nimmt ein weiteres Gebäckstück aus der Papiertüte in seiner Hand.

Ich beiße hinein und verputze es in drei großen Bissen. Es tut gut, etwas im Magen zu haben. Ich will gar nicht daran denken, was jetzt mit mir passiert. Mir würde ja doch nur wieder übel und schwindelig davon werden. Ich schaue den Mann an und frage mich, warum er ein pinkfarbenes Hemd anhat. Die Farbe tragen sonst doch nur Mädchen.

Er beginnt wieder zu reden. »Deine richtigen Eltern haben sehr viel durchgemacht, und jetzt sind sie schon ganz außer sich vor Freude, dich endlich kennenzulernen.«

Der Mann trägt nicht nur ein pinkfarbenes Hemd, sondern dazu auch noch einen violetten Schlips, bemerke ich erst jetzt.

»Bin ich in Paris?«

»*Mais oui.* Es war eine lange Reise, aber wir sind sehr froh, dass du nun da bist«, sagt er lächelnd.

»Wann kann ich meine Mom sehen?«

»Samuel …«

»Ich heiße Sam.«

»Entschuldige, Sam.« Er zieht sich einen Stuhl zu mir heran. »Wir werden unser Bestes tun, um dir zu helfen. Darf ich dir eine Geschichte erzählen?«

Ich zucke nur mit den Schultern.

Er beginnt mit seiner Geschichte über einen Tiger, der sich im Dschungel verirrt und von einer Gorilla-Familie adoptiert wird, aber als er an den Punkt gelangt, an dem der Tiger von den Gorillas die Bäume hinaufgetragen werden muss, beginnt meine Aufmerksamkeit nachzulassen. Seine Stimme ist sanft und freundlich, und ich weiß, was er vorhat. Es ist pathetisch. Na, das ist mal ein gutes Wort! Ich kenne es von Mom. Pathetisch. Das ist genau das, was er ist. Die Grenzpolizisten waren nur schrecklich dumm, doch dieser Mann in dem pinkfarbenen Mädchenhemd ist pathetisch.

»Sam?« Er berührt mich an der Schulter.

»Ich will weiterschlafen.«

»Aber deine Eltern sind jetzt hier, um dich zu sehen.«

»Mom und Dad sind hier?!«

»Ich meine deine französischen Eltern. Deine wahren Eltern.«

»Die sind nicht meine wahren Eltern, das habe ich Ihnen doch schon gesagt!« Ich springe aus dem Sessel, aber meine Beine fühlen sich an, als wären sie aus Pudding, und ich falle wieder zurück. Und mein Kopf tut schrecklich weh! Ich greife danach und versuche, das Gehämmer darin abzustellen.

Er legt mir die Hände auf die Schultern. Ich will sie wegstoßen, aber ich bin so schwach, dass es mir nicht gelingt.

»Sam, bitte. Du musst dich beruhigen.«

»Lassen Sie mich in Ruhe.«

»Wir alle müssen unser Bestes geben, damit es klappt. Auch du, Sam. Also hör bitte auf damit.«

»Werden Sie mich dann wieder nach Hause bringen?«

»Wir …«

Ein Klopfen an der Tür unterbricht seine Antwort.

Ein Mann und eine Frau kommen herein.

Zweiundsechzigstes Kapitel

Paris, 18. Juli 1953

SARAH

»Samuel … Samuel!« Ihre Augen werden feucht, als sie ihn anschaut. Sie kann sehen, dass er geweint hat, aber er ist genauso hübsch, wie sie ihn sich vorgestellt hat, mit seinem seidigen dunklen Haar, der zarten, olivfarbenen Haut und fein geschnittenen Nase und den dunkelbraunen Augen. Am liebsten würde sie ihn ebenso begierig in sich aufnehmen wie ein verirrter Wanderer in der Wüste Wasser, das ihm seit Tagen schon gefehlt hat.

Sie spürt, wie David ihre Hand ergreift und fast schmerzhaft fest drückt. »Es ist Samuel, nicht? Er ist es wirklich!« Seine Stimme bricht, und als sie sekundenlang den Blick von ihrem Sohn löst, sieht sie eine Träne über die Wange ihres Mannes rinnen.

»Ja, David, es ist Samuel.«

Dann wendete sie sich wieder ihrem Sohn zu. Sie kann fast nicht glauben, dass er wirklich vor ihr sitzt. »Samuel«, murmelt sie. »Endlich haben wir dich gefunden!«

David streckt die Arme aus und geht auf ihn zu, um ihn zu umarmen. Sarah sieht, wie Samuel erstarrt, aufspringt und sich zu der Wand hinter ihm zurückzieht.

Schnell streckt sie die Hand nach ihrem Mann aus und hält ihn auf. »Warte.«

Die Psychologin, die ihnen in den Raum gefolgt ist, hustet. »Er wird Zeit brauchen, um sich einzugewöhnen. Darf ich Ihnen schon einmal die Dolmetscherin vorstellen? Das ist Madame Demur.«

Für einen Moment gleitet ihr Blick von Samuel zu einer zierlichen Frau in einem blassblauen Kostüm, die neben der Psychologin steht.

Sie schütteln ihr die Hand.

»Ich werde für Sie ins Französische und für Ihren Sohn ins Englische übersetzen.«

Für Ihren Sohn. Es stimmt, sie haben jetzt einen Sohn. Aber er steht so weit entfernt von ihnen, wie es der kleine Raum erlaubt. Mit beiden Händen an der Wand hinter ihm und vor Furcht weit aufgerissenen Augen erinnert er an ein in die Enge getriebenes Tier.

»Guten Morgen.« Ein Mann in einem pinkfarbenen Hemd und einem dunkelgrauen Anzug streckt ihnen die Hand entgegen. »M. und Mme. Laffitte, ich freue mich, Sie kennenzulernen.«

Sarah wird klar, dass er der Stellvertretende Bürgermeister sein muss.

»Bitte nehmen Sie doch Platz.« Er zieht Stühle heran, und gehorsam setzen sie sich in einem kleinen Halbkreis hin. Der Mann klopft auf einen leeren Stuhl neben ihm. »Komm und setz dich auch, Samuel.« Seine Stimme ist sanft und freundlich, aber Samuel starrt ihn nur verächtlich an und entfernt sich keinen Zentimeter von seinem Platz an der Wand.

David greift nach seinem Bart, als müsste er sich daran festhalten. Sarahs Kehle fühlt sich so rau an, dass sie die vielen Worte, die sie gern sagen würde, nicht herausbekommt.

Samuel sagt etwas auf Englisch, und sie warten auf die Übersetzung.

»Er meint, es gehe ihm nicht gut.«

»Sagen Sie ihm, dass wir jetzt nach Hause fahren können.« David zupft schon wieder an seinem Bart, woran Sarah merkt, dass er nur noch gehen und seinen Sohn heimbringen will.

Die Dolmetscherin wendet sich wieder Samuel zu und übersetzt für ihn ins Englische.

Doch der Junge schüttelt so heftig den Kopf, dass sein seidiges dunkles Haar von einer Seite auf die andere fliegt.

Sarah kann sehen, dass sie ihn irgendwie ablenken muss. Mit zitternden Händen öffnet sie ihre Handtasche und sucht darin nach den Fotos, die sie mitgebracht hat. Sie hält sie ihm hin. »Möchtest du ein paar Bilder von deiner Familie sehen, Samuel?«

Die Dolmetscherin übersetzt, und Samuel schüttelt wieder den Kopf. »Ich will nach Hause. Mir ist schlecht.«

Sarah braucht dafür keine Dolmetscherin, weil sie den Sinn erfasst, doch die junge Dame übersetzt trotzdem.

»Sagen Sie ihm, dass sein Zuhause jetzt hier ist.« David lässt endlich seinen Bart los.

Während die Frau übersetzt, kann Sarah sehen, wie das Gesicht ihres Sohns sogar noch blasser wird. Schnell hält sie ihm ein Foto hin. »Schau mal, Samuel.« Sie steht auf und macht einen Schritt auf ihn zu, und Erleichterung erfasst sie, als er auf das Bild von ihren Eltern herabblickt. »Das sind deine Großeltern. Dein Großvater sah sehr gut aus, genau wie du.« Sie legt einen zitternden Finger neben das Bild ihres Vaters, und ihre Stimme bricht bei der Erinnerung an das letzte Mal, als sie ihre Eltern gesehen hat.

Samuel wendet den Blick ab.

Nun übernimmt David, und seine langen Finger greifen wieder nach seinem Bart, während er spricht. »Sagen Sie ihm, dass er jetzt zu seinem neuen Zuhause mitkommen muss.« Er wartet, bis die blau gekleidete Dame übersetzt hat, und fährt dann fort: »Wir wissen, dass es schwer für ihn sein wird. Er ist ja noch ein Kind, aber wir dürfen ihn nicht bemitleiden, weil er ein Kind ist. Es ist unsere Aufgabe als Erwachsene und Eltern, ihm zu helfen, seinen Charakter zu entwickeln und herauszufinden, wer er ist und wohin er wirklich gehört.« Wieder unterbricht er sich und wartet auf die Übersetzung. »Wir rechnen Jean-Luc Beauchamps hoch an, was er getan hat, um unseren Sohn vor dem sicheren Tod in Auschwitz zu bewahren, und wir können auch verstehen, wieso er annahm, wir wären dort umgekommen. Doch nun müssen wir uns auf Samuel konzentrieren und diesen Wechsel so reibungslos wie möglich für ihn machen. Schließlich sind wir seine Eltern und lieben ihn.«

Sarah ist sich nicht sicher, wem diese kleine Rede gegolten hat. Sie fragt sich, ob es Davids Art sein könnte, Samuel mitzuteilen, was er denkt. Natürlich hat sie gewusst, dass diese erste Begegnung schwierig sein und Samuel sie höchstwahrscheinlich ablehnen würde. Sie waren darauf vorbereitet und wollten geduldig sein und ihm Zeit lassen.

Plötzlich gibt Samuel ein merkwürdiges Geräusch von sich, presst sich die Hände auf den Magen und beugt sich tief hinunter.

Sarah und David strecken beide die Arme nach ihm aus. Aber es ist der Stellvertretende Bürgermeister, der Samuel am Oberarm nimmt und ihn aus dem Zimmer führt. Leider schaffen sie es jedoch nicht rechtzeitig, und Samuel erbricht sich überallhin, wobei orangefarbene Klumpen aus seinem Mund herausfliegen und auf dem dunkelblauen Teppich landen. Dann bricht er zusammen und fällt gegen den Mann in dem pinkfarbenen Hemd.

Dreiundsechzigstes Kapitel

Paris, 18. Juli 1953

SARAH

Der Doktor hat gesagt, Samuels Zusammenbruch beruhe auf dem Jetlag und der Tatsache, dass sein Körper aus seinem normalen Rhythmus gerissen wurde. In vierundzwanzig Stunden, wenn seine innere Uhr sich umgestellt hat, werde es ihm schon wieder gut gehen.

Sarah glaubt kein Wort davon. Sie weiß, dass es das Trauma ist, die Menschen verlassen zu haben, die er als seine Eltern kennt und liebt. Sie kann nicht hinsehen, als der Doktor ihn leicht ins Gesicht schlägt, um ihn wieder zu sich zu bringen. Sie senkt den Kopf, während er dem Jungen mit einem Glas Wasser ein paar Tabletten gibt, und blickt gerade rechtzeitig wieder auf, um mitzubekommen, wie Samuels Kopf wieder zurückfällt. Schuldgefühle erfüllen ihr Herz und nehmen ihr all die Freude, die sie vorher noch empfunden hatte.

David trägt ihn jetzt hinaus zum Wagen und legt ihn auf den Rücksitz. Sarah steigt hinten auf der anderen Seite ein und bettet Samuels Kopf auf ihren Schoß. Sie streichelt sein Haar und ist erstaunt über dessen Leichtigkeit und Glätte. Liebe zu ihm erfüllt ihr wehes Herz, und sie will, nein, muss jede noch so kleine Einzelheit von ihm in sich aufnehmen, um ihn festzuhalten und nie wieder gehen zu lassen.

Während der Fahrer den Wagen durch die schmalen Straßen zu ihrem Zuhause in Le Marais manövriert, dreht David sich auf dem Vordersitz um und schaut sie fragend an. Sie weiß jedoch nicht, was sie ihm sagen soll. Unter Beruhigungsmitteln stehend und bewusstlos ist keineswegs die Art und Weise, wie sie ihren Sohn hätten heimbringen sollen.

»Er wird doch wieder gesund, David, nicht wahr?«

Doch er schaut sie nur weiter schweigend an, und seine Pupillen sind wie dunkle Seen voller Kummer und Schmerz, während sein Gesicht so bleich ist wie der Mond.

»Vielleicht hätten wir nach Amerika fliegen sollen, um ihn zunächst einmal kennenzulernen. So war es zu traumatisch für den Jungen.«

David dreht sich noch weiter zu ihr herum, um besser mit ihr reden zu können. »Wir wussten, dass es nicht leicht sein würde, Sarah. Wir werden sehr stark sein müssen. Denk an die Worte der Psychologin, die sagte, dass Kinder noch sehr anpassungsfähig sind. Samuel braucht nur Zeit, und dann werden wir wieder eine Familie sein.«

Familie. Was bedeutet das eigentlich? Sie hat die wichtigsten Jahre von Samuels Leben verpasst: sein erstes Lächeln, seine ersten Schritte und seine Neugierde, sein erster Tag in der Schule, wie er Lesen lernte und Freunde fand … Sie war nicht da, um seine Fragen zu beantworten, als er die Welt zu verstehen versuchte, oder um ihn zu trösten, wenn er krank war oder sich wehgetan hatte. Dies sind die Dinge, die eine Mutter und einen Vater ausmachen. Sie ist eine Fremde für Samuel und er für sie. Nicht nur eine Fremde, sondern darüber hinaus auch noch eine Ausländerin.

Sie kann das bedrückende Gefühl nicht loswerden, dass sie einen schrecklichen Fehler gemacht haben, ihn auf diese Weise nach Paris zurückzuholen. Niemand hatte innegehalten, um zu hinterfragen, ob sie das Richtige taten. Es war alles so klar gewesen in ihren Köpfen: dass das Kind zu seinen wahren Eltern zurückgebracht werden muss. Da war es wieder, dieses Wort: »Eltern«. Sarah ist sich nicht sicher, ob sie sich wirklich wie ein

Elternteil fühlt. Ein furchtbares Gefühl zerrt an ihrem Herzen und sagt ihr, dass sie den Jungen nicht mal kennt.

Als sie die Wohnung erreichen, trägt David Samuel die Treppe hinauf bis ganz nach oben in den vierten Stock, in dem sie leben, und bringt ihn in das Schlafzimmer. Er legt ihn auf das Bett, zieht ihm Schuhe und Jacke aus und deckt ihn mit einer Decke zu. Sarah beobachtet von der Tür aus, wie er sich neben das Bett kniet, sich über seinen Sohn beugt und ihm das Haar aus der Stirn streicht, um ihm einen Kuss zu geben. Dann greift er in seine Jackentasche und zieht ein kleines Holzkästchen hervor.

Sarah tritt weiter in den Raum, steht jetzt hinter ihm und schaut zu, wie er das Kästchen küsst und es dann neben Samuels Kopf auf das Kissen legt. Sie kann die Tränen in Davids Augen spüren, als wären es ihre eigenen. Dann sieht sie, wie sie ihm langsam über das Gesicht rinnen.

David, der in all diesen Jahren ihr Halt gewesen ist. David, der ihren Schmerz versteht, aber nicht erlaubt, dass sie darin ertrinkt. David, der sie immer hochgehalten und ihren Kopf über Wasser gehalten hat, wenn sie bloß noch die Augen schließen und ihren Körper versinken lassen wollte. Sie hat ihn nur ein einziges Mal weinen sehen, und das war, als sie ihn nach ihrer Evakuierung aus Auschwitz gefunden hatte. Er war im Schnee zusammengebrochen, hatte sich an ihr festgehalten und immer und immer wieder ihren Namen wiederholt wie ein Gebet, während Tränen über sein Gesicht strömten.

Er ist ein zäher Mann, der sich nicht unterkriegen lässt, und sein Glaube ist so unerschütterlich wie ein Fels. Aber Sarah ist sich nicht sicher, dass es Zähigkeit ist, was jetzt vonnöten ist. Diese Art von Zähigkeit ist zu unbeugsam, zu hart. Anstatt unerschütterlich an ihren Prinzipien und Rechten festzuhalten, sollten sie vielleicht besser aufgeschlossen, offen bleiben. Das Problem ist, dass sie nicht weiß, was jetzt benötigt wird. Sie weiß nicht mehr weiter, und nichts ist, was es zu sein scheint.

Vierundsechzigstes Kapitel

Paris, 25. Juli 1953

SAM

Letzte Woche, an meinem ersten Tag hier, erwachte ich in einem fremden Bett und fand ein kleines Holzkästchen auf meinem Kopfkissen. Es sieht wie eine Mini-Schatztruhe aus. Teile davon sind geschnitzt, und es hat vorne einen kleinen Haken, mit dem es sich öffnen lässt. Als ich es aufklappte, sah ich, dass es innen mit rotem Samt bezogen ist. Und es enthielt tatsächlich einen Mini-Schatz: ein paar Münzen, eine in Goldpapier verpackte Praline, funkelnde bunte Steine und ein eingerolltes Stück Papier, das mit rotem Wachs versiegelt war. Ich öffnete es und las die in Englisch geschriebene Botschaft:

Samuel, unser geliebter Sohn,
Du bist der Schatz, nach dem wir nie die Suche aufgegeben haben.

Ich zerknüllte das Papier und schob es wieder in das Kästchen.

Eine ganze fürchterliche Woche ist inzwischen schon vergangen. Ich schlafe die meiste Zeit, und wenn ich Glück habe, träume ich von zu Hause.

Aber heute Morgen haben mich laute Geräusche aus der Küche aus meinem Traum gerissen. Ich versuche, sie auszublenden und wieder einzuschlafen. Es war ein sonniger Tag in diesem Traum, und ich wollte gerade in eine Kugel Schokoladeneis beißen. Meine Träume sind jedoch nicht immer schön, und deshalb will ich diesen hier unbedingt festhalten. Ich bin fast so weit, erneut darin zu versinken, als ich meinen Namen höre. Ich wette, sie sprechen wieder über mich und darüber, was für ein schreckliches Kind ich bin.

Es ist alles so anders hier. So furchtbar anders. Alles ist alt. Es ist kein schöner Ort für Kinder. Sogar die Gerüche hier sind alt wie die von polierten Oma-Möbeln, Zigarrenrauch und stinkigem Käse. Ich vermisse die Gerüche von zu Hause, wo es nach warmen Donuts, Zuckerwatte und den öligen Abgasen der Karusselle, Riesenräder und dergleichen aus dem Funland-Vergnügungspark roch.

Auch die Leute hier sind anders. Sie sind hochnäsiger und zimperlicher. Sie küssen einen auf die Wange, aber es ist kein echter Kuss, sondern bloß so etwas wie ein Hauch davon. Ich stehe dann immer da wie ein Stock und tue so, als wäre ich woanders. Ich vermisse die Umarmungen in Amerika, die warm und herzlich sind. Die Leute hier lächeln auch nicht, wenn sie einem begegnen. Sie sagen *bonjour*, ohne die Lippen zu verziehen, nicht wie zu Hause, wo die Leute andauernd lächeln. Alles ist anders, größer und besser in Amerika.

Das Einzige, was mir irgendwie gefällt, ist *gouter*, der kleine Snack am Nachmittag, der meistens aus einem noch warmen, mit dunkler Schokolade gefüllten *baguette* frisch aus der *boulangerie* besteht. Der Rest des Essens ist ein bisschen seltsam und wird bei den Mahlzeiten immer einzeln serviert.

Zuerst gibt es Gemüse wie beispielsweise geraspelte Karotten, dann ein Stück Fleisch oder Fisch, und danach auch manchmal noch Salat. Normalerweise gibt's auch Nachtisch, der aber oft nur aus klein geschnittenem Obst besteht. Und man darf sich nie etwas einfach aus dem Küchenschrank oder Kühlschrank nehmen. Es muss immer alles ordentlich serviert werden. Sie wissen hier nicht mal, was ein Hotdog ist! Und es gibt hier auch keine Limo, sondern bloß einen roten Sirup namens »*Grenadine*«, der mit Wasser vermischt wird und nach gar nichts schmeckt.

Aber das vielleicht Seltsamste überhaupt sind hier die Toiletten. Das Klo ist nur ein Loch im Boden, und man muss die Füße auf zwei kleine Erhöhungen links und rechts davon stellen und sich dann über das Loch hocken, um groß oder klein zu machen. Meine Füße werden dabei oft von Pipi bespritzt. Und diese komische Toilette ist nicht einmal in der Wohnung, sondern draußen auf dem Hausflur.

Aber zumindest habe ich aufgehört zu weinen, na ja, tagsüber jedenfalls. Nachts wache ich manchmal weinend auf, wenn ich den Albtraum habe, der mich immer wieder quält. Darin laufe ich im Dunkeln durch Wälder, springe über breite Bäche, falle in verborgene Krater und renne, renne und renne, bis meine Beine mich im Stich lassen. Dann gebe ich auf, bleibe liegen und warte voller Angst darauf, dass das Monster mich auffrisst. Als es drauf und dran ist, mir in den Fuß zu beißen, schreie ich auf, und der Schrei weckt mich. In meinem Albtraum schreie ich, so laut ich kann, doch wenn ich erwache, ist das wirkliche Geräusch ein nur sehr gedämpftes.

Ich will dann immer das Licht anmachen, habe aber Angst, dass das Monster sich noch irgendwo im Raum verbirgt und nur darauf wartet, mir die Hand abzubeißen. Ich möchte auch nach jemandem rufen, fürchte mich jedoch zu sehr vor meiner eigenen Stimme, um es zu tun. Außerdem ist ja sowieso niemand hier, um mir zu helfen. Deshalb bleibe ich liegen und versuche, an etwas Schöneres zu denken. In meinem Kopf lasse ich Bilder von dem Strand zu Hause, dem Ozean oder dem Schulhof voller spielender und lachender Kinder an mir vorüberziehen. Manchmal hilft es mir auch dabei, wieder einzuschlafen.

Doch in mir ist alles leer. Jeden Morgen beim Aufwachen ist die Leere wieder da, sie geht nie weg. Die Erinnerung an Mom, wie sie von den Polizisten abgeführt wurde, vergrößert diese Leere noch, und deshalb versuche ich, nicht daran zu denken. Sie schrie dabei immer wieder meinen Namen, ganz verzweifelt, und ich glaube, sie hat sogar den einen Cop geschlagen – oder war ich das? Ich weiß das nicht mehr so genau.

Alle sagen mir immer wieder: »Das alles ist nicht deine Schuld«, aber ich verstehe nicht, was sie meinen. Warum sollte es meine Schuld sein? Es ist alles so gekommen, wie es ist, weil ich am falschen Ort geboren wurde, wie Mom meinte. Doch ich konnte ja nicht selbst entscheiden, wo ich geboren werden wollte. Wenn es so gewesen wäre, hätte ich mich jedenfalls nicht für Frankreich entschieden, das steht fest. Ich hasse dieses Land.

Ich habe Bauchschmerzen, und meine Beine jucken mal wieder wie verrückt.

»*Sa-mu-el, le petit déjeuner est prêt.*« Die Stimme, die durch die Tür kommt, gehört Bartmann.

Er ruft mich zum Frühstück.

Ich drehe mich mit dem Gesicht zur Wand. »Hau ab! Ich heiße Sam«, flüstere ich in mein Kissen.

Doch plötzlich steht er in meinem Zimmer und öffnet die Fenster, um die Fensterläden beiseitezuschieben. Licht flutet herein.

»*Qu'est-ce qu'il faut beau!*« Seine Stimme ist von falscher Fröhlichkeit erfüllt, als er das Wetter lobt. Dann beugt er sich über mich und fährt mir mit der Hand durchs Haar. »*As-tu bien dormi?*«

Natürlich habe ich *nicht* gut geschlafen, aber ich kämpfe mich aus dem Bett, schlüpfe in meine Pantoffeln und den Morgenrock und setze mich auf die Bettkante, weil ich es nicht eilig habe. Langsam blicke ich mich in dem Zimmer um und betrachte das Flugzeug aus Holz, das über dem Schreibtisch an einer dünnen Drahtspirale von der Decke hängt.

Dann fällt mein Blick auf das gerahmte Foto an der Wand, auf dem schwarz gekleidete Leute zu sehen sind – oder scheint es nur so, weil das Foto schwarz-weiß ist? Vielleicht tragen sie in Wirklichkeit ja bunte Sachen. Aber auf jeden Fall lächelt niemand auf dem Foto. An derselben Wand steht eine Ton-Büste, die einen Matrosen mit knallgelbem Haar und einem blauweiß gestreiften Hemd darstellt. Mir ist das Ding unheimlich.

»*Allez, Samuel*«, drängt Bartmann und geht zur Tür.

Mir bleibt nichts anderes übrig, als ihm zu folgen.

Das Frühstück besteht aus einem Korb aufgeschnittenem *Baguette*-Brot und einer Schale heißer Schokolade. All das steht auf einem gelben Plastiktischtuch. Sie benutzen hier morgens keine Teller, sondern sammeln hinterher die Krümel auf und werfen sie aus dem Fenster. Das Brot tauchen sie in ihre Schalen Kaffee ein, aber ich tunke es nicht in meine heiße Schokolade, sondern bestreiche mein Brot mit reichlich Butter und Aprikosenmarmelade. Wie eklig, all diese Krümel in seinem Getränk zu haben! Und wer hat schon mal davon gehört, dass man aus Schalen trinkt? Sie haben keine richtigen Tassen im Haus, nur winzige Kaffeetässchen, die wie das Puppengeschirr eines kleinen Mädchens aussehen.

Sie reden miteinander, aber ich verstehe kein Wort. Bisher habe ich nur gelernt, »*oui*« für »ja« und »*non*« für »nein« zu sagen.

Nach dem Frühstück gehe ich wieder in mein Zimmer, um mich anzuziehen. Meine Sachen liegen alle ordentlich gefaltet in einem Kleiderschrank aus glänzendem Holz, der riecht, als wäre er hundert Jahre alt. In seiner Tür steckt ein großer Schlüssel aus Eisen, der tatsächlich funktioniert. Ich habe das schon ausprobiert. Man könnte wirklich jemanden in dem Schrank einsperren. Die meisten meiner Kleidungsstücke sind meine eigenen von zu Hause. Genau wie ich sind auch sie hier irgendwie gelandet.

Ich ziehe eine Jeans und mein gelbes T-Shirt aus dem Fach. Während ich mich anziehe, frage ich mich, wohin sie wohl heute mit mir wollen. Den Eiffelturm habe ich schon gesehen, bin hinaufgestiegen und habe auf ganz Paris herabgeschaut, als befände ich mich in einem Flugzeug.

Bartmann öffnet die Tür und kommt herein. »*Allez, Samuel. Nous allons sortir, toi et moi.*«

Irgendwie verstehe ich, dass er mit mir ausgehen will. Keine Ahnung, woher ich es weiß, aber so ist es. Ich stehe also auf und folge ihm aus meinem Zimmer, dann durch die Wohnungstür und die Treppe hinunter auf die Straße.

Der Bürgersteig ist so schmal, dass wir nicht nebeneinander gehen können. Aber das ist gut so, weil ich das unangenehme Gefühl habe, dass er meine Hand nehmen würde, wenn er könnte. Stattdessen geht er jedoch hinter mir, legt mir aber eine Hand, die so schwer wie Blei ist, auf die Schulter. Manchmal drückt er sie, damit ich langsamer gehe, zeigt auf irgendwas und schnattert auf Französisch drauflos.

Es gibt weder Häuser in Paris noch Gärten. Die Gebäude bestehen alle nur aus Wohnungen und komischen kleinen Läden. Es gibt Patisserien, die eigentlich so etwas wie Konditoreien sind, nur dass die Kuchen hier ganz anders als zu Hause sind. In der Auslage sehe ich glänzende Brote in Form von Zöpfen und mondförmige Plätzchen mit Zuckerglasur. Ein mit Konfitüre gefüllter Donut wäre mir sehr viel lieber. Als wir weitergehen, blicke ich zu den kleinen Dachfenstern auf und versuche, mir schreiende und um sich schießende Nazis vorzustellen, die die schmalen Treppen hinaufrennen.

Bartmann führt mich in einen Laden. Eine Klingel ertönt, als wir eintreten, und hinter einem seitlichen Vorhang tritt ein weiterer bärtiger Mann hervor. Er schüttelt Bartmanns Hand und küsst ihn dann auf beide Wangen. Ich werde der Nächste sein. Ich mache mich schon auf den kratzigen Bart gefasst, doch der Mann gibt mir nur die Hand, hält sie fest und schaut mich aus dunkelbraunen Augen an.

Ich wende den Blick ab und richte ihn auf die glänzenden Uhren und Goldketten in den verschiedenen Glasschränken. Der Mann tritt hinter die Theke und zieht ein Tablett mit goldenen Ringen heraus, die in kleinen Halterungen auf einem roten Samtstoff stehen.

Bartmann sieht sie sich an. Dann zeigt er auf einen, und der Mann nimmt ihn heraus und dreht ihn in seinen langen Fingern um. Dann schiebt er das Tablett unter die Theke zurück und holt eine Reihe von mit einem Draht verbundenen Metallringen heraus.

Bartmann nimmt meine Hand und legt sie auf die Theke. Ich versuche, sie zurückzuziehen, aber er hält sie fest.

»Allez, Samuel. C'est un cadeau pour toi.«

Ich glaube, *»cadeau«* bedeutet »Geschenk«. Ich lasse meine Hand erschlaffen.

Der Ladeninhaber schiebt einen Metallring nach dem anderen über meinen Mittelfinger, bis einer von ihnen passt. *»Bien, très bien. Je fais ça toute de suite.«*

»Merci. Mettez S. L. 1944 *à l'interieur, s'il vous plaît.«*

Als Nächstes gehen wir zur *Maison de la Presse*. Ich schaue mir die Stapel von Schreibpapier in den Regalen an und bin wider Willen beeindruckt von all den verschiedenen Farben mit ihren farblich passenden Kuverts dazu.

Unwillkürlich stelle ich mir vor, Mom einen Brief auf violettem Papier zu schreiben, weil das ihre Lieblingsfarbe ist. Sie hat sogar eine violette Seife daheim, die »Lavendelseife« heißt. »Die ist nur für mich«, sagte sie, als ich sie einmal benutzen wollte. »Jungen wollen doch nicht nach Lavendel riechen.« Diese unerwartete Erinnerung trifft mich jetzt wie ein Schlag in den Magen.

Bartmann spricht mit dem Mann hinter der Theke, der kurz darauf einen Glaskasten voller Füllfederhalter herausnimmt. *»Voilà, les stylos plumes«*, sagt er.

»Viens, Samuel.« Bartmann streckt einen Arm nach mir aus.

Ich mache absichtlich nur einen kleinen Schritt vorwärts, um seinem Arm auszuweichen.

»C'est pour l'école. Tous les enfants doivent utiliser un stylo plume à partir de six ans. Tu peux en choisir un.« Bartmann sieht mich an.

Vermutlich sagt er, ich dürfte mir einen Füller aussuchen, weil ich ihn für die Schule brauchen werde. Doch obwohl ich weiß, was er meint, tue ich so, als hätte ich keine Ahnung.

»*Samuel, s'il te plaît.*« Er lässt die flache Hand über die Füllfederhalter gleiten, um mir klarzumachen, dass ich einen auswählen muss.

Ich schaue sie mir an. Der hellblaue gefällt mir am besten. Ich nehme meine Hand aus der Tasche und den Füller vom Tablett. Als ich die Kappe abschraube, sehe ich die spitze Feder, auf die ich meinen Daumen lege, um zu sehen, wie scharf sie ist.

»*Fâites attention!*«, schreit der Mann hinter der Theke.

Sein Geschrei erschreckt mich so, dass ich den Füllfederhalter fallen lasse.

Bartmann hebt ihn auf und gibt ihn dem Mann zurück. »*Oui, celui-ci. Merci.*«

Der Mann nickt, aber an der Art, wie er die Lippen schürzt, als er den Stift in ein hölzernes Kästchen legt, kann ich sehen, dass er verärgert ist. Oder auch daran, wie zögerlich er mir dieses Kästchen überreicht.

»*Merci, Monsieur*«, flüstert Bartmann mir ins Ohr.

Ich sage kein Wort. Schließlich spreche ich kein Französisch. Und die Worte wollen mir auch nicht über die Lippen kommen. Doch ich will das violette Papier und auch ein Kuvert dazu, und deshalb überlege ich immerhin, wie ich es Bartmann sagen soll. Aber dann zeige ich nur auf das Papier.

»*Mais oui, bien sûr, du papier aussi.*« Bartmann lächelt. »*De quelle couleur?*«

Diese Frage ist leicht zu verstehen. »Lavendel«, sage ich.

»*Lavande?*«

»*Oui*, Lavendel.«

Mit einem leichten Stirnrunzeln nimmt Bartmann ein violettes Blatt aus dem Regal. Jetzt zeige ich auf die Umschläge. Ich kann sehen, dass er verwirrt ist. Wahrscheinlich fragt er sich, wozu ein Junge violettes Schreibpapier will. Oder vielleicht hat er auch erraten, wozu ich es haben will, und jetzt kauft er es mir nicht … Doch dann sehe ich, dass er auch nach einem Kuvert greift.

Nachdem er gezahlt hat, steuert er mich wieder mit einer Hand auf meiner Schulter über den schmalen Bürgersteig.

Wir kehren zu dem Juwelier zurück, und der Mann zieht sogleich ein kleines Kästchen unter der Theke hervor. Ich blicke in die andere Richtung, aber aus dem Augenwinkel sehe ich, wie er einen goldenen Ring herausnimmt. Bartmann dreht sich um und zeigt ihn mir, wobei er vor allem auf die Gravur an der Innenseite hinweist: *S. L. 1944.*

Er hält mir den Ring hin, und ich weiß, dass er von mir erwartet, ihm meine Hand zu geben, damit er ihn mir an den Finger stecken kann.

Aber ich will den blöden Ring nicht. Ringe sind etwas für Mädchen. Deshalb bücke ich mich und kratze mich am Bein.

Auch er beugt sich vor und zieht meine Hand zu sich heran. *»S'il te plaît, Samuel!«*

Ich erstarre, als der Ring mir an den Finger gesteckt wird. Ich komme mir damit vor wie ein Hund mit einem glänzenden neuen Halsband.

Der Bartmann küsst mich und hält mich an den Schultern fest, als er mir in die Augen schaut. *»Je t'aime, mon fils.«*

Ich kann es kaum erwarten, nach Hause zu gehen, damit ich mir in aller Ruhe die Beine kratzen kann. Ich habe nämlich langsam das Gefühl, dass sie verbrennen.

Als wir in die Wohnung zurückkehren, ist meine Möchtegern-Mom nicht da. Deshalb verziehe ich mich schnell in mein Zimmer, setze mich aufs Bett und ziehe die Jeans an dem brennenden Bein hoch. Die geröteten und wunden Stellen werden größer. Ich kratze mich dort und bohre mir die Fingernägel in die Haut. Das fühlt sich so gut an! Jetzt sind die Stellen heiß und taub, aber ich weiß, dass der Schmerz später noch kommen wird.

Dann setze ich mich an den Schreibtisch und starre auf meine Hand, meine Finger und den Ring herab. Wie viel er wohl wert sein mag? Ich wette, er ist aus echtem Gold.

Bartmann kommt herein und lächelt mich an, als wäre alles okay. Ich wende den Blick ab und setze eine ausdruckslose Miene auf. Er legt mir die Hand auf die Schulter, als er nach einem Buch auf dem Regal über dem Schreibtisch greift.

»Est-ce que tu connais Tintin?«

Ich weiß, dass es eine Frage zu dem Buch ist, aber ich weiß nicht, was für eine, und so sitze ich bloß da und ignoriere ihn.

»Samuel, Tintin est un garçon qui vie des grandes aventures. Je vais te lire une histoire.«

Irgendwas über Abenteuer, schätze ich, und starre die Wand an, als wäre sie total interessant.

Dann fängt er plötzlich an zu lesen, und seine Stimme verändert sich. Ich kann nicht anders. Ich muss ihn ansehen, als er die bösartige Stimme des Schurken annimmt und dann knurrt wie ein kleiner Hund. Er wendet sich mir zu und zeigt auf die Bilder in dem Buch. Ich sehe den weißen Hund und den Bösewicht, dessen Gesicht nahezu vollständig behaart ist.

»Milou«, sagt er und zeigt auf den Hund.

Ich tippe mit dem Finger auf den Bart auf dem Bild und dann auf seinen.

Er lacht. *»Oui, oui, barbe. J'ai une barbe aussi.«*

Ha, dann ist *»barbe«* also »Bart«. Jetzt kann ich ihn »Barbe Man« nennen.

Dann zeigt er auf den Hund. *»Chien.«*

Aber ich will nicht noch mehr Worte lernen und wende entschieden den Kopf von dem Buch ab.

Er macht trotzdem weiter, spaziert durch das Zimmer, imitiert komische Stimmen und versucht, mir die Bilder zu zeigen. Doch ich starre bloß wieder an die Wand und wünschte, er würde gehen, damit ich Mom schreiben kann.

Endlich schließt er das Buch und stellt es wieder ins Regal. Es wird plötzlich sehr still im Zimmer, und ich kann spüren, dass er mich anschaut. Aber ich tue so, als wäre ich eine Statue, bleibe reglos sitzen und rühre keinen Muskel. Wenn ich mich unsichtbar mache, wird er vielleicht aufgeben und gehen.

Doch stattdessen gibt er einen ganzen Rattenschwanz von französischen Worten von sich. Ich vergrabe den Kopf in den Händen, doch dann spüre ich seine Hand an am Hinterkopf, wo sie einfach nur liegen bleibt. Aber ich rühre mich nicht und warte darauf, dass er geht.

Schließlich verlässt er den Raum, und jetzt kann ich endlich Mom schreiben.

Sie haben es mir verboten, deshalb muss ich es heimlich tun, und dann werde ich eine Möglichkeit finden müssen, den Brief abzuschicken. Ich halte den Füllfederhalter auf das Papier, drücke ihn herab und ziehe ihn hinauf, um den Buchstaben M zu schreiben, aber es tut sich nichts. Ich drücke noch fester. Jetzt hinterlässt er eine zerkratzte Stelle.

Was ist los mit diesem blöden Ding? Ich nehme ihn vom Papier und drücke mit zwei Fingern die Spitze zusammen. Plötzlich schießt überall Tinte heraus. So ein blöder Füller! Ich werfe ihn auf den Schreibtisch und schwöre mir, dass ich nicht weinen werde. Auf keinen Fall.

Ich höre jemanden in das Zimmer kommen, hebe aber nicht den Kopf, um aufzublicken. Dann spüre ich eine Hand, die meinen Nacken reibt, und höre, dass jemand den Stift aufhebt und seufzt. Der blumige Duft verrät mir, dass es meine Möchtegern-Mom ist. Ich riskiere einen Blick und sehe dann aus dem Augenwinkel, dass sie den Füllfederhalter schüttelt und dann die Spitze an ein kleines Stück weißes Papier hält. Ganz leicht und flüssig schreibt sie mit dem blöden Füller. Neugierig geworden, hebe ich den Kopf ein bisschen an, um zu gucken, was sie schreibt.

Cher Sam!
Wir lieben dich – nous t'aimons
Bitte – s'il te plaît
Gib – donnes
Uns – nous
Eine Chance – une chance

Dann legt sie den Füllfederhalter vor mich hin, und ich ziehe einen Kreis damit, um ihn auszuprobieren. Er funktioniert jetzt auch bei mir.

Deshalb schreibe ich: *I wanna go home.* Dann blockiert der Füller wieder, und die Tinte läuft gleich tropfenweise heraus. Meine Kehle wird noch enger. Aber ich werde nicht weinen. Stattdessen ramme ich die empfindliche Spitze ins Papier, immer und immer wieder.

Möchtegern-Mom greift nach meiner Hand und hält sie so fest, dass ich sie nicht mehr bewegen kann. Dann kniet sie sich neben mich, nimmt auch meine andere Hand in ihre und versucht, mich auf sie zu zu ziehen.

Ich erstarre mal wieder, mein Körper wird steif wie ein Brett. Sie zieht noch fester, und ich ziehe zurück. Es ist wie ein Kampf. Ich spüre, wie ich unwillkürlich schneller atme.

Dann sehe ich, dass Bartmann in der Tür steht.

»Sarah!« Sein Gesicht ist rot. »Was machst du da?«

Fünfundsechzigstes Kapitel

Paris, 20. August 1953

SARAH

Sie weiß nicht, wie sie Samuel eine Mutter sein soll, weil sie nicht die Zeit hatte, es zu lernen, in die Rolle hineinzuwachsen. Es ist zu schwer, plötzlich ein Kind mit einem schon ausgeprägten Charakter zu bekommen. Mit einem sehr unguten Gefühl fragt sie sich, ob es nicht bereits zu spät ist. Sie hat ihr Baby für immer verloren, und nun soll es durch dieses fremde Kind ersetzt werden? Sie versuchen, ein normales Leben mit Samuel zu führen, doch nichts ist noch normal. Trotz ihrer körperlichen und geistigen Erschöpfung ist es ihr derzeit fast unmöglich, abends Schlaf zu finden.

»Verhalte dich doch bitte still, Sarah, sonst weckst du mich nur immer wieder auf.«

»Ich verstehe nicht, wie du schlafen kannst!«

»Das müssen wir, weil wir unsere Kraft brauchen, um mit Samuel umzugehen.«

»Aber kannst du ihn nicht weinen hören?«

»Er wird bald aufhören. Er braucht nur Zeit, um sich an sein neues Leben zu gewöhnen. Ich weiß, dass es nicht leicht für ihn ist, doch er wird es überleben und dadurch nur stärker werden.«

»Stärker? Aber zu welchem Preis?«

»Was soll ich deiner Meinung nach denn tun, Sarah?«, kontert er, und sie kann die zunehmende Frustration in seiner müden Stimme hören.

»Ich verstehe bloß nicht, wie du da liegen und schlafen kannst, während Samuel weint. Ich kann es jedenfalls nicht!«

»Deshalb brauchen Kinder Väter ebenso wie Mütter. Von Natur aus bist du weicher als ich, aber wir müssen fest bleiben und dürfen uns nicht von Mitleid leiten lassen. Es würde ihm nicht helfen, sich zu entwickeln und herauszufinden, wer er wirklich ist.«

»Wer er wirklich ist? Er ist ein neunjähriger Junge in einem fremden Land, der gerade der einzigen Familie entrissen wurde, die er je gekannt hat.«

»Sarah, bitte. Wir sprechen morgen früh darüber. Jetzt müssen wir erst mal schlafen.«

Sie wendet sich von ihm ab, und obwohl Tränen über ihre Wangen laufen, gibt sie keinen Ton von sich. David hat natürlich recht. Sie müssen all ihre Kräfte sammeln, um mit dem zornigen Jungen umzugehen, der seiner Heimat entrissen und ihnen übergeben wurde. David war immer schon der Stärkere von ihnen beiden, aber sie weiß, dass auch er leidet; er erlaubt sich nur nicht, sich mit seinen Zweifeln auseinanderzusetzen. Er tut so, als existierten sie gar nicht, und redet sich ein, es würde alles gut, wenn Samuel sich erst einmal an sein neues Leben gewöhnt hat, und dass er wieder ihr Sohn sein wird, wenn sie beharrlich und geduldig bleiben. Leise seufzend schlägt sie die Decke zurück, schiebt die Beine aus dem Bett und setzt sich auf.

»Ich werde mir ein Glas Wasser holen«, wispert sie mit brüchiger Stimme.

»Geh nicht zu ihm«, flüstert David. »Du würdest es damit nur schlimmer machen.«

Schlimmer?, denkt sie. *Wie könnte es noch schlimmer werden?*

Im Dunkeln tastet sie sich um das Bett herum und öffnet die Tür zum Korridor. Da sie auf dem Weg in die Küche an Samuels Zimmer vorbeimuss, drückt sie lauschend ein Ohr an seine Tür. Jetzt ist es still bei ihm. Oder hat er sie kommen gehört? Wahrscheinlich will er nicht, dass sie zu ihm hereinkommt. Er hasst sie. Sie kann seinen Hass wie ein ihn umgebendes Kraftfeld spüren.

Aber sie hat das dringende Bedürfnis, ihn zu sehen und ihn zu berühren, um sicher sein zu können, dass er real ist. Sie kann immer noch nicht richtig glauben, dass ihr Sohn wieder bei ihnen ist. Vorsichtig drückt sie die Klinke herunter und öffnet leise die Tür. Auf Zehenspitzen geht sie zu seinem Bett und lauscht auf seinen Atem, aber sie hört nichts. Um sicherzugehen, dass er wirklich da ist, kauert sie sich neben das Bett und lässt die Hand über seine Decke gleiten, bis sie seinen Körper ertastet.

Sie weiß, dass er wach ist, den Atem anhält und sich mit aller Macht wünscht, dass sie geht. »Sam«, flüstert sie. *»Je t'aime de tout mon cœur.«*

Noch immer nichts. Dann lässt er die angehaltene Luft entweichen, und sie spürt, wie ein Zittern ihn durchläuft. Leise summend streichelt sie ihn durch die Decke und beginnt zu singen.

»Dodo, l'enfant do
L'enfant dormira bientôt.«

Er wendet sich ihr zu, und sie spürt seinen warmen Atem an ihrem Gesicht.

»Kannst du jetzt gehen?« Wieder dreht er sich mit dem Gesicht zur Wand. »Lass mich in Ruhe.«

Sechsundsechzigstes Kapitel

Paris, 2. September 1953

SARAH

Heute ist ein großer Tag für Kinder in ganz Frankreich – *la rentrée* oder das Ende der Sommerferien. Nach den zwei Monaten Ferien kehrt das Leben endlich wieder in normale Bahnen zurück. Wer es sich leisten kann (und selbst die, die es eigentlich nicht können), verlässt Paris gewöhnlich im August, und wer in der Stadt zurückbleibt, profitiert von den leereren Straßen.

Sarah und David lieben Paris im August und verlassen die Stadt nie um diese Zeit, sondern machen sich den viel geringeren Verkehr zum Radfahren zunutze. Mal fahren sie durch den Jardin du Luxembourg, mal an der Seine entlang zum Canal Saint-Martin, wo sie die Fahrräder eine Weile abstellen, um ein Glas Wein in einem der Cafés entlang des Canal zu trinken.

Sarah erinnert sich sowohl an die freudige Erregung als auch an die Furcht vor der *rentrée*, die sie als Kind empfand. Und an die Klassenlisten an der Schulhofmauer, um die sich Eltern und Kinder scharten, um zu sehen, wer ihre Lehrer und Klassenkameraden im nächsten Jahr sein würden. Sie ist dankbar, jetzt endlich auch ihr eigenes Kind dorthin begleiten zu können. David kommt auch mit, und sie weiß, dass er sich genauso sehr darauf freut wie sie. Es wird mithelfen, eine gewisse Normalität in ihr Leben zurückzubringen. Routine ist das, was sie jetzt brauchen.

Es war alles andere als leicht gewesen, Sam zu unterhalten und beschäftigen, weil er sich für gar nichts, ja nicht einmal für den Eiffelturm zu interessieren scheint. Dort hat er nur einmal kurz mit ausdrucksloser Miene über den Rand geschaut und sich nicht mal von dem fabelhaften Ausblick beeindrucken lassen.

»Soll ich Samuel wecken?«, fragt David, als er in die Küche kommt, wo Sarah schon den Frühstückstisch deckt.

Sie dreht sich zu ihm um. »Ich bin mir nicht sicher, ob er versteht, was heute geschieht.«

»Ich weiß. Ich habe gestern Abend versucht, es ihm zu erklären, und ihm dazu eine Geschichte über ein Kind an seinem ersten Schultag vorgelesen. Ich habe auf die Bilder gezeigt und dann auf ihn, aber er lässt sich nie anmerken, was er denkt.«

»Ich weiß. Bisher verrät er uns noch gar nichts über sich.«

»Lass ihm Zeit. Ich habe gemerkt, dass er schon ein paar Worte Französisch gelernt hat, wenn auch gegen seinen Willen natürlich.« David zupft an seinem Bart. »Es wird ihm ausgesprochen guttun, mit der Schule zu beginnen, denn dann wird ihm gar nichts anderes übrig bleiben, als die Sprache zu erlernen. Er wird es tun müssen, um in der Schule zu überleben.«

»Ich hoffe nur, dass es nicht zu schwierig für ihn wird. Du weißt ja, wie grausam Kinder zu Außenseitern sein können. Er ist ja nicht einer von ihnen, nicht?«

»Mach dir keine Sorgen, Sarah. Ich habe mit dem Rektor gesprochen, und er hat mir versprochen, auf ihn aufzupassen.« David legt ihr eine Hand auf die Schulter. »Sobald Samuel sich an die Schule gewöhnt und mit Kindern seines eigenen Alters Umgang hat, wird sich alles andere nach und nach von selbst ergeben. Eines Tages wird er verstehen, dass wir all das tun, weil wir ihn lieben.«

Sarah nickt. »Ja, und jetzt lass uns zu ihm gehen und ihn wecken. Das Frühstück ist fertig.«

David klopft an Samuels Tür und öffnet sie gleichzeitig. »Samuel? *C'est l'heure.*«

Doch die Gestalt unter der Decke rührt sich nicht. Sarah

schaut von der Tür aus zu, wie David hinübergeht und eine Hand auf die Bettdecke legt. »Samuel, *c'est l'heure.* Für die Schule.«

»Was?« Samuel dreht sich zu David um, und an dem Ausdruck des Entsetzens auf seinem Gesicht kann Sarah erkennen, dass er versteht.

Sie betritt das Zimmer und öffnet den Kleiderschrank. Nachdem sie seine gebügelte schwarze Hose und ein graues Hemd herausgenommen hat, legt sie beides neben ihm auf das Bett.

Er setzt sich auf und schüttelt den Kopf. »Nein! Ich will nicht zur Schule gehen! Ihr wisst doch, dass ich kein Französisch kann.«

Sarah schaut ihn an, und obwohl sie versteht, was er sagt, findet sie keine Antwort darauf. Schließlich zeigt sie nur auf die Kleidungsstücke auf dem Bett und verlässt das Zimmer. David folgt ihr hinaus.

In der Küche trinken sie ihren Kaffee und warten auf das Erscheinen ihres Sohnes. Zehn Minuten vergehen, dann eine Viertelstunde. Er wird nicht kommen.

»Ich gehe ihn holen.« Sarah lässt David am Tisch sitzen und sein Brot buttern.

Als sie Samuels Zimmer betritt, bleibt ihr fast das Herz stehen. Sie schließt die Augen vor dem Anblick und wünscht, er wäre ihr erspart geblieben. Samuel hat sich unter dem Bett versteckt, und der Gestank von Urin findet seinen Weg in ihre Nase. Wortlos geht sie auf das Bett zu und legt eine Hand auf die perfekt gebügelte Schulkleidung. Hose und Hemd sind vollkommen durchnässt.

Am liebsten würde sie ihn anschreien und ihn einen »ungezogenen kleinen Bengel« nennen, doch stattdessen hält sie den Atem an, schluckt die Wut herunter und greift unter das Bett, um Samuel am Ellbogen hervorzuziehen.

Er hat nicht einmal seine Pyjamahose an. Entsetzt starrt Sarah seine nackten Beine an, an denen stellenweise die rohe Haut zu sehen ist. Er schaut die Wunden an, als hätte er sie ganz vergessen, und blickt dann wieder mit großen, furchtsamen Augen zu ihr auf. Offensichtlich hat er die ganze Zeit versucht, die wunden Hautstellen vor ihr zu verbergen.

Sarah streckt die Hand aus, um sie zu berühren. Sie fühlen sich feucht und zugleich auch trocken an. »Oh, nein, Sam.« Sie wird den Arzt rufen müssen, weil Samuel so auf keinen Fall zur Schule gehen kann.

Als sie in die Küche zurückgeht, sitzt David noch immer am Tisch und wartet geduldig auf seine kleine Familie. »David, wir haben ein Problem«, sagt Sarah. »Samuels Beine sind mit einem schlimmen Hautausschlag bedeckt. Ich werde einen Arzt anrufen müssen.«

»Was? Warte mal. Lass mich zuerst einmal nachsehen, was es ist.«

Sie folgt ihm aus der Küche und den Gang hinunter zu Sams Zimmer. Mit einer Decke über den Beinen sitzt er inzwischen auf dem Bett.

David rümpft die Nase und fragt Sarah: »Was ist das für ein widerlicher Geruch?«

»Mach dir darüber jetzt keine Gedanken. Schau dir lieber seine Beine an.«

David streckt die Hand aus, um Sam die Decke von den Beinen zu ziehen, doch der Junge hält sie eisern fest.

David tritt zurück, und sein Stirnrunzeln vertieft sich. »Hat er ins Bett gemacht? Und was ist los mit seinen Beinen?«

»Seine Haut ist wund. Aber das musst du dir selbst ansehen.«

David wendet sich wieder Sam zu und kniet sich vor ihm hin. »Lass mich mal schauen«, sagt er und zieht vorsichtig die Decke weg.

Sarah ist, als zerrisse es ihr das Herz, als sie das arme Kind dort halb nackt hocken sieht.

Plötzlich springt Sam auf und läuft aus dem Zimmer. Die

Wohnungstür knallt zu. Vermutlich ist er weggelaufen, um sich in der Toilette draußen auf dem Flur einzuschließen.

David sitzt jetzt auf dem Boden. Sein Gesicht ist leichenblass, und seine Augen starren ausdruckslos ins Leere. »Was sollen wir tun, Sarah? Was sollen wir nur tun?«

»Ich weiß es nicht. Ich werde einen Arzt kommen lassen. Wir brauchen Hilfe.«

»Ruf diesen polnischen Arzt an. Er spricht Englisch. Samuel muss jetzt mit jemandem reden. Ich werde mich vergewissern, dass er auf der Toilette ist, und warten, bis er herauskommt.«

Aber er kommt nicht heraus, und eine Stunde später trifft der Arzt ein. Sie erklären ihm die Situation und lassen ihn dann allein, um durch die verschlossene Tür mit Sam zu reden.

Nach fünfzehn langen Minuten kommt der Junge heraus. Sarah und David ziehen sich zurück, damit der Doktor Sam unter vier Augen untersuchen kann, weil sie wissen, dass ihre Gegenwart alles nur noch schlimmer machen wird. Sie warten in der Küche. Sams heiße Schokolade ist kalt geworden, und ein Gefühl von Resignation beginnt sich in Sarah auszubreiten. David sieht genauso deprimiert und hoffnungslos aus, wie auch sie sich fühlt.

»Ganz gleich, was er auch tut, ich werde nie aufhören, ihn zu lieben.«

Sarah schaut ihn an und bemerkt einmal mehr die dunklen Schatten um seine Augen und die Traurigkeit in seinen hängenden Mundwinkeln. »Ich weiß. Das ist es, wie Eltern empfinden sollten.«

»Wirklich? Es tut so weh, Sarah.«

»Ja, das tut es.« Sie setzt sich schwerfällig auf ihren Stuhl.

»Ich weiß nicht, was wir sonst noch für ihn tun könnten. Ich habe wirklich keine Ahnung.«

»Ich weiß. Das Einzige, was er will, ist, nach Hause zurückzukehren.« Lautlose Tränen rinnen ihr über die Wangen.

David setzt sich neben sie und legt den Arm um sie. »Sein Zuhause ist hier. Wir sind seine Eltern.«

»In seinen Augen sind wir es aber nicht, oder?«

»Noch nicht. Doch eines Tages wird er die Tatsache akzeptieren. Wir müssen ihm nur zeigen, dass wir ihn nicht aufgeben werden.« Er hält inne und runzelt die Stirn. »Wir haben Schlimmeres durchgemacht als das, und wir haben es geschafft. Als ich schwach war, warst du stark, und jetzt werde ich für dich stark sein«, sagt er und greift nach ihrer Hand.

Sarah weiß nicht, was er tun könnte, um ihr zu helfen.

»Es ist ein Ekzem«, erklärt ihnen der Arzt, als er aus Samuels Zimmer kommt. »Wahrscheinlich ausgelöst durch Stress.« Er gibt ihnen ein Rezept für verschiedene Tabletten und Cremes. Als sie ihn zur Tür begleiten, dreht er sich noch einmal zu ihnen um. »Dies ist eine ausgesprochen schwierige Situation. Sie werden überaus geduldig und einfühlsam mit dem Jungen sein müssen.«

Siebenundsechzigstes Kapitel

Paris, 3. September 1953

SARAH

Am Tag darauf fasst Sarah den Entschluss, Samuel daheim zu unterrichten. Die Schule kann warten. Die Psychologin hatte ihr versichert, dass er mit der Methode totaler Vertiefung in die Sprache in sechs Monaten Französisch lernen und es so genauso leicht sein würde wie bei einem Baby, das sprechen lernt. Aber Sarah empfindet seinen Widerstand wie eine Mauer, die ihn umgibt. Babys kennen diese Art von Widerstand nicht, die ihnen das Erlernen einer Sprache erschwert. Es ist also keineswegs das Gleiche.

Sie beschließt, mehr Eigeninitiative aufzubringen, um Sam stärker einzubinden, anstatt ihn Trübsal blasen zu lassen.

Sarah erinnert sich an das Memory-Spiel, das sie gekauft hatte, bevor er herkam. Sie könnten es zusammen auf Französisch spielen. Man muss das Jungtier und das erwachsene Tier zusammenlegen, und so wird sie ihm Tiernamen beibringen können.

Sie nimmt ihn an der Hand und geht mit ihm ins Wohnzimmer. Er lässt sich widerstandslos führen und auf das bequeme Sofa setzen, das ihrer Großmutter gehörte. Dann geht sie zu dem Schrank aus dunklem Holz, in dem sie Fotos, Postkarten, die sie erhalten haben, und die neuen Spiele aufbewahren.

Nachdem sie die Karten gemischt hat, legt sie sie mit der Vorderseite nach unten auf den gläsernen Couchtisch. Dann dreht sie die erste um. Sie zeigt ein Känguru-Junges. »*Kangourou.*« Sie greift nach der nächsten Karte, auf der ein Löwenbaby zu sehen ist. »*Lion.*«

Sam starrt sie an, als wäre sie verrückt geworden, aber sie lächelt ihn nur an.

»Jetzt bist du dran«, sagt sie auf Französisch.

Für einen Moment sitzt er bloß da und starrt mit ausdrucksloser Miene vor sich hin. Dann greift er langsam nach einer Karte und dreht sie um. Sie zeigt ein Kätzchen. Als er eine weitere umdreht, ist es eine Katze.

»Du hast ein Pärchen! Sehr gut«, ruft sie, auch diesmal wieder auf Französisch, und Freude erfasst sie, als sie ihn nach einer weiteren Karte greifen sieht. Er macht mit! Sie darf sich allerdings noch nicht zu sehr freuen, denn dies ist erst der Anfang, doch zum ersten Mal kann sie ein winziges Licht am Ende des langen, dunklen Tunnels sehen.

Aber dann steht er plötzlich wortlos auf und verschwindet wieder in seinem Zimmer.

Es gibt *Croque Monsieur* zum Mittagessen, und das ist ein Gericht, das ihm zu schmecken scheint. Nach dem Essen beschließt sie, mit ihm zum Jardin du Luxembourg zu fahren. Es ist ein ziemlich langer Weg dorthin, und deshalb nehmen sie die Métro. Sarah weiß, dass er diese U-Bahnen mag, denn sein kleines Gesicht leuchtet jedes Mal auf, wenn eine aus den Tunneln kommt.

In den Gärten lässt sie ihn alles in Ruhe in sich aufnehmen und zeigt nur manchmal auf etwas, um ihm dann langsam das französische Wort dafür zu sagen. Er sieht sie an, aber er wiederholt das Wort nicht. Und sie bedrängt ihn nicht. Ein Schritt nach dem anderen.

Sie spazieren an dem See vorbei und bleiben stehen, um die hölzernen Miniatur-Segelboote auf dem Wasser zu betrachten. Sam wendet sich ab, obwohl überall Kinder mit langen Stöcken herumstehen, mit denen sie ihre Bötchen wieder ins Wasser schieben, wenn sie zu dicht ans Ufer herankommen.

Sarah zeigt auf die Boote. »Möchtest du es mal probieren?«

Er schüttelt den Kopf, und sie weiß, dass er sie verstanden hat.

Ein Eisverkäufer hält mit seinem Wagen dicht am See. Sarah beschließt, Sam nicht zu fragen, was er will, sondern steckt den Kopf durch das Fenster und bestellt. »Vanille, bitte«, sagt sie und blickt zu Sam hinüber.

»Und für den jungen Mann?«, erkundigt sich der Eisverkäufer und folgt ihrem Blick. »Schokolade? Erdbeer?«

Sie beobachtet Sam prüfend und fragt sich für einen Moment, ob er antworten wird oder nicht.

»Schokolade«, sagt er dann.

Der Mann lächelt. »Bist du Engländer oder Amerikaner?«

»Amerikaner«, erwidert Sam mit unüberhörbarem Stolz in der Stimme.

»*Oh là là*, 'ot dog!«

»Haben Sie Hotdogs?« Zum ersten Mal seit seiner Ankunft in Paris klingt Sam interessiert.

»*Mais non!* Das ist Frankreich. Keine 'ot dog.« Der Mann lacht, als er sich umdreht, um das Eis zu holen.

Als er mit einer perfekt gerundeten dunklen Eiskugel auf einem Hörnchen zurückkommt, tritt Sam einen Schritt vor und greift danach.

»Danke.«

»*Merci*«, antwortet der Mann augenzwinkernd.

Sam ignoriert ihn, und Sarah kann spüren, wie sie vor Verlegenheit errötet.

Während sie ihr Eis essen, spazieren sie zu dem Spielplatz hinüber. Er ist voller Kleinkinder, die im Sand buddeln oder die Rutschbahnen hinunterrutschen. Auf den nahen Bänken sitzen die Mütter und plaudern miteinander. Sarah kann nichts gegen den Anfall von Bedauern über all die Jahre tun, die sie mit Sam versäumt hat. Er steht neben ihr und ist so still, dass sie seine Traurigkeit buchstäblich aus all seinen Poren sickern spürt. Ihr ist nur allzu intensiv bewusst, wie sehr er sich nach seinem Zuhause sehnt. Und sie kommt sich plötzlich grausam vor, grausam, ihren eigenen Sohn zurückzuwollen.

An jenem Abend kommt David mit einem großen, rechteckigen Paket zurück. Und obwohl es in braunem Papier eingepackt ist, weiß Sarah sofort, was es ist. Sie starrt ihn trotzig und zornig zugleich an. Sie hatte ihm gesagt, dass sie nie wieder spielen würde, und da steht er nun plötzlich mit einer Violine unter dem Arm da.

»Nein, David.« Am liebsten würde sie in Tränen ausbrechen, ihn anschreien und vor ihm davonlaufen. Wie konnte er nur? Er weiß doch, wie sie darüber denkt.

»Bitte, Sarah.« Auch er starrt sie unnachgiebig an. »Findest du nicht, dass sie uns genug genommen haben?«, fragt er und geht an ihr vorbei ins Wohnzimmer.

Sie wartet draußen vor der Tür und hört, wie er das Packpapier entfernt und den Geigenkasten öffnet. Dann zupft er an einer Saite, und ihr bleibt fast das Herz stehen. Sie kann nicht mehr atmen, als plötzlich alles schlagartig zurückkehrt: das Stimmen des Instruments vor einem Konzert, die freudige Erregung, vor einem Publikum zu spielen, und die pure Schönheit der Musik. Sie hatte gedacht, all das gehörte zu der anderen Welt – der Welt, die sie hinter sich zurückgelassen hatte.

Sarah macht einen Schritt ins Wohnzimmer und sieht David über die Violine gebeugt, an deren Saiten er behutsam herumzupft. Dann bemerkt sie die Tränen, die ihm über die Wangen rinnen und auf das glänzend polierte Holz des Instrumentes fallen.

Und da setzt sie sich neben ihn und nimmt ihm die Violine aus der Hand. Nun zupft sie selbst an den Saiten und schließt die Augen, als sie die Stimmwirbel justiert, um den richtigen Ton zu treffen. Die Hitze von Davids Blick brennt sich durch ihre

Haut. Er will sie zurückhaben, das kann sie spüren. Seine Sehnsucht nach der Frau, die er früher einmal kannte, ist förmlich mit Händen greifbar.

Als sie das Instrument gestimmt hat, steht sie auf und legt die Violine unter ihr Kinn. Mit der anderen Hand nimmt sie den Bogen und zieht ihn so weit zurück, als wollte sie einen Pfeil abschießen. Und genauso fühlt es sich auch an – als zöge sie in den Kampf. Es ist an der Zeit, wieder für das Leben zu kämpfen, das sie einmal hatten. Ihren ganzen Mut aufbietend, spielt sie die ersten Noten von Mozarts *Eine kleine Nachtmusik*, Davids Lieblingsstück.

Während sie spielt, beobachtet sie ihn. *Das ist für dich*, sagt sie ihm ohne Worte. *Für dich, mein Liebster.*

Sie sind so ineinander versunken, dass sie den kleinen Jungen nicht bemerken, der in der Tür steht und mit einem Ausdruck des Erstaunens im Gesicht alles beobachtet und zuhört. Als Sarah seine Gegenwart schließlich spürt und zu ihm hinüberblickt, wendet er sich nicht ab, wie er es normalerweise tut, sondern schaut ihr direkt in die Augen.

Dieser Blick bringt sie zurück zu dem Baby, das zu ihr aufsah, wenn sie es fütterte. Endlich hat sie einen Blick auf das Kind erhascht, das sie zurückgelassen hat. Ohne den Blickkontakt mit Sam zu unterbrechen, spielt sie weiter und verfehlt dabei nicht einen Ton, während ihr Herz immer höherschlägt mit der Musik.

Achtundsechzigstes Kapitel

Paris, 14. September 1953

SAM

Sie schicken mich zur Schule. Aber ich werde nicht weinen, egal, wie sehr ich es hasse. Ich denke an Daddys Brief und daran, dass ich tapferer bin, als ich weiß.

Möchtegern-Mom und ich gehen dicht nebeneinander, aber sie ist halb auf dem Bürgersteig und halb darunter, weil die Gehwege hier so schmal sind. Mein Herz klopft, als wäre ich gerade hundert Meter weit gerannt, und dabei gehe ich nur.

Als wir zu der Schule kommen, sehe ich jede Menge Kinder durch die Tore laufen. Ich bleibe stehen und schaue mir das Schild daran an: *L'École des Hospitalières-Saint-Gervais.* Das klingt mehr nach einem Krankenhaus als einer Schule, finde ich. Vielleicht ist es ja eine Schule für kranke Kinder. Schließlich kann es sein, dass ich jetzt ein krankes Kind bin.

All die anderen Kinder gehen allein hinein, aber *sie* kommt mit, und wir folgen einem Gang mit einem grauen Teppichboden, der alle Geräusche dämpft und besonders leise macht. Ich weiß, dass wir auf dem Weg zu dem Büro des Rektors sind. Wahrscheinlich will er mich zuerst kennenlernen, weil ich neu und bestimmt ein »Sonderfall« bin. Zumindest sagen die Leute das, wenn sie über Kinder sprechen, die schwierig und ungehorsam sind.

Wir bleiben vor einer Tür mit einem Namen darauf stehen: *Monsieur Leplane*. Möchtegern-Mom schaut mich an, und ich kann ihr ansehen, dass sie fast genauso viel Angst wie ich hat. Ich erwidere ihren Blick jedoch nur so, als wäre es mir schnurzegal, obwohl ich in Wahrheit Bauchschmerzen habe und meine Beine jucken wie verrückt.

Sie klopft an, und ein kleiner Mann mit struppigem schwarzen Haar öffnet die Tür.

»*Entrez, entrez*«, sagt er, als wäre er in Eile.

Als wir in seinem Zimmer sind, tritt er hinter den Schreibtisch. Der Tisch ist rechts und links mit vielen Büchern vollgepackt, die an den Seiten so weit hervorragen, dass es den Anschein hat, als könnten sie jeden Moment auf den Boden hinunterrutschen.

Er schiebt seine Brille ein wenig tiefer, um mich über ihren Rand hinweg zu mustern. »*Bonjour, Samuel.*«

Ich weiß, dass er darauf wartet, dass ich etwas sage, um zu sehen, ob ich Französisch spreche, aber ich finde noch immer keine französischen Worte. Nicht einmal, wenn ich es will. Wie jetzt.

»Hallo«, murmele ich.

Er runzelt die Stirn, schaut dann Möchtegern-Mom an und sagt etwas auf Französisch.

Sie bückt sich zu mir herab, schaut mir in die Augen und flüstert: »*Au revoir, Sam.*«

Ich ignoriere sie, doch als sie dann zur Tür hinausgeht, will ich auf einmal nicht mehr ganz allein dort stehen.

Monsieur Leplane nimmt hinter seinem überfüllten Schreibtisch Platz. »*Assis-toi, Samuel.*« Er zeigt auf einen Stuhl.

Ich gehorche und setze mich auf meine Hände. Wenn sie frei wären, würde ich wieder anfangen, mich zu kratzen. Ganze Reihen von Fotos ernst dreinblickender Schulkinder starren mich von der Wand hinter seinem Schreibtisch an.

»Dein Vater hat mir deine Geschichte erzählt.«

Er spricht Englisch!

Er nimmt die Brille ab, um mich besser zu sehen. »Samuel, wir wissen alle, dass es schwer für dich ist, aber dies ist der Ort, wo du hingehörst. Es ist dein wahres Zuhause.« Er setzt seine Brille wieder auf. »Und wir werden tun, was wir können, um dir zu helfen, dich an dein neues Leben zu gewöhnen. Es wird nicht leicht sein, nicht zu Anfang jedenfalls, doch wenn du dich mit den anderen Kindern anzufreunden beginnst, wird sich alles … ganz von selbst ergeben.«

Ich kann nicht anders, als mich unter der Hose am Bein zu kratzen. Der Rektor sieht nett aus, und sein Englisch ist echt gut, aber ich kann trotzdem sehen, dass er auf *ihrer* Seite und nicht auf meiner ist. Niemand ist auf meiner Seite. Bei diesem Gedanken wird mir der Hals eng. Ich blinzle, um die Tränen aus meinen Augen zu vertreiben. Ich werde *nicht* weinen. Ganz bestimmt nicht!

»Lass mich dir etwas über die Geschichte dieser Schule erzählen«, sagt er ruhig. »Sie steht mit deiner Geschichte in Verbindung, doch deine endet besser.«

Es ist eine blöde Geschichte!, möchte ich ihn anschreien. Aber ich tue es nicht, sondern kratze mich nur weiter an den Beinen.

»Am Morgen des 16. Juli 1942, nur zwei Jahre vor deiner Geburt, wurden fast alle Kinder aus dieser Schule verhaftet. Nur vier waren noch übrig im September. Kannst du dir das vorstellen? Dass Kinder verhaftet werden? Weißt du, was ihr Verbrechen war?«

Ich glaube, ich kenne die Antwort, aber ich schweige.

Er schaut mich an und wartet.

»Dass sie am falschen Ort geboren waren?«, murmele ich.

»Ja, das könnte man so sagen. Sie waren Juden, als es ein Verbrechen war, jüdischer Herkunft zu sein.«

Ich bin mir immer noch nicht sicher, was »jüdisch« eigentlich genau bedeutet – nur, dass es irgendwas mit Religion zu tun hat. Ich weiß allerdings, dass Hitler die Juden hasste und alle umbringen wollte, sogar die Babys.

»Die Nazis machten es zu einem Verbrechen, jüdisch zu sein.«

»Mein Dad war *kein* Nazi! Sie kennen ihn nicht mal!«

»Ich weiß, dass er keiner war, Samuel. Das meinte ich auch nicht mit dem, was ich gesagt habe.« Er kommt zu meiner Seite des Schreibtischs und legt eine Hand auf meine Schulter. »Dein Vater Jean-Luc hat etwas sehr Mutiges getan, als er dich vor den Nazis rettete. Ich habe auch nicht von ihm gesprochen, Samuel. Es waren die französischen Gendarmen, die die Kinder festnahmen und sie den Nazis übergaben. Ich glaube, viele Leute taten damals Dinge, von denen sie heute wünschten, sie hätten sie nicht getan. Das ist es, was der Krieg mit Menschen macht.«

»Ich liebe meinen Dad, er ist der beste Dad der Welt!« Ich schlucke den heißen Kloß in meinem Hals herunter.

»Du liebst ihn zu Recht, Samuel. Und niemand verlangt von dir, dass du aufhörst, ihn zu lieben. Aber weißt du, deine Mutter hier hat auch etwas sehr Mutiges getan, wozu die meisten Mütter gar nicht in der Lage gewesen wären. Obwohl du erst einen Monat alt warst und sie dich sehr geliebt hat, hat sie dich aufgegeben, weil sie wusste, dass es deine einzige Überlebenschance war. Sie hat all diese Jahre mit dir verpasst, und jetzt will sie dich zurückhaben. Kannst du das nicht verstehen?«

Ich zucke nur mit den Schultern, weil ich nicht an sie denken will.

Er starrt mich an und wartet auf eine Antwort von mir.

»Sie besitzt mich aber nicht«, flüstere ich.

»Natürlich nicht. Niemand kann jemanden besitzen, doch Kinder gehören zu ihren Eltern.«

»Meine Eltern sind in Amerika.«

»Du glaubtest, sie wären deine Eltern. Aber jetzt wissen wir, dass deine wahren Eltern hier in Frankreich sind.«

»Nein! Meine wahre Mom und mein wahrer Dad sind in Amerika.«

»Und eines Tages wirst du alt genug sein, um sie ganz allein dort zu besuchen, doch zunächst einmal musst du diesem neuen

Leben eine Chance geben. Es ist eine gute Gelegenheit für dich; du kannst Französisch lernen, deine Geschichte erforschen, etwas über eine andere Kultur lernen …«

»Das will ich alles nicht. Ich hasse es hier.«

Der Mann kratzt sich den Kopf und sieht mich an, als versuchte er, sich über etwas klar zu werden. Vielleicht denkt er ja über mein Problem nach. Ich habe das Gefühl, als könnte er mich besser verstehen als die Polizeibeamten und die Psychologin, mit denen ich gesprochen habe. Keiner von denen hat wirklich verstanden, dass ich ein Amerikaner und kein Franzose bin.

»Genug Geschichte für heute«, erklärt der Rektor mit einem Blick auf seine Uhr. »Lass uns jetzt mal an die Zukunft denken. Für eine bessere Zukunft müssen wir die jungen Menschen erziehen, nicht wahr? Also lass uns damit anfangen.«

Er ist genau wie all die anderen. Er wird mir keine Hilfe sein. Ich wische mir über das Gesicht und sage mir, dass ich nach Hause und Amerika zurückkehren werde. Eines Tages werde ich es tun, das schwöre ich mir.

»Dann lass uns gehen und dich deinen Mitschülern vorstellen«, sagt er.

Als wir in die Klasse kommen, stehen die Kinder, die an einzelnen Pulten sitzen, alle auf. *»Bonjour, Monsieur Leplane«*, sagen sie wie aus einem Munde und setzen sich dann wieder hin.

Die Klassenlehrerin ist eine Frau mit langem dunklen, lockigen Haar und gebräunter Haut. Sie lächelt mich mit warmen braunen Augen an, die mich an Mom erinnern, legt mir eine Hand auf die Schulter und führt mich vor die Klasse. Ich bin mir nicht ganz sicher, was sie sagt, als sie mich vorstellt, doch ich höre *»Les États-Unis«* heraus, was Amerika bedeutet. Die Kinder mustern mich von Kopf bis Fuß, aber sie lächeln nicht, und ich tue es auch nicht.

Ich bekomme den Tisch neben einem Jungen namens Zack zugeteilt.

Zu meiner Erleichterung grinst er mich an, als ich mich setze. Er sieht nett aus mit seinem breiten Lächeln und der Lücke zwischen den Schneidezähnen.

»Ich bin zur Hälfte Amerikaner«, flüstert er. »Halt dich an mich.«

Endlich jemand, mit dem ich reden kann!

Die Lehrerin nimmt den *stylo plume* aus meinem Federmäppchen und legt ihn mir in die Hand. Zack lässt mich von ihm abschreiben, aber es ist eine Menge Schreiberei hier, und meine Hand tut bald weh. Ich kann sogar schon eine beginnende Blase an der Innenseite meines Mittelfingers spüren.

Als es zur Pause klingelt, folge ich Zack auf den Schulhof hinaus.

»Mein Vater ist Amerikaner«, sagt er beim Hinausgehen. »Er hat meine Mutter kennengelernt, als die amerikanischen Soldaten nach Paris kamen, um es zu befreien. Er sprang von dem Lkw, als er sie in der Menschenmenge sah, und küsste sie. All die amerikanischen Soldaten küssten die französischen Mädchen.« Er lacht. »Maman sagte, sie seien so froh gewesen, von den Nazis befreit worden zu sein, dass sie die Küsse erwiderten.«

Ich weiß nicht, was ich antworten soll, und lächle ihn deshalb nur an.

»Das war 1944, und 1945 wurde ich geboren«, erzählt er stolz.

Damit ist er ein ganzes Jahr jünger als ich. Aber ich schätze mal, sie haben mich eine Klasse tiefer eingeschult, weil mein Französisch so schlecht ist.

Ich muss ganz dringend pinkeln, und auch meine Beine jucken wieder. »Ich muss mal zur Toilette.«

Er schaut mich einen Moment an, bevor er antwortet. »Sie sind dort drüben.« Er zeigt auf ein kleines Betongebäude.

Ich renne hin. Als ich ankomme, hängt eine Gruppe von Jungen dort herum. Sie werden mich auf die Probe stellen, das weiß ich. Mit hocherhobenem Kopf gehe ich an ihnen vorbei und vermeide es, ihnen in die kalten Augen zu blicken. Die Türen stehen offen, und ich kann sehen, dass die Toiletten auch hier wieder nur Löcher im Boden sind.

Ist schon okay, sage ich mir. Ich muss einfach dringend zur Toilette, weil ich es den ganzen Morgen aufgeschoben habe. Und ich will mir auch in Ruhe die Beine kratzen. Also betrete ich eine der Kabinen, aber sie haben keine Schlösser an den Türen, und es stinkt nach Kot. Mir dreht sich der Magen um, und plötzlich muss ich gar nicht mehr, sondern will nur noch hier heraus. Doch dann muss ich wieder an diesen Jungs vorbeigehen. Und diesmal mache ich auch noch den Fehler, sie anzusehen.

Sie stoßen leise Pfiffe aus, und ich weiß nicht, wie ich darauf reagieren soll.

Einer von ihnen stößt mich brutal in eine der Kabinen, wobei meine Füße ins Rutschen kommen und ich ausgleite. Als ich Halt suchend die Hände nach der Wand ausstrecke, fühlt auch sie sich derart schmierig an, dass ich wieder zu würgen beginne. Ich bekomme mit, wie die Jungs hinter mir lachen.

Dann klingelt es zum Pausenende, und sie laufen weg. Tapfer schlucke ich den ekelhaften Kloß in meinem Hals und ziehe schnell meine Hose herunter, bevor der Urin an meinen Beinen hinunterzulaufen beginnt.

Als ich meine Klasse wiederfinde, warten alle schweigend. Die Lehrerin lächelt mich an und zeigt auf meinen Platz.

»Hast du dich verlaufen?«, flüstert Zack mir zu, als ich mich setze.

Ich nicke nur stumm und schwöre mir, dass ich nicht weinen werde.

Wir müssen noch eine Menge Wörter mehr abschreiben, und ich verliere mich in der Langeweile dieser Aufgabe. Nach einer Weile klingelt die Glocke wieder.

»Wir sehen uns nach dem Mittagessen«, sagt Zack, während wir den Klassenraum verlassen.

»Was?«

»Nach dem Mittagessen«, wiederholt er.

Wir gehen zum Mittagessen nach Hause?

Möchtegern-Mom steht mit all den richtigen Müttern am Tor. Ich sehe, wie sie sich nach mir umschaut und wie die Adern an ihrem langen Hals hervorstehen. Unwillkürlich senke ich den Kopf, um in der Gruppe unterzugehen. Ich könnte mich jetzt ducken und davonlaufen … Aber diese wichtige Information hebe ich mir für später auf und strebe mit den anderen Kindern auf das Tor zu.

Auf dem Heimweg gehen wir in eine *Boulangerie*, um ein *Baguette* zu kaufen. Ich nehme es von der Verkäuferin entgegen, und als wir heimgehen, reiße ich Stückchen davon ab und stecke mir das Brot in den Mund.

Ich warte darauf, dass Möchtegern-Mom ärgerlich wird, aber sie berührt mich nur sanft an der Schulter.

»Tu as faim après l'école, n'est-ce-pas?«

Sie denkt, ich sei hungrig, doch das bin ich nicht. Ich will sie nur ärgern.

Als wir die Wohnung erreichen, renne ich sofort in die Toilette auf dem Hausflur und hocke mich über das Loch im Boden. Danach wasche ich mir die Hände und drehe das Stück Seife so lange darin herum, bis ich nur noch Schaum sehen kann und spüre, wie die Seife immer kleiner wird.

»Sam«, ruft Möchtegern-Mom. *»Ça va?«*

Ich drücke meine Hände zusammen, bis die Seife herausquillt und auf den Boden fällt, und dann stelle ich meinen Schuh darauf und zertrete und verreibe sie, bis der ganze Boden glitschig ist. Mit der restlichen Seife an meiner Schuhsohle gehe ich hinaus und verreibe sie gründlich auf dem Fußboden, als ich die Wohnung betrete. Ich tue diese fiesen Dinge, weil sie mir helfen, mich ein bisschen besser zu fühlen. Früher habe ich so etwas nie getan und nie auch nur daran gedacht.

Ich sehe, wie sie auf den Boden schaut, und weiß, dass sie die Schweinerei gesehen hat, die ich veranstaltet habe. Ich hoffe, dass sie mich deswegen anschreien wird. Warum, kann ich mir selbst nicht erklären, aber ich will sie wütend machen.

»*Enlève tes chaussures, Sam.*« Und schon hockt sie sich vor mich hin und löst meine Schnürsenkel.

Ich starre ihren Hinterkopf an und frage mich, für wie alt sie mich eigentlich hält. Für vier vielleicht?

Doch ich lasse zu, dass sie mir die Schuhe auszieht. Sie tut so, als hätte sie die klebrige Seife nicht einmal gesehen. Dann blickt sie zu mir auf, und ich bemerke, dass in ihren grünen Augen Tränen schimmern. Sie blinzelt und versucht zu lächeln, aber ich weiß, dass sie in Wirklichkeit am liebsten weinen würde. Komisch, doch plötzlich bekomme ich ein schlechtes Gewissen. Ein richtig schlechtes Gewissen.

Ohne ein Wort zu sagen, folge ich ihr in die Küche und sehe zu, wie sie das restliche Baguette aufschneidet und die Scheiben in einen Brotkorb legt. Dann holt sie eine Schüssel mit geraspelten Karotten und stellte sie ebenfalls auf den Tisch.

»*Assis-toi.*«

Ich gehorche und setze mich. Sie nimmt neben mir Platz, und wir essen das Baguette und die Karotten. Danach wische ich meinen Teller mit dem Brot sauber, so wie sie es tut. Ich habe gar keine Lust mehr, ungezogen zu sein. Dann legt Möchtegern-Mom Fleisch und Kartoffeln auf die leeren Teller. Zum Dessert gibt es gedeckten Apfelkuchen, dessen Äpfel sehr fein und gleichmäßig geschnitten sind.

»*Viens*«, sagt sie nach dem Essen.

Ich folge ihr ins Wohnzimmer, den schlimmsten Raum in der Wohnung mit seinem goldfarbenen Zweiersofa, das in der Mitte des Zimmers steht, und den großen Holzstühlen rechts und links davon. Einen Fernseher gibt es nicht, nur Bücher in einem verglasten Schrank.

Sie nimmt eins heraus, setzt sich damit auf die Couch und klopft auf den Platz neben sich.

Ich tue ihr den Gefallen und geselle mich zu ihr, weil sie mir leidtut. Nicht allzu leid allerdings, denn sie könnte mich nach Amerika zurückkehren lassen, wenn sie wollte. Sie hält das Buch in die Höhe und beginnt, laut vorzulesen. Ich verstehe kein Wort und fange an, in Gedanken einen Brief an Mom zu schreiben, den ich Zack morgen zum Absenden geben werde.

Neunundsechzigstes Kapitel

Paris, 14. September 1953

SARAH

Wie kann ein neunjähriges Kind um ein Uhr mittags einschlafen? Sarah sieht, wie schwer Sams Lider werden, während sie ihm vorliest. Sie muss ihn wachrütteln, um ihn zur Schule zurückzubringen.

Es kann eigentlich nur daran liegen, dass er nachts nicht richtig schläft. Dann hört sie ihn weinen, und manchmal schreit er im Schlaf auch auf, scharfe, wütende englische Worte, die sie nicht versteht. Tagsüber ist er häufig träge und lethargisch, und oft findet sie ihn mitten am Tag schlafend auf seinem Bett. Manchmal wiederum ist er passiv-aggressiv und scheint sich Möglichkeiten auszudenken, um David und sie zu ärgern. Und dann auch noch die Sache mit seinen Beinen. All die Worte, die er nicht sagen kann, scheinen durch seine wunde, nässende Haut herauszukommen.

Wie lange kann sie das noch so weitergehen lassen? David redet ihr immer wieder gut zu, sie müsse stark sein und abwarten, doch ihr kommt es so vor, als wären sie nicht stark, sondern grausam.

Als sie nach dem Mittagessen zur Schule zurückkehren und Sam mit schleppenden Schritten ein Stückchen hinter ihr geht, kann sie gar nicht anders, als Charlotte Beauchamps zu verfluchen. Warum zum Teufel hatte die Frau nicht Französisch mit dem armen Kind gesprochen? Warum hatte sie ihm seine Muttersprache vorenthalten? Für Sarah ergibt das keinen Sinn. Sie kann sich höchstens vorstellen, dass Charlotte eine Frau mit wenigen Prinzipien ist, die nur allzu froh gewesen war, Frankreich zu entkommen und nicht nur ihre persönliche Geschichte, sondern sogar ihre eigene Familie zu vergessen.

»Hi, Sam!« Ein Junge mit dunklen Locken kommt mit einem breiten Grinsen auf sie zugelaufen.

»Hey, Zack.«

Erstaunt über seinen Tonfall, wendet Sarah sich ihrem Jungen zu. Er klingt plötzlich so glücklich und normal wie jedes andere Kind.

Zack bleibt stehen und küsst Sarah zur Begrüßung auf beide Wangen. Sie lächelt ihn freundlich an. Was für ein netter, gut erzogener Junge!

»J'aide Sam en français«, erklärt er höflich. *»Mon père est Américain.«*

So viel zu der Immersionsmethode! Aber ehrlich gesagt pfeift sie darauf und ist einfach nur froh, dass Sam einen Freund gefunden hat.

Zusammen zockeln die beiden Jungen los, ohne einen Blick zurückzuwerfen. Zum ersten Mal hat Sarah das Gefühl, als verhielte ihr Sohn sich vollkommen normal. Und sie ist auch froh über die unerwartete Hoffnung, die plötzlich in ihr erwacht. Ihre Schritte sind sehr viel leichter auf dem Heimweg, als sie darüber nachdenkt, wie wichtig Freunde in diesem Alter sind und wie viel schneller Sam sich mit Zacks Hilfe hier zu Hause fühlen wird.

Als sie daheim ist, schließt sie mit ihrem Schlüssel auf und ist überrascht, dass aus dem Wohnzimmer Stimmen zu ihr dringen. Verwundert, dass David schon so früh am Nachmittag zu Hause ist, geht sie gleich zum Wohnzimmer weiter.

»Bonjour«, sagt sie und schaut den Fremden an, der aus ihrem besten Porzellan Tee trinkt.

David erhebt sich. »Darf ich dir Jacob Levi vorstellen, Sarah? Wir kennen uns aus der Synagoge.«

»Es freut mich sehr, Sie kennenzulernen.« Der Fremde steht auf und tritt vor, um sie auf beide Wangen zu küssen. »David hat mir sehr viel über Sie und Ihre unglaubliche Geschichte erzählt.«

»Unglaublich« ist nicht das Wort, das sie benutzen würde. »Tragisch« vielleicht, »schockierend«, »schrecklich«, »unvorstellbar«, aber nicht »unglaublich«. Sie weiß nicht, was sie erwidern soll, und deshalb geht sie zur Couch und setzt sich hin. Die Männer folgen ihrem Beispiel. Ein verlegenes Schweigen hängt im Raum, bei dem Sarah sich fragt, worüber sie wohl gesprochen hatten, bevor sie kam.

David hüstelt. »Es ist noch Kaffee übrig, falls du welchen möchtest, Sarah.«

»Nein, danke.«

»Wir unterhielten uns gerade über Paris während des Krieges und wie beängstigend es hier war.« Levi schaut sie aus ernsten, dunklen Augen an. »Ich konnte 1939 noch entkommen, bevor es … unmöglich wurde. Wir hatten Verwandte in New York, die uns dort bei sich aufnahmen.«

Sarah fragt sich, warum er glaubt, sich rechtfertigen zu müssen.

David starrt in seine Tasse. »Wenn wir es gewusst hätten, wären wir auch gegangen.«

»Natürlich. Aber niemand ahnte damals ja … oder konnte sich vorstellen, was geschehen würde …« Levi bricht ab und zieht die Schultern hoch.

»Nein.« David greift das Thema wieder auf. »Es ist eine Sache, Immigranten zu deportieren, doch eine ganz andere, es auch mit hier gebürtigen französischen Staatsbürgern zu tun. Damit hatte niemand gerechnet. Als wir endlich wussten, dass wir hier verschwinden mussten, war es schon zu spät.«

»Genau.« Levi stellt die Tasse, die er in der Hand gehalten hat, auf die Untertasse.

Er sieht nachdenklich aus, und Sarah fragt sich, was ihn wirklich zu ihnen geführt hat.

»Aber ich hatte es vorausgesehen.« Er macht eine kleine Pause. »Es beginnt immer mit nahezu unbedeutenden Maßnahmen, wissen Sie? Mit Dingen, mit denen man leben kann, wie kein Fahrrad oder kein Radio besitzen zu dürfen. Es bewirkt, dass man sich unbehaglich, ja befremdet fühlt, doch das Leben geht weiter. Dann machen weitere Restriktionen alles noch viel schwieriger – wie die Beschränkungen der Orte, die man aufsuchen oder wo man noch einkaufen darf. Und das Verbot jeglicher Kontakte mit Nicht-Juden.« Levi greift wieder nach seiner Tasse. »Und schließlich nehmen sie dir auch noch dein Auskommen. Dann wird es schier unmöglich, seine Familie zu ernähren; deine Kinder hungern, und du fängst an, im Stillen zu denken: *Sie versuchen, uns umzubringen*. Aber dann ist es schon zu spät, denn dann hast du nicht mehr das Geld oder die Verbindungen, um zu verschwinden. Im Grunde bist du nur noch eine leichte Beute.«

Sarah hört das alles nicht zum ersten Mal und ist jedes Mal von Neuem beschämt über ihre Naivität während der Besatzung von Paris. Sie hatten doch tatsächlich geglaubt, weil sie seit zwei Generationen französische Staatsbürger mit einem französischen Namen waren und in dem eleganten 16. Arrondissement lebten, wären sie sicher. Sie hatten die große Razzia 1942 miterlebt, doch noch immer keine Fluchtpläne gemacht. Sie hatten nicht die Flucht ergreifen wollen. War es Stolz, Mut oder Verleugnung gewesen?

Sie weiß, dass David versuchen wird, ihre mangelnde Initiative zu verteidigen.

»Eine leichte Beute? Ja. Zuerst mussten wir diesen gelben Stern tragen, dann durften wir nur noch im letzten Waggon der Métro mitfahren. Die *Boches* waren vorne, also war das kein Problem. Dann durften wir nicht mehr die Champs-Élysées überqueren oder Theater und Restaurants betreten. Und dann verboten sie uns, an bestimmten Orten einzukaufen.«

David hustet und zupft an seinem Bart. »Aber das Leben ging weiter. Die Vorstellungen, die wir besuchen durften, gingen weiter, die Leute machten sich chic, gingen aus und verliebten sich.« Hier macht er eine Pause. »Sarah und ich lernten uns im Sommer 1940 kennen. Ein paar Monate später heirateten wir in aller Stille und zogen in eine kleine Wohnung, die meine Eltern im 16. Arrondissement besaßen.«

»Arbeiteten Sie zu der Zeit noch?«

»Ja, ich war einer der wenigen Juden, die noch Arbeit hatten, und es gelang mir, sie bis 1943 zu behalten.«

»Dann haben Sie Glück gehabt.«

»Die Krebsforschung, die ich damals betrieb, war wichtig; sie brauchten mich dafür. Deshalb nahm ich an, wir wären sicher. Wir waren uns nicht wirklich im Klaren über die Gefahren unserer Situation … oder jedenfalls nicht, bis sie uns direkt in die Augen sprangen.«

»Allerdings. Es war jenseits aller Vorstellung. Jenseits aller menschlichen Vorstellung. Aber Sie beide müssen Ihre fünf Sinne doch beisammengehabt haben, um so lange in Paris zu überleben.«

»›Überleben‹ ist das richtige Wort.« David lässt seinen Bart wieder los. »Sowie ich meine Anstellung verlor, begriffen wir, dass alles, was wir uns noch erhoffen konnten, das nackte Überleben war.«

»Sie müssen gute Freunde gehabt haben, die Ihnen geholfen haben.«

»Die hatten wir, doch wir sind nicht untergetaucht, sondern haben nur versucht, unsere Wohnung nicht zu verlassen. Freunde brachten uns Lebensmittel, wenn sie konnten, und wenn Sarah hinausgehen musste, hat sie ihren Mantel ohne den gelben Stern getragen.« Wieder hält er inne. »Es war immer ein Dilemma, ob wir den Stern tragen sollten oder nicht. Wenn man es tat, riskierte man, willkürlich unter Arrest gestellt zu werden, doch wenn man es nicht tat … Na ja, Sie wissen ja, was dann geschah: Wenn sie Papiere zu sehen verlangten, war es das. Aber man konnte ihn eben nicht an einem Tag und am nächsten nicht mehr tragen. Die Leute im Viertel merkten sich, wer Jude war und wer nicht. Und es war immer jemand bereit, einen zu denunzieren.«

»Das ist es, was mir am schwersten zu verstehen fällt … all diese Denunzierungen.«

»Wissen Sie, dass vor dem Krieg kaum einer wusste, dass wir Juden waren? Unser Name verriet nichts – mein Vater war kein Jude, meine Mutter war es.« Er unterbricht sich und beginnt wieder, an seinem Bart zu zupfen. »Sie wurden ein Jahr vor uns abgeholt. Sie wollten nicht in ein sicheres Haus gehen in der Nacht, in der wir sie warnten.«

»Das tut mir leid.« Levi senkt den Kopf.

Stille erfüllt den Raum.

Nach ein paar Minuten greift David das Thema wieder auf. »Streng genommen ist Sarah jüdischer als ich, weil ihre beiden Eltern Juden waren.«

Beide blicken Sarah an. Aber sie will nicht an ihre Eltern denken, und so schluckt sie den Kloß in ihrer Kehle herunter und zwingt sich dazu, etwas zu sagen.

»Es war ungefährlicher für mich hinauszugehen, weil es wahrscheinlicher war, dass sie David nach seinen Papieren fragen würden. Da sie die meisten Männer aus Paris schon weggebracht hatten, fiel ein Mann mehr auf. Doch eine magere Frau wie ich erregte kaum Aufmerksamkeit. Es gab viele von uns, die stundenlang für Lebensmittel anstanden. Sie ignorierten uns die meiste Zeit.«

»Als Sie nach dem Krieg zurückkamen …« Levi zögert. »Warum sind Sie da nicht zu Ihrer Wohnung im 16. Arrondissement zurückgekehrt?«

»Sie barg zu viele Erinnerungen«, wirft Sarah schnell ein.

David nickt. »Außerdem wollten wir unter unseren Leuten sein. »Wir konnten nicht zu dem Leben zurückkehren, das wir gehabt hatten – und ganz abgesehen davon lebte jemand anders in unserer Wohnung.«

Levi schüttelt den Kopf. »Das passierte, ja. Viele Leute kämpfen immer noch darum, ihre Häuser oder Wohnungen zurückzubekommen.« Er hustet und stellt seine Tasse wieder auf die Untertasse. »Es ist ein Wunder, dass Sie Auschwitz überlebt haben. Sie beide«, bemerkt er und wendet sich Sarah zu.

»Einhundertneunzig Tage«, flüstert sie.

»Wir waren jung«, sagt David. »Und wir waren stärker als viele der Gefangenen, die dort schon länger waren. Bedenken Sie, dass wir in einem der letzten Züge waren. Wann ist er abgefahren, Sarah?«

Das Datum ist ihr ins Gedächtnis eingebrannt: Es war am 30. Mai 1944. Der Tag, an dem sie ihren Sohn weggab. Sie weiß, dass David sich genauso gut an das Datum erinnert wie sie; er versucht nur, sie in das Gespräch einzubeziehen.

»Eine Woche vor den D-Day-Landungen«, antwortet sie. »Genau eine Woche vorher.« Sie hat es noch nie über sich gebracht, das Datum auszusprechen.

»Uns war klar, dass der Krieg nicht mehr lange andauern konnte«, fährt David fort. »Wir mussten nur noch durchhalten. Und zu wissen, dass Samuel lebte, hielt uns aufrecht. Er war unsere verborgene Kraft und unsere Leuchte in der Nacht.«

»David gelang es in Auschwitz sogar, mir Nachrichten zukommen zu lassen.« Sarahs Stimme wird leise und verträumt, als ihr die Erinnerungen wieder in den Sinn kommen.

»Wir waren jung, und unsere Herzen waren stark.« David steht auf und kommt zu Sarah herüber, um ihr liebevoll eine Hand auf die Schulter zu legen. »Wir hatten allen Grund, um unser Leben zu kämpfen. Und wir haben es getan.«

Schweigen breitet sich im Zimmer aus, als sie an diejenigen denken, die nie wieder zurückkehrten. Sarah wäre es lieb, wenn Jacob gehen würde, um sich ein wenig hinlegen zu können. Ihr Herz ist schwer, und jede Energie hat sie verlassen und sie apathisch und teilnahmslos gemacht.

Levi scheint zu ahnen, was sie denkt, und erhebt sich. »Nun, ich habe genug von Ihrer Zeit in Anspruch genommen. Ich freue mich darauf, Samuel kennenzulernen, doch das eilt ja nicht. Gott wird immer bereit sein, ihn in seine Herde aufzunehmen. Wann immer Sie es für richtig halten.«

Sarah nickt und überlässt es David, Jacob hinauszubegleiten. Dann geht sie wortlos ins Schlafzimmer und legt sich im Dunkeln hin, da die Jalousien noch von der Nacht zuvor geschlossen sind.

Siebzigstes Kapitel

Paris, 17. September 1953

SAM

»Hast du Lust auf ein Murmelspiel?«, fragt Zack mich in der Pause.

Als ich nicke, schließen wir uns einer Gruppe von Jungen an, die auf dem Boden knien, und Zack holt ein kleines grünes Säckchen aus der Tasche.

»Wir können uns meine heute teilen«, sagt er und gibt mir drei.

Sie sind von der durchsichtigen Art mit Farben, die sich wie Federn von der Mitte her ausbreiten. Ich schaue mir die blaue genauer an; sie ist nicht richtig blau, sondern hat zwei verschiedene Blautöne wie meine Lieblingsmurmeln daheim in Amerika. Ich halte sie ganz fest in meiner Faust, weil ich plötzlich wieder Bauchschmerzen vor lauter Sehnsucht nach zu Hause habe.

Ich beobachte, wie die anderen Jungs Dreiecke mit den Fingern formen und die Augen zusammenkneifen, als sie sich anschicken, ihre Murmeln wegzuschnippen. Ich setze mich zu ihnen auf den Boden, aber der Geruch von heißem Asphalt erinnert mich an die Strandpromenade, an der ich mir in heißen Sommern so oft die Füße verbrannt habe. Die Erinnerung trifft mich wie ein Schlag in den Magen und treibt mir die Tränen in die Augen. Doch ich blinzele sie weg und zwinge mich, an das Spiel zu denken. Ich war immer ziemlich gut im Murmelspielen und werde ihnen zeigen, was ich draufhabe.

Ich lege mich hin und lasse mir Zeit, um meine Murmel auszurichten. Ein Auge fest zugekniffen, schnippe ich sie mit genau dem richtigen Kraftaufwand weg. Zu viel Kraft, und sie fliegt am Ziel vorbei. Zu wenig, und sie gelangt nicht weit genug.

Ja!

»*Pas mal*«, sagt einer der älteren Jungen, was zwar »nicht schlecht« heißt, in Wirklichkeit aber »gut« bedeutet. Es fühlt sich ungefähr so an, wie wenn ein Lehrer deine Arbeit als »hervorragend« bezeichnet, aber hier ist es ein sogar noch besseres Gefühl.

Ich schaue den Jungen an. »*Merci.*«

Er nickt mir zu. Ein solches Nicken ist ein sicheres Zeichen von Respekt.

Ein anderer Junge schiebt mich aus dem Weg. »*Mais dépêche-toi. La cloche va sonner.*«

Ich verstehe, was er sagt – die Glocke wird gleich läuten. Wir müssen uns mit dem Spiel beeilen. Französische Worte schleichen sich in meinen Kopf wie Gespenster, die durch Wände gehen. Es macht mir nichts aus, aber die Sprache werde ich trotzdem niemals sprechen.

Nach der Pause haben wir Musik. Zack erzählt mir, dass sie den Lehrer Tonton »Marius« nennen, weil er aus dem Süden stammt. Auf meine offenbar verwirrte Miene hin fügt er hinzu: »Du weißt schon, von Marcel Pagnol.«

»Wer ist das?«

»*Mon Dieu!* Du weißt aber wirklich gar nichts, was? Pagnol ist ein berühmter Schriftsteller, und die Hauptfigur in seinen Büchern heißt Marius und stammt aus dem Süden. Kennst du auch nicht den Film?«

Ich schüttle den Kopf und kann spüren, wie ich erröte. Ich bin es nicht gewohnt, derjenige zu sein, der keine Ahnung hat.

»Ich war einmal in Amerika«, sagt Zack mit sanfterer Stimme. »Aber ich kann mich nicht daran erinnern, weil ich erst ein Jahr alt war. Mein Dad sagte, er würde mich zurückholen, wenn ich älter bin. Stimmt es, dass dort jeder einen Fernseher hat?«

»Ja, ich glaube schon.« Zumindest jeder, den ich kenne, hat einen, doch ich bin mir nicht sicher, ob das auch für alle anderen Amerikaner gilt.

»Wow! Sind alle Leute dort drüben reich?«

»Das wohl nicht«, antworte ich und erinnere mich an den Straßenfeger, der gar nicht reich aussieht. Aber darüber habe ich mir eigentlich noch nie Gedanken gemacht.

Nach der Musikstunde mit Tonton Marius haben wir Mathematik. Ich bin immer ganz gut gewesen in Mathe, und da es in diesem Fach auch nicht um Worte, sondern nur um Zahlen geht, komme ich sehr gut mit im Unterricht.

Die Lehrerin geht in den Reihen zwischen uns auf und ab und klopft hier und da mit einem Lineal auf ein Pult, wenn sie einen Fehler sieht.

Schließlich kommt sie zu mir und beugt sich über meine Arbeit. »*Bien, Samuel, ça se voit que tu as déjà fait des mathématiques.*« Ihre Stimme ist weich wie ein Lied.

Ich blicke auf und lächle sie an. Vermutlich hat sie mir gerade gesagt, wie gut ich bin.

»*Et maintenant, il faut travailler ton français.*«

Später sagt Zack: »Möchtest du nach der Schule mit zu mir kommen?«

»Und ob!« Alles ist besser, als in diese trostlose Wohnung zurückzukehren. »Kannst du deine Mom bitten, Sarah zu fragen?«

»Wer ist Sarah?«

»Die Frau, die mich abholt.«

»Was? Ich dachte, sie wäre deine Mom.«

»Nein, meine Mom ist in Amerika.«

»Aber Monsieur Leplane sagte, du kämst nach Paris, um bei deinen Eltern zu leben. Er sagte, du wärst wegen des Kriegs nach Amerika gebracht worden.«

»Ach ja? Tja, dann kennt er nicht die ganze Geschichte. Sie ist geheim.«

»Geheim? Wie meinst du das?«

»Ich darf eigentlich nicht darüber reden.«

»Aber ich kann echt gut Geheimnisse bewahren. Das schwöre ich dir bei meinem Leben.« Er legt die Hand auf sein Herz und sieht dabei so ernst aus, dass ich lachen muss.

»Sobald ich kann, werde ich dir alles erzählen, Zack. Versprochen. Nur eben jetzt noch nicht.«

»Okay.« Zack schüttelt mir die Hand, wodurch ich mich schon richtig erwachsen fühle.

»Aber ich bin mir sicher, dass Sarah mich zu dir mitgehen lässt.«

Und so bittet Zack wie geplant nach der Schule seine Mutter, Möchtegern-Mom zu fragen, ob ich zu ihm zum Spielen mitkommen darf. Sie scheint sich sogar über die Idee zu freuen und lächelt mich an, als wären es die besten Neuigkeiten, die sie je gehört hat.

»Na, komm schon, sie sagt Ja.« Zack zieht mich weiter.

Als ich mich umblicke, sehe ich, dass Möchtegern-Mom uns angeregt plaudernd mit Zacks Mutter folgt.

»Kommt *sie* etwa auch mit?«

Er schaut sich zu den Frauen um. »Ja, ich denke schon. Aber warum fragst du?«

»Ach, nur so.«

Verdammt! Jetzt wird sie Zacks Mom wahrscheinlich die ganze Geschichte erzählen. Und auch er wird nun alles herausfinden und wissen, dass ich ihn belogen habe, und das wird das Ende unserer Freundschaft sein. Was kann ich nur tun?

»Zack«, sagte ich leise, »ich muss dir ein Geheimnis verraten, wenn wir allein sind.«

Einundsiebzigstes Kapitel

Paris, 17. September 1953

SARAH

Sam hat einen Freund. Es ist der Lichtblick, um den sie gebetet hat. Sie hat einen schönen Nachmittag mit Zacks Mutter verbracht und in ihrer neuen Freundin eine mitfühlende Zuhörerin gefunden, die ihre Geschichte hören und ihr helfen will, wo sie nur kann. Eine Welle des Optimismus durchströmt Sarah, als sie sich eine Zukunft vorstellt, in der Sam mit seinen neuen Freunden spielt, während David und sie mit den Eltern plaudern. Schon jetzt denkt sie an gemeinsame Ausflüge an den Wochenenden, Picknicks im Sommer und Besuche im Zoo, in den Parks und den Museen.

»Noch etwas Tee?«, bietet Zacks Mutter an.

»Danke, aber lieber nicht. Es muss schon spät sein, und wir sollten wohl besser gehen. Es war sehr schön bei Ihnen.« Sie blickt auf ihre Uhr. »Halb sieben! David wird jeden Moment von der Arbeit kommen und sich Sorgen machen, wenn wir nicht zu Hause sind. Es tut mir sehr leid, dass wir schon gehen müssen«, sagt sie bedauernd und steht auf. »Ich hatte keine Ahnung, dass es schon so spät ist. Tausend Dank für Ihre Gastfreundschaft.«

Sam trödelt auf dem Heimweg, und er tut es mit voller Absicht, weil er sehen kann, dass sie es eilig hat.

Als er stehen bleibt, um sich ein Schaufenster anzusehen, ergreift sie seine Hand und zieht ihn weiter. »*Allez*, Sam. Es ist schon spät.«

Die Kraft des Widerstands in seinem mageren Arm verschlägt ihr den Atem, und sie lässt ihn los. Es ist sinnlos, gegen ihn anzukämpfen, und würde alles nur verschlimmern, und deshalb tut sie stattdessen so, als betrachtete auch sie die Schaufensterauslage. Sie weiß ja, dass es nicht lange dauern wird, bis es ihn langweilt und er weitergeht.

Zwei Minuten später tut er es, und diesmal spielt sie diejenige, die es überhaupt nicht eilig hat.

Als sie die Wohnung betreten, steht David schon hinter der Tür. »Wo wart ihr?«

Sie kann spüren, wie Sam neben ihr erstarrt.

»Samuel hat in der Schule einen Freund gefunden. Ich habe heute seine Mutter kennengelernt, und wir haben eine Kleinigkeit miteinander gegessen.«

Sie sieht, wie David aufatmet. »Ich hatte mir schon Sorgen gemacht.«

Sarah berührt seinen Arm. »Das tut mir leid, aber ich habe nicht gemerkt, wie schnell die Zeit verflogen ist.«

»Ach was, ich bin froh, dass du einen schönen Nachmittag hattest. Was habt ihr gemacht?«

»Bloß Tee getrunken, etwas gegessen und geplaudert.«

Sam verzieht sich in sein Zimmer.

»Ich werde zu ihm gehen, um ihn richtig zu begrüßen«, sagt David.

Sarah folgt ihm den Gang hinunter zu Sams Zimmer. Als sie anklopfen und hineingehen, blickt Sam von seinem Schreibtisch auf und schiebt schnell ein Blatt violettes Papier in die Schublade.

»Bonsoir, Samuel.«

Es sieht so aus, als gäbe David nur vor, nichts bemerkt zu haben, doch Sarah kann nicht umhin, sich zu fragen, was wohl auf diesem Blatt steht.

»Alors, c'était comment, l'école?«, fragt er und geht noch weiter in das Zimmer.

Sam schaut von David zu Sarah und wieder zurück. »Okay«, sagt er schließlich.

David lächelt. *»Bien, bien, mon fils. C'est une bonne nouvelle. Je suis content.«*

Sarah lässt sie allein, um das Abendessen zuzubereiten. Ein paar Minuten später kommt auch David in die Küche.

»Er scheint zufriedener zu sein, seit er in die Schule geht. Ich wusste, dass es helfen würde, mit Kindern seines Alters zusammen zu sein.« Dann nimmt David zwei Weingläser aus dem Schrank und gibt ein wenig Johannisbeerlikör hinein, bevor er Weißwein hinzufügt. »Und wie ist dieser neue Freund von ihm?«

»Zack? Er ist ein liebenswerter Junge, sehr höflich und gut erzogen. Auch seine Mutter ist ganz reizend.«

»Wie verständigen sich die Jungen?«

»Du weißt doch, wie Kinder sind. Sie finden immer einen Weg.« Sie hustet, um ihr Unbehagen über diese kleine Lüge zu verbergen. Aber sie will nicht die Enttäuschung in Davids Gesicht sehen, wenn sie ihm erzählt, dass Sams neuer Freund auch Englisch spricht.

»Ja, natürlich.« David hält kurz inne. »Es wird alles gut, nicht wahr, Sarah?«

Sie nimmt ihr Glas und wartet, bis er auch das seine aufnimmt. Dann stoßen sie miteinander an und schauen sich in die Augen, aber sie kann ihm seine Frage nicht beantworten, weil sie sich immer noch nicht sicher ist, dass alles gut werden wird.

Sarah trinkt einen Schluck von ihrem Kir. »Es ist schwer, an ihn heranzukommen. Sehr schwer. Es kommt mir so vor, als müssten wir einen hohen Berg erklimmen und wären uns nicht mal sicher, wie die Aussicht von ganz oben sein wird.«

»Wie meinst du das?«

»Nun ja, ich denke, dass er sich anpassen wird. Ihm bleibt ja auch nichts anderes übrig. Doch ich weiß nicht, ob er uns jemals wird lieben können.«

Zweiundsiebzigstes Kapitel

Paris, 17. September 1953

SAM

Ich konnte den Brief gerade noch in der Schublade verstecken, als sie in mein Zimmer kamen. Sie würden ihn zwar nicht verstehen, aber sehen, dass er in Englisch ist, und sich denken können, an wen ich schreibe.

Jetzt nehme ich ihn wieder heraus. Diesmal lege ich ein Buch daneben, falls ich ihn plötzlich wieder verschwinden lassen muss, bevor ich ihn noch einmal durchlese.

Liebe Mom,
ich habe Dich schrecklich lieb und vermisse Dich so sehr, dass es richtig wehtut. Du bist die beste Mom der Welt, und Daddy ist der beste Dad. Es ist mir egal, was andere sagen. Sie verstehen es eben nicht. Meine Möchtegern-Mom und -Dad sind komisch. Ich nenne ihn »Bartmann«, weil er einen richtig hässlichen Bart hat, der wie aus Draht ist. Du und Daddy seid meine einzig wahren Eltern, und ich werde einen Weg finden heimzukommen. Also macht euch keine Sorgen. Ich wünschte, wir hätten Mexiko erreicht, Mom. Ich hasse es hier. Und ich hab euch schrecklich lieb …

Ich konzentriere mich auf meine Schrift und achte darauf, den Füllfederhalter nicht vom Papier zu nehmen, außer zwischen Worten natürlich. Ich überlege, was ich ihr sonst noch schreiben soll. Ich habe noch keinen Plan, aber sie soll wissen, dass ich versuchen werde, von hier fortzukommen.

Die Tür geht wieder auf. Mein Herz springt mir in die Kehle, und ich verstecke den Brief schnell unter dem Buch und schlage es auf, als würde ich darin lesen.

Bartmann tritt ganz nahe an meinen Schreibtisch heran. »*Ça va, Samuel?*«, fragt er und beugt sich über meine Schulter. »*Qu'est-ce que tu lis?*«

Ich verstehe, dass er wissen will, was ich lese. »*Tintin.*«

»*Laisse-moi le lire pour toi.*« Er streckt die Hand aus, um das Buch zu nehmen.

Ich bin allerdings schneller als er und stütze die Ellbogen darauf, um den Brief zu schützen.

Dann zeige ich auf das Regal über dem Schreibtisch. »Das da«, sage ich.

Er nimmt ein Buch herunter. »Les Trois Mousquetaires, *bien, très bien!*«

Es ist *Die drei Musketiere*, Daddys Lieblingsbuch! Bartmann öffnet es und beginnt zu lesen.

Ich lasse *Tintin* offen auf dem Tisch liegen, mit dem Brief darunter, und tue so, als hörte ich Bartmann zu, obwohl ich in Wirklichkeit darüber nachdenke, was ich sonst noch schreiben kann, und mir Moms Gesicht vorstelle, wenn ich zu Hause ankomme.

Dann merke ich, dass Bartmann aufgehört hat zu lesen und mich anstarrt. Sein Stirnrunzeln vertieft sich dabei noch, als versuchte er, sich über etwas klar zu werden. Dann sagt er: »*Samuel, je sais que c'est difficile pour toi, même très difficile. Mais on t'aime et on va faire tout pour que ça marche.*«

Er meint, dass es schwierig für mich ist, wir aber weitermachen müssen. Oder zumindest bin ich mir ziemlich sicher, dass es das ist, was er sagte.

Oh nein! Jetzt kommt er zum Schreibtisch zurück. Ich kann ihm ansehen, dass er *Tintin* aufheben und dann den Brief darunter finden wird. Schnell ziehe ich ihn unter dem Buch hervor, lasse ihn auf den Boden fallen und verstecke ihn unter meinen Füßen.

»*Essayons* Tintin *maintenant. C'est plus amusant.*«

Ich wusste es! Gott sei Dank, dass ich den Brief noch verstecken konnte!

Bartmann nimmt das Buch vom Schreibtisch und beginnt wieder vorzulesen, wobei er den unterschiedlichen Figuren jeweils ganz verschiedene Stimmen gibt. Er spricht laut und frech für Tintin, dann böse und heimtückisch für die Bösewichte. Aber den Hund kann er am allerbesten wiedergeben, so gut, dass er mich damit beinahe zum Lachen bringt. Mit dröhnender Stimme bewegt er sich durch das Zimmer, reckt die Arme hoch in die Luft und lässt sie wieder sinken und spielt mir einige der Szenen vor.

Ich starre ihn verwundert an. Das mit den Stimmen kann er wirklich gut. Ich weiß, dass er es tut, um mir ein Lächeln abzuringen, und fast gelingt es ihm auch sogar. Er versucht, lustig und nett zu sein, aber das ändert überhaupt nichts. Ich will ihn nicht zum Vater haben. Nie und nimmer.

Dreiundsiebzigstes Kapitel

Paris, 18. September 1953

SARAH

Gestern Abend warf sie einen Blick in Samuels Zimmer und sah etwas, das ihr die Kehle eng werden ließ: David las ihm vor, und es schien ganz so, als hörte Samuel wirklich zu, da seine Augen auf seinen Vater gerichtet waren und nicht auf irgendeinen unsichtbaren Punkt, wie es so oft vorkommt. Leise kehrte sie in die Küche zurück und schickte ein stummes Dankgebet zum Himmel.

Heute ist Freitag, und bei Sonnenuntergang beginnt der Sabbat. Nachdem Sarah Sam zur Schule gebracht hat, geht sie heim, um den Challah, den süßen Hefezopf, zu backen, den sie vor Beginn der Abendmahlzeit essen werden. Da sie zwischen dem heutigen und morgigen Sonnenuntergang keinerlei Arbeiten verrichten darf, muss sie dafür sorgen, dass alles fertig ist. Was bedeutet, nicht nur alle Einkäufe zu erledigen, sondern auch das Essen für den nächsten Tag bereit zu haben.

Die Vorbereitungen für den Sabbat machen ihr fast noch mehr Freude als der Sabbat selbst. Es hat etwas Tröstliches, dieses Ritual. Nachdem sie die Kerzen abgezählt hat, steckt sie sie in die Kandelaber.

Dann beschließt sie, die Hausarbeit noch vor dem Einkaufen und Kochen zu erledigen. Zuerst bringt sie die Küche in Ordnung, und dann kümmert sie sich um das Wohnzimmer und schließlich auch die Schlafzimmer. Während sie das Ehebett macht, denkt sie an all die schlaflosen Nächte, in denen sie darum gebetet haben, Samuel wiederzufinden, und versucht haben, einen Weg zu finden, um den Bahnarbeiter von Drancy ausfindig zu machen. Diesen Mann mit der langen Narbe seitlich an seinem Gesicht, die nahezu bis zu seinem Auge reichte. Die Nazis waren mit ihren Aufzeichnungen sehr gründlich gewesen, und so war es gar nicht schwer, seinen Namen herauszufinden. Der Internationale Suchdienst wurde eingeschaltet, aber dort sagte man ihnen gleich, dass es Jahre dauern könnte. Und so war es auch.

Das Warten und die enttäuschten Hoffnungen waren schwer zu ertragen, und nach fünf langen Jahren sagte David, sie müssten aufhören zu suchen und sich mit dem Verlust abfinden. Sarah schien damit jedoch nicht zurechtzukommen. Manchmal, wenn sie die Augen schloss, konnte sie noch immer das seidige Haar auf dem Köpfchen ihres Babys unter ihren Lippen spüren und noch immer seinen Geruch nach Milch und Unschuld riechen. Sie glaubte nicht, je wieder vollständig sein zu können, bis sie ihn fand, und tief in ihrem Herzen wusste sie, dass er noch lebte. Sie konnte es spüren, genauso wie sie seinen Herzschlag hatte spüren können, als er noch in ihrem Bauch gewesen war.

David meinte, sie sollten versuchen, ein zweites Kind zu bekommen, doch Sarah wusste nicht, wie sie ihm erklären sollte, dass ihr eigener Körper ihr fremd geworden war und sie sogar anekelte. Als sie sich nach Auschwitz zum ersten Mal in einem Spiegel betrachtet hatte, hatte sie geglaubt, darin nur noch ein Gespenst der Sarah zu sehen, die dort gestorben war. Sie war nicht wiederzuerkennen. Knochen standen an allen möglichen Körperstellen heraus, Büschel grauer Haare sprossen aus ihrem Kopf, und ihre Augen waren wie Höhlen in einem Totenschädel. Dieses Bild von ihr selbst verblieb eine lange Zeit bei ihr, und es verging mindestens ein Jahr, bevor sie wieder in einen Spiegel blicken konnte. Sie hatte sich selbst erst wieder kennenlernen müssen. Und David. Denn verändert waren sie beide.

Aber die Zeit verging. Unerbittlich und gleichgültig wurden

Wochen zu Monaten und Monate zu Jahren. Jahre, in denen ihr Kind lernte, eine andere Frau als seine Mutter und einen anderen Mann als seinen Vater anzunehmen und zu lieben. Sarah würde ihre Seele verkaufen, um die letzten neun Jahre mit Samuel zurückzubekommen …

Sie versucht, nicht in dem Verlustgefühl zu schwelgen, das sie beherrscht, und bemüht sich, sich vor Augen zu führen, wie glücklich sie sich verglichen mit so vielen anderen fühlen können. Sie sind am Leben, und auch ihr Kind lebt noch. Das ist so viel mehr, als sie an jenem finsteren Morgen hätten erwarten können, an dem sie, nur zwei Tage nach Samuels Geburt, nach Drancy verschleppt worden waren.

Sarah geht in Sams Zimmer und räumt die Bücher auf seinem Schreibtisch auf, faltet seine auf dem Boden verstreuten Kleider und bringt sie in Schubladen und Schränken unter. Sie hebt sein Kissen auf, um es aufzuschütteln, doch stattdessen atmet sie Samuels Geruch ein – den Geruch von jungenhaftem, noch keineswegs unangenehm riechendem Schweiß.

Schnell legt sie das Kissen zurück und befiehlt sich, mit ihrem Trödeln aufzuhören. Sie hat heute noch sehr viel zu erledigen, aber sie ist so müde … Sich fünf Minuten hinzulegen, wird ihr die Kraft und Energie verschaffen, um weiterzumachen.

Sie legt sich auf Sams Bett, schließt die Augen und atmet seinen Duft ein. Ein Gefühl des Friedens überkommt sie und lässt sie sich ihrem Sohn näher fühlen, als sie hier auf seinem leeren Bett liegt, als es der Fall war, seit er angekommen ist.

Als sie die Augen wieder öffnet, fühlt sie sich bereit, die Aufgaben dieses Tages in Angriff zu nehmen. Sie steht auf und streicht Samuels Laken und Decken glatt, als ihr Blick auf ein Stück violettes Papier fällt. Ohne nachzudenken, zieht sie es unter dem Bett hervor und schaut es sich an. Es ist ein Brief.

Sie lässt ihn fallen, als hätte sie sich daran verbrannt. Obwohl sie nicht alles versteht, versteht sie doch genug. Auf dem Boden kauernd, greift sie sich mit beiden Händen an ihren Bauch, der plötzlich von tief aus ihrem Innersten kommenden Krämpfen schier zerrissen wird. Es fühlt sich genauso an wie in dem Moment, als ihr das Fruchtwasser abging, bevor sie Samuel gebar.

Vierundsiebzigstes Kapitel

Paris, 18. September 1953

SAM

Es ist Freitag, aber ich wünschte, es wäre Montag. Ich habe es nicht geschafft, den Brief vor der Schule unter dem Bett hervorzuholen. Jetzt werde ich bis Anfang nächster Woche warten müssen. Aber zur Schule zu gehen ist besser, als bei Möchtegern-Mom und Bartmann zu sein. Ich hoffe, dass wir wieder zu Zack zum Nachmittagstee gehen. Vielleicht könnte ich auch fragen, ob ich ihn am Wochenende sehen darf.

Ich bin sehr enttäuscht, als nach der Schule alle direkt nach Hause gehen. Keine Spieltreffen und dergleichen. Und als ich in mein Zimmer komme, liegen schicke Klamotten auf dem Bett, eine schwarze Hose und ein weißes Hemd, genau wie am letzten Freitag schon.

Ich höre, wie die Wohnungstür aufgeht, und kurz darauf erscheint Bartmann in meinem Zimmer.

»*C'est Shabbat, Samuel*«, verkündet er und bückt sich, um mich auf die Stirn zu küssen.

Plötzlich verkrampft sich mir der Magen, als ich mich daran erinnere, wie Daddy mich immer an die Brust zog, wenn er von der Arbeit nach Hause kam, und ich den Duft seiner Zitronenseife riechen konnte. »Wie geht es meinem kleinen Mann heute?«, fragte er dann immer – und ich kann spüren, wie die schmerzliche Leere in mir wieder größer wird.

»Geh weg«, flüstere ich.

Doch ich kann Bartmann hinter mir spüren, höre sein Atmen und wie er sich den Bart kratzt. Dann entfernen sich seine Schritte, und die Tür geht wieder zu. Er ist weg. Jetzt kann ich meinen Brief herausholen und ihn zu Ende schreiben.

Ich lege mich aufs Bett und schiebe die Hand darunter. Aber der Brief ist nicht mehr da! Entsetzt ziehe ich das Bettzeug aus dem Rahmen. Gott sei Dank, da kommt der Brief herausgeflogen! Er ist so zerknittert, dass ich ihn zunächst mal glatt streiche, und dann hole ich meinen Füller aus dem Ranzen und setze mich an den Schreibtisch, um den Brief zu beenden.

Ich werde bald zurückkommen, Mom. Ich kann hier nicht viel länger bleiben. Du kannst Dir gar nicht vorstellen, wie sehr ich es hier hasse. Ich werde einen Weg finden zurückzukehren.

So, jetzt ist er fertig, und ich werde ihn Zack am Montagmorgen geben.

Ich stecke ihn gerade wieder zwischen Bettrahmen und Matratze, als Möchtegern-Mom hereinkommt. Für einen Moment steht sie nur da und sieht so blass aus, dass ihre grünen Augen wie Katzenaugen glänzen.

Dann zeigt sie auf die Klamotten auf dem Bett. »*Ce soir on fête Shabbat. Il faut que tu t'habille avec ces vêtements.*«

Sie will, dass ich mich schon wieder fein mache. Aber zum Glück geht sie hinaus, weil sie weiß, dass ich mich nicht vor ihr anziehen werde. Ich wette, sie hat Angst, dass ich die Sachen wieder bepinkeln könnte, doch ich will nicht zweimal so was Fieses tun. Das wäre ja auch langweilig. Außerdem geben ihre glänzenden Augen mir ein ungutes Gefühl, das sich ein bisschen wie das Heimweh anfühlt, das mich quält.

Als ich mein Zimmer in den schicken Klamotten verlasse, sehe ich, dass sie wie am vergangenen Freitag die Kerzen anzündet. Es macht die triste Wohnung etwas gemütlicher, aber auch ein bisschen gruselig. Möchtegern-Mom trägt ein langes schwarzes Kleid und hat sich die Haare aufgesteckt. Goldene Reifen hängen an ihren Ohren, und ihre grünen Augen sehen ganz traurig aus in dem flackernden Licht der Kerzen. Ich starre sie an und denke, dass sie eigentlich ganz hübsch ist. Für eine Sekunde frage ich mich, wie es gewesen wäre, wenn sie meine richtige Mom gewesen wäre. Vielleicht hätte ich sie gemocht. Wahrscheinlich schon, und Bartmann auch. Kinder mögen ihre Eltern immer … Was für ein komischer Gedanke!

Sie lächelt und streckt die Arme nach mir aus, aber ich gehe einfach nur an ihr vorbei.

Möchtegern-Mom lässt die Hände wieder sinken. Dann küsst Bartmann sie auf die Wange und nimmt seinen Platz am Tisch ein. Er klopft auf den Stuhl neben ihm, doch meine Beine fühlen sich an, als stünden sie in Flammen, und mir dreht sich der Magen um vor Schmerz.

»Ich muss zur Toilette«, sage ich und gehe schnell, bevor er sagen kann: *»On dit ›allez aux toilettes‹, Samuel.«*

Ich trete auf den dunklen Gang hinaus. Zum Glück ist die Toilette unbesetzt! Ich schließe die Tür ab und ziehe die Hose herunter, um mir die Verbände anzusehen. Ich versuche, mich durch sie hindurchzukratzen, doch das ist nicht genug, und so schiebe ich die Hand darunter und grabe die Fingernägel in das wunde Fleisch. Es fühlt sich gut an, und da der weiße Stoff sich zu lockern beginnt und der Verband sich löst, kann ich mich jetzt endlich richtig kratzen.

»Samuel?«, höre ich Bartmanns Stimme an der Tür. *»Tout va bien?«*

Vor lauter Schreck antworte ich mit *»Oui!«* und versuche, die Verbände schnell wieder anzulegen. Gerade noch rechtzeitig erinnere ich mich daran, die Wasserspülung zu betätigen.

Sie lächeln mich an, als ich ins Wohnzimmer zurückkehre. Ich würde sie zu gern fragen, was der ganze Aufwand soll; warum es freitagsabends etwas Besonderes zu essen gibt, sie aber nie jemanden dazu einladen. Bartmann spricht ein Gebet und schneidet dann ein großes, glänzendes Brot in Scheiben. Nachdem er sie in einen Korb gelegt hat, reicht er ihn mir an. Ich stecke mir sofort ein Stück in den Mund, weil ich einen Riesenhunger habe.

Das Brot schmeckt gut, wie die Brioches, die es manchmal zum nachmittäglichen *goûter* gibt. Danach folgt eine Art Fleischeintopf mit vielen verschiedenen Beilagen dazu. Möchtegern-Mom und Bartmann unterhalten sich miteinander. Hin und wieder kann ich meinen Namen hören, und manchmal schauen sie mich an, als warteten sie darauf, dass ich etwas sage, aber ich blicke nur stumm auf meinen Teller herab.

Nach dem Abendessen räumen wir den Tisch ab, doch niemand spült. Die Küche ist ein einziges Durcheinander, und in der Spüle stapelt sich das schmutzige Geschirr. Es überrascht mich, dass sie, ohne aufzuräumen, ins Wohnzimmer gehen. Bartmanns Hand liegt so fest auf meiner Schulter, dass ich nicht in mein Zimmer entwischen kann, um meine Ruhe zu haben. Na ja, ich könnte es vielleicht schon, doch ich habe keine Lust dazu.

Möchtegern-Mom überreicht ihm jetzt ein großes Buch, das er so vorsichtig in die Hände nimmt, als könnte es zerbrechen. Ich schätze mal, es ist die Bibel. Bartmann setzt sich in einen der hölzernen Sessel und blättert in dem Buch. Ich sitze bei Möchtegern-Mom auf der goldenen Couch.

Ein andächtiges Schweigen liegt in der Luft, als er eine Geschichte zum Vorlesen wählt. Ich erkenne sie sofort an der nicht enden wollenden Liste von Tierpaaren, die er erwähnt. Einige der Tiernamen klingen auf Französisch so ähnlich wie auf Englisch, wie zum Beispiel *lion, tigre, léopard*. Dass *serpent* »Schlange« bedeutet, merke ich an seinem Zischen, nachdem Bartmann das Wort ausgesprochen hat. Ich frage mich, was »Sintflut« auf Französisch heißt. Aber ich werde langsam müde, und die Worte gehen ineinander über wie bei einem Lied, dessen Text ich nicht kenne. Unwillkürlich lege ich den Kopf auf die Sofalehne.

Fünfundsiebzigstes Kapitel

Paris, 19. September 1953

SARAH

Wie so oft in diesen Tagen erwacht Sarah schon früh und hört Davids leises Schnarchen neben sich. Sie beugt sich über ihn und versucht, einen Blick auf die Uhr zu werfen, kann im Halbdunkel aber nicht die Zeiger ausmachen. Egal, denkt sie, ich stehe trotzdem auf. Es wird schön sein, mal allein einen Kaffee zu trinken und die Gedanken zu ordnen, bevor der neue Tag beginnt. So leise wie möglich schlüpft sie aus dem Bett und schiebt die Füße in die Pantoffeln.

In der Küche gibt sie die Kaffeebohnen in die Mühle und mahlt sie. Kaffee aufzubrühen dauert seine Zeit, doch sie empfindet seinen Duft als tröstlich und den Vorgang als beruhigend. Seit ihrer Rückkehr aus Auschwitz verspürt sie Freude an Routineaufgaben, die sie zuvor nie empfunden hat. Sie nimmt sich Zeit für das Geschirrspülen und reinigt gründlich jedes Teil, bevor sie schließlich alles abtrocknet, bis es glänzt. Früher hätte sie die Teller und alles andere abtropfen lassen, doch heute helfen ihr diese Rituale, sich zu entspannen.

»Du bist schon auf?«, fragt David, als er in die Küche kommt. »Wie spät ist es?«

»Keine Ahnung. Aber es müsste so gegen sieben sein.«

»Was möchtest du heute unternehmen?«

»Ich weiß nicht.«

Auch ihre Samstage verliefen früher nach einer Routine – ein morgendlicher Besuch in der Synagoge, gefolgt von einem einfachen Mittagessen daheim und einem Spaziergang durch Le Marais am späten Nachmittag. Doch nun müssen sie sich andere Beschäftigungen ausdenken, die auch einem neunjährigen Jungen gefallen könnten. Sarah vermisst es, den Gottesdienst zu besuchen, und weiß, dass es David genauso geht.

»Warum gehst du nicht in die Synagoge, David, während ich mit Samuel einen Spaziergang mache? Zu den Tuilerien vielleicht.«

»Ich möchte, dass wir alle zusammen zum Gottesdienst gehen. Ich will nicht allein hingehen.«

»Ich weiß.« Sie wendet sich wieder dem Kaffee zu und gibt die gemahlenen Bohnen in den Filter. »Aber es wird noch eine Weile dauern, bis er hingehen kann. Es würde ihn jetzt nur verwirren und könnte ihn vielleicht für immer abschrecken.« Als sie zu David hinüberblickt, sieht sie, dass er die Stirn runzelt.

»Er versteht mehr Französisch, als er uns glauben macht.«

»Ich weiß.« Sarah lächelt, als sie daran denkt, wie bockig Sam bezüglich des Französischlernens gewesen war, obwohl sie sehen kann, dass sein noch kindliches Gehirn die Sprache aufsaugt wie ein Schwamm. »Aber in Amerika musste er nie in die Kirche gehen – oder höchstens zu Weihnachten und Ostern.«

»Es muss komisch sein, ein Kind ohne Glauben aufzuziehen. Wie kann man Werte und Prinzipien ohne Anleitung vermitteln?«

Sarah sieht ihn an und fragt sich für einen Moment, ob er recht hat und das vielleicht bedeuten könnte, dass Sam keine Werte und Prinzipien hat. Doch eigentlich kann sie das nicht glauben, denn trotz Samuels Zorn und seinem Bedürfnis, ihnen zu zeigen, dass er nicht bei ihnen sein will, kann sie sehen, dass er gute Manieren und eine Feinfühligkeit anderen gegenüber hat, die er bloß zu verbergen versucht. Er will ihnen nicht wirklich wehtun, er will einfach nur nach Hause.

»Zumindest hat er Kontakt mit Religion gehabt«, fährt David fort. »Er weiß, wer Gott ist, und muss auch schon einmal in einer Kirche gewesen sein.« An Davids Stirnrunzeln kann Sarah erkennen, wie angestrengt er überlegt. Dann fährt er fort: »Ich glaube, es ist wichtig, ihm zu verdeutlichen, dass unser Gott derselbe Gott wie der seiner früheren Familie ist. Wir müssen eine gemeinsame Basis finden, wo immer es nur möglich ist.«

»Und was ist mit Weihnachten?«

David lächelt sie an. »Weihnachten? Du denkst zu weit voraus.«

»Ja, aber du weißt, dass es in Amerika ein sehr großes Ereignis ist. Das ganze Land feiert.«

»Na ja, wir könnten ihm natürlich Geschenke geben und so tun, als kämen sie von einem dicken gütigen Mann in einem roten Mantel und mit einem weißen Bart.« David lächelt. »Daran wäre ja nichts allzu Schlimmes, nicht?«

Sarah weiß, dass er sarkastisch ist, doch sie ist nicht in der Stimmung dafür. Bisher hatte er immer eisern darauf beharrt, dass Weihnachten nicht gefeiert wurde.

Geistesabwesend gießt sie kochendes Wasser über den Kaffee im Filter.

David legt eine Hand auf ihre Schulter. »Ist alles bereit für heute?«

»Ja. Das Essen ist fertig zubereitet, und ich habe gestern noch gründlich sauber gemacht.«

»Gut.« Er nimmt ihr die Kaffeekanne aus der Hand. »Und jetzt setz dich, Sarah. Heute ist ein Tag der Ruhe und des Gebets. Ich weiß, wie gern du dich beschäftigst, doch lass uns an diesem besonderen Tag an den Ewigen denken.«

Wie soll sie ihm beibringen, dass es gerade das ist, was sie am meisten stört? Wie soll sie ihm gestehen, dass sie nicht mehr beten *kann?* Ihr Kopf ist so erfüllt von Zweifeln und Verwirrung, dass sie nicht einmal mehr den Unterschied zwischen Richtig und Falsch erkennen kann.

Ist es falsch, ihren Sohn zurückzuwollen? Falsch, den Mann zu bestrafen, der ihn gerettet hat? Sie wollte nicht, dass er bestraft wird, und wann immer sie daran denkt, zieht sich ihr Herz vor Schuldgefühlen zusammen. Offenbar lag es nicht in ihrer Macht, es zu verhindern, doch den Mann ins Gefängnis zu stecken, fand sie furchtbar ungerecht. Sie alle waren gestraft worden, viel zu hart und viel zu lange, und jetzt will sie einfach nur noch, dass das Leiden aufhört.

Manchmal kommt es ihr so vor, als wäre sie der Empfänger von jedermanns Schmerz und saugte ihn in sich auf, bis ihr Herz davon zu platzen droht. Sie empfindet alles viel zu intensiv. Sie hat den Ewigen um Anleitung und Kraft gebeten, doch es ist, als hörte er ihr nicht länger zu.

Er hatte ihre Gebete beantwortet, als sie ihn anflehte, ihren Sohn zu beschützen. Das hätte ihr genügen müssen. Aber nein, sie wollte mehr, nicht wahr? In ihrer Gier und Selbstsucht wollte sie ihren Sohn zurück, nicht nur, um ihn zu lieben, sondern auch aus Egoismus.

Sechsundsiebzigstes Kapitel

Paris, 21. September 1953

SAM

Endlich ist es Montag. Puh! Ich bin so froh, von *ihnen* wegzukönnen!

Ich hole den fertigen Brief an Mom unter der Matratze hervor und stecke ihn in meinen Schulranzen. Ich bin schon ganz aufgeregt und finde es toll, dass ich ihn Zack zum Abschicken geben kann! Ich habe sogar fünfzig Centimes für die Briefmarke, die ich aus Möchtegern-Moms Portemonnaie gestohlen habe.

Sowie ich in der Schule bin und mich gesetzt habe, übergebe ich ihm den Brief. »Du musst mir einen Gefallen tun, Zack. Kannst du einen Brief für mich aufgeben?«, frage ich ihn flüsternd und drücke ihm die fünfzig Centimes in die Hand.

Zack dreht den Brief in den Händen. »Warum schickst du ihn nicht selbst ab?«

»Weil sie es mir verboten haben.«

»Ach so, natürlich tue ich es dann«, sagt er und stopft den Brief und das Geld in seine Hosentasche.

»Wirst du ihn noch heute Abend abschicken können?«

»Na klar. Ich werde meiner Mom sagen, dass ich einen Brief an meinen Brieffreund in Amerika aufgeben muss. Ich schreibe ihm nie, doch manchmal schreibt er mir.«

»Danke, Zack. Du bist ein wahrer Freund.«

Zack klopft mir auf die Schultern, und ich komme mir richtig erwachsen vor, als wären wir Männer, die einen geheimen Plan aushecken.

»Denk dran, ihn per Luftpost abzuschicken«, füge ich noch hinzu.

»Ja klar.«

Der Rest des Tages verläuft nach dem gleichen Schema wie die letzte Woche. Morgens Schreiben, Gedichte aufsagen und Sport, dann nach Hause zum Mittagessen und wieder zurück für den Mathe- und vielleicht Musik- oder Kunstunterricht. In gewisser Weise ist es gar nicht so schlecht, zum Mittagessen heimzugehen. Es verschafft mir eine Pause von all den Kindern, und ich bekomme jeden Tag ein leckeres, noch warmes Baguette direkt aus der Bäckerei.

Gewöhnlich spielen wir mit Murmeln, aber seit ich Zack Backgammon beigebracht habe, spielen wir es auch manchmal nach der Schule. Er ist ziemlich gut darin, doch nicht so gut wie ich. Das Gefühl der Leere in mir ist noch immer da, aber wenn ich bei Zack bin, tue ich so, als wäre ich wieder zu Hause und spielte mit Jimmy, und dann verlässt das leere Gefühl mich für eine Weile. Am schlimmsten ist es, wenn ich nur mit Möchtegern-Mom und Bartmann in der Wohnung bin. Dann jucken meine Beine abends noch viel mehr.

Vielleicht bin ich ja allergisch gegen irgendwas in dieser Wohnung? Daddy ist allergisch gegen Bananen; er bekommt Ausschlag, wenn er welche isst. Vielleicht ist es ja bei mir das Gleiche? Meine Beine jucken immer wie verrückt, sobald ich von der Schule nach Hause komme, und normalerweise gehe ich direkt zur Toilette, um mich mal richtig doll zu kratzen.

Am Donnerstag wird mir bewusst, dass ich vergessen habe, eine Absender-Adresse auf meinen Brief zu schreiben. Wie soll Mom mir jetzt schreiben können? Wie dumm ich bin!

Siebenundsiebzigstes Kapitel

Paris, 28. September 1953

SARAH

Sam erhält noch immer die Barriere aufrecht, die er um sich errichtet hat, und tut sein Möglichstes, um *kein* Französisch zu lernen. Aber trotz seiner Bemühungen kann Sarah sehen, dass er täglich mehr und mehr versteht. Ohne es selbst zu merken, befolgt er Anweisungen, statt nur eine verwirrte Miene aufzusetzen wie ganz zu Anfang seiner Zeit bei ihnen. Sie liest ihm auch jeden Tag nach dem Mittagessen etwas vor, und abends ist es David, der ihm zur Schlafenszeit Geschichten vorliest.

Manchmal schaut er sie nicht einmal an, wenn sie ihm etwas vorliest, und sie kann spüren, dass er kilometerweit entfernt ist, doch hin und wieder sieht sie auch Erkennen in seinen Augen, wenn ihm eine Geschichte oder eine Figur bekannt ist. Seinen Augenausdruck zu deuten ist genauso leicht wie bei David. Beide können nicht verhindern, dass sich ihre Emotionen darin zeigen. Sie hat den Hass und Trotz in Sams Augen gesehen und die Verwirrung und Enttäuschung in Davids. Sie sind beide so stolz und auch so eigensinnig.

Als sie in Sams Zimmer geht, kommt sie sich klein und machtlos vor. Der Junge sitzt an seinem Schreibtisch und kritzelt etwas auf ein Stück Papier. Sie wirft einen Blick über seine Schulter, aber er bedeckt das Papier schnell mit einem Arm.

»Sam, est-ce que tu veux jouer au backgammon?«

»Non, merci«, erwidert er sofort.

»On pourrait lire une histoire ensemble?«

»*Non.*«

Sie weiß nicht mehr weiter. Sein Wunsch, allein zu sein, ist förmlich mit Händen greifbar.

»*Alors viens m'aider dans la cuisine*«, versucht sie es ein letztes Mal.

Er schiebt den Stuhl so laut zurück, dass sie bei dem Kratzen der Stuhlbeine über das alte Eichenparkett zusammenzuckt. Dann steht er auf und dreht sich zu ihr um. Seine braunen Augen sind düster und kalt. »Ich will nach Amerika zurück.«

Sarahs Herz fühlt sich schon fast zu schwer für ihren Körper an. Sie streckt eine Hand nach ihm aus, und zum ersten Mal zuckt er bei ihrer Berührung nicht zusammen und wendet auch den Blick nicht von ihr ab.

»Ach, Sam.« Sie versucht, ihn näher zu sich zu ziehen, und er gibt auch tatsächlich ein wenig nach, bis ihre Augen nur noch eine Handbreit voneinander entfernt sind. Sarah weiß, dass dies der engste Kontakt ist, den sie je zu ihm erlangen wird. »*Sam, chéri, est-ce que tu peux me donner une petite chance?*«

Seine Augen füllen sich mit Tränen. »Ich will nur nach Hause.«

Achtundsiebzigstes Kapitel

Paris, 24. Oktober 1953

SAM

Ich glaube, Möchtegern-Mom ist nahe daran aufzugeben. Manchmal sehe ich, wie sie mich mit ihren grünen Augen anschaut, und oft sehen sie so traurig aus, dass sie mir wider Willen leidtut. Aber sie hat mich gezwungen herzukommen, und deshalb ist es ihre eigene Schuld. Warum konnten sie mich nicht in Ruhe lassen?

Mit Zack lache ich manchmal, doch ich bin immer sehr vorsichtig, wenn *sie* in der Nähe ist. Sie darf mich niemals lachen oder auch nur lächeln sehen. Bei Bartmann besteht das Risiko nicht, außer vielleicht, wenn er aus *Tintin* vorliest und den Hund imitiert oder einem Bösewicht die Stimme eines kleinen Mädchens gibt.

Aber die Zeit vergeht, und vielleicht werden es bald alle für ganz normal halten, dass ich hier in Paris bin. Die französischen Worte ergeben langsam Sinn; sie sind mir schlicht und einfach in den Kopf gekrochen, obwohl ich versucht habe, sie auszusperren. Ich werde jedoch nie und nimmer zu einem Franzosen werden. Nicht mal, wenn ich hundert Jahre hierbleiben muss.

Ich muss hier weg. Vielleicht könnte ich zu dem Gefängnis gehen, in dem Daddy ist. Es heißt La Santé und befindet sich direkt hier in Paris. Sie denken, ich wüsste nicht, wo er ist, aber ich bin nicht so dumm, wie ich sie glauben mache. Ich habe sie darüber reden gehört, und obwohl sie sich auf Französisch unterhalten haben, habe ich einiges davon verstanden und den

Namen des Gefängnisses gehört. Ich erinnere mich daran, weil *»santé«* »Gesundheit« bedeutet und ich fand, dass es sich mehr nach einem Krankenhaus als einem Gefängnis anhörte, genau wie meine Schule, deren Name auch mehr nach einem Krankenhaus als nach einer Schule klingt.

Aber das ist eine dumme Idee. Daddy kann mir nicht helfen; auch er ist ein Gefangener, genau wie ich. Außerdem würden sie mich sowieso nicht hineinlassen. Ich wette, sie würden mich geradewegs hierher zurückbringen. Außerdem glaube ich, dass es Kindern nicht einmal erlaubt ist, ein Gefängnis zu betreten.

Am Samstag gehen Bartmann und Möchtegern-Mom morgens ohne mich irgendwohin. Ich glaube, sie sagten, sie gingen einkaufen oder vielleicht auch in die Synagoge, doch sicher bin ich mir nicht. Dennoch weiß ich, dass sie eine Zeit lang weg sein werden, weil sie einen Teller mit Fleischbällchen sowie Brot und einen Apfel für mich in der Küche hinterlassen haben.

Ich bin so aufgeregt, dass mein Herz pocht, als wäre ich kurz davor, bei einem Rennen mitzulaufen. Denn das ist meine Chance! Aber ich zwinge mich, zehn Minuten abzuwarten, um sicher sein zu können, dass sie wirklich weg sind, bevor ich mir meinen Schulranzen schnappe und das Essen in die Vordertasche stecke. Es wird jedoch vermutlich nur für einen Tag reichen, und deshalb greife ich in den Schrank und hole eine Schachtel Plätzchen heraus, die ich ebenfalls in meinen Ranzen stecke. Jetzt muss ich mich beeilen. Ich kann mir immer noch etwas zu essen kaufen, falls ich es brauche. Ich bin bereit. Nein, Moment, ich brauche auch noch Geld!

Ich gehe in den Flur und sehe, dass Möchtegern-Mom ihre Geldbörse auf der Garderobe liegen gelassen hat. Vorn steckt ein Fünf-Franc-Schein darin. Das ist eine Menge Geld, und zusammen mit dem, was ich für den Ring bekommen werde, könnte es genügen. Schnell gehe ich in mein Schlafzimmer zurück und schnappe mir einen Pullover, aber als ich gerade wieder gehen will, fällt mein Blick auf die Mini-Schatztruhe, die auf meinem Schreibtisch steht. Ich schnappe sie mir schnell und stecke auch sie in meinen Ranzen.

Und nun mein Pass. Ich gehe wieder in den Flur und öffne die Schublade in dem Tischchen dort, ziehe alle Papiere und Dokumente heraus und suche zwischen ihnen nach meinem Pass. Ich fahre sogar mit den Händen dazwischen und taste nach dem dünnen kleinen Buch mit dem Foto vorne drin. Aber dort ist nichts dergleichen. Nur Papiere.

Ich könnte es auch ohne Pass versuchen. Wenn ich mich als blinder Passagier auf dem Schiff verstecken muss, werde ich ihn sowieso nicht brauchen. Falls ich ein Ticket kaufen *kann*, werde ich meinen Pass allerdings vorzeigen müssen. Ich gehe ins Wohnzimmer, aber dort sind weder Schränke noch Schubladen, sondern nur ein voll gestelltes Bücherregal. Ich fahre mit den Fingern über die Buchrücken, um zu sehen, ob mein Pass irgendwo dazwischen steckt. Doch da ist nichts. Wo könnte er bloß sein?

In ihrem Schlafzimmer? Ich habe es noch nie betreten und will es eigentlich auch jetzt nicht tun, aber ich brauche den Pass. Langsam öffne ich die Tür und spähe vorsichtig um sie herum, obwohl ich weiß, dass sie nicht da sind. Es riecht alt und staubig, dieses Zimmer, und die Jalousien sind geschlossen. Als ich das Licht anschalte, sehe ich eine glänzend polierte Kommode unter dem Fenster, aber ich glaube nicht, dass der Pass darin sein könnte, weil die Schubladen so groß sind, als wären sie für Kleidungsstücke. Ich schaue mir das Bett an; es sieht nicht mal groß genug für zwei Personen aus. Zu beiden Seiten davon steht ein Nachttisch. Ich nehme an, dass Bartmann links schläft, weil dort eine Tageszeitung auf dem Nachttisch liegt und er andauernd Zeitung liest.

Ich öffne die Schublade auf der anderen Seite des Betts. Sie ist voller Fotos, und das oberste ist von mir daheim am Strand.

Ich stecke es in meine Hosentasche und taste weiter zwischen den Fotos herum. Plötzlich stoßen meine Finger gegen den Rand eines dünnen Hefts, und ich ziehe es heraus. Es ist ein Pass! Doch als ich ihn öffne, sehe ich, dass das Foto nicht von mir ist. Es ist *ihres*. Ich werfe es in die Schublade und suche weiter. Da ist noch ein Pass! Und diesmal ist es meiner. Ich stecke ihn ein und laufe aus dem Zimmer.

Neunundsiebzigstes Kapitel

Paris, 24. Oktober 1953

SAM

Ein Regentropfen klatscht mir auf die Wange. Als ich aufschaue, sehe ich dicke graue Wolken, die nach und nach den Himmel überziehen. Aber es ist zu spät, um noch einmal hineinzugehen und einen Mantel zu holen; ich muss zu der Station Saint-Lazare. Durch meine Lehrerin an der Schule habe ich herausgefunden, dass von Saint-Lazare aus Züge nach Le Havre gehen und Le Havre der große Hafen ist, von dem alle Schiffe abfahren.

Zuerst muss ich den Ring verkaufen, was ich nicht hier in der Gegend tun will. Es wäre besser, eine weiter entfernte Möglichkeit zu finden, wo mich niemand erkennen wird. Die Rue de Rivoli ist voller Läden, und bis dorthin kann ich zu Fuß gehen. Natürlich werde ich so langsam pitschnass von dem Regen, während ich mich durch die Menschenmengen dränge.

Als ich die Hauptstraße erreiche, wird es jedoch sogar noch schlimmer. Es ist fast so, als würden Beine mich verschlingen, während Ellbogen und Taschen mit scharfen Kanten sich in meine Schultern bohren. Ich bin klein und unsichtbar, als ich zwischen Leuten hindurchschlüpfe und mich von der Menge mitreißen lasse.

Bald merke ich, dass ich mich vor dem großen Kaufhaus La Samaritaine befinde. Da ich aber nicht dort hineinwill, muss ich mich jetzt gegen die Flut von Leuten stemmen. Ich bin froh, mich von ihnen zu befreien, auch wenn der Regen nun in dicken Tropfen direkt auf mich fällt.

Ich schaue mir im Vorbeigehen die Schaufenster an, kann aber keine Schmuckläden entdecken. Dann sehe ich einen Mann und eine Frau aus einem Geschäft kommen, die draußen unter einem Regenschirm auf irgendetwas in der Hand des Mannes hinunterblicken. Es ist etwas Kleines, und irgendwie weiß ich, dass es ein Ring sein muss.

Nachdem ich tief Luft geholt habe, betrete ich den Laden und gehe direkt zur Theke weiter.

»*Bonjour, Monsieur.*« Ich stelle mich auf die Zehenspitzen, streife den Ring vom Finger und halte ihn dem Verkäufer hin. »*Je veux vendre.*«

Der Mann starrt mich an, und seine kalten, dunklen Augen lassen mich erschaudern. Dann schnattert er in lautem, wütendem Französisch los. Die einzigen Worte, die ich verstehe, sind: »*Non! Non! Et non!*«

Ich stecke den Ring in meine Tasche und renne aus dem Geschäft.

Bang! Jetzt laufe ich auch noch direkt in jemanden hinein. Als ich aufschaue, sehe ich einen großen Mann in Uniform vor mir. Einen Cop! Er schreit mich auf Französisch an, aber ich habe keine Ahnung, was er sagt. Meine Beine fühlen sich plötzlich wie Pudding an, und mein Herz schlägt schnell und hart. Was ist, wenn er mich verhaftet? Wird er mich dann ins Gefängnis stecken? Ich bleibe wie angewurzelt stehen.

»*Allez, allez!*«, sagt er jedoch und schubst mich weg.

Puh! Er will mich nur aus dem Weg haben. Schnell drehe mich um und laufe fort. Ich muss von dieser Straße runter. Hier sind zu viele Leute. Vielleicht sollte ich das mit dem Ring vergessen und besser den Zug nach Le Havre suchen.

Ich frage mich, wann Bartmann und Möchtegern-Mom heimkommen werden und wie viel Zeit mir wohl noch bleibt. Sie werden durchdrehen, wenn sie sehen, dass ich abgehauen bin, und bestimmt die Polizei anrufen. Aber Paris ist eine riesige

Stadt, und unter all den Leuten, die hier leben, werden sie mich wohl niemals finden.

Direkt vor mir sehe ich das große *M* für »Métro«. *Hôtel de Ville,* steht in verschnörkelten Buchstaben über der Treppe. Ich laufe die Stufen hinunter und sehe vor mir Drehkreuze. Na klar, ich muss mir einen Fahrschein kaufen.

Hinter kleinen Fenstern verkaufen Leute Tickets, und so gehe ich zu einem der Schalter und schaue die Frau an, die hinter der Scheibe sitzt. Sie sieht so streng aus, dass sie mir ein bisschen Angst macht, und so versuche ich, in meinem besten Französisch zu sprechen.

»*Une ticket, s'il vous plaît, Madame. Pour Saint-Layzare.*«

Sie schaut mich von oben herab an. »*Pardon?*«

»*Une ticket pour Saint-Layzare.*«

»*Quoi?*« Jetzt sieht sie richtig giftig aus, aber ich bin mir sicher, dass ich alles richtig gesagt habe.

»*Il veut dire un ticket pour Saint-Lazare*«, erklärt eine Dame hinter mir der Kassiererin.

»*Ah bon. J'ai rien compris avec son accent. Treinte centimes alors.*«

Das sind dreißig Centimes. Während ich die Münzen aus meiner Tasche nehme, drehe ich mich zu der Dame hinter mir um, um ihr zu danken. Ihr Lächeln lässt Funken in meinem Herzen sprühen, weil es Moms Lächeln so ähnlich ist und auch ihre Augen die gleiche schokoladenbraune Farbe haben.

»*Comment tu t'appelles?*«, fragt sie.

»Sam.«

»*Sam? Pas Samuel?*«

»*Non, je suis Américain.*«

»*Américain? Dites donc. Quel âge as-tu?*«

»*Douze ans*«, lüge ich und richte mich etwas gerader auf.

»*Douze ans?*«

Ich kann sehen, dass sie mir nicht glaubt. Sie sieht genauso aus wie Mom, wenn ich flunkere. Ihr wissendes Lächeln beweist mir, dass sie mich durchschaut.

Die nette Dame kauft ihr Ticket, und ich folge ihr zu der Métro hinunter. Als die Bahn schon durch den Tunnel rauscht, sehe ich mir die anderen Fahrgäste an. Ein Mann mit einer tief in die Stirn gezogenen Mütze starrt mich mit dunklen Augen an. Ich wende schnell den Blick ab, doch dann nimmt er die Mütze ab, und ich kann es mir nicht verkneifen, den Blick auf seinen glänzenden kahlen Kopf zu heften.

»*Es-tu tout seul?*« Er beugt sich vor und berührt mein Knie mit seiner Mütze.

Ich ducke mich in meinen Sitz und schaue woandershin.

Der Mann starrt mich noch immer an, als der Zug mit kreischenden Bremsen hält, und ich ergreife die Flucht vor ihm, obwohl ich erst eine Haltestelle weit gefahren bin.

Komischerweise steigt auch die nette Dame aus, und ich beschließe, ihr zu folgen. Ich weiß, dass ich nach Saint-Lazare müsste, aber ich möchte in ihrer Nähe bleiben. Und dann fällt mir ein, dass ich ja noch einmal versuchen könnte, den Ring zu verkaufen, bevor ich zur Métro zurückkehre.

Wir steigen die Treppe hoch und gelangen an einen Platz mit vielen Cafés am Rande. Als sie den Platz überquert, folge ich ihr. Sie geht an einer großen Kirche vorbei, die ein bisschen wie Notre-Dame aussieht, und biegt dann in eine andere Straße ein. Auf dem Straßenschild steht *Rue Montorgueil*.

Wir kommen an einem Laden vorbei, in dem man Pralinen kaufen kann, an einem weiteren mit Käse und schließlich an einem, der eklig stinkenden, schleimigen Fisch verkauft. Dann betritt die freundliche Dame eine Konditorei mit dem Namen *Stohrer*, der in blauer Farbe über der Eingangstür zu lesen ist. Im Schaufenster sind Schoko-Eclairs, appetitliche Zitronentorten mit Verzierungen aus dunkler Schokolade und süße Brötchen mit saftigen Korinthen ausgestellt.

Mein Magen knurrt, und ich schaue mir rasch noch einmal den Proviant in meinem Ranzen an und stecke mir ein Fleischbällchen in den Mund. Igitt – das zähe Ding schmeckt nach Leder wie mein Schulranzen. Ich hätte lieber ein Eclair mit Schokocreme …

Aber dazu habe ich keine Zeit, da ich noch meinen Ring verkaufen will.

Ich laufe an den Läden mit Esswaren in der Auslage vorbei, deren Besitzer schreien: *»Poisson frais de ce matin!«*, *»Huitres d'Arcarchon!«*, *»Pommes de la ferme!«*

Dann höre ich Schritte hinter mir, die wie Metall auf Kopfsteinpflaster klingen – die Art von Schritten, die man von einem Polizisten oder von Soldaten erwarten würde. Gleichmäßig und solide. Das Geräusch jagt mir Angst ein. Ich würde mich gern umdrehen, um zu sehen, wer es ist, doch wenn sie mein Gesicht sehen … tja … Und wenn sie nun schon auf der Suche nach mir sind? Ich beginne zu rennen und werde erst wieder langsamer, als die Schritte nicht mehr zu hören sind.

Die Geschäfte sehen jetzt schon schmutziger und trister aus.

Verwundert starre ich eine Frau an, die in einem Eingang steht. Ihre Strümpfe sehen wie schwarze Spinnweben aus auf ihrer hellen Haut und ihr Rock, als wäre er aus rotem Plastik. Sie verzieht die viel zu stark geschminkten, purpurroten Lippen. *»Qu'est-ce que tu veux?«*

Mir gefällt diese Straße nicht – sie ist mir geradezu unheimlich. Und abgesehen davon bin ich müde, nass und hungrig. Ich komme an einer Schneiderei mit nackten Schaufensterpuppen im Fenster vorbei, und dahinter befindet sich ein Laden mit den Worten *Prêteurs sur gages* auf einem Stück Karton, das in dem Fenster steckt. Ich habe das Gefühl, dass damit ein Geschäft gemeint ist, in dem man Sachen verkaufen kann. Das gleiche Schild habe ich nämlich schon einmal in einem Laden in der Nähe der Wohnung gesehen.

Mir ist angst und bange, aber trotzdem stoße ich die Eingangstür auf und strecke mich, um größer auszusehen und furchtloser und älter zu erscheinen, als ich bin.

Als ich auf die Theke zugehe, erscheint ein dünner Mann mit glänzendem Gesicht aus einer Tür dahinter. Die Ellbogen auf die Theke gestützt, blickt er fragend zu mir herab. »*Oui?*«

Ich nehme den Ring aus der Tasche und halte ihn ihm hin.

Er nimmt ihn mir wortlos ab und dreht ihn in seinen knochigen Fingern. Seine Fingernägel sind echt schmutzig. Ich versuche, möglichst ruhig zu wirken, obwohl mir ein kalter Schauder nach dem anderen über den Rücken läuft.

Er blickt zu mir auf. Er hat die Gravur *S.L. 1944* bemerkt … »*C'est toi?*«

Ich nicke.

»*Cinq francs.*«

Ich bin mir nicht sicher, ob das ein angemessener Preis für einen goldenen Ring ist. »*Dix francs*«, widerspreche ich tapfer.

Er lächelt. Dabei zeigt er schiefe gelbe Zähne. Dann schüttelt er den Kopf und legt einen Fünf-Franc-Schein auf die Theke.

Ich nehme ihn und mache, dass ich fortkomme.

Achtzigstes Kapitel

Paris, 24. Oktober 1953

SARAH

David bringt die Einkaufstüten in die Küche.

»Geh du und schau nach Samuel, während ich die Einkäufe wegräume«, sagt Sarah, nimmt vorsichtig die Himbeertorte oben aus der Tasche und stellt sie auf den Tisch.

Sie war teuer, aber sie haben sie gekauft, weil sie Sams Lieblingstorte ist. Essen, denkt sie. Wie oft hatte sie sich welches vorgestellt und nachts sogar davon geträumt. Und jetzt, da sie es haben – und eigentlich sogar, was auch immer sie wollen –, fühlt sie sich trotzdem noch leer.

»Sarah.« David steht mit kalkweißem Gesicht in der Küchentür.

»Was ist?«

»Er ist nicht in seinem Zimmer.«

»Dann schau im Wohnzimmer nach. Wahrscheinlich ist er auf dem Sofa eingeschlafen.«

»Dort habe ich schon nachgesehen, und da ist er nicht.«

»Dann kann er nur zur Toilette gegangen sein.«

David schüttelt den Kopf und senkt den Blick.

»Ich werde mal nachsehen. Er muss dort sein.« Beunruhigt läuft sie aus der Wohnung auf den Gang hinaus. Die Toilette ist nicht abgeschlossen, und sie ist leer, erkennt sie, als sie die Tür aufstößt. »Sam! Sam!« Sie läuft in die Wohnung zurück, und wider jede Hoffnung sucht sie noch einmal alle Zimmer ab. »Er ist nicht hier!« Sie greift Halt suchend nach David, als alle Kraft aus ihren Knien weicht und sie den Boden unter den Füßen zu verlieren droht.

Er stützt sie mit einem Arm um ihre Schultern und führt sie zu einem der Küchenstühle.

»Was tun wir jetzt?«, fragt sie und ringt nach Atem, weil sie das Gefühl hat zu ertrinken. »Wir müssen die Polizei rufen. Beeil dich, David, und ruf sie an.« Der Herzschlag dröhnt ihr in den Ohren, als das Blut durch ihre Adern jagt. »Bitte, David!«

»Sarah, wir müssen zunächst mal gründlich nachdenken. Hast du eine Ahnung, wohin er gegangen sein könnte? Vielleicht zu Freunden?«

»Was? Ja. Der Junge heißt Zack. Lass es uns erst mal bei ihm versuchen.« Sie springt auf und ist schon fast an der Wohnungstür, als David sie einholt.

Er ergreift ihren Ellbogen, um sie zurückzuhalten. »Warte, Sarah. Bitte.«

»Wir müssen uns beeilen. Mittlerweile könnte er schon weit entfernt sein. Oh nein! Wo könnte er hingegangen sein?«

»Jetzt beruhige dich bitte mal für eine Minute!«

Wie um sich zu bremsen, legt sie eine Hand an ihren Hals, aber dann stürzt sie schon wieder zur Wohnungstür. Sie verschwenden nur kostbare Zeit. Sarah weiß, dass sie ihn finden müssen, bevor er es schafft, zu weit zu kommen. Er ist noch so klein und gutgläubig, dass er nicht versteht, wie grausam Menschen sein können, und nichts von all den abartigen Leuten dort draußen weiß.

»Ich warte hier für den Fall, dass er zurückkommt«, ruft David ihr nach.

Ohne auch nur einmal anzuhalten, läuft sie bis zu Zacks Zuhause. Er selbst öffnet die Tür.

»Hast du Sam gesehen?«, fragt sie, ohne auch nur Guten Tag zu sagen.

Er schüttelt jedoch bloß stirnrunzelnd den Kopf.

»Bitte, Zack, denk nach! Er könnte in Gefahr sein. Hast du irgendeine Ahnung, wo er sein könnte?«

Wieder schüttelt Zack nur stumm den Kopf. Sarah blickt ihm prüfend in die Augen, um nach einem Anhaltspunkt zu suchen. Dann erscheint seine Mutter.

»Was ist passiert?« Wie ihr Sohn runzelt auch sie die Stirn.

»Sam ist verschwunden. Haben Sie ihn gesehen?«

»Nein.«

»Bist du sicher, Zack? Denk bitte nach! Hast du eine Ahnung, wo er hingegangen sein könnte?«

Kostbare Sekunden verstreichen, während sie auf eine Antwort wartet.

Irgendwann flüstert er: »Vielleicht ist er ja nach Amerika zurückgekehrt.«

Natürlich! Wo sonst würde er hinwollen? Fast hätte sie laut herausgelacht. Amerika! Wie kann er nur glauben, dass er so weit kommen könnte? Sie wird sofort zur Polizei gehen müssen. Einen Moment lang zögert sie und fragt sich, ob sie nicht zuerst nach Hause gehen soll. Doch dann entscheidet sie sich dagegen, weil Zeit jetzt von entscheidender Bedeutung ist.

So schnell sie kann, läuft sie zur Polizeiwache. Bei ihrer Ankunft dort ist sie völlig außer Atem und schnappt nach Luft. Es ist, als ob alles im Schnelldurchlauf geschähe, alles außer dem Beamten, der an seinem Schreibtisch sitzt. Er bewegt sich wie in Zeitlupe, als er aufsteht und sich den Bauch kratzt.

»Mein Sohn wird vermisst! Helfen Sie mir!« Ihr Atem kommt so schnell, dass er in ihrer Kehle kratzt.

Viel zu langsam streckt er einen dicken Finger nach einem Knopf auf dem Schreibtisch aus. Sein schrilles Klingeln ruft einen weiteren Beamten her – einen größeren, schlankeren Mann.

»Kommen Sie mit, Madame«, sagt er.

Sie folgt ihm in ein kleines Zimmer, wo er einen Stuhl für sie herauszieht.

»Nehmen Sie Platz, Madame.«

Aber Sarah will sich nicht setzen. Sie will nur, dass er aufspringt und ihren Sohn zu suchen beginnt.

»Name?«, fragt er mit einem Stift in der Hand und einem Notizblock vor sich.

»Samuel Laffitte. Bitte beeilen Sie sich, er ist erst neun! Wir müssen ihn schnell finden.«

»Wir können ihn nicht eher suchen, bis wir ein paar Einzelheiten haben. Das verstehen Sie doch sicher, Madame Laffitte?«

Sie nickt, obwohl ihr vor Frustration die Tränen kommen. Aber sie verdrängt sie schnell und versucht, seine Fragen ruhig und aufmerksam zu beantworten.

Er macht sich Notizen und blickt manchmal mit einer steilen Falte zwischen den Brauen auf. »Ich denke, ich sollte zu Ihnen nach Hause kommen«, sagt er. »Um zu sehen, ob wir irgendwelche Anhaltspunkte finden, und um mit Ihrem Mann zu sprechen.«

In einem Streifenwagen fahren sie zu ihrer Wohnung. Er hat die Sirene angestellt, was Sarah für ein gutes Zeichen hält. Er versteht jetzt offenbar die Dringlichkeit der Angelegenheit.

David reißt die Tür auf, bevor ihnen Zeit bleibt anzuklopfen. »Er hat seinen Pass mitgenommen!«

»Nein! Bitte nicht!« Sarah lehnt sich an die Wand und presst sich eine Hand auf den Magen.

»Bitte bleiben Sie ruhig. Wir werden ihn finden, Madame Laffitte.« Der Polizeibeamte wendet sich an David. »Was hat er sonst noch mitgenommen? Geld?«

»Vielleicht. Ich weiß es nicht.«

»Haben Sie irgendeine Ahnung, wohin er unterwegs sein könnte, da er seinen Pass mitgenommen hat?«

»Nach Kalifornien«, flüstert Sarah.

»Kalifornien?«

»Seine Adoptiveltern leben dort. Bei uns ist er erst seit Mitte Juli«, erwidert David mit ausdrucksloser Stimme.

»Ja, Madame Laffitte hat mir die Lage schon erklärt. Sehr bedauernswert, das Ganze.« Der Polizist hüstelt. »Wir haben Glück, dass wir wissen, wohin er vermutlich will, und was das angeht, sind seine Möglichkeiten sehr begrenzt. Er wird kein Flugzeug nehmen können, was allerdings nicht bedeutet, dass er es nicht versuchen wird, denn Kinder denken nicht so weit voraus. Er könnte also auf dem Weg zum Flughafen sein. In dem Fall dürfte es recht leicht sein, ihn zu finden. Er könnte aber auch zu einem Hafen unterwegs sein. Oder versuchen, Monsieur Beauchamps im Gefängnis zu besuchen – was für uns die beste Option wäre. Wir werden im La Santé anrufen, um das zu überprüfen.«

»Aber er weiß doch gar nicht, in welchem Gefängnis Monsieur Beauchamps ist!«

»Wir müssen alle Möglichkeiten überprüfen. Die meisten Kinder kommen sowieso innerhalb von vierundzwanzig Stunden zurück, wenn sie Hunger bekommen.« Er macht eine kurze Pause. »Wir werden ein paar Männer zum Flughafen schicken.«

Sarah wünscht, er würde es einfach nur tun, anstatt äußerst wichtige Minuten zu vergeuden.

»Wir werden auch Le Havre verständigen, damit sie die ankommenden Züge und auslaufenden Schiffe überprüfen.«

»Aber Le Havre ist nicht der einzige Hafen. Was ist, wenn er nach Calais oder Dünkirchen gelangt ist?«

»Stimmt. Wir werden auch dort anrufen und die Polizei in den Bahnhöfen informieren.«

»Und was, wenn er schon dort angekommen ist und den Zug bereits verlassen hat? Wir sind mittags weggegangen, und jetzt ist es drei Uhr. Er hat inzwischen also Zeit genug gehabt, um dorthin zu gelangen.« Sarah lässt sich auf einen Stuhl fallen, weil ihr schon ganz schwindlig ist von all den Möglichkeiten.

»Wir werden die auslaufenden Schiffe von unseren Männern überprüfen lassen. Machen Sie sich keine Sorgen, wir werden ihn zurückbringen. Haben Sie ein neueres Foto von Ihrem Sohn?«

Sarah steht auf, um die Fotos zu holen, die Charlotte Beauchamps ihnen geschickt hatte, bevor sie Sam das erste Mal begegneten. Außerdem hat sie noch das zweite Passfoto. Wortlos übergibt sie sie dem Polizeibeamten.

Er schaut sich die Bilder an und steckt sie dann in eine lederne Brieftasche. »Ich melde mich bei Ihnen. Haben Sie ein Telefon?«

»Ja«, antwortet David rasch.

»Sie müssen hierbleiben, falls er zurückkommt. Und machen Sie sich keine Sorgen, wir werden Ihren Jungen finden.«

David begleitet ihn hinaus.

Ein weiterer scharfer Schmerz krampft Sarah den Bauch zusammen wie eine Schlange, die sich um ihre Eingeweide schlingt. Sie beugt sich vor und umfasst mit beiden Händen ihren Magen, während sie in Gedanken flüstert: *Bitte,* Adonai, *bitte vergib mir meinen Egoismus! Du hast ihn schon einmal gerettet. Ich werde dich nie wieder um irgendetwas anderes bitten. Aber beschütze ihn. Ich werde aufgeben,* ihn *aufgeben. Bitte bring ihn einfach nur zurück, ich flehe dich an!*

Einundachtzigstes Kapitel

Paris, 24. Oktober 1953

SAM

Ich kann nicht aufhören zu zittern, als die Lokomotive auf Touren kommt und der Zug sich in Bewegung setzt. Unwillkürlich schaue ich aus dem Fenster und denke: *Au revoir, Paris!*

Mein Magen knurrt. Vielleicht sollte ich etwas essen; es könnte helfen, mich ein bisschen aufzuwärmen. Ich öffne meinen Ranzen und nehme das Brot heraus. Dann stecke ich den Rest der Fleischklößchen hinein und probiere einen Biss. Es schmeckt nicht nur alt und ledrig, sondern gibt mir auch noch ein ungutes Gefühl, etwas zu essen, das *sie* für mich gemacht hat. Sie werden inzwischen mit Sicherheit wissen, dass ich abgehauen bin, und ich würde jede Wette eingehen, dass sie weint. Ich schlucke das Stück Brot herunter, das ich im Mund habe, und lege den Rest wieder in den Ranzen. Vielleicht bin ich ja doch gar nicht so hungrig.

Ich wühle in dem Ranzen herum und schaue nach, was ich sonst noch mitgenommen habe. Meine Hand streift das kleine hölzerne Kästchen, und ich nehme es heraus, öffne es und schaue mir die bunten Steine darin an. Einen nach dem anderen halte ich sie ins Licht und frage mich, ob sie wertvoll sein könnten. Sie glänzen nicht, doch die Farben sind hübsch. Aber ich lege sie wieder zurück und schließe das Kästchen, um stattdessen darüber nachzudenken, wie froh Mom sein wird, mich zu sehen. Dann ziehe ich die Beine an die Brust, schlinge die Arme darum und versuche, mich ein bisschen aufzuwärmen, während ich zu den grauen Gebäuden vor dem ebenso grauen Himmel hinausstarre.

Anscheinend bin ich dabei eingeschlafen, da ein Mann an meiner Schulter rüttelt. Zuerst denke ich, ich träume, und es dauert ein paar Minuten, bis ich mich daran erinnere, wo ich bin.

»*Billet.*«

Er will meinen Fahrschein sehen. Schnell ziehe ich ihn aus der Tasche und zeige ihn ihm.

Der Mann schaut ihn sich an und gibt ihn mir wortlos zurück. Ich würde ihn gern fragen, wie spät es ist und wie lange der Zug noch brauchen wird. Es ist nämlich schon richtig dunkel draußen.

Das Kreischen des Zuges reißt mich aus meinen Gedanken. Er scheint anzuhalten. Ich schaue aus dem Fenster und kann im Halbdunkel gerade noch das Schild *Le Havre* ausmachen. Ich schnappe mir meinen Ranzen und springe aus dem Zug. Am Ende des Bahnsteigs steht ein Bahnwärter, der Fahrscheine prüft, und deshalb sorge ich dafür, meinen bereitzuhalten. Ich frage mich, wie weit es bis zum Hafen sein mag. Vielleicht gibt es ja einen Bus dorthin?

Die Menge bewegt sich langsam vorwärts. Vor mir ist eine fünfköpfige Familie, die eine Ewigkeit braucht, um ihre Fahrscheine zu finden. Ich wünschte, sie würden sich beeilen.Ich will unbedingt noch auf das Schiff. Endlich gehen sie durch die Sperre, und ich halte dem Wärter meinen Fahrschein hin.

»*Comment tu t'appelles?*« Der Mann scheint überhaupt nicht an meinem Ticket interessiert zu sein.

»Samuel.«

»*Passeport.*«

»*Mais j'ai mon billet.*«

»*Oui, et maintenant je demande ton passeport!*«

Wortlos nehme ich meinen Pass heraus. Mein Herz klopft

wie verrückt. Aber es *ist* mein Pass, und ich *darf* mit einem Zug fahren. Es wird schon alles gut gehen.

Ich reiche ihn dem Mann.

Eine Hand legt sich auf meine Schulter. »Samuel Laffitte.«

Zweiundachtzigstes Kapitel

Paris, 29. Oktober 1953

SARAH

Der Junge, den sie ihnen in jener finsteren Nacht nach Hause gebracht haben, ist eine verkleinerte Version seiner selbst und sogar noch verschlossener und mürrischer als zuvor.

Er bekämpft sie mit Schweigen und wendet es an wie ein scharfes Messer, das tief in Sarahs Herz eindringt und es in Stücke reißt. Wieder einmal bringt David ihn mit einer Geschichte zu Bett, die er nicht hören will. Bockig wendet Samuel das Gesicht der Wand zu. Sie gehen unverzüglich schlafen, nachdem sie ihn zu Bett gebracht haben, weil beide bis auf die Knochen erschöpft sind. Doch der Schlaf will sich trotzdem nicht einstellen.

»David«, flüstert Sarah in der Dunkelheit.

»Bitte. Wir müssen schlafen.«

»Aber ich kann nicht, weil ich mich ganz schrecklich fühle.«

»Du musst damit aufhören. Wir haben nichts Unrechtes getan. Es ist nicht falsch, dein Kind zu lieben und es aufziehen zu wollen. Du darfst dich deswegen nicht so schuldig fühlen.«

Die Worte, die sie wirklich sagen will, stecken ihr in der Kehle fest wie ein wachsendes Krebsgeschwür. Deshalb umgeht sie sie und versucht, sie durch andere zu ersetzen. »Ich bin einfach nicht stark genug, David. Ich kann es nicht.«

»Gib ihm noch etwas Zeit.«

»Wir haben ihm Zeit gelassen. Aber die Zeit hilft nicht. Seine Abneigung gegen uns wird von Tag zu Tag noch stärker.«

»Er wird nicht in der Lage sein, noch viel länger so gegen uns anzukämpfen. Ihm wird die Kraft dazu ausgehen, und wir werden da sein, um ihn aufzufangen, wenn er fällt. Er wird zu uns zurückkommen. Wir müssen nur geduldig sein und uns unseren Glauben daran bewahren.«

»Glauben«, murmelt Sarah.

David dreht sich zu ihr um und ergreift seufzend ihre Hand. »Wir alle haben unsere Momente des Zweifels, Sarah. Dies alles war sehr schwer für uns, du bist so tapfer gewesen. Du warst schon immer tapfer.«

»Ich wollte nicht so tapfer sein müssen.«

»Das weiß ich, Sarah.« Er streichelt ihre Hand unter der Bettdecke.

»Manchmal bin ich innerlich so wütend, doch dann wieder fühle ich mich oft auch sehr schuldig. Ich weiß einfach nicht, wie … wie …« Tränen rinnen über ihre Wangen.

»Es wird alles gut werden, Sarah. Ganz bestimmt. Das verspreche ich dir.«

»Wie hatte das passieren können? Auschwitz – wie war das möglich?«

David streichelt weiter ihre Hand. »Manchmal ist der Mensch sehr böse.«

»Aber ist er nicht nach dem Ebenbild des Ewigen geschaffen worden? David, es ist …«

»Pst. Es wird alles wieder gut, Sarah.«

Sie kann trotzdem nicht schlafen, kann nicht essen und kann nicht schweigen. Ihre Nerven sind so angespannt, als würden sie jeden Moment zerreißen. Ihr ganzer Körper schmerzt, von ihren Schultern bis zu ihren Zehen. Sie hat den Eindruck, als hätten diese beiden letzten Monate sie bis weit über ihre Jahre altern lassen. Sie erträgt es nicht mehr und sieht keinen Sinn darin, ihren Sohn zurückzuhaben, nur um ihn leiden zu sehen.

Sie wendet sich von David ab und versucht, sich zu beruhigen, aber Panik steigt wieder in ihr auf und droht sie zu überwältigen. Schließlich schlägt sie die Decken zurück und schlüpft leise aus dem Bett.

Sarah geht in die Küche und öffnet das Fenster, um tief die kühle Nachtluft einzuatmen. Sie würde jetzt gern beten und um Führung bitten, aber sie fühlt sich dessen nicht mehr wert. Als sie die richtigen Worte zu finden versucht, begegnet sie nur einer Leere. Sehnsüchtig blickt sie in die dunkle Nacht hinaus.

»*Adonai*«, flüstert sie. »Falls du mir etwas zu sagen hast, dann sag es bitte.«

Doch nur kaltes Schweigen antwortet ihr. Und sie weiß, warum. Zweimal hat sie den Ewigen gebeten, ihren Sohn zu beschützen, und zweimal hat er ihre Gebete erhört. Beim letzten Mal hat sie ihm jedoch etwas dafür versprochen. Und man darf ein Versprechen an den Ewigen nicht brechen, nicht?

Die Hände auf das Fensterbrett gestützt, beugt sie sich weit hinaus, und finstere Gedanken gehen ihr durch den Kopf. Und wenn sie nun in Auschwitz gestorben wären? Dann hätte Sam nie etwas über seine wahre Geschichte erfahren. Er wäre glücklich und frei von all dem aufgewachsen. Ohne Religion, ohne Geschichte. Einfach nur frei.

Und auch sie will frei sein. Frei von all diesen Schuldgefühlen, den Qualen und dem Schmerz. Und während sie in die Nacht hinausblickt, erkennt sie, dass es nur einen Weg zu Frieden und Freiheit gibt.

Zum ersten Mal seit Monaten schläft sie ruhig und erwacht mit dem Gefühl, für den Tag bereit zu sein.

Als David und sie den Frühstückstisch decken, spricht sie das Thema an. »Ich habe nachgedacht und bin auf eine Idee gekommen. Sie könnte vielleicht helfen.«

»Ja?«

»Ich könnte Beauchamps im Gefängnis besuchen. Ich könnte ihm Fragen über Samuel stellen und mehr darüber in Erfahrung bringen, wie er aufgezogen wurde und wie er als kleines Kind war. Das könnte uns helfen, ihn besser zu verstehen.«

David, der gerade die Kaffeemühle mit Bohnen füllt, hält inne. »Lass mich darüber nachdenken.«

Das ist alles, was sie sich erhoffen konnte. Geduld.

Er schaut sie an. »Es ist halb acht und Zeit, Samuel zu wecken.«

Sarah kann nicht umhin, sich darüber zu ärgern, dass diese Aufgabe stets ihr überlassen wird. Sie hasst es, ihn morgens aus dem Bett zu holen. Er ist so lethargisch, als hätte er sich tief in sich selbst verkrochen und sich in ein Stadium der Ruhe oder gar des Winterschlafs versetzt. Wenn sie die Decken zurückschlägt und seinen Rücken streichelt, ihm gut zuredet, sich aufzusetzen, widersetzt sein kleiner Körper sich ihrer Berührung. Aber das Ekzem an seinen Beinen und Ellbogen muss behandelt werden, bevor er sich anziehen kann. Sie cremt ihn behutsam mit der Salbe ein, reicht ihm dann die Kleidung für den Tag und lässt ihn sich allein anziehen, während sie seine heiße Schokolade zubereitet. Sie bringt sie ihm sogar ins Schlafzimmer, was jedoch eigentlich nur ein Vorwand ist, um sich zu vergewissern, dass er nicht wieder ins Bett gestiegen ist.

Heute spricht sie sanft mit ihm. »Quäl dich nicht so, Sam. Wir werden einen Weg finden, dich wieder glücklich zu machen. Ich würde meine Seele hergeben, um dich lächeln zu sehen, und auch mein Herz, um dich lachen zu hören.«

Sie schaut ihm in die Augen, aber sie sind ausdruckslos, ohne auch nur einen Funken von Verständnis.

Als sie in die Küche kommen, trinkt David gerade seinen Kaffee aus und stellt die Schale leise klirrend auf den Tisch. »Ich muss jetzt gehen. Samuel sollte früher aufstehen.« Dann bückt er sich und küsst den Jungen rechts und links auf die Wangen.

Sarah sieht, wie Sam sich versteift, als wünschte er, er wäre aus Stein gemeißelt.

Nach dem Frühstück bringt sie ihn zur Schule. Sie versucht nicht mehr, seine Hand zu nehmen oder auch nur neben ihm zu gehen. Die Bürgersteige sind ohnehin zu schmal dazu. Stattdessen geht sie voraus, und er trödelt hinter ihr her. Die Schule befindet sich gleich um die Ecke, und der Weg dürfte höchstens fünf Minuten dauern, aber Sams wegen muss sie sich dafür fünfzehn Minuten Zeit nehmen.

Dreiundachtzigstes Kapitel

Paris, 29. Oktober 1953

SARAH

Das Geräusch der zufallenden Wohnungstür lässt Sarah zusammenfahren. Das muss David sein, der von der Arbeit nach Hause kommt. Als sie das Wohnzimmer verlässt, sieht sie, wie er schon Hut und Mantel ablegt. Den Hut nimmt sie ihm jedoch wieder ab, um den Staub abzuklopfen, bevor sie ihn in den Hutständer legt. Als sie sich zu ihm umdreht, erschrickt sie über seine Blässe.

»Ich gehe kurz zu Samuel, um Guten Tag zu sagen.«

»Natürlich. Soll ich dir einen Drink machen?«

»Ja, einen Pastis bitte. Mir ist ein bisschen schlecht.«

Er trinkt immer Pastis, wenn er sich nicht wohlfühlt. Er sagt, er töte Bakterien schneller ab als irgendwelche Arzneimittel.

Als er sich abwendet und den Korridor zu Sams Zimmer hinuntergeht, ruft sie ihm nach: »Da ist er nicht. Er ist im Wohnzimmer.«

Sie hat ihm den Pastis gerade erst eingeschenkt, als er in die Küche kommt.

»Samuel liegt auf dem Sofa und schläft«, sagt er und kratzt sich am Bart. »Manchmal glaube ich, dass Schlafen so etwas wie ein Fluchtweg für ihn ist.«

Sarah reicht ihm das Glas. »Hast du dich je gefragt, wovon er träumt?«

»Na ja, wir suchen uns ja nicht aus, wovon wir träumen, doch wenn er es könnte, würde er wohl von Amerika träumen, weil sein Herz noch immer dort ist.«

Sarah nickt und lehnt sich an die Spüle. »Ich wünschte, er könnte dies hier als sein Heim betrachten, aber dazu ist es wohl zu spät, nicht wahr? Wo dein Zuhause ist, wird dir von klein auf ins Herz gepflanzt, und dort bleibt es dann auch.«

»Ich weiß nicht, Sarah. Ich weiß überhaupt nichts mehr.« David zieht einen Stuhl unter dem Tisch hervor und lässt sich darauf fallen. »Außer, dass ich sehr müde bin und mich ganz und gar nicht wohlfühle.«

Sie setzt sich neben ihn. »Genauso geht's mir auch. Mir ist, als wäre ich innerlich total zerschlagen. Mein Kampfgeist verlässt mich, David.«

Er wendet sich ihr zu und schaut sie an. »Erinnerst du dich noch daran, wie schwer es war, nicht den Glauben und die Hoffnung zu verlieren und weiterzukämpfen? Manchmal möchte ich einfach nur die Augen schließen und die süße Erlösung durch den Tod abwarten.«

»Ich weiß.«

Sie streichelt seinen Arm, weil sie versteht, dass er die schrecklichen Erinnerungen hin und wieder wieder aufleben lassen muss. Auch sie verspürt manchmal das Bedürfnis, diese Zeiten gedanklich noch einmal zu durchleben. Vielleicht ist es ja ihr Verstand, der versucht, einen Sinn in all dem zu finden. Doch es lag nun mal kein Sinn darin. Vielleicht will sie sich aber auch erinnern, weil sie hofft, dass diese Gedanken mit jedem Mal an Schärfe verlieren und nicht mehr ganz so zerstörerisch sind. Oder dass eine tauendmal durchgespielte Erinnerung etwas von ihrer Macht verliert.

»Ich glaube, ich wäre gestorben, wenn ich nicht gewusst hätte, dass Samuel noch irgendwo am Leben ist«, sagt David. »Ich habe mich an dieses Wissen geklammert, weil ich ihn wiederfinden wollte.«

»Also hast du auch gewusst, dass er noch lebte?«

»Ich wusste es nicht, aber ich habe mich an diesem Hoffnungsschimmer festgeklammert. Ich zwang mich, stark zu sein für ihn, weil er stolz auf seinen Vater sein sollte, wo immer er auch war.«

»Mir hat er auch Kraft gegeben.« Sarah schwieg einen Moment. »Es war unsere Liebe zu Samuel, derentwegen wir uns nicht haben unterkriegen lassen, nicht?«

Sie sieht eine einzelne Träne über Davids Wange laufen und in seinem Bart verschwinden. Ihr ist bewusst, wie schwer es für ihn ist, solche Gespräche zu führen, weil sie ihn zu sehr aufwühlen. David ist jemand, der immer die Kontrolle bewahren muss, und diese überwältigenden Emotionen geben ihm das Gefühl, sie zu verlieren. Sarah weiß das, obwohl er es ihr nie erklärt hat. Und nun, da er zu reden begonnen hat, will sie das Gespräch in Gang halten, weil sie überzeugt ist, dass es ihnen beiden helfen wird.

»Ich erinnere mich an einen Tag, an dem ich diesen Graben außerhalb des Lagers ausheben musste«, fährt sie fort, ohne die streichelnde Hand von seinem Arm zu nehmen. »Es war sehr heiß, und wir hatten kein Wasser. Ich weiß noch, wie ich mir den Schweiß von der Stirn wischte und ihn mir dann von der Hand ableckte. Dann bemerkte ich einen Wärter neben mir, der mich beobachtete. Ich erschrak, weil ich Schläge erwartete, doch stattdessen fragte er mich, ob ich durstig sei.« Wieder hält sie inne. »Ich wagte nicht zu antworten. Aber dann nahm er seine Feldflasche heraus und bot sie mir an. Ich wollte sie nicht nehmen, weil meine Angst noch größer war als mein Durst. Er drückte sie mir jedoch in die Hand. Ich trank einen Schluck und versuchte, sie ihm zurückzugeben. Ich dachte, es könnte eine Falle sein – und dass sie mich erschießen würden, weil ich aus der Feldflasche eines Wärters getrunken hatte. Aber er sagte, ich solle sie austrinken. Und genau das tat ich dann.« Sie hört auf, Davids Arm zu streicheln. »Ich habe mich nicht einmal bei ihm bedankt.«

David setzt sich gerader hin. »Es war aber nicht das Wasser, was dich an jenem Tag gerettet hat, nicht wahr? Es war, eine freundliche Geste in dieser Hölle zu sehen. Das gab dir Hoffnung, denke ich.«

»Ja, und es bestärkte mich auch in dem Glauben, dass sich jemand um Samuel kümmern würde. Und als ich dich dann in jenem eingestürzten Gebäude im Schnee liegen sah, da wusste ich, dass wir irgendwann einmal wieder alle zusammen sein würden.«

Er nimmt ihre Hand. »Ich weiß nicht, wie du mich erkannt hast. Wir sahen doch alle gleich aus, wie gerade noch lebendige Skelette. Und ich war kurz davor aufzugeben, obwohl ich wusste, dass der Krieg vorüber war. Ich wollte mich nur noch hinlegen und sterben. Doch dann hörte ich dich wie im Traum nach mir rufen, und plötzlich warst du da, nahmst mich in die Arme und sagtest immer und immer wieder meinen Namen.«

Sarah drückt seine Hand. »Ich war auf der Suche nach dir und wusste, dass du dort sein würdest.«

»Und ich wusste, dass es kein Traum sein konnte, weil mir so verdammt kalt war. Dann hörte ich den Ewigen, der mir sagte, ich solle meinen Glauben nicht verlieren und stark bleiben, weil diese Prüfung bald vorbei sein würde.«

»Aber das war sie nicht, nicht wahr?«

David trinkt einen Schluck Pastis und schüttelt den Kopf.

Schweigend sitzen sie da, jeder in seinen eigenen Erinnerungen verloren. Sarah denkt an die Geschichten, die David ihr später erzählte. Es sind seine Erinnerungen, doch sie ruft sie sich gern wach und stellt sich die geschickten Wege vor, auf denen er ihr damals Nachrichten zukommen ließ und ihr damit half, die Zuversicht nicht zu verlieren.

Seinen Fähigkeiten auf dem Gebiet der Forschung wegen war er dem Labor unter der Leitung des berüchtigten Dr. Mengele zugeteilt worden. Und so verbrachte er seine Tage in der relativen Wärme des Labors und begutachtete Zellen unter einem Mikroskop. Oft wurde er allein gelassen und schaffte es, medizinisches Bedarfsmaterial und Medikamente für andere Gefangene zu besorgen. Er ging damit ein enormes Risiko ein, aber er war raffiniert genug, um sie an den unwahrscheinlichsten Stellen zu verstecken. Er verbarg kleine antibiotische Tabletten in seinen Ohren und Penicillin unter den Sohlen seiner Füße. Diese Medikamente waren hochgeschätzt und ließen sich leicht gegen eine geschmuggelte Nachricht eintauschen.

Heute weiß man von den grauenvollen Experimenten dort, doch David wusste schon damals, was sie taten. Und dieses Wissen ließ ihn sich in gewisser Weise wie einen Komplizen fühlen. Es war unmöglich, unbeschadet daraus hervorzugehen, und daher wurde er das Schuldbewusstsein bis heute nicht los.

»Wie mag es all den anderen gehen, die es geschafft haben zu überleben?« Sarah wüsste manchmal gern, wie andere mit ihren Erlebnissen zurechtgekommen sind. Vielleicht war die einzige Lösung die, diese Gedanken zu verdrängen. »Hin und wieder frage ich mich, ob das alles wirklich je geschehen ist.«

»Es ist für alle schwer, aber im Grunde will niemand etwas darüber hören. Sie wollen sich nicht vorstellen müssen, was wir durchgemacht haben. Doch nichts ist je wieder so, wie es einmal war, wenn man die Hölle gesehen hat, nicht wahr?«

Sarah lehnt sich an ihn. »Nein, danach ist nichts je wieder das Gleiche.« Sie hält kurz inne. »Und manchmal fühle ich mich sehr allein.«

»Ich bin bei dir.« Er drückt ihre Hand. »Ich weiß, dass ich nicht gut darin bin, über gewisse Dinge zu sprechen oder meine Gefühle in Worte zu fassen. Aber ich bin für dich da«, sagt er mit Tränen in den Augen.

Sie erwidert seinen Händedruck. »Das weiß ich. Doch was wir erlebt haben, David, war nicht von dieser Welt, nicht wahr? Nicht von der heutigen Welt jedenfalls. Das kann nicht sein.«

»Nein, das war es nicht.« Er wischt ihr sanft die Tränen vom Gesicht. »Wir sind aus der Hölle zurückgekehrt, und irgendwie müssen wir lernen zu vergessen, was wir dort gesehen haben.«

»Lernen zu vergessen ... Ja. Wenn wir es nur könnten!«

»Vielleicht können wir nicht vergessen, aber wir können vergeben.«

Seine Worte überraschen sie. Ihr wird bewusst, dass es nichts ist, was sie je in Betracht gezogen hat, und sie immer angenommen hat, dass auch er noch niemals daran gedacht hat. Vergebung?

»Ich glaube nicht, dass ich das kann. Ich glaube nicht einmal, dass ich es will.«

David blickt auf den Tisch hinab. »Aber ich will es. Ich werde keine Ausflüchte für sie suchen, doch ... doch ich glaube, ich wäre fähig zu verzeihen, wenn ich ein besserer Mensch wäre.«

»Nein! Du bist ein guter Mensch. Und zu verzeihen ist zu viel verlangt. Du verlangst immer zu viel, David!«

»Wie meinst du das?«

Sie hatte es nicht sagen wollen, aber jetzt waren die Worte heraus. »Du erwartest so viel von allen: von Samuel, von mir und von dir selbst. Doch wir sind nur Menschen, und manchmal ist das, was du verlangst, einfach zu schwer.« Ihr kommen wieder die Tränen, und sie zieht ein Taschentuch hervor, um sich die Nase zu putzen.

Er zieht die Hand zurück und kratzt sich am Bart. »Es tut mir leid, wenn ich zu streng mit euch war. Das war nicht meine Absicht.«

Sarah wirf ihm einen Seitenblick zu und sieht, wie sein Adamsapfel sich auf und nieder bewegt, als wäre er wie ein bleiernes Gewicht. Sie kann seinen Schmerz spüren und auch fast die Worte hören, die ihm in der Kehle festsitzen. Sarah wünschte, sie könnte es ihm erleichtern.

»Wir sollten dankbar sein für das, was wir haben, David. Es

ist ein Wunder, dass Samuel überlebt hat. Und er hat auch uns gerettet.«

»Ja, das hat er.«

»Genügt das nicht?«

»Wie meinst du das?«

»Ich weiß nicht … Vielleicht haben wir zu viel verlangt. Ist es nicht genug, dass wir alle noch leben?«

Er hält seinen Bart fest, als klammerte er sich an das Leben. »Was willst du damit sagen?«

Sarah schließt die Augen und betet um Mut. »Du weißt, was ich sagen will, David.«

»Nein! Das weiß ich nicht.«

Sie schiebt den Stuhl zurück und geht zur Spüle, wo sie mit einem Tuch über die bereits sauberen Oberflächen fährt und die Tränen hinunterschluckt.

Dann spürt sie David neben sich. »Sarah, vielleicht solltest du ja doch Beauchamps im Gefängnis besuchen. Womöglich würde es dir helfen.«

»Wirst du mitkommen?« Sie dreht sich zu ihm um und wischt sich mit dem Handrücken die Tränen ab.

»Nein. Ich könnte es nicht ertragen, ihn zu sehen.«

Vierundachtzigstes Kapitel

Paris, 2. November 1953

SARAH

Nachdem sie Sam zum Schultor gebracht hat, kann sie nicht mehr aufhören, über Davids Vorschlag nachzudenken. Soll sie zum Gefängnis gehen? Wenn ja, würde sie vielleicht ein paar Erkenntnisse gewinnen, die ihr helfen könnten, Sam besser zu verstehen. Oder irgendetwas, was ihr helfen würde, den nächsten Schritt zu tun.

Sie weiß, wo das Gefängnis ist – es liegt im 14. Arrondissement in Montparnasse. Es würde etwa eine halbe Stunde dauern, dorthin zu gelangen. Das wären dreißig Minuten hin, dreißig zurück, und ihr würden noch drei Stunden bleiben, um Sam zum Mittagessen abzuholen. Das müsste Zeit genug sein. Aber sie ist nervös und hat ein bisschen Angst vor dem, was sie für Beauchamps oder er für sie empfinden wird. Wahrscheinlich hasst er sie.

Doch sie will ihren Sohn durch Beauchamps' Augen sehen. Den Fotos nach zu urteilen, die man ihnen gezeigt hat, war offensichtlich, dass er ein glückliches, gesundes Kind voller Lebensfreude gewesen ist. Von *diesem* Jungen will sie einen Eindruck erhalten.

Die ihnen zugewiesene Psychologin hatte ihnen davon abgeraten, die Vergangenheit zur Sprache zu bringen. »Ich weiß, dass Sie der Theorie Sigmund Freuds nach dies alles noch einmal durcharbeiten müssten«, sagte sie, »aber wir glauben, dass das menschliche Gehirn aus guten Gründen bestimmte Erinnerungen unterdrückt. Es ist eine Art Überlebensinstinkt, denn das Leben geht weiter und nie zurück. Na ja, *noch* nicht jedenfalls – dazu werden wir auf Zeitreisen warten müssen«, schloss sie mit einem Lachen, das schrecklich seicht und oberflächlich klang.

Sarah eilt zu der Métro in St. Paul hinunter. Als sie in Montparnasse aussteigt und zur Rue de la Santé geht, merkt sie, dass es ein Stadtteil ist, den sie noch nie betreten hat. Das Gefängnis selbst erhebt sich hoch und grau in einer schmalen Straße. Mit zitternder Hand klopft sie an die hölzernen Türen.

Sie hört, wie ein Riegel beiseitegeschoben wird, und dann schaut ein Mann durch eine kleine, rechteckige Öffnung. »Ja?«

»Ich bin hier, um einen Häftling zu besuchen.«

Er starrt sie an. »Die Besuchszeit beginnt um zehn.«

Sarah schaut auf ihre Uhr – es ist zwanzig nach neun.

»Sie können hineingehen und warten. Sie müssen aber Ihren Ausweis hierlassen.«

Sarah spürt, wie ihr der kalte Schweiß ausbricht. Mit bebenden Händen holt sie ihren Personalausweis heraus und ermahnt sich, dass es kein Verbrechen mehr ist, jüdisch zu sein.

Er nimmt ihn ihr ab und schreibt die Nummer auf. »Wen besuchen Sie?«

»Monsieur Beauchamps.«

»Um halb elf müssen Sie wieder draußen sein. Warten können Sie drinnen.«

Sie eilt zum Eingang hinüber.

Ein Wärter erwartet sie dort, der ihre Handtasche kontrolliert und sie dann zu dem Wartebereich begleitet. Hier setzt sie sich auf einen kalten Metallstuhl, und sofort läuft ihr ein Schauder über den Rücken, weil der Raum so unangenehm feucht und kalt ist. Schlagartig kommt ihr Auschwitz wieder in den Sinn. Die Eiseskälte, der Hunger und die zwölfstündigen Tage schwerer körperlicher Arbeit waren schwer genug zu ertragen gewesen, aber es war vor allem die Furcht vor dem Unbekannten, die wirklich wie versteinernd und seelentötend gewesen war.

Wieder erschaudert sie und versucht, die Erinnerungen zu verdrängen, die sie so angestrengt zu unterdrücken versucht hat, indem sie sich sagt, dass dies hier keineswegs das Gleiche ist. Und das ist es auch nicht. Wirklich nicht. Es ist nur so, dass der Verlust von Freiheit und Kontrolle über das eigene Schicksal hier in diesem kalten, leeren Raum, in der unnatürlichen Stille, die von dem sauren Geruch nach altem Schweiß und Furcht durchdrungen ist, überall zu spüren ist.

Sie versucht, ihre Gedanken zu ordnen und sich zu überlegen, wie sie sich Beauchamps am besten nähert. Sie will wissen, wie Sam mit ein, zwei Jahren war. Was waren seine ersten Worte? Was machte ihn glücklich? Oder traurig? Was könnte ihn trösten?

»Sie können jetzt durchgehen«, unterbricht ein Wärter ihre Überlegungen.

Nachdem sie tief Luft geholt hat, betritt sie einen Raum, der einige verstreut herumstehende Tische und Stühle enthält. Sie wird zu einem kleinen Tisch im Hintergrund geführt, an dem zwei Stühle stehen. Als sie sich setzt, kommen noch andere Besucher in den Raum und lassen sich an anderen Tischen nieder.

Eine Tür öffnet sich, und als Sarah aufblickt, sieht sie eine Reihe von mit Handschellen gefesselten Häftlingen hereinkommen. Das Poltern der Stiefel der Aufseher und der eine oder andere gebrüllte Befehl übertönen das leise Tappen und Schlurfen ihrer offenen Schuhe auf dem Boden.

Ob ich ihn wohl erkennen werde?, fragt sie sich. Oder er mich? Sie ist fast zu ängstlich, um auch nur zu den Häftlingen hinüberzuschauen.

»Beauchamps!«, schreit plötzlich ein Wärter.

Das kann er nicht sein! Ein dünner, gebückter Mann schlurft auf sie zu. Sie hatte gedacht, er sei größer, viel größer! Unwillkürlich hält sie den Atem an. Dann blickt er auf und hält im Gehen inne, als ihre Blicke sich begegnen. *Er ist es!* Sarah hat die lange Narbe an seiner Wange gesehen.

»Nun beeil dich schon!« Ein Wärter stößt ihn in den Rücken. »Dein Besuch wartet.«

Unwillkürlich zuckt Sarah zusammen, als wäre sie es, die gestoßen worden ist.

Nicht sicher, wie sie ihn begrüßen soll, erhebt sie sich. Dann steht er direkt vor ihr und streckt die Hände in den Handschellen aus. Nur kurz berührt sie sie; dann setzen sie sich einander gegenüber. Ihr fällt eine dunkle Prellung an seinem Wangenknochen auf. Für einen Moment fragt sie sich, wie es für ihn hier im Gefängnis sein mag. Es ist nicht das, was sie gewollt hat. Sie hat nur ihren Sohn zurückhaben wollen.

»Ist Sam okay?« Seine Stimme ist heiser, und sie kann sehen, wie er schluckt.

»Nein.« Der Rest ihrer Worte bleibt ihr in der Kehle stecken, und sie blickt schnell woandershin und blinzelt, um die Tränen zu verdrängen.

»Was ist denn mit ihm?«

Sie beobachtet, wie sein Adamsapfel auf- und niederhüpft und wie er das Kinn vorschiebt. In dieser Geste erkennt sie Sam wieder, weil er das Gleiche tut, wenn er sich bemüht, tapfer zu sein und nicht zu weinen.

»Er ist der einzigen Familie entrissen worden, die er je gekannt hat.« Sarah setzt sich aufrecht hin und versucht, ihre Gefühle zu beherrschen. So hat sie nicht beginnen wollen.

Er senkt den Kopf und richtet den Blick jetzt auf den Tisch anstatt auf sie.

»Er kennt uns nicht. Und wir kennen ihn nicht. Wir sprechen ja nicht einmal dieselbe Sprache!«

Beauchamps will sie nicht ansehen. Aber sein Schweigen stachelt sie nur an.

»Es wäre besser für Sie gewesen, wenn wir nicht überlebt hätten, nicht wahr? Auf jeden Fall leichter für Sam.«

»Nein!« Jetzt blickt er auf. »Das wollte ich nicht! Als ich die Fotos gesehen habe … von den Lagern und dem, was dort geschah, war es … Ich konnte mir nicht vorstellen, wie irgendjemand so etwas hätte überleben können. Und ich dachte an Sie. Ich dachte …«

»Dass sie mich direkt in die Gaskammern schicken würden!« Ihre Stimme bricht. Das war es nicht, worüber sie mit ihm hat reden wollen. Von der Verbitterung ihrer Worte wird ihr schlecht.

Ein Wärter kommt zu ihnen herübergeschlendert und knallt seinen Schlagstock auf den Tisch.

Sarah zuckt zurück, und Schweiß bricht ihr aus und läuft ihr den Rücken hinunter. Sie schließt die Augen und versucht, Abstand zu gewinnen und sich zu beruhigen, um nicht alles gründlich zu vermasseln.

»Ruhe hier!« Der Wärter schlägt Jean-Luc mit seinem Schlagstock auf die Schulter.

Allein der Aufprall lässt Sarah zusammenfahren, doch Jean-Luc verzieht keine Miene, obwohl sie ein Licht in seinen Augen aufblitzen sehen kann.

»Bitte!«, sagt sie zu dem Wärter. »Es ist alles in Ordnung. Außerdem war es meine Schuld.«

Der Aufseher geht weiter.

»Warum haben Sie uns nach dem Krieg nicht suchen lassen?«, flüstert sie über den Abstand zwischen ihnen.

»Weil ich … Aus Angst, Madame.«

»Aus Angst? Aber wieso denn? Man hätte sie als Held gefeiert, nachdem Sie ein Baby vor Auschwitz bewahrt hatten.«

»Nein … Ich hatte Angst, Sam zu verlieren.«

»Wie können Sie das sagen? Glauben Sie nicht, dass *ich* Angst hatte, ihn zu verlieren? Wissen Sie, wie viel Mut ich brauchte, um ihn Ihnen zu übergeben?«

»Ich weiß.« Jetzt hält er Blickkontakt mit ihr.

»Erzählen Sie mir etwas über Sam, als er noch klein war. Wie war er da?«

Er lächelt, und ihr Herz schlägt schneller, als sie dieses schiefe Lächeln sieht. Das ist wieder Sam, denkt sie.

»Er war ein ruhiges Baby, das kaum einmal geweint hat. Doch sobald er laufen konnte, war er nicht mehr zu halten. Er wollte alles erforschen, steckte andauernd die Finger in irgendwelche Dinge und zerlegte alles Mögliche. Ich musste seine Spielzeuge immer wieder reparieren. Und wenn ich es tat, beobachtete er mich fasziniert.«

»Genau wie mein Vater. Er musste auch stets herausfinden und verstehen, wie Dinge funktionierten. Erzählen Sie mir noch etwas.«

»Er ist ein großartiger Läufer. Er … er sollte sogar bei den Landesmeisterschaften mitmachen.«

»Das wusste ich nicht.«

»Oh ja. Sie sollten ihn mal dazu bringen, Ihnen zu zeigen, wie schnell er ist. Er hat auch die langen Beine dafür.«

Sarah schüttelt den Kopf, als sie an Sams Beine und den schlimmen Hautausschlag daran denkt. »Hat er früher schon einmal an Ekzemen gelitten?«

»Was?« Seine Augenbrauen ziehen sich zu einem Stirnrunzeln zusammen.

»Ein Ekzem«, wiederholt sie. »Ein juckender Hautausschlag.«

Einen Moment lang antwortet er nicht, aber Sarah weiß, was er denkt. An dem Tag, als sie ihn Jean-Luc übergab, hatte er noch trockene rote Flecken an den Innenseiten seiner Schenkel.

»Als er ein Baby war, an jenem Tag am Bahnhof …«

»Ja, ich weiß.« Sie schluckt. »Wir hatten keine Creme für ihn. Es war schrecklich. Doch es war nur ein Windelausschlag.« Von Schuldgefühlen, Sehnsucht und dem Verlangen ergriffen, ihr Baby zu umsorgen, bricht sie ab.

»Keine Sorge, das heilte schnell ab. Sam hat großartige Haut und bekommt ganz im Gegensatz zu mir nie einen Sonnenbrand.« Beauchamps errötet plötzlich. »Aber es besteht ja auch kein Grund, warum er nach mir geraten sollte. Ich wollte damit nicht …«

»Ich weiß«, unterbrach sie ihn.

»Er hat Ihre Augen. Die meisten Leute denken, sie seien nur braun, aber wenn Sie genau hinschauen, können Sie auch grüne Sprenkel darin erkennen. Es kommt auf das Licht an und auf die Stimmung, in der er gerade ist.«

Sarah wird schwer ums Herz, denn sie hat das Grün in ihnen noch nie gesehen.

»Und wie war es mit dem Schlafen? Wann hat er begonnen, die ganze Nacht durchzuschlafen?«

»Wir waren viel unterwegs, nachdem wir in Amerika ankamen, deshalb brauchten wir eine Weile, um eine Routine zu entwickeln.«

Sarah stellt sie sich als Flüchtlinge vor, die nach einem Ort zum Leben suchten. Aber sie schafft es nicht, das Bild von Sam zu erhalten, das sie sich erhofft hat, um sie einander näherzubringen.

»Und wie war es mit dem Laufen?«, beharrt sie. »Wie alt war er, als er zu laufen anfing?«

»Ich erinnere mich nicht so gut an die Daten. Tut mir leid. Charlotte ist besser als ich in diesen Dingen.«

»Charlotte …« Sarah unterbricht sich, weil ihr der Gedanke, dass sie Sams Mutter war, wie ein Messer ins Herz schneidet. »Wie war sie als Mutter?«

»Sie …« Sarah hört das Brechen seiner Stimme. »Sie ist … war eine gute Mutter.« Tränen sammeln sich in seinen Augen. Aber dann schiebt er wieder das Kinn vor.

»Erzählen Sie weiter.« Ihre Stimme klingt schroffer als beabsichtigt.

»Ich weiß nicht, was ich sonst noch sagen kann.«

»Und ich … ich weiß nicht, wie ich ihm eine Mutter sein soll«, entfuhr es ihr. »Man kann nicht plötzlich die Mutter eines Jungen werden, der einen nicht kennt, ja nicht einmal dieselbe Sprache spricht.«

Der Wärter entfernt sich endlich aus ihrer Nähe und hustet dabei laut.

Sarah schaut ihm nach, als er geht. Er ist nur ein Gefängniswärter, doch sie hasst ihn. Sie sind Tyrannen. Allesamt.

»Wissen Sie, er ist ein wunderbarer Junge«, fügt Beauchamps abrupt hinzu.

Sarah wendet sich ihm zu, froh, dass er wieder spricht und sie in die Gegenwart zurückbringt.

»Er ist solch ein fröhliches Kind und wurde schon mit einem sehr gelassenen Gemüt geboren. Sie werden schon einen Weg finden, an ihn heranzukommen. Aber er wird Zeit brauchen.«

»Zeit. Alle sprechen von Zeit, als wäre sie ein Freund. Doch das ist sie nicht, nicht wahr? Die Zeit war unser Feind. Wenn wir ihn nur schon früher gefunden hätten, als er erst zwei oder sogar drei Jahre alt war, wäre alles ganz anders gekommen.«

»Ich weiß. Es war falsch von mir, ihn Ihnen so lange vorzuenthalten.« Er schweigt einen Moment. »Andererseits muss man auch bedenken, dass er geliebt wurde und ein in sich gefestigter und ausgeglichener Junge ist. Wir … wir lieben ihn, als wäre er unser eigenes Kind.«

»Sie lieben ihn?« Der Zorn steigt wieder in ihr auf wie eine Flutwelle. »Ich habe ihn auch geliebt!«

»Sie *haben* ihn geliebt?«

»Ich wollte sagen, ich liebe ihn.«

»Entschuldigen Sie. Ich wollte nicht …«

»Sie haben uns die Möglichkeit genommen, eine solche Verbindung wie die Ihre zu ihm aufzubauen. Und jetzt wagen Sie es auch noch, meine Liebe zu ihm infrage zu stellen?« Tränen der Wut brennen in ihren Augen. »Ich würde für Samuel durchs Feuer gehen!«

Er starrt sie an, als wöge er ihre letzte Behauptung ab. »Würden Sie sein Glück vor Ihr eigenes stellen?«

»Ja! Wie können Sie es wagen, mich das auch nur zu fragen?«

»Und wie ist es mit Ihrem Mann? Würde er es auch tun?«

»Natürlich würde er das!«

»Gut.«

Inzwischen kocht sie vor Wut. Was für eine Unverfrorenheit von diesem Mann!

Doch mit einem tiefen Atemzug dämpft sie ihre Empörung. »Wir lieben Sam mehr als das Leben selbst. Wenn Sie ihn auch nur halb so sehr geliebt hätten, hätten Sie uns nach dem Krieg gesucht.«

Beauchamps hebt die gefesselten Fäuste an die Augen. Dann senkt er sie wieder und schüttelt den Kopf, als könnte er seinen Kummer abschütteln.

Sie beobachtet ihn prüfend, bemerkt seine hängenden Schultern, das tief empfundene Bedauern in seinen Augen und seine Wimpern, die sich darüberlegen, als versuchte er, den Sinn von all dem zu verstehen. Sie hat diese Geste schon des Öfteren bei ihrem Sohn gesehen. Diesen verwirrten Blick, als wäre die Welt einfach zu kompliziert, um sie zu verstehen. Mitgefühl droht sie zu übermannen, aber er ist kein Kind, erinnert sie sich streng.

»Was können Sie mir sonst noch über meinen Sohn sagen?«

»Was wollen Sie denn wissen?«

»Was war sein erstes Wort?«

Beauchamps runzelt die Stirn. »Ich bin mir nicht sicher. Ich kann mich nicht daran erinnern.«

Er sieht aus, als fühlte er sich plötzlich sehr unbehaglich, und Sarah fragt sich, ob er sich womöglich schämt, weil er diese Einzelheiten nicht mehr weiß.

Und dann ist es ihr plötzlich so klar, als hätte er es laut ausgesprochen.

»Ich glaube, es war ›Auto‹«, murmelt er. »Er liebt Autos und kennt auch sämtliche Modelle. Er hat mir damals geholfen, unseren Wagen auszusuchen. Er kam mit mir zu den Werkstätten und überprüfte die Motorleistung, den Motor selbst und alles andere.«

Sie schaut ihm in die Augen und versucht, seinem Blick standzuhalten, aber irgendwann muss er ihn abwenden.

»Es war nicht ›Auto‹, was er als Erstes sagte, nicht?« Sie schließt sekundenlang die Augen. »Es war ›Mama‹.«

Fünfundachtzigstes Kapitel

Paris, 2. November 1953

SARAH

Die Schulglocke läutet schon, als Sarah in die Rue des Hospitalières-Saint-Gervais einbiegt. Die Kinder schwärmen heraus, wobei einige Jungen so tun, als wären sie vom Himmel herabstoßende Kampfflugzeuge. Sie sind laut, hungrig und können es kaum erwarten, nach Hause zu gehen. Alle außer Sam. Während sie ein wenig abseits der Menge von Müttern und Kindern steht, wartet Sarah darauf, dass Sam herausgeschlendert kommt. Aber der Schulhof leert sich allmählich, und plötzlich ist es still.

Und wenn Sam nun wieder weggelaufen ist? Sarah rennt durch das Tor, in die Schule hinein und über den Gang zu seinem Klassenzimmer. Dann hält sie plötzlich jäh inne. Er ist da und steht neben dem Schulleiter. Sam sieht winzig klein aus, wie er mit hängenden Schultern und gesenktem Kopf dasteht. Ein überwältigendes Gefühl des Kummers ergreift sie.

»*Bonjour*, Madame Laffitte«, begrüßt sie der Schuldirektor. »Ich bin froh, dass Sie hereingekommen sind, denn wir müssen miteinander reden. Lassen Sie uns dazu in mein Büro gehen.«

»Ja, Monsieur.«

Sie kommt sich wieder wie ein Kind vor, wie ein Kind in Schwierigkeiten. Als sie dem Mann den Gang hinunter in sein Büro folgt, ist die Stille geradezu bedrohlich. Sie ergreift Sams Hand, und zum ersten Mal lässt er es zu. Sie sind beide in Schwierigkeiten.

Sowie sie in seinem Büro sind, nimmt Monsieur Leplane an

seinem Schreibtisch Platz und bedeutet ihnen, sich ihm gegenüber hinzusetzen. Als Sarah ihren Platz einnimmt, blickt sie zu Sam hinüber, um Augenkontakt zu ihm herzustellen, aber er starrt mit ausdrucksloser Miene vor sich hin.

»Madame Laffitte«, beginnt der Schulleiter, »ich weiß, dass dies nicht leicht ist, am allerwenigsten für Samuel. Doch wir müssen auch an unsere anderen Schüler denken. Hören Sie zu, denn ich werde gleich zur Sache kommen. Wir wissen nicht, was wir mit Samuel tun sollen, und es ist nicht nur ein Sprachproblem. Er zeigt nicht das geringste Interesse, überhaupt etwas zu lernen, was sehr ungewöhnlich ist bei einem noch so jungen Kind. Er ist mürrisch, unkooperativ, und heute wurde er bei einer Schlägerei auf dem Schulhof erwischt, und …«

»Hören Sie bitte auf«, unterbricht Sarah ihn, was sie selbst genauso überrascht wie ihn. »Ich weiß, dass er nicht hier sein will. Er hat Heimweh.« Sie streckt die Hand aus und berührt eine Strähne von Sams Haar. »Ich werde ihn jetzt mit nach Hause nehmen, und er wird nicht wiederkommen.«

»Aber Madame Laffitte, das habe ich nicht damit gemeint! Sie können ihn nicht einfach aus der Schule nehmen.«

»Machen Sie sich keine Sorgen. Er wird eine Schule besuchen. Komm jetzt, Sam.« Sie streckt die Hand aus und steht auf, um zu gehen.

Sam legt die Hand in ihre. Sie achtet darauf, keinen Druck auszuüben, sondern einfach nur seine Wärme zu spüren.

Schweigend verlassen sie zusammen die Schule, gehen die Straße hinunter, um die Ecke und die Treppe zu ihrer Wohnung hinauf. Dort nimmt sie Sam mit ins Wohnzimmer und setzt sich neben ihm auf die Couch. Doch hier vergräbt er das Gesicht in den Händen und bricht in Tränen aus.

Sarah hält ihn in den Armen, während er unaufhörlich weint und schluchzt. »Mach dir keine Sorgen, es wird alles wieder gut, Sam, das verspreche ich dir«, versucht sie, ihn zu beruhigen.

Dann greift sie nach dem Telefon und wählt langsam die Nummer von Davids Büro. Er meldet sich sofort.

»Kannst du heute früher heimkommen? Wir müssen reden.«

»Hast du Beauchamps besucht?«

»Ja, ich war bei ihm. Aber kannst du bitte nach Hause kommen, David?«

»Was ist denn los? Was hat er gesagt?«

»Komm einfach heim, dann reden wir.«

Sie macht ein Sandwich für Sam und bringt es ihm gegen die Regeln in ihrem Zuhause ins Wohnzimmer. Dann setzt sie sich in den Lehnstuhl ihm gegenüber und schaut zu, wie er daran knabbert. Er hat so viel Gewicht verloren, seit er hergekommen ist, und ist auch deutlich blasser geworden. Sarah fragt sich, ob ein Kind an Kummer sterben könnte oder ob die Natur eingreifen und der Überlebensinstinkt es verhindern würde?

»Sam.«

Er wirft ihr einen ausdruckslosen Blick zu. Sie hat das Gefühl, Beauchamps' Sohn und nicht ihren eigenen anzusehen.

»Ich weiß, wie schwer es für dich gewesen ist. Es war auch für uns sehr schwer, dich leiden zu sehen und mitansehen zu müssen, wie sehr du es hasst, bei uns zu sein.«

Er beobachtet sie aufmerksam, und sie hat den Eindruck, dass er verstehen kann, was sie sagt. »Wir lieben dich sehr. Weißt du das, Sam?«

Er zuckt mit den Schultern und wendet den Blick wieder von ihr ab.

»Wir möchten, dass du glücklich bist. Und wir möchten auch, dass du weißt, wer du bist.«

»Ich weiß, wer ich bin.«

Sie starrt ihn verwundert an. Sein Französisch ist nahezu perfekt.

»Das weiß ich, Sam.«

Wie sehr sie sich danach sehnt, ihn in die Arme zu nehmen,

sein stolzes, verwundbares Herz an ihrem eigenen schlagen zu spüren und seinen Geruch einzuatmen! Es ist, als wüchse er aus seinem Kinderkörper heraus, weil seine Gedanken und Gefühle zu umfangreich sind, um in solch einem kleinen, schmalen Körper Platz zu finden.

Sarah verlässt das Wohnzimmer und geht in die Küche zurück, um auf David zu warten.

Sowie sie die Eingangstür hört, geht sie in die Diele.

»Was ist denn? Was hat Beauchamps gesagt?«, fragt David, bevor er auch nur den Mantel abgelegt hat.

»Komm bitte in die Küche.«

Er folgt ihr hinein.

»Was hat er gesagt?«, wiederholt er.

»Setz dich zuerst mal. Möchtest du etwas essen?«

»Später. Erzähl mir, was er gesagt hat.«

»Nicht viel, David. Es geht eher um die Art, wie ich mich dabei gefühlt habe.«

David schaut ihr prüfend in die Augen.

»Es war schrecklich. Dass er dort war … im Gefängnis, meine ich. Er dürfte nicht da sein. Es erinnerte mich an …«

David nimmt meine Hand und drückt sie sanft. »Ich wünschte, ich hätte dir nie vorgeschlagen hinzugehen.«

Sie sieht sein zunehmendes Stirnrunzeln und spricht schnell weiter, bevor sie den Mut verliert. »Er liebt Samuel wirklich. Sehr sogar.«

»Das bezweifle ich nicht, Sarah. Natürlich liebt er ihn. Was hattest du denn erwartet?«

»Ich weiß nicht. Jemanden, den ich verachten könnte.«

»Das ist es nicht, was du dir für Samuel gewünscht hättest.« David zupft an seinem Bart. »Was hat er dir gesagt?«

»Er fragte mich, ob ich Samuels Glück vor mein eigenes stellen würde.«

»Unglaublich! Was untersteht er sich?!«

»Und er wollte wissen, ob du es auch tun würdest.« Sie hält inne und schaut David in die Augen. »Ich habe ihm geantwortet, dass wir das selbstverständlich täten. Aber ich kann nicht fassen, dass er mich so etwas gefragt hat. Er weiß nicht, was es bedeutet, sein Kind wegzugeben.« Sarahs Stimme bricht.

»Vielleicht weiß er es ja jetzt.«

»Doch ist es wahr?«

David zieht eine Augenbraue hoch, als erriete er schon, was als Nächstes kommt.

»Würden wir sein Glück wirklich über unser eigenes stellen?«

»Bitte quäl dich nicht so, Sarah. Er ist unser Sohn, und wir lieben ihn. Eines Tages wird er unsere Liebe erwidern. Er braucht nur Zeit.«

»Zeit«, wiederholt sie. »Die Unerbittlichkeit der Zeit.«

»Was?«

»Die Zeit hat ihn uns genommen, David.«

»Und die Zeit wird ihn uns zurückgeben.«

»Nein.« Sarahs Kehle ist so eng, dass es schwer sein wird, die Worte herauszulassen, die sie wirklich sagen will. »Ich kann es nicht … Ich kann es einfach nicht mehr. Als er weggelaufen war, habe ich zum Ewigen gebetet.« Sie möchte die Hand nach Davids ausstrecken, aber sie kann die Mauer spüren, die sich zwischen ihnen erhebt. »Ich habe dem Herrn ein Versprechen gegeben. Ich habe ihm versprochen, Samuel aufzugeben, wenn Er ihn unversehrt zu uns zurückbringen würde. Und das ist alles, was ich jetzt noch will. Seine Sicherheit und sein Glück. Alles andere ist mir gleichgültig.«

»Was willst du damit sagen?«

»Ich kann nicht dabeistehen und seine Verzweiflung und sein Unglück mitansehen. Samuel verhält sich wie ein Gefangener, der keinen Fluchtweg sieht. Er verliert schon seinen Willen, und er ist doch noch ein Kind.« Sarah greift nach einem Küchenhandtuch, um sich die Tränen abzuwischen.

»Aber Sarah, wir können doch jetzt nicht aufgeben!«

»David!« Sie schluckt die frischen Tränen hinunter. »Wir müssen … Wir müssen aufgeben. Siehst du das nicht ein?«

»Nein, das tue ich nicht.« Er geht auf sie zu, doch sie stößt ihn zurück.

»Ich kann nicht mehr. Also zwing mich nicht dazu!«

David steht da und starrt sie mit großen, ungläubigen Augen an. Dann wendet er sich ab. »Ich werde Beauchamps selbst besuchen gehen.«

Sechsundachtzigstes Kapitel

Paris, 3. November 1953

JEAN-LUC

Das Schlimmste am Gefängnis ist die Hilflosigkeit. Mit dem miserablen Essen, den kalten Nächten und sogar der ständig drohenden Gewalt könnte er sich abfinden, aber die Hilflosigkeit bringt ihn um. Sam wächst ohne ihn auf, und Charlotte muss in Amerika ganz allein mit allem fertigwerden. Sie schreibt ihm fast jeden Tag, und daher weiß er, dass sie das Haus hat verkaufen müssen und danach in eine kleinere Wohnung in Stadtnähe umgezogen ist, wo sie einen Job als Übersetzerin gefunden hat. Ihr Kummer entströmt den Worten, die sie schreibt. Manchmal muss er die Briefbögen zusammenfalten, um sie später zu lesen, wenn er sich stärker fühlt. Und heute fühlt er sich ganz und gar nicht stark.

»Du hast Besuch!«, schreit der Wärter und klopft mit dem Schlagstock auf die Gitterstäbe der Zelle.

Oh Gott! Er hat absolut keine Lust, Sarah Laffitte wiederzusehen.

Aber er folgt dem Wärter den Gang entlang und durch die doppelten Sicherheitstüren in den Besucherraum. Der Wärter zeigt mit dem Schlagstock auf einen dunkelhaarigen Mann mit langem Bart, der an einem der Tische sitzt und dessen Kanten umklammert, als hielte er sich fest, um nicht zu fallen. Und plötzlich wird Jean-Luc bewusst, wer dieser bärtige Mann ist. *Er* ist es! Er muss es sein. David Laffitte.

Das Blut rast durch seine Adern, als er auf den Tisch zugeht.

In Erwartung irgendeiner Art von Begrüßung streckt er zögernd die in Handschellen steckenden Hände aus, aber Laffitte erhebt sich nicht einmal und ignoriert die Geste.

»Monsieur Beauchamps?«, fragt er nur und starrt Jean-Luc aus kühlen Augen an.

Jean-Luc nickt bestätigend, als er sich setzt, und wartet darauf, dass Laffitte noch etwas sagt, doch sein durchdringender Blick scheint ihn nur weiterhin zu taxieren.

»Ich weiß nicht, was Sie von mir wollen.« Jean-Luc reibt sich mit den gefesselten Händen die Schläfen, um den hinter seiner Stirn pochenden Kopfschmerz ein wenig zu lindern.

»Was wir von Ihnen wollen?« Laffittes Augen bohren sich noch tiefer in Jean-Lucs. »Die letzten neun Jahre des Lebens unseres Sohnes.«

Jean-Luc streckt den Hals und schließt die Augen. Seine Kopfschmerzen verschlimmern sich.

»Wissen Sie, was das mit Eltern macht?« Laffittes Ton ist schroff, und jetzt erhebt er auch noch die Stimme. »Nicht zu wissen, ob ihr Kind tot oder lebendig ist? Wir wussten nicht mal, ob wir trauern oder weitersuchen sollten.«

»Hören Sie, Monsieur Laffitte. Wäre ich nicht gewesen, dann hätten Sie jetzt keinen Sohn. Und Sie haben ihn wieder. Warum gehen Sie also nicht nach Hause und kümmern sich um ihn? Sie haben Ihre Rache, genügt Ihnen das nicht?«

»Rache! Glauben Sie etwa, es ginge hier um Rache?«, bricht es aus Laffitte hervor, dieses Mal sogar noch lauter als zuvor.

»Und worum geht es dann? Was wollen Sie von mir?«, versetzt Jean-Luc jetzt auch nicht leiser als Laffitte.

Woraufhin der Wärter erscheint und mit seinem Schlagstock auf den Tisch haut. »Ich habe Ihnen schon einmal gesagt, Sie sollen sich ruhig verhalten!« Und damit schiebt er den Stock unter Jean-Lucs Kinn und drückt es in einem schmerzhaften Winkel hoch.

Plötzlich bricht Laffitte zitternd und erschaudernd auf dem Tisch zusammen, als hätte er einen Anfall.

»Was ist mit ihm?« Der Wärter hebt Laffittes Kopf an.

Sein Gesicht ist grau und mit glitzernden Schweißtropfen bedeckt. Nackte Angst steht jetzt in seinen Augen.

»Ich glaube … Sie haben ihn erschreckt.«

»Ich? Ich habe Ihnen nur gesagt, Sie sollten leiser sein.«

Laffitte sitzt jetzt so still da, als wäre er gelähmt. Jean-Luc legt die gefesselten Hände auf den Tisch und streckt sie nach ihm aus. Laffitte starrt ihn mit aufgewühlten, wilden Augen an, bevor er dann heftig keuchend Jean-Lucs Handgelenke ergreift.

Der Wärter schnalzt missbilligend mit der Zunge, als er geht.

Für eine Weile sitzen die beiden Männer schweigend da, während Jean-Luc darauf wartet, dass Laffitte sich beruhigt.

»Es tut mir leid«, entschuldigt er sich schließlich. »Aber … es hat plötzlich alles wieder zurückgebracht.«

»Schon gut. Jetzt ist es ja vorbei.«

Mit düsteren Augen schaut David zu Jean-Luc auf. »Ist es das? Vorbei, meine ich? Es wird nie vorbei sein.«

Jean Luc weiß, was er meint, und versucht, das Thema zu wechseln. »Wie geht es Ihrer Frau?«

»Sie … sie war sehr aufgewühlt, nachdem sie hier bei Ihnen war.«

»Das tut mir leid. Ich wollte sie nicht aufregen.«

»Sie wollte mehr über Samuel herausfinden, doch stattdessen ist sie mit dem Gefühl gegangen, irgendwie verachtenswert zu sein.«

»Ich hatte nicht vor, ihr dieses Gefühl zu geben. Sie wollte, dass ich ihr von Sam erzählte, doch ich konnte mich nicht an jede Einzelheit erinnern, nach der sie fragte, wie zum Beispiel, wann er zu laufen anfing oder wann er das erste Mal die ganze Nacht durchschlief. Diese Dinge sind nicht die, an die ich mich erinnere.«

»Verstehe.« Laffitte reibt sich wieder die Augen, als hätte er all das satt. »Was sind denn dann die Dinge, an die Sie sich erinnern?«

Jean-Luc denkt einen Moment lang nach. In Gedanken sieht er Sams ernstes kleines Gesicht noch deutlich vor sich. »Sein Lächeln. Die lustigen Bemerkungen, die er machte. Oder die Art, wie er aus Entschlossenheit oder Trotz das Kinn vorschob. Seine langen, dünnen Arme, die er um mich schlang, und die erstaunliche Kraft, mit der er mich umarmte. Der kindlich-süße Geruch seines Schweißes. Die großen Augen, mit denen er mich anschaute, wenn ich ihm eine Geschichte vorlas …«

Laffitte schlägt mit der Hand auf die Tischplatte. »Das genügt.« Er verlagert sein Gewicht auf dem Stuhl. »Warum haben Sie keine eigenen Kinder?«

Jean-Luc runzelt die Stirn. »Wir wollten Kinder haben.« Dann zögert er einen Moment und fragt sich, ob er weiterreden soll. »Aber … Nun ja, es war sehr schwierig, weil Charlotte keine Kinder haben konnte. Die Ärzte sagten, es könnte an den Entbehrungen liegen, die sie während der Besatzungszeit erlitt – in diesem noch so heiklen jungen Alter.«

»Oh.« Laffitte ist jetzt so verlegen, dass sogar ein wenig Farbe in seine grauen Wangen zurückkehrt.

»Die Ärzte sagten, es gäbe nichts, was sie tun könnten.« Die Worte kommen Jean-Luc nun so leicht über die Lippen, dass es wie eine Erlösung ist. »Sie meinten, mit guter Ernährung und einem gesunden Lebensstil könnten die Dinge sich wieder normalisieren, doch es passierte einfach nicht.« Er schaut Laffitte an und ist überrascht, etwas von Sam in seinen klugen dunklen Augen zu sehen, und auch in der Art, wie er sie sich reibt, wenn er sich einem Problem gegenübersieht. »Darf ich Sie etwas fragen, falls es Ihnen nichts ausmacht? Ich weiß, dass auch Sie keine anderen Kinder haben …«

Laffitte starrt auf den Tisch herab und schüttelt den Kopf. Als er schließlich wieder aufblickt, sind seine Augen so feucht und geistesabwesend, als hätte er sich in einer Erinnerung verloren.

»Tut mir leid.« Jean-Luc weiß nicht, in welche Richtung er das Gespräch nun lenken soll. Sie sind auf ein gefährliches Territorium gelangt, aus dem er einen Ausweg zu finden versucht.

Aber dann blinzelt Laffitte und beginnt zu reden, wobei er den Blick auf irgendeinen weit entfernten Punkt gerichtet hält. »Es war verdammt schwer, als wir zurückkamen. Die körperliche Arbeit, das Hungern, die Brutalität – all das hat seinen Tribut von uns beiden gefordert. Wir hatten uns so stark verändert, dass unsere Körper sich nicht mehr wie unsere eigenen anfühlten. Wir waren nicht mehr das junge Paar, das wir einmal gewesen waren. Ich glaube, wir fühlten uns beide …« Er sieht Jean-Luc plötzlich mit großen Augen an, als wäre er verblüfft darüber, wie viel er schon gesagt hat. »Es dauerte lange, bis wir uns wieder menschlich und wie wir selbst fühlten. Und die ganze Zeit über suchten wir nach Samuel. Ich wollte versuchen, ein weiteres Kind zu bekommen, doch Sarah war mit dem Herzen nicht dabei. Sie weinte viel … und wollte einfach nur ihr Baby zurückhaben.«

»Und jetzt hat sie es zurück.«

»Ja, aber Samuel ist kein Baby mehr, nicht wahr? Wenn Sie uns nach dem Krieg doch nur gesucht hätten! Dann wäre alles anders gewesen«, sagt er seufzend.

»Noch zehn Minuten!«, schreit der Wärter.

»Erzählen Sie mir, wie es ihm jetzt geht«, bittet Jean-Luc. »Von Ihrer Frau weiß ich, dass er unter einem Ausschlag leidet … Ist es schon etwas besser geworden?«

Laffittes Augen trüben sich, als wäre er in Gedanken versunken. Dann erwidert er: »Nein, das ist es nicht.« Er sucht Jean-Lucs Blick. »Also gut. Sie wollen es wissen? Dann werde ich es Ihnen sagen.« Er zupft an seinem Bart und beugt sich vor. »Der arme Junge ist furchtbar verstört. Er weigert sich, Französisch zu sprechen, in den meisten Nächten weint er, und er hat einen

Ausschlag bekommen, der ihn förmlich auffrisst. Vor einer Woche ist er schließlich weggelaufen. In Le Havre wurde er wieder aufgefunden, als er an Bord eines Schiffes nach Amerika gehen wollte.«

»Nein! Um Himmels willen, nein!« Jean-Luc lässt sich auf dem Stuhl zurückfallen und presst sich die gefesselten Hände gegen die Stirn. Was haben sie Sam angetan? Ein scharfer Schmerz durchzuckt ihn wie Messer, die ihn von innen heraus aufschneiden. Er kann kaum noch atmen.

Der Wärter nähert sich. »Noch fünf Minuten.«

»Sarah«, murmelt Laffitte. »Es ist furchtbar schwer für sie, ihr Kind so zu sehen. Auch für mich ist es nicht leicht, doch ich zwinge mich, auf lange Sicht hinaus zu denken und das ganze Bild im Blick zu behalten. Aber das Einzige, was Sarah sieht, ist, wie ihr kleiner Junge leidet.« Er schüttelt den Kopf. »Es bringt sie um.«

Siebenundachtzigstes Kapitel

Paris, 3. November 1953

SARAH

Während David Beauchamps besucht und Sam in seinem Zimmer ist, nimmt Sarah ihr besonders gutes Briefpapier aus der Holzschatulle, in der sie es unter einer getrockneten Rose aufbewahrt. Denn dieser Brief wird der wichtigste sein, den sie jemals schreiben wird.

Mit großer Sorgfalt füllt sie ihren Federhalter mit Tinte und denkt dabei an David, dem es unmöglich sein wird, ihre Entscheidung zu akzeptieren, wie sie sehr wohl weiß. Aber er wird sie nicht mehr davon abbringen können, nachdem sie ihm von ihrem Versprechen an den Ewigen erzählt hat. Davids Glaube ist so unerschütterlich wie ein Fels, und er würde nicht wollen, dass Sarah den ihren gefährdet, indem sie ein derartiges Versprechen bricht.

Liebe Mrs. Beauchamps,
ich schreibe diesen Brief mit gebrochenem Herzen, aber Samuel ist hier nicht glücklich. Und wir sind ratlos und wissen nicht mehr weiter. Sein Kummer darüber, aus seiner gewohnten Umgebung herausgerissen worden zu sein, ist für uns kaum noch zu ertragen. Deshalb wende ich mich verzweifelt an Sie. Er braucht Sie. Könnten Sie hierherkommen?
Mit den besten Grüßen,
Sarah Laffitte

Sarah blickt von ihrem Brief auf, als sie hört, wie die Eingangstür geöffnet wird. In der Diele steht David, mit hängenden Schultern und ganz grau im Gesicht. Er reibt sich die Augen und starrt sie dann nur an.

Sie steht nicht auf von ihrem Stuhl, erwidert aber seinen Blick und denkt, wie müde und erschöpft er wirkt. Sie will ihn nicht mal fragen, wie die Begegnung mit Beauchamps verlief, weil sie sich vorstellen kann, wie schmerzhaft sie gewesen sein muss.

Eine Träne läuft ihm über die Wange, gefolgt von einer weiteren. Trotzdem rührt Sarah sich noch immer nicht. Wie könnte sie ihn auch trösten? Sie hat ihm jetzt nichts mehr zu bieten außer ihrer Kapitulation. Er wollte, dass sie ausharrte und mit aller Macht und um jeden Preis an ihrem Sohn festhielt, doch dazu liebt sie Sam zu sehr.

Sie bemerkt ihre eigenen Tränen nicht, die ihr über die Wangen rinnen, bis sie auf den Brief fallen und die Tinte verwischen. Während sie auf die blauen Flecken hinunterblickt, spürt sie, dass David zu ihr kommt, sich neben ihr niederhockt und die feuchte Wange an die ihre lehnt. Sie weiß, dass er jetzt ihren Brief liest, und wartet mit angehaltenem Atem auf seine verletzte und erboste Reaktion.

»Sarah«, murmelt er zu ihrer Überraschung jedoch nur. »Sarah.« Dann schließt er sie in die Arme und zieht sie an sich.

Sie erwidert die Umarmung schweigend, aber liebevoll.

»Weine nicht, Sarah. Bitte weine nicht.«

»Aber du weinst doch auch.«

Zärtlich nimmt er ihr Gesicht zwischen die Hände und küsst ihr die Tränen fort. »Unser Sohn lebt. Das genügt mir. Es ist genug, Sarah.«

Achtundachtzigstes Kapitel

Santa Cruz, 9. November 1953

CHARLOTTE

Ein weiterer Montagmorgen. Ich zwinge mich aufzustehen und gehe in die Küche, gebe zwei große Löffel Kaffee in die Filtertüte und stelle Wasser zum Erhitzen auf den Herd. Während ich darauf warte, dass es kocht, zünde ich mir eine Zigarette an.

Früher habe ich nie geraucht, aber heute beruhigt es meine Nerven und gibt mir etwas zu tun mit meinen immer unruhigen Fingern. Auch das Einatmen mag ich – diese langen, tiefen Atemzüge, die ich eine Sekunde halte und dann langsam wieder entweichen lasse. Ich könnte das Rauchen jederzeit aufgeben, wenn ich wollte, und eines Tages werde ich es wahrscheinlich tun.

Um neun muss ich bei meinem Psychiater sein. Als ich sein Arbeitszimmer mit den strahlend weißen Wänden betrete, werde ich von der gleichen Beklommenheit erfasst wie jede Woche. Es ist alles andere als leicht vorzugeben, jemand zu sein, der man nicht ist. Ich setze mich in den runden Sessel ihm gegenüber und schaue ihn mit einem erzwungenen Lächeln auf den Lippen an.

»Guten Morgen, Charlotte. Wie geht es Ihnen heute?«

»Sehr gut, vielen Dank. Und Ihnen?« Ich blicke ihm in die Augen und hoffe, ihn davon zu überzeugen, dass ich ehrlich bin.

Er erwidert mein Lächeln. »Was haben Sie diese Woche gemacht?«

»Ich bin am Samstag zu dem Töpferkurs gegangen.«

Er nickt, als hätte ich etwas sehr Tiefsinniges gesagt.

»Die Frauen dort sind lustig. Wir reden über alles Mögliche.«

Ich erwähne natürlich nicht, dass ich einfach nur dasitze und mich von ihrem Geplauder berieseln lasse, während ich den feuchten Ton zu dem Gesicht eines Kindes forme, nur um es dann wieder zu zerkneten und von Neuem anzufangen. Ich bekomme Sams Gesichtszüge einfach nicht richtig hin.

Aber ich höre gern dem Geplauder der anderen Frauen zu, weil es irgendwie beruhigend ist. Vielleicht ist es die Abwesenheit von Männern, die ihnen das Gefühl gibt, freier sprechen zu können. Sie reden über alles – Kinder, Erziehung, ihre eigene Kindheit, Männer, Liebe und Beziehungen. Und sie nehmen es mir nicht übel, dass ich mich nicht beteilige, weil ich Ausländerin bin und sie glauben, ich verstünde nicht alles, was sie sagen. Doch das tue ich. Ich habe nur herausgefunden, dass mein Fremdsein eine gute Karte zum Ausspielen ist, weil sie die Leute davon abhält, mir zu nahezukommen.

»Und haben Sie auch einige der Frauen außerhalb des Kurses getroffen?«

Verdammt! So leicht lässt er sich doch nichts vormachen.

»Noch nicht«, sage ich. »Aber ich habe vor, ein paar von ihnen am nächsten Wochenende zu mir einzuladen.«

»Das ist gut. Sehr gut. Werden Sie mir dann bei unserem nächsten Termin erzählen, wie es war?«

»Natürlich«, sage ich strahlend und verfluche mich im Stillen für diese kleine Lüge. Jetzt sitze ich in der Klemme. Was ist, wenn er es überprüft?

»Und wie schlafen Sie inzwischen?«

»Ich nehme immer noch die Tabletten, die Sie mir gegeben haben.«

»Ja, vielleicht ist es ja an der Zeit, Sie von ihnen zu entwöhnen?«

Ich nicke, bin mir jedoch gar nicht sicher, ob ich dazu bereit bin. Ich kann nicht zu jenen höllischen Wochen zurückkehren, die ich durchlebt habe, nachdem sie mir Sam weggenommen hatten. Damals konnte ich höchstens dreißig Minuten am Stück schlafen, wenn ich vor geistiger Erschöpfung zusammenbrach, um dann wieder zu erwachen, als hätte mich der Blitz getroffen, und sich in jeder Zelle meines Körpers Kummer verbreitete.

»Beginnen Sie damit, nur die halbe Dosis zu nehmen, die Sie jetzt in der Woche einnehmen, und dann werden wir sehen, wie Sie zurechtkommen.«

Ich schaue ihn an und frage mich, ob ich ihn um mehr Zeit bitten könnte, beschließe aber schnell, dass ich eine positive Haltung annehmen muss, wenn ich einen guten Gesundheitszustand von ihm bescheinigt haben will.

»Und was ist mit Ihren Gedanken an Sam? Wie kommen Sie damit zurecht?«

»Ich versuche, nicht an ihn zu denken.« Ich halte inne, um mich für die größte Lüge bereit zu machen. »Ich finde mich langsam damit ab, dass ich nie seine richtige Mutter war, sondern nur für sie eingesprungen bin.«

»Gut. Sehr gut.«

Wie könnte er auch wissen, dass ich jede Minute eines jeden Tages über Sam nachdenke und mich frage, was er tut, während die Stunden, Tage und Wochen vorübergehen? Ich habe keine Nachrichten von ihm, doch ich weiß, wie sehr er Paris hassen muss. Lernt er Französisch? Liest sein neuer Vater ihm abends vor, wie Jean-Luc es früher getan hat? Nimmt seine neue Mutter ihn in die Arme, wenn es draußen blitzt und donnert? Und lässt er es zu? Gestatten sie ihm, ein Nachtlicht anzulassen? Weiß er überhaupt, wie er danach fragen muss? Bereitet sie ihm Crêpes zum Frühstück zu? Wie mag er in der Schule vorankommen? Sind die anderen Kinder nett zu ihm? Mit diesen Fragen quäle ich mich Tag für Tag.

»Und Ihr Mann? Wie geht es ihm?«, reißt der Psychiater mich aus meinen Gedanken.

Ich glaube, er hat seinen Namen vergessen.

»Jean-Luc? Es ist schwer für ihn, im Gefängnis zu sein.« Mehr kann ich dazu nicht sagen.

Die tragische Ironie daran, dass sowohl Sam als auch Luc sich in Paris aufhalten, während ich hier herumsitze, ist kaum noch zu ertragen. Wir sind nun alle drei Gefangene und füreinander verloren.

»Sind Sie jetzt bereit zu versuchen, eigene Kinder zu bekommen?«

Ich starre ihn ungläubig an. Wie kann er mir eine derartige Frage stellen?

»Wenn Ihr Mann wieder frei ist, meinte ich.« Er konsultiert seine Notizen. »Wie ich sehe, muss er nur eine kurze Strafe verbüßen.«

»Zwei Jahre«, sage ich, ohne zu lächeln.

»Ja, so ist es. Aber Sie sind noch jung genug, um eine eigene Familie zu gründen.«

»Das ist unmöglich. Ich kann keine Kinder bekommen.«

»Hm. Der Grund dafür war doch nie ganz klar. Sie könnten durchaus feststellen, dass es irgendetwas in Ihnen befreit, wenn Sie sich erst einmal mit Sams Verlust abgefunden haben.«

Ich kann nicht aufhören, ihn anzustarren. Ist er verrückt?

»Es könnte ein psychologisches Problem sein«, fährt er fort.

»Das glaube ich nicht.«

Ich könnte ihm sagen, dass meine Periode nach dem Krieg nie wiederkam, aber ich glaube, ich werde ihm die Details ersparen. Schließlich bin ich nur hier, damit er mich für geistig zurechnungsfähig erklärt, damit ich meinen Pass zurückbekommen kann. Ich kann es mir nicht leisten, diesen Schwachkopf zu verstimmen. Und so beiße ich die Zähne zusammen und nicke.

»Vielleicht haben Sie ja recht«, sage ich freundlich lächelnd. »So habe ich das bisher noch nie gesehen.«

»Gut. Gut. Und wie läuft es bei der Arbeit?«

»Bestens. Die Leute sind nett, und die Arbeit macht mir Spaß.«

Es ist ein anspruchsloser, ruhiger Job. Ich übersetze juristische Dokumente. Das kleine Gehalt genügt für die Miete meines Einzimmerapartments, und es bleibt jeden Monat sogar noch ein bisschen was übrig, was ich für mein Flugticket nach Frankreich zurücklegen kann – für den Moment, an dem ich endlich meinen Pass zurückbekomme.

Als ich später an jenem Tag von der Arbeit heimkomme, öffne ich zerstreut den Briefkasten. Ein Brief in einem weißen Kuvert mit französischen Briefmarken liegt darin, aber es trägt nicht Jean-Lucs Schrift. Mit klopfendem Herzen reiße ich den Umschlag auf und stelle mir vor, dass er von Sam sein könnte.

Doch nein. Er beginnt mit *Liebe Mrs. Beauchamps …*, und mir sinkt das Herz. Aber als ich weiterlese, fängt mein Blut an, wie wild durch meine Adern zu jagen. Sie wollen, dass ich nach Frankreich komme!

Ich drücke den Brief an mein Herz. Ich werde meinen Sohn wiedersehen! Ich lese die Worte wieder und wieder. Sarah Laffitte – sie liebt Sam wirklich. Tränen strömen mir über das Gesicht und lassen meine Sicht verschwimmen. Sie hat ihn immer geliebt. In all diesen Jahren hat sie ihn immer gesucht. Und niemals aufgegeben.

Schuldbewusstsein ergreift mein Herz. Wir hätten auch nach ihnen suchen sollen. Wir hätten es gekonnt. Es wäre das Ehrlichste und Anständigste gewesen. Stattdessen haben wir uns für die leichteste Option entschieden und uns gesagt, sie müssten in Auschwitz umgekommen sein. Nach allem, was sie durchgemacht hatten, und dann das – ihren Sohn neun Jahre später wiederzufinden, um begreifen zu müssen, dass er nicht mehr ihr Baby ist und nicht einmal dieselbe Sprache spricht. Wie können sie ihn jetzt noch kennenlernen? Wir haben es ihnen unmöglich gemacht.

Schweren Herzens steige ich die Treppe zu meinem Apartment hinauf und umklammere den Brief, dessen Worte sich mir ins Gedächtnis eingebrannt haben. Jedes einzelne von ihnen. *Samuel ist hier nicht glücklich.* Die leise Untertreibung zerreißt mir fast das Herz. Es ist nicht schlimmer, als ich es mir vorgestellt hatte, aber es schwarz auf weiß zu sehen, geschrieben von seiner leiblichen Mutter, erweckt die Bilder, die ich mir gemacht hatte, zum Leben und trifft mich wie ein Schlag in den Magen. Sam ist so verstört, dass seine eigene Mutter nicht weiterweiß. Sie ist jedoch bereit, alles zu tun, um ihn glücklich zu machen, ja, ihn mich sogar sehen zu lassen. Ich danke Gott, dass sie ihn so sehr liebt.

Aber was jetzt? Stellt sie sich vielleicht vor, dass ich nach Paris ziehen könnte und dass wir ihn dort gemeinsam aufziehen würden? Das bezweifle ich. Es würde ihr nur wehtun mit anzusehen, dass er jemand anders als seine Mutter liebt. Oder wäre sie vielleicht sogar bereit, ihn aufzugeben? Würde sie das wirklich tun? Könnte eine Mutter, die ihr Kind schon einmal verloren hatte, der Möglichkeit ins Auge sehen, ihn noch mal zu verlieren?

Neunundachtzigstes Kapitel

Santa Cruz, 17. November 1953

CHARLOTTE

Hier in Santa Cruz ist es noch warm, doch aus Erfahrung weiß ich, dass es in Paris um diese Jahreszeit schon kalt sein wird. Ich habe mir die ganze Woche den Kopf darüber zerbrochen, was ich anziehen soll. Sam liebt mein gelbes Sommerkleid mit den Mohnblumen, aber da das nichts für den französischen Winter ist, habe ich mich für ein beigefarbenes Kostüm und eine Bluse im gleichen Ton entschieden. Eine lange Strickjacke und die Kostümjacke trage ich aber vorerst noch über dem Arm.

Rastlos und bereit zum Aufbruch stehe ich an der Küchenzeile und warte auf das Taxi. Als ich mich noch einmal umschaue, frage ich mich, ob ich je in dieses Apartment zurückkehren werde. Ich hoffe nicht, weil es solch ein einsamer Ort für mich ist. Um Punkt sieben Uhr klingelt es, und ich hebe meinen Koffer auf und nehme schnell noch einen leichten Kaschmirschal von der Hutablage.

»Zum Flughafen?« Der Taxifahrer schaut mich im Rückspiegel fragend an.

»Ja, bitte.«

»Wohin fliegen Sie denn?«

»Zuerst nach New York und dann weiter nach Paris.«

»Haben Sie Verwandte dort?«

»Ja.«

»Ich hatte schon den Eindruck, einen Akzent zu hören. Sie sind also Französin?«

»Ja.«

Er starrt mich im Spiegel an, als versuchte er herauszubekommen, wer ich bin.

»Es wurde nicht allzu schlimm zerbombt, nicht wahr? Paris, meine ich.«

»Nein.« Ich zögere, weil ich einerseits nicht unhöflich sein will, aber andererseits auch nicht dieses Gespräch führen will. »Nicht allzu sehr.«

»Nicht wie London. London wurde sehr viel schlimmer bombardiert, nicht wahr?«

»Ja«, antworte ich und beschließe, ihm zu sagen, was er hören will. »Aber dafür wurde Paris besetzt.«

»Genau. Sie brauchten es nicht zu bombardieren, damit sie sich ergaben.«

Ich wende den Kopf ab und schaue aus dem Fenster, um ihm damit hoffentlich klarzumachen, dass ich an diesem Gespräch nicht interessiert bin. Jetzt klopft er auf das Lenkrad wie zur Begleitung irgendeines Liedes, das er im Kopf hat. Ich sehe derweil die Straßen vorbeiziehen: Häuser mit langen Rasenflächen davor, auf einem Holzpfahl stehende Briefkästen, die auf die Post des Tages warten. So ganz anders als Paris und dennoch so vertraut. Dies alles hat begonnen, sich wie zu Hause anzufühlen, und bringt mich zu der Frage, ob Paris mir inzwischen ein bisschen fremd sein wird.

»Sie sind einfach direkt in Paris einmarschiert, nicht wahr?«

Ich wünschte, er würde den Mund halten, und so seufze ich laut und hoffe, dass er den Wink versteht. Er fängt wieder an, auf das Lenkrad zu trommeln, und für den Rest des Weges schweigen wir. Als ich aussteige, gebe ich ihm einen ganzen Dollar Trinkgeld zum Dank dafür, dass er den Mund gehalten hat.

Ich bin froh, das Flugzeug zu besteigen, um endlich nach Frankreich zurückzukehren. Doch da es das erste Mal ist, dass ich fliege, werde ich ein bisschen nervös, als die Maschine vor dem Abheben so stark beschleunigt. Ich umklammere mit beiden Händen meinen Sitz und frage mich, wie Sam sich während des Fluges gefühlt haben mag. Ob er Angst gehabt hat? Oder ob jemand seine Hand gehalten hat, als er an Bord gegangen ist? Der Gedanke, dass er all das allein tun musste, ohne Jean-Luc oder mich, stimmt mich traurig.

»Möchten Sie etwas trinken?«, fragt die Stewardess, als sie mit einem Servierwagen voller Miniaturflaschen vor mir anhält.

»Nein, danke.«

Mein Sitznachbar blickt von seiner Zeitung auf. »Für mich bitte ein Bier.« Er gießt das Getränk in einen Pappbecher. »Wohin fliegen Sie?«, will er von mir wissen.

»Nach New York und dann weiter nach Paris«, erwidere ich.

Ich will nicht reden, weil es mir zu kompliziert ist, und so schließe ich die Augen und tue so, als schliefe ich. Doch leider bin ich zu aufgeregt und nervös, um wirklich schlafen zu können. Außerdem muss ich die ganze Zeit an Sam denken. Wird er mir böse sein und glauben, ich hätte ihn im Stich gelassen? Ob er sich wohl in den vier Monaten verändert hat? Sind wir wirklich erst vier Monate getrennt? Für mich fühlt es sich wie vier Jahre an.

Nach dem Umsteigen in New York landen wir schließlich in Paris, und ich gehe durch den Zoll. Dabei fällt mir ein, dass ich gar keine Geschenke mitgebracht habe. Ich zögere und überlege, ob ich schnell noch etwas kaufen sollte, doch dann denke ich, dass Geschenke überflüssig und oberflächlich wirken würden, als käme ich nur zu einem belanglosen Besuch. Und so verlasse ich den Flughafen und eile zu der Reihe wartender Taxis.

»Rue des Rosiers dans Le Marais, s'il vous plaît.« Die französischen Worte gehen mir mühelos von der Zunge. Es ist eine Erleichterung, wieder meine eigene Sprache zu sprechen. Es fühlt sich an, wie nach Hause zu kommen.

Während ich aus dem Fenster schaue, als wir in die Stadt fahren, frage ich mich, was die Wendung »zu Hause« eigentlich bedeutet. Ist damit ein Ort gemeint? Oder eine Sprache? Oder ist zu Hause dort, wo deine Familie ist? Wahrscheinlich ist es eine Mischung von all dem. Aber dies hier ist kein Ort, den Sam »zu Hause« nennen kann.

Ich wünschte, wir hätten Französisch mit ihm gesprochen, als er noch klein war; wir hatten kein Recht, ihm diesen Teil seiner Identität zu verweigern. Ich frage mich, ob er es uns verübeln wird, wenn er älter wird und begreift, was wir ihm vorenthalten haben. Im Moment jedoch will ich nur seinen kleinen Körper ganz fest in die Arme nehmen und ihm sagen, dass alles wieder gut wird. Über den Rest kann ich mir später noch den Kopf zerbrechen.

Das Taxi setzt mich direkt vor dem Gebäude ab, in dem sie wohnen. Zwei Männer mit langen Bärten und schwarzen Hüten gehen an mir vorbei und erinnern mich daran, dass ich mich im jüdischen Viertel befinde. Ich zittere und merke auf einmal, wie kalt es ist. Schnell stelle ich den Koffer ab und ziehe meine Kostüm- und die Strickjacke über. Aber trotzdem höre ich nicht auf zu frösteln. Ich schlinge die Arme um mich, doch nun kann ich auch noch spüren, wie mein Magen sich verkrampft. Ich bin jetzt nur noch ein paar Meter von Sam entfernt und blicke zu den Fenstern auf, um ihn mir irgendwo dahinter vorzustellen, wie er auf mich wartet.

Ich hole tief Luft, während freudige Erregung und Angst zugleich in meinen Adern pochen. Als ich die massiven Holztüren aufstoße und eintrete, befinde ich mich in einem kleinen Innenhof. Da die Wohnung der Laffittes jedoch im vierten Stock liegt, nehme ich den Koffer und schleppe ihn eine schmale, gewundene Treppe hinauf, was mein Herz wie wild zum Klopfen bringt. Bevor ich an die Tür klopfe, nehme ich mir noch einen Moment Zeit, um mir über das Haar zu streichen, den Schal gerade zu ziehen und zu versuchen, mein Zittern zu unterdrücken.

Dann hebe ich die Hand – doch bevor ich die Tür erreichen kann, fliegt sie auf, und Sam springt mich an, wobei er mich fast umstößt. Er schlingt die Arme um meinen Nacken, die Beine um meine Taille und umklammert mich, so fest er kann. Ich umarme ihn, halte ihn – und atme endlich wieder seinen süßen, moschusartigen Geruch ein. Wir brauchen keine Worte. Ich spüre das ganze Ausmaß seiner Liebe und weiß, dass er auch meine spüren kann.

Dann höre ich ein Hüsteln und stolpere mit Sam, der sich noch immer an mir festklammert, in die Wohnung. Dort löst er langsam den Griff und stellt die Füße wieder auf den Boden. Ich nehme sein Gesicht zwischen die Hände und schaue ihm in die braunen Augen. Jetzt schlingt er die Arme um meine Taille und drückt den Kopf an meine Brust.

Ich streichle sein Haar und sage leise: »Schon gut, mein Schatz. Es wird alles wieder gut.«

Dann höre ich ein weiteres Hüsteln und blicke über seinen Kopf zu Mr. und Mrs. Laffitte hinüber, die dort stehen und uns mit Tränen in den Augen zusehen. Sie sind gespenstisch blass. Ich bemerke, wie Mr. Laffitte den Arm nach seiner Frau ausstreckt und wie sie ihr Gesicht an seiner Schulter birgt. Mit dem anderen Arm zeigt er auf eine Tür am Ende des Korridors. Mit Sam, der nicht daran denkt, mich loszulassen, folge ich ihnen in das Wohnzimmer.

Mr. Laffitte hilft seiner Frau in einen Lehnstuhl, stellt sich dann hinter sie und legt die Hand auf ihre Schulter.

»*S'il vous plaît.*« Er zeigt einladend auf die Couch.

Sam klettert auf meinen Schoß, obwohl er dafür eigentlich schon zu groß ist. »Mommy«, sagt er. »Können wir jetzt nach Hause fahren?«

Ich küsse ihn aufs Haar.

»Bitte, bitte. Ich verspreche dir auch, brav zu sein. Ich will einfach nur nach Hause.«

»Ich weiß, mein Schatz, ich weiß.« Wieder drücke ich ihm einen Kuss aufs Haar.

Mr. Laffitte hüstelt wieder. *»C'est très difficile pour nous.«*

Ich blicke zu ihm hinüber. *»Je suis désolée. Pardonnez nous.«*

»Mommy«, schreit Sam und umfasst mein Gesicht. »Sprich kein Französisch!« Dann fängt er an zu weinen, und dicke Tränen rollen über seine Wangen. »Bitte, Mommy!«

»Es ist okay, Sam. Ich bin's immer noch, auch wenn ich Französisch spreche. Und ich werde dich nicht wieder allein lassen.«

Er hat sich zuletzt so aufgeführt, als er fünf Jahre alt war.

Mr. Laffitte nimmt die Hand seiner Frau und zieht sie neben sich. *»Nous allons vous laisser.«* Sie werden uns allein lassen, sagt er. Ich nicke zustimmend, denn bevor wir Erwachsenen uns unterhalten können, brauche ich ein bisschen Zeit mit Sam allein.

Sie verlassen das Zimmer, und ich höre, wie die Wohnungstür geöffnet und dann wieder geschlossen wird.

»Sie sind weggegangen!« Sam wirft mir die Arme um den Hals. »Können wir jetzt gehen? Können wir, Mom? Können wir nach Hause fahren?«

»Warte, Sam. Warte bitte noch ein bisschen, ja?«

Seine Augen weiten sich, und sogar seine dunklen Pupillen vergrößern sich. »Wann denn? Wann?«

»Ich muss zuerst mit …« Wie soll ich sie nennen? »Mit Monsieur und Madame Laffitte reden.«

Sam lässt meinen Nacken los. »Aber wir werden doch heimfahren, nicht? Versprochen?«

»Ich werde mein Bestes tun.«

»Nein! Du musst es mir *versprechen*.« Frische Tränen steigen ihm in die Augen.

Ich streiche ihm über die nassen Wangen. »Ich verspreche es.« Jetzt werde ich dafür sorgen müssen, dass es so kommt.

Als Mr. und Mrs. Laffitte ein paar Stunden später zurückkehren, ist Sam auf meinem Schoß schon eingeschlafen, erschöpft von all der Aufregung und Emotion. Mr. Laffitte hebt ihn behutsam auf, und ich folge ihm, als er Sam in sein Zimmer bringt. Dort legt er ihn auf das Bett und deckt ihn dann so liebevoll zu, dass mir die Kehle eng wird. Für eine Minute steht er dort und blickt so traurig auf den Jungen herab, dass ich wünschte, ich könnte den Arm um den Mann legen und ihm ein bisschen Trost spenden. Dann bückt er sich und küsst Sam auf die Stirn.

»Mommy«, murmelt der.

Mr. Laffitte zieht sich zurück, und ich knie neben Sams Bett nieder und streichle ihm über den Kopf. »Es ist alles gut, mein Schatz. Ich bin hier.« Und dann schaue ich zu, wie er wieder einschläft.

Als ich aufstehe, sehe ich, dass Mr. Laffitte den Raum verlassen hat. Ich kehre ins Wohnzimmer zurück. Schuldgefühle beschleichen mich. Schweigend setze ich mich in den Lehnstuhl und blicke auf meine Füße herab, weil ich es nicht ertragen kann, den Kummer in ihren Augen zu sehen. Mrs. Laffitte reicht mir eine Tasse Kaffee an, und ich schaue sie an, als ich ihr danke. Sie hat bemerkenswert grüne Augen, wie Sams manchmal, aber von einem intensiveren Grün. Sams sind nur in ganz bestimmtem Licht und je nach seiner Stimmung grün. »Katzenaugen«, hatte ein Freund sie einst genannt.

Mr. Laffitte ergreift das Wort. »Wir möchten, dass Sie Samuel nach Amerika mitnehmen.«

Das ist nicht das, was ich erwartet hatte. So direkt. So eindeutig und entschieden!

»Aber …«

»Es ist zu schwer für uns alle. Und insbesondere für ihn.«

»Es ist zu spät.« Mrs. Laffittes Stimme ist so leise, dass ich sie kaum verstehen kann. »Er gehört nicht mehr zu uns.«

Ich stelle meine Tasse ab und stehe auf. Ohne zu überlegen,

gehe ich auf sie zu. Sie rückt zur Seite auf der Couch und macht mir Platz. Ich setze mich neben sie und lege die Hand auf ihr Knie. »Bitte vergeben Sie uns.«

Sie bedeckt meine Finger mit ihren. »Wir verzeihen Ihnen. Sie haben unseren Sohn gerettet.« Ihre stummen Tränen fallen auf unsere miteinander verbundenen Hände.

Ich beuge mich zu ihr vor, um sie in die Arme zu nehmen, als sie zu weinen beginnt, und wünschte, ich könnte ihr den Schmerz abnehmen.

»Ich werde ihm Französisch beibringen. Er wird Ihnen schreiben, und wir werden viel über Sie reden. Es ist nicht alles vorbei. Bitte glauben Sie nicht, es wäre vorbei.«

Mr. Laffitte drückt mir sacht die Schulter. »Wir wissen, dass Sie das alles tun werden. Sie waren ihm eine gute Mutter.« Er macht eine Pause. »Und Jean-Luc war ihm ein guter Vater. Sam hatte großes Glück, von einem solchen Mann gerettet zu werden.«

Ich kann meine Tränen nicht mehr zurückhalten; sie strömen jetzt ganz ungehindert über mein Gesicht. Sarah und David lieben Sam mehr als sich selbst, und sie stellen sein Glück über das ihre. Die Erkenntnis trifft mich wie ein Dolch ins Herz. Sie sind seine wahren Eltern und sind es immer gewesen. Der Gedanke erfüllt mich mit Beschämung, und ich schwöre mir, dafür zu sorgen, dass er eines Tages verstehen wird, was sie für ihn getan haben.

Die Formalitäten sind in einer Woche erledigt, und als das Flugzeug über den Atlantik fliegt und uns nach Kalifornien zurückbringt, betrachte ich Sam im Schlaf. Seine langen Wimpern flattern auf seinen blassen Wangen, und er umklammert meinen Arm, als hätte er Angst, zu erwachen und mich dann nicht mehr bei sich zu haben.

Ich blicke zu den Wolken und denke wieder an die Laffittes

und das enorme Opfer, das sie gebracht haben. An meinen Mann – den tapfersten Mann, den ich kenne –, der bald zu uns zurückkehren wird, denke ich. Und natürlich auch an Samuel.

Dankbar für diese zweite Chance, schicke ich ein stummes Dankgebet zum Himmel.

Epilog

Ein Jahr später, als Sarah und David sich anschickten, schlafen zu gehen, nahm sie seine Hand und legte sie auf ihren Bauch. »Ich muss dir etwas sagen, David.« Dann unterbrach sie sich für einen Moment und blickte ihn an. »Ich bekomme ein Baby.« Als sie ihm in die Augen schaute, sah sie, wie sie sich mit Tränen füllten.

Sechs Monate später brachte sie einen kleinen Jungen zur Welt, den sie Jérémie nannten.

Als Samuel dreizehn Jahre alt war, besuchten David, Sarah und Jérémie ihn, und Sam lernte seinen kleinen Bruder kennen. Aber ehrlich gesagt war es ein etwas strapaziöser Besuch. Sam genierte sich, Französisch zu sprechen, sodass es ziemlich anstrengend war, ein Gespräch zu führen.

Diesmal war es David, der Sarah tröstete. »Er ist dreizehn, und das ist kein leichtes Alter. Er fühlt sich sowieso ein bisschen unbehaglich, und er versteht dies alles auch noch nicht so ganz. Eines Tages wird er uns akzeptieren, du wirst schon sehen.«

Es wurde vereinbart, dass Charlotte und Jean-Luc Sam nach Paris bringen würden, wenn er achtzehn war. Aber irgendwie kam es nie dazu. Sie mussten das College für ihn bezahlen, was all ihre finanziellen Mittel beanspruchte. Das Geld war überall knapp, und seine Ausbildung musste natürlich an erster Stelle stehen.

Durch Sams Briefe erfuhren David und Sarah jedoch, dass er jemand ganz Besonderes kennengelernt hatte, und er hoffte inständig, dass sie sich für ihn freuen würden.

Heute, an einem sonnigen Samstagmorgen im Sommer 1968, sitzen David und Sarah in ihrer Küche und stippen Croissants in ihren Kaffee. Jérémie und seine kleine Schwester, die jetzt sieben ist, sind in der Schule. Sarahs Haar wird allmählich grau, und die Fältchen um ihre Augen haben sich vertieft. David trägt noch immer seinen Bart, obwohl auch er ergraut.

Sobald sie ihr Frühstück beendet haben, werden sie zur Synagoge gehen.

David überfliegt die Zeitung. »Sie haben doch tatsächlich die Studentenproteste verboten«, bemerkt er und erhebt den Blick, um Sarah anzusehen.

Sie will gerade etwas darüber sagen, dass de Gaulle zurücktreten müsste, denn immerhin ist er schon beinahe achtzig Jahre alt. Höchste Zeit also, den Jüngeren Platz zu machen. Aber die Hausklingel unterbricht ihren Gedankengang.

»Wer kann das sein?«, fragt sie. »An einem Samstagmorgen?«

»Ich gehe schon«, sagt David und verlässt die Küche, um die Treppe zum Hauseingang hinabzugehen.

Dort steht ein junger Mann und blickt sich um, als hätte er sich verirrt.

David öffnet die Glastür. »*Bonjour, Monsieur.*«

Der Mann starrt ihn an. Er ist groß und gut aussehend; eine Strähne glatten schwarzen Haares fällt ihm in die Stirn, und seine Haut ist sonnengebräunt. Doch es sind seine Augen, die David wie magisch anziehen. Sie sind schokoladenbraun, aber winzige grüne Sprenkel funkeln darin, als er den Mund öffnet.

»*Bonjour.*«

David tritt einen Schritt näher.

»Ich bin's …«

»Samuel«, flüstert David. Der Name fühlt sich wie Perlen auf seiner Zunge an, und er kann nicht widerstehen, ihn noch einmal zu wiederholen. »Samuel, Samuel.«

Der junge Mann schenkt ihm ein schiefes Lächeln. »Ja, ich bin's.« Ein kleines Lachen erscheint auf seinem schönen Gesicht. »Samuel«, wiederholt er und geht mit ausgebreiteten Armen auf seinen Vater zu.

David fühlt sich von starken Armen umfangen, doch während er sich umarmen lässt, weicht alle Kraft aus seinen Gliedern, und seine Energie verlässt ihn, als er aufhört, gegen die Tränen anzukämpfen.

Der junge Mann verstärkt noch den Griff um ihn. »Es tut mir leid, so leid.«

David ist sich Sarahs Schritten auf der Treppe nur vage bewusst, als sie zu ihnen herunterkommt, aber er spürt, wie der feste Griff um ihn sich lockert, als Samuel sich seiner Mutter zuwendet. Und dann sieht er, wie sein Sohn Sarahs Hand ergreift und sie an seine Lippen führt, um sie zu küssen.

»Samuel«, murmelt sie. »Bist du es?« Ihre Hände gleiten über sein Gesicht, streicheln es und legen sich um seine Wangen. »Bist du es wirklich?«

Er lacht und küsst sie erneut.

David kann sehen, dass er zu einem liebenswürdigen Mann herangewachsen ist, zu einem Mann, der den Schmerz anderer versteht. Sein Herz füllt sich mit Stolz, und ein Gefühl des Friedens breitet sich in ihm aus. Das ist alles, was er jemals gewollt hat.

Mit Samuel zwischen sich, der sich bei beiden untergehakt hat, gehen sie die Treppe hinauf. Oben setzen sie sich in die Küche, und David bemerkt, wie sein Sohn sich umschaut, alles in sich aufnimmt und offenbar seine Kindheitserinnerungen mit dem vergleicht, was er jetzt sieht.

»Ich bin so froh, dass ich gekommen bin«, beginnt er in tadellosem Französisch. »Ich war mir nicht sicher, aber jetzt, da ich hier bin, bin ich sehr, sehr froh.«

»Ich wusste immer, dass du zurückkommen würdest.« Sarah

wischt sich die Tränen ab. »Wir mussten einfach nur abwarten, bis du so weit warst.« Wieder streckt sie die Hand aus und legt sie an seine Wange, als könnte sie nicht ganz glauben, dass er es wirklich ist.

»Ist das eine meiner Zeichnungen?«, fragt Samuel mit dem Blick zur Wand.

Alle drehen sich zu der eingerahmten Zeichnung um. »Ja«, antwortet David. »Wir schauen sie uns gern an und denken an dich im fernen Kalifornien.«

»Es ist der Große Wagen – und er sieht tatsächlich so aus.« Samuel schenkt ihnen ein weiteres schiefes Lächeln, doch dann wird er ernst. »Ich möchte euch beiden dafür danken, dass ihr mich habt gehen lassen.« Er blickt von einem zum anderen. »Ich weiß heute, was es euch gekostet haben muss. Und wie sehr ihr mich geliebt haben müsst.«

Sarah lächelt. »Wir lieben dich noch immer.«

»Ja, deine Mutter hat recht. Wir haben nicht aufgehört, dich zu lieben, nur weil du nicht mehr hier warst.«

»Und ich habe euch nicht vergessen.« Er steckt die Hand in die Innentasche seines Jacketts und zieht ein hölzernes Kästchen heraus.

David erkennt es sofort und öffnet den winzigen Haken, um hineinzuschauen. Lächelnd nimmt er die farbigen kleinen Steine heraus und rollt sie zwischen den Fingern. »Weißt du, woher ich sie hatte?«, fragt er Samuel. »Ich fand sie eines Tages in Auschwitz auf dem Boden, als wir wieder mal zum Graben eingeteilt waren.« Er hält inne, um sich eine Träne abzuwischen. »Es war ein Zeichen des Ewigen. Ich wusste, wenn ich etwas so Schönes zwischen all der Erde und dem Kies finden konnte, dann würde ich auch meinen Sohn wiederfinden.«

»Ich muss euch etwas erzählen.« Samuel streckt die Hand mit der Handfläche nach oben zur Mitte des Tisches aus, und Sarah und David legen ihre Hände in die seine. Er drückt sie fest. »Ich weiß, wie sehr ihr mich geliebt habt, weil ich heute weiß, wie es ist, ein Elternteil zu sein. Ich habe eine Tochter. Sie ist drei Monate alt und wartet mit ihrer Mutter Lucy draußen im Auto. Möchtet ihr sie kennenlernen?«

»Ob wir sie kennenlernen wollen? Aber natürlich, Samuel! Wie konntest du sie draußen warten lassen? Hol sie sofort herein.« David ist schon halbwegs aus der Küche.

Samuel spricht weiter, als sie die Treppe hinuntergehen. »Ich konnte es euch nicht in einem Brief mitteilen. Ich musste euch sehen, um es euch zu sagen.«

»Danke, Samuel.« David legt die Hand auf die Schulter seines Sohnes.

»Wir sind auch noch nicht verheiratet«, fährt dieser fort. »Ich hätte niemals geheiratet, ohne es euch zu erzählen.«

»Na, dann könnt ihr ja jetzt heiraten«, sagt Sarah, deren Herz vor Freude übersprudelt, lachend.

Lucy hat blondes Haar, das ihr in goldenen Wellen auf die Schultern fällt, und ihre Augen sind von einem intensiven Blau.

Wie amerikanisch sie aussieht!, denkt Sarah unwillkürlich. *Wie ein Filmstar aus Hollywood.*

Mit dem Baby in den Armen beugt die junge Mutter sich vor, um zuerst Sarah und dann David auf die Wange zu küssen. Die Wärme des Säuglings geht Sarah durch Mark und Bein, als sie das kleine Bündel streift, aber sie schaut noch nicht näher hin. Sie will sich diesen wundervollen Moment für später aufheben, wenn sie oben in der Ungestörtheit der Wohnung sind.

»Ich freue mich sehr, Sie kennenzulernen«, sagt Lucy. »Sam spricht andauernd von seinen französischen Eltern.«

Sarah antwortet nicht gleich, sondern schaut der jungen Frau in die blauen Augen und ist sehr erleichtert, als sie sieht, wie warm sie sind.

»Ihr Französisch ist ausgezeichnet«, bemerkt David.

»Na, das sollte es aber auch sein«, erwidert Lucy. »Hat Sam

Ihnen denn nicht erzählt, dass ich zur Hälfte französischer Herkunft bin?«

»Und welche Hälfte wäre das?«, fragt David.

»Meine bessere Hälfte«, antwortet sie lachend. »Meine Mutter ist Französin und mein Vater Amerikaner. Sie haben sich bei Kriegsende hier in Paris kennengelernt. Aber ich habe nie hier gelebt, sondern bin in San Francisco aufgewachsen.«

»Na, kommt schon. Kommt herein!« David legt den Arm um Sarah und führt die kleine Gruppe zu ihrem Hauseingang zurück.

Das Baby erwacht nicht, als sie die Treppe hinaufsteigen, zur Küche weitergehen und sich um den Tisch verteilen.

David, der neben Lucy sitzt, beugt sich vor, um der Kleinen die Wange zu streicheln. »Sie hat die gleichen langen Wimpern wie Samuel.«

Sarah, die auf Lucys anderer Seite sitzt, ist nun endlich bereit, sich ihr Enkelkind anzusehen. Ihr Herz klopft schneller, als sie sich das Baby anschaut und lange, gebogene Wimpern auf weichen Wangen und seidiges dunkles Haar erblickt. Zärtlich drückt sie einen Kuss auf die Stirn des Säuglings.

»Ich wusste es nicht«, beginnt Samuel und räuspert sich. »Ich hatte keine Ahnung, was ihr durchgemacht hattet. Ich war ja noch ein Kind und habe es entweder nicht verstanden oder nicht richtig zugehört. Ich weiß jetzt nicht mehr, was es war. Doch ich hatte wirklich keine Ahnung.«

Sarah und David blicken beide von dem Baby auf.

»Du warst ja noch ein Kind. Es war zu viel verlangt von dir, es zu verstehen.«

»Aber es tut mir leid.«

»Es gibt nichts, was dir leidtun müsste, Samuel. Du bist ja auch zurückgekommen.«

»Nun, wir werden vielleicht sogar bleiben. Wir würden hier gern ein bisschen Zeit verbringen. Ihr wisst schon, um unsere beiden Kulturen zu verstehen.«

Davids Augen sind feucht geworden. »Das ist mehr, als ich je zu hoffen gewagt hätte.«

»Danke, ihr beiden.« Sarah lächelt die junge Mutter an. »Darf ich?«, fragt sie und streckt die Arme aus.

Lucy übergibt ihr das Baby ohne das geringste Zögern.

Diese Geste des Übergebens des Säuglings bringt Sarahs Erinnerungen schlagartig zurück, und ein enormer Beschützerinstinkt für dieses winzige Kind ergreift sie. Leise beginnt sie zu summen, während sie das Baby sanft in den Armen wiegt.

Samuel beugt sich über seine Tochter und drückt einen Kuss auf ihr seidiges Haar. Dann schaut er seine Mutter an und flüstert: »Ihr Name ist Sarah.«

Danksagungen

Als ich 1993 in Paris ankam, hatte ich nicht die leiseste Ahnung, welche Auswirkungen es auf mein Leben haben würde. Während ich in den ersten Monaten die Stadt erkundete, war ich erstaunt und ergriffen von der großen Anzahl von Gedenktafeln und Monumenten zum Andenken an all jene, die während des Zweiten Weltkriegs umgekommen waren, und von den schier endlosen Namenslisten, die manchmal sogar mit frischen Blumen geschmückt waren. Vor einer Schule in Le Marais, dem jüdischen Viertel von Paris, befindet sich eine schlichte Gedenktafel zur Erinnerung an die zweihundertsechzig Schüler, die während dieses Krieges verhaftet worden waren. Nicht einer von ihnen überlebte.

Es schockierte mich zutiefst und weckte den Wunsch in mir, mehr über diese finstere Zeit unserer Geschichte zu erfahren. Ich begann, jeden über sechzig, dem ich begegnete, zu fragen, wie das Leben während der Besatzungszeit gewesen war, und fing auch an, viel über dieses Thema zu lesen.

Einer der Menschen, die ich kennenlernte, war Dora Blaufoux, eine wunderbare, rüstige alte Dame. Dora war erst dreizehn gewesen, als sie nach Auschwitz geschickt wurde. Als ich die Kapitel über Auschwitz schrieb, griff ich auf einige ihrer persönlichen Erinnerungen und auch auf persönliche Aufzeichnungen zurück, die ich Büchern entnahm. Ich muss zugeben, dass ich mir beim Schreiben dieser Kapitel ein bisschen wie eine Schwindlerin vorkam. Ich habe die Schrecken von Auschwitz nicht selbst erfahren und kann sie mir auch kaum vorstellen, aber das ist es nicht, worum es in dieser Geschichte geht.

Dieses Buch zu schreiben war eine aufregende, ereignisreiche Reise, bei der ich unterwegs vielen interessanten, manchmal auch verrückten und oft ganz wundervollen Menschen begegnet bin. Schreiben ist im Grunde eine einsame Tätigkeit, doch ich habe unbezahlbare Unterstützung bei verschiedenen Schreibgruppen hier in Paris gefunden. Eine solche Gruppe war besonders wichtig für mich – sie nennt sich »Scriptorium« und wurde von Hazel Manuel gegründet. Ihre positive Kritik, behutsame Anleitung und ihr Enthusiasmus hielten mich bei der Stange, wenn ich an mir selbst zweifelte. Verschiedene Autoren haben diese Gruppe durchlaufen und sind immer noch ein Teil davon, und meine Dankbarkeit gilt euch allen, insbesondere Rachel, Carol, Nancy, Kass, Cris, Shelley, Connie, Anne, Melissa und Deborah.

Ganz besonders bedanke ich mich auch bei meinen Freunden Marilyn Smith, Ian Hobbs und Hazel, die mit mir an der Loire, in den Alpen und in Indien waren und in Hitze und Kälte dasaßen und meinen Kapiteln lauschten. Und danke schön auch für die Lacher! Und natürlich möchte ich ebenfalls meiner Freundin Lucy dafür danken, dass sie mir für die Neufassungen ihre Strandhütte überließ, und Christian dafür, dass er mein Französisch überprüfte.

Bei den Recherchen für dieses Buch hatte ich das Glück, von Stefan Martens, dem Vize-Direktor des Deutschen Historischen Instituts in Paris, wertvolle Ratschläge zu erhalten. Sein Wissen und sein Engagement für das Thema »Zweiter Weltkrieg« versorgten mich mit einer Fülle von Informationen, und ich möchte ihm für die Zeit danken, die er aufwandte, um mir zu helfen, mich durch einige der feineren Details hindurchzuarbeiten.

Und schließlich möchte ich Abbie Greaves bei Curtis Brown meine tiefe Dankbarkeit dafür aussprechen, dass sie all das ermöglicht hat, als sie mein Manuskript unter den vielen auswählte, die sie erhalten haben muss. Und natürlich auch meiner wunderbaren Agentin Sheila Crowley, die an mein Projekt glaubte, verstand, was ich zu tun versuchte, und mir half, dorthin zu gelangen. Auch dem reizenden Team bei Headline möchte ich meinen herzlichsten Dank dafür aussprechen, dass sie es zu solch einer wundervollen Erfahrung gemacht haben: Nathaniel Alcaraz-Stapleton, Rebecca Folland und Hannah Geranio in der Abteilung für Übersetzung und Auslandsrechte; der Lektorin Jane Selley für ihre Detailgenauigkeit und meiner Redakteurin Sherise Hobbs für ihre Hilfe dabei, dem Roman diesen so wichtigen letzten Schliff zu geben. Mein herzlichster Dank geht auch an Karen Kosztolnyik, der Chefredakteurin der Hachette Book Group in den USA, für ihre harte Arbeit, alles perfekt hinzubekommen.

GEDICHT FÜR EIN ANGENOMMENES KIND

Kein Fleisch von meinem Fleisch,
kein Blut von meinem Blut,
aber dennoch wunderbarerweise
mein eigener Sohn.
Vergiss niemals,
nicht einmal für einen Augenblick,
dass du zwar nicht unter meinem Herzen,
aber darin gewachsen bist.

Anon